Rudolf Stratz

Das deutsche Wunder: Historischer Roman

e-artnow 2018

Felix Dahn, Therese Dahn
Walhall: Germanische Götter und Heldensagen

Felix Dahn
Ein Kampf um Rom

Ernst Wichert
Der Bürgermeister von Thorn (Historischer Roman aus dem 15. Jahrhundert)

Oskar Meding
Kreuz und Schwert: Historischer Roman

Ernst Wichert
Heinrich von Plauen (Historischer Roman - Rittergeschichte des 15. Jahrhunderts)

Levin Schücking
Der Kampf im Spessart (Historischer Roman)

Alexander Puschkin
Die Hauptmannstochter: Historischer Roman

Theodor Mügge
Erich Randal: Historischer Roman

Franz Werfel
Die vierzig Tage des Musa Dagh (Historischer Roman)

Felix Dahn
Attila (Historischer Roman)

Rudolf Stratz
Das deutsche Wunder: Historischer Roman

e-artnow, 2018
Kontakt: info@e-artnow.org

ISBN 978-80-273-1338-9

Inhaltsverzeichnis

Vorwort.	11
I.	13
II.	26
III.	41
IV.	46
V.	58
VI	64
VII	77
VIII.	84
IX.	100
X.	117
XI.	134
XII.	141
XIII.	158
XIV.	172
XV.	187
XVI.	198

Vorwort.

Darf der Dichter die Gegenwart schildern? Das, was erst anderthalb oder zwei Jahre hinter uns liegt und noch bis in die Zeit des großen Kriegs hineinreicht?

Oder soll man dem Ruf der Kunstrichter trauen: Nein! Die Zeit ist noch zu nah. Zu groß. Ihr habt zu schweigen.

Geschwiegen haben wir Alle bisher von selbst! Vom Tage des Kriegsausbruchs ab hat wohl Jeder die Feder aus der Hand gelegt. Manche Schriftsteller kämpften im Felde. Anderen war es vergönnt, als Johanniter, Krankenpfleger, Automobilisten, Kriegsberichterstatter, überhaupt eben als zeitweilig zur Front zugelassen, in West und Ost das ungeheure Schauspiel des ungeheuersten Kriegs aller Völker und Zeiten in sich aufzunehmen. Zu den Letzteren gehörte auch ich.

Und daheim sah Jeder von uns das zweite, nicht minder riesige Bild: die zweite deutsche Front, die Front der Frauen und der Gelehrten, der Arbeiter und der Sparer.

Und draußen sehen wir den Feind: die schamloseste Lüge der Weltgeschichte, die England, den schamlosesten Verrat der Weltgeschichte, der Italien, die schamloseste Mordbrennerei, die Rußland, die satanische Wut, die Frankreich heißt. Wir sehen den Deutschen vogelfrei fast auf dem ganzen Erdball, wir hörten von dem Massenhungertod, der an dem größten Kulturvolk der Welt das Schlächterwerk des Senegalnegers vollenden sollte. Uns würgte der Ekel an der Menschheit, von dem nur der Gedanke an Deutschland uns in heiligem Grimm befreite.

Und von alledem sollen wir schweigen?

»Oh nein!« sagt der kritische Germanist. »Nur laßt Euch Zeit! Distanz! Distanz! In fünf Jahren – oder in zehn – oder in dreißig – je nachdem – da wird der Abstand von den Dingen und Leidenschaften groß genug sein, um ein gereiftes Kunstwerk zu schaffen!«

Ja, zum Donnerwetter, ist denn Abgeklärtheit allein der Zweck der Kunst? Des Hasses Kraft, die Macht der Liebe nichts? Das, was wir jetzt Alle mit allen Fibern unserer Seele im Brausen der Völkerdämmerung und Weltenwende in uns erleben, was draußen mit tausend feurigen Jungen auf den Schlachtfeldern redet und daheim von tausend Kirchturmglocken läutet? Das, woran Jeder denkt, wofür Jeder atmet, wovon Jeder spricht: Nur der Dichter nicht?

Aber nehmen wir an: der Kunstrichter hätte Recht: Was sollen wir nun in dieser Zwischenzeit bis zum richtigen literarischen Abstand tun?

»Inzwischen? Mein Gott – sehr einfach: Wählt Eure Stoffe aus der Zeit vor dem Krieg wie bisher!«

Die Zeit vor dem Krieg? Wann war das eigentlich? Man reibt sich die Augen: Es kommt Einem wie ein Jahrhundert vor. Es ist eigentlich gleich, wie lange es her war. Es ist ja Alles so anders geworden. So neu. So gewaltig. Die Menschen jenseits des deutschen Jungbrunnens vom 4. August – das sind nicht mehr wir! Wir sind weit über sie hinaus...

Mit anderen Worten: Wer die Zeit bis vor dem Jahr 1914 beschreibt, der schreibt einen historischen Roman. Historische Romane sind nicht Jedermanns Sache, zumal jetzt, wo vor Aller Augen die Historie selber mit Donnerschritt über die Erde geht.

Also kommen wir wieder auf die Gegenwart zurück! In scheuer und zögernder Ehrfurcht steht der Schriftsteller vor dem jedes Menschenmaß des Auges und Geistes übersteigenden Rundbild des flammenden Erdballs und sagt sich, wenn er versuchen will, ein Stück auf's Bild zu bannen, von vornherein:

»Das Unzulängliche, hier wird's Ereignis!«

Ja gewiß: Unzulänglich, Stückwerk wird Alles sein, was der, der Zeit und Krieg sehend miterlebte, jetzt schon gestalten kann. Er kann nichts tun, als eben aus sich heraus sein Bestes zu geben. Er muß versuchen, aus seinem Wesen, seiner Weltanschauung, seinen Eindrücken den Beobachtungswinkel zu gewinnen, wo sich ihm, durch einen Strahl von oben, die Welt draußen so deutlich widerspiegelt wie die feindliche Stellung im Scheren-Fernrohr. Die feindliche Stellung – das ist es, von der ich ausgehen möchte. Ich meine damit nicht den Krieg selbst. Von ihm und seinen Einzelheiten darf jetzt aus naheliegenden Gründen noch nicht viel gesagt werden. Und ist es späterhin militärisch möglich, so bleibt es ein selbstverständliches Vorrecht derer, die ihn kämpfend miterlebten. So liegt über meinem hier folgenden Werk der Krieg mehr als Stimmung denn als Geschehnis.

Aber ein Anderes glaubte ich, jetzt schon schildern zu dürfen. Gerade jetzt. Das, was vor uns Allen noch, inmitten aller Siege, als ein unheimliches Rätsel steht: Wie kam es, daß auf einmal gegen uns der Haß eines Irrenhauses über die ganze Erde aufflackerte? Wie kam es, daß hysterische Lüge die Druckerschwärze der fünf Weltteile in schwarzen Eiter verwandelte? Daß russische Große ihre Ehrenwörter gegen uns wie Zahnstocher zerknickten? Daß ein Bandit nackt, mit dem Dolch in der Faust, hervortrat und sich mit pathologischem Grinsen als der Verbündete jenseits der Alpen vorstellte? Daß Japanese und Bur einträchtig wie ein paar Schlächterhunde Deutschland an die Gurgel sprangen? Daß die schwarze, weiße, braune und gelbe Menschheit sich vor unsern Augen wie berauscht in einem Kotmeer von Eidbruch, Verrat, Niedertracht und Blutdurst wälzte?

Zu unsern Feinden will ich den Leser führen, ihre Pläne belauschen, ihren Zusammenkünften beiwohnen, bei denen überall wie Bankos Geist der Schatten Eduards VII. unter den Verschwörern sitzt. Aus seinem Geist, aus der Geistesverfassung – oder Geistesverwirrung – unserer Gegner allein läßt sich der Ursprung und rächende Verlauf des Weltkriegs erklären. Den wir nicht wollten. In dem wir siegen. Den unsere Feinde bereuen werden. Dessen sich – uns und unsere Bundesgenossen ausgenommen – die Menschheit noch nach Jahrhunderten schämen wird.

Unsere Feinde! Ich glaube, sie, nach dem Lauf meines Lebens, besser zu kennen als Andere. Ich kenne Rußland vom Eismeer bis zur Krim. Ich kenne Frankreich aus mannigfachen Beziehungen. Ich kenne ebenso England. Ich habe mit immer wachsender Sorge in dem letzten Jahrzehnt in London und Paris, in Belgrad und Moskau, in Brüssel und Rom, in Kairo und Cettinje die Unterwelt gegen unser arbeit- und festfrohes Deutschland emporsteigen sehen.

Ein garstig Lied – pfui – ein politisch Lied!

Ja, schön im alten Sinn friedlicher Gesittung ist die Welt augenblicklich nicht. Daran sind wir Deutsche nicht schuld. Und doch ist sie schön, hinreißend schön, denn sie ist groß!

Groß wie noch nie! Und Größe tat uns in Deutschland not. Größe! Größe! Wir haben seit Jahren nach Größe gelechzt, ohne es zu wissen. Nicht nach Größe des Kriegs, aber nach Größe der Menschen und Dinge, in unserem innerpolitischen Kleinkampf, in unserer liebevoll alles Kranke und Schwache hätschelnden Kunst, in unserem uns selbst schon unbehaglichen Interesse für alle gleichgiltigen Entartungserscheinungen des Auslands. Deutschland braucht zu seiner Gesundheit Helden. Sie sind das Eisen in seinem Blut. Nun hat es Helden! Hat, über sie alle hinaus, einen einzigen Helden: sich selbst! Das erste und hehrste und älteste Vorrecht des Dichters ist es, den Helden zu besingen. So sei es mir vergönnt, so gut ich es eben vermag, von Deutschland zu sagen und wie es, als ein Wunder vor sich selbst und mehr noch vor seinen Feinden im Kampf gegen die Menschheit der Menschheit Würde wahrte.

I.

»Gott will den Krieg!« sagte der russische Generalmajor Schiraj mit seiner tiefen Stimme.

Sein Nachbar verstand ihn nicht. Es war zu viel Dröhnen um ihn. Alle Glocken von Moskau läuteten, während der Zar an diesem Apriltag des Jahres 1914 die Uspénskykathedrale auf dem Kreml verließ. Es hallte neben ihm von der Archangelsky- und Blagoweschtschenskykathedrale, hoch vom Turm Iwan Weliki und aus dem heiligen Synod, von der Kasanschen und Basileus-Kathedrale unten, von der Erlöser-Kirche drüben, vom Wunderkloster bis zu den Zinnen des Jungfernklosters fern vor der ungeheuren Stadt. Es war ein Sturmläuten wider einen unsichtbaren Feind über den hundert goldenen Kuppeln, den Tausenden von grünen Dächern. Und im Sturm flogen dicht darüber am niederen Himmel die grauen Schneewolken, von Osten her über die moosfarbenen Turmhauben der Kremlmauern aus Tatarenzeit, selbst dahinjagenden, zusammengeballten Reitergeschwadern ähnlich, in ihrem endlosen Zug von Asien nach Europa.

Nikolaus der Zweite hatte dem Gnadenbild der Muttergottes von Wladimir seine Ehrfurcht bezeugt. Nun verblaßte hinter ihm der byzantinische Goldglanz des Ikonostas, die weißbärtige Patriarchengestalt des Metropoliten von Moskau, verhallten die Donnerbässe der Mönche: »Gospodi pomilui! Herr, erbarme Dich!« Er durchschritt den schmalen Platz zwischen der Kathedrale und der Löwentreppe des Kreml. Ein unscheinbarer blonder Schatten in dunkelgrüner, russischer Generaluniform, sah er noch kleiner aus zwischen den schwarzbärtigen Riesengestalten der Tscherkessen seines Leibgardeconvois, die in ihren hohen Fellmützen alles überragend rechts und links von ihm und seinem Trosse gingen. Vor ihm schritt, für alle Mordversuche der Untertanen verantwortlich, der stellvertretende Generalgouverneur von Moskau, dicht hinter dem Selbstherrscher, sonderbar inmitten der Exzellenzen und Hohen Exzellenzen, ein einfacher, dunkelbärtiger Matrose in reiferen Jahren, der Batka, der Gefährte des siechen kleinen Thronfolgers, den er wie eine bleiche, in den langen Waffenrock der Gardekosacken gesteckte Wachspuppe auf den Armen trug. Dem winzigen Hetman aller Kosacken folgten in einer Reihe nebeneinander seine vier Schwestern, alle in Weiß, mit weißen Pelzen um die Schultern, dann, voll Orden und Bänder, in hohen Stiefeln und weiten Hosen, in Lammfellmützen und grünen Röcken, die Großfürsten und Generale, in Klapphut, Degen und goldgestickter Gala, breite goldene Borten an den weißen Beinkleidern die hohen Tschinowniks in Zivilrang. Die ganze Kremlstadt auf dem Hügel inmitten Moskaus war, solange der Zar sich hier auf der Durchreise nach der Krim aufhielt, streng von Menschheit und Außenwelt abgeschlossen. Aber aus der Uspénsky-Kathedrale strömten immer noch zu Hunderten die Uniformen, zerstreuten sich, belebten die toten Straßen und Plätze von der Stelle, wo der Großfürst Sergius in die Luft gesprengt wurde, bis zum Denkmal des ermordeten Zar-Befreiers. Im Innern der Kirche sangen immer noch die langhaarigen Mönche in dumpfen Bässen ihr Kyrie Eleison, immer noch läuteten nah und fern die Glocken, immer noch stöhnte der Steppenwind um die heiligen altslawischen Stätten und stoben vom Himmel die stürmenden Hunnenwolken gen Westen.

»Gott will den Krieg! Sonst hätte er nicht den Wunsch danach in unsere Brust gelegt!«

Der Generalmajor Schiraj wiederholte es mit einer starken und entschlossenen Stimme. Er war vom Äußeren des wahren Großrussen, schwergebaut, mit breiten Backenknochen, geblähten Nasenflügeln, dichtem, blondem Bart.

Sein Begleiter, der Hofmeister Morskoi, blieb stehen und schaute nach der langen gelben Fensterfront des Kreml-Palais zurück, auf dessen Zinnen die schwarz-gelb-weißen Zarenflaggen scheinbar hilflos im Sturme hin- und herflatterten.

»Gott mag wollen! Aber ob der Gossudar will...«

»Er wird!«

»Oder er wird nicht! Wer kann das bei ihm wissen!«

Eine Gestalt tauchte im Geist vor Beiden auf, die sie vorhin gesehen. Ein baumlanger, ältlicher General, mit seinem, von Leidenschaften verwüsteten aristokratischen Geierkopf weit den kümmerlichen Neffen überragend.

»Wenn Nicolai Nicolajewitsch...«

»Ist er schon Zar?«

»Pst! Pst! Still!«

Der General schaute besorgt umher. Mauern und Pflaster hatten hier Ohren, plauderten wieder, was man von den Geheimnissen von Gatschina und Livadia wußte...Der Höfling drehte sich eine neue Zigarette.

»Der Krieg ist eine Kleinigkeit, Pawel Antonowitsch! Das Schwere ist vor ihm: der eine Federzug des Zaren!«

»Er muß!«

»...Wenn Alle um ihn einig wären! Aber diese Verdächtigen im Lande...ist da nicht Witte? Ist da nicht Rasputin?«

Die grobknochigen Züge des Generals verfinsterten sich bei dem Namen des wundertätigen russischen Popen und Günstlings der vornehmen Petersburger Damenwelt, der beim Zaren aus- und einging. Er sagte ruhig:

»Und doch ist der Stein im Rollen! Ich komme aus Bochara. Überall in Zentral-Asien zieht man unsere Truppen auf Kriegsfuß zusammen. Im Kaukasus rüstet man. Auf allen Bahnhöfen zwischen Wolga und Ural trifft man Vorbereitungen. Aus dem östlichen Sibirien sind unsere Truppen schon auf dem Marsch...«

»Von der Krim aus wird der Herrscher Paraden abhalten. In Odessa. In Nicolajeff. In Cherson. Alle diese Divisionen kommen auf Kriegsstärke und bleiben es! Aber gehen wir, Pawel Antonowitsch!«

Sie schritten die weite Kremlterrasse entlang. Unten rauchten schmutziggraue Wasserflächen der Moskwa zwischen den morschen Resten der Eisdecke. Bäche von Tauwasser durchfurchten den fußdicken gefrorenen Straßenschlamm. Es triefte von den Dächern. Der kurze Kampf zwischen russischem Sommer und Winter hatte begonnen, und der General sagte:

»Die Zeit ist gekommen. Wir haben sie seit Jahren genutzt. Unsere Kriegsausrüstung ist unermeßlich – war noch nie da. Nichts wurde diesmal verabsäumt. Nun – was ist?«

Der Staatsrat und Kammerherr Morskoi neben ihm hatte den rechten Handschuh abgestreift. Kurzatmig und wohlbeleibt, eilte er doch, so rasch es die Pfützen gestatteten, quer über den Zarenplatz auf das Kleine Palais zu, wo ihm vom Fußsteig her ein hellblonder schlanker Mann in den Dreißigern lässig lächelnd mit der Rechten herüberwinkte. Es war eine fast gönnerhafte Gebärde. Dabei trug der drüben nicht einmal irgend eine Uniform des russischen Tschin, sondern eine schwarze Krimmermütze, einen nach europäischer Art geschnittenen, schwarzen Krimmer-Paletot, Pariser Bügelfaltenbeinkleider über den Lackgaloschen. Auch sein Gesicht war westlicher geschnitten als das des Andern: schmal, nervös, lebhaft, mit großen, grauen Augen. Der blonde Schnurrbart war auf englische Weise gestutzt. Darunter das ironische und liebenswürdige Lächeln eines Weltmanns. Der General Schiraj frug:

»Was ist das für ein Vogel da drüben?«

»Ein Vogel? Erbarmen Sie sich! Das ist doch Schjelting!«

»Schjelting?«

»Nun ja doch! Nicolai Wassiljewitsch Schjelting!«

»Nun weiß ich nicht mehr als vorher!« sagte der General ruhig.

»Gott schütze Sie, Pawel Antonowitsch! Man merkt, daß Sie acht Jahre in Transkaspien waren! Kommt zurück und hat nichts von Schjelting gehört!«

»Ein Russe?«

»Ein Russe durch und durch! Nehmen Sie sich in Acht: Sie stehen vor einem der gefährlichsten Männer Rußlands!«

Nicolai von Schjelting nickte den Herankommenden lächelnd über die Schulter zu. Er verabschiedete sich eben von einem baumlangen Flügeladjutanten aus dem Militärstaat des Zaren. Dieser Petersburger, auf dessen Antlitz der Asiatendünkel in breiten Lettern geschrieben stand, verbeugte sich beim Händeschütteln vor ihm tief. Dann wandte sich Schjelting zu den Andern und frug, sobald er den Namen des Generals erfahren:

»Nun – und die Afghanen? Sie stehen doch in Kuschk?«

»Ich befehligte dort! Aber vor zwei Jahren...«

»...kamen Sie als Älterer Gehilfe nach Bochara! Verzeihen Sie! Ich vergaß...«

»Aber woher wissen Sie überhaupt...«

»Schjelting weiß Alles!« sagte der Hofmeister Morskoi.

»Man verfolgt wenigstens die Taten unserer Helden draußen!« versetzte Nicolai Schjelting. Es klang beinahe bescheiden. Der General lächelte geschmeichelt. Er frug: »Nun, und Sie nahmen nicht an dem Gottesdienst in der Kathedrale teil?« Und Schjelting zog, wie um Entschuldigung bittend, die Schultern hoch:

»Ich fühlte mich heute früh nicht wohl. Die ganze Nacht war ich wach. Morskoi da weiß es: ich kann seit Jahren nicht schlafen! Gott hat mich damit gestraft. Wenn andere Menschen schnarchen, liege ich mit offenen Augen, bis die Hähne krähen...«

»Sollten da nicht die Ärzte...?«

»Keiner kann mir helfen! Genug davon! Wie? Ob ich in Moskau bleibe? Nein: ich reiste zufällig durch...«

›Zufällig, weil der Zar hier ist‹ ...dachte sich der General.

»...und fahre heute Abend wieder ins Ausland! Nach Belgien. Zu meiner Frau. Ich verabschiedete mich eben von einigen Freunden im Palais.«

Dies mächtige Palais da hinten, in dem, solange der purpurtragende Schatten und sein siecher Sohn darin weilten, die unsichtbaren Fäden aus Belgrad und Paris, aus Cettinje und London, aus Kopenhagen und Tokio zusammenliefen, in dem spitze, diamantengeschmückte Damenfinger die Schicksalsnetze der Völker knüpften und aufdröselten – dies Palais, das mit seinem Ränkegewirr der Vorzimmer, seinem Hauch von Blut und Mord um die Kremlmauern an ein orientalisches Serail erinnerte ...Die drei Männer schritten nebeneinander dem nächsten Ausgang, der Heiligen Pforte zu. Alle Drei entblößten vorher ihre Häupter, und in dem schneidenden Sturmwind, der ihnen in der düsteren Wölbung entgegenpfiff, raunte Morskoi dem General zu:

»Wissen Sie, was Schjelting ist? ...Er ist einer der Vertrauten des Großfürsten!«

»Nicolai Nicolajewitschs?«

»Nicolai Nicolajewitschs selber! Und ein Günstling der Montenegrinerinnen!«

Nie wären vornehme Russen ihrer Art sonst so lange zu Fuß gegangen. Aber in diesen Tagen war der Kreml für Fuhrwerk gesperrt. Erst unten auf dem Roten Platz, nahe der Kathedrale Iwans des Gräßlichen, hielten in langen Reihen die Wagen der Würdenträger. Nicolai Schjelting stieg in den seinen. Die Zigarette zwischen den Lippen, meinte er dabei in jener raschen und lächelnden Art, mit der er jeden Bekannten als Vertrauten zu behandeln schien:

»In den Adelsklub? Erbarmen Sie sich! Dort ist heute das ganze Gouvernement! Ich bekomme keinen Bissen in den Mund! Jeder redet mich an! Ich speise in Ruhe bei mir, im Petrowski Dwor! Auf Wiedersehen dort!«

Fast ohne die Antwort abzuwarten, fuhr er davon. Die Aufforderung, mit ihm gemeinsam das Gabelfrühstück einzunehmen, dünkte ihm offenbar Auszeichnung genug. In der hinterher rasselnden Droschke schrie der General Schiraj seinem Begleiter zu:

»Belieben Sie ...Schjelting? Ist er Edelmann?«

»Vom Adel des Twer'schen Gouvernements. Er hat dort Güter.«

»Ich kannte die Familie bisher nicht!«

»Es sind nur Wenige! Sie sind ursprünglich – glaube ich – schwedischer Herkunft. Aber seit Peter dem Großen schon slawisch und orthodox.«

»Er scheint klug zu sein!«

»Gott gab ihn uns. Hätten wir nur mehr! In dieser Zeit! Wir stehen vor dem Kampf, der für ein Jahrhundert über Europa entscheidet.«

Der Generalmajor riß die schwarze Lammfellmütze vom Kopf. Rings auf der Straße bekreuzigte sich das Volk und kniete nieder. Das Bild der wundertätigen Iberischen Muttergottes zog in seiner vierspännigen, von barhäuptigem Kutscher und Spitzenreiter gelenkten Glaskarosse vorbei. Der Hofmeister sagte:

»Kennen Sie Krupensky? Den millionenreichen Holzhändler, der sich den Wolkenkratzer in der Twerskaja gebaut hat? Er gibt der Kirche zu verdienen. Jeden Tag läßt er sich das Bild an sein Krankenbett kommen!«

»Und geht es ihm schon besser?«

»Vorgestern lag er noch zwischen Tod und Leben. Auf alle Fälle hat er sich außerdem einen berühmten deutschen Arzt für schweres Geld eigens aus Wiesbaden hierher verschrieben!«

»Nun ... lassen wir ihn! Was ist dieser Schjelting denn eigentlich?«

»Nichts!«

»Nichts?«

»Das eben ist seine Stärke! Er hat keine Rangstufe. Keinen Titel. Keine Orden. Keine Vorgesetzten. Ist Niemandem verantwortlich. Niemandem Rechenschaft schuldig.«

»Was erstrebt er dann?«

»Wer kann es wissen? Vorläufig steht er im Dunkel. Hält sich bereit. Er kann ja warten. Ist unabhängig ... Sehr reich...«

»Sind seine Güter so groß?«

»Wie denn? Klein und verwahrlost. Aber seine Frau ist eine Belgierin. Die Tochter des Hauses Lambert in Brüssel. Es ist da ein großes Eisenwerk, das ihrem Vater gehört. Und dessen Schwiegervater wieder ist der General de Rigolet in Paris. Uralt und lange außer Dienst. Aber sein Name gilt noch viel in der französischen Armee!« »Ich las erst neulich sein ›Manuel sur la tactique de l'artillerie‹ wieder,« sagte der General Schiraj. Sie fuhren durch die breite Twerskaja dahin. Kurze Zeit hindurch klang das Räderrasseln gedämpft. Stroh lag auf dem Pflaster. Hier, in seinem zehn Stockwerke hohen amerikanischen Geschäftspalast lag der ehemalige Bauer und fünfzigfache Millionär Krupensky auf den Tod. Gleich darauf hielt die Droschke vor dem Petrowski Dwor, dem altrussischen Gasthof zum Peter dem Großen, in dem nichts an den Europäischen Westen erinnerte, in dem man kein Wort außer Slawisch verstand und schlitzäugige Tataren in weißen Kitteln bedienten. Hier war man unter sich. Nur russische Militärs, Beamte, Edelleute vom Lande, russische Damen in grellen Kleidern und Parfumwolken, russische Offiziersburschen und Diener in kaukasischer Tracht im Flur. Außerdem aber waren da heute noch auf der Treppe Menschen aller Stände und Schichten Moskaus. Langbärtige Bauern in umgedrehten Schafpelzen, Handwerker im Gürtelrock, ein Gymnasiast in Uniform mit seinen Eltern, ein wirrmähniger Pope mit seiner kranken Frau, zwei blasse junge Cursistinnen, ein hustender Viertelsmeister in schmutzigem Dienstmantel. Leidende Gesichter, emporgerichtete Augen, die eine Tür im ersten Stockwerk suchten, vor der ein Kommissionär des Gasthofs Wache hielt. Unten wandte sich Morskoi brüsk an einen Geschäftsführer:

»Habt Ihr hier ein Nachtasyl eingerichtet – he? Was will das Volk?«

»Zu dem deutschen Arzt, Euer Hochwohlgeboren! Gospodin Krupensky hat unsere Paradezimmer für ihn gemietet, um ihn immer in der Nähe zu haben. Seit in den Zeitungen stand, daß der deutsche Arzt da ist, kommen die Kranken den ganzen Tag. Schon in aller Frühe um zehn Uhr halten die ersten Equipagen vor dem Peterhof!« »Equipagen – gut! Aber jage dieses Volk weg!«

»Wie darf ich denn, Euer Hochwohlgeboren? Der Deutsche will es so! Jeden Mittag hält er eine Sprechstunde für Arme!«

»Ein Narr! Kuriert Muschiks und Popen umsonst! Als ob es nicht genug davon gäbe!« sagte der General lachend und trat mit seinem Begleiter in die schwere byzantinische Pracht des Speisesaals. Ein huschender weißgekleideter Tatarenschwarm bediente da in einer Ecke Nicolai Schjelting und einen anderen Herrn. Die Beiden waren in ein tiefernstes Geraune verloren. Das glühend-heiße Weizenbrot erkaltete vor ihnen unbeachtet neben der wasserhellen Wodkaflasche und dem eisgekühlten Kaviarwännchen.

»Professor Korsakoff!« sagte der Hofmeister. »Unser großer Panslawist!«

Der Moskauer Hochschullehrer trug heute auch die schwarze am Kragen gestickte Uniform seiner Rangklasse. Er hatte ein slawisch-längliches Gesicht mit dünnem Kinnbart. Zwei fanatische blaue Augen flammten hinter der Goldbrille des schmächtigen Mannes. Seine Fingerspitzen waren gelb vom Zigarettenrauchen, die Nägel schwarz. Man sah es, als er nach russischem Brauch mit seiner eigenen Gabel in die Vorschmackbissen auf den Frühstücksplatten fuhr.

»Korsakoff kommt eben von seiner Rundreise durch Serbien!« erklärte Nicolai Schjelting nach der Begrüßung. »Alles steht dort gut!«

»Ihr sagt das immer! Aber nichts geschieht!«

»Es wird geschehen!«

»Was?«

Korsakoff, der Fanatiker, antwortete nicht. Auch Schjeltings Mienen waren undurchdringlich. Seltsame Dinge scheinen die Beiden zu wissen! dachte sich der General und forschte weiter. »Und wann?«

Jetzt hob der Professor den gelbsträhnigen Kopf.

»Was hilft das Reden! Gott liebt die Tat! Ehe das Korn von den Feldern ist, heben wir die Welt aus den Angeln!«

Ein Schweigen. Am Nebentisch nahmen Gäste Platz. Ein Herr und eine Dame. Nicolai Schjelting gähnte nervös.

»Vergeben Sie! Mein altes Übel – die Schlaflosigkeit ... die wache Nacht rächt sich! Kein Mittel hilft.«

»Nun, und jetzt eben ist doch hier über uns der deutsche Arzt...«

Plötzlich richtete sich Nicolai von Schjelting auf. Der Anfall von Müdigkeit war vorbei.

»Der Deutsche! ... Das eben ist's: wo ist der Deutsche bei uns nicht? Da: belieben Sie zu hören: der Alte am Tisch neben uns spricht Deutsch! Wie kommt er hierher in diese Gostinitza? ... Wir dulden es! Wir dulden Alles! Unser Rubelkurs wird in Berlin gemacht. Unsere Hauptstadt trägt einen deutschen Namen...«

»Selbst unser Herrscherhaus kam aus Deutschland!« sagte herantretend ein alter Herr mit hoher rechter Schulter, der mit seinem weißen Henriquatre wie ein stutzerhafter kleiner Marquis aussah. Schjelting reichte ihm im Sitzen flüchtig die Hand und sprach in einem weichen, reinen Französisch:

»Sie wissen, Knjäs: man nimmt Sie nicht ernst!«

Der Fürst Bulagin setzte sich und zwinkerte mit der trockenen Skepsis eines alten Parisers. Auch sein Französisch war wundervoll, so wie man es sonst nur noch am Louvre von den Schauspielern der Comédie Française hört.

»Eben ist der Colonel abgereist. Mit dem ersten Zug!«

Der ›Colonel‹ hieß in diesem vertrauten Kreis der Zar, weil er es bei seiner Thronbesteigung bis zum Obersten gebracht hatte. Die Stunde seiner Abfahrt war stets geheim. Ebenso, in welchem der drei einander folgenden Hofzüge er wirklich saß. Nun rollte er durch die Steppen nach Süden. Ganze Armeekorps säumten hunderte von Kilometern weit reihenweise die Geleise, zeigten ihrem Kriegsherrn den Rücken, wachten schußbereit, daß kein Untertan sich nahte. Der Fürst Bulagin hatte noch eine zweite Neuigkeit.

»Krupensky ist außer Lebensgefahr. Er hat vorhin schon dem Stadthauptmann eine halbe Million Rubel für das Findelhaus geschickt, um seine breite, russische Natur zu zeigen! Der Deutsche, der alte Teufelskerl, hat ihn wahrhaftig gerettet!«

Bei dem Wort ›Krupensky‹ hob der stille Herr am Nebentisch den schlichten, graubärtigen Kopf und lächelte. Vor ihm und seiner Tochter standen erwartungsvoll drei Tataren – Großvater, Vater und Enkel. Aber die Speisekarte war nur russisch. Für die Deutschen unverständlich.

»Was macht man nur, Inge?«

»Wie gestern! Ich tipp' auf irgend was! Wir lassen uns überraschen!«

Der Tatar begriff die Zeichensprache des jungen Mädchens, murmelte: »Ich höre!« und verschwand. Nebenan kehrten die Russen, der Sicherheit halber, zu ihrer Muttersprache zurück.

Der Champagner begann ihre Gesichter zu röten. Korsakoff entzündete sich nervös Papyrossen zwischen den einzelnen Gängen und warf sie halb ausgeraucht hinter sich auf den Boden. Nicolai Schjelting sprach rasch, in einer lebhaften und einschmeichelnden Art, gewohnt, daß man ihm zuhörte.

»Zum Beispiel Morskoi führt den Titel ›Gofmester!‹ Warum Hofmeister? Ist die russische Sprache zu arm für einen Diener des Zaren? Müssen wir immer die Lehrlinge dieses kleinen Deutschlands sein – wir, die Herren zweier Weltteile, die Überwinder Napoleons, die Erben von Byzanz? Wie, Bulagin? Wir seien eher die Schuldknechte Frankreichs? Das ist wieder das falsche Denken des Westens. Im Gegenteil: Borgen macht stark! Wer ist stärker: wer Etwas hat oder wer Etwas will? Wir haben das französische Geld. Also müssen die Franzosen tun, was wir wollen!«

Die Russen um ihn lachten und tranken. Schjelting fuhr fort und sah dabei unwillkürlich das junge Mädchen am Nebentisch an.

»Es handelt sich um die Absetzung Europas. Europa ist ein überkommener Irrtum. Europa ist geographisch nichts als eine Halbinsel Asiens. Asien sind wir. Nach Europa kommen wir von dort des Abends müde heim, wie ein Mann nach seiner Tagesarbeit. Da wollen wir unsere Ruhe. Aber giebt es Ruhe mit Deutschland? ...«

»Nein! Da Deutschland seit 1870 ständig nach allen Seiten Krieg führt ..,« sagte der Knjäs Bulagin trocken. Schjelting überhörte es.

»Europa, in dem dies kleine Deutschland sich bläht, ist nur ein Zwischenfall. Asien ist die Wiege der Welt. Alle großen Religionen sind in ihm und an seinen Grenzen entstanden, alle Völkerstürme kamen von dort. Wir halten die Schlüssel Asiens. Uns ist es beschieden, den Westen auf sein winziges Maß zurecht zu rücken.«

»Der Westen ist faul!« sagte der General Schiraj.

»Er ist faul! Aber stört uns ein bischen Hautgout? Polen stank auch schon, als wir es tranchierten.«

»Haben wir es verdaut? Und die Finnen? Die Deutschen? Die Hebräer? Die Letten? Die Esthen? Die Tataren? Die Kaukasier? Sie liegen uns wie Steine im Magen.«

»Sie lieben den Widerspruch, Fürst Bulagin! Man kennt Sie! Da sehen Sie eben einen russischen Kaukasier!«

Nach wahrhaft russischem Brauch wurde das Schaschlik vom Koch selbst in Tscherkessentracht mit umgehängtem Säbel und aufgenähten Patronentaschen dem Gast in den Saal gebracht. Die beiden Deutschen musterten erstaunt den kriegerischen Kerl, der ihnen die Stäbe mit aufgespießten gerösteten Hammelstückchen vorlegte. Das junge Mädchen lachte vergnügt.

»Ein tolles Land!« sagte sie.

Nicolai Schjelting hatte sich wieder nach ihr umgewandt. Sie hatte freie und offene Züge und klare Augen. Schon an der reinen, frischen Hautfarbe erkannte man die Ausländerin. Die Russinnen hatten die Puderquaste immer zur Hand. Auch der verächtliche und lässige Gesichtsausdruck slawischer Schönheiten fehlte ihrer lachenden Unbefangenheit. Sie trug einen schwarz und weißgestreiften Reiserock und eine ebensolche Jacke. Auch noch die preußischen Farben, dachte Schjelting. Sie beachtete ihn nicht. Das ärgerte ihn. Er wußte nicht, warum ...

»Inge ... ob der Mann ein Trinkgeld nimmt?«

»Na, Vater ... ich möcht’ mal den Menschen in Rußland sehen, der keins nimmt!«

Der bewaffnete Koch verbeugte sich tief und verschwand mit seinem Rubel. Schjelting sah immer noch gereizt hinüber und sagte sich: Eigentlich hat sie recht! Wir nehmen ja Alle! Der Geschäftsführer war an den Nebentisch getreten und begrüßte den alten Herrn. Dabei klang das russische Wort ›Exzellenz‹ wiederholt von seinen Lippen. Morskoi winkte ihn heran und frug halblaut:

»Wieso Exzellenz?«

»Der deutsche Arzt ist Exzellenz, Euer Hochwohlgeboren. Ich schickte selbst seinen Paß zur Polizei.«

»Wie heißt er?«

»Geheimrat Tillesen!«

»Sie sehen schlecht aus, Schjelting!« sagte der spöttische Fürst Bulagin. »Wenn die hohen Damen Sie nach dem Weltkrieg zum Minister machen, brauchen Sie Ihre Nerven! Lassen Sie sich rasch noch von dem Deutschen da nebenan kurieren, ehe Sie ihn und alle anderen Deutschen umbringen!«

»Ja, wahrlich, unsere Ärzte taugen nichts!« versetzte der General in seinem tiefen Baß.

»Und da ist wieder unser Kleinmut!« Ein plötzliches hochfahrendes Lächeln legte sich wie eine asiatische Tünche über Nicolai Schjeltings unruhige Züge. »Wieder der Deutsche in Ihnen, Pawel Antonowitsch! Die Deutschen verhexen die Welt. Sie erfüllen unsere Köpfe mit einem Nebel, und sie selber üben inzwischen Parademarsch. Gott will da endlich Klarheit. Wer groß ist, soll Großes tun. Wer klein ist, sich bescheiden. Was ist größer als unser heiliges Rußland? Was war je größer, seit es Menschen giebt, als dies Reich von der chinesischen Mauer bis nahe an Berlin? Fünf Meere umspülen unsere Küsten. Walfische blasen an der einen, Orangenbäume blühen an der andern. Einhundertundsiebzig Millionen Menschen gehorchen dem Weißen Zaren. Nußland und Unermeßlichkeit ist Eins. Der Muschik ist der Erderoberer. ›Mir‹ heißt Dorfgemeinde und Welt.«

Außen, an einem der ebenerdigen Fenster des asiatischen Luxushotels bewegten sich zwei bloße Armstumpfe. Dazwischen ein nasenloses Gesicht. Das Wimmern der Bettler drang durch die Glasscheiben. Der Gelehrte aus Wiesbaden sah prüfend auf dies Häuflein Aussatz und Ekel da draußen, mit der Ruhe des deutschen Forschers, für den der Kolibri nicht schön ist und die Kröte nicht häßlich, die Mücke nicht klein und die Milchstraße nicht groß, sondern alle Dinge nur ein Weg zur Erkenntnis. Auch das junge Mädchen zeigte keinen Widerwillen. Sie schien an derlei gewöhnt, eine Gehilfin ihres Vaters. Sie sagte nur halb mitleidig: »Gott ...ja: Rußland...« Ihre Teilnahme machte Schjelting wütend.

»Schaffe dies Gesindel fort!« herrschte er den nächsten Tataren an. Dann zu den Anderen: »Belieben Sie einmal einen Blick auf die Landkarte zu werfen: Wie groß ist denn dieses Preußen? Ein halb Dutzend von unsern Gouvernements! Ein paar Ellen Küste, die ihm die Engländer sperren. Nicht genug Brot ohne uns. Frankreich, dies furchtbare Frankreich vor dem Tor. Ein solches Dreigespann von Großmächten...« Er verfiel plötzlich, mit einer blasierten Handbewegung in Französisch: »Quinze jours, mon prince! Je vous assure: pas plus!«

»Und die Kultur, die da zu Grunde geht?«

»Kultur? Das ist wieder eine Suggestion des Westens! Werden Sie von Kant satt? Schlafen Sie besser nach Bismarcks Reden? Was heißt Kultur? Kann man sie essen? Kann man sie trinken? Schützt sie gegen Winterkälte? Gegen Alter und Tod? Glücklich ist, wer nicht lesen und schreiben kann – keine anderen Bedürfnisse kennt, als die er zu stillen vermag! Unser Muschik!«

»Nun – da ist er ja!«

Draußen auf der Straße fuhr ein Leiterwagen vorbei. Ein Dutzend Bauern lagen kreuz und quer wie die Mehlsäcke darauf, mit offenem Mund, verglasten Augen, einer mit dunklem Blut im Bart.

»Unglaublich, diese Masse Betrunkener hierzulande, Vater, nicht?«

»Ja, Inge!«

Schjelting sagte sich ärgerlich: Die Polizei brauchte die Kerle auch nicht grade vor den Augen der Deutschen zu sammeln und auf die Wache zu führen. Dann verloren sich seine Gedanken: Eigentlich ist dies Mädchen drüben hübsch ...Es fiel ihm auf, wie er jetzt von der Seite ihr schönes Profil mit dem dunkelblonden Haar sah. Er kam zu sich und wandte sich jäh zu den Andern:

»Mag auch bei uns manches faul sein! Gut! Umsomehr brauchen wir den Krieg. Zur Ableitung. Die Bombe, die über die Weichsel fliegt, platzt nicht in Petersburg!«

Korsakoffs Augen glühten wie zwei blaue Kohlen. Er hob den gelblichen Zeigefinger:

»So ist es! Und mehr: denkt nicht nur an uns, sondern an unsere slawischen Brüder. Der Balkan ruft mit tausend Stimmen. Er ruft uns bei Tag und Nacht...«

»Zum Spaziergang zur Adria!« sprach der General Schiraj und reckte sich in den breiten Schultern. Der Kellner schob die vierte Champagnerflasche in den Eiskühler. Die zweite Likörflasche auf dem Nachtisch war schon halbgeleert, jeder mit Ausnahme Schjeltings hatte schon seine zehn, zwölf Schnäpse im Leibe. Auf der Straße entstand ein wirres Geschrei ... Hufschläge ... ein paar Kosacken jagten vorbei. Sie schleiften einen barhäuptigen, jungen Menschen in grüner Studentenuniform neben sich durch den Straßenschmutz, schlugen auf ihn ein, die rechte Seite seines herabhängenden Kopfes war scharlachrot. Auf der langen Blutspur hinter ihm liefen andere Hochschüler und junge Frauen und schrien und drohten mit geballten Fäusten und leidenschaftlich verzerrten Gesichtern den Kosacken.

»Übelgesinnte, Euer Hochwohlgeboren!« meldete der Tatar, den Champagner in die Kelche füllend. »Sie versuchten, das Volk beim Durchzug der ›Unglücklichen‹ aufzuwiegeln!«

Die Russen rauchten ruhig. Derlei gehörte zu Moskau und Petersburg wie Schnee und Wind. Nur Schjelting vernahm nebenan ein helles, diesmal von wirklichem Grauen erfülltes:

»Furchtbar...« Dabei stand sie mit dem Geheimrat Tillesen auf. Nun sah er, daß sie groß und schlank gewachsen war, wohl einen halben Kopf länger als der unscheinbare, stille Gelehrte neben ihr. Eben wollten sie zahlen – da nahte es da draußen, was Nicolai Schjelting schon die ganze letzte Zeit unruhig von ihren Augen weggewünscht hatte: die ›Unglücklichen‹ kamen, auf dem Weg nach Sibirien. Ein langer, langer Zug. Kerkerbleiche Gesichter. Kettengeklirr unter den Sträflingskleidern. Alt und Jung. Neben den Männern auch Frauen. Stumpfe Soldaten in schmutzigen Mänteln und Mützen, rechts und links. Viele der Begegnenden bekreuzigten und verbeugten sich, wateten auf die Straße und steckten den Gefangenen Almosen zu. Dumpf klang ihr: » z'bogóm! z'bogóm! Mit Gott!« Wie eine graue Luftspiegelung unter dem grauen Himmel zog der Zug der Verbannten vorbei, verschwand auf seinem weiten Weg bis zu den Bergwerken und Einöden Asiens.

»Schade, daß das die unerlösten Brüder auf dem Balkan nicht auch sehen!« sagte der unverbesserliche Bulagin.

»Genug, Fürst! Sie sind kein echter Russe!«

»Nun – ich bin aus Ruriks Stamm!«

»Dann vorwärts, Knjäs!« Korsakoff stand auf und stürzte ein Glas Sekt hinunter. »Rußland vom Stillen Ozean bis zur Adria!«

»Also wollt Ihr wirklich den Weltkrieg?«

Nicolai von Schjelting sah um sich. Die beiden Deutschen waren verschwunden. Er sagte lächelnd:

»Vor hundert Jahren haben wir Moskau angezündet. Warum sollen wir nicht auch einmal die Welt anzünden? Unser Mütterchen Moskau ist schöner wieder auferstanden. Auch die Welt wird schöner auferstehen!«

»Und die Millionen von Menschenleben?«

»Einmal würden sie doch sterben!«

»Und die Milliarden von Geld?« »Gehören sie uns? Wir haben ja nur Schulden!«

»Die Zerstörung von Hab und Gut!«

»... beim Feind, Fürst Bulagin!«

»Denken Sie an das Testament der Alten Katharina!« schrie Korsakoff. Auch der General sprang empor.

»Noch steht das Kreuz nicht auf der Hagia Sophia!«

»Aber der Weg nach Stambul führt über Wien!« rief Morskoi.

»Nein. Über Berlin!«

Schjelting sagte es. Er war allein ruhig sitzen geblieben und reichte so den Anderen die Hand zum Abschied. Der General Schiraj dachte sich dabei: Nun, mein Lieber, dumm bist Du freilich nicht! Aber Dich reitet der Ehrgeiz und Dein Pferdchen wiederum heißt Rußland! Und der Hofmeister meinte, halb im Scherz, halb im Ernst: »Vergessen Sie uns, Ihre Freunde, nicht, wenn Sie nach dem Sieg Minister sind!«

»Leben Sie wohl!«

»Grüßen Sie Paris!«

Allein geblieben, saß Nicolai Schjelting noch eine Weile da und rauchte. Dabei fuhr er ein paarmal mit der Hand über die geschlossenen Augen. Es war eine unwillkürliche Gebärde der Ermüdung. Nun kam der Rückschlag nach der schlechten Nacht. Er dachte sich: Heute und morgen und übermorgen wirst Du auf der Eisenbahn wieder nicht schlafen, bist bei der Ankunft in Paris bei wichtigen Geschäften und Geheimnissen matt und abgespannt. Bei den Boulevards fiel ihm Bulagin ein. Der alte Bajazzo hatte recht: auf dem Weg über Leichen brauchte man seine Nerven … Er schrieb zerstreut eine Depesche an seine Frau: A Mme Ghislaine de Schjelting, née Lambert à Bruxelles, Boulevard du Régent 311, meldete, daß er sich noch ein paar Tage an der Seine aufhalten und dort auch ihren Großvater, den alten General de Rigolet, treffen würde, ehe er nach Belgien käme, und unterschrieb mit dem gewohnten kühlen und flüchtigen: ›Toujours à vous. Nicolai.‹

Es war der Ton zwischen ihnen. Dann gähnte er und stand auf. Die Stühle am Nebentisch waren leer. Da hatte dieser alte Deutsche gesessen. Eine Exzellenz. Also sicher einer der ersten Ärzte seines Landes. Und für so etwas waren diese Deutschen doch schließlich gut …

Die Treppe war jetzt frei von den Patienten, die vor ein paar Stunden da wie die Bittsteller Reihen gebildet hatten. Jetzt traf man den Alten allein. Das war wie ein Wink des Schicksals. Vielleicht wollte er später, nach dem Krieg, keine Russen mehr behandeln. Man mußte die Zeit nutzen. Nahm sich ein Rezept mit. Möglicherweise half es doch. Schjelting klopfte kurz entschlossen und öffnete fast zugleich. Im Vorzimmer saß nicht, wie er erwartet, ein Diener, sondern das junge Mädchen von vorhin. Sie legte den Federhalter neben den angefangenen Brief und hob die Hand.

»Pst!«

»Was denn?«

»Leise! Mein Vater schläft nebenan!«

Schjelting blieb ärgerlich stehen. Sie musterte ihn mit einer halb fragenden Wendung des Halses.

»Was wünschen Sie, bitte?«

»Ich möchte den Doktor konsultieren!«

»Sie meinen Seine Exzellenz, Herrn Geheimrat Tillesen?«

»Nun ja – die Exzellenz! Ich werde in einer Stunde wiederkommen!«

»Es tut mir leid! Heute ist es zu spät!«

»Wie denn: zu spät? Ein Arzt ist für die Kranken da!«

»In der Sprechstunde. Die ist von zehn bis zwölf.«

Überall im Zimmer standen Geschenke reicher russischer Patienten. Bunte Tula-Arbeiten, silberne Becher, kaukasischer Zierrat. »Und Schlag Eins mache ich auch mit der Poliklinik Schluß. Mein Vater wird nächstens Sechzig. Er braucht seine Ruhe!«

Nicolai Schjelting liebte keinen Widerstand. Im Gegenteil: ›dann grade‹! Er sagte in seinem reinen, tadellosen Deutsch, in dem nur die harte Aussprache den Russen verriet:

»Nun – man wird mit mir eine Ausnahme machen!«

»Warum gerade mit Ihnen?«

»Weil ich in ein paar Stunden ins Ausland reise!«

»Dann müssen Sie das eben auf morgen verschieben!«

»Wie kann ich das? Äußerst wichtige Dinge rufen mich!«

Er dachte sich: ›Dinge gegen Euch Deutsche! Dabei stehe ich hier vor dieser Deutschen und bitte. Was ist das mit mir?‹

»So kommen Sie nach Wiesbaden! Dort steht mein Vater jedem Patienten zur Verfügung.«

»So lange zu warten ist nicht meine Sache!«

»Dann vermag ich Ihnen zu meinem Bedauern nicht zu helfen.«

»Mit mir steht es aber schlimm! Belieben Sie zu begreifen: ich kann nicht schlafen! Also bitte, melden Sie mich!«

»Mir ist es im Augenblick wichtiger, daß mein Vater schläft, als daß Sie schlafen. Das können Sie mir als Tochter wirklich nicht übel nehmen!«

Durch ihre Worte klang immer dieselbe freundliche Entschiedenheit, die ihn so ärgerte. Er entnahm seiner Brieftasche fünf Regenbogenscheine und legte sie auf den Tisch.

»Hier sind fünfhundert Rubel! Ist das genug?«

Nun stand das junge Mädchen auf. Er sah wieder, wie groß und schlank sie war. Beinah so groß wie er. Eine feine Röte des Unmuts überflog eine Sekunde ihre hübschen Züge. Aber sie blieb ganz gelassen:

»Also nicht wahr: Sie stecken das da wieder ein? Das hat doch gar keinen Zweck! Das müssen Sie sich doch selber sagen!«

»Also tausend Rubel!«

»Herr Krupensky hat hunderttausend Mark auf der Bank hinterlegt, damit mein Vater überhaupt nur hierherkam. Was denken Sie denn von uns?«

Nicolai Schjelting schwieg und schob die Scheine in die Hosentasche. Nun kamen ihm, dem Mann von westlicher Bildung, doch wieder die Maße zu Bewußtsein, in denen ein deutscher Fürst der Wissenschaft lebte. Aber er war wütend auf das junge Mädchen, das zwischen ihm und der Nebentür stand. Er ging, in der plötzlichen herrischen Aufwallung eines vornehmen Russen einfach auf diese Türe zu, um sie zu öffnen. Aber sofort trat sie davor und ihr ›Bitte!‹ klang trotz aller Höflichkeit so ernst und bestimmt, daß er wieder stehen blieb und die Achseln zuckte. Eigentlich war es für ihn, Nicolai von Schjelting, unter seiner Würde, hier zu streiten. Aber er konnte sich doch nicht enthalten zu sagen:

»Gut! Man hätte es wissen können! Wer mit Deutschen zu tun hat, stößt überall auf dieselbe Kleinlichkeit. Überall auf der Welt machen sich die Deutschen verhaßt. Sie werden's noch einmal büßen!«

Er frug sich selber dabei: ›Was sind das für Geschichten? Was schlage ich mich hier mit einer beliebigen Deutschen herum? Ein Mann, wie ich?‹ Es machte auf sie auch gar keinen Eindruck. Sie lachte nur hell und sah dabei reizend aus in ihrer blonden Jugend.

»So? Nun, wir fürchten uns nicht! Adieu!«

Als er mit der hochmütigen Andeutung einer Verbeugung das Zimmer verlassen hatte, setzte sich Inge Tillesen wieder an den Tisch und schrieb weiter:

»...Ich wurde eben unterbrochen. Ein Stück Halbasien kam herein. Die Unkultur auf zwei Beinen, das heißt äußerlich natürlich höchst elegant und also um so unverschämter. Ich mache eben das Fenster auf. Er hat so einen merkwürdigen Geruch von Zigaretten, Kölnisch Wasser und ganz seinem Juchten hinterlassen.

So! Also, lieber Freund, hier merkt man nicht das Geringste von Truppenbewegungen. Überall Ruhe. Tiefster Friede. Aber sonst ein Land, von dem man noch nach Jahren im Traum Alpdrücken kriegen kann. Es bestärkt Einen zum Glück in seiner Anschauung. Es ist die Verläugnung jeder Freiheit, und Sie wissen, wie sehr ich für die Freiheit jedes Menschen bin! Der Mensch ist, nach meiner Meinung, in erster Linie für sich selber auf der Welt!

Das ist ja der alte, ewige Streit zwischen uns, seit ich aus Amerika zurück bin. Ich hab' so gar keine Hoffnung mehr, daß wir da je zusammenkommen können! Sie schreiben: Im Wort ›Pflicht‹ steckt das Wort ›Ich‹ darin. Ich schreibe wieder: Für mich fangen Freiheit und Frau mit denselben Buchstaben an. Natürlich giebt es Pflichten. Aber selbstgewählte. Keine überkommenen. Keinen Zwang. Da draußen reiten eben wieder die Kosacken.

Aber solchen Unterschied in der Weltanschauung kann man sich die Finger wund schreiben und bleibt doch auf demselben Standpunkt: Sie auf Ihrem: ›Ich dien‹! und ich auf meinem: ›Ich bin ich!‹ Wir müssen uns jetzt einmal endgiltig aussprechen, wenn Sie nach Ostern auf Urlaub zu Ihren Eltern nach Wiesbaden kommen. Ich bestehe darauf. Es geht so nicht weiter. Mit uns Beiden nicht. Für heut Schluß. Ich habe keine Zeit mehr. Sie sehen, ich lade mir freiwillig Verantwortung genug auf. Ich muß jetzt meinen Vater mobil machen, daß er nach seinem russischen Krösus sieht. Wir haben ihn glücklich durchgebracht! Also bald auf Wiedersehen in Wiesbaden.

Ihre

Inge Tillesen.«

Sie schrieb die Adresse: ›Herrn Hauptmann Paul Isebrink, Berlin, Alt-Moabit 330‹ und hielt das Schreiben in der Hand, während sie ihren Vater zu dem nahen, über Hütten und Holzpalästen sich auftürmenden Wolkenkratzer des Kaufmanns Erster Gilde Krupensky begleitete. Die breite Twerskaja war noch zu Ehren der Anwesenheit des Zaren in der von der Polizei vorgeschriebenen Zahl und Art der Fahnen beflaggt, ebenso wie die Iljinka und Morossejka, die Warwarka und die anderen Verkehrsadern, die Nicolaus II. auf dem Weg zum Nowgoroder Bahnhof möglicherweise wählen konnte. Dazwischen waren große, ganz schmucklose Straßenzüge. Der Befehl an die Dworniks zum Aushängen der Landesfarben war wie immer strichweise gleich einem Hagelschlag gegangen. Wieder läuteten nah und fern die Glocken der unzähligen Kirchen und Klöster einen der unzähligen Feiertage ein. Beter knieten an den Straßenecken, das bärtige Gesicht nach irgend einem unsichtbaren Heiligtum gewendet, eine krankhafte byzantinische Frömmigkeit fieberte in der sturmerfüllten kalten Frühlingsluft. Der Geheimrat Tillesen sah gedankenvoll auf diese Kosacken und Popen, Tschinowniks und Muschiks.

»Wann waren wir eigentlich zuletzt unterwegs, Inge?«

»Vorigen Herbst, Vater. In Madrid!«

»War das nicht schon im Sommer?«

»Da waren wir doch in Stockholm! … Halt … halt … da ist doch schon das Haus! Nun wärst Du doch richtig wieder in Deinen Gedanken ruhig weitermarschiert ohne mich!«

Der Gelehrte blieb auf dem strohbelegten Bürgersteig stehen. Ringsum war alles fremdartig, die Gesichter, die unverständlichen Ladenaufschriften, die unlesbaren Straßennamen an den Ecken.

»Schließlich werd’ ich doch einmal ohne Dich gehen müssen, Inge!«

»Wieso?«

»Deine beiden Schwestern sind längst schon verheiratet. Nun bist Du daran!«

»Oh, ich hab’ Zeit!«

»Du wirst doch fünfundzwanzig!«

»Sogar sechsundzwanzig! Das Alter Deiner Töchter merkst Du Dir nie!«

»Nun eben!«

Sie lachte. »Warum schaust Du mich denn so kummervoll an?«

»Das kommt davon, wenn man Witwer ist, Inge! Ich hätte Dich nicht so lange nach Amerika lassen sollen. Die zwei Jahre in Boston waren für Dich viel zu viel!«

»Ich finde, sie haben mir sehr gut getan!«

»Du bist innerlich viel zu unabhängig geworden! … Amerika ist nicht Deutschland … Nun … ich muß jetzt da hinauf …«

»Ich bringe unterdessen Deine Bestecke in Ordnung und schreib’ für Dich Briefe. Auf Wiedersehen!«

»Barinja! Barinja!« schrieen aufmunternd am Straßenrand die struppigen, dick wattierten Droschkenkutscher. Sie begriffen nicht, daß eine vornehme Dame zu Fuß ging, straff und flott, mit hochgehobenem blondem Kopf, viel rascher als die schwerfällig stapfenden Russinnen.

»Herrin! Belieben Sie!«

Inge Tillesen lachte zu dem Gebrüll der Kerle und schritt elastisch die kurze Strecke bis zu dem Hof Peters des Großen zurück. Im Vorraum des Hotels lag ein kleiner Berg von Koffern, Kissen, Reisematratzen, Decken. Nicolai von Schjelting stand dahinter, in Pelz und Mütze, die Zigarette zwischen den Lippen, und jagte ungeduldig die silberbetreßten Schweizer, die weißkittelligen Tataren und rothemdigen Hausknechte hin und her. Erst schien es, als hielte er es für unnötig zu grüßen. Dann tat er es plötzlich doch, mit einem zerstreuten Lächeln, und ärgerte sich über ihre kühle Kopfneigung und dachte sich, während sie die Treppe hinaufstieg: Nun – was geht sie mich an?

Draußen hielt schon der Lichátsch, der Luxuskutscher. Im zweiten Gefährt folgte der Kammerdiener mit dem Gepäck. Mit sausenden Rädern ging es durch spritzenden Eisschlamm hinaus zum Smolensker Bahnhof. Das eigene breite Abteil war schon bereitet, der Samowar brodelte in der Gang-Nische, der Wagenwärter verbeugte sich tief. Der Zug rollte hinaus in die bleichen Schneefelder, die weiß überfrorenen Sümpfe, die silberstämmigen, niederen, endlosen Birkenwälder. Da war das Schlachtfeld von Borodino. Man war damals mit dem ganzen Westen fertig geworden – wie jetzt nicht mit dem einen Nachbar? Nicolai Schjelting liebte, als ein Mann von umfassender Bildung, die geschichtlichen Belege seiner Weltanschauung, verdankte ihrer lebhaft vorgetragenen Beweiskraft einen Teil des Einflusses, den er auf Andere, und namentlich auf die politisierenden Petersburger Damen ausübte. Er saß und rauchte, um die nervöse Ungeduld der langsamen Fahrt zu beschwichtigen. Es dämmerte über den weiten Steppen. Der Oberkonduktor klopfte ehrerbietig und überwachte persönlich das Anzünden der Stearinkerzen. Nun war es draußen dunkle Nacht. Aber von Schlaf keine Rede. Schjelting fuhr sich mit der Hand über die Augen. Er dachte sich grimmig: ›Die Pest über diesen alten Deutschen! Einem Krupensky hilft er, einem halben Vieh vom Ural, das noch den Zucker abbeißt und den Tee aus der Untertasse schlürft. Mir nicht! Die Tochter verhindert es. Sie hat ihm überhaupt nicht gesagt, daß ich da war!‹

In der langen Weile der schlaflosen Nacht sann er darüber nach, was ihre Augen eigentlich für eine Farbe hatten. Komisch: sonst sah er sie leibhaftig vor sich. Aber das wußte er nicht. Er warf die Zigarette weg und frug sich: Was Teufel hast Du daran zu denken? Das eintönige Rollen der Räder lullte doch ein. Aber bald fuhr er wieder aus unruhigem Halbschlummer auf. Man hielt mitten in der Nacht auf irgend einer Station. Es war ein Laufen auf den hohen Holzplanken des Bahnsteigs. Auf dem Nebengeleise hielt ein endloser Zug, der hier den Schnellzug nach Warschau an sich vorbeiließ. In hundert matterleuchteten Wagen drängten sich Tausende von schlafenden Soldaten in feldbraunen Mänteln. Stumpfe, breitknochige Gesichter. Typen des fernen Ostens. Nicolai Schjelting lächelte befriedigt, während er im Weiterrollen den Militärzug hinter sich ließ. Der fuhr nur des Nachts. Die Bahngebäude lagen überall eine Stunde von den Städten entfernt. Die Deutschen brauchten nicht Alles zu wissen, was im Heiligen Rußland vorging. Hier und überall, wo das Eis brach und der Schnee schmolz, rüsteten sich die Regimenter des Zaren zu den großen ›Manövern‹ im Westen. Bald war man aus den weitesten Weiten unterwegs, von den Grenzen des Hindukusch und den Steppen der Mongolei, vom Fuß des Elbrus und dem Nördlichen Eismeer, eine Völkerwanderung in Waffen, wie sie die Welt noch nicht gesehen.

Über Nicolai Schjelting kam wieder der asiatische Rausch. Unruhig drehte er sich eine neue Zigarette. Seine Augen flackerten. Er unter Wenigen kannte die unwahrscheinliche Zahl von Millionen, die man aufbot. Wer konnte dem Sturm widerstehen? Der Sturm blies dies morsche Europa in Fetzen, trug die, die ihn entfesselt hatten, auf seinen Schwingen empor zu den Sternen.

Ein neuer Tag. Wieder der Abend. Unendlich war dies Rußland. Die zweite Nacht ohne Schlaf, dank diesem Deutschen und seiner Tochter Inge. Ingeborg. Ein recht deutscher Name. Was sie blos für Augen hatte? …Ein Auffahren: endlich Warschau. Im Mondschein der breite lehmfarbene Schwall der Weichsel. Noch einige Stunden…

Helle, scharfe Rufe, wie auf dem Exerzierplatz, im Morgendämmern, ein kurzes, sicheres Zugreifen der Gepäckträger, straff aufgerichtete Beamte, ein Hauch von Befehlen und Gehorchen in der Luft: die deutsche Grenze. Der Hauptbahnhof von Thorn. Noch jenseits der hochtürmigen alten Stadt auf dem linken Stromufer.

Zwei Säbel klirrten draußen vorbei. Frische lachende preußische Leutnantsstimmen:

»Na – wo kommen denn Sie in aller Gottesfrühe her?«

»Nachtübungen auf dem Artillerieschießplatz. Und Sie?«

»Ronde! Vom Fort Ulrich von Jungingen!«

Ulrich von Jungingen, der Heermeister in der Schlacht bei Tannenberg. Nicolai von Schjelting ging es durch den Kopf: Damals wurden die Deutschen von den Polen bis zur Vernichtung geschlagen.

Er nahm in dem deutschen Abteil Platz und dachte sich im Weiterfahren: Auch die Polen waren Slawen, wie wir. Vielleicht kommt auch für uns einmal die Schlacht von Tannenberg...

II

Man hätte glauben können, es sei der Zar, der an diesem heißen Frühlingstag, zu Ende April, vom jungen Grün der Avenue Gabriel her, umdonnert vom Jubelsturm eines schwarzen Menschenmeers über den Concordienplatz seinen Einzug in Paris hielt. Aber es war nicht der schattenhafte Selbstherrscher aller Reußen, sondern der zweite Herr der Erde, sein gekrönter Vetter von Großbritannien, ihm zum Verwechseln ähnlich, mit unbedeutenden Zügen über kurzem, blondem Vollbart, leerem Lächeln, wie jener ein Fleisch gewordener Widerspruch zur Macht über die halbe Menschheit.

»Vive l'Angleterre!«

Es rollte wie Donner über die weite Fläche. Von den Jahrtausenden ihres Luxor-Obelisks sahen Ra und Thot, Anubis und Nephtat auf das Schneeflockengewimmel wehender Tücher und weißer Menschengesichter. Die Sonne funkelte im Silberspiel auf den Helmen und Kürassen der Gepanzerten, die in langem Zug der vierspännigen Karosse des Kaisers von Indien vorausritten. Er dankte verlegen freundlich rechts und links den Huldigungen. Madame Poincaré saß neben ihm.

»Vive Poincaré!«

Im nächsten Wagen folgte der Präsident der Republik mit der Königin von England. Sein kantiger Lothringer Kopf strahlte von befriedigter Eitelkeit. Wie er sich da selbstgefällig in seiner Volkstümlichkeit sonnte, verkörperte sich in ihm die Republik der Rechtsanwälte und Kammerredner, das fünfzigjährige Reich der Phrase. Doppelreihen von roten Käppis und Hosen und blauen Schwalbenschwänzen schieden seinen Triumphzug von dem dahinter jubelnden Volk. ›Die große Stumme‹, die Armee, hielt Wacht.

»Vive la Russie! Vive l' Angleterre!«

Vergessen Krim und Beresina! Wo war jetzt Abukir und Trafalgar, Waterloo und Faschoda! Aus allen Fenstern blähten sich nebeneinander Union Jack und Tricolore, flatterten von den Dächern, grüßten mit tausend Wimpeln über das Häusermeer an der Seine. Ein Fieberrausch von Festfarben, Frühlingshitze, Zukunftshoffnung über Paris. Das aufgeregte Summen und Wirren eines hitzigen, stechlustigen millionenfachen Bienenschwarms. Drüben, auf der Vendôme-Säule, schaute hoch vom blauen Himmel der kleine Erderoberer in Cäsarentracht hernieder auf sein wimmelndes Reich.

Der Chef des Militärstaates des Präsidenten lenkte sein Roß auf die Konkordienbrücke und führte den Zug hinüber nach dem rechten Seine-Ufer. Auf dem Platz dahinter lösten sich die Spaliere. Die Menge wogte um die glitzernden Springbrunnenstrahlen. Seitwärts, nahe der englischen Botschaft, marschierte ein Regiment, von der Parade kommend, vorbei. Ah – diese braven 102ten von der Linie! Die Hüte hoben sich vor der Fahne, die Frauen winkten gerührt und warfen ihr Kußhände zu, der Taktstock zuckte über den Köpfen: in wildem schmetterndem Jubel setzte es ein, riß die Herzen mit sich fort, der Traum der Weltherrschaft rauschte aus dem Schreien der Hörner, dem Wirbeln der Trommeln, dem Gellen der Trompeten, dem Donner des Paukenschlags: »Allons, enfants de la patrie!« Hunderte von Stimmen sangen es mit:

»Auf, Kinder Frankreichs, zu den Waffen!
Der Tag des Ruhms ist wieder da!«

»Noch nicht da! Aber nah!« sagte der General de Rigolet de Mezeyrac. Er war ein starker Siebziger und schon lange nicht mehr im Dienst. Die weiße Frühlingsweste wölbte sich, vom roten Bändchen der Ehrenlegion im Knopfloch seines Schoßrocks überflimmert, über seinem kleinen, gallisch-rundlichen Leib. Aber auch in seinen Augen glühte über dem schneeweißen Henriquatre der Massenrausch der Marseillaise.

»Hoffentlich nahe, mein General!«

Er und der Oberstleutnant Grégoire standen an der Ecke des Platzes vor einer Insel der Trauer inmitten des allgemeinen Festjubels. Kränze mit schwarzen Schleifen türmten sich da vor einem Sockel, Herren in Zylinder bückten sich stumm mit umflorten Blumen, Damen knüpften sich mit theatralischer Pose das Veilchensträußchen von der Brust, führten es an die Lippen und legten es schmerzlich nieder.

Auch der General de Rigolet de Mezeyrac schwenkte seinen Hut und begrüßte mit einer großen Geste das Standbild der Stadt Straßburg, dessen Elsässerhaube dunkel, beinahe unheimlich, die Franzosen unten überschattete.

»Wo frühstücken Sie, mein General?«

»Im Cercle National! Ich erwarte dort den Mann meiner Enkelin, Nicolai Schjelting!«

»Oh ... der Vielgenannte!«

»Er muß heute früh in Paris angekommen sein.«

»Mit den letzten Nachrichten unserer bewunderungswürdigen russischen Freunde! Ich beglückwünsche Sie, mein General!«

»Leider mußte er einige Zeit unterwegs in Berlin Rast machen. Er fühlte sich nicht wohl!«

»Wir werden ihn dies Berlin vergessen lassen! Er kommt grade noch zu unseren Festen zurecht!«

»Er fährt, glaube ich, heute noch nach Brüssel zu seiner Frau und ihren Eltern. Dieser gute Nicolai ist kein Mann der Feste und der Öffentlichkeit. Er wirkt im Stillen!«

»...bis wir ihn eines Tages hier als Nachfolger Iswolskys begrüßen!« sagte der Oberstleutnant Grégoire. Er war als Mitglied des mächtigen zweiten Büros der administrativen Sektion des französischen Generalstabs in manche Geheimnisse eingeweiht. Der General lächelte. Er hörte es gern. Es war keine leere Schmeichelei. Es lag im Bereich der Möglichkeit... an jenem Tag, da keine Trauerkränze mehr zu den Füßen der Stadt Straßburg lagen...

Sie gingen die Rue Royale hinauf, an den gepuderten Dirnen und den übernächtigen Kellnerfratzen der Bar Maxim vorbei. An der Madeleine-Kirche zog der General den Hut vor ein paar Priestern oben auf den Stufen. Er war ein Mann der alten Schule und versäumte nie seine Messe. Nicht nur die Altersgrenze, sondern auch die Freimaurer in der Armee hatten ihm das Genick gebrochen. Er sprach das barsch und offen aus, oft mitten in dem großen Offizierskasino der Armee und Marine, in dem er jetzt nach dem Mann seiner Enkelin frug.

Nein! Monsieur de Schjelting war noch nicht dagewesen.

Das große Gebäude an der Ecke der Rue de la Paix war heute voll Trubel und Leben. Viel mehr Uniformen unter dem Zivil als sonst. Darunter auch fremdartige von England. Ein scharlachroter, baumlanger Coldstream-Gardist mit einem Turm von einer Bärenmütze, neben dem ein schwarzverschnürter, französischer Hauptmann winzig aussah, ein milchbärtiger Lord von einem der schottischen Hochland-Regimenter mit gewürfeltem Rock und nackten Knieen. Der alte Rigolet schmunzelte:

»Arme Burschen! Sie lieben sich und können es sich nicht sagen!«

Ein indischer Fürst in rotem Turban stand, von den Briten mitgebracht, vor dem Araberscheich eines Spahi-Regiments mit dem Orden der Ehrenlegion auf dem weißen Burnus. Der Afrikaner verstand nur französisch, der Asiate nur englisch. Die beiden bräunlichen Männer lächelten sich unsicher inmitten ihrer Zwingherren an. Ringsum ein Stimmengeschwirr der Offiziere.

»Was war im Salon ausgestellt? Eine Büste Wilhelms II.?«

»Ah! Hört Ihr's?«

»Erledigt! Die Direktion wich der Entrüstung und hat sie entfernt!«

»Bravo!«

»Befreit uns lieber von diesem Jaurès!« sprach düster der schwarzbärtige Kapitän Antonelli, ein Korse.

»Auch seine Zeit wird kommen!«

»Wie ist das eigentlich mit dem Pulver, Leblanc?«

»Es ist richtig! Wir haben große Bestellungen in Italien und Schweden gemacht. Aber natürlich nur zum Vergleich mit unserm Nitroglycerin!« sagte der Schiffsleutnant Leblanc lächelnd. Herr von Rigolet redete daneben auf einen hageren straffen General vom ›commandement supérieur de la défense‹ ein, der das breite rote Band der Ehrenlegion quer über der Uniform trug.

»Ah – mein Alter – mich wirst du nicht los! Frankreich – das ist die Freiheit! Ich folge Euch als Schlachtenbummler!«

»Wohin, mein General?«

»An die belgische Grenze! Übermorgen geht der ganze Generalstab dorthin. Vierzehn Tage kriegsmäßige Übungen! Fünfundzwanzig Generale, zweihundertfünfzig Offiziere! Eine blaue und rote Partei!«

Der englische Riese in Rot und der schottische Lord konnten gut französisch. Bei der Erwähnung Belgiens zeigten sie verständnisvoll ihre breiten, weißen Zähne. Man lächelte sich an. Gesprochen wurde nichts. Man wußte ja Bescheid. War längst im Reinen. An einem der Fenster drängte sich eine Gruppe Offiziere und schaute hinaus auf Staub, Sonnenglut und Schmutz des fahnenumhangenen Opernplatzes, zwischen dessen Automobilgewühl sich von beiden Seiten der Boulevards her immer neue Menschenmassen ergossen. Der blonde Leutnant Schouman, der wie ein deutscher Lehrer aussah, drehte sich plötzlich um und gab dem Oberstleutnant Grégoire ein aufgeregtes Zeichen, heranzutreten.

»Da ist er!«

»Wer?«

Zugleich fuhr der Major Michelin auf, wie ein Jäger beim Anblick des Wilds.

»Er geht quer über den Platz!«

»Kommt er hier herüber?«

»Ja!«

»Ah – das ist dreist!«

»Wer denn nur?« Grégoire schob ungestüm die gespannt lauernden jüngeren Offiziere vom Zweiten Büro des Nachrichtendienstes beiseite. Er war etwas kurzsichtig.

»Wer? Isebrink!«

»Isebrink! Erkennen Sie ihn nicht, mein Oberstleutnant?«

»Sapristi! Ja – das ist Isebrink!«

Draußen auf der flaggenbunten Rue de la Paix wimmelten im Sonnenschein die Pariser und ihre Gäste: Engländer, die zu vielen Tausenden mit dem König über den Kanal herübergespritzt waren, Yankees in Scharen. Nur durch seine straffe Haltung unterschied sich da einer von den Hängeschultern der Angelsachsen. Er schlenderte langsam die Diamantenstraße herab, mitten im Menschenstrom, und schaute harmlos neugierig nach rechts und links.

»Zeigen Sie ihn mir doch, Schouman!«

»Herrgott – ...da drüben! In dem grauen Frühlingsanzug!«

»Mit dem dunkelblonden Schnurrbart und dem sonnenverbrannten Gesicht?«

»...und dem Strohhut im Genick! Er hat doch wahrhaftig die Stirne und sieht zu uns her und lächelt!«

»Er darf gar nicht nach Paris! Wilhelm hat es seinen Offizieren verboten!«

»Das ist Spionage!«

»Leider nicht!« sagte der Oberstleutnant Grégoire vom Nachrichtendienst. »Es wurde uns von der Deutschen Botschaft amtlich mitgeteilt, daß der Hauptmann Isebrink auf vierundzwanzig Stunden zum Besuch eines Freundes Paris betreten würde!«

»Dann überwacht ihn wenigstens, parbleu!«

»Unbesorgt! Er hat schon sein Ehrengeleit, wo er geht und steht! Drei Schatten mindestens. Der Camelot da neben ihm ist einer von unsern Agenten, der Blusenmann hier auf unserer Straßenseite auch. Der alte würdige Herr im Zylinder zehn Schritte hinter ihm kontrolliert den Sicherheitsdienst!«

Paul Isebrink war draußen auf dem breiten Bürgersteig stehen geblieben, wartete, bis der Greis herangekommen war, und lüftete vor ihm den Hut. Eine Sekunde streifte dabei sein Blick die bunten Uniformen an den Fenstern des ihm wohlbekannten Cercle National.

»Jetzt läßt er sich auch noch von unserem Spitzel Feuer geben!«

»Verfluchter Kerl! Er macht sich über uns lustig!«

»Ah – v'là un type!«

»Ist er so gefährlich?« frug der Schotte.

»Gefährlich? Mein Gott – er ist im Großen Generalstab in Berlin!«

»Und bis vor ein paar Jahren war er Hauptmann in einer kleinen Grenzgarnison in den Vogesen!«

»Ah – wir kennen ihn wohl!«

»Wir verfolgen jeden seiner Schritte!« sagte der Oberstleutnant vom Zweiten Büro. »Er kam gestern aus Luxemburg. Er wohnt im Grandhotel drüben. Er hat dort vorhin im Eisenbahnbüro eine Karte für den Brüsseler Nachmittagsschnellzug genommen! Wir wissen Alles…«

Der lange rote Brite grinste.

»Im Königlichen Jachtgeschwader in Cowes haben wir auch manche Sportcharaktere, die nirgends lieber als zwischen Emden und Brunsbüttel kreuzen!«

Um ihn lachten die jungen Offiziere zu dem kleinen blonden Leutnant.

»Schouman macht auch nächstens wieder eine Geschäftsreise über den Rhein!«

»Antonelli hat jetzt noch Schwielen an den Händen. Kein Spaß vier Wochen lang als italienischer Erdarbeiter zu schippen!«

Der Korse schwieg. Es war die Wagelust des Wilderers, das Pirschen an verbotener Grenze, bei den Offizieren, den Heeren in dem endlosen Frieden.

»Nun – da hat der General ihn ja gefunden!« sagte der Oberstleutnant Grégoire und blickte nach der Tür. Durch die kam Herr von Rigolet. Er hielt einen schlanken, aristokratisch aussehenden Mann in den Dreißigern mit unruhig belebten, schnurrbärtigen Zügen und klugen grauen Augen freundschaftlich unter dem Arm gefaßt.

»Eh – dieser Nicolai! Läßt den alten Großpapa warten! Macht nichts, mein Bester! Man weiß, daß Du immer Wichtiges vorhast. Du warst, höre ich, schon bei unsern hiesigen Großfürsten?«

»Ich brachte ihnen Briefe aus Petersburg!« sagte Nicolai Schjelting. »Ich war des Abends mit ihnen zusammen und – natürlich – zwei Mesdames telles et telles. Sobald ich konnte, fuhr ich heim und schlief eigentlich bis jetzt.«

Für die Liederlichkeit der vornehmen Russen in Paris hatte er, der Mann des Ehrgeizes, nichts übrig. Das war nur Zeitverschwendung.

»Du kennst mich. Ich muß den Schlaf nehmen, wann ich ihn einmal finde!« sagte er zu dem Großvater seiner Frau und wurde plötzlich erregt. »Neulich bot sich mir in Moskau eine Gelegenheit. Da war ein berühmter deutscher Arzt! Er hätte mir vielleicht geholfen!«

»Warum ließest Du ihn Dir nicht kommen?«

»Ich ging zu ihm. Stand da. Man ließ mich nicht vor.«

»Dich nicht vor? …Du scherzest!«

»Es war da irgend eine kleine Deutsche. Die wollte es nicht! Was willst Du machen? Überall in der Welt stößt man ja auf die deutsche Barriere. Wir Alle leiden darunter. Nicht ich allein!«

Nicolai Schjeltings nervöse und verdrossene Züge änderten sich plötzlich zu liebenswürdigem Lächeln. Er verdankte seiner Vielseitigkeit einen guten Teil seiner Erfolge im Leben. So, wie er gleichmäßig deutsch, russisch, französisch und englisch sprach, so schlüpfte er auch in jede dieser Nationalitäten, nicht anders, als wenn er, je nach Wetter und Laune, dies oder jenes Paar Handschuhe anzog, war drüben in Rußland lässig und breitlebend mit den Moskowitern, war hier freimütig und herzlich mit den Briten, fand den französischen Offizieren gegenüber die brüske, kurz angebundene Art, die sie unter sich liebten. Oh – er kannte Sir Edwin, den scharlachroten Gardisten! Er hatte ihn vor zwei Jahren drüben an der Themse in Whitehall getroffen. Er wußte auch von Oberstleutnant Grégoire und seinem Büro, das den Tag vorbereitete, an den man immer dachte und von dem man niemals sprach…

Dieser Tag …doch: es war Zeit, von ihm zu sprechen. Schjelting redete. Er war immer der Mittelpunkt.

»Es gibt Methoden des geschichtlichen Denkens, die zu Schlüssen für das Handeln führen! Was Riesen bauten, waren immer Kartenhäuser. Es erlosch mit ihrem Geist. Selbst Napoleons Weltreich hieß schließlich St. Helena, – verzeihen Sie die Erwähnung hier im Dreiverband –

Friedrichs des Großen Grabschrift hieß Jena, für Bismarcks Werk fehlt noch das Endwort! Wir werden es prägen!«

»Bravo!«

»Ich war jetzt wieder in Berlin! Es ist der Turmbau von Babel. Sie machen die Nacht zum Tage. Aber dabei murren die Massen! Der Mann von der Straße will eine andere Methode des Lebens. Die süddeutschen Könige spähen nach Wien. Sie ahnen das Heraufziehen einer geschichtlichen Notwendigkeit, der Preußen verfallen ist!«

»Sehr gut!«

Der Engländer und der Schotte tauschten einen Blick. Das machte ihnen Spaß, wenn man sich auf dem Festland verdrosch. Es war der Traum der City und alles verschuldeten blauen Bluts, das dort in Shares spekulierte. Dann waren die Meere frei! Das Geschäft der Briten blühte. Die Franzosen machten ernstere Gesichter.

»Immerhin: die preußische Armee!«

»Hat man seit fünfzig Jahren von ihr gehört?«

»Aber sie ist da!«

»Wo blieb sie, als wir in Rußland nach dem Japaner-Krieg fast wehrlos waren?« sagte Nicolai Schjelting nachlässig. »Nichts rührte sich an unserer Grenze!«

»Und ebensowenig bei uns, als wir im Burenkrieg feststaken!« sprach der Brite in eisiger Ruhe. Der General de Rigolet pflichtete bei:

»Auch wir hatten Euch damals noch nicht zu Freunden! Auch unsere Ostgrenze war schwer bedroht!«

»Das Schwert Hermanns des Cheruskers aber blieb in der Scheide!« Schjelting stand auf. Die Funken seines Asiatenwillens sprühten von ihm auf die Andern über. Die Augen ringsum leuchteten. Er lachte. »Vertraut auf das Heilige Rußland, Messieurs und Gentlemen! Diesmal saufen wir nicht! Diesmal stehlen wir nicht. Es wird ein Kreuzzug. Wir nahen zu Millionen, wie das jüngste Gericht!«

Draußen flatterten im Frühlingswind die blau-weiß-roten, die schwarz-weiß-gelben Fahnen, das rot-weiße Doppelkreuz im blauen Feld, dazwischen, als Gäste von jenseits des Ozeans, die dreizehn Streifen und achtundvierzig Sterne. Sie bauschten und blähten sich ineinander. Ein heißes Fieber wehte aus ihren Falten.

»Wann kommt Ihr Russen ... Hand auf's Herz?«

»Wer weiß, wann die Stunde da ist?« Auf Nicolai Schjeltings Zügen lag einen Augenblick starr der Schatten von etwas Ungeheurem, von Etwas, das wohl geschehen, aber nicht von Menschenlippen ausgesprochen werden durfte. Um ihn war es still. Dann sagte er leichthin: »Übrigens fahre ich in nächster Zeit wieder zu der Pulverkammer!«

»Wohin?«

»Nun, in den Balkan! Zur rechten Zeit schiebt dort die rechte Hand den Riegel zurück!«

»Wir sollten noch zwei Jahre warten!« murmelte nachdenklich der Major Michelin.

»Und Elsaß-Lothringen?«

Nicolai Schjelting kannte das Geheimschloß zu der gallischen Seele. Es zuckte verbissen zwischen dem schwarzen Knebelbart vor ihm.

»Ah! Wir sind bereit!«

»Das hofft Europa von seinen Tapferen!«

»Sie selbst haben nicht gedient, Herr von Schjelting?«

»Ich versuchte es als junger Mann bei den Chevalier-Garden in Petersburg! Aber leider ließ es meine Gesundheit nicht zu!«

»Nun – dafür ist er stark hinter der Stirne!« sagte der alte gallische Haudegen gutmütig. Über das, was er keinem Franzosen verziehen hätte, sah er bei dem russischen Großschwiegersohn mit Stolz hinweg. »Du willst schon fort? Ah – man läßt Dich nicht! ... Wie? Du mußt zu Iswolsky! ... Das ist freilich etwas Anderes ...«

Weit draußen im Westen, noch hinter dem Invalidendom, lag wie eine glimmende Kohle auf einem Pulverfaß die russische Botschaft. Schjelting betrat den Palast des Mannes, der hier seit

Jahren mit beiden Händen Sturm säte und dabei den Sommer inmitten des Volkes, das er zu verderben trachtete, friedlich auf seiner Besitzung am Tegernsee in Oberbayern genoß. Er hatte eine längere Audienz bei dem gestürzten Petersburger Minister des Äußeren. Dann rauchte er im Weggehen eine Zigarette bei seinem Jugendfreund Wolkoff, der den langen, schmächtigen, eleganten Großfürstentyp zur Schau trug, und hörte lächelnd auf den Neid des Diplomaten.

» Mon cher Nicolai! Du hast es besser als freier Mann! Es ist nicht mehr das alte Metier! Sieh Dir doch diese Tiere an, mit denen man hier umgehen muß! Hier auf unserem Seineufer sind ja noch einige Häuser, wo man verkehren kann. Etwas Welt! Aber drüben ... Wasche Dich, so oft Du willst – Du mußt doch gleich wieder einem Deputierten die Hand geben! Diese Minister sind unmöglich! Ihre Frauen ... Ah – passons là-dessus!«

»Sascha! Liebe diese Leute! Wir brauchen sie!«

» Mais c'est dégoûtant! Im Sommer reist der Präsident der Republik wieder nach Petersburg. Seine Majestät, der Zar, wird diesen Advokaten auf die Wangen küssen...«

»Der Kaiser von Indien tut es heute auch!«

»Die Musik wird die Marseillaise spielen, die einen sonst bei uns an den Galgen bringt. C'est une farce! Lüge – gut! Dazu ist man da. Aber dabei schlechte Manieren ... Sie sind hier wie das Vieh am Trog, wenn sie sich bereichern! Jeder nimmt! Alles stiehlt! Wir kämpfen mit Scheckbuch und Kurszettel! Übrigens: Higgins ist in Paris! ... Aber Du hörst ja gar nicht zu!«

»Es ist merkwürdig, Sascha: kannst Du Dir vorstellen, daß man sich den Kopf darüber zerbricht, was für eine Augenfarbe Jemand hat?«

»Wer? Higgins?«

Schjelting tat, als hätte er sich nicht längst mit dem Londoner Zeitungskönig für diesen Nachmittag verabredet.

»Higgins? Wie kommst Du auf den? Higgins hat Augen wie ein toter Schellfisch! Den meine ich nicht!«

»Wen denn? Einen Mann?«

»Einerlei!«

Alexander Wolkoff drehte sich listig lächelnd eine neue Zigarette.

» Oh – ce bon Nicolai! Ich bin entzückt! Ich begrüße Dich! Also endlich einmal auch Du...«

»Blague!«

»Ich hätte es nicht mehr geglaubt...«

»Es ist auch ein unglückseliger Irrtum von Dir, mein guter Sascha! Erstens bin ich seit sieben Jahren verheiratet. Zweitens hab ich gar keine Zeit. Und drittens ... enfin c'est ridicule!!« Er stand auf. »Also ordnen wir die Affaire mit dem Crédit Lyonnais! Ich fahre in den nächsten Wochen wieder nach dem Balkan. Man kommt nicht mit leeren Händen nach Cettinje! Der Floh nimmt das übel!«

Der Floh war der König von Montenegro, so genannt, weil er ungefährlich war, aber, einmal losgelassen, doch unangenehm biß.

»Leb wohl, mein Bester! Vergiß sie! Wohin jetzt?«

» Les affaires sont les affaires! Ich frühstücke bei Macrî!«

Achille Macrî, der einstige levantinische Coulissier an der Pariser Börse und jetzige Vertraute des russischen Handelsagenten, des Geheimrats Raffalowitsch in Paris, selber und gleich ihm und den Ephrussi ein Sohn der weizenreichen Stadt Odessa. Schreiende Pracht in seinem Hotel in den Elysäischen Feldern. Gobelins und alte Niederländer an den Wänden. Draußen fuhr ein Automobil nach dem andern vor. Ein baumlanger Diener am Eingang des Empfangsaals rief die Namen:

»Monsieur et Madame Bonvoisin!«

Welche Menagerie ... sagte sich Nicolai Schjelting und betrachtete diesen Deputierten, diesen kleinen, spitzbärtigen, dürftigen Gewaltmenschen, mit dem goldenen Zwicker auf dem kalten Geschäftsgesicht. Bei wem bist Du wohl Kostgänger? Für wen stimmst Du? Wer zahlte Deine Wahl?

»Monsieur et Madame Pollet!«

Nun – Dich kennt man! dachte Schjelting beim Anblick des grauköpfigen Chefredakteurs der ›dernière heure‹. Gamins und Spatzen pfeifen es auf der Straße, wer Deinen dreistöckigen Zeitungspalast an den Boulevards besoldet! Und einen zweiten in Petersburg. Das City-Geld riecht nicht schlechter als anderes.

»Le Chevalier de Massa!«

De Massa ... de Massa ... ein langer, hagerer Südländer, der wie ein ausgedienter Fechtmeister aussah ... Richtig: einer der Vertrauensmänner, die aus französischem Gold italienische Druckerschwärze machten! Manches blieb auf dem Weg nach Rom und Mailand hängen. Che volete? La mancia, Signore! Gesindel! dachte sich Schjelting. Wolkoff, dieser Schwachkopf, hat recht. Sie mästen sich wie die Schweine. Und er wandte sich, liebenswürdig lächelnd, zu dem feurigen, wohlbeleibten, rosig rasierten und pechschwarz gefärbten Gastgeber:

»Entzückend bei Ihnen, Monsieur Macrî! Wir armen Nordländer sind hier im Land der Sehnsucht. Nur in Paris weiß man zu leben!«

Er saß zur Linken der Hausfrau. Die frühverblühte, diamantenübersäte Griechin lebte auf, wurde warm und jung bei seinen lässig hingeworfenen Histörchen aus der hohen Petersburger Welt. Oh – sie liebte dies edelmütige Rußland! Sie war nie dort gewesen. Aber wie bewunderungswürdig dies Volk, wie groß und gut der Zar! Rings herum sprach man von Boulevard-Klatsch und Geschäften. Es gab nur Zweierlei: Geld verdienen und es ausgeben. Die hier saßen, verdienten alle an Rußland. Verdienten an den Emissionen der ewigen Anleihen, verdienten an den Kursen, verdienten an den Eisenbahnen, verdienten am Wechseldiskont, verdienten an den Maschinenlieferungen und der Getreideausfuhr. Es war ein Schmatzen und Schlürfen die Tafel entlang, wie von gutgenährten Tieren. Ihretwegen mochte es immer so bleiben! Schjelting dachte an das Militär-Kasino an der Ecke der Opéra-Avenue. Dort harrte die »Große Stumme«, harrte die Armee des großen Tags. Aber diese Machthaber der Republik, diese Bourgeois, diese Jobber und Geschäftspolitiker, gaben sicher dazu niemals das Zeichen. Gegen Ende des Mahls sagte er plötzlich in seiner natürlichsten Art, einem kühlen Dünkel:

»Einmal muß es ein Ende nehmen!«

»Mit diesem Menü? Ich stimme bei! Das Haus Macrî verwöhnt seine Gäste!«

»Sie nennen es Geschäfte! Unser Bauer nennt es Hunger. Er erntet den Weizen. Das Brot ißt der Westen. Ihr kleiner Rentner in Frankreich hat die Arbeitskraft unseres Muschik gepachtet.«

»Ah, mein teurer Monsieur de Schjelting! Gold gegen Korn. Beides ist gelb!«

»Und wenn wir mit Beidem nicht mehr zahlen können?«

»Um Gotteswillen erschrecken Sie uns nicht!«

»Keine Angst, dann zahlt ein Dritter!«

»Wer?«

»Vae victis«, sagte Nicolai Schjelting wegwerfend. Einen Augenblick erschien es über den Köpfen der steinern dastehenden Diener, zwischen den alten Meistern im Goldrahmen, wie eine Flammenschrift an der Wand. Die Gesichter wurden besorgt. Es war eine Stille. Nun gewiß: man sprach davon ... Jeder verlangte von dem Andern bei passender Gelegenheit die große Geste. Man spielte damit. Aber Spiel war doch nicht Ernst ...

Nicolai Schjelting spuckte aus, als er draußen wieder im Wagen saß. Päh – dies Paris! Er spritzte sich etwas Kölnisch Wasser auf sein Tuch. Dies Paris war eine Kloake. Sogar eine altmodische Kloake. Die schmutzigen, papierübersäeten Boulevards, durch die er fuhr, wirkten mit ihren Bierhäusern und Schundbazaren wie eine verstaubte Atrappe von vorgestern, Theaterplunder, in dem die Fremden einander selbst Komödie vorspielten. Briten und Yankees überall. Im Hotel Ritz, vor dem sein Wagen zwischen hundert Luxuslimousinen hielt, hörte man jetzt zur Teestunde durch das Fiedeln der Zigeuner mehr Englisch als Französisch. Die Blüte der Londoner Gesellschaft wohnte hier und nebenan im Bristol. Als ängstliche Schülerinnen saßen die Dollarprinzessinnen mit ihren Eltern und äfften ehrfurchtsvoll die Frauen und Töchter der Lords nach. Schjelting kümmerte sich nicht um dies New-York-Herald-Treiben. Er fuhr in den ersten Stock hinauf und hatte dabei doch, in dieser angelsächsischen Insel zu Füßen Napoleons, die Gewißheit: Nun bin ich nahe den Nerven, die die Welt bewegen! Am Mittelpunkt aller Dinge.

Wie eine Kreuzspinne saß inmitten dieses Netzes, oben an seinem Schreibtisch, Sir William Higgins, Mitglied des Unterhauses und einer der Zeitungskönige der City. Glatt rasiert, hager, mit scharfen Zügen. Schwer zu sagen, ob er dreißig oder fünfzig war. Hier gab es keine gallischen Phrasen. Hier war alles Ruhe. Geschäft. Das größte Geschäft, das je in der Weltgeschichte gemacht wurde und Weltkrieg hieß. Und hoffentlich auch das beste.

Der ehrenwerte Higgins verfügte über ein herzliches Lächeln und einen Händedruck, daß die Knochen krachten. Aber Nicolai kannte diese Frische, diesen Freimut, der anscheinend gar keinen Zweifel aufkommen ließ. Er schaute dem Andern kühl in die eisigen Augen.

»Also Ihr macht wirklich mit?«

»Ja.«

»Ihr laßt uns nicht im letzten Augenblick im Stich?«

William Higgins hatte für Alles eine Methode, wie der Franzose eine Formel.

»Es giebt verschiedene Methoden zu leben!« sagte er. »Unsere heißt: wir sind zum Herrschen da! Die deutsche: wir sind zum Arbeiten da! Sie befolgen sie so gründlich, daß auch wir arbeiten müßten, statt zu herrschen. So zwingen sie uns zur rauhesten aller Arbeiten: dem Krieg!«

Er brach ab und fügte dann mit einem plötzlichen Sonnenschein des Lächelns hinzu:

»Oder können Sie sich uns arbeiten denken, arbeiten wie die Deutschen?«

Auch Schjelting lachte.

»Nein!« sagte er. »Da kämpft Ihr lieber. Aber unterschätzt die Deutschen nicht. Ihr kennt sie viel zu wenig!«

»Ich doch! Mein eigener Bruder, der Professor in Oxford, hat leider eine Deutsche zur Frau. Er hat leider in Deutschland studiert. So wurde er leider der Schwiegersohn des deutschen Geheimrats Tillesen.«

»In Wiesbaden? ...Sie ist doch nicht verheiratet!«

»Meine Schwägerin Hannah?«

»Oder ist das eine Schwester?«

»Ich kenne die Familie nicht!« sagte William Higgins frostig. »Ich habe es von vornherein abgelehnt. Beim Boxen reicht man sich vorher die Hand. Aber dies wird ein Match bis zum bittern Ende. Nach den besten Methoden der Untersuchung wird es acht bis zehn Wochen und fünfzig Millionen Pfund kosten, bis wir unsere Hand auf Wilhelmshaven und Helgoland haben!«

Er begleitete seinen Gast bis an die Türe.

»Es wäre weiser gewesen, die deutsche Flotte schon früher zu vernichten. Wir steckten zuviel Geld in den Burenkrieg. Japan und die Finanzierung des fernen Ostens waren auch teuer. Wir haben über den ägyptischen Problemen und der Frage des Panama-Kanals Europa etwas vernachlässigt. Keine Wahrheit ist ernster, als daß alles Versäumte eine Guinea statt eines Shilling kostet. Nun – die City wird das Risiko übernehmen! Good bye!«

Nicolai Schjelting verließ den Mann, für den die Welt ein einziges großes Rechenbrett war. Er dachte sich: Wie klein ist dabei doch die Welt! Dieser Mensch aus Holz und Leder weiß nichts von Moskau, haßt Deutschland und ruft doch die Begegnung mit dieser Deutschen in mir wach. Er fuhr sich ärgerlich mit der Hand über die Augen, um das zu vergessen. Es war Zeit zur Bahn. In einem Buchladen kaufte er sich für die kurze Reise noch ein paar Broschüren: »Die Teilung Deutschlands« – »Preußens Ende« – »Das Lächeln des Elsaß«, wie sie da, erst seit ein, zwei Jahren, reihenweise im Schaufenster hingen. Aber am Nordbahnhof traf er Bekannte: den riesigen scharlachroten Coldstream-Major vom Vormittag, der einen Freund in Zivil, den Captain Nicholson vom Londoner Departement für militärische Operationen des Kriegsamts, an den Zug brachte. Der Wagen war überfüllt. In Paris war kein Bett mehr frei. So fuhren viele Fremde für die Nacht nach Brüssel. Auch eine amerikanische Gesellschaft, die von diesem schläfrigen, kleinen Nicholson vorgestellt wurde. Er gab sich kaum die Mühe, die Geringschätzung der Yankees durch den Briten zu unterdrücken. Er brachte beim Sprechen kaum die Lippen unter dem Zahnbürstenschnurrbart auseinander. Aber sie lauschten ehrfurchtsvoll in dem vollgepfropften Abteil dem Orakel, während der Zug durch das Hügelland Nordfrankreichs dahinjagte.

La Fère …St. Quentin …nahebei Laon – weiter nach links Amiens …Maubeuge …jeder Name eine Schlacht …mehrere am selben Ort im Lauf der Zeiten …Immer waren die Deutschen da gewesen und hatten die Franzosen geschlagen. Die Amerikaner staunten. Sie wußten das nicht. Für sie fing die Weltgeschichte bei Georg Washington an. Nicolai Schjelting löste in seiner lebhaften Art den langsamen Captain Nicholson ab und belehrte die Dollarmenschheit.

»Wodurch Deutschland die beste Kalkulation des Kriegs besitzt? Durch seine Barbarei. Es ist das bewaffnete Mittelalter inmitten der Kultur. Voll von Königen, Herzögen, Ordensrittern, Marschällen, Edelleuten, wie auf dem Theater. Das Volk hat zu gehorchen!«

»Oh!«

»Das ist ja schrecklich!« sagte ein jüngerer Amerikaner mit dunkelblondem Schnurrbart aus der Ecke.

»Ein allerhöchster Kriegsherr über Allen. Zahllose Gerichtsherren unter ihm, mit Macht über Leben und Tod. Geheime Ehrengerichte, denen jeder Gentleman untersteht. Blutige Zweikämpfe, selbst unter den Jünglingen der Colleges! Säbelnarben auf den Gesichtern der Richter!«

»Da möchte ich nicht leben!« meinte wieder in ehrlichem Abscheu der junge Yankee in grauem Sommeranzug.

»Es ist der Militarismus. Der volle Gegensatz angelsächsischer Freiheit und lateinischer Kultur. Er muß ausgerottet werden!«

»Sicherlich!« sprach der alte fromme Petroleum-Jobber gegenüber von Schjelting. Die belgische Grenze! War denn Belgien wirklich ein Land? Eine Miß erkundigte sich. Es war doch wohl zu klein. Es gehörte sicher noch zu Frankreich. Der Londoner Generalstabshauptmann belehrte sie: dies hier war das große Kriegstheater Europas. Hier umging man Rhein und Alpen. Der Weg durch Belgien war ein gutes Ding, wenn England auf dem Kontinent Ordnung schaffte.

»Und wann werden Sie ihn gehen?«

»Ich schätze: bald!«

Nicolai Schjelting blätterte in »Die Teilung Deutschlands«. Auf der Landkarte des Umschlags war Köln bereits holländisch. Frankreich erstreckte sich bis Frankfurt a. Main. Alles östlich der Elbe war in Rußland, Bayern und Württemberg in Österreich aufgegangen. Schweden hatte seine Hand auf die Ostseeküste, Dänemark auf Schleswig-Holstein, England auf Hannover gelegt. Es war Alles in Ordnung. Die Yankees wunderten sich. Aber was ein Engländer bestätigte, war doch wahr. Nur der gebräunte jüngere Herr mit dem Strohhut frug:

»Und was werden denn die Deutschen selbst zu der Bescherung sagen?«

»Die Geschäftsmänner, die Farmer, der Mann auf der Straße werden froh sein, daß man sie befreit.«

Im Abenddämmern dehnte sich fern zur Rechten eine weite Ebene. Das Schlachtfeld von Waterloo. Davon hatten sogar die Misses gehört. Waren da nicht die Preußen gekommen?

»Wir werden ihnen kommen!« sagte Nicholson zwischen den Zähnen. Schjelting lachte.

»Die Deutschen werden sich an der französischen Grenze verbeißen. Inzwischen rücken ihnen diese tapferen Briten unversehens durch Belgien in die Flanke!«

Man war in Brüssel und verabschiedete sich von den Amerikanern. Ihr Landsmann in Grau grüßte lächelnd und ging.

»Gehört er denn nicht zu Ihnen?«

»Ich kenne den Gentleman nicht!« sagte der Alte von der Standard Oil Company. Im Getümmel des Bahnhofs stand der belgische General Janssen in Zivil, einem kleinen, weißköpfigen Wachtmeister ähnlich, und drückte Schjelting, den schon als Gatten einer Belgierin Jedermann in Brüssel kannte, die Hand.

» Ah, ce gaillard! Sehen Sie ihn? Seit acht Tagen haben wir ihn hier! Oh – wir kennen ihn wohl! …Da geht er eben durch die Sperre …da …der straffe Preuße in grauem Rock und Strohhut!«

»Das ist doch ein Amerikaner!«

»Haha! ...Ein Amerikaner im preußischen Großen Generalstab! ...So dumm sind die Preußen nicht! Das ist Einer ihrer Schlauesten. Der Hauptmann Isebrink. Eben dreht er sich noch einmal um und lächelt! ...Spitzbube ...Was haben Sie denn, Herr von Schjelting?«

»Nichts! Nichts! Adieu, mein General!«

Im Auto, das ihn hinauf zum Quartier Leopold trug, biß sich Schjelting wütend auf die Lippen, schlug sich mit der Hand an die Stirne, sagte sich: Was ist denn das? Ich bin verhext ...Seit Moskau. Ich habe nicht mehr die leichte Hand. Den feinen Instinkt. Erzähle einem Soldaten Wilhelms die Geheimnisse der Engländer. Er weiß sie ja längst. Aber immerhin...

Auf dem vornehmen Boulevard du Régent, inmitten der Stätten der Reichen, lag mit weitem Blick über den königlichen Park und auf die Stadt da unten das Haus seiner Schwiegereltern. Das obere Stockwerk war zur Hälfte ein für allemal der einzigen Tochter, Schjeltings Frau, und ihm vorbehalten, wenn sie, wie gewöhnlich, einen Teil des Jahres in Brüssel, der Vorstadt von Paris, verbrachten. Er stieg nervös und mit umwölkter Stirne die Treppe hinauf.

»Hier bin ich, Ghislaine!«

»Ah – willkommen, mein Freund!«

Er küßte ihr höflich die Hand, flüchtig und kühl die Lippen. Musterte unwillkürlich ihre Erscheinung. Das war seine Bedingung und Forderung: keine Frau in dem luxustollen Brüssel durfte besser angezogen gehen als die schöne Madame de Schjelting. Sie war schön. Bereits für den Abend gekleidet. Perlenglanz auf der mattweißen Haut des Robenausschnittes. Feiner weißer Puderhauch auf den regelmäßigen, ovalen Zügen unter dem kunstvoll erzeugten venetianischen Rotblond ihres Haars. Es war ihr Ehrgeiz, einer Vollblut-Pariserin zu gleichen, die sie nur zur Hälfte war. Sie hatte die feine Nase, die großen, dunklen, noch leicht untermalten Augen, diesen amüsierten, unerlernbaren Ausdruck auf den leichtbeweglichen Zügen.

»Was machen Allard und René?«

»Es geht ihnen gut! Sie schlafen schon!«

»Wolltest Du ausgehen?«

»Nur hinunter! Es ist Empfang bei den Eltern.«

»Hat sich etwas Neues ereignet?«

»Nichts, was Dich interessieren könnte, mein Freund!«

Er schritt unruhig durch die Zimmer und blieb vor der Alabasterschale im Vorraum stehen und musterte die Visitenkarten. Er war eifersüchtig wie ein Tiger und ließ dabei, in der Geschäftigkeit seines Ehrgeizes, seine Frau oft viele Wochen allein. Er wußte, daß sie sich dann rächte. Sie schaute ihm über die Schulter.

»Was suchst Du denn, Nicolai?«

»Wer war denn inzwischen wieder Alles da?«

»Du siehst es ja: Madame Daras. Madame Vaillant. Madame Thomas. Madame ...«

»Ah ...wer ist das hier – dieser Monsieur de la Kéthulle?«

Sie wiegte tändelnd den hochfrisierten Kopf und sagte unschuldig:

»Armer Freund! ...Das habe ich total vergessen!«

Er wurde wütend.

»Ich will es aber wissen! Du hast nicht zu lachen!«

»Soll ich denn jetzt, vor der Gesellschaft, weinen?«

Da war schon wieder der Streit. Ihre ganze Ehe war ein ewiger Zank. Sie wußten es schon gar nicht anders. Heute war er doppelt heftig.

»Ich verbitte mir das!«

»Was denn, mein armer Nicolai? Erkläre Dich näher!«

Ghislaine Schjelting stand vor dem Spiegel und prüfte noch einmal mit dem Ernst einer Frau von Welt das Gesamtbild ihrer Erscheinung. Dann lachte sie wieder und wandte den Kopf über die weiße Schulter hinweg ihm zu. Sie sah verführerisch aus in diesem Augenblick. Er legte zögernd, wie unter einem Befehl, die Karte des Monsieur de Kéthulle wieder in die Schale. Die Frauen konnten mit ihm machen, was sie wollten. Es war seine alte Schwäche. Vielleicht auch ein Teil seiner Erfolge im Leben durch die Frauen. Er frug versöhnlicher:

»Was hast Du denn die Zeit über gemacht?«

»Nun – man amüsiert sich!«

Der harmlose Ton, das Achselzucken dabei, brachte ihn von Neuem in Harnisch. Er bekam wieder seinen roten Kopf.

»Ich verbiete Dir, Dich über mich lustig zu machen, Ghislaine!«

»So streng, mein Freund?«

»Viel zu wenig streng! Dir zu Liebe verbringe ich das halbe Jahr hier als Gast bei Deinen Eltern...«

»Du bist ja nie da!«

»Statt daß Du auf meinen Gütern bist...«

Sie machte eine Gebärde des Abscheus. Diese Güter, irgendwo fern hinter Moskau, am Ende der Welt, Sumpf, Weide, Birkenwald, in dem noch Wölfe und Bären hausten, flößten ihr Entsetzen ein ...Man war da wie in Sibirien, nach diesem vergnüglichen, lebenslustigen Belgien.

»Du bringst mich höchstens einmal im Winter nach Petersburg!« sagte sie. »Oh, ich bete diese Muschiks an! Es ist jetzt Stil in Paris!«

Er verzog spöttisch die Lippen bei dem Gedanken: dies verzärtelte, schillernde und schimmernde, parfümierte Geschöpf neben einem dieser fuseldünstenden, wildmähnigen ehemaligen Leibeigenen. Sein Lächeln reizte nun wieder sie. Es ging bei ihnen immer reihum. Sie fuhr auf.

»Wünsche wird man doch noch aussprechen dürfen. Erfüllt werden sie Einem ja doch nie!«

»Wie das?«

»Andere Männer führen ihre Frauen aus. Du reist in der Welt herum. Ich sitze inzwischen als Strohwittwe bei meinen Eltern!«

»Ich habe wichtige Dinge zu tun!«

»Und wer hat den Lohn davon? Du nicht! Sie nutzen Dich aus! Deine Großfürsten! Deine Montenegrinerinnen. Alle Deine Russen.«

»Das verstehst Du nicht!«

»Du bist zu eifrig! Es fängt schon an, komisch zu werden, mein Lieber!«

»Still!«

Seine Eitelkeit bäumte sich auf, eben weil er ein Körnchen Wahrheit darin empfand. Er schrie es fast.

»Ah – die Moskauer Manieren! ...Ich beglückwünsche Dich!«

»Ich mich nicht!«

Sie fing an zu weinen.

»Ich möchte nur wissen, warum wir uns geheiratet haben!«

»Ich auch!« sagte er erbittert. Dabei wußten sie es Beide ganz genau, waren auch eigentlich an diese unvermeidlichen Auftritte zwischen ihnen längst gewöhnt. Ghislaine schluchzte jetzt, lang auf die Ottomane hingeworfen, wie ein verzogenes Kind. Er stand finster daneben. Nun kam über ihn die Angst eines auf ihre Schönheit stolzen Gatten. Er dachte sich: Sie wird sich Frisur und Robe zerdrücken. Sie bekommt verweinte Augen und ein verwaschenes Gesicht. Man kann sie ja gar nicht zeigen da unten!

»Ghislaine ...«

Keine Antwort.

»Ghislaine, meine Freundin: Deine Geduld wird sich noch belohnen. Große Dinge bereiten sich vor. Ich verspreche Dir: Du wirst noch einmal in einem Botschafterpalais residieren. Du wirst die Erste unter den Damen sein. Man wird Dich Exzellenz anreden...«

Das schmeichelte ihr. Seine weiche und sanfte Stimme beruhigte sie. Sie richtete sich auf und begann stumm und energisch sich mit dem Puderbausch die Thränenspuren wegzutupfen. Es klopfte. Ihre Mutter, Madame Lambert, trat ein. Kleiner als ihre Tochter, zur Fülle neigend, die gestickte Robe zu jugendlich für die verblühte Pariserin. Sie legte die kleinen fetten, reichberingten Hände ineinander.

»Müßt Ihr Euch denn ewig streiten?«

»Es scheint so, meine Mutter!«

»Und warum denn?«

Schjelting wies grimmig auf die Visitenkarte. Die Schwiegermutter zog die Augenbrauen hoch, sah erst ihn an, dann die elegante junge Frau.

»Aber diese Toilette ist doch ein Traum!« sagte sie.

»Was hat das mit diesem Monsieur Khétulle zu tun?«

»Nun ... Er ist doch der neue Schneider!«

Ghislaine fing an, wahnsinnig zu lachen, und ging, in einer leichten Koketterie sich wiegend und den Charme des Kleides zeigend, durch das Zimmer.

»Ah – ich bin etwas nervös! Ich gebe zu!« sagte Nicolai Schjelting. »Besonders jetzt nach der Reise. Sie wissen, Mama: Ich vermag in Gastbetten nie zu schlafen!«

»Und statt sich einmal vom Arzt Ruhe verschreiben zu lassen...«

»Ich hätte jetzt in Moskau Gelegenheit gehabt, einen der berühmtesten Ärzte zu treffen...«

»Nun, und was meinte er?«

»Nichts! ... Sein Assistent ließ mich nicht vor! ... Dieser Deutsche...«

Er zog den Frack an und folgte mit umwölkter Stirne und unruhigem Gemüt den vorausgegangenen Damen. Im Letzten des Herzens verachtete sein asiatischer Hochmut diese reichen Kaufleute da unten. Er kannte zu genau ihre Schwächen, stieß sich mit seinem kühlen und methodischen Kopf fortwährend an dem inneren Widerspruch dieses Landes, das keine Flotte, aber riesige Kolonien besaß, das kein eigentliches Heer hatte, aber sich die stärksten Festungen der Welt baute, das ein neutraler Kleinstaat war und trotzdem mit heimlichen Fingern an den gefährlichsten Kanten der Weltgeschichte mitwob. Ihm schien Alles zwischen Maas und Yser aus zweiter Hand, eine französische Legierung mit englischem Stempel ohne eigenen Wert. Es hatte keinen Zweck, vor diesen Herren Philipon und Termuylen, Andriot und de Meester, Vandenbergh und Leroux sein Licht leuchten zu lassen. Sie waren gute Kaufleute, aßen gern gut, tranken gern gut, behängten ihre Frauen mit Diamanten und Perlen, ließen bei sich und Anderen fünf gerade sein und im Übrigen ... man dachte in Belgien nicht gerne über den Tag hinaus. Dazu war man zu leichtlebig und oberflächlich. Nicolai Schjelting schwieg zwischen ihnen mit seinem rätselhaftesten Lächeln. Wenn er einmal in seiner Eifersucht seine Frau aus den Augen ließ, fühlte er von Neuem den Widerwillen gegen die innere Zuchtlosigkeit, die ihm die Formel für Belgien zu sein schien. Kein Mensch hier ahnte eine irdische Gewalt über sich. Man lebte in einem Königreich, aber man kümmerte sich nicht um den König, man bildete einen Staat, aber man sprach und dachte nur als Vlame oder Wallone, man hatte eine Hauptstadt, aber das Ziel aller Sehnsucht war doch Paris.

Nur einmal wurde er lebhaft, als neben ihm Einer der Kaufherren auf Französisch zu dem anderen versetzte:

»Warum ich Charles nach Köln auf die Handelshochschule geschickt habe? Aus demselben Grunde wie Andriot seinen Sohn auf das Polytechnikum nach Karlsruhe. Sie müssen von den Deutschen Etwas lernen. Sonst kommen sie nicht mit ... Die deutschen Kaufleute sind ja bei uns schon beinahe die Herren der Stadt. Antwerpen ist ein deutscher Hafen!«

»Im Frieden!« sagte Nicolai Schjelting. Die Belgier blinzelten sich zu. Sie wußten wohl, warum die Geschütze der Maasfestungen gegen Deutschland zielten, warum der Fortgürtel wohl zu Lande Antwerpen umgab, aber die Einfahrt durch die Schelde den Briten freiließ. England wollte das so. Keine Gummiladung kam ohne seinen Willen vom Kongo. Und vom Kongo lebte man.

Krieg und Kriegsgeschrei. Madame Termuylen frug:

»Hat die große französische Generalstabsreise an unserer Grenze eigentlich schon angefangen?«

Und der Hausherr wußte durch seinen Schwiegervater, den alten General de Rigolet in Paris, Bescheid.

»In den nächsten Tagen! Beinahe dreihundert Offiziere. Sie bilden zwei Parteien. General Ruffey führt die Roten. General Castelnau stellt die Preußen dar. Er hat die Blauen unter sich!«

Herr Lambert war ein großer, starker, lebensfroher Mann mit rosigem Gesicht und goldenem Vollbart, das Urbild eines Rembrandt-Deutschen, wenn er auch kein Wort deutsch sprach. Er lenkte das Gespräch wieder auf Weizen und Wolle ab. Wozu sich die Verdauung stören? Krieg – was war Krieg? Man spielte mit dem Krieg, weil man ihn nicht kannte, und legte das Spielzeug wieder weg. Und vergaß es bis morgen. Schjelting fühlte das und verstummte wieder unter den Kaufleuten.

Nie war Brüssel üppiger, glänzender, heiterer gewesen, als in diesem jungen Grün zu Anfang Mai 1914. Längs der Blumenpracht der Place Botanique sah man Schneiderträume von Toiletten wie in Paris, die Limousinen in der Rue Royale zeigten französischen Luxus, über den Boulevard Anspach unten flutete ein Leben wie an der Seine. Nicolai Schjelting nur war mißvergnügt, unruhig, vereinsamt. Ihn drückte dieses satte, gedankenlose Behagen, dies Sporttreiben, Flanieren, galanten Abenteuern Nachgehen und Geldverdienen, als sollte ewig Friede auf Erden bleiben.

Gottseidank! Nun wurde sein Traum wieder zu rothosiger, knebelbärtiger martialischer Wirklichkeit. Er war mit seiner Frau und ihren Eltern im Auto hinaus nach der französischen Grenze gefahren. Aufatmend sah er wieder die Generale der Verbündeten, diese kleinen, energischen, beweglichen Herren in goldenem Käppi, sah die Blüte des jüngeren französischen Offizierskorps, das sie auf der großen Generalstabsreise begleitete. Dazwischen als Zaungast in Zivil der greise Rigolet. Der Haudegen von 1870 war hier im Widerschein des Krieges aufgelebt wie ein alter Schwadronsgaul beim Attackensignal. Mit jugendlichem Eifer erklärte er den Seinen die Lage. Blau und Rot rangen hier zwischen Sambre und Maas. Der Oberstleutnant Grégoire war so nahe herangeritten, daß die Vorderhufe seines Schimmels fast den weißen belgischen Grenzstein rührten und wies, ein Auge zukneifend, mit dem Reitstock nach Links. Dort lag das Schlachtfeld von Malplaquet. Dort waren die Engländer schon früher einmal gewesen. Und der blonde, gefährliche Leutnant Schouman, der bis dahin still mit Ghislaine geliebäugelt, verriet es durch ein Lächeln: Man konnte sich auch noch eine dritte Armee vorstellen, eine khaki-gelbe, die den Blauen von der Nordsee her in die Flanke fiel. Aus ihren Reihen sang es: ›Are you down-hearted?‹ und die Dudelsackpfeifer spielten die Schottenmärsche ihres Clans.

Der General de Rigolet begleitete die Seinen zu einem kurzen Besuch nach Brüssel. Er hatte noch Augen wie ein Luchs. Nah von Namur veranlaßte er durch einen Zuruf den Chauffeur zu halten und lachte aus vollem Hals.

»Ah … auf der Schmetterlingsjagd, Mr. Nicholson?«

Der Hauptmann Nicholson vom Londoner Nachrichten-Departement, der unvermutet aus dem Wiesengrund neben der Straße auftauchte, trug eine grüne Botanisiertrommel über dem graugewürfelten Sportanzug und einen Käscher in der Hand. Er sagte ganz ernst, nach der Begrüßung und Vorstellung:

»Sollte man glauben, General, daß Sphinx nerii hier vorkommt? Es müssen Oleanderbäume in der Nähe sein. Sonst sah ich diesen Schwärmer am meisten bei Pola und Cattaro.«

»Verstehen Sie denn wirklich etwas davon?«

»Wissen ist Macht! Ich entsinne mich, daß ich einmal bei Wilhelmshaven einem Gendarm den seltenen Apollo vorweisen konnte. Aus der Familie Parnassus. Der Gendarm war sehr befriedigt. Immer besser, man hat ein Ziel. Es war ja schimpflich: die Deutschen dachten anfangs, ich wollte da spionieren.«

Der greise Troupier mußte lachen. Er klopfte dem Briten jovial auf die Schulter.

»Und was machen Sie denn hier?«

»Er ist ein ganz harmloser Entomologe!« erklärte Nicolai Schjelting. Unter dem Zahnbürstenschnurrbart des Captain zuckte es von einer freimüthigen Heiterkeit.

»Schmetterlingssammler sind wir schließlich alle!« sagte er zu den Andern. Es ist eine liebliche Gegend! Ist sie's nicht? … Nun, leben Sie wohl! … Ich muß weiter …«

»Einen Augenblick!«

»Was denn?«

»Sie haben hier ein Blatt mit Ihren wissenschaftlichen Notizen verloren!« sagte Nicolai Schjelting. Er hatte es aus dem Staube aufgehoben und scheinbar unwillkürlich lasen dabei seine Augen die ersten Zeilen in englischer Sprache: »Vorwärts über Fosse bis Floreffe 65 Kilometer gute Straße. Kein Überblick mehr. Keine Gelegenheit, Artillerie in Stellung zu bringen. Vorsicht vor der Steilfeuerwirkung von Fort St. Heribert…«

»Oh – geben Sie bitte!«

»…Fliegeraufklärung von Charleroi aus wegen der Luftwirbel im Sambre-Thal schwieriger als über Givet-Dinant längs der Maas. Elf Eisenbahnbrücken zwischen Namur und…«

»Oh – geben Sie doch!… Danke! danke sehr!«

Der Naturfreund barg eilig das Blatt in seiner grünlackierten Trommel. General de Rigolet nickte.

»Ah – ich kenne diese wertvollen Winke!« sagte er befriedigt. »Es sind Auszüge aus dem geheimen Handbuch über militärische Operationen in Belgien, herausgegeben vom Englischen Nachrichtenamt! Ich hab' es auch daheim bei mir in Paris…«

»Hüten Sie es nur vor Unberufenen, General!«

»Parbleu – ich lasse es nicht in fremde Hände fallen! Es ist streng geheim! Ihr habts Euch sauer werden lassen – Ihr da drüben! Eine Riesenarbeit steckt darin!«

»Man sieht es!« sagte Nicolai Schjelting mit einer leichtverbindlichen und liebenswürdigen Kopfneigung gegen den Mann mit dem Schmetterlingsnetz. Alle Drei, der Engländer, der Russe und der Franzose lachten.

»Well! Gutes Jagdglück, Captain!«

»Angenehme Fahrt!«

Das Auto rollte dahin. Schjelting schaute dem schon wieder munter einen Hügel hinaufkletternden kleinen Gentleman nach und frug:

»Ist denn hier an dieser simplen Thalecke wirklich etwas Besonderes los?«

»Du bist ein Laie, mein teurer Nicolai! Von dieser Stelle aus sieht man ja alles!«

»Was denn, zum Beispiel?«

Der alte General legte den Kopf zurück und wies auf einen steil abfallenden, mit niederem Gestrüpp überwucherten Höhenrücken.

»Wo sich der Berg vom Himmel abhebt – siehst Du da nicht, kaum merklich, eine Wölbung im Erdreich?«

»Ja… und was ist das?«

»Ein fast uneinnehmbarer Punkt: das Fort Malonne!«

»So?«

»Nichts Geringeres als das Fort Malonne! Hut ab! Du bist vor einer der wichtigsten Stellen dieses bewunderungswürdigen kleinen Belgiens! Wir Franzosen haben unsere Maaslinie bis an die Zähne verschanzt. Aber nach unten, jenseits der französischen Grenze, war sie offen. Da sprangen unsere heroischen Nachbarn für uns in die Lücke. Sie bauten ihren Maasgürtel gegen die Teutonen! Das englische Heer kann unbehindert dahinter aufmarschieren!«

Beide blickten befriedigt und wohlwollend lächelnd auf Monsieur Lambert, in dem sich ihnen für diesen Augenblick Belgien verkörperte. Der fuhr aus einem kleinen Schläfchen auf. Er war etwas verwirrt. Er hatte sich nie viel um diese Dinge gekümmert. Festungsbau war nicht sein Geschäft. Man zerbrach sich hier zu Lande nicht gern unnötig den Kopf. Das war Sache der Regierung. Er saß zufrieden lächelnd da, selbst in seinem rosigen und etwas feisten Blond ein Abbild der Blüte des Landes, durch das sie dahinjagten. Sie umkreisten Namur, durchmaßen die prachtvollen Buchenwälder von Ottigny, näherten sich Brüssel. Aus fieberndem Menschen- und Autogewühl, dem Geschrei der Verkäufer, dem Lichtglanz der Läden schlug ihnen der heiße Hauch von Klein-Paris entgegen. Sie hielten vor dem Palasthotel am Bahnhof, um dort den General abzusetzen. Dabei zuckte Nicolai von Schjelting nervös zusammen.

»Da ist er wieder!« sagte er zwischen den Zähnen.

Ein Herr in den Dreißigern, in grauem Sommeranzug, den Strohhut auf dem gebräunten Kopf, den leichten Sommermantel über dem Arm, ging rasch und straff aufgerichtet über den

Platz nach dem Bahnhof. Ein Hausdiener trug ihm seinen Reisekoffer hinterher. Beim Anblick Schjeltings flog ein Lächeln über sein schnurrbärtiges Gesicht. Die Andern schauten ihm nach.

»Da geht er nun heim in das Land Wilhelms!«

»Je nun: Hier in Brüssel ist neutraler Boden! Hier trifft sich Freund und Feind!«

»Das wissen wir, mein lieber Schwiegersohn! Ich wüßte lieber seinen Namen!«

»Janssen hat ihn mir neulich genannt!« sagte Nicolai von Schjelting finster. »Ein Hauptmann Isebrink!«

»Ah – der!«

»Kennst Du ihn?«

»Bei uns in Paris kennt man ihn wohl!«

»Sieh nur diese Haltung: Ein Preuße, wie er im Buch steht!«

Der General de Rigolet de Mezeyrac schwieg eine Weile. Dann sagte er.

»Ein Preuße – ja ... aber ich wünschte, wir hätten noch mehr solche Kerle auch bei uns!«

III

»Heil Dir im Siegerkranz…«

Langsam neigten sich die Fahnen aus der langen Glitzerreihe präsentierter Gewehre vor Kaiser Wilhelm II., der an diesem achten Maitag des Jahres 1914 die Front seiner Truppen im Elsaß abritt. Er hielt den Marschallstab in der Hand. Sein Auge blickte ernst. Preußische Strenge furchte die federbuschumflatterten Generalsköpfe seines Gefolges.

Tiefer senkten sich die Banner vor ihrem Kriegsherrn, berührten mit ihrem meist noch unzerschossenen und unbefleckten Seidengebausch den Rasen. Die Mehrzahl dieser Bataillone war noch jung. Der lange, nun schon fast fünfzigjährige Frieden hatte sie entstehen sehen. Es war nicht Erinnerung an Großtaten, sondern Hoffnung und Bereitschaft vor den Schleiern der Zukunft, was feierlich und brausend aus allen diesen Musikkapellen, zwischen diesem Wall von Mann und Roß aus Erz erklang:

> »Heil Dir im Siegerkranz,
> Herrscher des Vaterlands,
> Heil Kaiser, Dir!«

In weitem Bogen schauten von der Hochlandsburg bis Drei Ähren die Schlösser und Hügel und blauen Höhen des Wasgenwaldes auf die Kolmarer Ebene hernieder. Die Nacht hindurch, den ganzen Vormittag hatte es in den Schluchten der Hochvogesen wie von einem Maigewitter geblitzt und gegrollt. Noch jetzt war dort, gegen die französische Grenze hin, die Manöverübung nicht ganz zu Ende. Da unten aber rückten schon, von der Parade kommend, die Regimenter unter klingendem Spiel in Kolmar ein. Rufacher- und Vauban-Straße, Rapp-Platz und Marsfeld-Wall, Turenne-Straße und Judengasse wimmelten vom bunten Farbenspiel der großen Garnison. Viele Stämme, viele Gauen Deutschlands marschierten da zwischen den mittelalterlichen Häusern der einstigen Freien Reichsstadt. Grüne Rheinische und Mecklenburger Jäger, himmelblaue Kurmärkische Dragoner, blaurote Oberelsässische Infanteristen, graugrüne Jäger zu Pferd, Badische Kanoniere, ernste dunkle Hohenzoller'sche Fuß-Artillerie, Württemberger Fußvolk, Festungs-Fernsprech-Kompagnien, Straßburger Pioniere, das Alles flutete in die offenen Kasernentore, zog durch zum Bahnhof, bildete lange Staubschlangen draußen im grünen Land, wo der Klotz von Breisach trotzig den Übergang über den Rhein bewachte und fern sich das Straßburger Münster hob.

»Donnerwetter, Isebrink!«

»Isebrink als Schlachtenbummler!«

Paul Isebrink trat an den Rundtisch heran, wo die Herren, noch bestaubt vom Dienst, bei einem Mittagsschoppen saßen, und salutierte lachend mit dem Spazierstock wie mit einem Säbel.

»Melde mich gehorsamst zur Stelle! Wie meinen der Herr Major? Zu Befehl: Ich bin heute in aller Herrgottsfrühe aus Belgien in Metz angekommen und benutze den halben freien Tag, um rasch zu meinem alten Regiment herüberzuspritzen!«

»Er ist nämlich hier im fünfzehnten Armeekorps bekannt wie ein bunter Hund!« erklärte der Major einem frisch herversetzten Hauptmann.

»Na – wo denn nicht?«

»Bei den Türken war er auch schon zwei Jahre!«

»Vielleicht gehe ich nächstens wieder hin!«

»Nanu!«

»Wenn ich will, kann ich jeden Augenblick! Und ich hab' halb und halb Lust!«

»Prost Isebrink!«

»Prost! Na Kinder – Euch haben sie ja, scheint's, heute die Hammelbeine tüchtig langgezogen!«

»Vor allem Ihrem Regiment Weimar! Glauben Sie ja nicht, daß Sie das hier unten treffen! Das sitzt noch friedlich an der Schlucht oben in den Vogesen, biwakiert, glaub ich, auch dort!«

»Tut nichts! Vläming nimmt Sie mit! Er autelt doch am Abend hinauf!«

»Mit Vergnügen, Herr Hauptmann!« sagte vom Nebentisch der lange, hagere Fliegerleutnant, Graf Vläming.

»Haben Sie heute Kleinholz gemacht?«

»Ausnahmsweise: ja!«

»Was kommt dort von der Höh? Er ist nämlich unter furchtbarem Skandal oben auf einer Tanne gelandet!«

»...weil einen die Grenze unsicher macht! Soll die der Kuckuck von oben unterscheiden! Und wenn man sie überfliegt, giebt's ein Mordgeschrei!«

»Dabei tragen sie bei uns die französischen Zirkusflieger beinahe auf den Schultern herum!«

»Und ein anderer Franzose zerhaut inzwischen die Denkmäler in der Sieges-Allee!«

»Wir lassen uns ja Alles gefallen!«

»Übrigens: die Franzosen halten auch dicht hinter der Schlucht eine Geländeübung ab«, sagte Graf Vläming. »Ich hab' deutlich die Tellermützen gesehen.«

»Alpenjäger?« »Ja. Und bei den Roches du Diable drüben ...wenn sie da nicht in dem Hotel Betten sonnten, dann waren das Rothosen!«

»Also 20. Armeekorps, 149. Regiment!« sagte Paul Isebrink.

»Wie Sie das so im Kopf haben...«

»Der kennt alle Armeen auswendig!«

»Na – nun laßt mich 'mal aus dem Spiel! Das ist nicht so interessant!«

»Das wissen Sie, Isebrink, daß die 99er neulich wieder mit Sang und Klang in Zabern einmarschiert sind?«

»Und das Volk hat wohl mit faulen Äppeln geschmissen?«

»Hurrah haben sie geschrieen!«

»Verhetzt waren sie nur!«

»Ja, wer hetzt denn nicht?« sagte der Hauptmann Isebrink. »Herrschaften, die Welt ist ja längst wahnsinnig geworden! Ihr merkt das nur nicht so, weil Ihr nicht so herauskommt!«

Draußen auf der Straße gingen einige Notabeln an dem offenen Fenster vorüber. Sie sprachen laut und sichtlich betont Französisch.

»Giebts denn Krieg, Isebrink?«

»Wie soll ich's wissen? Ich wundere mich jeden Tag, daß die Geschichte immer noch hält! Also Graf Vläming, Sie rufen mich gütigst, wenn Sie losgondeln wollen! Ich lasse mir unterdessen hier ein Zimmer geben und erledige einen Brief.«

»Jawohl, Herr Hauptmann!«

Oben schrieb Paul Isebrink zunächst die Adresse: »Fräulein Ingeborg Tillesen in Wiesbaden, Sonnebergerstraße 439.« Dann weiter:

»Meine liebe Freundin!

Ihren Brief aus Moskau kann ich erst heute beantworten. Unsere deutschen Briefkästen sind blau und treu, wie unten unsere Soldaten. Im Ausland giebt es schwarze Kabinette. Wir Beide teilen uns – weiß Gott – keine Staatsgeheimnisse mit. Aber es ist mir doch ein widerwärtiger Gedanke, daß so ein Belgier oder Russe in dem herumschnüffeln sollte, was wir uns schreiben...«

Auf dem Pflaster schütterte immer noch der Marschschritt, schrillten die Querpfeifen, rasselten die Trommeln. Isebrink sah hinab ...Aha – die 30te Division, Straßburger Bataillone, die an der Ecke drüben zum Bahnhof einschwenkten. Vielleicht die Brigade Ludendorff. Im Kaffeehaus unter Isebrinks Fenster saßen an einem nach Pariser Art auf die Straße gerückten Tischchen ein paar junge Französlinge mit blauer Hemdbrust, weißem Stehkragen und roter Halsbinde, und zu den Farben der Tricolore die blutrote Boulanger-Nelke im Knopfloch. Sie lachten, die Hüte im Genick, frech zu den müden und verstaubten Truppen hinüber.

»Aber habe ich Ihnen überhaupt etwas zu schreiben, liebe Ingeborg? Man kommt sich manchmal schon ganz dumm vor, als der getreue Eckart in Uniform. Ihr glaubt Einem ja nicht. Sie wenigstens! Mit Ihrem Amerika!

Ich habe eben den Kaiser gesehen. Neulich Poincaré und den König von England. Und gestern noch Albert von Belgien. Das muß man sich gegenüber halten, wenn man sagt: Gottseidank, ich habe unsern Kaiser gesehen! Wir sind ja in Deutschland nie zufrieden. Aber was sind diese gekrönten Häupter da drüben gegen ihn? Diese Schwatzmichel von Advokaten, die in Zylinder und Regenschirm Paraden abnehmen. Unser Heer hat wirklich einen Herrn. Unsere Flotte auch. Er geht von hier nach Metz, fährt nach Helgoland. Er ist immer im Dienst. Und wir mit ihm und unter ihm. Das klingt ja in Ihrem Amerika sehr neckisch: ›jeder für sich!‹ Aber, liebes Kind, wenn wir das sagen wollten, mitten im Herzen Europas, so hätten wir in Kurzem die Kosacken in Berlin und die Turkos in Wiesbaden. Wir haben uns ja schon tausendmal darüber gestritten. Es ist um die Wände hinaufzugehen, daß Sie das nicht einsehen!«

Die Straße unten war jetzt frei von Marschkolonnen, aber voll Menschen. Durch das neugierige Gewoge schritt ein ältlicher Abbé im Priestergewande, mit verkniffenen Zügen, lebhaft auf Französisch mit seinen Begleitern plaudernd. Alles sah ihm voll Interesse nach. Manche grüßten.

»Eben ging der alte, ehrliche Wetterlé unten vorbei. Der ist eigentlich eine wandelnde Reklame für uns – sozusagen die erste Schwalbe, die den Krieg anzeigt! Möchten Sie es doch in letzter Stunde kapieren, Ingeborg, daß ich nicht zum Spaß so ernst bin! Bald ist es vielleicht zu spät! Ich bin doch wahrhaftig mit allen Hunden gehetzt. Ich weiß mehr als Andere, Vieles, was ich nicht sagen darf. Eben wird mir das Auto gemeldet. Ich darf die Herren nicht warten lassen. Auf Wiedersehen in Wiesbaden! Ich habe immer noch Hoffnung, daß Einer von uns Beiden nachgiebt. Ich sicher nicht. Aber Sie sind ja das, worauf Sie so stolz sind: ein freier Mensch! Gebrauchen Sie diese Freiheit, um sie zu opfern…«

»Herr Hauptmann stammen aus dem Regiment Bernhard von Weimar?« frug Graf Vläming, während der graue Kraftwagen knatternd das Münstertal entlang schoß. »Eigentlich 'ne tolle Garnison … Dagegen sind ja Mörchingen und Dieuze der reine Zucker!«

»Solche Drecknester haben auch ihr Gutes! Da setzt sich der Mensch aus reinem Stumpfsinn hin und arbeitet. Wir waren da vier strebsame Männerchen mit der versteckten Absicht auf die Kriegsakademie. Da ließen wir uns mit vereinten Kräften einen russischen Studenten aus Berlin als Lehrer für die Aussprache kommen und das nächste Jahr eine englische Miß – Nee, lachen Sie nicht – ein richtiges Scheusal und längst aus dem Schneider! Die brachte Einem nun so den Zungenschlag bei! Na und Französisch, das lernt sich ja hier von selber. So kommt der Mensch eben schließlich in den Generalstab!«

»Beneidenswert!«

»Gott … Glück!«

Der Kraftwagen hatte die Stadt Münster hinter sich gelassen und stieg mit donnernder Auspuffklappe steil durch dunklen Hochwald in die Vogesenschluchten empor. Mächtig wölbte sich zur Rechten das Sulzer Belchen. Man war schon ganz nahe an der französischen Grenze.

»Sagen Sie 'mal: wo stecken denn nun eigentlich unsere Kriegsknechte? Die sind doch nicht etwa in der Zerstreutheit nach Frankreich hinüber geklettert? Wir wollen doch mal den Meldereiter da fragen! Gleich um die Ecke lagert das Regiment? Na – famos!«

Ein Halloh im Biwak auf der grünen Maienmatte, über der sich hoch und kahl im Halbbogen der Grenzkamm der Vogesen wölbte. Graf Vläming dachte sich: So möchte ich auch einmal von den alten Kameraden begrüßt werden, als der Stolz des Truppenteils, von dem es in zwanzig oder fünfundzwanzig Jahren heißt: General der Infanterie von Isebrink ging aus dem Regiment Bernhard von Weimar hervor. Steht à la suite. Im Kasino hängt sein Bild. Die gestickten goldenen Eichenblätter am Kragen, die schlichte hohe Hausnummer auf den Achselstücken…

»So … Bitte an meine grüne Seite!« sprach der Oberst von Münzingen. »Ich habe schon viel von Ihnen gehört! Ihr Geist lebt sozusagen unter uns Bernhardinern weiter! Na, Graf Vläming, wann holen Sie nun Ihre Luftdroschke von den Bäumen runter?«

»Wenn der Vollmond aufgeht, Herr Oberst! Hoffentlich sind die Kerle drüben bis dahin weg – die brauchen auch nicht Alles zu sehen!«

»Na, wir fangen jetzt schon an, sachte abzubauen!« sagte Hauptmann Vierling von der Fußartillerie. »Ich hab' eben schon runtertelefoniert! Aber fein war's – was, Elsterburg?«

»Keine Katze hat uns entdeckt!« meinte der Pionierleutnant stolz. »Nicht einmal unsere eigenen Flieger!«

»Wo haben Sie denn nun eigentlich Ihre Brummer versteckt?«

»Suchen Sie sie doch! Sie sehen sie auf zehn Schritte nicht.«

»Ach, die Batteriestellung am Eck, hinter Stoßweier, zweihundert Meter nördlich von der Mühle?« frug Paul Isebrink. Die beiden Herren im dunklen Sammtkragen entsetzten sich.

»Woher wissen *Sie* denn das?«

»Ich hab' im Vorbeifahren das künstliche Wäldchen gesehen. Wenn die Bäume echt wären, könnte das Gras dahinter im Schatten eigentlich doch nicht so dicht wachsen, nicht wahr? ... Herrgott, Güldenpfennig! Sie waren doch Einjähriger in meiner Kompagnie?«

»Zu Befehl, Herr Hauptmann! Ich mache schon meine vierte Offiziersübung!«

Der blonde Volksschullehrer stand dienstlich stramm und setzte sich dann auf den freien Platz zwischen dem Grafen Vläming und dem Kaiserlichen Regierungsrat und Hauptmann der Landwehr Lobegast. Männer aller Stände und Berufe hielten hier in der Feldbinde des Offiziers am Grenzwall die Wacht gegen Welschland. Dann erhob sich der Flieger und reckte seine langen Beine, um nach seiner Taube zu sehen. Es war nun schon spät am Abend. Der Vollmond stand hell am frostklaren Himmel. Die Herren hatten sich in ihre Mäntel gewickelt und saßen bei einem Glase Grogk um das flackernde Biwakfeuer. Der Major Fieser sagte:

»Wissen Sie, Isebrink, einen Fehler haben Sie immer noch: keine Frau!«

»Wie alt sind Sie denn?«

»Fünfunddreißig, Herr Oberst!«

»Na, da wird es aber Zeit!«

»Ja, woher nehmen und nicht stehlen!« sagte Isebrink tiefsinnig und schob ein Stück Reisig in die Glut. Der Feuerschein spielte über sein gebräuntes Gesicht. Unten dämpfte der Hauptmann von Riedt seinen Baß gegen den Landwehrhauptmann Lobegast:

»Der ist gar nicht so blöde –, ach nee! Aber er hat eine Geschichte in Wiesbaden – schon drei Jahre ... ich weiß nicht: will er nicht – will sie nicht – man wird nicht klug draus!«

Es war eine Stille. In die fiel ganz von ferne der schwache Manöverknall eines Schusses. Eine Bewegung unter den Herren.

»Aha – sie stecken doch noch drüben!«

»Oder ein Jäger ...«

»Auf was soll er denn schießen, Anfang Mai?«

»Wetten, daß sie's sind!«

»Drei Flaschen Matthäus Müller!«

»Kolkt doch nicht! Wer soll denn das entscheiden?«

Jenseits des Vogesenkammes schoß ein Raketenstreifen in die Luft. Eine grüne Leuchtkugel stand einige Sekunden vor den Sternen. Eine rote erschien ganz hinten über schwarzem Tannenwipfelgezack. Die Franzosen gaben sich Zeichen. Es war doch eine größere Übung. Ein leiser Windschauer ging, wie eine Vorahnung von Krieg, durch die stille Nacht. Eine Sternschnuppe schoß da herunter, gerade in der Richtung, in die der Oberst mit seinen Offizieren schaute. Als er sich wieder nach dem Platz zu seiner Linken umwandte, war der leer. Der Major Fieser sagte:

»Isebrink macht scheints noch eine Mondschein-Promenade längs der Grenze. Da oben geht er!«

Paul Isebrink kannte von der Jagd her hier Weg und Steg. Er stieg schnell die Hänge gegen den Hoheneck hinan, stand oben auf der Hochfläche, auf der die Nachtnebel brauten. In regelmäßigen Abständen schimmerten zwischen ihnen die weißen Grenzsteine. Er machte vor ihnen, noch auf deutschem Boden, halt. Bäche sprudelten durch das Mitternachtsschweigen der Mosel zu und plätscherten zu seinen Füßen.

Buschwald. Mondschein. Im Tal dicht unter ihm ein schwaches Licht. Es bewegte sich, so als hielte jemand eine elektrische Taschenlaterne in der Hand. Nun sah er auch die dunklen

Gestalten in Käppi und Kapuze, Offiziere um das glimmende Feuer. Dahinter im Dämmern Zeltbahnen, Gäule mit hängendem Kopf, stumme Posten ...Da unten schlief, scheinbar in der Nacht sich in das Endlose verlierend, das französische Heer...

Wieder das Flimmern des Glühwurms über der Landkarte. Ein Lachen.

»Eh – Le Fol: haben Sie den Weg nach dem Rhein gefunden?«

»Wir werden ihn finden, mein Kapitän!«

»Das denken wir schon lange – was, Guyon?«

»Einmal entrollen sich unsere Banner!«

»Pst! Nicht so laut! Der Colonel schläft!«

»Hat da nicht eben ein Ast geknackt?«

»Mir schien es auch!«

Ein Horchen und Lauschen.

»Jetzt wieder! Aber hoch oben!«

»Man hört nichts mehr!«

»Pah! Ein Lapin! Wieviel Uhr, Le Fol?«

»Wenig nach Mitternacht, mein Kapitän!«

»Brr! ...Es ist kalt! Nun: schließlich kommt der Tag!«

»Schließlich kommt der Tag!«

Paul Isebrink hatte sich umgedreht, um zurückzukehren, und hemmte, das Gesicht dem Rhein zugewandt, nach ein paar Schritten im Heidekraut den Schritt. Da unten im deutschen Wiesengrund lag schon wieder, bläulich geisterhaft im grellen Mondschein, das schlafende Heer: Ein Rund von Pickelhauben um ersterbende Glut, stumm glitzernde Gewehrpyramiden in Reihen vor den Zelten, still im Stehen an ihren Pflöcken schlafende Pferde, einsame Gestalten im Mantel, das Gewehr unter dem Arm, auf Wacht.

Der oben stand zwischen den beiden Heeren. Auf seinen Zügen lag jetzt der tiefste Ernst seines Wesens, den er selten Anderen zeigte, den er hart und beinahe schamhaft in sich verschloß. Es ging ihm durch den Kopf: da ruhen Mann und Roß, bis wieder einmal die Raben um den Kyffhäuser fliegen. Und so wie hier schlafen überall in Europa unterirdisch bis an die Zähne gerüstet die eisernen Männer. Oben ist Sonnenschein. Da sieht man sie nicht. Hat andere Dinge im Kopf. Glaubt kaum mehr an sie und ihr Erwachen. Wir, die Offiziere, wissen es besser...

Wir wissen, was sich die Andern nicht mehr sagen: noch nie war ewiger Friede auf Erden! Immer wieder steigt die Stunde auf, um die keiner herumkommt, kein Mensch und kein Volk. Dann sei Gott mit Dir und Deiner Kraft, mein deutsches Land...

Im Wiesengrund unten verloschen die letzten Feuerpünktchen. Die Herren waren in die Klappe gekrochen. Wozu sie jetzt noch stören! Man konnte ihnen ja in Münster den Ausgang ihrer Wette in ein paar Zeilen hinterlassen. Dort fand man wohl schon den ersten Morgenzug zurück nach Kolmar und weiter nach Berlin.

Es war ein stundenlanger Weg durch Tannenwald und totenstille Nacht bergab. Ehe noch Isebrink das Tal erreichte, begann sich drüben über dem Rhein der Himmel zu färben: Feurige Zeichen erschienen an ihm. Unheimliche Flammenstreifen glühten auf, vergrößerten sich schnell, flossen ineinander. Eine ungeheure düstere Röte wuchs reißend empor und füllte, soweit ein Menschenauge reichte, die Himmelswölbung. Wie ein Weltbrand. Wie ein Meer von Blut.

In der ahnenden Morgenfrühe hallten die Schritte des Hauptmanns Isebrink auf der einsamen Straße wieder. Von Neuem dachte er an die Zukunft und sagte sich: Was wir haben, schützen wir nur durch das, was wir sind. Und nur das lebt, wofür man stirbt...

IV.

»Heute erwarte ich nun meinen Filius hier in Wiesbaden!« sagte der Generalmajor z.D. Isebrink, während er mit zwei anderen alten Generalen in Zivil die Wilhelmstraße hinabging.

»Welchen denn von Ihren Vieren?«

»Wenn ich von ›dem‹ Filius spreche, meine ich immer meinen Generalstäbler, das Paulchen!«

»Na – Ihr Vaterstolz ist nicht von Pappe!«

»...Habe auch allen Grund dazu!«

Ringsum Fahnen, Menschen, Musik. Die Bäderstadt feierte in dieser grünen Maienmitte von 1914 den alljährlichen Frühlingsbesuch des Kaisers. Eben klang von ferne die wohlbekannte Hupen-Fanfare. Tausendstimmiges Hurrah hinterdrein. Tausend Hüte hoben sich. Weiße Tücher winkten. Der Kaiser kehrte von einem Nachmittagsausflug nach der Saalburg in das Stadtschloß zurück.

Er dankte mit freundlichem Ernst.

»Hurrah! Hurrah! Hurrah!«

Es verklang. Die drei alten Soldaten hatten ehrfurchtsvoll Front gemacht. Das schwarz-weiße Band von 1870 leuchtete, als sie weiterschlenderten, auf ihren schlichten schwarzen Röcken. Sie grüßten fortwährend einstige Waffenkameraden, Grauköpfe wie sie. Hunderte dieser strengen, gefurchten Gesichter sah man in Wiesbaden. Sie hoben sich aus dem Jubel und Trubel, dem Lachen der Kurgäste, dem Lärm der Ausländer um sie her als stumme Zeugen einer ehernen, fernliegenden, dem neuen Friedensgeschlecht schon halb unwahrscheinlich gewordenen Zeit.

»Wo geht Majestät eigentlich von hier hin?«

»Nach Konopischt! Zum Erzherzog-Thronfolger von Österreich!«

»Bravo!«

Sie kamen in dem Gedränge an der Ecke der Museumsstraße kaum vorwärts. Rings um sie wurde Französisch, Englisch, Russisch gesprochen.

»Ich weiß nicht: Soviel Ausländer waren doch noch nie da!«

»Seit gestern ist doch hier der große Internationale Kongreß!« sagte General Isebrink. »Ich glaube, die Mediziner. Oder die Physiologen. Bei meinem Nachbar, dem Geheimrat Tillesen, ist jedenfalls ein Riesenbetrieb!«

»Ja, an die Feste hier muß man sich gewöhnen!«

Die Sonne schien hell vom blauen Frühlingshimmel. Bunt bauschten sich die Banner. Farbig leuchteten drüben durch das lichte Grün der Parkanlagen die Damenkleider, die Sonnenschirme, die Blumenhüte und die Blumenbeete. Die Kurkapelle schmetterte. Deutschland lud die Welt zu sich zu Gast, wie ein fröhlicher, kraftstrotzender, arbeitsstarker Mann am Feierabend die Nachbarn um sich versammelt und sich von ihnen keines Bösen versieht, weil er selbst dem Nächsten ja nur Gutes wünscht, Gutes erweist, Gutes aufdrängt.

Das war dies warmherzige, weichmütige Deutschland, das seine Sparbüchsen für die Buren leerte und den hungernden Indern das Scherflein der Witwe sandte, das liebevoll den Verschütteten von Messina Asbesthäuser baute und die abgebrannten Russen mollig und warm kleidete, das mit ganzen Schiffsladungen die notleidenden Norweger nährte und bettete und dabei schon nachdachte, wie es Yankees und Japanern eine Freude bereiten könne, dies Deutschland, dessen Herz so groß war wie sein Geist, und das aus dieser Unendlichkeit heraus Alles umfaßte, viel verstand und viel zu viel verzieh.

Ausländer überall. Sieche, durch Salvarsan genesende Russen in Rollstühlen, durch Röntgenstrahlen geheilte Angelsachsen am Stock, Italiener, in der Sonne sitzend, denen das Messer deutscher Chirurgen das Leben gerettet. Sie Alle fühlten sich hier zu Hause, schwatzten und lachten. Erst gegen die Bahnhofstraße hin wurde es allmählich um die drei alten Herren mit dem Eisernen Kreuz leerer.

»Na ... Paul ... zum Donnerwetter ... Paul! Erkennste denn Deinen ollen Vater nicht mehr?«

Der Generalstabshauptmann mit dem dunkelroten Kragen und dem breiten dunkelroten Streifen an den Beinkleidern kam aus seinen Gedanken zu sich und blieb stehen. Das grauköpfige Kleeblatt begrüßte ihn mit Wohlwollen als eine kommende Leuchte der Armee.

»Was Neues aus Berlin, Herr Hauptmann?«

»Jawohl, Exzellenz! Die Russen haben drei Reservejahrgänge zu sechswöchigen Übungen einberufen...«

»...und hier ist heute italienische Nacht!«

»Das sind zwei Millionen mehr auf den Beinen...«

»...morgen großes Feuerwerk im Kurpark.«

»Dabei, ich glaube schon der zehnte russische Spionageprozeß vor dem Reichsgericht allein in diesem Jahr. Ich bewundere unsere Langmut gegenüber der Gesellschaft!«

»Na – Sie bringen eine andere Stimmung mit, Herr Hauptmann, als die hier!«

Eine Sekunde legte sich ein Schatten über die Sonne und die bunte Heiterkeit der Stadt und auch über die Gesichter der alten Herren.

»Auf Wiedersehen, Vater! Ich geh' schnell voraus. Ich muß doch gleich von zu Haus weiter!«

Der General schüttelte den Kopf. Als er heimkam, frug er seine Frau:

»Wo ist denn der Paul hin?«

»Na – das kannst Du Dir doch denken!«

Neben der kleinen Generalsvilla lag weiß und mächtig, den Säuleneingang dem Sumpfgrün des Kurparks zugewandt, in der Sonnebergerstraße das schloßartige Haus des Geheimrats Tillesen mit seinen Laboratoriums-Anbauten zwischen Teppichbeeten, Palmen und Zypressen.

»Vorhin ist sie da herausgekommen!« sagte die kleine energische Generalin Isebrink. »Ganz flott und fidel, Kopf im Genick. Kleid, Hut, Schirm, Schuhe – Alles weiß! Und er hier auch davon, als ob's brennte! Dann sind sie zusammen fort! Er wird noch ganz verdreht. Es muß 'mal ein Ende nehmen mit der jahrelangen Katzbalgerei!«

Es gab da, in der Richtung nach der einsamen Villenkolonie Eigenheim verlorene Wege zwischen Ackergrün und Obstblüte, auf die sich der Fremdenstrom nicht verirrte. Paul Isebrink und Inge Tillesen kletterten da vorsichtig einen steilen Kartoffelhang abwärts. Sie lehnte seine dargebotene Hand ab.

»Natürlich!«

»Was denn: natürlich?«

»...daß Sie sich nicht helfen lassen! Immer die, die's am nötigsten haben!«

»Bleiben Sie nur nicht selber mit den Sporen in den Brombeeren hängen!«

Er sprang hinter ihr über den Graben auf die staubige Landstraße.

»...Also, was meinten Sie vorhin...«

»...Was ich meinte? Lieber Freund: Ich bin doch ein vernünftiger Mensch...«

»Nee, ganz und gar nicht!«

»Ich bin doch nicht mehr ganz jung...«

»Grün sind Sie, Inge – grün!«

»Ich hab' Manches gesehen! War lang in Amerika!«

»Leider Gottes!«

»Sie waren jedenfalls nicht dort!«

»Ich kenne das Land nicht und möchte es nicht kennen lernen! Militärisch ist da nichts zu holen, und im Übrigen sind mir diese Dollarfritzen zuwider!«

Inge Tillesen blieb stehen, lang, schlank und weiß, und faltete zornig die Hände über dem Griff des Sonnenschirms.

»Wenn man Ihnen nur beikäme ...Wenn man Ihnen nur begreiflich machen könnte ...Aber Sie wollen ja nicht! Ums Totschlagen nicht...«

»Zum Totschlagen sind wir ja da!«

»Da haben wir's! Das ist ja eben das Gräßliche! ...Alle Ihre Gedanken drehen sich immer nur darum, daß ein Mensch dem andern die Zähne zeigen muß und ein Volk dem andern an die Gurgel springen. Wir leben doch nicht im Raubtierkäfig. Aber das ist Ihnen so in Fleisch und Blut übergegangen ... Sie merken gar nicht mehr, daß Sie das mit neun Jahren schon als Kadett in Ihr Kinderhirn eingetrommelt bekommen haben!«

»Dafür bin ich meinen militärischen Erziehern noch jetzt dankbar!«

»Wert hat doch nur die Weltanschauung, die man sich selbst erwirbt!«

»Wie Sie in Amerika ...!«

»Ja. Gerade als Frau! ... Daß man drüben anders denkt, das ist in erster Linie dort der Einfluß der Frauen. Ich bin bei meinem Geschlecht gar nicht so für das Wissen, als für die Charakterbildung. Ich habe nicht studiert. Ich gehe meinem Vater nur so freiwillig zur Hand. Deswegen hat mir die Stellung der Frau da drüben so wohlgetan. Sie ist ein Mensch wie der Mann ...«

»Das heißt, er steht, scheint's, mordsmäßig unter dem Pantoffel!«

»Sie kann Demokratin sein und er Republikaner ... Sie mag für Silberwährung sein ...«

»... und er verdient inzwischen das Gold ...«

»Können Sie denn nicht ernsthaft bleiben?«

»Ach – ich bin ernster, als es scheint, Inge!«

»Und die Folge: Reden Sie einmal mit einem Amerikaner über den Krieg! Er versteht Sie einfach nicht!«

»Dann tut er mir leid!«

»Überall auf der Welt sagt man sich: Wozu denn Streit? Uns Alle umfängt doch eine gemeinsame Kultur – mein Vaterhaus da hinten ist auch ein Stück davon und nicht das schlechteste! – Krieg ist sinnwidrig, weil er Kultur zerstört. Also geht er gegen alles moderne Denken!«

»... Na – ich freue mich, daß die Menschen so viel besser geworden sind, als früher!«

»Besser nicht. Aber vernünftiger. Sie sehen ein, daß der Krieg keinen Vorteil bringt. Also leben sie miteinander in Frieden. Darin liegt die menschliche Freiheit! Namentlich für die Frau. Krieg ist Männerhandwerk. Er heißt Unterdrückung der Frau!«

»Er heißt Beschützung der Frau, liebes Kind! Beschützung vor dem Feind!«

»Ach – ewig der Feind!«

»Warum stampfen Sie denn dabei so mit dem Fuß, Inge?«

»Das ist's ja, was mich so erbittert. Das Leben ist so schön. So reich. So friedlich. Es bietet einem so viel. Ich möchte es genießen. Mich daran freuen. Kann ich denn das an der Seite eines Mannes, der das ganze Leben, so wie ein frommer Christ als Vorbereitung auf das Himmelreich, nur als Vorbereitung für den Krieg betrachtet? Dabei kommt der Krieg nie mehr! Gottlob! Seit einem halben Jahrhundert ist Ruhe!«

»Warte nur, balde ...«

»Das sagen Sie! Das sagt Ihr immer! Müßt Ihr ja sagen! Das ist ja eben der Unterschied zwischen Ihnen und mir! Ihnen hat man von Jugend auf eine düstere Vorstellung von dem ›Erbfeind‹ beigebracht. Wenn ich, seit meiner Backfischzeit, an Franzosen denke, so sind das freundliche Gelehrte, die bei meinem Vater zu Gast waren und er bei ihnen ...«

»Ihr werdet Euch noch über die Freundschaft wundern, Kinder!«

»Sie kriegen einen roten Kopf, wenn Sie 'was von Engländern hören! Meine eigene Schwester ist an einen Engländer verheiratet. Es ist der harmloseste Professor der Physiologie, den man sich denken kann. Er tut in Oxford keiner Fliege etwas zu Leid!«

»Das sind Alles Gemütsmenschen, da drüben!«

»Ewig malen Sie Einem die Russen als Schreckgespenst an die Wand. Da konnt' ich es doch nun einmal feststellen, weil ich doch eben in Moskau war. Die Russen denken an nichts Böses. Sie waren gutmütig wie die Bären. Sie haben uns mit Geschenken überhäuft!«

»Besonders die Kosacken – nicht?«

»Und so ging es meinem Vater immer und überall. Wie er noch Universitätslehrer war, haben Inder und Japaner zu seinen Füßen gesessen. Heute Abend versammeln sich bei ihm Gelehrte aus ganz Europa. Auf der ganzen Erde hat er seine Schüler, bekommt Besuche von ihnen, steht mit ihnen im Briefverkehr. Es ist wie eine große Familie!«

»In Familien ist immer der meiste Skandal!«

»Mein anderer Schwager, der Reichstagsabgeordnete, geht jetzt zum internationalen Friedenskongreß ... Alle Menschen wollen einander näher kommen! Alle Menschen suchen sich zu verstehen! Nie war man sich so nahe wie jetzt. Nur Ihr steht finster abseits! Ihr allein wollt von nichts wissen. Das ist eine Härte und eine Enge und eine Armut – ach, du lieber Gott – ich kann da doch nicht hinein! Ich kann nicht. Es nimmt kein gutes En...«

»Ein Unteroffizier, dreizehn Mann sechster Kompagnie auf dem Rückmarsch vom Felddienst!«

Der über und über verstaubte Sergeant meldete es, während er auf der Landstraße stillstand, vorschriftsgemäß und dröhnend dem Hauptmann.

»Danke! Weiter! ... Sehen Sie, Inge ... da ist Ihnen eben unvermutet mitten auf der Chaussee der Krieg erschienen!«

»Warum schrie denn der Mann so furchtbar?«

»... weil Ihr taube Ohren habt!«

»Lieber Freund: die Bauern auf dem Feld schauen zu uns herüber!«

»Die können es auch hören! Jeder! Merken Sie es denn in des Geiers Namen nicht, daß wir allein es Euch möglich machen, Euer wertes Ich und Eure Freiheit zu kultivieren, wir, die Leute, die ohne viel Mucksen in aller Stille ihre verfluchte Pflicht und Schuldigkeit tun?«

»Es wird bald ganz ohne Soldaten gehen!«

»Es hat schon lange nicht gebrannt! Da kündige ich die Versicherung! Ihr seid wirklich schlau!«

»Vielleicht klüger, als Sie glauben!«

»... müssen Sie das so wegwerfend sagen?«

»... genau mit dem Hochmut, an dem bei Ihnen Alles abprallt!«

»Liebe Inge! Wenn Jemand an geistigem Dünkel leidet, dann sind Sie's! Schlagen Sie doch schon diesen amerikanischen Deubel in sich tot!«

»Das müßten neun Zehntel der Menschheit tun. Sie und die Ihren – das sind ja nur eine Handvoll ...«

»... aber die einzig vernünftigen Leute! Ja, weinen Sie nur, Inge! Das ist sehr recht! Vielleicht kommen Ihnen dann bessere Gedanken!«

»Ich werde Ihnen nicht den Gefallen tun, zu weinen!«

»Dabei laufen Ihnen schon die dicken Thränen herunter!«

»Höchstens aus Zorn, daß man so gar nicht ... Es preßt Einem das Herz zusammen ... Es könnte Alles so schön und gut sein. Es ist eigentlich nur ein großes Mißverständnis zwischen uns ...«

»Mir scheint: überall auf der Welt, Inge!«

»Aber wenn Sie Einem so gar nicht entgegenkommen ...«

»Nicht einen Zoll breit!«

»Sehen Sie – da ist schon wieder dieses Schneidende. Das Herz wird Einem kalt dabei!«

»Meins nicht! Im Gegenteil: Inge ... ich habe Sie von Berlin aus um diese Unterredung gebeten. Das muß aber die letzte sein. Ich muß wissen, woran ich bin. Vom Balkan aus geht es nicht mehr mit dem ewigen Hin und Her zwischen uns ... Es nimmt Einem auch auf die Dauer die Nerven ... Herrgott ... rennen Sie nicht auf einmal so!«

Sie gingen stumm eine Strecke und blieben wieder stehen.

»Inge: Es ist ein verwünscht ernster Augenblick ... Ich bin doch auch kein junger Dachs mehr! Seit drei Jahren stehe ich nun vor Ihnen und ... Sie passen doch auch nicht für Jeden. Sie haben doch gewiß einen Haufen Leute heimgeschickt, in der Zeit! Nicht wahr? Na also! Das darf ich doch auf mich beziehen ... In aller Bescheidenheit! ... Inge, fassen Sie doch Mut! Wer wird sich denn so vor dem Leben fürchten? Es wird schon gehen! ...«

Inge Tillesen durchschritt die kurze Strecke bis zu dem Haus ihres Vaters. Dort stellte er sich zwischen sie und das Gittertor des Gartens.

»Ich will doch sehen, ob Sie an mir vorbeikommen! ... Inge: Sie finden nie wieder einen Mann, der Sie zugleich so kennt und so liebt wie ich! ... Und wenn's anfangs eine Ehe mit Blitz und Donnerwetter giebt – na schön! Was sich liebt, das neckt sich! Wir sind Beide nicht von Pappe! Wir halten schon einen Puff aus!«

Inge Tillesen öffnete das Tor. Es klirrte zu. Sie stand drüben im Garten, durch das Gitter von ihm getrennt. Ein Schweigen.

»Gut, Inge – das ist auch eine Antwort. Also ich gehe. Ich lasse uns Beiden noch die letzte Möglichkeit: Ich bleibe bis morgen Mittag hier bei meinen Eltern. Überlegen Sie es sich bis dahin, ob Sie mir noch Etwas zu sagen haben!«

Ingeborg Tillesen trat in das Haus und ging in ihr Zimmer. Sie saß stumm, die Hände im Schoß. Ihr gegenüber an der Wand stand der schöne alte lübische Patrizierschrank. Auf dem Sims die Inschrift: »de Klock – de sleiht – de Tied, de geiht! – Ni so veel Quark – Frisch Hand an't Wark.«

Die Stunde geht – die Zeit verweht. Sie dachte sich: Nun ists vorbei … Eigentlich sollte ich froh sein … Aber ihr war nicht leicht ums Herz …

Dann kam ihre Schwester, Hannah Higgins, herein, eine kleine, frische, rosige Frau, um ihr einen Brief ihrer zwei in Oxford zurückgelassenen Jungen zu zeigen. Natürlich Englisch. Das »Fräulein« hatte ihn für den Acht- und Neunjährigen entworfen. Die Beiden waren in der Kirche gewesen. Sie hatten einem Cricket-Match der Eton-Knaben beigewohnt und guten Sport gesehen. Der ehrenwerte Talbot von Christ Church College, dritter Mann des siegreichen Oxford-Boots im großen Themserennen gegen Cambridge, hatte vorgestern ihnen Beiden in St. Giles Street die Hand gegeben. Sie waren rot vor Stolz geworden.

»Sind sie denn immer noch so ungezogen?« frug Inge zerstreut.

»Bill und Bob? Das sind kleine Gentlemen!«

»So? Na – hier waren's Lausbuben!«

»Ja, hier in Deutschland, da lassen sie sich leider gehen!«

Die kleine Frau Higgins hatte ganz krauses, aschblondes Haar, fidele hellblaue Augen und Grübchen von Komik um die Mundwinkel. Sie setzte sich der Schwester gegenüber.

»Ihr hier habt's gut: Ihr nennt einen Lausbuben einen Lausbuben! Bei uns drüben wäre das nicht respektabel! Du glaubst nicht, wie verlogen sie sind! Bis in die Knochen. Es gehört zur guten Erziehung, sich selber zu beschummeln. Bei meinen Jungen fängt's auch schon an …«

»… wirklich?«

»Wenn der Eine einen Apfel vom Andern haben will, dann sagt er sich, daß so viel Obst für den Bruder nicht gut sei. Und daß es andererseits nicht weise sei, einen Apfel verderben zu lassen! Und dann opfert er sich erst und frißt ihn! So sind sie Alle! – Ich fasse sie in Gottes Namen humoristisch auf …«

»Das ist noch ein Glück!«

»Sonst könnt' man überschnappen! Behüte uns nur der Himmel vor einem Krieg zwischen uns und ihnen! Dann wüßt' ich wirklich nicht, was aus mir wird!«

Der Krieg … Schon wieder. Immer Isebrinks Geist. De Klock – de sleiht – de Tied, de geiht. – Es summte und brummte in Inge Tillesens Ohren wie von einem fernen Kirchturm durch die Lichterhelle, das Menschengewühl, das Stimmengewirr des großen abendlichen Empfangs der Kongreßgäste im Hause ihres Vaters. Eben hielt der kleine dicke weißbärtige Professor Roussillon von der Pariser Sorbonne seine Anrede an den Gastgeber, der gerade in diesen Tagen auch noch seinen sechzigsten Geburtstag feierte.

»Cher maître – mon cher confrère …« Er breitete die kurzen Ärmchen aus und fiel dem Geheimrat Tillesen beinahe um den Hals. Der stand schlicht und einfach da, ein äußerlich unscheinbarer Gelehrter, und lächelte still über Dinge und Menschen hinweg.

»Eccellenza!«

Professor Giovanelli aus Bologna warf sich in die Brust. Die Sprache Dantes rollte von seinen schwarzumbuschten Lippen. Seine Augen funkelten. Inge Tillesen setzte sich. Sie dachte: Jeder sagt dasselbe, nur mit einer andern Zunge. Jetzt wieder Professor Burchardt aus der Schweiz in einem rauhen und markigen Allemannisch …

»Guten Abend, mein Fräulein!«

Das klang in russisch gefärbtem Deutsch. Vor ihr war ein längliches, unruhiges und kluges Gesicht mit kühlen grauen Augen und dunkelblondem Schnurrbart. Eine vornehm-hagere Gestalt, den Kopf nach Slawenart lächelnd ein wenig zur Seite geneigt. Erst wußte sie nicht, wo sie ihn hintun sollte. Dann fiel ihr ein: Gott – das ist ja dieser Mensch aus Moskau! Und zugleich stellte er sich selbst vor: »von Schjelting!«

Dabei nahm er, ohne eine Aufforderung abzuwarten, neben ihr Platz. Sie rückte unwillkürlich ein wenig von ihm ab und sagte sich: ...›mein Fräulein...‹ – wahrscheinlich sparte er sich das ›gnädige Fräulein‹ für den Gothaer Almanach auf! Der Dünkel leuchtete ihm aus allen Poren, trotz seiner liebenswürdigen, weichen Art. Dabei – komisch: Eine gewisse Unsicherheit in den Augen. Die entging ihr nicht.

»Ich habe Sie heute Nachmittag schon einmal gesehen, Fräulein Tillesen! Sie standen vor Ihrem Haus, mit einem Offizier!«

Die Stunde geht ...die Zeit verweht ...Einmal ist es zu spät! ...Dann dachte sie sich: Nein! – Er reist ja erst morgen Mittag ab!

»Die Welt ist doch klein: Zufällig sah ich denselben Herrn vor einiger Zeit schon einmal in Belgien. Ich habe ihn sofort wieder erkannt.«

Dabei zuckte es nervös auf seinen Zügen. Er wandte plötzlich den Kopf und sah sie starr an.

»Wissen Sie denn überhaupt noch, wer ich bin?«

Den Gefallen tat sie ihm nicht und machte nur ein zweifelndes Gesicht.

»Wir sind alte Bekannte aus Moskau! Das heißt ...Sie haben mich da eigentlich hinauskomplimentiert. Ihr Vater schlief...«

»So?«

»Nun – und ich habe Ihren damaligen Rat befolgt, nach Wiesbaden zu gehen! Me voilà! Heute Nachmittag war ich schon in der Sprechstunde!«

Er beugte den blassen Kopf vor und sprach so leise und eindringlich, als handelte es sich um ein Staatsgeheimnis.

»Und: imaginez-vous, quel hasard ...beim Weggehen treffe ich zwischen Tür und Angel Professor Smoljanoff von der Universität in Odessa – den, der da eben die miserable deutsche Ansprache radebrecht –. Seiner Vorstellung verdanke ich die Einladung für heute Abend ...comme étranger de distinction ...als Eindringling in der Wissenschaft...«

»Oh bitte – Sie sind hier willkommen!«

Sie frug sich: Warum schaut er mich denn so sonderbar an? Nervös und ...? Na ja – närrisch sind ja Vaters Patienten häufig! Ein leiser Hauch von Zigaretten, Kölnisch Wasser und ganz feinem Juchten wehte von ihm aus. Er rief in ihr wieder die Erinnerung an Moskau wach, an Glockengeläute von hundert Goldkuppeln in weißglitzerndem Schnee, an asiatische Weite.

»Kommen Sie jetzt aus Rußland?«

»Nein. Aus Belgien!« sagte er hastig. »Wahrscheinlich reise ich von hier nach Montenegro.«

Seine Augen gingen unstät im Kreis. Er war plötzlich irgendwo anders mit seinen Gedanken. Dann kam er zu sich und schlug lächelnd die Fingerspitzen aneinander. Sein Landsmann Smoljanoff hatte seine Rede mit einem Hoch auf die deutsche Wissenschaft geschlossen. Nicolai Schjelting frug:

»Wer ist denn der schlanke, blonde Herr, der jetzt das Wort ergreift?«

»Ein Schwede. Professor Solander aus Upsala!«

»Er kann vorzüglich Deutsch!«

»Er war jahrelang Assistent meines Vaters, ebenso wie mein Schwager Higgins. Der Japaner auch, der nach ihm kommt!«

Der Asiate im Frack sah winzig neben dem langen Skandinavier aus. Inge Tillesen sagte sich: Was soll ich den ganzen Abend neben dem Russen sitzen? Sie stand plötzlich auf und überließ ihn, der sie verblüfft ansah, sich selbst. Drüben, auf der anderen Seite des Saales, war um sie ein Sprachengewirr des Turmbaus von Babel. Dann eine Stille. Professor Schefik Bey, der bebrillte Osmane vom großen Militärhospital in Stambul, pries in einem reinen und guten Deutsch als einstiger Jünger der Ruperto-Carola und Georgia-Augusta vor diesen Männern vom Fuß des Fusyama und der Pyramiden, vom Goldenen Horn und Goldenen Thor die deutsche Wissenschaft.

Dann kam Professor Higgins aus Oxford, Hannah Tillesens Mann. Er sah mit der goldenen Brille über den bartlosen, schwammigen Zügen wie ein gelehrter Chinese aus. Er blinzelte gleich schalkhaft über sein bartloses Gesicht. Er sprach mit trockenem Witz wie ein englischer Klubredner. Er gestand es gleich zu Anfang: Er konnte doch nicht seinem Schwiegervater Komplimente machen! Nein: Vorwürfe! In der Tat: Man war ernstlich besorgt. Keine Frage war geeigneter, einen Mann schlaflos zu machen, als diese: Was würde denn schließlich aus der Menschheit, wenn man ihr das Sterben ganz abgewöhnte – durch die deutschen Gelehrten. ›Und his Excellency, my father in law‹, an der Spitze! Sein näselndes und bekümmertes Halb-Deutsch und Halb-Englisch klang so komisch und zugleich so ungewollt freimütig und herzlich, daß Alles lachte und klatschte. Halblaut sagte seine Frau zu ihrer Schwester Inge:

»Dabei haßt er Deutschland wie die Sünde!«

»Was, Hannah…«

»Ja, neuerdings! Früher mißachtete er es nur und riß bösartige Witze über uns! Bob und Bill plappern sie ihm ja schon nach. Aber jetzt hat er unter dem Einfluß seines Bruders, des großen Sir William Higgins, auf Euch eine kalte Wut!«

»Und da schämt er sich nicht, hier so zu reden?«

»Ach, Inge – Du kennst das People noch lange nicht!«

»Aber Lügen ist doch kein Gesellschaftsspiel!«

»Nein, Schatz: bei uns drüben eine Kunst. Ein höchst ernsthaftes Ding. Eine Gemütsakrobatik, im gegebenen Augenblick erst sich zu belügen und dann seinen Nächsten!«

»Darüber lachst Du auch noch, Hannah?«

»Weißt Du: wenn ich drüben einmal nicht mehr lachen kann, dann werd' ich verrückt.«

De Klock – de sleiht – de Tied, – de geiht … Plötzlich klang es wieder wie die Warnung Isebrinks: Wir sind von Feinden umgeben! Dabei überall frohe Gesichter, freundliche Worte in fremden Sprachen. Diener gingen umher und boten ehrwürdigen Edelwein in geschliffenen Römern. Deutschland verschwendete seinen goldenen Überfluß vom Rhein. Ringsum ein Schmatzen, Schlürfen, Lachen. Es übertönte fast das sonderbare, das ›l‹ und ›r‹ verwechselnde Englisch Li's, des Mandarinen, der die Grüße Pekings überbrachte. Auf einmal stand Nicolai Schjelting wieder neben Inge. Er tat, als bemerkte er ihre etwas befremdete Zurückhaltung nicht, oder übersah sie wirklich in einer inneren Erregung, die immer wieder zuckend über sein Gesicht lief. Dabei bewahrte er doch sein gewohntes hochmütiges und gewinnendes Lächeln.

»Deutschland hat zwei Gesichter!« sagte er. »Hier ist der preußische Janustempel geschlossen. Hier ist das Reich der Geister, das wir seit Jahrhunderten kennen und schätzen!«

Sie schwieg. Er fuhr fort, im lässigen Ton eines Mannes, der gewohnt ist, sich zu hören:

»Weimar … Bayreuth … Wissen Sie, was für mich eine der geweihtesten Stätten ist: der kleine, rote Sandsteinbau hinter dem Wredeplatz in Heidelberg, wo Bunsen und Kirchhoff die Spektral-Analyse entdeckten! Das sind die wahren Welteroberungen des germanischen Genius: durch den Weltenraum!«

Er war offenbar bemüht, ihr, der Tochter dieses Gelehrtenhauses, etwas Verbindliches zu sagen. Dabei war für sie immer ein Klang von Herablassung in seinem harten Deutsch. Ein Wink an das Volk der Dichter und Denker: die Erde ist vergeben! Mond und Sterne sind für Euer Fernrohr frei!

»Die Macht des Gedankens!« sagte er mit seinem lächelnden Blick über die festlich bewegte Menge aller Völker und Zonen. »Ich liebe dies Deutschland. Alles, was bei Ihnen alt ist: die Burgen am Rhein … den Kölner Dom … die Loreley … die Romantik … Ah – diese Höhenluft tut wohl! Ich wünschte nur einmal die Feinde Deutschlands hier herbei, damit sie erkennen, daß Deutschland nicht bloß an Krieg und Welteroberung denkt!«

»Wir? … Kein Mensch bei uns!«

Nicolai Schjelting lächelte.

»Die deutsche Disziplin ist bewundernswürdig. Das Geheimnis der Massenorganisation. Jeder will es. Aber Keiner giebt es zu.«

»Ich glaube, Sie träumen...«

»Wissen Sie, daß Sie darin den Japanern ähnlich sind? Ah – ce Grec-là.« In dem Stirnrunzeln gegen den in schallendem Französisch seine Ansprache haltenden Professor Aristides Papadopoulo von der Hochschule in Athen lag die Verachtung des russischen Beschützers gegen das slawische Völkergemengsel auf dem Balkan. »Aber es hilft Ihnen nichts, Fräulein Tillesen. Jedes Kind auf der Erde weiß, daß Bismarck noch lebt!«

»Natürlich lebt er in uns!«

»...und daß sich Deutschland über kurz oder lang für Bismarck oder für Goethe entscheiden muß. Beides zugleich kann man nicht sein. Les esprits se rencontrent. Nun – unter diesem Dach sind wir auf Goethes Spuren!«

Schjelting merkte, daß seine Art, slawische Unbestimmtheit in gallische Klarheit zu pressen – dies geistreichlässige Obenhin, dem er bei den Weltdamen von Petersburg und Paris den Ruf eines bedeutenden Kopfs verdankte, an Inge Tillesens ruhiger deutscher Sachlichkeit abprallte. Sein Lächeln hatte auf einmal etwas Asiatisches. Erinnerte sie an Moskau. Der ganze Mensch war ihr einen Augenblick unheimlich. Sie ersah die Gelegenheit, da gerade Washington T. Walker vom Harvard College in den Vereinigten Staaten sein Sprüchlein aufgesagt hatte, und trat zu ihrem Vater. Er tauschte mit ihr einen lächelnden Blick. Sie wußte: Für ihn waren diese Ansprachen nur Geduldproben, diese Ehrungen nur Zeitverlust. Er erfüllte hier nur seine Pflicht als geistiger Statthalter Deutschlands.

»Du Vater – da hast Du einen komischen Patienten. Eben schaut er wieder herüber. Er scheint mir reichlich verdreht! ... Was fehlt ihm denn?«

»Soweit ich heute sehen konnte, gar nichts. Er kommt morgen wieder.«

Ein zimmtbraunes, schwermütiges, von kohlschwarzem Vollbart umrahmtes Gesicht: der Inder Aughudimalo brachte die Grüße Ceylons. Er redete zuerst Englisch. Dann, zum Schluß, in klangvollem Sanskrit. Feierlich hallten, in der Sprache Buddhas, die Urlaute der Menschheit durch Raum und Zeit zu Ehren Deutschlands. Wie Quadern der Ewigkeit fügten sich, in der Zunge Julius Cäsars die paar knappen lateinischen Sätze, die Exzellenz Tillesen zur Antwort sprach. Die Völker vermählten sich. Die Jahrhunderte flossen ineinander. Ein Bleibendes ragte aus dem Strom des Seins. Die Erkenntnis. Und Deutschland der Hüter des Horts.

Nicolai Schjelting war aufgestanden. Es glückte ihm nicht mehr, unauffällig in Inges Nähe zu kommen. Es schien ihm auch, daß sie ihn absichtlich vermied. Auf einmal sagte er sich: Pah – was tue ich hier? und fand sich schon mit umgeworfenem Sommermantel draußen in der Maikühle. In der fieberte er. Sein Herzschlag hämmerte. Er lief hastig die Sonnebergerstraße hinab und merkte dabei an dem harten Hall seiner Tritte, daß er seine Galoschen vergessen hatte, was ihm sonst nie geschah. Durch das Parkgebüsch zur Linken blinkten Hunderte von Glühwürmchen, die Lichter der italienischen Nacht. Die Wilhelmstraße war belebt wie am Mittag. Auf dem Schloßplatz daneben standen Massen vor dem Kaiserlichen Hoflager. Alle Fenster waren hell. Schwer bauschten sich ringsum die Fahnen. Vor dem Kurhaus knatterte es mit zischenden Raketen und dumpfen Donnerschlägen des Feuerwerks wie von einer Schlacht. Ein tausendfaches Ah hinterher. Er verzog ironisch die Lippen. Er dachte sich: Feiert nur Feste! Verplempert Euer Pulver! Wir halten unseres trocken. Wir sind am Werk! Ihr wißt nicht, wie nah!...

Plötzlich machte er Halt. Er griff sich an die Herzgegend, in einem Schrecken, wie er ihn noch nie in seinem Leben empfunden. Bei seiner methodischen Art, sich über Alles Rechenschaft zu geben, mußte er einmal klar darüber werden. Jetzt war der Augenblick da. Jetzt konnte er nicht länger dagegen ankommen und sagte sich, bleich geworden:

Was ist das? Ich will Deutschland vernichten und habe mich in eine Deutsche verliebt?...

Ich, ein verheirateter Mann. Und ein sehr wenig glücklich verheirateter Mann dazu!

Er bemühte sich, spöttisch zu lachen. Er zündete sich eine Zigarette an und sagte sich zwischen den zusammengebissenen Zähnen: Du träumst, mein Lieber! Das sind die deutschen Nebel! Voyons! ce n'est qu' une fantaisie! Er dachte auf französisch, seine Lieblingssprache, um sich gegen Inge Tillesen zu wehren. Dabei stand er schon wieder vor ihrem Haus. Drinnen war Musik. Der Schatten von Menschen an den Fenstern. Die Straße lag dunkel und leer. Sporen klirrten auf ihr. Ein Hauptmann in dunkelrotem Kragen kam des Wegs. Er ging langsamer als sonst Offiziere. Sein Gesicht war sehr ernst. Er sah nicht nach dem Lichterglanz des Festes hinüber, sondern gerade vor sich auf den Boden, bis er Schjeltings Blick auf sich gerichtet fühlte. Eine Sekunde waren die beiden Männer Aug' in Auge, erkannten sich gegenseitig, von der Begegnung in dem belgischen Eisenbahnabtheil her, maßen sich mit einem spöttischen und feindlichen Lächeln. Dann fiel im nächsten Haus das Tor ins Schloß. Nicolai Schjelting, der gefolgt war, las auf dem Messingschild: ›Isebrink‹. Wider seine kalte Natur flackerte ein jäher Haß in ihm auf. Er gestand es sich, wie er die Straße wieder hinunterlief: Eifersucht gegen diesen Mann. Er hatte ihn und Inge Tillesen diesen Nachmittag vor dem Haus zusammen stehen sehen...

Und während er diese Nacht noch weniger als sonst schlafen konnte, ging es ihm durch den Kopf: Schließlich stößt man in Deutschland immer auf den, der den Säbel an der Seite trägt! Er ist der Erste und er ist der Letzte. Der deutsche Säbel muß zerbrochen werden. Das gilt im Großen wie im Kleinen. Für die Erde und für mich selbst.

Abgespannt und übernächtig saß er am nächsten Vormittag im Sprechzimmer dem Geheimrat Tillesen gegenüber. Der wiederholte:

»Sie sind nicht krank! Nichts als Nervenüberlastung. Beseitigen Sie deren Ursachen. Sie sind so verschieden wie die Menschen selber ... Familienverhältnisse ...?«

»Ich lebe in einer ungetrübten Ehe.«

»Geldsorgen ...«

»Ich bin reich.«

»Unpersönliche Affekte: religiöse Zweifel ... wissenschaftliche Skrupel ... politischer Ehrgeiz ...«

»Der ist mir nun ganz fremd, Exzellenz!«

»So? Da hat sich also Professor Burchardt gestern geirrt! Er erzählte mir von Ihnen: Er hatte sich gerade auf dem Baseler Bahnhof Ihr »Essai contre le Teutonisme« gekauft. Da liegt es. Ich las noch vor dem Einschlafen darin!«

Schjelting warf einen Blick auf die hellblaue Broschüre und schwieg betreten.

»Sie sind ein guter Hasser, Herr von Schjelting. Das hindert Sie, wie ich sehe, nicht, die Hilfe des Landes nachzusuchen, das Sie da in Ihrem letzten Kapitel aus der Liste der Völker streichen wollen. Ich hätte Ihnen auch gern geholfen ...«

»Exzellenz ... ich ...«

»Aber gegen die Reinkultur von Deutschenhaß, die Sie da in sich und Anderen züchten, giebt es auch in meinem Laboratorium kein Mittel. Nehmen Sie statt dessen eine Warnung von mir mit auf den Weg: Sie laufen in Ihrem Büchlein Sturm gegen ein von Ihnen mechanisch konstruiertes Deutschland. Sie ziehen an Schnüren Gliederpuppen von Offizieren, Königen, unzufriedenen Arbeitern, Junkern, malen Kasernen und Fabriken. Was dahinter steht, ahnen Sie nicht: den deutschen Geist!«

Der Gelehrte begleitete Schjelting bis zur Schwelle.

»Sie waren gestern in meinem Hause zu Gast. Vielleicht haben Sie da einen Hauch davon gespürt. Ich könnte mir denken, daß das in Etwas Ihre Ansichten über die Ausrottung Deutschlands mildert. Und daß Sie dann auch besser schlafen ... Ich wünsche es Ihnen. Leben Sie wohl!«

Nicolai Schjelting stand draußen auf dem Flur. Er lachte höhnisch auf und schritt davon, ohne auf den Weg zu achten, und verfehlte ihn und fand sich plötzlich in dem Seitengang zu dem Laboratorium.

Die Türe nach dem ersten Arbeitsraum stand offen. Drinnen war es groß, kahl, hell. Tausende von Glasplättchen und Reagenzgläsern an den weißen Wänden. Herren und Damen in weißen Kitteln an den weißen Tischen. Haufen von weißen Mäusen lagen darauf, lebten noch in Käfigen, wurden geimpft, gemessen, seziert, zu Hunderten in Tabellen eingetragen, in Fieberkurven protokolliert.

»Ach, geben Sie mir doch mal schnell den Milzbrand rüber!« sagte Dr. Käthe Cornelius. Dr. Irma Enderlin neben ihr meinte:

»Ich hab' ihn nicht! Ich steck' bis über die Ohren im Flecktyphus! Katsura feixt so rätselhaft: wahrscheinlich hat der ihn annektiert.«

»Hier, bitte!«

Der quittengelbe Zwerg schob das Gläschen hinüber und kniff wieder das rechte japanische Schlitzauge über dem schwärzlichen Aalgewimmel der Cholera-Kommas im Wassertröpfchen des Mikroskops. An seiner Seite präparierte Dr. Woinowitsch, der riesenhafte Sohn der Schwarzen Berge, mit einer Hand, die gewohnt schien, den Yatagan zu führen, das Kleinhirn eines chloroformierten Meerschweinchens in dünne Scheiben zum Serum gegen die Hundswut.

Es war in dem Laboratorium kühl, wie in einer Kirche. Eine sonderbare Luft, voll Äther und Zigarrenrauch, wehte zu Schjelting hinaus. Dann hörte er plötzlich Inges Stimme:

»Hat Niemand das Radium gesehen?«

Inge Tillesen war von dem Nebenraum her hereingekommen. Sie trug nicht wie die Andern den Assistentenkittel. Sie erschien von drüben nur im Auftrag ihres Vaters. Dr. Pfeiffer hob den bärtigen Kopf von einer Kartoffelscheibe voll Mäusepest.

»Das hat Exzellenz gestern hier auf dem Tisch liegen lassen!«

Inge umwickelte mit ihrem Taschentuch die kleine Kapsel, in deren Glasgehäuse, einem kleinen Korkflöckchen ähnlich, das Geheimnis der Welt unsichtbar und lautlos seine Energiemassen in die Weite schleuderte. Draußen im Gang knatterte es heftig. Märchenhafte blaue und grüne Flammen zuckten im Nebenraum aus dem Röntgenapparat. Davor stand Schjelting.

»Sie suchen wohl meinen Vater?«

Er verneinte mit slawisch-schmiegsamer Verbeugung.

»Man hat mich bereits wieder weggeschickt. On m'a traité comme un garçon: ...Ich bin kein Schuljunge, dem man politische Lektionen giebt!«

»Mein Vater und Politik ...Ach, Du lieber Gott!«

»Dann haben Andere ihm das suggeriert. Sie!«

»Was denn?«

»Sie haben ihn gegen mich aufgehetzt ...Sie arbeiten gegen mich ...schon in Moskau hielten Sie mich fern von ihm...«

»Ich verstehe Sie nicht!« sagte Inge und schaute ihn kopfschüttelnd an.

» C'est ridicule! Ich suche ärztliche Hilfe, und man giebt mir eine pangermanistische Vorlesung. Das tat nicht not. Ich weiß es, daß sich Deutschland überhebt!«

»So – nun habe ich Sie bis zum richtigen Ausgang gebracht. Nun gehen Sie mal heim und beruhigen Sie sich, Herr von Schjelting! Das ist doch keine Art!«

»Deutschland überhebt sich ...Aber es mag sich hüten. Es steht vor dem Fall!...«

»Was...?«

»Ah: Was sag' ich da? ...Enfin ...Es macht nichts! Sie glauben es mir ja doch nicht! ...Ihr Alle nicht! Umso besser!«

»Was ist denn nur mit Ihnen? Was soll das höhnische Lachen? Man könnt' sich ja fürchten!«

»Oh nichts! ...Mes compliments!«

Noch als Inge Tillesen wieder oben in ihrem Zimmer war, sah sie dies verbissene und hochmütige Lächeln vor sich. Diesen vielwissenden und grausamen, plötzlich halbasiatischen Gesichtsausdruck. Vor ihr stand der alte Lübecker Schrank. De Klock – de sleiht – de Tied – de geiht ...Nun war es höchste Zeit. Sie trat ans Fenster. Vor dem Nachbarhaus lud der Diener des Generals Isebrink Offiziersgepäck auf einen Handkarren und schob ihn in der Richtung nach dem Bahnhof. Automobile tuteten an ihm vorbei, schossen fröhlich hinaus in den grünen Rheingau. Die französische Tricolore flatterte über dem Kühler, die Sterne und Streifen Amerikas, der britische Union Jack ...Lautes Russisch klang unter den bunten Sonnenschirmen vorübergehender Damen. Der Maihimmel war wolkenlos blau. Ein leiser Wind bewegte den Wald von schwarz-weiß-roten Fahnen. Inmitten dieser gastfrohen Lebensfreude war in Inge

Tillesen ein Grauen. So als sei irgendwo auf der Nordseite ein Fenster offen, und es zöge Einem kalt und unsichtbar über den Rücken. Sie dachte sich: Eigentlich sagen Beide dasselbe, Isebrink und dieser unheimliche Russe … Sie sind wie zwei Geisterseher. Sie merken etwas, was wir nicht merken. Vielleicht sehen sie auch nur Gespenster…

Aber ist es nicht seltsam, daß zwei Gegner genau der gleichen Meinung sind? Daß bald Alles anders auf der Welt wird als bisher seit fast undenklicher Zeit? Seit Menschenaltern kennen wir ja nur den Frieden, lieben wir den Frieden, preisen wir den Frieden. Der Krieg ist uns ein böser Traum unserer Vorfahren…

Unbestimmt regte sich in ihr ein Schutzbedürfnis. Etwas von der Wehrlosigkeit der Frau in einer Welt voll Waffen. Es ging ihr durch den Kopf: Wenn das möglich wäre – es ist ja nicht so – Aber wenn es möglich wäre, wer stellt sich dann vor den Vater und mich und das Haus hier und Wiesbaden und Deutschland?

Vor der Nebenvilla leuchteten die breiten, dunkelroten Generalstabsstreifen. Der Hauptmann Isebrink verabschiedete sich auf der Schwelle von seinen Eltern und ging fest und rasch die Sonnebergerstraße hinab. Er wandte nicht den Kopf. Er schaute gerade aus vor sich hin. Sie hätte ihn anrufen müssen, damit er sie am Fenster sah. Sie kämpfte mit sich. Nun war er schon um die Ecke … Fort. Auf dem Weg nach Berlin…

Sie war sehr ernst und sehr bleich geworden. Als sie an einem der nächsten Tage im Getümmel vor dem Kurhaus Schjelting sah und er sie lächelnd begrüßte, trat sie unvermittelt auf ihn zu.

»Ich möchte Sie gerne Etwas fragen!«

»Bitte!«

»Wollen Sie mir versprechen, es mir auch wirklich zu beantworten? Nicht bloß mit irgend einer französischen Phrase?«

»Wenn ich kann…,« sagte er lächelnd.

»Was meinten Sie vorgestern damit: Deutschland steht vor dem Fall?«

»Erbarmen Sie sich: Ein kleiner Scherz!«

»Damit scherzt man doch nicht!«

»Oh doch! Sie kennen mich nicht! Man nimmt mich nirgends ernst!«

»Ich glaube sehr!«

»Ah – Sie schmeicheln!« sagte er liebenswürdig und belustigt und wurde plötzlich finster unter ihrem Blick. Den hielt er nicht recht aus. Zwischen ihnen war ein sonderbares, schweres Schweigen.

»Herr von Schjelting: Was hieß das: Deutschlands Fall?«

Er lächelte wieder.

»Mißtrauen Sie mir doch! Ich lüge immer! Que voulez-vous? C'est mon métier! Meine Art, die Wahrheit zu sagen!«

»Also soll man nun an Ihre Drohungen glauben oder nicht?«

Es zuckte spielerisch über sein undurchdringliches Gesicht. Er erinnerte sie jetzt wirklich an ein lauerndes Raubtier.

»Ihr werdet Alle untergehen!« sagte er sanft und dabei so nachlässig, als spräche er vom Wetter.

»Was?«

»Aber Sie nicht mit! Das möchte ich nicht! Dafür werde ich sorgen! Sie werden noch von mir hören!«

»Man glaubt, man träumt…«

»Aber erzählen Sie es nicht weiter!« Er hob die Schultern. Der affektierte Hochmut erschien auf seinen unruhigen Zügen. »Oder erzählen Sie's! Man glaubt es Ihnen ja doch nicht! Keiner von Euch glaubt daran!«

»Und ich am wenigsten!«

» Qui vivra, verra! Meine Mission bei Ihnen ist erfüllt!«

»Soll ich mir denn einbilden, daß Sie eigens nach Wiesbaden gekommen sind, um mir Ihre Staatsgeheimnisse zu verraten?«

»Natürlich bin ich Ihretwegen hierher gekommen!«

Inge Tillesen machte große Augen.

»Ihr Vater kann mir doch nicht helfen!« sagte er. »Das wußte ich vorher! C'était une farce! Ich bin und bleibe schlaflos. Aber Sie wollte ich sehen und sprechen! Das will ich immerwährend! Seit Moskau!«

Nun begriff sie auf einmal: Um Gotteswillen! Der Mensch ist in Dich verliebt. Wahnsinnig verliebt. Diese Erkenntnis gab ihr einen solchen Schrecken, daß sie sich umdrehte, ihn stehen ließ, mehr davonlief als ging. Erst nach Hunderten von Schritten kam sie auf der Wilhelmstraße zu sich.

»Halt, Fräulein Inge! Wo brennt's denn?«

Sie blieb stehen. Vor ihr war der General Isebrink.

»Ja – Sie haben immer zu tun!« sagte er. »Bei Euch Tillesens – da jagen sich die Feste. Mein Haus ist wieder still. Mein Paulchen weg! 'runter in die Türkei!«

»Er ist doch nicht schon unterwegs?«

»Nee – noch in Berlin! Aber in 'ner Woche fährt er!«

»Oh – Aber ich halt' Sie vom Mittagessen ab! Guten Tag, Herr General!« Inge Tillesen gab dem alten Herrn die Hand und ging langsam weiter.

V.

Das war Berlin, die Stadt ohne Nacht. Berlin, der Riese in den Flegeljahren, die genußsüchtige Hochburg der Arbeit, Berlin, das alle seine Sünden und Schwächen frei auf der Friedrichstraße dem Auge der Fremden preisgab und seinen Edelkern von Gesundheit und Jugendkraft schamvoll in den Vorstädten barg.

Das war Berlin, die Stadt der Gegensätze, beinahe stolzer auf ihr Nachtleben als auf ihr Tagewerk, nervös und nervenlos, das ehern pochende Herz des Deutschen Reichs und bis zur Unkenntlichkeit aufgeputzt mit grellem Flitter des Auslands. Von den Hausfronten, Schaufenstern, Litfaßsäulen sprach es, während Inge Tillesen, eben aus Wiesbaden angekommen, mit ihrer Schwester Phila durch die Straße fuhr, in fremden Zungen zu der lichterhellen, brausenden, abendlich wogenden Friedrichstadt. Slawische Lettern lockten die Russen, englische Reklamen die Amerikaner. Gasthöfe und Kaffeehäuser trugen die Namen britischer Städte, Schauspielhäuser die Namen Pariser Theater, nächtliche Stätten der Lebewelt die Namen französischer Zuchtlosigkeit. Es war ein Völkerjahrmarkt, eine Taghelle aus vierstöckigen Bierpalästen, das Fieber der Stadt am Spreestrand, in der selbst das Vergnügen sich mit der Hast eines Uhrwerks abrollte.

Dann hörte hinter dem Potsdamerplatz das Ausland auf. Nichts mehr von Westminster, Bristol und Piccadilly, von Trianon und Folies-Caprices, von Clou und Moulin Rouge, von Boncourt und Palais de Danse und Pavillon Mascotte, von Messenger Boys, von Grand Gala. Man merkte: dies stümperhafte Französisch und Englisch war nur eine bröckelige Tünche, durch deren Lücken der festgefügte deutsche Quaderbau lugte.

Die zwei Schwestern hatten gar nicht darauf geachtet. Man nahm das in Berlin als gegeben. Es mußte wohl so sein. Es war selbstverständlich, daß in Deutschland Rennpferde und Briefpapier, Weinstuben und Zigarettenschachteln, Männerkleider und Körperpflegemittel so hießen, wie am Ufer der Seine, der Themse, des Hudson. Während sie durch die Hitzigstraße fuhren, sagte Frau Theophile Martius:

»Also ... ich war einfach paff, wie auf einmal Dein Telegramm kam!«

»Ich habe mich auch ganz plötzlich entschlossen!«

Ringsum wurde es wieder taghell. Die Tauentzienstraße tauchte menschenwimmelnd auf und verschwand. Dann hielt der Wagen vor einem der Mietspaläste am Kurfürstendamm.

»Also willkommen, Schatz!« sagte oben in ihrer Wohnung Frau Theophile und küßte ihre Schwester. Sie mußte sich beinahe auf die Fußspitzen stellen, um zu deren dunkelblonder, deutscher Frische hinaufzulangen. Sie selbst war klein, zart und zierlich, wie eine Marquise der Pompadourzeit. Nur ihr Haar war nicht weißgepudert, sondern ein tiefbrünetter Botticellischeitel, darunter das Profil einer antiken Gemme. Sie war ein kleines Kunstwerk, und ebenso ihre Umwelt. An ihrer Schwelle endete Berlin. Der Süden tat sich auf. Die deutsche Sehnsucht. Alte Florentiner Meister dunkelten an den Wänden. Da war Dantes lebensgroßer, strenger Marmorkopf. Da rahmte schweres Barockschnitzwerk des Bücherschranks die Reihen italienischer, spanischer, französischer Dichter. Die kleine Frau ging darin herum wie in einem Tempel, rückte da und dort, staubte ab ...

»Beppo und Carmen schlafen leider schon!«

»Na – dann kriegen sie ihr Mitbringsel morgen!« sagte Inge und dachte sich: Ich würde die Würmer einfach Hans und Grete nennen! Aber sie selber, die Mutter, hat ja bis zu ihrem achtzehnten Lebensjahr auch ganz friedlich Luise geheißen und es dann erst durchgesetzt, daß wir sie Alle Theophile nennen mußten!

»Nun, Inge ...«

Die Schwester hatte sich neben sie gesetzt. Sie hatte ein eignes süßes Lächeln, aus dem träumerische Schwermut sprach, obwohl es ihr im Leben sehr gut ging.

»Inge ... hast Du mir nichts zu sagen? Dann lieber bald! Denn wenn erst Hugo zum Abendessen heimkommt mit seinen Reichstagsgeschichten und Arbeitersachen ...«

Ein Schweigen.

»Los, Inge!«

»Ach, quäl' mich doch nicht!«

»Hand aufs Herz: weswegen bist Du denn von Wiesbaden hierher geschossen?«

»Gott – weil's dort langweilig ist! Ich wollte einmal andere Menschen sehen!«

Die kleine dunkle Frau lächelte und schwieg. Sie dachte sich: Mir scheint, Du möchtest *einen* Menschen sehen! Endlich! ... Sie stand auf und sagte: »Ich muß nur rasch noch mal draußen Jemand telefonieren.«

»Hier Frau Martius! Ist Herr Hauptmann Isebrink selbst am Apparat? Guten Abend! Nett, daß ich Sie erwische ... Warum sieht und hört man eigentlich nie etwas von Ihnen? Kommen Sie doch mal morgen Nachmittag! Wie? Sie haben keine Zeit? Das wird meiner Schwester Inge sehr leid tun. Sie ist zufällig grade hier. Was? Sie können es vielleicht doch einrichten? Na eben! Es ist ja Sonntag. A rivederci!«

Im Zimmer fand sie Inge zerstreuten Auges über einer Mappe mit römischen Kupferstichen. Ihr zartes Gesichtchen durchgeistigte sich und wurde schwärmerisch.

»Wundervoll – nicht? Siehst Tu hier: San Paolo fuori le mura ... mein Traum draußen in der Campagna. Ach ... Du mein bel paese! ... Mensch ist man doch nur im Süden ... Ende Juni fliege ich wieder über die Alpen!«

»Im Sommer nach Italien?«

»Ach, wie ist das Land dann schön! Und die Menschen! Wenn die Fremden fort sind, lernt man sie erst in ihrer naiven Liebenswürdigkeit kennen, solch natürliche Grazie des Geistes und Körpers! Da möchte man mit Nietzsche die Hände falten: Unschuld des Südens, nimm mich auf!«

»Ich weiß nicht: ich fand die Gesellschaft immer unausstehlich!«

»Es sind Kinder. Aber aus einer dreitausendjährigen Kinderstube. Selbst in ihrem Mutwillen steckt uralte Kultur ... Unterschreib' Dich mal da gleich als Mitglied!«

»Was ist das? Pro gen...?«

»Pro gentilezza!« sagte die kleine Frau stolz. »Neu gegründet! Ein Bund zur Einbürgerung milder italienischer Sitten bei uns!«

»Ich erinnere mich nur, daß die Italiener immer in der Eisenbahn spuckten und Orangenschalen herumschmissen!«

»Ihr seid eben lieblos! Und da unten lieben sie uns doch so!«

»Glaubst Du wirklich? Warum geben sie Einem dann immer falsches Geld heraus?«

»Nein, nein, nein!« sagte die kleine Frau mit einem Heiligenlächeln. »Ich glaub' an meinen Süden! Ich glaub' an die Schönheit. Ich glaub an die Kunst und Natur. Jeder hat sein Ideal. Du die angelsächsische Freiheit, ich das blaue Mittelmeer! Ach, Ende Juli, wenn Hugo bei seinem Friedenskongreß in Paris ist ... und ich als Zugvogel über die Alpen ... immer mit so einem bischen Wehmut in der Freiheit ... Immer summt es mir hinterm Gotthard von Scheffel:

> O Jugendlust, wie wirst du älter!
> Bald ist auch mir die Stunde nah,
> Wo ich nicht mehr durch grüne Wälder
> Hinzieh' ins Land Italia!

Ja, lach' nur! Ich bin eine Schwärmerin. Ich weiß. Ich schäme mich nicht!«

»Sonderbar, wenn man Dich so hört, dann ist alles wieder so anders!« sagte Inge.

»Wieso?«

»Vielleicht hast Du auch recht. Nicht bloß die Andern, die so furchtbar ernst und finster in die Zukunft schauen!«

»Gott – laß' sie!«

»Die behaupten, das dauert Alles nicht mehr lange, und es zieht ein Unwetter herauf. Wenn Einem nur Jemand sagen könnte, wer Recht hat!«

»Da mußt Du Hugo fragen! Eben hör' ich ihn draußen!«

Dr. Hugo Martius trat herein. Groß, stattlich, klug, zu Anfang der Vierzig, mit rötlich blondem Vollbart und starker, in den Volksversammlungen und im Reichstag geschulter Stimme. Er begrüßte Frau und Schwägerin.

»Ich komme ein bischen spät! Nichts zu machen! Sechs Stunden Aufsichtsratssitzung … Neue Straßenbahnen in Argentinien. Schweinerei in China mit den Engländern …«

»Hugo!«

»Ach was! Im Geschäft nehm’ ich kein Blatt vor den Mund! Da heißt’s nur überall: raus mit den Engländern! In allem Frieden und Freundschaft natürlich. Dafür lebt man im zwanzigsten Jahrhundert!«

»Hörst Du, Inge, Du Hans Huckebein: Frieden und Freundschaft!«

»Was hat denn die Inge?«

»Sie haben ihr scheint’s in Wiesbaden was von Krieg in den Kopf gesetzt!«

»Schwager … was hältst Du davon? Du bist doch so gescheit: Giebt’s Krieg?«

»Es kann nicht erst Krieg geben!« sagte Dr. Martius lächelnd. »Weil der Krieg schon da ist! Auf der ganzen Erde!«

»Krieg?«

»Ja! Du, Frau – schau doch, daß wir bald was zu essen bekommen! Ich hab’ einen Mordshunger! … Krieg, Inge, wird der Mensch immer führen. So ist er nun mal! Das tut er auch jetzt! Nur mit anderen Mitteln!«

»Das verstehe ich nicht!«

»Früher schlug man sich die Schädel ein. Jetzt nimmt man der City die spanischen Hafenbauten vor der Nase weg, wie wir neulich! Krieg führt man heutzutage mit dem Kopf, mit dem Reißbrett, mit dem großen Portemonnaie, mit der chemischen Retorte. Unsere Marschälle heißen Krupp und Ballin. Es sind wirtschaftliche Feldzüge!«

»Keine anderen mehr?«

»Nein. Denn im Kampf ums Dasein kommt es nicht mehr auf den dicken Biceps an! Mein Hausknecht ist auch stärker als ich. Das Recht des Stärkeren liegt heutzutage auf geistigem Gebiet. Sonst müßte man ja am Fortschritt der Menschheit verzweifeln.«

»Du hast eben auch nie gedient, Schwager!«

»Dafür bin ich ein Vertrauensmann des Volks! Das Volk will nur den Frieden!« »Wir gewiß! Aber die Andern?«

»Alle, Inge! Die Menschen sind nicht so verschieden! Sie verlangen in ihrer Mehrzahl gar nicht so große Sachen vom Leben. Wenn sie ihr Haus und ihre Familie und ihr täglich Brot haben, hängen sie viel zu sehr daran, als daß sie’s auf’s Spiel setzten.«

»Warum redet dann überhaupt noch Jemand vom Krieg?«

»Na: Kind, sehr einfach. Die, die durch den Frieden beschäftigungslos werden: die Offiziere und zum Teil die Edelleute!«

Inge Tillesen dachte sich: Isebrink ist Offizier. Der Andere ein russischer Edelmann. Für die stimmt es schon …

»Ich komme doch eben aus dem Haag, Inge! Ich habe Jaurès gesprochen. Carnegie selber war leider nicht da. Aber Hunderte von Männern aus der ganzen Welt und jeder Name hatte seinen Klang. Der Unterschied war zwischen ihnen nur in der Sprache. Der gute Wille war sich überall gleich. Da haben sich in meiner Gegenwart Buren und Japaner, weil sie nicht miteinander reden konnten, wenigstens stumm die Hand geschüttelt. Nee, Kind! Laß Dich nicht kopfscheu machen! Die Zeiten, an die Du denkst, die sind vorbei! Unser altes Europa wenigstens ist glücklich über das Schwabenalter hinaus! Das ist vernünftig und gesetzt geworden und hat die Kriegstorheiten hinter sich.«

Leise Musik durchzitterte das Zimmer. Phila Martius schlug auf dem Flügel träumerisch aus dem Kopf den Prolog der »Bajazzi« an. Geheimnisvoll verklang es in der Tiefe der Tasten: ›Wir Alle auf Erden wandeln im gleichen Licht …‹ und es war, als spülten die Tonwellen von dieser kleinen Insel der Seligen allen Staub und Erdenrest hinweg – als würde das deutsche Auge zur Sonne selbst. So klar und rein sah es alles, selbst das Niedrigste der Welt.

In solchen Stunden war Phila Martius ganz sie selbst. Und am meisten am Sonntag Nachmittag, ihrer Weltflucht vor Berlin, ihrem Jour. Das war wie ein Spinnweb des Westens und sie die Arachne darin, die darauf lauerte, daß keine durchreisende Berühmtheit ihrem Netz entging. Zierlich, in schillernder Seide, wie ein aufgeregtes Meißener Rokokopüppchen, rauschte sie den Gang entlang und streckte den dunkeln, klassischen Kinderkopf durch den Türspalt.

»Wo steckst Du denn, Inge? Vorn ist schon Alles voll Leute!«

»Ach, ich hab' keine Lust!«

»Warum bist Du denn dann eigentlich nach Berlin gekommen?«

»Ich weiß selber nicht. Am liebsten möcht' ich wieder heim!«

»Was hast Du denn nur?«

»Nichts!«

»Na – komm' nur schon!«

»Warum drängst Du denn so?«

»Ich hab' meine Gründe! Los!«

»Unter einer Bedingung...«

»Gott – was bist Du umständlich ... Also?«

»Wenn Isebrink Euch vielleicht in diesen Tagen seinen Abschiedsbesuch machen sollte, dann sag' ihm nicht gleich, daß ich da bin...«

»Was?«

»Ich will erst klar mit mir sein ... Ich möchte erst überlegen ... Ich möchte nicht überrumpelt werden!«

»Aber Inge!«

»Nein! Nein!«

»Donnerwetter!« sagte die kleine Frau und biß sich auf die Lippen. Es war ein bei ihr ganz ungewohnter Naturlaut.

»Also, versprich es mir, Phila! Was machst Du denn für ein sophistisches Gesicht...?«

»Ach gar nicht! Gut, wenn ich ihn von jetzt ab wiederseh', sag ich ihm kein Wort!«

»Also dann in Gottesnamen!« sagte Inge und folgte der Schwester. Im Studio, im Eßsaal, im Musikzimmer, im Flur sogar wimmelte es von Menschen. Eine einzige Uniform darunter. Einsam am Fenster. Das Erste, was sie sah, war Paul Isebrink. Er betrachtete das Treiben um sich mit einem nachsichtigen Lächeln, wie ein Menageriebesucher die Affensprünge und das Kakadugeflatter.

»Aber Phila!« sagte Inge Tillesen empört und machte auf der Schwelle Halt.

»Ach, nun bist Du mal hier! Er wird Dich schon nicht beißen!«

»Pst! Pst!«

Bitte um Stille ringsum. Lebauld de Temple, der Pariser Conférencier, sprach mitten im Zimmer, lässig im Stehen an einen Armstuhl gelehnt, in schallendem, scharf die Endsilben betonenden Französisch, über das Wesen der Eleganz. Als der Beifall am Schluß die andächtige Stille unterbrach, kam Isebrink auf die beiden Schwestern zu. Er war vergnügt wie ein Schuljunge und gab Inge, als sei nichts geschehen, die Hand.

»Ein toller Komiker – nicht? An dem Kerl ist alles zu lang! Die Haare, die Rockschöße – der Kragen ... Haben Sie nicht 'ne Scheere, gnädige Frau?«

»Ist das der Dank, daß ich Sie eingeladen hab'?«

Isebrink lachte nur, mit einem warmen und glücklichen Schein in den Augen, der seine innere Aufregung verriet. Inge dachte sich: Er muß ja glauben, daß ich ihn hab rufen lassen. Ihre Züge wurden unwillkürlich hart. Ihre Schwester entsann sich plötzlich ihrer Gastgeberpflichten, entschlüpfte den Beiden, tauchte drüben wieder auf, breitete strahlend die Arme aus.

»Eccolo! ...In fine! ...Sia il benvenuto, maëstro! ...Signore e Signori – mi permette de presentarle il compositore dell' opera ›Truffatori‹!«

Sie war stolz auf die Reinheit ihrer Aussprache nach dem Volkswort: Lingua Toscana in bocca Romana. Toskanerzunge in Römermund. Der Komponist der ›Gauner‹ lächelte herablassend.

Alle Laster Neapels wohnten auf seinem blaurasierten Mittelmeergesicht. Er winkte gönnerhaft mit der großen, weißen, reichberingten Frauenhand einigen Bekannten zu.

»So toll war's hier noch nie!« sagte Paul Isebrink und lachte. Alles stimmte ihn heiter. Er und Inge standen jetzt allein. Nun wurde seine Stimme leise, weich, von einem halb fragenden Jubel belebt.

»Na Inge...«

»Was denn?«

Es klang schroff, abweisend. Die erste Entfremdung kam zwischen sie.

»Ich bin Ihnen so dankbar!...«

»Warum?«

»...daß Sie hier sind!«

Und in ihr nur die eine Angst: Er soll nur nicht glauben, daß ich ihm nachgereist bin!

»Ich bin schweren Herzens neulich aus Wiesbaden weg. Nun bin ich doppelt froh!«

Keine Antwort. Sie sagte sich: Nur das nicht! Nur das nicht, daß er sich einbildet, ich lauf ihm nach!

»Wie lange bleiben Sie denn hier?«

»Bis morgen früh!«

Die kurze Zeit machte ihn stutzig. Unruhe erschien auf seinem Gesicht. Sie sagte knapp:

»Ich hatte hier etwas für den Vater zu besorgen!«

»Weiter nichts?«

»Nein.«

»Pst! Pst!«

Stimmen mahnten zur Ruhe. Mialkowitsch, der serbische Geigerkönig, äußerlich einem dicken Zigeuner-Primas ähnlich, strich die Saiten seiner Violine. Miß Cooper, eine Amerikanerin vom Charlottenburger Musik-Konservatorium, sang dazu mit englischer Betonung. Frau Mialkowitsch spielte das Klavier. Isebrink wartete stirnrunzelnd und ungeduldig das Ende ab. Noch im Beifallgeklatsch wandte er sich, viel schroffer als bisher, an Inge.

»Sie sind nicht gekommen, damit wir uns noch einmal sehen?«

Ein Schweigen.

»Sie haben mir nichts mehr zu sagen?«

»Wir haben uns doch, weiß Gott, ausgesprochen!«

»Warum haben Sie mich denn dann eigentlich herzitiert?«

»Da fragen Sie bitte meine Schwester! Ich hab nichts davon gewußt.«

Er suchte mit zornigen Augen nach ihr, hörte neben sich ein serbisches Gespräch und sagte dem Ehepaar Mialkowitsch plötzlich halblaut ein paar russische Worte. Der Geigerkönig wurde blutrot. Seine Frau blaß. Beide packten eilig ihre Noten zusammen. Die Frau des Hauses schoß erschrocken heran und faltete flehend die Hände.

»Eine Zugabe, Meister! Bitte! Bitte!«

»Aber nicht die, von der Sie eben zu Ihrer Frau Gemahlin auf Serbisch meinten, sie sei für die Schwaben noch lange gut genug!« sagte Paul Isebrink. Ein peinliches Schweigen entstand. Frau Phila Martius war nervös über die Störung.

»Oh ... Aber ... Aber so 'was straft man doch am Besten durch Nichtachtung, Herr Hauptmann...«

»Warum denn?...«

Frau Phila Martius war empört. Mit ihrem Jour verstand sie keinen Spaß. Dies kleine, kunstvoll gepflegte Gärtchen des Geistes sollte man ihr nicht mit Nagelschuhen betreten. Sie hob sich kampflustig auf den Fußspitzen und sagte gedämpft:

»Bitte ...nehmen Sie doch ein bischen mehr Rücksicht! ...Die ersten Geister des Auslands...«

»Warum kommen denn die alle zu uns? Offenbar, weil sich daheim kein Kuckuck um sie kümmert!«

Darauf wußte Frau Phila nicht gleich eine Antwort. Sie wehte sich erbittert mit ihrer seidenen Pezzuola Kühlung zu.

»Und warum kommen Sie, wenn Sie hier nur Unfrieden stiften?«

»…weil Sie mich hierherbefohlen haben, meine gnädigste Frau …Ich weiß auch nicht, weshalb.«

Nun hatte er die schneidende Höflichkeit des Exerzierplatzes. Inge war hinter ihnen in das blaue Nebenzimmer getreten und sagte ruhig:

»Also, Phila. Du hast eine Dummheit gemacht! – Und nun schau, daß Du zu den Gästen kommst! Sonst geht Dir Dein maëstro durch die Lappen!«

Die kleine Frau stürzte in das Studio. Zu spät. Der Göttliche hatte gefunden, daß man sich zu wenig um ihn kümmerte, und sich ohne Abschied empfohlen. Auch die Serben waren verschwunden. Die Yankeemiß. Der Salon wies klaffende Lücken wie von einer Schlacht. Ein fremder, umheimlicher Geist war durch ihn gegangen. Ein preußischer Geist, hart, spröde, scharf. Er stand nebenan in Offiziersuniform.

»Meine Geduld ist zu Ende, Inge!«

»Ich will ja auch keinen Anfang wieder!«

»So spielt man nicht mit mir!«

»Mir ist's auch Ernst!«

»Ich gehe jetzt in türkische Dienste und mache einen Strich unter Alles! Ich hab' es gründlich satt!«

»Ich muß mich endlich auch ganz frei machen. Man verliert seine Jahre!«

»Also leben Sie wohl!«

»Leben Sie wohl!«

Im Studio war noch eine einzige lachende Gruppe um Christian Hansen, den nordischen Karikaturisten. Er zeigte schmunzelnd seine Mappe. Eben ein Blatt: Deutschland und Frankreich sich als Nachbarinnen über den Zaun küssend. Marianne mit der phrygischen Mütze hielt dabei kokett die Hände auf dem Rücken. Sie war schlank und zierlich und trug niedliche Schühchen. Germania in Panzer und Helm war semmelblond mit dicken Backen, gleich einer plumpen Magd. Isebrink sah es im Vorübergehen. Er machte Halt und frug den Ausländer:

»Leben Sie in Deutschland?«

»Gewiß!«

»Schon lange?«

»Sieben Jahre!«

»Na – einmal wird auch unsere Geduld reißen!« sagte der Hauptmann und ging. Hinter ihm war es still. Alle sahen sich an. Diese Art Deutschland kannten sie nicht.

VI

»Meine liebe Schwester Inge!

Nun liegt Deutschland schon wieder drei Wochen hinter mir! Die alte Hannah Tillesen ist wieder einmal tot, und die höchst respektable Mrs. Higgins sitzt statt ihrer hier bei Mann und Boys auf dieser ehrenwerten Insel.

Ach, Inge … Seit ich wieder hier bin, ist mir Etwas Gräßliches passiert! Stell' Dir vor: ich finde die Engländer nicht mehr komisch! Ja, Kerlchen, Du lachst! Aber für mich ist's traurig! Ich habe die Gebrauchsanweisung für das People verloren! Nun fängt es an, mir fürchterlich zu werden…

Inge … Inge … Was mache ich, wenn es Krieg zwischen uns giebt? Ihr drüben denkt natürlich nicht daran. Ihr habt ein reines Gewissen wie die Waisenkinder am Samstag Abend. Liebste Maus, über so was ist man hier weit erhaben. Die Gesellschaft hier ist nachgerade zu Allem fähig. Es ist schamlos, wie sie gegen Euch hetzen. Namentlich mein großer Schwager Higgins in seinen Zeitungen. Dabei ist es so glorreich, einen Baronet zum Verwandten zu haben. Wir liegen vor ihm auf dem Bauch. Dafür sind wir freie Briten. Augenblicklich sitzen wir und lauern wahrhaft angstvoll, ob er uns vielleicht zum nächsten Wochenende nach London einlädt, um einen Blick in die Season zu tun. Oder gar auf seine Yacht zur Kieler Woche? Aber das wär' zu viel! Der Reverend hat erst in seiner letzten Predigt vor irdischer Vermessenheit gewarnt.

Inge – was stelle ich denn nur hier mit den Engländern an? Wenn man sie erst richtig erkannt hat, wird man an ihnen direkt elend. Drüben im College sitzt mein Mann in seinem Studiencabinet. Er hat augenblicklich eine Laus unter der Lupe, ein ganz verschmitztes Tier, das, ohne selbst dabei krank zu werden, irgend eine Unannehmlichkeit von einem Lebewesen zum andern überträgt. Du, im Vertrauen, die Engländer sind auch nicht viel anders.«

Sie verhetzen die ganze Welt gegen Euch! Jeden Tag wird es schlimmer. Manchmal frag' ich mich: Wo soll denn das hinaus? Warum merkt Ihr denn nichts? Sie hassen uns wie die Sünde, weil wir die Arbeit erfunden haben. Nämlich die eigene Arbeit, statt daß die Nigger für Einen schuften. Gegen einen Weißen, der arbeiten will, ist uns, den Christen, jede Notwehr erlaubt. Frag' nur meinen Schwager Higgins. Dieses herrliche M. P. kriegt jeden Morgen das Lügen, wie ich das Nießen. Auf die Weise entsteht ein Penny-Abendblatt. Sie sind voll blödwitzigem Dünkel, und dabei haben sie vor uns eine Heidenangst. Nun reim das mal zusammen. Sie sind eigentlich alle wie ihre alten Jungfern, die hier rudelweise herumrennen. Ganze Kerle sind nur ihre Suffragettes. Du, die hab' ich gern, weil sie das People so piesacken! Neulich haben sie erst wieder unter gräßlichem Geschrei sieben Bilder in der Nationalgalerie mit Beilen kaput gemacht. Einen Minister haben sie auch geohrfeigt! Famos! Denk' Dir nur: einfach so Klatsch mitten in die steifleinene Visage! Hurrah! Da möcht' ich immer gleich mit! Aber Jerôme K. Higgins findet, das sei nicht ladylike. Er hat leider Gottseidank Recht. Hier in Oxford weht ja noch eine mildere Luft. Hier sind wir gebildet und haben wenigstens einen schwachen Schimmer von Etwas außerhalb von England und seinen Kolonien. Aber sonst … ach, Inge … Es wird doch keinen Krieg geben …? Sie reden hier immer ganz friedlich davon, wie vom Wetter. Ich bin ja dann wie der Frosch zwischen den beiden Enten.

Ich mag gar nicht nach Kiel, so sehr es mich auch freuen würde, Dich da vielleicht von Lübeck aus zu treffen. Ich mag nicht mehr nach Deutschland. Es hat etwas Närrisches, wenn wir uns da verbrüdern und uns die biedere Männerrechte schütteln und dabei die linke Faust im Hosensack ballen! Inge: Sie leimen Euch! Sie kommen auch nur zu dem Zweck nach Kiel! Paß' auf!«

Die Sonne schien durch das Blätterdach vor den Fenstern in goldenen Lichtern auf den Blondkopf, den Mrs. Hannah Higgins über die Tischplatte neigte, während sie den Brief an ihre Schwester Inge Tillesen vollendete: »Fertig, Inge! Und nun verbrenn' den Wisch. Du brauchst mir nicht zu antworten. Schicke mir lieber endlich einmal Deine Verlobungsanzeige. Aber bleib' im Lande! Verheirate Dich dort redlich. Glaub' der Stimme überm Meer: Es ist besser!«

Das Higginssche Haus lag, die kleinen Fenster von wildem Grün umsponnen, mitten in den Mauerresten der mittelalterlichen Stadtumwallung von Oxford. Nach rückwärts sah man auf die saftigen Wiesengründe und hundertjährigen Eichen des Parks von St. Paul's College, an dem Professor Higgins lehrte. Zahmes weißes Damwild äste da in Rudeln inmitten der Stadt. Der riesige Angora-Kater des College dehnte sich süffisant wie ein Lord unter den Tieren in der Sonne. Dahinter wölbten sich die Kreuzbogengänge und Spitzfenster, hoben sich die uralten Mauern und Glockentürme, Erker, Nischen und Kapellen der einstigen Klosterschule, einer der vielen der Universität, alle im Äußern noch aus der Zeit, da die Wissenschaft sich scheu wie ein Küchlein unter die wärmenden Fittiche der Kirche duckte. Aus jeder dieser ehemaligen Mönchzellen hätte jetzt noch Dr. Faust mit seinem Famulus zum Oster-Spaziergang heraustreten können. Nun hauste dort in drei reichen Räumen je ein glattrasierter jüngerer, angeblich studierender Sportathlet aus der Gentry des Vereinigten Königreichs. Den Luxus, der ihn hier umgab, war er von Klein auf aus seinem elterlichen Tudor-Hall oder Castle auf hohem Hügel in grüner Landschaft gewohnt. Wozu gab es sonst die Hunderte von Millionen dunkelhäutiger Menschen auf der Welt als zur Frohnde für dies fröhliche Alt-England?

Der Higginssche Garten stieß an den Park des College. Zwei kleine Jungen von acht und neun Jahren, aber schon in schwarzen Röckchen und weißen Umlegkragen spielten darin. Sie stürmten der Mutter entgegen. Bob, der Ältere, strahlte. Er hatte Sommersprossen im Gesicht, einen breiten Mund und eine kleine Nase. Er war ein ganz verschmitzter Boy.

» Mother! Die deutsche Flotte kommt!« schrie er aus Leibeskräften. Hannah Higgins erschrak wirklich einen Augenblick. Dann ärgerte sie sich über die Dummheit.

»Bist Du denn ganz verdreht? Die deutsche Flotte! ... Und noch dazu hier mitten im Land!«

»Die deutsche Flotte!« verkündete atemlos jetzt auch der jüngere Knirps.

»Wo denn?«

Durch den Garten floß ein Bächlein. Drei winzige Papierschiffchen schwammen auf ihm herab, und Bob wies sie triumphierend:

»Da ist sie, mother!«

Das Wasser spritzte. Sein kleiner Bruder versenkte mit einem wohlgezielten Gertenstreich den ersten Nachen, den zweiten, den dritten. »Päh!« sagte er dann verächtlich und spuckte hinterher in die Flut.

»Ihr Lausbuben – wer hat Euch denn wieder diesen dummen Witz gelehrt?«

»Mr. Ferguson vom Corpus-Christi-College, mother! Er giebt jedem Boy Sixpence, wenn er sein Lied kann!«

Und Bill, der Kleinere, trompetete mit seiner schrillen Jungenstimme:

>»We have the men,
We have the ships,
We have the money too!«

»Die Kinder sind in einer Weise ungezogen!« sagte herankommend das deutsche Fräulein, eine helläugige, lebhafte junge Rheinländerin. »Sie werden fortgesetzt von anderen Jungen und Erwachsenen aufgehetzt. Auf der Straße und überall! Wenn ich sie noch so oft deutsch anrede, sie antworten englisch! Da, bitte!«

Bob zog eine gräßliche Grimasse und streckte dabei die Zunge heraus. Bill versenkte herausfordernd die Fäuste in den Hosentaschen und stand breitbeinig wie ein Matrose.

»Ich fühle mich den Aufregungen nicht mehr gewachsen. Ich bitte gnädige Frau, mich lieber nach Deutschland zurückkehren zu lassen!«

»Nun, nun – wir werden sehen, Fräulein Rohmüller! Gehen Sie jetzt nur auf Ihr Zimmer und beruhigen Sie sich!«

Das »Fräulein« verschwand. Hannah Higgins wandte sich strafend an ihre Söhne.

»Seht Ihr wohl, Ihr bösen kleinen Burschen! Sie hat Tränen in den Augen!«

»Schad't nichts, mother!«

»So? – Wie heißt der Spruch: ›Show me, Bobby, if you can – be a little gentleman!‹ Bist Du ein kleiner Gentleman?«

»Well, mother!«

»Nun: Ein Gentleman bringt nie eine Lady zum Weinen!«

»Ach, das ist ja gar keine Engländerin, mother!«

Hannah Higgins hätte ihm am liebsten Eins hinter seine großen, abstehenden Ohren gegeben. Aber Professor Higgins hatte das ein für allemal verboten. Er war ein Feind jeder Gewalt des Menschen gegen den Menschen, bei seinen Söhnen wie auf der ganzen Erde. Es waren die Gesetze der Humanität und Kirchlichkeit, die er ehrte und bei jeder Gelegenheit öffentlich vertrat. Wenn trotzdem Wilde niedergeschossen oder zwei Boys durchgehauen werden mußten, dann hatte das wenigstens so zu geschehen, daß er es nicht zu sehen brauchte. Jetzt aber stand er drüben an einem der gothischen Fenster des großen Saals von St. Pauls College, dieses ehrwürdigen Raums, von dessen Wänden die lebensgroßen Ölbilder aller berühmten, aus dieser Schule hervorgegangenen Engländer und Schotten, Admirale, Parlamentsmitglieder, Gelehrte, auf die uralten eichenen, von Hunderten von Inschriften gekerbten Eßtische hinabschauten, und sprach mit einem der Fellows. Seine Frau ging ihm entgegen. Sie wollte sich einmal ernstlich über die Bengel beschweren. Bobs Flottenlied haftete ihr im Kopf.

> »Wir haben die Männer und Schiffe,
> und das nötige Kleingeld dazu!«

Und wieder die Todesangst: Schließlich fangen sie wirklich an, mit ihren Männern und Schiffen! ...Was wird denn dann aus mir?

Professor Jerôme K. Higgins' wulstiges, bartloses Gesicht lächelte wohlwollend wie das eines gelehrten Mandarinen in Peking unter der goldenen Brille. Er war tief befriedigt. Er hielt einen Brief in der Hand. Die Einladung nach London war gekommen? Nein, zwei Fliegen auf einen Schlag: Auch gleich die nach Kiel.

»William schreibt, er habe gerade für uns Platz bei sich in London zum Wochenende reserviert!« versetzte er, und seine Frau dachte: ›Das heißt:, Es hat im letzten Augenblick sonst Jemand abgesagt!‹ Ihr Mann fuhr fort: »Er hofft ernstlich, daß Du zufrieden sein würdest, in Kiel wieder deutschen Boden zu betreten!« und sie sagte sich: Mit anderen Worten: Ich soll den Ladies und Gentlemen auf der Yacht als landeskundige Vermittlerin in Germany dienen! Kinder, was seid Ihr verlogen! Kein wahres Wort fährt aus Eurem Munde! Professor Higgins neben ihr rieb sich vergnügt die Hände. An sich hatte er, der kurzsichtige Stubengelehrte, der beim Hindernisreiten nie die Gräben vor sich sah, wenig von dem großen Jahrmarkt der Eitelkeit am Strand der Themse. Aber es war der Kitzel der Gesellschafts-Heuchelei. Man gehörte zur ›Society‹ und die ›Society‹ zur Season.

Die Londoner Season im Mai und Juni, wenn es der Frühsommersonne gelang, selbst durch die Rauch- und Nebelmassen zwischen Hampton und Plumstead, zwischen Tottenham und Croydon zu dringen und das sonst nie in seinem ganzen Umfang geschaute steinerne Meer von Häusern und Schornsteinen endlos bis an den fern verschwimmenden Horizont zu enthüllen – die Season zur Zeit, wenn die weiten Rasenflächen von Green Park und St. James, von Kensington Gardens und Regents-Park noch frischer grünten als sonst in der feuchten Seeluft des ganzen Jahres, – die Season, in der der Sturmwind, der sonst ewig das Inselreich durchbrauste, zum Mailüftchen wurde und das Land rings um London bis zur Irischen See ein einziger, gepflegter Park, ohne störende Getreidefelder, ohne häßliche Kartoffeläcker, nur Hammelherden auf friedlicher Weide unter schattigen Bäumen und darüber auf hohem Hügel das Schloß des Lords.

Die Season, das Fest der Lords. Keine Saison wie anderswo, wo gleiches Geld gleiche Rechte gab. Eine Frühjahrsparade aller fremden Völker, der Yankees und der Japanesen, der Argentinier und der Südafrikaner, der Australier und der Portugiesen vor ihren angelsächsischen Herren. Sie kamen scheinbar als Gäste. In den Herzogsschlössern von Hydepark und St. James flammten jeden Abend die hellen Scheiben, stauten sich die Automobilreihen, blendete unerhörter, seit

Römerzeiten nicht gesehener Reichtum, von den Rembrandts und Rubens an der Wand bis zu den Scharen sechs Fuß langer Lakaien, die Geladenen, bot an der Schwelle des Palastes der Halbgott selbst und seine Gemahlin freimütig lächelnd linkischen Amerikanern und gelbhäutigen Asiaten den Händedruck, den sie einem der Geringeren unter ihren eigenen Landsleuten niemals gewährt hätten. Von den Zinnen des Buckingham-Palastes flatterte das königliche Banner. Mit Herzklopfen drängten sich vor den Stufen des Throns die tiefausgeschnittenen Töchter der Schweinemetzger von Chikago und die vor einem Jahr aus der Klosterschule gekommenen schönen Frauen der dreifachen Granden Castiliens und Navarras, stießen sich die Maharadschas vom Ganges mit dem Schwertadel Japans, stand der Minenkönig aus Transvaal mit schwarzen Goldgräbernägeln hinter dem Fabrikarbeiter und Enkel deportierter Verbrecher, den Neuseeland zum Minister ernannt, scharten sich ägyptische Prinzen und kanadische Männer des Volks, Araberscheichs und chinesische Dynasten, bestaunten das riesige Ausstattungsstück und merkten nicht, daß sie es selber spielten und sich gegenseitig den Sand in die Augen streuten, den ihnen die lächelnden britischen Gastgeber lieferten.

Und draußen, auf der blauen Rhede von Spithead, soweit ein Menschenauge sehen konnte, ein buntbewimpelter Kriegspanzer neben dem anderen. Die ›Victory‹, Nelsons altes, weißgebordetes Schlachtschiff, tat den ersten Schuß des Königssaluts. Der Donner brüllte durch die ganze Linie, rollte über die ganze Erde mit dem trügerischen Lärm seiner leeren Manöverkartuschen, blendete die Menschen mit den Taschenspielerkunststücken des Inselreichs bis zu der willenlosen Hypnose: England ist groß. England ist stark. Was England sagt, ist wahr. Was England will, ist Gesetz.

Das war der Zauberspiegel der Gaukler an der Themse, in der großen Völkerkirmes der Season. Sie versteckten dahinter ihre eigenen steinernen Züge, und wem sie das Trugglas vorhielten, dem Rajah und dem Emir, dem Squatter und dem Trustkönig, dem Mandarinen und dem Samurai, dem Principe und dem Woiwoden, der lächelte und sah sich in dem Spiegel frei, reich und groß und empfand sein Helotentum als Lust, sobald mit dem ersten Frühlingsgrün der Vorhang von der Fata Morgana von London emporrollte und ihren Bildern von verwirrender Buntheit und Zahl: das Tosen der Hunderttausende beim Ringen um das blaue Band auf dem grünen Rasen von Epsom, die verständnislos-feierliche Stille der oberen Zehntausend, wenn Hans Richter in Coventgarden den Taktstock zum Nibelungenring hob, die Farbenpracht des Adels in den geschichtlichen Trachten seiner eigenen Vorfahren auf den abgeschlossenen Kostümbällen des Westens, das Gedränge von drei-, viertausend Gästen zugleich beim Nachmittagsgartenempfang des Herzogs im Park eines turmreichen Shakespeareschlosses, das allnachmittägliche Gewühl von Reitern, Viererzügen, Spaziergängern im Hydepark, diesen wimmelnden und flimmernden Orgien des Nichtstuns zwischen Serpentine, Rotten Row und Ladies Mile.

Hannah Higgins saß da mit ihrem Mann in einem Kreise anderer Engländer. Es war Montag um fünf Uhr Nachmittags. Die Heuchelei der Sabbatheiligung war wieder einmal vorüber, die Season neu belebt, neidloser Sklavensinn auf den Gesichtern aller Zuschauer. Man hatte ja nicht selbst vier kastanienbraune Stuten im Stall, aber man sah doch, wie der Earl da drüben sie majestätisch, den grauen Zylinder auf dem Haupt, vom hohen Kutschbock aus lenkte. Man besaß selbst nicht dreißigtausend Acres Land, aber dort fuhr in ihrem Elektromobil die Marchioneß, die noch mehr ihr Eigen nannte. Man war ja selbst nicht Mitglied der Royal Yacht Squadron oder des Marlborough-Clubs, aber dicht vor Einem tummelten ja, wie im Zirkus, die vornehmsten Männer des Königreichs ihr englisches Vollblut. Man freute sich, wie Andern das Leben schmeckte. Hatte man doch selbst auch satt zu essen und fand: die Erde war ein gutes Ding und vom lieben Gott eigens für die Bequemlichkeit der Menschheit zwischen Aberdeen und Falmouth erschaffen.

Und doch mischte sich in dies Schwatzen und Lachen und Flirten ein Unterton und klang immer wieder von schnurrbärtigen, wie von rosigen Lippen, von Alt und Jung, von nah und fern, beharrlich wie grollender Tropfenfall, ein Wort: Germany – Germany – Germany – … der dunkle Punkt – – Nein, mehr schon: die schwarze Wolke, der Alp mit der Pickelhaube, zu dem man keine rechte Stellung mehr fand, sondern nur noch ein nervöses Schwanken, von lächelnder Verachtung bis zur blinden Angst, vom erzwungenen Gleichmut bis zum vierschrötigen Haß.

Die drei alten Jungfern in dem Higgins'schen Kreis hatten jetzt eben auf der Rückkehr von einem Winteraufenthalt in Ceylon und einem Frühlingsspritzer nach Damaskus Deutschland besucht. Sie schüttelten sich vor Heiterkeit. Oh! was für ein Land! Wahnsinnig komisch! Sie nahmen sich kichernd das Wort vom Mund. Ihre Berichte waren durch die tägliche Wiederholung ins Kraut geschossen, wie die Dschungeln unter Indiens Glut. Es gab auf jeder Straße in Deutschland drei Wege: einen für die Herren, einen für die Damen, einen dritten für die Ehepaare. Wer über die Straße wollte, mußte vorher den Schutzmann um Erlaubnis fragen. Jeder Herr grüßte jeden Schutzmann an jeder Straßenecke durch Hutabnehmen. Eigentlich hatten die Deutschen immer den Hut in der Hand. Oh – how ridiculous! Wieder wanden sich die Spinsters vor Lachen. Ja, aber die Unzufriedenen? Oh, es gab überall große, befestigte Plätze. Da sperrte man sie ein. Viele Tausende. Bei Brot und Bier. Soldaten standen davor. Überall Soldaten. Jeder junge Mann lernte zunächst das Gewehr präsentieren. Dann schrieb er sein Buch über den ›Faust‹ und widmete sich den Rest seines Lebens der chemischen Industrie. Yes! Es war schon interessant, in acht Tagen das ›Fatherland‹ gründlich kennen gelernt zu haben.

»Nun – es ist doch Mrs. Higgins' frühere Heimat!« sagte eine ältere Lady, die sich etwas mehr Feingefühl bewahrt hatte. »Sie gehen ja jetzt auch nach Kiel, nicht wahr?«

Hannah Higgins fuhr aus ihren Gedanken auf. Sie hatte absichtlich nicht mehr zugehört und bejahte.

»Oh – oh – Kiel!«

Der alte, hagere, in Zivil gekleidete Commander a.D. brummte es grimmig zwischen den Zähnen.

» Oh, dear Mr. Bowle – wir schicken sechs unserer besten Panzer durch den Kaiser Wilhelm-Kanal!«

»...nachdem wir den Deutschen glücklich Zeit gelassen haben, den Kanal um das Doppelte zu vergrößern. Nun sind sie fertig! Oh – es ist schimpflich!«

Die alten Jungfern kicherten wieder.

»Die Deutschen... oh, Mr. Bowle... mit denen hat es nichts auf sich. Da war am Rhein ein grober Eisenbahnbeamter...«

Der alte Seebär schnitt ihnen gegen britische Höflichkeit das Wort ab. Er stand steifbeinig auf.

»Meine Familie war immer auf dem Wasser. Wir haben schon auf der Doggerbank mitgekämpft und zuletzt bei Sebastopol. Da ist keine Flotte eines Landes, die wir nicht mitgeholfen hätten zu versenken. Wir hielten die Meere rein. Aber als ich neulich einmal wieder um die Erde fuhr, sah ich mehr fremde Flaggen als den Union Jack. Und vor allem das Eiserne Kreuz in vielen, vielen Flaggen! Wir haben das Alles wachsen lassen und inzwischen Jagden geritten ...Ich habe fünfundfünfzig Jahre gedient und nur einmal auf den Feind geschossen. Und da schossen wir in Alexandrien unsere eigenen Häuser entzwei. Aber bald werden desto rauhere Zeiten kommen. Nun – good bye!«

Da war wieder der Krieg. Fern an Marble Arch blinkten rote Fähnchen. Dort hielten Anarchisten ein Meeting. Weiter drüben predigte ein Oberst der Heilsarmee vom Stuhl herab zur Menge. Längs von Park Lane zog eine Schar von Suffragetten mit ihren regenbogenfarbenen Bannern. Das störte hier Niemand. Aber da drüben – über der Nordsee – diese kommende dumpfe Notwendigkeit, die man hier immer wieder zugleich mit der linden Mailuft einatmete...

» Well – Du bist so schweigsam, Hannah?« sagte Professor Higgins.

»Ich habe Angst!«

»Wovor?«

»Ach – sprich es nicht aus. Es ist so furchtbar. Es kommt immer wieder über Einen...«

»Ich weiß nicht, was Du meinst!«

»Ihr denkt auch immer daran, auch wenn Ihr davon still seid.«

Jerôme K. Higgins verstummte. Über die deutsche Gefahr sprach man nach Tisch, wenn man die Damen in den Drawing-Room hinaufgeführt hatte, beim Glase Portwein unter den Herren. Er stand in einem Gastzimmer im Hause seines Bruders in Mayfair vor dem Spiegel und knüpfte sich die weiße Binde zum Abendanzug. Unten fuhren schon fortgesetzt Automobile vor, kamen Ladies und Gentlemen in Gesellschaftskleidern nachbarlich über die Straße. Bei dem ehrenwerten Sir William Higgins war heute einer der großen Empfänge der Season. Er und seine Frau standen auf der Schwelle und begrüßten liebenswürdig jeden Ankommenden mit einem Händedruck und der herzlichen Freude, grade ihn zu sehen. Sie wiederholten das ein paar hundertmal. Das Haus des Londoner Zeitungsherrschers und Parlamentsabgeordneten war größer als sonst die Absteigequartiere des Landadels. Aber geladen waren nach Londoner Brauch doppelt so viel Leute, als darin Platz hatten.

Machte nichts! Heute war Sir William Higgins nicht der eisige Geschäftsmann der City bei Tag, der nüchterne Unterhaus-Debatter von Westminster bei Nacht. Jetzt war er ein jolly good fellow … alle Geister schalkhaften Britentums und trockenen Humors um die dünnen Lippen. Nichts konnte freimütiger sein als deren Lächeln, nichts vertraulicher als seine dargebotene Rechte. Nur in den Augen blieb etwas, das nicht zu der Unschuldsmiene stimmte. Sie überflogen immer wieder das Dienerspalier im Hausflur. Sie suchten. Seine Schwägerin Hannah, die ihn von innen aus dem Menschengedränge heraus beobachtete, wußte, was das hieß. Es fehlte noch etwas: der Löwe des Abends. Irgend ein Tüpfelchen auf dem I der Society-Eitelkeit.

Dann ein freundlicher Schein auf seinen pergamentenen Zügen. Er streckte die Arme aus und ging einem Gast drei Schritte entgegen. Das war das Höchste, was er tun konnte. Der Neuangekommene überragte ihn, trotz seiner lässigen Haltung, mit den abfallenden Schultern seiner hageren aristokratischen Gestalt. Sein Frackschnitt und Hosensitz hätte den ersten Schneider Londons mit Neid erfüllt. Auf seinem lebhaften und länglichen Gesicht mit den grauen klugen Augen war ein geschmeidiges Lächeln. Neben ihm seine schöne junge Frau. Eine Vollblut-Pariserin, dachte sich Hannah Higgins. Man sah es schon an dem spielerisch treffsicheren Wunder ihrer Toilette gegenüber den barbarisch bunten, an Indiens Grellheit erinnernden Kleidern der Engländerinnen.

»La belle Madame de Schjelting!« sagte Jemand neben Hannah. Es schien ihr ein vornehmer Rumäne zu sein. Neben ihm, auf Englisch, ein säbelbeiniger Japanese.

»Und ihr Mann? Ein Russe?«

»Ein Petersburger de pur sang!«

»Sehen Sie doch, wie man sich um ihn drängt. Oh – der Herzog von Woodford selbst steht auf und tritt auf ihn zu!«

»Merken Sie sich diesen Russen, Vicomte Osako! Er trägt Krieg und Frieden unter den Klappen seines Fracks!«

»Ist er vom Tschin?«

»Sein Vater war der bekannte Minister, der vor zehn Jahren in Petersburg starb. Er selbst trat bald aus dem Staatsdienst. Seitdem ist er der gefährlichste Außenseiter der russischen Politik, vom Winterpalais bis zum Cettinjer Konak.«

Nicolai Schjelting kam langsam näher. Fortwährend waren neue Menschen um ihn. Er drückte rechts und links Hände, winkte Bekannten zu, wechselte bei jedem Satz die Sprache, französisch, englisch, italienisch, auch, besonders laut und verbindlich, deutsch zu einem deutschen Diplomaten, dann einmal obenhin, schnell, kaum hörbar, auf russisch, zu einem Landsmann:

»Noch nichts Neues aus Serbien?«

»Nichts!«

Er lächelte wieder. Etwas von Asiatendünkel schimmerte, für Hannah Higgins' Augen, durch den spiegelglatten Kulturschliff seines Wesens. Er sah in der Nähe bleich und nervös aus.

»Sind Sie krank, Herr von Schjelting?«

» Ah – ce bon Nicolas! Er reibt sich auf!«

»Ich?« Nicolai Schjelting zuckte nachlässig die Achseln. »Erbarmen Sie sich! Was hat denn ein armer Privatmann, wie ich, zu tun?«

Und wieder neben Hannah Higgins die gedämpfte Stimme des Rumänen zu dem Japanesen: »Dabei kennt er alle Geheimnisse der Kriegspartei drüben!«

»Ich wähnte Sie schon in Montenegro, Herr von Schjelting?«

Nicolai von Schjelting schüttelte ahnungslos den Kopf.

»Ich? Ich bin ein friedlicher Mensch. Jetzt ist mir zu viel Pulverdampf da unten.«

»Wieso? Die Albanesen?«

»Ach nein! die bosnischen Manöver! Der Erzherzog-Thronfolger besichtigt doch die K. und K. Truppen. Ich kann das Schießen nicht vertragen. Ich warte, bis es auf dem Balkan wieder ländlich-still ist!«

Der Balkan und Ruhe! Man lachte. Auch Schjelting. Eine Sekunde war etwas Freches darin. Moskauer Hochmut. Wenigstens für Hannah Higgins. Dann sah sie, wie er sich zu ihrem Schwager wandte. Beide sprachen und blickten dabei auf sie. Sonderbar...

Plötzlich machte er sich von seinen Verehrern los, kam mit der lächelnden Sicherheit eines Mannes von Welt auf sie zu, stellte sich selbst vor, und setzte sich, ohne eine Aufforderung abzuwarten, neben sie. So war er, in dem Gedränge und Geschiebe der Menschheit zum Buffet, vorläufig unsichtbar und ungestört.

»Sie entsinnen sich meiner nicht mehr, gnädige Frau!« sagte er rasch und lebhaft in seinem harten Petersburger Deutsch. »Ich war kürzlich mit Ihnen zusammen, in Wiesbaden, im Hause Ihres Vaters. Ich muß gestehen: ich wußte nicht, daß Sie da waren, obwohl Sir William mir schon in Paris von Ihnen erzählt hatte. Erlauben Sie mir, daß ich nun mein Versehen gut mache!«

Er sprach leise und höflich. Er war ganz bescheiden. Verändert gegen vorhin. Hannah Higgins dachte sich: Was will er denn von mir, dies große Tier? Sie frug:

»Aber da waren doch nur Gelehrte? Sie sind doch nicht Arzt?«

»Im Gegenteil: Patient!«

»Bei meinem Vater?«

»Leider nein. Il m'a mis à la porte!«

Nicolai Schjelting sagte das mit einer malenden Geste des Hinauswurfs in das freie Feld. Er machte dabei ein harmloses und rätselhaftes Gesicht.

»Mein Vater wollte Ihnen nicht helfen? Das sieht ihm doch gar nicht ähnlich!«

»Ihm vielleicht nicht. Aber Ihrem Fräulein Schwester!«

»Meiner Schwester Ingeborg?«

Er rückte näher zu ihr heran. Beugte sich vor, redete schnell, vertraulich. Die bebänderte Lackschuhspitze seines linken Fußes wippte dabei nervös über dem Perserteppich auf und nieder.

»Der Cherub mit dem flammenden Schwert! Voilà! Schon in Moskau! Ich soll weiter leiden! Ich kann nun einmal nicht schlafen! So wünscht es Ihr Fräulein Schwester!«

»Was bilden Sie sich da nur ein? Was sollte denn meine Schwester Inge gegen Sie haben? Sie kennt Sie doch jedenfalls kaum!«

Nicolai Schjelting sah sie fest aus seinen ernsten grauen Augen an. Jetzt erschien ihr der Leidenszug um die Mundwinkel plötzlich echt.

»Ja – warum sind die Menschen so böse gegeneinander, gnädige Frau? Das frage ich mich auch oft! Soyons amis, Cinna! Aber wir vergessen's! Sagen Sie: Ist denn Ihr Fräulein Schwester immer bei Ihrem Vater?«

Hannah Higgins lachte.

»Ja. Wenigstens, bis sie endlich mal heiratet!«

»Ach so – ich verstehe: sie ist verlobt?«

»Nicht, daß ich wüßte!«

Es war ihr, als ob der sonderbare Mensch neben ihr erleichtert aufatmete. Sie hatte wieder eine unbestimmte Angst vor ihm. Sie dachte, er könnte nun gehen. Es war ja auffallend, daß er hier bei ihr im Winkel saß, während man ihn wahrscheinlich in allen Zimmern und Sälen suchte. Statt dessen hub er unvermittelt, stoßweise wieder an:

»Bleibt Ihr Fräulein Schwester den Sommer über in Wiesbaden?«

»Das hängt davon ab, ob mein Vater irgendwohin berufen wird. Dann begleitet sie ihn. In nächster Zeit wahrscheinlich einmal nach Lübeck.«

»Oh!« sagte Nicolai Schjelting und versank in ein stummes Sinnen. Sein Gesicht war dabei düster und unruhig. Sie wollte ihm helfen. Sie nahm es von der komischen Seite.

»Ich werd' es meinem Vater melden, daß gegen Sie eine Verschwörung in der Sonneberger-straße besteht. Die Schuldigen werden kaltgestellt. Verlassen Sie sich darauf!«

Aber das war ihm zu ihrem Erstaunen wieder nicht recht, daß er dort Ingeborg Tillesen nicht begegnen sollte. Er winkte nur ab, mit einer Handbewegung, deren zerstreute und nachlässige Ungeduld sie ärgerte, und blieb stumm ... Es war ihm etwas eingefallen, mit Schrecken über seine eigene Gemütsverfassung: Wo ist denn meine Frau? Oder vielmehr: wo ist denn meine Eifersucht geblieben? Sonst hatte er Ghislaine bei einer solchen Gelegenheit nicht aus den Augen gelassen, jedes Kopfnicken, jeden Handkuß, jede Schleppenbewegung düster verfolgt. Jetzt sagte er sich: So weit ist es mit mir schon gekommen! Ich muß schon nachdenken, wann wir uns getrennt haben. Vor einer halben Stunde. Da sind wir zusammen hereingetreten. Sie hat sich dann nach links gewandt – glaub' ich! ... Irgend eine Lady nahm sie unter den Arm. Er hob das Haupt und schaute umher. Da merkte er plötzlich, zuerst an einem ganz feinen Hauch ihres Parfums: Mein Gott – Ghislaine stand ja dicht hinter ihm, stand vielleicht schon die längste Zeit, im Gespräch mit einem dürftigen und engbrüstigen Jüngling von den Boule-vards oder aus Brüssel. Dieser halbausgebackene Stutzer war ihr nicht gefährlich. Das wußte er. Er entwickelte ihr in einem rasend-raschen, französischen Geratter seine Thesen über den Sâr Peladân. Ihre reizvollen, leicht gepuderten Züge trugen auch nur die leere und liebenswürdige Aufmerksamkeit der Weltdame. Ihrem Mann schwante es, als hätte sie eher auf das gehört, was er da unten, auf seinem Sessel inmitten des Gedränges, redete. Deutsch genug, um es zu ver-stehen, konnte sie, vom Kloster her und durch die flämischen Verwandten ihres Vaters, wenn sie es auch nicht sprach.

Diese Vorstellung beunruhigte ihn. Er stand brüsk auf. Zugleich trat der Herr des Hauses heran. Er hatte sich die neuesten spätabendlichen Reuter- und Sondermeldungen von seinem Generalsekretär telefonieren lassen. Rasch und heimlich! Nur nicht zeigen, daß man arbeitete! Man hatte Geld. Aber man verdiente es nicht.

»Nun, Sir William?«

»Ihr Zar und die Seinen sind noch wohlbehalten bei den Festen in Rumänien, my dear Mr. de Schelting!«

»Sonst nichts Neues vom Balkan?«

»Griechenland hat sich bei der Türkei beschwert!«

»Weiter nichts vom Balkan?«

William Higgins, M. P., schüttelte den gefurchten, glattrasierten Kopf und schaute, erstaunt über die zweimalige Wiederholung der Frage, sein Gegenüber forschend an. Aber dessen Züge blieben undurchdringlich.

»Halloah! Nehmen Sie auch Ihr Zivil mit nach Kiel?«

Der junge Mann neben ihnen wurde es scherzend gefragt. Niemand hätte seinem kleinen, brünetten Wallisertyp den Briten angesehen. Er zeigte nur lachend die weißen Zähne in dem gebräunten Gesicht. Irgend Jemand sagte:

»Lord Cowley ist ein zäher Sportcharakter! Er geht nun einmal nicht mit seiner Yacht aus der deutschen Nordsee hinaus!«

»... oder er ist Kurgast auf den friesischen Inseln! Das ist er seiner Gesundheit schuldig!«

»Nehmen Sie sich nur in Acht, daß es Ihnen nicht geht wie Clément-Bayard!«

Rasche Blicke ringsum. Nein – es war kein Deutscher zur Stelle. Man konnte ruhig von den Heldentaten des Vorsitzenden des französischen Aëroklubs reden!

»Er hat alle deutschen Luftschiffhallen besucht!«

»Er hat den Flugplatz Fuhlsbüttel photographiert!«

»Aber dann haben sie ihn in Köln festgenommen ...«

»…und freigelassen! Er ist schon wieder in Paris!«

Die Franzosen lachten über die deutsche Gutmütigkeit, die Engländer, die Schotten, die Yankees. Selbst über das Gelbgesicht des kleinen japanesischen Schwertritters flog das rätselhafte Greinen der ostasiatischen Sphinx. Nicolai Schjelting, hatte die Gelegenheit benutzt, unbemerkt mit seiner Frau zu verschwinden. Es war schon spät am Abend. Trotzdem wollte er mit ihr noch zu einer dritten ›Reception‹. Während der Londoner Season mußte man die Zeit nutzen. Aber kaum in der Limousine, versetzte sie mit ungewohnter Härte: »Ich will nach Hause!« Dann schwieg sie, bis der Wagen vor dem Ritz-Hotel in Piccadilly hielt.

Das war ihm neu. Sonst stand ihr der Mund nicht still. Gerade in letzter Zeit hatte es mehr Auftritte in ihrer unglücklichen Ehe gegeben als je. Ihr fliegendes, messerscharfes Pariserisch hallte ihm noch in den Ohren. Jetzt brach sie oben in ihrer Suit, ihrer Zimmerflucht, auf einmal los, nachdem sie die Zofe hatte schlafengehen heißen. Sie stand in einem weißseidenen Frisiermantel, die Elfenbeinbürste wie eine Waffe in der Hand, das rötliche Haar in losen Wellen um Wangen und Schultern. Ihre Nasenflügel bebten. Die rot getönten Lippen spielten und zuckten in atemlosem Redefluß. Ihr Gesicht verlor jetzt, wo nicht mehr trällernde Lebenslust darauf lächelte, an Reiz. Ihre Stimme bekam in der Erregung einen heiseren, welschen Klang.

»Ah – mein Freund: das ist zu viel! …Es ist genug! …Ich habe Alles geduldet! Ich habe meine Zeit und meine Jugend verloren! Aber ich bin dieser Opfer satt! Sie führen ja zu nichts …zu nichts …zu nichts…«

Er hatte seinen Frack mit der bastfarbenen Verschnürung einer Pyjama-Jacke vertauscht. Er nahm übernächtig und übellaunig das Glas Whisky mit Soda von den Lippen.

»Was denn? …Verzeihung: Ich gestehe, daß ich Deine Aufregung nicht begreife!«

»Ich habe Dir hunderttausend Francs Rente mitgebracht!«

»Ich danke, meine Teure! Das weiß ich!« »…Und was habe ich durch Dich gewonnen? Seit sieben Jahren bin ich Madame de Schjelting! Weiter nichts! Ich sitze in Brüssel in meinem Elternhaus, als hätte ich es nie verlassen! Meine Cousine Blanche ist Komtesse! Meine Freundin Germaine ist Exzellenz, als Frau eines deutschen Diplomaten, und dabei ein Jahr jünger als ich …Sie macht ein glänzendes Haus …Désirées Mann ist jetzt in Paris Minister. Sie ist die erste Dame. Wohnt in einem Palais der Regierung. Du bist aus dem russischen Staatsdienst ausgetreten…«

»Meine Zeit wird kommen!«

»Wann?«

»Vielleicht schneller als Ihr Alle denkt!«

»Wieso?«

»Mehr kann ich nicht sagen!«

»Und *das* sagst Du dafür seit Jahr und Tag! Es fängt an, langweilig zu werden, mein Freund, weil es sich nie erfüllt! Augenblicklich bist Du den Leuten noch interessant. Das Mysterium ist noch nicht gelüftet. Um Dich ist noch der Hauch der großen Affären. In ein paar Jahren wird man über Dich lächeln…«

»Das lasse meine Sorge sein!«

»…sich fragen: Mein Gott, wer hat denn eigentlich diese leere Nuß ins Rollen gebracht?«

»Nein!«

Er schrie sie wütend an. Sie ebenso, Funkelaugen im vorgestreckten Haupt:

»Doch!«

»Warte, wie die Welt in wenigen Wochen aussieht!«

»Ja – warte – warte!« Sie äffte ihm nach. »Man kennt Deine Weisheit! Aber sie verfängt nicht mehr. Du bist ein Blinder, mein Freund!«

»Ich!« sagte Nicolai Schjelting nur, lächelnden Dünkel auf dem fahlen Gesicht.

»Jetzt fange ich es erst an, zu merken, ich, Deine Frau! Später werden es auch die Andern merken! Mein Lieber: wir werden eine Mode von vorgestern sein und ich inzwischen die Dreißig überschritten haben! Das ist Alles!«

»Ein Achselzucken, meine Beste, ist auch eine Antwort!«

»Eine Antwort, aber keine Widerlegung!«

»Diese Szenen...,« sprach Nicolai Schjelting leise und nervös und fuhr sich mit der Hand über die Augen. Dann wandte er sich wieder zu seiner schönen jungen Frau. »Sehr gut! ...In der Tat! Und unser Eintritt in jeden Salon? Ist es nicht ein Ereignis, wenn der Diener ruft: Monsieur und Madame de Schjelting?«

»Wie lange noch? Sie nutzen Dich aus und lachen Dich aus! Die Großfürsten lassen Dich laufen wie ihre Troikapferde. Du bist ihr Galopin für ganz Europa! ...Kein Balkankönig, wo Du nicht antichambrierst!«

»Du wirst dreist, meine Freundin!«

»Man nennt Dich schon den Rubel auf Reisen! Ein schönes Metier, die ganze Welt zu bestechen – französische Deputierte, italienische Zeitungsschreiber, serbische Minister, Leute, die kein Mensch sonst mit der Feuerzange anrührt! Dafür bist Du der Montenegriner-Partei in Petersburg gut genug! Wenn Du erst die Schwindsucht hast, wird man Dich vergessen!«

»Genug davon!« sagte Nicolai Schjelting müde und ein Gähnen unterdrückend. Ghislaine hatte ihren Toilettenspiegel auf die Marmorplatte geworfen, daß das Glas zersprang. Sie trat drohend, mit geballten Fäusten auf ihn zu, erbittert durch sein nachsichtiges Lächeln, als sei sie ein ungezogenes Kind.

»Inzwischen vergißt Du mich! Ich habe Dir hunderttausend Francs Rente mitgebracht...«

»Still davon!«

»...und bin dafür die Strohwitwe von Brüssel. Jedes Kind kennt mich schon. Man lächelt. Man fragt mich längst nicht mehr nach Dir. Man weiß, Du bist ja doch nicht da. Man wundert sich, mein Lieber! ...Man schüttelt den Kopf, daß Du nicht mehr Sorge um mich hast, eine Frau wie mich...«

Zum ersten Mal jetzt kam ihm der Schrecken: diese Veränderung stammt nicht aus ihr selbst ...aus dem flachen Leichtsinn ihres rasch bewegten, rasch gestillten Pariser Seelchens. Hinter so viel Zittern und Zorn steckt fremder Einfluß! Steckt irgend ein Mann! Es ist wahr: ich habe nicht mehr auf sie aufgepaßt in diesen letzten Monaten. Ich war wie verhext...

»Schließlich: Jeder nach seinem Geschmack!« sagte Ghislaine Schjelting verächtlich. »Wenn es Dir besser da unten gefällt, wo sich Floh und Wanze gute Nacht sagen, unter bewaffneten Räubern statt bei mir und in dem schönen Brüssel: Ich beglückwünsche Dich zu so viel Entsagung, mein Lieber, aber ich beklage mich nicht!«

»Nun also!«

Er trat rasch zurück. Er dachte wirklich einen Moment, sie würde ihm in die Augen fahren, so schoß sie auf ihn los. Ihr heißer, junger Atem wehte ihn an.

»Auf Flöhe und Räuber bin ich nicht eifersüchtig. Von Politik verstehe ich nichts. Ich ließ Dich ruhig kommen und gehen! Ich habe mich nie gefragt, was Du in der Fremde treibst! Ich habe nachsichtig gelächelt, wenn Du in den Pariser und Petersburger Salons vor den Damen Deine Künste spielen ließest! Meine Eltern sagten mir, der Abbé, Alle: Solch Blendwerk gehört mit dazu!«

»Sehr richtig!« versetzte Nicolai Schjelting.

»Die Frauen gehören mit dazu! Wohl verstanden! Aber nicht *eine* Frau, mein Lieber! ...Siehst Du: Jetzt kannst sogar Du Dich nicht verstellen! Du wirst blaß! Du weichst meinem Blick aus!«

»Nicht weiter! Seien wir darüber einig: die Lächerlichkeit tötet!«

»Glaubst Du denn, ich kennte Dich nicht! Ich merkte nicht, wie Du Dich seit vier oder sechs Wochen verändert hast! ...Du, – der weiße Othello – hattest ja unter Menschen keinen Blick mehr für mich...«

»War es etwa nötig?«

»Ich konnte reden, mit wem ich wollte – tanzen, mit wem ich wollte ...flirten, mit wem ich wollte ...Archibald Cowley ist ein Ladykiller, mein Lieber. Jedermann weiß es! ...Ich habe heute Abend eine halbe Stunde Ellbogen an Ellbogen mit ihm gesessen. Dir war es ganz gleich!«

Sie drehte sich weg und sagte über die Schulter, kurz und kalt wie ein Dolchstich.

»Er ist es übrigens nicht...«

Wieder in ihm der Schrecken:

»Wer denn also? Wer spricht denn aus Dir? Was heißt das?«

»Das frage ich Dich! Nein: Ich frage Dich nicht! Es ist unter meiner Würde. Geh' nur zu Deiner Deutschen. Ich halte Dich nicht!«

Ein Schweigen.

»Welch lächerlicher Irrtum…,« sagte Nicolai Schjelting endlich langsam.

»Geh nur zu Deiner Deutschen!«

»Ich gebe Dir mein Ehrenwort, daß…«

»Geh' nur zu Deiner Deutschen! Du wolltest nach Cettinje! Liegt Wiesbaden auf dem Balkan? Mein Freund: Man hat Dich ja dort in ihrem Hause gesehen…«

»Beim Arzt!«

»Man hat Dich mit ihr dort auf der Straße gesehen…«

»Ein Zufall!«

»Du warst mit ihr bereits in Moskau zusammen!«

»Woher weißt Du das?«

»Ihr wollt Euch wieder in Lübeck treffen!«

»Ich glaube, Du träumst!«

»Nein … Aber ich habe gute Ohren. Ich stand hinter Dir, wie Du vorhin mit ihrer Schwester oder Verwandten das neue Stelldichein verabredetest! Ich war schon vorher gewarnt. Du bist zu bekannt in Europa, mein Lieber! Es giebt zu viel Augen, die Dich verfolgen…«

»Aber nichts finden!«

Ghislaine von Schjelting lachte.

»Ich gestehe: Ihr seid originell: Du und diese Deutsche! Ihr spielt nicht Heinrich und Gretchen, sondern das Gegenteil. Aus reinem Haß trefft Ihr Euch, bald da, bald dort! Es hat Stil! Schade, daß nur grade ich nicht dazu Beifall klatschen kann!«

»Ghislaine – – – so höre mich einmal ruhig an.«

»Mein Freund: ich bin in Brüssel geboren. Aber ich fühle ganz als Pariserin. Ich habe das in den Fingerspitzen. Ich sehe es Dir an den Augen an. Ich rieche förmlich ein fremdes Parfum. Und wenn ich gar nichts von dieser Deutschen wüßte, ich würde es Dir doch ins Gesicht sagen: Du bist in eine andere Frau verliebt! … Und siehst Du: Nun bist Du still und findest kein Wort mehr!«

…Das war die tiefe, dunkle Londoner Nacht, durch die Nicolai Schjelting schlaflos und ziellos dahinschlenderte. Er hatte in dem schweren Schweigen zwischen ihm und seiner Frau den Pyjamarock mechanisch wieder mit dem Frack vertauscht, den Mantel wieder umgehängt, den Hut aufgesetzt. An einsame Spaziergänge durch die Dunkelheit war er gewöhnt, er, den so oft der Schlummer floh.

Das war die dunkle Nacht, das Kehrbild Londons bei Tage, kein lärmendes, lichterhelltes Babel wie in Berlin. Schweigen und Leere. Die ehrenwerte Welt war längst zu Hause und in den Federn. Alle Restaurants geschlossen. Was sich jetzt auf die Straße wagte, waren Schatten wie die Nacht selbst. Große Federhüte, heiseres Lachen an den Ecken, daneben, als Freunde und Zuhälter, in scharlachroten Jacken, das Spazierstöckchen unter dem Arm, die Garden Seiner britischen Majestät. In zerrissene Kohlensäcke gehüllte, halbnackte, kaum mehr menschenähnliche Lumpensammler in den Gossen. Quer über die Straßen hingestreckt, wie schmutzige Kleiderbündel, zwei, drei grauhaarige Frauen. Ein Fuselgeruch jetzt noch um die Betrunkenen. Ein wachsgelber verhungernder junger Mensch, der sich mühsam an die Hausmauer, an den Anschlag einer Bibelgesellschaft zur Bekleidung der Maoris auf Neuseeland stützte. Das alles kroch jetzt lautlos aus der Finsternis hervor, wie die Tiere des Waldes. Diese Stunden zwischen Mitternacht und Morgen waren von der Weisheit der Vorsehung für sie vorbehalten. Bei Tag wäre ihr Anblick den Ladies und den Reverends ernstlich peinlich gewesen.

Das war die Londoner Nacht. Das runde helle Cyklopenauge auf dem Uhrturm des Big Ben glotzte über sie hin. Nicolai Schjelting hörte den Wiederhall seiner Schritte auf dem langen leeren Embankment. Zu seiner Rechten flutete die Themse, scheinbar unendlich breit in dem

Dämmern, in dem das andere Ufer sich verlor. An der Nadel der Kleopatra blieb er stehen. Schlank schoß der Obelisk zu dem rauchigen Nachthimmel empor. Runen der Jahrtausende zwischen Nil und Themse rankten sich auf seinen Flächen. Runzeln des Nachdenkens furchten sich auf Nicolai Schjeltings Stirne. Sonst lagen in seinem Kopf die Lebensziele einzeln nach ihrer Wichtigkeit geordnet nüchtern nebeneinander. Jetzt sah er einmal sein Leben im Ganzen vor sich.

In seinen jüngeren Jahren, ehe der Ehrgeiz alles Andere in ihm erstickte, war er ein leidenschaftlicher Spieler gewesen. Es war ein altes, abgedroschenes Gleichnis, daß man alles auf eine Karte setzte. Aber wer nicht wagte, der gewann auch nicht. Er sagte sich im Zurückgehen: Es wird Zeit, daß ich gewinne! Seit sieben Jahren spiele ich! Nicht mehr mit Kartenkönigen, sondern mit Balkankönigen, nicht mehr mit Kartendamen, sondern mit Damen von Petersburg und Paris, nicht mit Pique-Buben, sondern mit allerhand Buben in französischen Ministerien und römischen Redaktionen. Aber der große Schlag bleibt aus. Drei-, viermal haben wir schon Feuer gelegt. Auf dem Balkan. In Libyen. Im Aegäischen Meer. Es ist immer wieder verflackert. Ehe es zum Weltbrand wurde. Heute ist die Erde wieder so still und friedlich, wie diese Juninacht. Unter mir aber wankt der Erdboden. Man beginnt an mir zu zweifeln. Meine Frau macht den Anfang. Sie kennt mich schließlich am besten. Bald folgen Andere. Meine Karte muß bald kommen. Ich brauche den Krieg...

Er erschien sich wie ein Geist des Kriegs, während er mit unruhigen Augen, die Zigarette nervös zwischen den Lippen, die Hände in den Taschen, den Mantelkragen fröstelnd hochgeschlagen, unhörbar in seinen Gummigaloschen durch die unermeßliche, schlafende Nacht schritt. Hinter ihm im Osten über Tower und India Docks wurde es allmählich hell. Er wiederholte sich: Ich brauche den Krieg. Er trägt mich an die Sterne. Will Ghislaine nicht mit – nun gut: dann bin ich frei, wenn wir Europa verteilen. Ich kann dann andere Partien machen – ich, le comte Nicolai de Schjelting, ambassadeur et ministre plénipotentiaire, der gefeierte diplomatische Vertreter des siegreichen Rossijskaja Imperija. Es wurde ihm warm bei dem feierlichen Wort. Dann eine Glut im kalten Herzen: oder ich kann mir den höchsten Luxus meines Lebens leisten und die heiraten, die ich will! Und die dann muß, weil alles um sie verloren ist...

Und im Weitergehen sagte er sich, in einer fixen Idee: Ich fahre nicht wieder nach Wiesbaden. Es hat jetzt keinen Zweck. Aber ich werde ihr schreiben. Sie wieder warnen. Sie darf mich nicht vergessen.

Da war die leere Weite zwischen den Palästen und Ministerien von Whitehall. An der Ecke von Downing-Street waren einige Fenster im Auswärtigen Amt jetzt noch im Morgengrauen hell. Dort oben saßen sie auch und rechneten und addierten die Summen der Welt und multiplizierten Menschen mit Millionen Pfund und dem Tonnengehalt von Schiffen und fanden sich selber kaum mehr zurecht in der Wirrnis heimlicher Verträge, mit denen sie seit Eduards VII. Tagen Deutschland von allen Seiten umsponnen hatten.

Nicolai Schjelting sah von unten zu den Seelenfängern hinauf. Er dachte sich: Spieler sind wir Alle. Nicht ich allein. Spieler seid auch Ihr da oben, Ihr Minister und Steuerleute an Englands Ruder. Spieler seid Ihr Advokaten an der Seine, im Elysée und Palais Bourbon. Spieler seid Ihr, König Peter und Paschitsch, und Du, Albert von Antwerpen. Spieler bist Du selbst, mein großer Gönner Nicolai, und Alles, was um Dich ist, und Dein Schwiegervater in den Schwarzen Bergen. Wir Alle sind es müde, daß Deutschland in Frieden die Welt erobert. Wir wollen es ihm im Krieg wieder abnehmen. Wir werfen die Würfel. Mögen sie endlich fallen! Ein Gedanke durchzuckte ihn. Es konnte eigentlich nichts Neues in den Blättern stehen, was nicht der Zeitungskönig Higgins schon diese Nacht gewußt. Trotzdem eilte er nach Victoria-Station. Da waren schon Jungen mit den ersten, noch feuchten und nach Druckerschwärze riechenden Morgenausgaben.

Der Balkan ...Albanien ...Der Mbret ...Kämpfe seiner Truppen bei Tirana – Oberst Thomson bei Durazzo gefallen – – Ach was, das war die Selbstverständlichkeit von Mord und Blut da unten! Weiter: Sitzung der serbischen Skuptschina. Österreichische Manöver in Bosnien ...Der Erzherzog-Thronfolger in Illidze. Illidze war ein hübscher, still und geschützt in weitem Park gelegener Kurort. Eine Viertelstunde Eisenbahnfahrt von Serajewo. Nicolai Schjelting kannte den Platz wohl...

Er steckte düster das Zeitungsblatt in die Tasche. Neben dem bereitstehenden Frühzug fuhren schon die ersten Cabs und Taxis vor. Plötzlich erkannte er unter den Abreisenden Professor Higgins und Frau. Er trat so jäh auf sie zu, daß Inges Schwester durch eine Kopfneigung ihm die Erlaubnis geben mußte, sie zu grüßen. Er lüftete lächelnd den Hut und frug auf Deutsch:

»So früh auf, gnädige Frau?«

Hannah Higgins lachte. Sie war morgenfrisch, rosig und lustig. Ärger und Sorgen vom Abend mit einemmal weg.

»Auch so'ne miserable deutsche Angewohnheit. Ich bin immer gern früh auf! Mr. Higgins auch – nicht wahr?«

»Oh ja!« sagte der Oxforder Physiologe. Er hätte viel lieber bis acht Uhr Morgens geschlafen, statt dieser unchristlichen Zeit, und den zweiten Frühstückszug benutzt.

»Und wohin, gnädige Frau?«

»Auf ein paar Tage nach Cowes. Von da mit der Yacht meines Schwagers zu den Festlichkeiten nach Kiel.«

»Werden Sie dort Ihr Fräulein Schwester sehen?«

Sie stutzte, daß er schon wieder von Inge anfing. Sie erwiderte zögernd:

»Kann sein, daß sie von Lübeck herüberrutscht! Soll ich ihr vielleicht bestellen, daß Sie ihr sehr böse sind?«

»Oh Gott – ich kenne sie ja kaum!« sagte Nicolai Schjelting hastig und abwehrend, verbeugte sich und eilte davon.

Hannah Higgins schaute ihm kopfschüttelnd nach. Sie hatte sich vor ihm gefürchtet gehabt. Noch als sie mit ihrem Mann am nächsten Tag, von der Mündung der Medina her, die Rhede von Cowes entlang schritt, sagte sie:

»Denke Dir, ich kriege diesen Russen von gestern früh nicht aus dem Kopf. Er war mir direkt unheimlich. Ich weiß nicht warum. Dabei muß das Geschöpf die ganze Nacht durchgebummelt haben. Er hatte noch eine schiefsitzende, weiße Binde um, und unterm Mantel guckten die Frackzipfelchen raus.«

Professor Higgins hörte nur zerstreut zu. Ein Ausländer interessierte ihn nicht. Er war belebt, wie nur ein richtiger Brite bei Seebrise und Salzluft. Auf der Terrasse des Yacht-Clubs, am Ende der Marine, saßen in blauen Mützen und Jacken die Admirale und Sportsmen. Auf dem blauen Becken des Solent schossen wie weiße Sturmvögel die Segelyachten der Lords, in der Ferne qualmten Dreadnoughts-Geschwader vor Portsmouth, Mittags gab es zum Lunch noch Hummern – was wollte der Mensch mehr? Er rieb sich befriedigt die Hände: » Well, Hannah!« sagte er. »Übermorgen stechen wir nach Kiel in See!«

VII

Es war das animalische Behagen Old Englands unter den Gästen von Sir Higgins' Dampfyacht während der Überfahrt durch die junistille Nordsee nach Deutschland. Die Heiterkeit von zwei Dutzend Menschen, die alle gleichmäßig gut schliefen, tüchtig aßen, pünktlich verdauten. Sie waren wunderbar einig. Ihre Unterhaltung harmlos wie die der Kinder, ihre Späße und Gesellschaftsspiele die von halbwüchsigen Jungen. Es war schwer, unter ihnen nicht vom Wetter zu sprechen, nicht jäh aufzuspringen, wenn sich ein Segel zeigte, sich nicht träge auf den Bordplanken in der Sonne zu kuscheln wie eine Katze: Hannah Higgins kannte sie und wunderte sich doch wieder, wie wenig diese Ladies und Gentlemen, von denen doch die Hälfte schon die Erde umsegelt hatte, sich zu sagen wußten oder sagen wollten. Sie dachte sich: Innerlich feige und selbstsüchtig sind sie doch auch da. Sie heucheln sich lieber ihr ewiges oh yes, als daß sie sich einmal zanken. Denn Aufregungen vor dem Mittagessen sind nicht weise! Aber trotzdem lullte das ein. Es war ein träumerischer, behaglich schaukelnder Stumpfsinn auf blauer See, bis das rote Feuerschiff aus den Wogen tauchte und sich da vorn die Kieler Föhrde auftat.

»Oah – ein feiner Platz!«

» Well! Ein gut Ding – dieser Hafen!«

Die Wasserratten an Bord, männliche wie weibliche, waren elektrisiert. Sie standen in langer Reihe von blauen Bordjacken und weißem Flanell links und rechts von Hannah Higgins, hielten sich an der immer noch leise schwankenden Reeling fest, starrten sachverständig auf die grünen Hügel von Holtenau, auf die bewimpelten Uferbauten und Schleusenmauern. Wieder sagte Einer halblaut wie neulich in Hydepark:

»Nichts ist gefährlicher für uns, als das Stück Wasser, das sie da verbreitert haben!«

Aber Hannah Higgins wußte von der englischen Kunst, das, was man nicht wollte, nicht zu hören und nicht zu sehen. Es war manchmal ihr einziger Trost, daß sie sich sagte: die Christenmenschen, die von ihnen am raffiniertesten betrogen werden, das sind sie selber! Jetzt wollten sie fidel sein, ohne Störung. Da war die graue Bucht in silberfarbener Luft, im Hintergrund die Türme von Kiel, die glitzernde Wasserfläche bedeckt mit den dunklen britischen, den lichtgrauen deutschen Panzern. Zwischen den über und über bewimpelten schwimmenden Festungen schossen die schwarzen Torpedoboote, wiegten sich seitlings die Schwärme der Segelyachten, lag in der Mitte, weiß, schlank, majestätisch, die Kaiserstandarte am Großmast, die »Hohenzollern«. Flaggen rings unter dem grauen Himmel. Drüben am Land ein windbewegtes Fahnenmeer. Musik an Bord der Panzer. Helle Damenkleider unter den langen Schlünden der Geschütze. Auf dem Strandweg ein Gewimmel von Menschenmassen bis zum Schloß. Hannah Higgins dachte sich: Wenn ich nach Deutschland komm' und wohin ich komme, so hängen die Fahnen aus den Fenstern und feiern sie Feste. Bei der Arbeit sieht uns Keiner...

Old England um sie herum war vergnügt wie ein losgelassener Schuljunge. Der kleine Hobson trällerte das Tipperarylied von der Sehnsucht des dummen Iren nach seiner grünen Insel:

»It's a long way to Tipperary,
it's a long way to go.
It's a long way to Tipperary,
to the sweetest girl I know!«

und die ganze Gesellschaft fiel lachend in den Kehrreim des neuesten Gassenhauers von Paddy und Dolly ein:

»Good bye, Piccadilly!
Fare well, Leicester Square!
It's a long, long way to Tipperary,
But my heart's right there!«

Von den wie Ameisenhaufen von Menschen wimmelnden, gleich riesigen Bügeleisen im Wasser liegenden Britenpanzern winkte man herüber. Die Yacht fuhr am »Georg V.« vorbei, der die

Flagge des Deutschen Kaisers als Großadmirals der englischen Flotte gesetzt hatte, am »Centurion«. Auf einem der nächsten Ungetüme hielt ein Offizier die Hände an den Mund, um seine Stimme zu verstärken.

»Halloah – was für ein Schiff, Gratwick?«

»Audacious!«

Seiner britischen Majestät Dreadnought »Audacious«! Man musterte ihn sachverständig. Und was meldete der Gentleman drüben? Er wiederholte es. Ein Sturm der Entrüstung. Oh – poor old Lord Brassey!

»Was ist denn geschehen?« frug Hannah Higgins trocken.

Oh – es war schimpflich! Die Deutschen hatten den Earl verhaften wollen, weil er in einem kleinen Nachen allein zur Dämmerzeit in den verbotensten Gewässern der Kaiserlichen Werft herumruderte.

»Na – da hat er eben umsonst zu spionieren versucht!«

Stummes Entsetzen rings um Mrs. Higgins. Strafende Blicke, auch von ihrem Mann. Es war peinlich, derlei zu hören! Seine Herrlichkeit und spionieren! Ein Mann, der auf seiner Yacht ›Sunbeam‹ der Auszeichnung eines Besuches des Kaisers gewürdigt wurde! Und außerdem – man hatte doch genug andere Augen mit nach Kiel gebracht. Der kleine Hobson verriet es:

»Auf jedem Schiff sind ein paar mehr, als wir zeigen! Damit sie ungestört spazieren gehen können – verstehen Sie? Es ist eine liebliche Gegend! Was, Mr. Turner?«

Der blonde Reverend, den sie mit an Bord hatten, starrte, ohne zu antworten oder sich zu rühren, nach dem Ufer. Seit der Vorbeifahrt an Friedrichsort verschlang er stumm mit den Augen die Küste und holte sich mit dem Fernrohr jeden Hügel und jede Erdwölbung heran, um sie auf etwaige Panzerkuppelungen zu untersuchen. Im Vereinigten Königreich drüben konnte man den athletischen Gottesmann täglich in der Informations-Abteilung des Marinekriegsstabs als Hilfsarbeiter sehen. Man setzte dort in Whitehall große Hoffnungen auf den jungen Seeoffizier.

Vor der Seebadeanstalt und dem Kaiserlichen Yachtklub wiegten sich die Yachten der internationalen Sonderklasse auf den Wellen. Alle Segler der Meere trafen sich hier, dänische Lehensgrafen und französische Schokoladenfabrikanten, englische Admirale a. D. und die Dollarjäger New-Yorks. Weiterhin ankerte der Spielbankfürst von Monte-Carlo. Deutschland sah wieder einmal die ganze Welt zu Gast, arglos und mit herzlichem Handschlag, so wie da unten Jan Maat von der Waterkant und die Sailors von Portsmouth und Sheerneß sich begrüßten. Hannah Higgins blickte vom Fenster des Logierzimmers auf den Strandweg hinab. Ihr Schwager hatte schon Tags zuvor, nach der Ankunft in Kiel, seine Gäste an Land untergebracht. Sie dachte sich wieder: Ewiger Feiertag! Dann schrak sie zusammen. Im Gewühl oben surrten Propeller. Ein Zeppelin überflog in majestätischer Runde den Hafen, die Menschen, die Schiffe. Und Hannah Higgins fröstelte in ihrer Stimmung beim Anblick des grauen Riesen, der wie ein Verhängnis von oben über Fahnenpracht und Festesfreude schwebte, als wollte er die stummen, langen Stahlschlangen da unten grüßen, die paarweise über die blumengeschmückten, zum Ballsaal gewandelten Verdecke aus den Panzertürmen herausstarrten.

»Herrgott: Inge!«

Ingeborg Tillesen war in Reisemantel und Strohhut hereingekommen. Sie sah blaß aus. Aber sie hatte sich in der Gewalt und fiel lachend, mit ausgebreiteten Armen, der Schwester um den Hals.

»Man muß sich förmlich bücken, wenn man Dich lieb haben will, Du kleiner Pussel!« sagte sie, sich nach den Begrüßungsküssen in ihrem hohen Wuchs wieder aufrichtend. »Wie geht's Dir denn? Und Deinem Mann und Deinen greulichen Rangen? …Ich bin nur auf einen Sprung von Lübeck herüber. Der Vater doktert dort herum. Na – was macht Ihr denn hier?«

»Du siehst es ja: Wir verbrüdern uns wieder 'mal! Die deutsch-englische Freundschaft wird jeden Tag neu geleimt!«

»Wenn wir nur nicht dabei die Geleimten sind…«

»Wem sagst Du das? Aber Ihr wollt ja hier von nichts hören!«

»Was ist denn da unten für eine Musik?«

»Die Düppelkämpfer von 64! Sie haben eine Paradeaufstellung vor dem Kaiser!«

»...Und die himmelblauen Bayern!«

»Regimentsabordnungen! Die waren auch bei Düppel.«

»Gott, die Massen englische Matrosen...«

»Es war, glaub' ich, ein großes Sportfest zwischen ihnen und den Deutschen!«

»Und Studenten in vollem Wichs!...«

»...die bringen abends den Veteranen einen Fackelzug! Es steht Alles hier im Blättchen.«

Von ferne klang der Düppeler Sturmmarsch. Inge setzte sich.

»Störe ich Dich, Hannah? Du hast sicher für heute noch was vor?«

»Großer Ball in der Admiralität. Aber die ist ganz nahebei. Vorläufig flirtet meine Jungfer noch irgendwo in der Stadt herum!«

»Mit unseren Matrosen?«

»Da kennst Du eine freie Britin schlecht. Die sieht keinen Deutschen an! Die hält sich nur an ihre Landsleute.«

»Weißt Du: eigentlich sind wir Deutsche doch zu geduldig! Es ist merkwürdig!«

»Es ist Vieles merkwürdig!« sagte die kleine blonde Mrs. Higgins. »...Ich greife mir immer an den Kopf...ich weiß nicht: bin ich allein so dumm oder kommt es, weil ich mit einem Bein in jedem Land stehe – da in Deutschland und da in England...Aber sag' selbst: Zur großen Verbrüderung kommen die Einen auf Mordmaschinen angeschwommen, und die Anderen stellen ihre Schlachtenveteranen am Ufer auf...Zwischen den Kanonen wird auf dem Wasser getanzt, zu Land sitzen sie bei Tisch mit dem Säbel an der Seite. Und wenn sie sich beim Einlaufen freundlich mit Breitseiten einen gesegneten guten Morgen wünschen, dann zittert das ganze Ufer. Das ist doch Krieg im Frieden oder Frieden im Krieg. Aber: eines von Beiden kann doch nur richtig sein!«

»Sonderbar...«

»Wie ich jetzt in dem Jubel und Trubel hier hereingekommen bin, hab' ich mich wieder gefragt: haben wir denn ein Recht, ewig Feste zu feiern? Wo um uns Alles voll Gefahren ist? Siehst Du...da drüben improvisieren sie ein Tänzchen auf dem Verdeck...Nein...links vom ›Ajax‹! Da – ja! Aber wir waren gestern an Bord von so einem Kasten. Unten ist alles voll von Munition und die Torpedos liegen im Kühlen. Ein Funken und...Und oben tanzen sie eben! Aber wielange noch?«

»Hannah! So hab' ich Dich noch nie gesehen!«

»Also hör' mal!« Die kleine Frau rückte näher an die Schwester heran und barg sich an ihrer Schulter. »Ich war seekrank auf der Überfahrt!«

»Das wirst Du ja immer!«

»Ich hab nicht die Pferdenerven, wie das People. Gut also, ich lag da und konnte nicht schlafen. Und oben, an Deck, grade über mir, sprachen noch ein paar Herren...Es war tote See, weißt Du. Da klatscht es nur alle Minute einmal. Aber sonst ist's still!«

»Na und –?«

»Und ich erkannte die Stimme meines Schwagers, des großen Higgins. Er nölt doch so. Genau wie 'ne verrostete Türangel. Der Andere – Du, wir haben einen ganz gefährlichen Kunden mitgebracht. Du denkst natürlich, er wäre Reverend, aber – Ja so – das darf ich ja auch wieder nicht sagen...Also die Beiden saßen oben. Und mein Schwager William sagte: Nein, Captain! Die russische Probe-Mobilmachung diesen Herbst ist nicht weise! 1916 ist ein gutes Jahr zum Krieg!«

»Das hast Du gehört?«

»Dann sagte der Cap...Ich wollte sagen der Reverend – etwas, was ich nicht verstand...Und wieder Higgins: Der Verrat Italiens – schön! Aber der Verrat Italiens geht seit zehn Jahren!«

»Was erzählst Du da?«

»Dann sprachen sie was vom Balkan und von Japan und lachten...Da kam gerade eine Welle...und dann sagte mein Schwager: Ich glaube nicht, daß wir vor 1916 den Krieg gegen Deutschland eröffnen können!«

»Um Gotteswillen!«

»Dann standen sie auf und gingen schlafen. Ich werd' die Geschichte nicht los ... es ist mir seitdem immer, als hinge eine dunkle Wolke über allem ...«

Durch das Fenster wehte eine laue Abendbrise. Sie brachte die Menschenstimmen von unten mit sich. Lachen und Schwatzen in drei, vier Sprachen auf der Strandpromenade. Ferne Musik. Wieder ein Windhauch von der See. Es war wie friedliche Atemzüge der ganzen großen Menschheit auf Erden. Völkerverbrüderung. Das goldene Zeitalter im bunten Festgewand. Silberne Lichter über Meer und Land. Der Tag schwand. Ein wohliges Dämmern breitete sich über den Fahnenprunk der Stadt.

»Ach, Inge, mir ist das Herz schwer!« sagte Hannah Higgins. »Es ist alles so unheimlich um Einen her. Ich bin froh, daß Du gekommen bist ... vielleicht bringst Du mir ein bischen Ruhe ...«

»Die wollte ich mir grade bei Dir holen!«

»Was ist denn mit Dir geschehen? ...«

»Ach ... es ist ein Mensch in mein Leben getreten ... Höchst ungerufen und unerbeten ... Unheimlich! ... Er ist mir gräßlich ... Aber, wenn ich denke, ich bin ihn los, dann meldet er sich wieder! Sag': Du hast doch durch Deinen Schwager Einblick in Vieles! Hast Du einmal zufällig Etwas von einem Herrn von Schjelting gehört?«

»Nicolai Schjelting?«

»Ja.«

»Aus Petersburg?«

»Ja. Um Himmelswillen, Hannah, ist der Mensch denn so bekannt?«

»Wie ein bunter Hund!«

»Auch bei Euch drüben?«

»Überall, wo gegen Deutschland gehetzt wird. Mein großer Schwager liebt ihn zärtlich. Dieser Schjelting hat mich ja gerade bei Higgins neulich Abends aufdringlich nach Dir gefragt.«

»Das glaub' ich ...«

»... und wo Du jetzt wärst?«

»Um mich auch noch brieflich zu verfolgen ... Da! Das kriegt' ich vorgestern von ihm!«

»Zeig' her!«

»Lies gleich da, von dem Absatz an ...«

»Ich sagte es Ihnen früher schon, Fräulein Tillesen: es wird bald die Zeit kommen, wo man Freunde braucht. Ich gebe Ihnen anbei meine Adresse: St. Petersburg, Bolwar Italianskja, Haus Schjelting. Oder Bruxelles, Boulevard du Régent 417, chez Mr. Lambert, oder Gutsverwaltung Kulinowo über Kortschewa, Gouvernement Twer, Russie. Doch auf meinen Gütern bin ich fast nie. Schreiben Sie die Adresse mit lateinischen Buchstaben. Sollten besondere Ereignisse den Verkehr mit diesen Ländern unmöglich machen, so bleibt immer noch die Schweiz. Ein Telegramm nach Bern, Chancellerie de l'Ambassade de Russie, erreicht mich immer, wenn auch auf Umwegen. Die Schweiz ist überhaupt am sichersten. Dort kann ich stets zur Verfügung stehen, was auch kommt! Bitte rechnen Sie auf mich und erinnern Sie sich zur gegebenen Zeit daran, daß Niemand auf Erden besorgter als ich um Ihr Schicksal sein kann ...«

»Gieb her!« sagte Inge und zerriß in einer jähen Aufwallung den Brief. »Ich kann nichts dafür, daß der Mensch so ist, Hannah. Ich hab' ihm weiß Gott keinen Anlaß gegeben! Ich war wie vom Donner gerührt, wie ich merkte, daß er ... Gott, 's ist ja an sich egal! ... Aber es ist dasselbe, was Du eben erzählst. Es ist wie ein Vorzeichen, als läge Etwas in der Luft ... Irgend etwas Furchtbares ...«

»Weißt Du, was ganz sonderbar ist? Auch wie eine Warnung? Der letzte Mensch, den ich jetzt bei der Abreise von London gesehen und gesprochen hab', das war wieder Herr von Schjelting! Er stand in aller Gottesfrühe vor Victoriastation und erkundigte sich nach Dir ...«

»Er soll mich in Ruhe lassen!« sprach Inge Tillesen erbittert. Ihr Schwager trat ein. Hinter ihm schlüpfte die Jungfer ins Zimmer. Es war Zeit für Mrs. Higgins, Toilette zu machen. Inzwischen saßen ihr Mann und ihre Schwester nebenan beisammen. Der Oxforder Professor war in bester Laune. Sein schwammiges, bebrilltes Chinesengesicht strahlte. Nicht nur, weil er dem Herzog von Huntingdon begegnet war und Seine Gnaden, ein alter Undergraduate von Christ Church, ihn erkannt und angesprochen hatte – oh ja – auch das tat einem Britenherzen wohl. Er zerkaute das ›His Grace‹ wohlgefällig zwischen den bartlosen Lippen. Aber dann war er in dem Universitätsgebäude gewesen, hatte wieder die Vorlesungszettel am Schwarzen Brett gesehen, die Studenten, die Hörsäle, war in winkeligen niederdeutschen Gäßchen des alten Kiel umhergewandert, hatte an seine Jugend und an seine Studentenzeit in Deutschland, an Heidelberg und Göttingen, gedacht.

Das war das Deutschland, an dem Professor Jerôme K. Higgins in seiner Weise hing. Ein Gegensatz zu Englands Nebel, Nüchternheit, Geschäftssinn, Weltherrschaft. Der Zwerg Perkeo und das Große Faß, der Rodensteiner und Auerbachs Keller, die Wartburg und die Rittersitze am Rhein, das Goethehaus in Weimar und das Münchner Hofbräu, Posthornklang und Mondenstrahl über verschlafenen Landstädtchen – so sah er Deutschland und wollte es nicht anders sehen, und wurde dabei förmlich warm. Plötzlich hob Inge Tillesen den Kopf.

»Ach was, der Römer in Frankfurt! Bist Du auch einmal in Höchst draußen gewesen, in unseren Fabriken?«

»Wie?«

»Warst Du mal bei uns auf einem Exerzierplatz?«

»Gottseidank, nein!«

»Hast Du den Hamburger Hafen gesehen?«

Professor Higgins lehnte ab. Er kannte den Hamburger Hafen nicht und wünschte ihn auch nicht kennen zu lernen. Wenn er Häfen betreten wollte, gab es genug in England. Und jedenfalls größere.

»Ja, sag' mal: was kennst Du denn dann eigentlich von Deutschland?«

Der Oxforder Physiologe schaute sie verwundert durch seine Brillengläser an.

»Oh – das wirkliche Deutschland kenne ich, meine Liebe!«

»Das heißt, das Deutschland von dazumal. Das Deutschland vor 1870 war Euch bequem. Also sind wir's 1914 auch noch! Komische Leute!«

»Ich bin wahrhaft betrübt! Wenn die Tochter eines Gelehrtenhauses schon so spricht...«

»Man muß ja so sprechen, wenn man Euch hört! Ihr reizt einen ja dazu!«

»...bisher kannte ich Dich nicht so! Nichts war früher erfreulicher, als Deine Vorliebe für das Angelsachsentum!«

»Ach!«

»Du warst durch die schöne Schule amerikanischer Freiheit gegangen...«

»So? ...Na ja...«

»Aber jetzt trägst Du ja förmlich die Pickelhaube auf dem Kopf! Der Militarismus redet aus Dir!«

»Nein. Aber die gesunde Vernunft!« sagte Inge schroff, trat zum Fenster, wandte ihm den Rücken und blieb stumm. Jerôme K. Higgins saß unbehaglich da. Seine mitleidige und gönnerhafte Vorliebe für verträumte deutsche Winkel und verstaubte Ecken war wieder einmal erschüttert. Immer, wenn er über den Kanal kam, fühlte er mißbilligend die Zeichen einer neuen Zeit, ahnte sie sogar unbestimmt bei seiner frischen, kleinen, blonden Frau, die eben fertig zum Abendfest hereinkam. Es war in ihrer Lebhaftigkeit wie in ihrer Versunkenheit etwas Fremdes, anders als bei ihm und selbst bei den kleinen Söhnen. Das ›Fatherland‹ wirkte nach. So weiches Wachs, wie er bei seiner Heirat gedacht, war solch ein deutsches Herz doch nicht mehr.

Unter dem Laubdach der Düsterbrookerstraße rollten Autos und Wagen vorbei, schimmerten Marineuniformen und Damenkleider, wurden nach der Stadt zu immer mehr. Plötzlich kam ein Kraftwagen von dort zurück. Raste um die Ecke, die Reventlov-Allee hinauf, zwei Offiziere darin.

»Die haben 'was vergessen!« sagte Inge Tillesen, die, auf dem Weg nach dem Bahnhof zurück, das Ehepaar zu Fuß bis zur Marinestation begleitete.

»Da brauchten sie doch nicht so furchtbar ernst auszusehen! Ich bin ganz erschrocken!«

Schon zwei Tage vorher war ein Militärflieger tötlich verunglückt. Hannah Higgins dachte daran. Sie wies ängstlich mit der Hand:

»Wieder ein Auto!«

Es schoß ungestüm dahin. Sein Insasse war ein hoher Beamter in Zivilfrack und Dreispitz. Auch er hatte dies starre Gesicht.

» Well – was diese Telegraphenboys strampeln!« meinte der Oxforder Professor kopfschüttelnd und zeigte auf einen atemlos vorbeiradelnden Depeschenboten.

»Da kommen ja Gäste von der Admiralität zurück!«

»Dort auch!«

»Du, Hannah: mir scheint, das Fest fällt aus!«

»Da dreht ein Leutnant um und ruft den Damen drüben was zu!«

»Hast Du's verstanden?«

»Nein! Der Straßenbahnwagen rasselte zu sehr!«

Der Wagen fuhr vollgepackt mit fröhlichen und ahnungslosen Menschen vorbei. Aber an der Haltestelle zehn Schritte weiter änderten sich die Mienen. Selbst Jerôme K. Higgins vergaß seine britische Zurückhaltung.

»Ist denn ein Unglück geschehen?«

»Ist Jemand krank geworden?«

»Ach, krank! Tot!…«

»Dort ziehen sie ja schon eine Fahne auf Halbmast!«

»Dort auch!«

»Überall…«

Ein Menschengewirr um sie her.

»Sie sprechen von einer Mordtat!«

»In Serajewo! Heute Nachmittag!«

»Der Erzherzog Thronfolger und seine Gemahlin…«

»Beide!«…

»Serben waren's!«

»Da kommen schon die ersten Extrablätter!«

»Der Mord von Serajewo!«

Serajewo … Serajewo … Wer kümmerte sich sonst viel um die Hauptstadt Bosniens? An diesem Abend des 28. Juni 1914 klang ihr Name vielhundertmillionenfach auf der bewohnten Erde, hallte im Telefon, zitterte im Telegrafendraht, lief im Kabel auf dem Meeresgrund, dröhnte im Stampfen der Druckereimaschinen, gellte mit der Lungenkraft der Zeitungsverkäufer in allen Hauptstädten der Welt, lag auf den Lippen der Menschheit von Lissabon bis Tokio, von Washington bis Melbourne.

Und dann die große Stille…

Hannah Higgins saß am nächsten Tag allein in ihrem Zimmer. Nun wehten überall in Stadt und Hafen, auf Schiffen und Häusern die Flaggen und Fahnen auf Halbstock. Was noch an Festschmuck vergangener Tage da und dort hing, wirkte wie Hohn in dieser bleiernen, stummen Schwüle. Vom Strandweg her hörte sie die halblauten Mitteilungen der sich Begegnenden.

»Seine Majestät reist eben ab. Nach Potsdam.«

»Das englische Geschwader fährt morgen nach Hause.«

Hannah Higgins sah hinüber nach der Rhede. Da lagen noch die britischen Kolosse. Aber sie hatten nicht mehr über die Toppen geflaggt. Kein Gewimmel von Gästen belebte sie mehr. Kein fröhlicher Empfang mehr am Fallreep, kein Flirten unter den lang starrenden Geschützrohren, kein Tänzchen auf dem Deck. Diese Verdecke wurden jetzt von Hunderten von barfüßigen Matrosen gesäubert, Alles zur Abfahrt gerichtet. »Georg V.« und die Seinen waren aus schwimmenden Festsälen wieder zu schwimmenden Festungen geworden.

Zwei deutsche Marineoffiziere gingen unten vorbei. Der Eine sagte zum Andern:

»Seit gestern sind die Engländer wie ausgewechselt! Die reinen steinernen Gäste!«

»Die Kälte ist schon beinahe feindselig.«

Professor Higgins trat herein. Er hatte von seinem Bruder Abschied genommen. Sir William ließ seine Yachtgäste im Stich und fuhr mit dem nächsten Schnellzug nach London zurück.

»Ach Jerôme!« sagte seine Frau auf Englisch. »Welch ein schimpfliches, schmähliches Verbrechen!«

Zu ihrem Befremden antwortete der Professor nicht. Sie frug sich: Um Gotteswillen, hat ihm am Ende sein großer Bruder gesagt, es sei in diesem Falle weise für einen Engländer, beide Augen zuzumachen?

»Findest Du denn als Brite kein Wort gegen diese elenden Mörder, Jerôme?«

»Die gerechte Strafe wird sie ereilen!« sprach Jerôme K. Higgins salbungsvoll. »Uns geht diese Tat nichts an. Wir haben nur die Folgen ins Auge zu fassen!«

»Was für Folgen?«

»Nichts wäre verfrühter, als darüber jetzt schon zu reden!«

Ein dumpfer Donnerschlag vom Wasser her – ein zweiter – ein dritter – nun ein einziges betäubendes Krachen und Rollen. Die Scheiben klirrten. Die Wände schienen zu zittern. Hannah Higgins fuhr mit einem unterdrückten Angstlaut empor. Ihr Mann nahm ihr die Hand vom Ohr und schrie hinein:

»Warum erschrickst Du denn so?«

»Sie schießen ja da draußen! Alle Schiffe!«

»Nun ja! Der Trauersalut für den Erzherzog Thronfolger!«

Grauer Pulverdampf umqualmte außen auf der Föhrde die langen Reihen der verankerten Schlachtkolosse bis zu den Mastspitzen. In ihm zuckten die kurzen Feuerstrahlen, füllten Luft, Erde und Meer mit ihrem schmetternden Widerhall. Nahe dabei lagen die deutschen Kriegsschiffe. Es war, als kämpften die beiden Geschwader miteinander auf Tod und Leben, beinahe unsichtbar in dem donnernden Dampf, der sie umwob. Nur den »Audacious« vorn erkannte man deutlich, wie er aus seinen Feuerschlünden Blitze schnob und sie unschädlich, wütend in geballten Rauchwirbeln gegen die Ufer Deutschlands schleuderte.

»Wie lange feuern sie denn noch?«

»Einundzwanzig Schuß. Solange weht auf jedem Schiff die österreichische Kriegsflagge halbstock!«

Es schien Hannah Higgins das Bild einer Seeschlacht. Sie sah schweigend, mit bangen Augen, daraufhin. Endlich, nach einer langen, bangen Stunde verhallte das Gebrüll. Der Rauch lichtete sich. Aber noch war ihr, als bebte der Boden unter den Füßen und als liefe ein dumpfes Grollen über die ganze Erde.

VIII.

Die Jahre hatten die Schultern König Nicolaus I. von Montenegro gebeugt. Wie er, an einem dieser ersten glühenden Julitage 1914 in seiner getreuen, im tiefsten Innern der Schwarzen Berge weltverlorenen Stadt Niksitsch dem abseits und höher gelegenen Palais zuschritt, überragte ihn sein riesenhaftes Gefolge von Woiwoden, Ministern, Brigadiers und Staatsräten, trotz seiner stattlichen Gestalt, um Haupteslänge. Sein Gesicht mit den Hängebacken und den schlauen Augen zeigte nur andeutungsweise die kriegerischen, hochmütigen Züge dieser bunten Kolosse. Viel mehr glich es einem sehr geschäftstüchtigen und in allen Geldfragen erfahrenen Börsenmakler irgendwo in Europa, obwohl er, wie die Großen seines Zaunkönigreichs, die phantastische, papageienhafte goldgestickte Nationaltracht und ein Waffenarsenal im Gürtel trug.

Hier in Niksitsch, wo man unter sich war, wo fast niemals ein Europäer hinkam, wo in der Ferne der riesenhafte Dormitor die dritte und letzte der sich überstufenden Kornebenen im Herzen Montenegros überragte, hier besaß der Fürst aus dem Stamm Njegus ebenso wie in dem noch näher an Albanien gelegenen Podgoritza ein prunkendes Heim neben der Goldkuppel der orthodoxen Kathedrale, anders als jener berühmte Konak in dem fernen Cettinje, dessen rührende Schlichtheit alle Touristen bestaunten. Vor dem Portal des an ein Luxushotel erinnernden Baues klappten der König und seine Helden ihre mächtigen schwarzen Sonnenschirme zu. Irgend ein Martinowitsch oder Wukotitsch aus dem Hofstaat frug den Offizier der Perjankenwache:

»Ist der Russe schon da?«

Ja: Gospodin Schjelting aus Petersburg wartete bereits. Ihm war die Einladung zur Hoftafel zu Teil geworden. Ein paar Minuten später verbeugte er sich vor dem Duodezkönig mit der Ehrerbietung des Fremden von Distinktion und zugleich mit dem Lächeln des Vertrauten. Er kannte die montenegrinischen Großfürstinnen am Zarenhof an der Newa, er kannte die faulenzenden Woiwoden von Cettinje, er kannte diese ganze bettelarme, bettelstolze Steinwüste, die man das Königreich der Schwarzen Berge nannte. Er hatte in einem leichten Gebirgsautomobil den Weg hierher gefunden. Aber er wußte: am schnellsten und besten ritt man auf dem goldbeladenen Esel über den Balkan.

»Was werden sie nun tun?«

»Wo, Gospodin?«

»Nun, in Wien!«

Ein Schweigen. Der Erzherzog Thronfolger und seine Gemahlin schliefen nun schon in der Gruft zu Artstetten den ewigen Schlaf. Die Welt ging ruhig ihren Gang weiter. Standrecht in Serajewo. Bürgerkrieg in Albanien. Derlei war hier das tägliche Brot. Aber sonst...

»Prenk Bibdoda steht mit tausend Mann in Durazzo!«

»Ah – ces bêtes-là!« sagte Nicolai von Schjelting mit einer wegwerfenden Handbewegung. Er sprach mit dem Fürsten französisch. Er wußte: Man haßte hier die Mirditen, weil sie katholisch waren, noch mehr, als die muselmanischen Albanier.

»Die Epiroten marschieren auf Valona!«

»Und Essad?«

Man wußte nichts Neues von dem Condottiere und dem Mbret. Aber dessen Ministerpräsident, Turkhan Pascha war in Wien...

Den bewaffneten Helden am Tisch schien dies wichtig. Nicolai Schjelting zog hochmütig die Brauen über den kühlen grauen Augen empor. Sein längliches, nervös bewegliches Gesicht verhehlte kaum den Petersburger Dünkel gegenüber diesem Frosch-Mäuse-Krieg von Blutrache und Hammeldiebstahl. Jetzt galt es größere Dinge. Er griff wieder das Wort Wien auf.

»Kaiser Franz Josef ist nach Ischl zurück, Sir!«

Ein nachdenkliches Kopfschütteln.

»Und Kaiser Wilhelm trat ruhig seine Nordlandreise an!«

Sollte der Frieden erhalten bleiben? Sorgenvolle Gesichter. Einer der bewaffneten Staatsräte meinte:

»Vielleicht will Gott, daß wir noch Zeit gewinnen. Wir sind noch erschöpft vom letzten Krieg!«

Nicolai Schjelting lächelte verbindlich. Er kam sich wieder einmal vor, wie der Tierbändiger im Käfig. Er benutzte die Frage, wohin er von hier ginge?

»Zunächst nach Skutari!« sagte er harmlos.

In den Augen der orthodoxen Woiwoden glomm es wild auf. Da unten, in der Weite, jenseits der grünen Wellen, lag Skutari – das reiche Skutari, das Ziel der Sehnsucht und Habsucht. Man hatte Monde lang davor gelegen und gestürmt. Der König hatte jeden Verwundeten umarmt und geküßt. Umsonst. Mohammeds Streiter hatten das Feld behauptet. Von den Moscheen sangen die Muezzin. Nicolai Schjelting sah, daß der krieghetzende Stoß saß. Er lächelte.

»Oder – um ernsthaft zu reden – möchte ich morgen mit Euer Majestät Erlaubnis und Geleit auf dem kürzesten Weg über Novibazar und Staratz nach Belgrad!«

»Eine beschwerliche Fahrt! Oder gar Ritt!«

» Enfin, c'est le métier! Es lohnt die Mühe. Noch vor dem Fest des Heiligen Alexander Newski werden wir große Dinge sehen!«

»Und schon morgen wollen Sie reisen?«

Nicolai Schjelting beugte sich zu dem sieben Fuß langen, regenbogenfarbenen Minister ihm gegenüber vor.

»Wie denn, Exzellenz? Habe ich Zeit? Die Zeit drängt! Ich muß den Balkan durchfliegen! Ich eile von Belgrad nach Konstantinopel! Wo etwa noch zögernde Intelligenzen sind, müssen wir sie in letzter Stunde mit den Richtlinien der russischen Politik vertraut machen!«

Er dachte sich dabei: So viel Rubel wie diesmal reisten noch nie mit mir! »Wir müssen mit allen Hilfskräften des slawischen Genius die klare Analyse des Balkanproblems verbreiten!« Und er dachte sich wieder: Schlimmsten Falls schicke ich ein paar von den Zähesten nach Rom, damit sie sich von dem faulen Westen bestechen lassen. In der französischen Botschaft giebt's Geld wie Heu! »Ich werde Serbien von dem verwandten Brudervolk grüßen! Es braucht jetzt den Heldenmut der Cernagora!«

»Belgrad ist jetzt der Sturmbock der slawischen Welt!«

»Serbien ist nicht groß!« murmelte wieder der Staatsrat mit den glühenden Augen und der furchtbaren Narbe eines Türkensäbels von der Schläfe bis zum Hals. Nicolai Schjelting hob feierlich die Hand.

»Hinter Serbien steht ein Größerer ...Dessen Namen zu nennen mir die Ehrfurcht verbietet. Er wird Serbien nicht verlassen. Je vous le jure!«

Zu seiner hageren und lässigen Gestalt paßte nichts besser als der mit allen Künsten eines Pariser Clubschneiders sitzende Frack, ohne den der König von Montenegro keinen Gast empfing. Das Schwarz sah seltsam aus in der grellen Sonnenwüste, während Schjelting langsam, den schwarzen Zylinder auf dem Haupt, zu Fuß die paar Hundert Schritte zu dem Städtchen zurückging. Die schönen Montenegriner Mädchen an den Cisternen schauten ihm neugierig nach, die heimkehrenden Ziegen- und Schafherden überpuderten ihn mit Staub, die Leutnants der montenegrinischen Lehrbatterie, die ihm, die ganze Brust voll Orden, begegneten, musterten ihn finster, weil sie ihn für einen Österreicher hielten.

» Attendez, mes amis! Man wird Euch schon gegen Österreich führen!« Nicolai Schjelting lächelte brutal und befriedigt vor sich hin, während er die Treppen seiner Herberge emporstieg. Diesen Balkanslawen gegenüber fühlte er sich als Träger des großen heiligen Rußland. Er war hier nicht mehr der Petersburger Europäer, sondern der Moskowiter. Er zündete sich eine Papyros an, ging unruhig auf und nieder, blähte die Nasenflügel, als atmete er ferne Gewitterluft. Vor zwei Tagen, unten in Podgoritza hatte es die ganze Nacht hindurch von der nahen albanischen Grenze her geschossen. Räuberei oder Blutrache ...Grenzgeplänkel ...aber immerhin Schüsse, wie die ersten Regentropfen vor dem Wolkenbruch. Ah – c'est ma guerre! Dann frug er sich: Warum denke ich als Russe immer auf Französisch? Vielleicht wegen meiner Frau, dieser Halbpariserin?

Pah – Ghislaine ...Er warf die glimmende Zigarette in die Ecke und sie im Geiste mit. Mag sie tun, was sie will. Mag sie sich von mir scheiden lassen – das Schiff in dem Augenblick verlassen, nicht, wo es sinkt, sondern der Sturm seine Segel schwellt! Sie hat ihre Schuldigkeit getan. Wenn sie nicht will, ich brauche sie nicht mehr ...Mit Gott! ...Leb' wohl! ...An meine zweite Frau verkaufe ich mich nicht. Die hole ich mir, mit dem Recht des Stärkeren, mitten aus dem Feind, mitten aus Deutschland, aus Wiesbaden heraus. Sie wird nicht lang gefragt! Es tut auch nicht not. Sie wird sich in ihrer Angst an mich klammern, wird mir danken, daß ich sie aus dem Weltuntergang an den Ufern des Rheins rette...

In diesem Höhenrausch der Zukunft verschwamm ihm Inge Tillesen und ganz Deutschland in Einem. Er lachte in dem Blutgeruch der Schwarzen Berge um ihn her wild auf: Man wird Euch Beide besiegen, Dich und Deine Heimat! Bald läutet Iwan Weliki auf dem Kreml Sturm...

»Eccellenza! ...Eccellenza!«

Unten stand der Cavaliere di San Vittorio, der verdächtige schwarzbärtige und olivengelbe Balkanagent, von dem man nie wußte, ob er Österreich an Rußland oder umgekehrt, oder – was das Wahrscheinlichste war – Beide an Italien verriet, und schwenkte den Panama.

» Eccellenza! Kanonendonner in Südalbanien! Die Epiroten marschieren auf Argyrocastro!«

»Freiwillige?«

»S'intende, signore!«

Der Welsche lachte. Natürlich staken unter dem Czako mit dem Totenkreuz und in dem kurzen weißen Ballettröckchen richtige griechische Soldaten. Das wußte jedes Kind. Nicolai Schjelting nickte. Gut so! Zuckt nur, Ihr Flämmchen. Da und dort. Ihr seid noch klein. Aber wir wollen Euch schon anblasen. Besser als vor zwei Jahren. Er ging wieder vor die Gostinitza hinunter. Dort, auf der Straße, stand jetzt ein neuangekommener Montenegriner, groß und schlank wie Alle, aber in europäischer Tracht. Er trug nur das Cerevis mit dem eingestickten Namenszug des Königs auf dem Kopf und griff in kaltem Stolz daran, während er sich Schjelting näherte.

»Sie entsinnen sich meiner, Gospodin Schjelting?«

»Wie denn nicht?« sagte Nicolai Schjelting ebenso hochfahrend höflich. Er hatte keine Ahnung.

»Dr. Woinowitsch! Wir trafen uns schon vor sechs Wochen auf dem Wiesbadener Internationalen Kongreß im Hause des Geheimrats Tillesen!«

Sofort fiel bei der plötzlichen Erwähnung Europas von Nicolai Schjelting die asiatische Tünche. Er war wieder der Petersburger Weltmann des Westens. Er sagte lebhaft: »Nun – in der Tat ...ich vergaß ...ich war nicht Kongressist!«

»Ich auch nicht! Ich machte vier Jahre unter Tillesen Studien in der Serumtherapie!«

»Das wird Ihnen aber hier wenig helfen!«

»Ich kann auch Verwundete verbinden!« sagte der junge Arzt. »Ich hab' es in Deutschland gelernt.«

Die beiden Männer lächelten. Sie verstanden sich.

»Sie hielten es für besser, heimzureisen, Dr. Woinowitsch?«

»Ich melde mich morgen hier als zurückgekehrt bei Seiner Majestät. Ich bin mit ihm verwandt!«

Der Alte mag wieder schön an der Wiener Börse spekulieren, dachte sich Nicolai Schjelting, und dann weiter, ganz unvermittelt: Wie ist die Welt doch klein. Dieser Mensch da kennt Inge Tillesen seit Jahren. Weiß jedenfalls viel von ihr. Er konnte sich nicht enthalten. Er frug im Laufe des Gesprächs:

»Verkehrten Sie auch im Hause des Geheimrats?«

»Wenig.«

»Er ist Witwer, nicht wahr?«

»Ja. Eine Tochter führt ihm den Haushalt!«

»Ich entsinne mich ihrer flüchtig. Wird sie denn nicht auch einmal heiraten?«

»Ich glaube, sie ist verlobt. Schon lange. Mit einem preußischen Hauptmann!«

Der Montenegriner sagte es gleichgiltig. Er hatte andere Dinge in seinem kriegerisch wilden Gelehrtenkopf. Nicolai Schjelting frug nicht weiter. Sein Herz klopfte. Schlug wieder stürmisch im vollsten Dünkel des Herren des halben asiatischen und europäischen Erdteils, während er am nächsten Morgen im offenen Wägelchen dem einstigen Sandschak Novibazar zufuhr. Dieser Isebrink …Ein Offizierchen! …Pah! …Nicht einmal in der Garde! …Nicht einmal ein Edelmann! Was galt in Rußland ein bürgerlicher Hauptmann von der Linieninfanterie? Er gehörte halb zum Volk! Nicolai Schjelting lächelte hochfahrend unter seinem Sonnenschirm. Er sagte sich: Mit Dir wird man noch fertig werden, mein Brüderchen, mit Euch Deutschen Allen!

Überall in der grauen, glühenden Felseneinsamkeit schwangen längs des Saumpfades die Männer die Spitzhacke, klopften Frauen und Mädchen Steine, schleppten Kinder in Körben Schotter herbei. Die freien Cernagoren bauten neue Militärstraßen für den kommenden Krieg. Schjelting sah es mit Wohlgefallen. Dankte sogar hier in Montenegro auf die Grüße des Volks: Arbeitet nur für Moskau, die große Mutter, die Euch von dem apokalyptischen Tier erlösen wird! Schanzt nur fleißig gegen den Antichrist! Ihr kostet uns Geld genug. Ihr Flöhe der Schwarzen Berge.

Ihr Serben auch! Er liebte die Serben, aber er herrschte sie an wie seine eigenen Bedienten, während er, der große Herr aus Petersburg, auf der Bahn nach Belgrad fuhr. Da ragte schon draußen im grünen Bergwald das kleine steinerne Kreuz: die Stelle, wo Fürst Milosch von seinen Untertanen ermordet worden war. Man näherte sich der serbischen Hauptstadt, dem Hexenkessel Europas, auf langgestrecktem, schmalen Höhenrücken, äußerlich einer unkultivierten Mittelstadt mit steinernen Gassen und modernen Regierungsgebäuden ähnlich. Auf dem Bahnhof wartete Professor Korsakoff, der Panslawist. Der schmächtige Mann mit den fanatischen Blauaugen über den vorspringenden mongolischen Backenknochen, den breiten Nüstern, dem schütteren blonden Vollbart, stand da wie ein russisches Urbild inmitten der Serben. Er und Schjelting umarmten sich und küßten sich dreimal auf die Wangen. Hier war man ja unter sich. Schon auf slawischer Erde. Der faule Westen hörte hinter der Save auf.

Von der Gesandtschaft war niemand da. Das wunderte Schjelting.

»Nun – und Sie sind so gedrückt, Wladimir Timoféitsch? Was ist geschehen?«

»Erbarmen Sie sich – Sie wissen noch nicht, daß Hartwig tot ist?«

»Unser Gesandter?«

»Am Herzschlag gestorben! Und wo?: In der Studtnitza!«

»Bei dem österreichischen Gesandten?«

»So ist es! Im Gespräch mit ihm!«

»Was haben sie sich erzählt?«

»Niemand weiß es!«

Ungarisch war eine der wenigen Sprachen, die Nicolai Schjelting nicht beherrschte. So verstand er es nicht, daß neben ihm am Ausgang ein reisender Magyare zu seinem Landsmann sagte: »In Kragujewatz im Staatsarsenal haben sie die Bombe für Serajewo gefüllt. Sie wußten Alle darum, die Schufte!« Professor Korsakoff fuhr fort:

»Die Erbitterung gegen Österreich ist groß. Ein Teil der Schwaben verbringt die Nächte schon in der Gesandtschaft!«

»Gut so! Zeigt ihnen die breite slawische Brust!«

»Und eine bessere Nachricht. Soeben aus Petersburg. Rasputin ist durch Dolchstiche auf den Tod verwundet.«

»Ah – Pascholl! Dieser Muschik hat uns lange genug geärgert!«

Rasputin, der in ganz Rußland bekannte Wunderpope, der Ratgeber des Zaren, der Freund des Friedens und der Frauen. Fort mit ihm! Mit Allen! Der Panslawist drehte sich nervös eine neue Papyros. Er hatte wieder gelbe Fingerspitzen und schwarze Nägel. Schjelting dachte sich: Ein Tier! Er sagte halblaut durch das Rasseln des Wagens:

»Es giebt jetzt eine Schwarze Liste von Totgeweihten in Petersburg, Wladimir Timoféitsch! Ein Kreuz hinter jedem Namen. Man staunt, welche Namen da stehen!«

»Ich sah die Liste!«

»Nun: Gott wird helfen!«

Korsakoff, der Panslawist, war draußen in der Neustadt bei einem befreundeten Popen abgestiegen. Den ganzen Nachmittag gingen da die südslawischen Agitatoren ein und aus, raschelten die Banknotenbündel in Schjeltings Händen, erzählte Vater Dimitrij vom Kloster Ostrog von seinen Erlebnissen in Istrien, den Kämpfen der kaisertreuen Küstenkroaten mit den Italianissimi der Adria.

»Unser Dampfschiff war weiß gestrichen! Großer Gott – nach dem dritten, vierten Hafen hatte es schwarze Streifen von oben bis unten … Sie begreifen doch! Auch auf dem Deck bekam man Tintenflecke!« …

»Wie denn Tinte?«

»Nun – man hatte alle Tintenflaschen in den örtlichen Magazinen gekauft und warf sie über die Köpfe der Soldaten am Landungssteg weg auf das Schiff! Es gab Handgemenge zwischen Morlaken und Welschen …«

Nicolai Schjelting lachte.

»Bald wird die Weltgeschichte nicht mehr mit Tinte, sondern mit Blut geschrieben werden,« sagte er, während er mit dem Moskauer Hochschullehrer seinem Hotel zuschritt. Dann durchfuhr ihn wieder jäh die Erinnerung: »Entsinnen Sie sich, wann wir zuletzt zusammen waren, Wladimir Timoféitsch?«

»Vor der Butterwoche. In Moskau.«

»In Moskau. Im Petrowski Dwor. Wir tranken auf den Kreuzzug gegen die Deutschen!«

»Rußland wartet!«

»Hinter uns saß ein alter Deutscher!«

»So?«

»Ein alter Teufel von Arzt. Er hatte eine schöne Tochter bei sich. Wahrhaftig: ein schönes Mädchen!«

»Ich weiß es nicht mehr!« sagte der Slawenapostel zerstreut. Nicolai Schjelting verstummte, ärgerlich, daß er sich wieder hatte gehen lassen, und musterte von der Seite die Schmutzflecken auf Korsakoffs Rock, den von den langen ungepflegten Haaren schwärzlich gefärbten Hemdkragen. Quel animal – enfin … Er frug sich: Warum fange ich denn schon wieder von ihr an? Vor diesem Professor, der wie ein Holigan aussieht? … Ja, Bruder, für Dich freilich wäre eine Zigeunerin noch gut genug! Mein Siegespreis soll edler sein! Nun – Du hast nichts gemerkt!

Nein. Der Professor fing, lebhaft die Hände bewegend, von den Kutzowalachen an. Er hatte beunruhigende Meldungen über die Kämpfe dieser rumänischen Zinzaren auf dem Pindar mit den benachbarten Griechen. An der neuen serbischen Wardargrenze hatte es Feuergefechte mit makedonischen Komitatschis gegeben.

»Viel Menschen tot?«

»Nein. Höchstens hundert!«

»Nun – und wie war es in Agram?«

Der Panslawist zuckte fatalistisch die abfallenden Schultern. Nichts zu machen. Die Zeiten waren vorbei, da man sich auf dem Jellachichplatz an dem Vicebanus vergriff. Gott schlug die Slawenbrüder dort mit Blindheit. Sie hingen an dem König von Ungarn, schauten, statt nach dem Kreml, nach der Ofener Hofburg. Die Schwaben hätten sogar ihn, Korsakoff, verhaftet, wenn er sich nicht als Mitglied der Reichsduma ausgewiesen hätte. Die Beiden gingen die Alexanderstraße entlang. Am Eingang zum alten Friedhof standen zwei elende, kleine Holzkreuze frei auf dem zertretenen Rasen. Menschen und Tiere zogen achtlos an der Stelle vorbei, wo der König und die Königin von Serbien, von ihren Untertanen ermordet und aus dem Fenster des Konaks gestürzt, eingescharrt worden waren. In der Terasiastraße fuhr der neue Herrscher, Peter der Erste, nach seinem Palais. Die Wenigsten kümmerten sich um den gekrönten Schatten oder um seinen liederlichen Sohn. Die Herren dieses Landes waren die Offiziere. Die Säbel rasselten, die Uniformen blinkten. Auf denen, in deren Mitte Nicolai Schjelring des Abends saß, waren vielfach die Abzeichen von Regimentern ferner Standorte, aus Laskowatz und Schabatz. Und doch waren diese Obersten hier und gehörten auch nach ihrem Äußeren vielmehr unter den Belgrader Convoi Leibgarde als unter die struppigen und ruppigen serbischen Linienmilitärs der Provinz. Das waren die Verschwörer von einst. Man zeigte die Königsmörder immer noch nicht gern an vorderster Stelle. Das hätte das Feingefühl des englischen Gesandten verletzt. Aber wo sie waren, war Serbien.

Die gepaschten Virginias qualmten über den Krügeln mit Dreher'schem Bier. Die Zeitungsjungen schrieen die »Neue Freie Presse« aus. Die Erbschaft des toten Erzherzog Thronfolgers. Die blutbefleckten Soldaten lachten sich zu. Sie wußten Bescheid – nicht nur wie man den eigenen Kriegsherrn beseitigt, sondern auch, wie man, jetzt eben, benachbarte Große der Erde mit dem Revolver aus dem Wege räumt ... Ihre Augen funkelten. Ihre Gespräche waren der Krieg. Der Sieg. Sieg über die Türken. Sieg über die Bulgaren. Sieg über ... pst ... noch nicht davon sprechen ... Ein Rausch von Blut lag über der Runde, ein Triumphgefühl des Mords, ein Fieber: Was werden sie da drüben machen, in den k.u.k. Landen? Und es war, als brächte der heiße Sommerwind von der Save her als Antwort die Klänge eines langverwehten Lieds:

> »Prinz Eugen, der edle Ritter,
> Wollt' dem Kaiser wiederum kriegen
> Stadt und Festung Belgerad!«

Ei was – mögen die Schwaben kommen und die Ungarn dazu! Uns darf nichts geschehen! Wir dürfen tun, was wir wollen! Hinter uns steht das heilige Rußland. Heiße Blicke wie die gezähmter Raubtiere richteten sich auf Nicolai Schjelting.

»Ihr Ehrenwort, Gospodin Schjelting: was wird nun?«

»Schon einmal, vor fünf Jahren, mußten wir zurück!«

»Man tritt zurück, um einen Anlauf zu gewinnen!« sagte Schjelting in lächelnder Ruhe.

»Aber die Tage drängen ...«

»Und übermorgen begiebt sich der Präsident der französischen Republik nach Petersburg zu Seiner Majestät, dem Zaren! Ahnt Ihr, was das heißt?«

Wieder wehte es über die Tische: Der Krieg ...

»Gott schütze den Zaren!«

»Laßt uns nicht im Stich! Sonst sind wir verloren!«

Der Serbengeneral Bratschinatz sagte es. Der alte Fuchs drehte, trotz der Hitze in einen verschlissenen grauen Feldmantel gewickelt, unruhig den weißen Spitzbart unter dem verschlagenen Gesicht. Ein langes Ordensband zog sich über seine Brust. Er kannte die Ungewißheit des Kriegs wie nur je ein Landsknechthauptmann. Nicolai Schjelting, der nie gedient hatte, musterte ihn mit einem hochfahrenden Lächeln. »Belieben Sie sich zu entsinnen? Wie hieß zur Osmanenzeit die Stadt, in der wir slawischen Brüder hier beisammen sitzen? Dar el Dschihad! ... Das Thor des Kriegs!«

»Es lebe der Krieg!«

»Mehr als einmal schon wurde der Krieg von hier über die Save getragen! Bis unter die Wälle von Wien!«

»Morgen bis in den Stephansdom hinein!«

»Nach Budapest!«

»Und an die Adria!«

»Wir sind bereit!«

»Ihr seid die Bannerträger der orthodoxen Welt, Ihr serbischen Helden! Gestattet, daß ich, der Petersburger, Euch die Schwüre unseres großen Rußlands bringe! Diesmal stehen wir hinter Euch und weichen keinen Zoll! Beim Wundertäter Nikolaus, bei allen Heiligen der Lawra: Im Sommer 1914, so werden noch unsere spätesten Enkel sprechen, ward nach Gottes Wille die slawische Idee zur Tat!«

»Hoch das heilige Rußland!«

»Lasse Dich küssen, Bruder!«

Ein Sturm der Begeisterung hob die Runde säbelklirrend von den Sitzen. Aus wilden Augen fieberte der Größenwahn des kleinen Barbarenstaats, der im letzten halben Jahrzehnt zweimal schon die Menschheit bis dicht an den Abgrund des Weltkriegs gedrängt hatte. Skuptschinamitglieder und Journalisten am Nebentisch klatschten fanatisch Beifall. In ihren Taschen knisterten die Tausendrubelscheine, die Schjelting am Nachmittag wie welkes Laub verstreut hatte. Er lächelte gerührt beim Bruderkuß der bärtigen, nach mancherlei Schnäpsen duftenden Lippen. Er dachte sich dabei: Enfin ... Rien à faire ...! ... Nur jetzt diese Wilden bei guter Laune erhalten!

Aber als er am nächsten Tag im Orient-Expreß weiter nach Osten fuhr, sagte er sich: Es ist doch gut, daß es Eau de Cologne giebt, um die Liebesbezeugungen dieser Bären abzuwaschen. Tanzt nur, Brüderchen, tanzt! Wir an der Newa pfeifen! ... der Zug war wie gewöhnlich überfüllt. Schjelting hatte den letzten freien Platz in dem Salonwagen gefunden. Draußen flogen die Kukuruzfelder Serbiens vorbei ... Auf freiem Feld eine Kapelle.

»Ah – Tschela Kula!«

Der Schädelturm ... Aus vielen hundert serbischen Totenköpfen von den Türken als Siegeszeichen vor einem Jahrhundert errichtet. Nicolai Schjelting dachte sich zerstreut: Wozu die Mühe? Der ganze Balkan ist ein großer Schädelturm. Im Lehnsessel neben ihm ließ sich Salim Pascha, der greise osmanische Würdenträger, von einem der Effendi seines Gefolges die letzten Nachrichten des »Pester Lloyd« auf türkisch vorlesen. Schjelting kannte den gefürchteten Diplomaten der Hohen Pforte wohl, ohne ihn zu grüßen. Der Pascha war schon sehr alt. Aber die hellen, haselnußbraunen Augen in seinem feinen, kleinen Gesicht blinkten noch so klug und aufmerksam wie je unter dem dunkelroten Tarbusch des Zivil. Der schlanke, junge Effendi, der ihm vorlas, trug zum Europäischen Anzug den Scharlach-Fez des Heeres. In sein Türkisch fielen im Gespräch deutsche Worte: Etwas von Militärmission .. Halblaut deutsche Namen von Offizieren ... Kesselberg ... von Enkel ... Boß ... Isebrink ...

Nicolai Schjelting horchte auf. Isebrink ... Hauptmann Isebrink ... Ein höhnischer Sonnenschein überflutete seine nervösen Züge. Siehe da! Nicht auf Freierfüßen, sondern auf dem Weg zu den Ungläubigen! Oder vielmehr: mit den anderen Mitgliedern der neuen Militärmission wohl schon dort! Ah – je vous félicite, mon cher! Nein: Ich wünsche mir Glück! Wenn ich wieder nach Wiesbaden komme, werde ich vor einem gewissen Haus keinem Störenfried begegnen. Der Weg ist frei ...

Jäh klirrte eine Scheibe. Die Reisenden fuhren auf. Ein Durcheinander:

»Ein Steinwurf!«

»Ein Flintenschuß!«

»Sind wir noch in Serbien? Dann war es eine Kugel!« sagte auf Französisch Einer der Türken. »An dieser Stelle hat man schon auf dem Hinweg auf Seine Exzellenz geschossen!«

Der Pascha verlor keinen Augenblick seine Würde. Er setzte sich jetzt nur so, daß man von außen seinen weißen Kopf aus Tausendundeiner Nacht mit dem Purpurfez nicht sah. Einer der Effendis bückte sich und schaute unter die Sessel. Da lag im Dunkeln ein verdächtiges Körbchen. Vielleicht auch eine Höllenmaschine serbischer Komitatschis. Moise Kabyljo, der in Nisch hinzugekommene Importeur aus Saloniki, fuhr entsetzt in die Höhe. Die weißgepuderte und schwarzbemalte, alleinreisende Französin drängte sich an dem Spaniolen vorbei und griff schützend nach dem Korb. Mon Dieu! Darin war ja nur Bibi, das eingeschmuggelte Schoßhündchen. Ein Aufatmen der Heiterkeit. Ein neuer Wortwechsel nebenan. Der hinter Pirot eingestiegene bulgarische Hauptmann mit dem brünetten, knebelbärtigen, an Wallensteins Lager erinnernden Wallonenkopf, weigerte sich entschieden, mit einem Serben an einem Tisch zu sitzen. Beide, Bulgare und Serbe, hatten die Hand an die Säbelgriffe gelegt. Der Haß von 1913 leuchtete aus ihren Zügen. Ein bleicher und verlebter junger rumänischer Bojar machte belustigt ganz leise: Kß ... Kß ... so wie wenn man zwei große Doggen auf einander hetzt. Aber der kleine, runde Levantiner am Nebentisch rettete die Lage. »Changeons, messieurs!« Er wechselte seinen Platz mit dem des Serben, und der kam wieder neben den breitschulterigen blonden deutschen Geschäftsreisenden zu sitzen.

Immer die Deutschen – dachte sich Nicolai Schjelting. Diesmal nicht mit Haß, sondern mit Schadenfreude. Dieser Deutsche, dieser Hauptmann Isebrink war aus dem Weg. Wer konnte wissen, wie lange? Er sagte sich, in Unruhe und Tatendrang: Ich sollte die Zeit in Wiesbaden nutzen! Eine Entscheidung suchen, jetzt, wo sich Alles entscheidet...

Es dämmerte. Man zeigte sich durch das Fenster die Stelle, wo vor Jahren der Räuberhauptmann Athanas den Orient-Expreß überfallen hatte. Aristidos Papadaki, der nach Pera heimkehrende Fanariote und Millionär, erwachte aus seinem Halbschlummer und winkte ab: »Ah bah! Monsieur Athanas s'est retiré des affaires!« ...Weiter rollte der Orient-Expreß und trug diesen Balkan im Kleinen gleich einem züngelnden Nattern-Nest voll Haß und Zwiespalt durch das Dunkel. Als Nicolai Schjelting nach einer schlaflosen Nacht, in der er mit einem verpariserten alten ägyptischen Prinzen dieselbe Koje geteilt hatte, an das Fenster trat, war draußen schon die feierliche Leere der türkischen Steppe. Aber da noch Etwas, hinter Hirt und Hund und Büffeln: Ein rauchgeschwärztes, zertrümmertes Haus. Da die menschenleeren Mauerreste eines ganzen Dorfs. Riesenkoffern gleichende viereckige Erdhügel: Massengräber. Die Namen von Gefechtsorten gingen von Mund zu Mund. Man fuhr über die frischen Schlachtfelder von 1912. Die Moscheenkuppeln von Adrianopel tauchten in der Ferne auf. Die Umrisse der Tschataldschalinien. Neue Ruinen am Bahndamm mahnten: Das ist der Krieg! Und Nicolai Schjelting atmete am offenen Fenster den Lokomotivqualm wie Pulverdampf ein und dachte sich in ungeduldiger Siegestrunkenheit: Der Krieg ...Mein Krieg ...Nicht das Balkan-Kinderspiel von gestern, sondern das, was morgen kommt...

Türkische Offiziere stiegen auf der letzten Station ein. Fern am staubflimmernden Horizont erschien eine Wolken- und Märchenstadt mit Hunderten von Kuppeln und nadelschlanken Türmen über der öden Steppe. Nicolai Schjelting kannte Konstantinopel in- und auswendig. Mit der Kälte eines von Nützlichkeitszwecken beherrschten Mannes sah er auf das graue Jahrtausend der byzantinischen Stadtmauer, das ewige Blau des Marmara-Meers, das feierliche Cypressengrün der Serailspitze. Für ihn waren Stambul und Pera die große Arena der russischen Politik. Alle die »Väter der Lüge«, die erfolgreichen Petersburger Diplomaten, hatten sich hier ihre Sporen verdient, von Ignatjeff bis Iswolsky. Er fuhr an der Säule von San Stefano vorbei und dachte sich: da standen schon einmal unsere Heere! Er sah hoch über dem flachen Dächermeer die Riesenwölbung der Hagia Sofia und sah da oben im Geist schon das Kreuz Katharina der Großen, er tauchte vor dem Bahnhof in jenes Geschrei in dreißig Sprachen der Erde, in jene zum wimmelnden Ameisenhaufen gewordene farbige Malerpalette unter, die das Goldene Horn hieß, und sagte zu dem Fürsten Tschewadse von der russischen Botschaft, der ihn mit allem Prunk bewaffneter Kawassen als étranger de distinction empfing:

» Ah – ça fait chaud! Wann geht Ihr nach Bujukderè?« Fürst Tschewadses Großvater schon war als Geißel der Tscherkessenkriege orthodox im Petersburger Pagenkorps erzogen. Nichts an ihm selbst verriet äußerlich noch seine kaukasische Abstammung. Er war mager, bräunlich wie ein Zigeuner, mit schwermütigen Augen. Aber seine Instinkte waren noch dem Geist des Morgenlandes nahe. Er war hier, in dem wütenden Kampfe Peras um die Seele Stambuls, an seinem Platz. Für Schjelting bedeutete er nach Korsatoff, diesem »wahrhaften Russen«, nach diesen Vierhändern von Serben und Cernagoren den Träger von Petersburg-Pariser Kultur. Hier, seinesgleichen gegenüber, wurde er sofort wieder doktrinär.

»Wie denn, Fürst?« sagte er, während sie im offnen Phaëton, einen mit dem Karabiner bewaffneten Wächter neben dem Kutscher auf dem Bock, durch den Turmbau von Babel dahinfuhren. »Die österreichische Note – nun – was wird sie enthalten? Einerlei – wir werden antworten – man wird diskutieren – bis es uns beliebt, loszuschlagen. Wir haben Zeit. Ich richte mich hier am Bosporus auf Wochen ein!«

»Wenn aber doch...«

Eine abwehrende Handbewegung Schjeltings.

»Sie wissen, ich halte nicht viel vom diplomatischen Metier. Ich untersuche lieber als einfacher homme d'esprit die Vorbedingungen der Geschehnisse. Nehmen wir das Nächste: Unsere Mutter Erde! Niemand, außer dem Vater Iwan von Kronstadt oder sonst einem Wundertäter, kann zugleich mähen und schießen. Also kann der Balkan erst nach der Ernte in den Krieg.

Der Oktober brachte uns vor zwei Jahren kein Heil. Also sagen wir September. Den Tag von Kreuzes Erhöhung!«

»Aber auch wir Russen müssen bereit sein...«

»Zeit ... Zeit ...! Zeigt, wozu Eure procès verbaux und Collectivnoten gut sind! Inzwischen marschiert Mütterchen Rußland vom Amur und Pamir ab auf allen Wegen. Stehen wir erst gleichzeitig mit den Westlichen an der Grenze, so ist die Welt unser!«

»Ha! ... Da ist er!«

Mitten auf der Brücke ritt ihnen ein jugendlicher Pascha mit kühnem Antlitz und aufgedrehtem Schnurrbart entgegen. Die Moslim führten vor ihm die Hand an die Stirn und Brust, die Levantiner lüfteten die Hüte. Ein großes Gefolge von Offizieren war hinter ihm. Darunter ein paar unverkennbare deutsche Militärgesichter.

»Wenn nur Enver Pascha nicht wäre!«

Nicolai Schjelting hörte die Worte des Fürsten nicht. Da kamen nochmals zwei zu Pferd. Der Eine trug türkische Uniform, der Zweite Zivil, Beide den Fez auf dem Kopf. Aber sie saßen straff mit langen Bügeln im Sattel. Sie sprachen laut deutsch miteinander und lachten über die sonnverbrannten Gesichter. Schjelting erkannte in dem im Reitanzug den Hauptmann Isebrink. Er dachte sich schadenfroh: Da haben wir Dich ja! ... Nun .. Was macht Wiesbaden?

»Die Deutschen vermehren sich hier wie die Heuschrecken!« sagte neben ihm der Fürst Tschewadse. »Jeder Tag bringt uns neue. Gott straft uns mit ihnen. Unser Spiel hier steht nicht gut!«

»...weil wir unsere Trümpfe noch nicht zeigen! Wir haben zehn Millionen Trümpfe. Gebt nur jedem sein Gewehr in die Hand! – Ah – j'adore le moushik! ...Ich bete den russischen Bauern an!«

Das hinderte ihn freilich nicht, im Vorhof der russischen Botschaft die dort in Massen wartenden, barhäuptig in Schafpelze und Bastschuhe gekleideten russischen Jerusalempilger rücksichtslos mit der Faust bei Seite zu knuffen: »Willst Du wohl einem Barin Platz machen, Du Hundesohn – he!« Innen in der Botschaft war es kühl. Der Lärm von Pera drang nur unbestimmt herein.

»Und Limpus?«

Der Fürst Tschewadse hob vielsagend die Achseln. Der Britenadmiral, dem die osmanische Flotte anvertraut war, tat ja, was er konnte. Wichtige Bestandteile der Geschütze und Maschinen waren in Galata und Tophana versteckt, kein Schiff war kriegsbereit. Und sollte eines doch in See gehen, so sorgte die geheime drahtlose Station auf dem Hausdach des Admirals für den Verrat.

»Sehr gut! Ein tüchtiger Kerl!«

»Was hilft es gegen die Deutschen zu Lande? Wie – – Sie wollen schon wieder aus? Und die Reisemütze auf dem Kopf?«

»Nun: ich promeniere ein wenig! Mit Gott!«

Nicolai Schjelting behielt seine Angelegenheiten für sich. Er hatte seine Londoner Aufträge und dazu die nötigen Sterlingwechsel in der Tasche. Er wußte, was ihm der große Higgins vor der Abreise gesagt:

›Nichts täte uns jetzt mehr not als christliche Entrüstung. Ich brauche Türkengreuel für die öffentliche Meinung. Es wäre weise, sie mir so bald wie möglich zu verschaffen.‹

In einem halbdunklen Hausgang der Perastraße vertauschte Nicolai Schjelting seine seidene Mütze mit einem Fez, den er aus der Tasche zog. Als er wieder heraustrat, war er im Straßengewimmel einfach ein beliebiger Franke mehr, der zwischen dem Genueserturm und dem Hafen seinen Geschäften nachging. Er winkte einem Fiaker: »Rue Mahmud Pascha!« Dort drüben in Stambul stieg er aus. Er war da unter grünen Turbanen, kamelfarbenen Derwisch-Zuckerhüten und schwarzen Persermützen wieder ganz im Morgenland. Er ging durch ein regelloses Gäßchengewirr bis zu einem der armenischen Hans. Das mächtige Gebäudeviereck war angefüllt mit Warenlagern, Geschäftsräumen und Schreibstuben. Alle Welt lief da achtlos ein und aus. Er konnte ganz gut ein Messerschalen-Fabrikant aus dem Riesengebirge sein, wie er in ein mit Haufen von Hirschgeweihen gefülltes Zimmer trat, und der breitschulterige, fleischige Armenier mit dem schwarzen Bart um die bleichen Hängebacken, der ihn empfing, ein schlichter Hornhändler aus Kaisarea in Anatolien und nicht der Hadschi Hassanhusseindian selbst, einer der Führer der armenischen Bewegung und dem Patriarchen aller Gregorianer in Konstantinopel nahe.

Nicolai Schjelting gehörte zu den Wenigen, die das Wirrsal all dieser christlichen Glaubenskulte der Melchiten und Maroniten, der Chaldäer und Jacobiten und ihre gegenseitigen Streitigkeiten beherrschte. Aber jetzt ging es gegen den eigentlichen und Erbfeind der Armenier, den Türken. Zu seinem Erstaunen zeigte der christliche Hadschi, der Wallfahrer zum Heiligen Grab, große Kühle und Zurückhaltung: Geld? War es das? Geld, so viel Ihr wollt! Bitte! Hier! Aber seltsam: sogar das verfing nicht bei einem Armenier, dem habgierigsten aller Menschen.

»Vor fünfzehn Jahren wart Ihr andere Kerle!« sagte Schjelting erbittert. »Da stürmtet Ihr mit Dynamitbomben die ottomanische Bank. Die Rue Woywoda war in Euren Händen! Fast schon die Stadt!«

»Und was geschah, Herr? Die türkischen Hausdiener erschlugen uns, die Kurden zündeten drüben unsere Dörfer an...«

»...und in ganz Europa war ein Schrei der Entrüstung!«

»Macht ein Schrei Tote lebendig, Herr? Sonst hörten wir von Europa nichts!«

Sie konnten unbesorgt laut sprechen. Durch das offene Fenster drangen die gellen Rufe der Straßenverkäufer und nebenan rasselte ein halbes Dutzend Schreibmaschinen. Trotzdem dämpfte Schjelting seine lockende Stimme:

»Diesmal ist es etwas Anderes! Das ist nicht mehr das alte Osmanenreich! Von allen Seiten stehen seine Feinde auf!«

»Es hat auch Freunde!«

»Wen?«

»Deutschland ... Es ist besser, wir halten uns still!«

Draußen wallten, als Nicolai Schjelting ärgerlich in das Sonnengeflimmer trat, riesige grüne Fahnen durch den Öl- und Fischgeruch und Staubdunst der Gassen. Derwische zogen mit entrolltem Banner des Propheten hinauf zum Seraskierat. Ihr wildes »Huk! Huk! ...Er! ...Er! ... Allah!« schmetterte durch das aufgeregte Brausen der Tausende auf dem weiten taubenüberflatterten Platz ...Man wußte hier im Morgenland nie: War wirklich etwas los? Waren es nur lärmende Lungenübungen, zu denen Hassan den Ali mit sich riß und Sliman den M'hammed. Aber der Igumen Agathangel von einem der orthodoxen Klöster des Berges Athos, der in Geschäften zum ökumenischen Patriarchen von Konstantinopel gekommen war, machte bei der Begegnung mit Schjelting jene kennzeichnende Slawenbewegung mit den Schultern, die Zweifel, Besorgnis, Fatalismus ausdrückt. Man hatte auf dem Weg über die Sinaiklöster Nachrichten vom südlichen Arabien. Die Beziehungen des Großscherifs von Mekka zum Goldenen Horn gestalteten sich freundlicher, die Wüstenkönige da unten bis Maskat gehorchten neuerdings ihrem Khalifen in Stambul. Ein Zeichen, daß sich etwas Großes im Islam vorbereitete. Seien wir auf der Hut...

»Man wird schon Sorge tragen!« sagte Schjelting. Die Haltung der Jungtürken beunruhigte ihn, während er eben an dem großen Exerzierplatz inmitten des Häusermeeres vorüberschritt. Tausende von Soldaten übten da um den mächtigen Mahmudturm. Es erinnerte ihn an den Aufzug der Wachen in Berlin, den er oft genug spöttisch lächelnd mitangesehen. So stramm standen diese sehnigen, braunen Burschen aus Anatolien, so scharf und preußisch hallten in türkischer Sprache die Befehle. Nahe der Moschee Mohammeds des Eroberers, im Stadtteil Jani Bagtsche, stand der Konak Ali Fuad Beys. Er schien Schjelting der Letzte, bei dem man noch einen Besuch und Versuch machen konnte. Drei Menschenalter hindurch waren die Beys dieses Hauses und der jeweilige englische Botschafter drüben in Pera ein Herz und eine Seele gewesen. Hier fuhr Nicolai Schjelting am nächsten Tag mit Dienern und donnernden Rappen und aller Würde eines großen, fränkischen Effendi vor. Die kriegerischen, tscherkessischen Leibwächter auf der Schwelle verbeugten sich tief. Er trat ein. Da hörte er im kühlen Halbdunkel der Halle, von der Treppe her, zwei Männerstimmen. Deutsche Laute.

»Wann gehen Sie denn nun nach Mesopotamien, Isebrink?«

»Sobald meine Anstellungsverhältnisse geordnet sind! Ich denke, in vierzehn Tagen!«

»Um die Zeit rutsche ich gerade wieder nach Berlin!«

»Na – grüßen Sie das sechste Garderegiment!«

Es klirrte von Sporen und Säbeln. Die beiden jungen Offiziere schritten kameradschaftlich an Schjelting vorbei.

»Bringen Sie ein bischen Leben an den Euphrat, Isebrink!«

»Lassen Sie sich's gut gehen, Halim Bey!«

Erbittert trat Schjelting bei dem graubärtigen Hausherrn ein. Oh – er kannte diese vornehme Höflichkeit des Orientalen. Diese feierliche Handbewegung, Platz zur Rechten zu nehmen. Diese geschäftigen, kleinen Diener mit den Kaffeetäßchen und dem Eingemachten. Er schob das brüsk zurück. Ali Fuad Bey lächelte unter kaum merklichem Stirnrunzeln. Verstöße gegen die Form waren ihm wie jedem Morgenländer ein Greuel.

»Wie ist das, Bey: Ihr Sohn dient in der deutschen Armee?«

»So ist es.«

»Warum nicht in der englischen Flotte?«

»Als vor vier Jahren die Italiener uns überfielen und unsere Inseln besetzten, sah ich vergebens nach der englischen Flotte aus!«

»Nun – das war damals!«

»Als vor zwei Jahren die Balkanvölker gegen Stambul drängten, sah ich jeden Morgen nach dem Marmara-Meer. Es war leer bis zu den Prinzeninseln. Die englische Flotte war nicht da. Vielleicht ist sie überhaupt nicht mehr da. Gott allein weiß es!«

»Aber...«

»Aber die Deutschen waren da. Die Offiziere, die sie uns sandten, haben mit uns gekämpft und geblutet. Dem Kaiser tausend Jahre!«

»So? Nun wartet nur, was kommt!«

Der Hausherr stand auf.

»Effendi! Wir werden es bestehen!«

Noch im Landauer war Schjeltings Antlitz gelb vor Galle. Er warf seine angerauchte Papyros einem bettelnden Syrerknirps, der sich auf das Trittbrett geschwungen, an den Kopf. Steht es so um Euch, messieurs les Turcs? Eh bien! ...Unerhört: Ein Bey – rien qu'un simple bey – der mich verabschiedet ...mich ...Nicolai von Schjelting ...Das ist ja schon fast der Krieg...

Dann erhellte mit einem Schlag das gewohnte, hochmütige und selbstzufriedene Lächeln sein unruhiges Gesicht. Er mußte sogar über den kaffeebraunen Bengel lachen, der das Wurfgeschoß, die Zigarette von vorhin, grinsend weiterpaffte. Recht so! Jedes Ding hat seine gute Seite. Jetzt erst fiel ihm wieder ein, was der Hauptmann Halim Bey zwischen Tür und Angel den Hauptmann Isebrink gefragt: »Wann gehen Sie nach Mesopotamien?«

Nach Mesopotamien ging man nicht als glücklicher Freier. Dorthin ließ man auch keine Frau nachkommen. Nicolai Schjelting setzte sich behaglich in der Wagenecke zurecht und dachte: Also bist Du abgeblitzt, mein Lieber! Gründlich abgeblitzt in Wiesbaden! ...Haha –! Umso besser für mich! Das ist mehr, als ich zu hoffen wagte! Das ist ein Sieg! Ein Sieg vor der Schlacht!

Es war ihm, als hätte er persönlich einen Triumph davongetragen. Es schien ihm eine gute Vorbedeutung für die große, allgemeine Kraftprobe der Zukunft. Er konnte Beides nicht mehr trennen: sich und das heilige Rußland. Er vermengte es in dem gemeinsamen Ziel: Deutschland besiegen – Deutschland erobern. Er sagte sich: Ich darf nicht warten, bis der Krieg aufflammt. Ich muß als Einzelner dem Ganzen vorauseilen. Mein Eisen muß ich vorher schmieden. Sowie ich hier fertig bin, fahre ich nach Wiesbaden...

Nordwind vom Bosporus her kühlte an diesem Abend die Glut der beiden Weltteile an seinen Ufern. Das Perapalasthotel war noch offen. Nicolai Schjelting speiste da mit dem Fürsten Tschewadse und anderen Freunden. Sie tranken reichlich den lauwarmen französischen Champagner. Auch Schjelting, gegen seine Gewohnheit. Der Sekt hob seine Siegesstimmung.

»Neues aus Wien, Fürst?«

Nein. Auf der russischen Botschaft war noch nichts bekannt. Man entzifferte dort eben Depeschen aus Belgrad. Dicht daneben, in der österreichischen Botschaft, war auffallendes Leben. Viel Verkehr nach dem Boulevard Ayas Pascha, dem Sitz der Deutschen Botschaft. Nun – mochten sie ... Als man aufbrach, um hinüber in den Cercle d'Orient zu gehen, fühlte Nicolai Schjelting, daß sein Kopf heiß war. Das hinderte ihn nicht, im Klub eine Gruppe jüngerer Diplomaten um sich zu versammeln und sie in seinem weichen, leise lispelnden und affektierten Französisch durch seine Antithesen zu verblüffen. Es waren allerdings nur die Kleinen von den Seinen: ein Portugiese, ein Argentinier, ein Brasilianer – einerlei – er hörte sich sprechen ...

»Die Wurzel des Übels heißt Preußen!« sagte er. »Belieben Sie, das Wappen Preußens zu betrachten! Es führt als Schildhalter einen wilden Mann. Einen nackten Barbaren. Geben Sie ihm eine Pickelhaube zu seiner Keule, so haben Sie den Militarismus!«

Die Südamerikaner ließen sich mit offenem Mund belehren. Schjelting machte eine wegwerfende Handbewegung in der Richtung nach Stambul.

»Daher die Seelenfreundschaft mit dem Halbmond da drüben. Der Wilde Mann und der Kranke Mann gehören zusammen. Der Lahme trägt den Blinden. Ein edles Paar. Aber die Menschheit wird sich dagegen erheben. Unser Muschik, in dem die Seele Rußlands schlummert, wird der Vollstrecker ihres heiligen Willens sein!«

Staunende Stille um ihn.

»Wir Russen vertreten den allslawischen Gedanken. Er reicht von der Adria bis zum Amur ... Seit drei Jahrtausenden erfüllt die romanische Mittelmeerkultur Europa und giebt auch Ihren edlen lateinischen Staaten in Süd-Amerika, meine Herren, Sprache und Geist. Den Rest der Erde beherrscht das Angelsachsentum. Beglückwünschen wir uns dazu! Aller guten Dinge sind drei.«

»Sehr interessant!« sagte andächtig der Argentinier zu dem Portugiesen.

»Gestatten Sie mir einen Blick auf die Geodäsie, meine Herren Diplomaten! Sand oder Stein – das ist politisch dieselbe Formel. Montenegro – das ist die Mark Brandenburg. Ein kleines Land, das seine Bewohner zu Eroberern erzieht, weil es sie nicht ernährt! Können Sie sich Montenegro als führenden Staat des Balkans denken? Nein. Im Deutschen Reich ist es der Fall. Das märkische Montenegro herrscht. Beachten Sie, meine Herren: ich gebe keine Meinungen. Ich gebe Tatsachen!«

»Man fängt an, zu begreifen!« sprach der Brasilianer zum Portugiesen.

»Es giebt Methoden des geschichtlichen Denkens, die von selbst zu wichtigen Schlüssen führen. Aus einer Sandwüste ohne Küste kann logischerweise keine Weltmacht werden. Preußen ist ein geschichtlicher Irrtum. Winowat! ... Ich schlage hier vor Ihnen, als Vertreter des russischen Geistes, reuig an meine Brust. Wir und England haben das Potsdamer Monstrum gezüchtet, weil wir es gegen Frankreich brauchten. Aber jetzt ist der Hecht im Europäischen Karpfenteich zu groß und gefräßig geworden. Man wird ihn fangen und zerlegen!«

Einer der Zuhörer machte ihm mit den Augenbrauen ein warnendes Zeichen. Nicolai Schjelting drehte sich um. Hinter ihm hatten zwei neu eingetretene Herren Platz genommen. Ein Osmane in Uniform, den Zwicker vor dem feinen Generalstabsgesicht. An seiner Seite der Hauptmann Isebrink. Er war im Abendfrack wie die anderen Herren hier. Aber sein sonnengebräuntes preußisches Soldatenantlitz strafte förmlich das Weiß der Hemdbrust Lügen.

Der Argentinier kannte Mahmud Kiazim Bey. Er glaubte, seine Berufsgenossen mit dem einflußreichen türkischen Abteilungschef bekannt machen zu sollen. Der Hauptmann Isebrink sagte dabei lachend und harmlos zu Nicolai Schjelting:

»Na – wir kennen uns ja schon! Erinnern Sie sich an unsere Begegnung in der Eisenbahn in Belgien? Sie fuhren damals im selben Abteil mit Mr. Nicholson.«

»Ich entsinne mich nicht!«

»Wissen Sie nicht, daß Mr. Nicholson jetzt hier ist? Er sammelt Schmetterlinge! Und wo? An den Tschataldschalinien. Zeigen Sie doch mal, Kiazim Bey!«

Er wies das prächtig, beinahe handgroß in bunten Wasserfarben ausgeführte Bild eines Falters.

»Das ist doch harmlos!«

»Gewiß. Wenn man nicht merkt, daß es die Fortlinie bei Tschokandsche darstellt. Hier, diese kobaltblauen Punkte auf den Flügeldecken sind die Geschützstände, die feuerroten Schlängellinien die gedeckten Gänge, das Datum oben enfiliert artilleristisch die ganze Stellung. Zum Glück kenne ich den Schmetterlingsfreund von früher. Unsere Zaptiehs haben ihm seine Pinseleien abgenommen!«

»Oh!« Ein wahrer Schrecken unter den Südländern. Man wagte es, sich an einem Briten zu vergreifen.

»... Und Admiral Limpus ist ersucht, dahin zu wirken, daß der ihm zugeteilte Oberstleutnant Nicholson von dem Londoner Kriegs-Departement künftig an harmloseren Orten seinen Käscher schwingt!«

»Der Admiral weiß wohl selber, was er zu tun hat«, sagte Schjelting nachlässig.

»Gewiß! Er verrät seit Monaten das Land, dem er dient!«

»Ah ... Sie erlauben sich ...«

»Hört ...«

»Ich bin noch nicht in türkischen Diensten! Ich gestatte mir diese Äußerung mit dem Recht des einfachen Privatmanns!«

Es war ein Schweigen. Die Worte klangen in ihm nach wie ein erster Trompetenstoß zur Schlacht um die Völkerstraße von Byzanz. In Nicolai Schjeltings Kopf perlte der Sekt. Er frug sich: Was ist das mit diesem Preußen? Wie kommt er zu dieser Sprache? Es ist solch ein entschlossen kaltblütiger Ausdruck in seinen Augen: Weiß er vielleicht Etwas? Etwas, was wir noch nicht wissen?

Dann kehrte der alte Hochmut zurück. Pah – wer war denn der Sieger? Jener dort, der aus Wiesbaden Abgereiste, wahrhaftig nicht. Dieser kleine Hauptmann erschien ihm jetzt wie das Sinnbild Deutschlands selbst. Er war schon vor dem Krieg geschlagen. Schjelting wandte ihm, mit einer Drehung des Klubsessels, fast den Rücken und sagte halblaut und lebhaft:

»Wir sprachen von geschichtlichen Richtlinien zur Methode der Erkenntnis. Messen wir daran Preußen! Nun: Preußen ist ein Widerspruch. Etwas, was nach den natürlichen Entwicklungsgesetzen nicht hätte entstehen können. Dieser Widerspruch wurde zuerst im Siebenjährigen Krieg erkannt. Damals bemühte sich ganz Europa, ihn zu beseitigen!«

»... und bezog bei der Gelegenheit kolossale Dresche!« ergänzte von drüben der Hauptmann Isebrink. Nicolai von Schjelting fuhr herum:

»Verzeihung ... ich glaubte, zu leise zu sprechen, als daß Sie ...«

»Oh ... ich habe tadellose Ohren!«

Schjelting dämpfte seine Stimme, so daß Jener nun wirklich nichts mehr verstehen konnte:

»Auf diese Zeiten müssen wir zurückgreifen. Wir müssen Preußen seine organische Stellung anweisen. Öffnet man den Hecht, so findet man zahllose, unverdaute Dinge in seinem Magen: In Preußen ebenso. Fort damit! Deutschland braucht noch viel mehr Kleinstaaten! Es ist von Natur zu einem lockeren Staatenbündel geschaffen. Das ist seine Geschichte.«

Während er sprach, tat es ihm leid, daß Isebrink das nicht hörte. Wieder kochte in seinem champagnerheißen Hirn die Eifersucht. Er lächelte ironisch, um sich zu besänftigen. Dabei sagte er sich: Wie denn? Er ist ungefährlich. Erledigt. Kanonenfutter. Mehr nicht! Da wirst Du noch viel Tausend Brüder haben, mein Lieber ...

Ungefährlich ... ja ... das hieß ... Als er sich unwillkürlich wieder umwandte und mit seinem Blick von nervöser Intelligenz dem stählernen Auge Isebrinks begegnete, fühlte er ein plötzliches und körperliches Unbehagen. Es fiel ihm ein: diese Abgüsse des Militarismus hielten die Pistole wie er die Papyros, handhabten den Degen wie Andere den Regenschirm. Der Raum von ihm zu Jenem schien von elektrischer Spannung erfüllt, eine Spannung wie über der ganzen Welt. Nicolai Schjelting erhob sich. Er war doch froh, daß ihm ein Diener meldete, ein Herr wünsche ihn dringend draußen zu sprechen.

Da stand Achille Macrî, der Pariser Finanzagent. Seine schwarzen Rattenaugen liefen glänzend und unruhig hin und her.

»Verzeihung, Herr von Schjelting ... Haben Sie Nachrichten?«

»Ich verstehe nicht!«

»Ich würde Sie gerne an etwaigen Spekulationen beteiligen!«

»... Was giebt's?«

»Eben bekam ich diese dringende Depesche aus Paris!«

Schjelting las: »Madame Audouin revient soir.« Er gab dem Levantiner das Blatt zurück.

»Was geht mich dies Frauenzimmer an?«

»Herr von Schjelting ...«

»Ich kenne sie nicht! Mag sie nach Paris zurückkehren, wann sie will!«

»Herr von Schjelting ... soll ich es erst sagen? ... Es ist doch eine verabredete Geheimdepesche! Lesen Sie die Anfangsbuchstaben!«

»Wie denn: M ...... A ... Mars ...«

»Der Krieg! ... Herr von Schjelting ... der Krieg ...«

Nicolai Schjelting zeigte seine undurchdringlichste Miene. Vor diesem Coulissier wahrte er seine Allwissenheit.

»Ich weiß von nichts!« sagte er mit einem Lächeln, hinter dem man Alles lesen konnte, und kehrte mit pochendem Herzen in den Club zurück. Dort war er im Begriff, sich von dem Diener den Sommermantel umhängen zu lassen, um rasch einmal nach der russischen Botschaft hinüberzugehen und zu fragen. Dann dachte er sich: Man wird glauben, ich hätte mich vor diesem Preußen zurückgezogen! Er hörte von oben die Stimme der Ausländer. Er runzelte verächtlich die Stirne und betrat wieder den Raum. Eben sagte da Isebrink:

»Zum Beispiel: das dritte sibirische Armeecorps! ... Nach dem amtlichen russischen Ausweis sitzt es nach wie vor friedlich in Irkutsk!«

Nicolai Schjelting warf sich in einen Klubsessel, legte ein Bein über das andere und versetzte scharf:

»Es steht allerdings in Sibirien! Wie denn nicht?«

»... weil die siebte und achte Schützendivision schon lange in Polen angekommen sind! Glauben Sie, wir wüßten das nicht?«

»Sie täuschen sich ...«

»Ich bin Soldat! Sie nicht! Also bitte! Die sibirischen Reservedivisionen sind schon seit Mai auf dem Weg nach Westen. Ebenso die turkestanischen Schützenbrigaden. Das dritte kaukasische Armeecorps hat längst seinen Standort Wladikawkas verlassen. Es gefällt ihm, scheint's, an der galizischen Grenze viel besser!«

»Woher wissen Sie das?«

»Werden Sie mir in Abrede stellen, Herr von Schjelting, daß im Odessaer Militärbezirk große Teile des siebten und achten Corps längst auf Kriegsfuß stehen? ...«

»In der Tat: ich leugne es!«

»Auch die bevorstehende Mobilisierung der drei Reserve-Jahrgänge der Armee?«

»Wenn es des Imperators Wille ist, wird man sie einberufen! Niemand hat dem Zaren etwas vorzuschreiben!«

»Es ist nur, damit Sie Bescheid wissen, meine Herren, falls aus Versehen einmal die Gewehre losgehen sollten!« sagte Isebrink zu den Kleinstaat-Diplomaten. Dann wandte er sich um und sah Nicolai Schjelting an. Es war eine unangenehme Pause. Dieser Blick hieß: Und wenn Du vorher auf eigene Faust Händel haben willst – bitte: da bin ich!

Schjelting war verwirrt. Das widerfuhr ihm, dem Selbstsicheren, sonst nie. Er entschloß sich, mit einem kühlen Lächeln zu schweigen. Er atmete auf. Da kam der ehrenwerte Arbuthnot über die Schwelle, ein blonder junger Riese, der noch etwas Knabenhaftes an sich hatte. Er war als

Kings Messenger zusammen mit einem preußischen reitenden Feldjäger und den Kabinetsku-
rieren anderer Großmächte heute Mittag mit dem Orient-Expreß angekommen. Er brachte die
letzten Nachrichten aus Europa. Neuigkeiten? ... Nicht daß er wüßte! ... Seine britische Majestät
war in Windsor, the Kaiser irgendwo in Norwegen, der Kaiser Franz Josef in Ischl. In Paris, von
wo er kam, sprach man von nichts als von dem Prozeß der Madame Caillaux. Der Wojwode
Putnik befand sich ruhig außerhalb Serbiens: die Welt lag im tiefsten Sommerfrieden. Nicolai
Schjelting strich sich nervös mit der Hand über die Stirne. Er frug sich: Was ist das nun Alles? Was haben sie in Wien vor? Man versieht nicht mehr recht ... Dabei hatte er das Gefühl,
diesem Preußen vorhin die Antwort schuldig geblieben zu sein. Pah ... Ein Bluff eines dieser
Säbelrasseler. Er versetzte süffisant:

»Man sieht mit Dank gegen Gott: Frieden überall. Nach Allerhöchstem Willen: Wer stampfte
den Friedenstempel im Haag aus dem Boden? Seine Majestät der Zar!«

»Und seitdem hören die Kriege nicht mehr auf!«

»Wer rief die internationalen Schiedsgerichte statt der Kriege ins Leben? Wieder seine er-
habene Person!«

»Eine Viertelmillion Menschen ist mindestens in der Mandschurei tot geblieben!« sagte Isebrink trocken zu dem Argentinier.

»So wird das große, heilige Rußland auch diesmal der Soldatenfaust die Waffe entwinden...«

»...um die Mörderfaust zu schützen!«

Die Herren standen mit großen Augen auf und schauten auf Schjelting, der sich mit ihnen
erhob. Er spürte ein sonderbares Zittern in der Herzgegend. Er dachte sich: he – wie ist das? Ehe
noch die Gewehre losgehen, soll ich mich hier vor die Pistole stellen? Nicht so ist es gemeint!
Ich bin der Träger russischer Intelligenz! Mein Platz ist nicht die vorderste Linie...

Paul Isebrink war allein sitzengeblieben. Er sagte kalt und scharf, mit Worten wie gehacktes
Eisen:

»Eine schamlose, hundsgemeine Mordtat ist in Serajewo geschehen! Wer zwischen die Mörder und die verdiente Strafe tritt, macht sich zum Mitschuldigen...«

»Bestraft die Mörder! Aber nicht ihr Land!«

»Ganz Serbien ist der Mörder!«

»Ruhe, meine Herren...«

»Entfernt doch die Diener!«

Nun hatte sich auch Isebrink erhoben.

»Serbische Offiziere haben den Mordanschlag geleitet! Serbische Beamte öffneten den Mör-
dern die Grenzen! Die Mordwerkzeuge stammten aus dem serbischen Regierungs-Arsenal in
Kragujewatz!«

»Woher wissen Sie das?«

»Bald werden auch Sie es wissen, Herr von Schjelting, falls es Ihnen wirklich noch nicht
bekannt sein sollte!«

Ein Kanzleibeamter der russischen Botschaft drängte sich an den Dienern vorbei in den Raum
zu dem Fürsten Tschewadse.

»Euer Erlaucht werden ersucht, sich sofort auf die Mission zu bemühen!«

»Was ist geschehen?«

»Ich weiß es nicht! Seine Hohe Exzellenz sandte nach vielen Herren!« Nicolai Schjelting
hörte es. Vor ihm flackerte wieder die Börsendepesche: »Mars«! Der erste Sturmvogel. Nun
kamen sie von allen Seiten. Es legte sich ihm in einem roten Siegesrauschen vor die Augen, der
Boden hob sich unter ihm, trug ihn zu einem ungläubigen Jubel empor: der Krieg! Der Krieg
kommt! ...Mein Krieg...

»Kommen Sie mit, zur Botschaft!« Der Knjäs Tschewadse nahm ihn unter den Arm. Schjelting widerstrebte:

»Noch habe ich diesem Deutschen nicht geantwortet!«

»Nicht dazu ist die Zeit! Er sprach von Serbien. Rußland nannte er nicht!«

»Aber das große Rußland steht hinter Serbien!«

Nicolai Schjelting sagte es so laut, daß man es im ganzen Raum hören mußte. So! Nun konnte er gehen. Da eilte der Vicomte de la Motte herein, ein französischer Attaché.

»Wissen Sie schon?«

»Nein! Was?«

»Hier! Das Ultimatum Österreichs an Serbien! Es ist kein Geheimnis mehr! Wahrscheinlich sind jetzt schon in Wien die Extrablätter!«

»Ich wußte es schon seit heute Nachmittag!« sagte Isebrink drüben zu dem Argentinier. »Sonst hätte ich nicht so auf gut deutsch meine Meinung ausgesprochen. Aber jetzt geht's in Einem!«

Nicolai Schjelting hatte mit heißen Augen die Depesche überflogen. Er ballte die Faust. Er war bleich geworden.

»Nie wird Rußland das zugeben!« sprach er beinahe feierlich.

»Und Österreich steht vielleicht allein!«

Irgend Jemand hatte es hämisch gemurmelt. Paul Isebrink trat in die Mitte.

»Neben Österreich steht Deutschland. Wie damals – Wer in Europa Lust hat – bitte! ... Nun, Herr von Schjelting: Sie lächeln?«

»Ich freue mich, das von Ihnen zu hören! Es eröffnet mir den Ausblick auf die Stunde der großen Abrechnung, die die slawische Seele ersehnt!«

»... und vor dem Ernst des Augenblicks verschwinden diese kleinen persönlichen Differenzen!« versetzte vermittelnd der Argentinier mit einem Blick auf den Hauptmann Isebrink. Der ließ sich schon, freundschaftlich neben Mahmud Kiazim Bey stehend, von dem Diener Hut und Handschuhe reichen.

»Ich hab' jetzt wirklich Wichtigeres zu tun!« sagte er. »Meine Herren: jetzt kommt das große Reinemachen! Weiß Gott: Es tat Not!«

IX.

In diesen Juli-Tagen hielt die Welt den Atem an. Dies Europa, das ganze Menschenalter des Friedens nicht mehr als Geschenk jedes neuen Morgens, sondern längst als selbstverständliche Pflicht der Vorsehung hinnahm, und dabei doch seit einem halben Jahrhundert von Waffen starrte, in Erwartung des Kriegs, des schon halb schattenhaft gewordenen Riesen der Urzeit.

Es ging ein Zittern durch die Mutter Erde. In ihr erwachten die schlafenden Heere. Tief im Süden stand eine pinienförmige Rauchwolke düster über dem Krater des Vesuv. Unten auf der Marina des Städtchens, gegenüber dem fernen Neapel, eine Gruppe Bersaglieri am Kaffeehaustisch. Die Hahnenfedern flatterten in der Seebrise. Listige Augen. Weiße Zähne. Das Händespiel von Jahrmarktsgauklern.

»Che c'e di nuovo? «

» Tuttavia niente!«

Was werden wir tun? Ein Zwinkern auf den braunen Gesichtern…

Was wir tun? »Far vista di…« Ein Mund am Ohr des Andern. Ein Lazzaronenlachen. Nur Geduld…

Sturmstöße vom Schneemantel der Maladetta über die grauen Steinhütten des Pyrenäendorfs nahe der spanischen Grenze. Blutrotes Weingeträufel aus dem Zickleinschlauch an der Decke der Schmugglerherberge in die Becher der französischen Offiziere der Gebirgsartillerie. Finstere Blicke nach Osten. Wie weit von hier die Vogesen! Der Rhein, wie weit…

»Ah – ça commence!«

»Und ohne uns!«

»Man wird uns rufen, mein Capitän!«

»Frankreich braucht jeden Mann!«

Dort im Osten wie weißes Pilzgewucher auf der grauen Steppe das russische Sommerlager. Ein ausgestopfter Zottelbär mit Dreispitz und Pförtnerstab als Schweizer vor der hölzernen Messe der Offiziere.

»Nun, Ossip Gregorowitsch?«

Ein Kranz weißer Schirmmützen um den Stabsrittmeister, der eben mit Hühnern und Gemüsekorb in rasselndem Wägelchen aus der Kreisstadt zurückkam. Er war in der Sobranje. Der Adelsmarschall hatte die besten Beziehungen zum fernen Petersburg.

»Nicolai Nicolajewitsch trägt den Mobilmachungsbefehl in der Tasche!«

»Vom Imperator unterschrieben!«

»Schon wieder Schnaps?«

»Trinken wir auf Serbiens Wohl!«

Sonnenschein über London. Rote Riesen zu Roß als Doppelposten vor Whitehall. Im Durchgang durch die Kaserne der Horse-Guards nach dem Paradeplatz von St. James Park eine Gruppe säbelrasselnder Gentlemen in Scharlach und Schuppenkette.

»Have you news?«

Jawohl. Nebenan, in Downing Street, ein schweres Wetterzeichen für das Schicksal der Welt: Bis zu dieser Stunde, Sonnabend Nachmittag um Drei, hatte der ehrenwerte Edward Grey London noch nicht verlassen, um Forellen zu fangen…

Noch ging die Menschheit auf Erden überall ruhig ihrem Tagewerk nach, läuteten die Sonntagsglocken von der Isaaks-Kathedrale und Notredame, vom Stephansdom und Lateran, von St. Paul's und der Kaiser-Wilhelm-Kirche das Friedensgebet vieler Jahrzehnte ein: »Unser täglich Brot gieb uns heute!« Nur durch die Welt der Waffen lief ein erstes, leises Raunen. Es war, als bewegten sich unruhig die Mannlicher-Gewehre in ihren Stutzen in der Hoch- und Deutschmeister-Kaserne der Wiener Edelknaben, als klirrten kaum merklich in Paris und Lyon die Pallasche der Kürassiere von Reichshofen, als summten schwach in Schottland die Dudelsäcke der Schwarzen Wache und der Gordon-Hochländer die alten Weisen ihrer Clans, als neigten sich in der Potsdamer Garnisonskirche stumm die zerschossenen Siegesfahnen über die Gruft

Friedrichs des Großen, als wehe ein Erwachen durch die Heere – ein Zurück in jene Zeit, da es noch Schlachten gab...

Nur in Belgien nicht. Zwischen Maas und Yser hatte man keine kriegerischen Erinnerungen. Erst seit wenigen Jahren dienten die Söhne aus gutem Hause, statt daß ihnen der Staat für tausend Francs einen Ersatzmann aus den Arbeitslosen der Straße auflas. Man trug die zwei Jahre mit gutem Humor. Man nahm überhaupt das Leben leicht. Dachte nicht unnütz über die Dinge nach. Die Saison in Ostende nahm ihren glänzenden Anfang. Brüssel amüsierte sich auch im Sommer. Man war galant. Man aß und trank gut. Man verdiente Geld. Man haßte jeden Zwang außer dem der Mode. Man war Klein-Paris – jenes Paris, das übrig blieb, wenn man sich aus ihm alles hinwegdachte: Invalidendom und Bastillenplatz, Pantheon und Triumphbogen, Louvre und Sorbonne, die Gräber Voltaires und Rousseaus, Alles, was von geistiger und kriegerischer Welteroberung früherer Zeiten zeugte. Was für Brüssel davon übrig blieb, das war die Stadt oberflächlichen Genusses, gleißender Fäulnis. Ein »Morgen wieder lustig!« im Gewühl der buntgeputzten Spaziergänger, dem Fluten der Massen zu den Sportplätzen, dem Tuten der Autos auf den breiten Boulevards.

Nicolai von Schjelting war ohne Aufenthalt von Konstantinopel nach Brüssel durchgefahren. Nicht unter seinem Namen, sondern als Lincoln J. Ley aus New-Orleans in den Vereinigten Staaten. Er hatte stets verschiedene Pässe bei der Hand. Man brauchte nicht immer und überall zu wissen, wo er gerade war. Er schrieb sich auch unter dem Yankeenamen in dem Hotelpalast am Bahnhof ein. Der Geschäftsführer verbeugte sich mit diskreter Zurückhaltung. Er kannte natürlich genau diesen berühmten Russen, der oft genug mit seiner schönen Frau bei ihm unten im Luxusrestaurant diniert hatte. Aber er wußte auch so gut wie halb Brüssel, daß der lang erwartete Bruch zwischen Monsieur und Madame de Schjelting dicht bevorstand. Er wußte auch noch mehr...

Und auch Nicolai Schjelting selbst erfuhr das. Er ging vom Hotel, lautlos, auf Gummischuhen trotz des schönen Wetters, zur oberen Stadt empor. Da hielt unten, noch vor dem Botanischen Garten, ein Renn-Automobil in Form eines elfenbeinfarbigen, in der Mitte durchgeschnittenenen Eis. Der Oberbau bestand eigentlich nur aus einem mächtigen Benzintank und einem engen muschelförmigen Sitz für zwei Personen. Der Führer des Wagens war ausgestiegen, um die neueste Ausgabe der »Indépendance« zu kaufen. Er war ein hagerer, langer Geselle, die Lederhaube bis an die Wurzel der verwegenen Hakennase in die Stirne gezogen. Er kehrte zu der schönen, jungen Frau zurück, die im Wagen auf ihn wartete.

»Ah – papperlapapp ... c'était pour rien!«

»Nichts Neues, mein Freund?«

»Nichts!«

Dabei setzte er sich neben sie, kurbelte elektrisch an und sauste den steilen Boulevard hinauf. Nicolai Schjelting schaute den Beiden nach. Es wetterleuchtete wild über seine nervösen Züge. Er dachte sich: Ah – meine gute Ghislaine – steht es schon so? Du zeigst Dich bereits mit meinem künftigen Nachfolger vor aller Welt, um mir Deine Verachtung zu bekunden! ... Nun: Täuschen wir uns nicht, meine Beste! Ich bin keine quantité négligeable! Ich kenne die, die bald lachen und die, die bald weinen werden!

Er warf die Zigarette in weitem Bogen hinter sich. Es war wie eine sinnbildliche Handlung. Eigentlich frohlockte die Spielernatur in ihm: Meine Glückwünsche! Meinen Dank! Je freier, je besser. Nichts hinter mir. Die Küste schwindet. Der Sturm von Osten schwellt meine Segel in ungemessene Weiten...

Oben im Quartier Léopold stieß Nicolai Schjelting in einem der vornehmen Mietshäuser die Schreiber im Vorzimmer bei Seite und drang brüsk, fast ohne anzuklopfen, in das Allerheiligste des Maître Nicolas. Der grauköpfige Advokat erhob sich mit der glattrasierten Würde seines Standes. Er wollte seinen Klienten begrüßen. Aber der schnitt ihm, die Hände in den Taschen mitten im Zimmer stehend, das Wort ab.

»He: was ist das für ein Kerl?«

»Wen meinen Sie, Herr von Schjelting?«

»Wen soll ich wohl meinen? Diesen Barsoî – diesen Windhund da unten – diesen Narren in der weißen Nußschale von Automobil.«

»Ach so! Baron de Ridder!«

»Was ist er? Was treibt er?«

»Nichts!«

»Also Sport?«

»Ja!«

»Geld?«

»Eine Menge!«

Schjelting ging im Zimmer auf und ab. Plötzlich sagte er:

»Ich hätte gedacht, der Mensch sei klein und dunkel!«

Der berühmte Brüsseler Rechtsanwalt lächelte diplomatisch. Gewiß: Er war auch einmal von brünettem Äußeren gewesen. Er hatte auch schon einmal eine Glatze gehabt. Auch schon einmal friesisch gelbe Haare. Das wechselte. Die Brüsseler Skandalchronik war groß. Man kam kaum mit. Aber – gestehen wir es ein: – diese entzückende Madame de Schjelting war unvorsichtiger als ihre Freundinnen. War es wenigstens im Lauf der letzten Zeit geworden...

Das spielte um Maître Nicolas' nachsichtig gekniffene Mundwinkel. Er sagte, immer noch lächelnd:

»Niemand kann zwei Herren dienen, Herr von Schjelting! Ihre Göttin ist die Politik! Ich verneige mich vor Ihrem Ehrgeiz. Aber er führte Sie zu oft auf Reisen...«

»Ah ...im Dienste Rußlands! Im Auftrag des Großfürsten!«

»Ich bewundere den Pflichteifer, den Sie seiner erhabenen Person zollen. Aber man soll eine Frau von Welt nicht zu lange allein lassen, Herr von Schjelting!«

Nicolai Schjelting fuhr sich, die blauen Schatten der Schlaflosigkeit unter den Augen, mit der Hand über die Stirne und machte dann eine Bewegung, als verscheuchte er eine Fliege.

»Gut! – Wie's beliebt ...! Gott mit ihr! Kommen wir zur Sache! Wie steht es mit der Scheidung?«

»Monsieur und Madame Lambert und ihre Tochter sind einverstanden!«

»Pah – diese Krämer...,« sagte Schjelting. Ein höhnischer Dünkel kommender Vergeltung leuchtete über sein Gesicht.

»Die Schwierigkeit liegt nur in der Form. Die Söhnchen, dieser kleine Allard und dieser kleine René, sind orthodox getauft!«

Nicolai Schjelting durchmaß wieder zerstreut den Raum.

»Man wird das ordnen! Überlassen Sie das mir! Ich stehe gut genug mit dem Heiligen Synod. Ich erreiche am Petersplatz, was ich will. Ich brauche nur Zeit...«

»Madame de Schjelting wünscht im Gegenteil, so bald wie möglich...«

»Sie hat sich zu gedulden! Nicht darauf kommt es jetzt an. Nicht solche Händel liegen jetzt in Gottes Wille!«

»Mein Gott: Sie erschrecken mich! ...Woher diese plötzliche Wildheit...«

»Ah ...ich bin Russe! Ich habe jetzt wichtigere Dinge im Kopf als Euch! Ich gebiete Schweigen. Nach dem Krieg wird man entscheiden!«

»Nach dem Krieg ...Sie glauben doch nicht an Krieg...«

»Eh, Maître Nicolas? ...Gut: dann glaube ich auch nicht an die Heilige Dreifaltigkeit und die Mutter Gottes von Kasan!«

»Je nun: Man glaubt, was man wünscht!«

Der Advokat lehnte sich in einer höflichen und lächelnden Abwehr zurück. Er sah kraft seines Amts in viele Brüsseler Herzen und Häuser. Er kannte seine Belgier. Er war selber Einer. Gewiß: Man war ein neutraler Kleinstaat und baute dabei mitten im Lande die größten Festungen der Erde gegen Deutschland. Man lehnte sich an den französischen Panzergürtel an; man unterschrieb geheime Abmachungen in London; man spielte mit dem Feuer und erzählte sich davon bei Gelegenheit auf der Getreidebörse in Antwerpen oder im Justizpalast zu Brüssel. Aber man spielte eben nur damit. Man nahm den Krieg so wenig ernst als sonst Etwas außer

Geld und Liebe. Man konnte sich auch, in diesem durch und durch unmilitärischen Land, gar nichts Rechtes unter einem Krieg vorstellen.

»Nun, Maître Nicolas – ich gehe! Ich habe jetzt mehr zu tun! Nur, um dies zu ordnen, kam ich in Eile auf ein paar Stunden nach Brüssel. Sehen Sie meinen Schwiegervater...?«

»Er sucht mich fast täglich in dieser Angelegenheit hier auf!«

»Dann bestellen Sie ihm, daß ich...«

Da öffnete sich die Türe und Herr Lambert trat ein. Groß, breitschulterig, blond, ein Rembrandt-Deutscher mit feiner, rosiger Haut und grau-goldenem, krausem Vollbart. Er hatte Schjeltings Stimme gehört. Er wollte ihm, vor dem Dritten, Aug' in Auge als schroffer Schwiegervater gegenübertreten. Aber da sprudelte es schon von dort auf ihn hernieder, in nervösem Hin und Her durch das Zimmer, mit verächtlich zurückgeworfenem Kopf, mit einer wegwerfenden Armbewegung durch die Luft...

»Nun, wie denn, Monsieur Lambert? Wie ist es doch mit diesem Windhund da? ...Gottlob entfiel mir sein Name! ...Das ist schlechter Geschmack! Mag sie wählen, wen sie will. Man heiratet. Aber man kompromittiert sich nicht vorher! Nicht sich und nicht Andere. Bitte bestellen Sie das Madame! Ich wiederhole: Es ist schlechter Geschmack. Es zeugt von unkultivierter Erziehung!« Plötzlich wandte er sich zu dem Anwalt und sagte lässig und vertraulich: »Aber was wollen Sie? Woher sollte sie es haben? Diese Kaufleute kommen ja alle von unten herauf! Bei uns in Moskau können Sie oft nicht lesen und schreiben!«

»Ah – das ist ein wenig stark!« Monsieur Lambert und der Advokat Nicolas tauschten einen Blick: da sieh: der Moskowiter! ...Die Maske fällt ...»Ich bin ein russischer Edelmann! Ich könnte Adelsmarschall von Twer sein, wenn ich wollte! Ich fordere Ehrfurcht vor meinem Namen, so lange Ihre Tochter ihn noch trägt!«

»So? Und was Sie in Wiesbaden treiben...«

»Nichts, Du alter Vogel!« sagte Nicolai Schjelting. Er verfiel, mit einem brutalen Lächeln, in das breite, hier der französischen Sprache ungewohnte, russische Du. »Du hast es nötig, mich zu verdächtigen, mich, der, bei meinem Ehrenwort, nichts in Wiesbaden tat, als einen alten Teufel von Deutschen wegen seiner Leiden zu befragen! Hingegen hier ...Monsieur Lambert ...Wie ist es denn mit Ihrer Fahrt zur Pariser Börse an jedem Dienstag und Freitag? Geht es dieser niedlichen Madame Turlet noch gut, in ihrem Nest an der Ecke der Rue Soufflot und des Boulevard St. Michel? Man sagt, Sie hätten es entzückend möbliert!«

»Ah...«

»Nicht diese Intimitäten, Herr von Schjelting...«

»Pah ...Ihr seid Einer wie der Andere! Auch Ihre Schwächen kennt man, Maître Nicolas!« sagte Nicolai Schjelting. Es klang hochfahrend, als spräche er daheim auf schwarzer russischer Erde zu seinen ehemals leibeigenen Bauern. »Der Westen ist faul und hier bei Euch am faulsten. Ich bin anders! Ich spiele mit den Frauen. Sie sind für mich die Leitersprossen zum Erfolg. Aber ich liebe es nicht, daß man mit mir spielt! Merken Sie sich das, Monsieur Lambert!«

»Diese Sprache ...in der Tat ...Wer sind Sie denn ...ohne Rang ...ohne Reichtum ...ohne...«

»Ich bin Rußland. Rußland steht hinter mir! Wir kommen. Der Krieg ist vor der Türe!«

»Nein ...nein!«

»Doch, Nicolas!«

Léon Lambert, der Großkaufmann, war von Paris her durch ein Ferngespräch besser unterrichtet als der Advokat. Diese kleine Madame Turlet hatte Veziehungen zu einem Minister der Republik. Man erfuhr da auf Umwegen mancherlei.

»Wenn sie kommen« ...sagte er matt und angstvoll. »– man glaubt es in Paris noch nicht recht – aber wenn sie kommen, so lassen wir sie in Gottesnamen unten im Süden durchmarschieren! Ah – wir werden klug sein! Wir ziehen unsere Regimenter zurück. Wir erheben Protest! Wozu Blutvergießen?«

Nicolai Schjelting zuckte geringschätzig die Achseln. Er dachte sich: diese Art Seelen sind doch immer gleich im Mauseloch. Er sagte nachlässig:

»Sie werden nicht soweit kommen! Immerhin … Vielleicht geht Madame für einige Wochen, bis der Rhein von unseren Verbündeten überschritten ist, ein wenig an die See. Nach Ostende. Dort wird die Saison dies Jahr besonders glänzend. Viel Amerikaner und Engländer. Vom Krieg wird man da nichts merken, außer den Siegesfahnen längs der Digue!«

»Monsieur, die Kurse!«

Ein Angestellter überbrachte die letzten schwarzen Ziffern der Handelsdepeschen auf blauem Seidenpapier. Die beiden Belgier suchten instinktiv darauf die Stammplätze ihrer Lieblingswerte. Dann schauten sie sich an. Die Haare standen ihnen zu Berge: War das noch französische Rente? Belgische Staatsanleihe? Ein Sturm in den Papierwäldern aller Börsen Europas. Die stolz in Menschenaltern des Friedens emporgeschossenen Kursbäume bogen sich vor brüllenden Stößen aus allen vier Windrichtungen zugleich … Nirgends ein Halt. Die einzelnen Plätze rissen einander mit sich wie die Regimenter eines fliehenden Heeres.

Das war die Sprache, die Vlame wie Wallone verstanden. Nun merkte man erst … klammerte sich an …

»England – was macht nur England?«

»Ja – wer das wüßte!«

Nicolai Schjelting hatte den beiden entsetzten Geschäftsmännern so gleichgiltig den Rücken gedreht, als wären es zwei Kassenschränke. Unten vor dem Haus traf er einen hohen belgischen Militär, dessen Weißkopf in anderen Heeren auf einen jovialen Feldwebel gewiesen hätte. Der General Janssen hielt ihn fest.

»Wie steht es, Herr von Schjelting: Krieg oder Frieden?«

»Macht nur mobil!«

»Aber es ist ja nichts vorbereitet! … Nichts in Ordnung!«

»Sehr gut! Wozu habt Ihr denn Euren großen Brialmont gehabt? Wozu habt Ihr denn Eure Riesenfestungen gebaut? Rußland selbst hat kaum Plätze wie Lüttich und Antwerpen!«

Ein Raunen hinter der hohlen Hand.

»Für die Engländer!«

»Die Engländer werden rechtzeitig da sein!«

»Das sagt Jeder, der die Geheimverträge kennt! Aber immerhin … Herr von Schjelting … ich bin ein alter Soldat! Ich kenne die Preußen! … Sie müssen ja schließlich da unten durch! … Ich täte es auch! Stellen wir uns da entgegen, so tragen wir unsere Haut zu Markte!«

In seiner, vom Hause Lambert blutig verwundeten Eigenliebe haßte Nicolai Schjelting augenblicklich die Belgier so, daß er ihnen ganz gegen seine Gewohnheit brutal die Wahrheit sagte:

»Ja, tut das nur! Dafür seid Ihr da!«

»Ah – Monsieur … diese Sprache …«

»Ah bah: Ihr habt unterschrieben! … Schon vor Jahren … Ihr hattet Zeit genug, es Euch zu überlegen! Man wird Euch jetzt nicht lange fragen!«

Im Weitergehen dachte sich Schjelting: die Engländer schmeißen dies kleine Belgien in den Krieg, wie einen Pudel ins Wasser! Mag es schwimmen! Unser Hühnerhund heißt Serbien! Der kann's besser … Er lächelte schadenfroh. Serbien liebte er. Aber Belgien war die Heimat seiner Frau …

In seiner Hotelwohnung erhob sich bei seinem Eintritt ein kleiner, wohlbeleibter Franzose mit blitzenden Augen und schneeweißem Henriquatre, das rote Bändchen im Knopfloch. Der General de Rigolet de Mezeyrac war schon ein hoher Siebziger. Aber das gallische Temperament sträubte ihm förmlich den weißen Haarschopf wie einem alten Kampfhahn.

»Ah, Nicolai … in welcher Zeit leben wir! Im Großen wie im Kleinen! Ich bin direkt von Trouville hierhergefahren. Es ist meine Pflicht, als der Großvater Ghislaines! Es muß vermittelt werden, zwischen ihr und Ihnen. Jetzt ist nicht die Zeit, die heiligen Bande zwischen Frankreich und Rußland zu sprengen!«

»Nun … diese gute Ghislaine ist da anderer Meinung als Seine Majestät der Zar und Monsieur Poincaré!« sagte Schjelting kalt. »Sie hat aus eigenem Antrieb die Trennung unserer Ehe beantragt …«

»... während Sie mit einer Deutschen in Wiesbaden ... oh ... auch Pariser Freunde haben Sie dort gesehen! Man kennt jetzt Ihre diplomatischen Reisen!«

»Nichts geschah in Wiesbaden, mein General! ... Während hier Ghislaine mit einem Windhund ... ich vergaß seinen Namen ...«

»Ah bah! Lassen wir's! ... Die Laune einer hübschen Frau!«

»Ein Zeichen menschlicher Verblendung! Ghislaine verläßt mich am Vorabend der großen Stunde, die uns zu Herren Europas macht! Sie verzichtet auf den Exzellenzenrang, den Gräfinnentitel, die Würde einer Botschafterin, die Gnade des Petersburger Hofs. Ein nach Benzin riechender Taugenichts ist ihr lieber ...«

»Ah ... kränken Sie nicht diese erbarmungswürdige Frau!«

»Gott mit ihr und diesem Chauffeur! Es ist unter meiner Würde! Kein Wort mehr!«

»Hören Sie zwei Worte ...«

»Nichts! Ich gehöre nicht mehr mir, sondern der russischen Gesellschaft! Mich erfüllt der Geist Peters des Großen und der Alten Katharina! Der Schwur Minins und Posharskis. Riechen Sie noch nicht Pulverdampf, mein General?«

»Ich bin alt. Sehr alt!«

»Sie haben siebzig mitgemacht! ...«

»Mitgemacht! ... ha ... verwundet war ich ... kriegsgefangen ... entwichen ... ein Bein im Schnee erfroren ... unter Bourbaki haben sie mich wieder verwundet über die Schweizer Grenze getragen ... Sie wissen es doch ...«

»Und jetzt, Großvater – Wollen Sie nicht vor Ihrem achtzigsten Lebensjahr noch einmal die Glocken von Metz und Straßburg läuten hören?«

Die blauen Augen des alten Generals leuchteten. Er zog sich nachdenklich den Zipfel des weißen Schnurrbarts durch die Zähne und ließ ihn verzweifelt fahren.

»Sie sind zu stark! ... Sie haben ihre Zeit nicht verloren. Ich verfolge ihre Friedensarbeit. Erst vorige Woche schrieb ich in der ›France militaire‹ ...«

»Und unsere Vorbereitungen: dies heilige Slawenheer, vor dessen ungezählten Millionen die menschliche Einbildungskraft von Schwindel erfaßt wird und die Augen schließt? Eh – was sage ich: ein Heer! Sie kennen die geheimen Zahlen. Es ist die Sprengung aller Maße und Begriffe. Es ist die politische Festlegung Europas für Jahrhunderte. Es ist die Weltgeschichte selber auf dem Marsch!«

»Euer Aufmarsch aber dauert drei Monate!«

»Drei Monate!«

»Und bis dahin müssen wir allein ... Es kommt uns über Hals und Kopf! Wir hatten keine Zeit, uns vorzubereiten ...«

»Fünfzig Jahre hattet Ihr Zeit! Auf dem Papier wart Ihr immer bereit! Da, auf dem Tisch liegen Eure letzten Flugschriften. Man hat sie mir vorhin aus Paris geschickt!«

»Ich kenne sie! ... ›Die Teilung Deutschlands!‹ ... ›Das Ende Preußens!‹«

»Dies las ich schon früher! ... Oh nein, die neuesten, die allerneuesten: Vom Geist dieser Monate: da, Generalstabs-Capitain Becker: »Der Schlacht entgegen!« – Da: Oberstleutnant Montaigne: »Siegen!« Da: Reinach: »Die Armee bereit!« ... Lassen Sie die Bücher nur ruhig vom Tisch herunterfallen, mein General! ... Da: General Cherfils: »Bereitet Euch zum Sieg vor!« ...«

»Genug! Genug!«

»Da: Oberst Piaron de Mondésir: »Sonne – wann gehst Du im Osten auf?« Jetzt geht sie auf!

»Genug ...«

»Da: Oberstleutnant d'André: »Die Banner Frankreichs!« Da: Oberst Arthur de Boucher: »Deutschland in Gefahr.« Wie denn? Deutschland ist in Gefahr. In der furchtbarsten, in der je ein Land war! – – Und Ihr jauchzt nicht, Ihr Franzosen?«

»Es kommt so plötzlich! Und der Senator Humbert mahnte vor vierzehn Tagen in der Kammer ...«

»Jagt diese Kammerschwätzer zum Teufel! Man wird sie überhaupt überall aufknüpfen müssen, wenn erst die Freiheit errungen ist!«

»Ah – gut! Aber ein Waffengang mit Deutschland ist kein Picnic!«

In Nicolai Schjelting schäumte die Ungeduld über. Er stellte sich breitbeinig vor den kleinen General hin. Er wiegte den Oberkörper hin und her. Er warf verächtlich den Kopf zurück. Er war jetzt verkörpertes Moskowitertum. Hochfahrende Herrschsucht.

»...Warum redet und schreibt Ihr dann seit fünfzig Jahren davon – he?«

»...weil wir uns die Schicksalsstunde Frankreichs selber wählen wollen! Man hat uns zu fragen!«

»Wir werden nach Berlin marschieren und Ihr werdet Eure Bündnispflicht erfüllen! ...Belieben Sie, mein General: Wozu denn sonst überhaupt dies Bündnis? ...Wozu küßt mein erhabener Herrscher seit Jahren diese dicken Advokaten, die Ihr Euch zu Präsidenten wählt? Wozu beleidigt man an solchen Tagen unsere allrussischen Ohren mit Eurer Marseillaise...?«

»Ah bah...«

»Wozu habt Ihr uns im Lauf der Zeiten fünfundzwanzig Milliarden Francs geborgt? Ah ... Solche Summen giebt man nicht umsonst ...Die legen Euch Verpflichtungen auf!«

»Uns?«

»Ein Schuldner wie Rußland kann verlangen, daß man sich für ihn opfert! ...Für ihn ist kein Opfer zu groß!«

»Das ist stark!«

»Vertrauen gegen Vertrauen! Wir haben uns immer nur an Euch gewandt, wenn wir Geld brauchten...«

»Und dafür sollen wir uns für Euch schlagen?«

»Ja – was wird denn sonst aus Euren fünfundzwanzig Milliarden?«

Nicolai Schjelting sagte es gleichgiltig. Er stand in lässiger russischer Haltung, die Hände auf dem Rücken gekreuzt, die Papyros schief im Mund.

»Dann machen wir Staatsbankerott, mein General! Atmen auf! Denn Gott hat uns dann von unserer Schuldenlast befreit. Aber erwägen Sie: Frankreich ohne seine Zinsen! Man jagt Eure Regierung davon. Eure Advokaten, Eure Deputierten, Eure Spekulanten, alles! Die Blusenmänner werden vom Montmartre hinabsteigen! ...Sie haben die Commune mitgemacht, mein General! Sie pflegen zu erzählen, daß Sie neben Gallifet...«

»Ah – genug davon!«

»Wollen Sie dies schöne Frankreich im Bürgerkrieg sehen statt im Krieg gegen Wilhelm? ... Unsere breite, russische Natur erträgt viel. Aber nun habt Ihr uns lange genug ausgesogen!«

Der General griff sich an den weißen Kopf.

»Wir Euch ausgesogen mit unserem guten Geld? Mit den Ersparnissen Frankreichs?«

»Auch Rußlands Opferwilligkeit hat seine Grenzen!«

»Mein Gott: ist das die Sprache gegenüber seinen Verbündeten?«

Schjelting lachte und legte dem kleinen, zornroten Soldaten von oben die Sand auf die Schulter.

»Ich spreche jetzt als ein freier Slawe! Ich bin ein Sohn des großen Rußlands, das sich anschickt, seine geschichtliche Sendung zu vollbringen! Ihr habt zu folgen!«

»Befiehlt man unter Freunden?«

»Wie ist es denn mit dieser Freundschaft? In der Tat: Man hat in Kronstadt und Reval Champagner getrunken. Ihr habt Eure Mole in Cherbourg in Trümmer gerannt, weil unser Väterchen zu seekrank war, um zu landen ...Es wurden Depeschen gewechselt und Geschäfte gemacht. Es wurde gestohlen...«

»Vielleicht bei Euch!«

»Es wurde grimmig gestohlen, unmenschlich gestohlen, in Petersburg wie in Paris. Euer Geschäftssinn hat selbst unsere Tschinowniks beschämt...«

»Diese Sprache voll barbarischer Instinkte ...Sie sehen mich erschüttert ...das ist Rußland – dies große Rußland, das wir zärtlich lieben!«

»Ihr habt es nie geliebt!« sagte Nicolai von Schjelting. »Ihr habt es nie gekannt. Ihr habt Euch nie Mühe gegeben, es kennen zu lernen. Nie kommt Ihr anders zu uns, als um uns zu bewuchern. Man erkannte Euch an Euren Zylinderhüten und dem roten Bändchen. Man wußte: nun lassen sie unser Mütterchen Rußland wieder zur Ader!«

»Wenn Frankreich das hörte...«

»Nie seid Ihr in die slawische Seele eingedrungen. Seht doch diese Deutschen! Ihre Intellektuellen bewundern diesen abtrünnigen Tolstoi! Sie kennen Repnin. Sie schrieen, als man bei uns den Holigan Gorki festsetzte! Sie klatschten sich für die dritte Garnitur des Kaiserlichen Ballets die Hände wund. Viele Berliner Magazine führen russische Firmeninschriften...«

»Wir haben das nicht nötig!«

»Nein. Ihr laßt uns für Euch arbeiten. Ihr gebt uns Geld. Wir zahlen die Zinsen mit Weizen. Unser Bauer hungert, damit Ihr satt werdet. Jeder kleine Rentner bei Euch hält sich vier Muschiks. Er kennt sie nicht. Er sieht sie nicht. Er liebt sie nicht! Er weiß nichts von ihnen, als daß sie seinetwegen schwitzen! Er schneidet die Coupons ...schneidet in seinem Gärtchen die Rosen. Nicht darum hat man die Leibeigenschaft aufgehoben, mein Lieber, daß das Ausland die freien russischen Seelen kauft!«

»Armes Frankreich!«

»Wie denn arm? Dreißig Jahre trug der Muschik die Sklaverei. Nun haben wir ihn bewaffnet. Er erhebt sich. Statt des Korns wachsen Soldaten aus unserer schwarzen Erde. Sie marschieren mit sicherem Schritt nach Berlin. Ihre einfachen und gläubigen Herzen hoffen, dort die Enkel der Sieger von Jena zu treffen!«

»Ah!«

»Bei uns in Rußland bietet man dem Freund auf einem hölzernen Teller, ›chleb i sol‹ – Brot und Salz. Wir tragen Euch Elsaß und Lothringen entgegen...«

»Es ist zu viel!«

»Hören Sie nicht schon die Trompeten von Solferino schmettern, mein General? Sehen Sie nicht schon wieder die Adler Frankreichs von Palikao bis Veracruz die Welt durchfliegen? Mein Gott: In welcher Schlacht des zweiten Kaiserreichs kämpften Sie denn nicht? Sie standen als Milchbart unter den Ersten auf dem Malakoff...«

»Ah – Erinnern Sie mich nicht!«

»Vernehmen Sie nicht diese Schreie jenseits der Vogesen? Die Tücher wehen! Diese Frauen und Mädchen in ihren schwarzen Flügelhauben strecken die Hände aus. Die Menschheit ruft nach Frankreich!«

»Mein Gott ...mein Gott...« Der General de Rigolet sank erschöpft auf einen Stuhl. »Nichts mehr, mein Freund! In Ihnen wohnt eine gefährliche Macht. Sie sind ein Seelenfänger. Sie spielen mit den Menschen...«

»Wie denn? Was bin ich denn? ...Ein einfacher Russe!«

»Aber Sie kriechen in die gallische Haut! Sie sprechen wie ein Franzose!«

»Weil ich dies edelmütige Frankreich und sein Recht auf die Zukunft liebe!«

Der General de Rigolet kämpfte, in dem Sessel zusammengesunken, mit sich einen schweren Kampf. Aber das kriegerische Feuer in seinen alten Augen versprühte. Er machte eine entsagungsvolle, matte Handbewegung in der Richtung nach Osten.

»Das Alles mögen Sie einem Patrioten sagen, der nicht zugleich Fachmann ist wie ich! Sie sind zu viel – die Preußen da drüben – Sie sind zu stark. Und Ihr seid fern!«

Er stand mühsam auf. Er schüttelte den Kopf.

»Nein. Nein. Nein. Wir brauchen mehr. Wir hier im Westen. Wir hier im Anfang.«

»Ich verstehe Sie, mein General!«

»Schafft uns England!«

»Wir werden es!«

»Bringt das Wunder fertig, diese Leute vom Rennplatz und aus der City wegzuschleppen...«

»Es ist kein solches Kunststück, mein General.«

»Ah bah: Ich kenne sie. Ich habe mit ihnen Schulter an Schulter gefochten. In der Krim. Damals war ich achtzehn ...Jetzt bin ich achtundsiebzig!«

»Ihr weißes Haar in Ehren! Aber was beweist das?«

»Daß sie seit zwei Menschenaltern keinen großen Krieg mehr geführt haben – das beweist es! Parbleu – Sie waren früher anders! Aber sie sind faul geworden, auf ihren Inseln, blutscheu, Jobber, vom Herzog ab! Sie wollen nur noch Geld verdienen!«

»Und eben darum müssen sie sich schlagen!« sagte Schjelting lächelnd. »Warum fassen Sie meine Hände?«

»Lassen Sie das wahr sein ... England an unserer Seite ... es wäre ... dies Frankreich, das wie ein Phönix aus der Asche steigt ... oh Gott ... mein altes Soldatenblut ... mir klopft das Herz ... Ich möchte selber noch der Trommel folgen! ... pah ... umso grausamer nachher die Enttäuschung! Wenden wir uns mit einem Seufzer ab! Es wird ja doch nichts mit Englands Hilfe. Wie oft haben wir es schon gehofft. Noch vor drei Jahren, bei Agadir ... Doch Englands Geschütze blieben stumm!«

»Good morning! How do you do?«

Sir William Higgins, M. P., stand hinten im Reiseanzug auf der Schwelle. Er sah gesund und wohl aus. Sein glattrasiertes, faltiges Gesicht zeigte trotz der kalten Augen um die Mundwinkel ein humoristisches Zucken von guter Laune. Ein nervenloser, angelsächsischer Frohsinn, der auf der Stelle die erregten Seelen auf dem Festland beruhigte und mit Zuversicht erfüllte. Er schüttelte Schjelting herzlich die Hand und sagte einfach: »Ich suche Sie!« Dann entsann er sich des Herrn de Rigolet. Oh – man hatte sich auf der Redaktion des »Matin« in Paris getroffen. Er, Higgins, der König der britischen Hetzpresse, war wahrhaft froh, daß der General, dieser hervorragende Pariser Militärschriftsteller, so gut sein helles, näselndes Englisch verstand.

»Ein schöner Tag heute!« sagte er und rieb sich vergnüglich die Hände. »Ich hoffe ernstlich, daß wir dies gute Wetter noch einige Zeit behalten!«

»Und der Krieg ...«

»Als ich heute früh aus London wegfuhr, war da noch Nebel! Aber ich möchte doch auf fünf, sechs Stunden Sonnenschein dort rechnen!«

»Sehr wohl! Aber der Krieg, Sir William! Der Krieg!«

»Oh ja ... der Krieg!« sagte der sehr ehrenwerte Higgins und fuhr sich über die gläsernen Augen, als habe er ein verdrießliches, aber unaufschiebbares Geschäft vergessen. »Man war gestern Abend in allen Clubs der Meinung, daß er sich diesmal nicht vermeiden lassen wird!«

Daß diese Clubs in Londons Mayfair und Piccadilly lagen, erwähnte er nicht erst. Es war selbstverständlich, daß England nach dem Dinner, in Frack und weißer Binde, bei Whisky und Soda, die Weltgeschichte für die anderen Völker machte. Er streckte nachdenklich die langen, dünnen Beine und fuhr fort:

»Es wird ein rauhes Werk von drei Monaten. Aber die City hat es bereits escomptiert. Das Geschäft geht wie gewöhnlich. Es wird sich durch die Beseitigung des deutschen Handels bald sehr beleben! Nie wird Nizza und Kairo eine glänzendere Season haben als diesen Winter!«

Die Augen des Generals de Rigolet begannen zu leuchten.

»Gestern noch erklärten mir in London manche prominente Amerikaner, den Winter über in Europa zu bleiben. Sie wollen von Paris aus die Kriegsvorgänge am Rhein beobachten. Es ist etwas Neues für die Ladies, wissen Sie ...«

»Ah bah – die Weiber! Wir Männer führen den Krieg! Man kommt nicht so leicht über den Rhein, Sir William!«

»Nein. Man umgeht ihn!« sagte William Higgins lächelnd. »Wir landen, wo wir wollen! In Antwerpen. In Holstein. In Pommern!«

»Also kommt Ihr wirklich, Ihr Engländer?«

»Es ist entschieden, so traurig wir auch sind, Blut zu vergießen. Viele Bischöfe und Reverends meinen, daß wir auch während des Kriegs für unsere Feinde beten sollen!«

»Mit wieviel kommt Ihr? ... Verzeihen Sie meine Aufregung ... mit wieviel?«

»Zunächst mit einer Viertelmillion! Die nächsten zwei oder drei Millionen Männer folgen aus den anderen Erdteilen nach Bedarf!«

»Großer Gott ...«

»Inzwischen nehmen wir Helgoland, zerstören Wilhelmshaven und die Anlagen der Mrs. Krupp ...«

»Ah ...«

»... Während von Osten sich russische Heere heranwälzen, deren Millionen Sie nicht mehr an Ihren Fingern abzählen können!«

»Mir schwindelt ...«

»Wir treffen uns Alle, nach Versenkung der deutschen Flotte, in Berlin! Es wird ein heiterer Christmas-Abend!«

Der ehrenwerte Higgins, M. P., war auch als Tafelredner berühmt. Er hatte eine schalkhafte Art, bei unverbrüchlich ernstem Gesicht ein Auge zuzukneifen und trockene Witze zwischen den Zähnen zu kauen. So sprach er auch jetzt. Es war Alles so einfach, als gälte es einen Wochenende-Ausflug an die Seeseite. Es nahm dem Abenteuer jede Gefahr.

»Vergessen Sie nicht, daß wir Italien verpflichtet haben, seinen Verbündeten in den Rücken zu fallen ...«

»Ah – Ihr seid Meister, Ihr Engländer!«

»... daß wir Japan loslassen ...«

»Auch das!«

»... daß wir Amerika hinter uns haben ...«

»Ja. Ihr seid groß!«

»Von Portugal und den anderen Kleinstaaten nicht zu sprechen ...«

»Man kann auch sie brauchen ...«

»Mit anderen Worten ...« William Higgins zündete sich seine Stummelpfeife an und entsandte gleichgiltig eine Wolke von Taback zwischen den dünnen Lippen ... »Verzeihung ... stört Sie der blaue Dunst ...?«

»Oh ... ich liebe ihn, Sir William ...«

»Mit einem Wort: die Männer der fünf Erdteile stehen bereit zu Potsdams Ende. Viel nützliche Arbeit in Bergwerken und Fabriken wird in nächster Zeit ungetan bleiben. Aber dieser Krieg muß bis Neujahr abgewickelt sein. Es ist schmerzlich für einen Christen ...«

»Ei was ... Ich bin Franzose! ... Ich bin ein alter Troupier ... Mir jauchzt das Herz!«

»Ich vergaß die Balkanvölker, die auch manches brauchbare Werk für uns im Feld leisten werden. Darüber wollte ich eben noch mit unserem vortrefflichen, russischen Freunde hier, Herrn von Schjelting, sprechen!«

Der General de Rigolet begriff, daß die beiden Herren allein sein wollten. Er war so erregt, daß er nur etwas Unverständliches zum Abschied stammelte ... Er warf sich unten in ein Automobil. Er platzte erhitzt, keuchend wie eine Bombe oben in der Rue Royale in die Wohnräume seines Schwiegersohnes, des graublonden, rosigen Vlamen Léon Lambert. Madame Lambert, seine Tochter, war da, der alte Hausfreund, General Janssen, viele andere Belgier ... Großkaufleute, Bankiers, Bergwerk- und Mühlenbesitzer. Das aufgeregte Französisch schwirrte. Es hatte sich schon, von hundert Seiten zugleich, herumgesprochen: England kam. England war der Retter. Brüssel und Antwerpen war plötzlich voll von Engländern, die Jeden, den sie kannten, den sie sahen und sprachen, bearbeiteten.

»Ah – wir sind unter Englands Schutz!«

»Wir werden die Deutschen schon empfangen!«

Was wußte man in diesem unmilitärischsten aller Kleinstaaten von dem furchtbaren, seit fast einem halben Jahrhundert schlafenden Kriegsheer jenseits der Grenze. Es war längst hier und in den Niederlanden guter Ton geworden, über die Muffs zu witzeln. Pickelhaube und Paradedrill von gestern! ... Wie anders England! Seine Flotte schwamm und donnerte auf allen Meeren.

Der General de Rigolet war gleich nach seiner Ankunft an den Fernsprecher gerufen worden. Paris meldete sich. Er hatte eine lange, aufgeregte Unterhaltung. Der kleine, dicke Mann lief mit funkelnden Augen und gesträubtem weißem Haar in die Zimmer zurück.

»Das Neueste! Direkt aus dem Palais Bourbon. Der Deputierte Bonvoisin, mein guter Freund ...«

Oh – dieser berühmte Bonvoisin ... der Nationalist. Der Vertreter des Herzens des Seine-Departements. »Nun ... Nun? ...«

»Paris ist seit heute früh voll von den hervorragendsten englischen Politikern ...«

»Von der Regierungsseite?«

»Und mehr noch von den Tories! Viele Lords! Exminister! Zwei frühere Vizekönige von Indien. Die ernsthaftesten Geldmänner des Vereinigten Königreichs ... Alles ist in Paris!«

»Und was sagen sie?«

»Krieg! Krieg! Sie steifen Frankreich den Nacken! Diese bewunderungswürdigen Briten stehen hinter uns! Sie zeigen sich bereit, den Genius der Menschheit zu verteidigen. Ha: Nun wird er losschlagen müssen – dieser viereckige Lothringer im Elysée! ... Meine Herren: der große Morgen graut! Ich höre das Krähen des gallischen Hahns!«

Es war, als flammte auf diesem trunkenen weißen Kopf die blutrote phrygische Mütze, als rauschten um ihn die Wirbel der Marseillaise:

»Auf, Kinder Frankreichs, zu den Waffen,
Der Tag des Ruhms ist wieder da ...«

England ist da ... Wirft lachend Volk auf Volk in den Weltbrand. Reißt im Sturm die Erde hinter sich her. So wie der alte General seine Tochter und deren Mann in ein Nebenzimmer schleifte, wo sie allein waren. Dort kanzelte er sie puterrot und atemlos ab.

»Sehen wir zu: das ist mehr als eine Dummheit! Das ist ein Verbrechen, was in diesem Hause vorgeht!«

»Was meinen Sie, mein Vater?«

»Gottlob kam ich vielleicht noch zurecht, von einer bösen Ahnung getrieben. Seid Ihr denn von Sinnen? Wollt Ihr Euer Kind morden?«

»Wir verstehen nicht ...«

»Ist denn dies der Augenblick für Ghislaine, sich von ihrem Mann zu trennen – gerade wo er im Begriff steht, die Früchte seiner unermüdlichen Opfer für Frankreich zu pflücken! Er liebt unser Frankreich. In seiner Art. Er gesteht es frei. Auf russische Weise. Man wird es ihm überschwänglich lohnen, nach dem Krieg!«

»Sollte denn wirklich der Krieg ...«

»Er liebt auch immer noch diese übelberatene junge Frau, Eure Tochter! Ich merkte es an der zärtlichen Sanftmut seiner Stimme. Noch giebt es ein Zurück. Denkt an die Siegestrophäen nach dem Krieg. Wir werden diesen edelmütigen russischen Freund umarmen, die Frauen von Paris werden ihn dankbar küssen. Nur seine eigene Frau steht abseits. Eine Geschiedene. Aus freiem Willen. Eine Baronin telle et telle! ... Und er wird inzwischen vielleicht Fürst ...«

»Fürst? ... Vater ... Sie scherzen ...«

»Die Zeit, die heraufsteigt, ist so groß, daß in ihr die Wunder zum Polichinellspiel werden! Nichts ist mehr unmöglich, außer einer Niederlage! Dieser unerschrockene Schjelting ist jetzt schon ein Günstling des Großfürsten, um dessen Fahnen der Sieg weht. Der Zar schaltet in den eroberten Ländern und verteilt die Würden ... Madame la Princesse ... ah ... das klingt anders, meine Guten ...«

»Es klingt wie ein Märchen, mein Vater!«

»Sapristi: Wir werden aus dem Märchen Wirklichkeit machen – wir! Wir mit den Waffen! Und Ihr habt die erbarmungswürdige Kurzsichtigkeit, diesem Mann den Stuhl vor die Türe zu setzen! ... Parbleu ... Dann jagt doch auch gleich mich, Euren alten Vater, auf die Straße!«

»Mein Gott, beruhigen Sie sich, Schwiegervater!«

»Setzen Sie sich auf Ihre Kaffeesäcke, mein teurer Léon! Von Valorisation und brasilianischen Kursen mögen Sie Etwas verstehen. Aber mahnen Sie jetzt nicht einen alten Soldaten des Kaiserreichs zur Ruhe! Hoho! Und wenn ich auch bald Achtzig bin: ich reibe mir die Hände! Die Welt wird höllisch unruhig werden, mein Lieber! Man wird Euch Epiciers nicht fragen!«

Léon Lambert schwieg verschüchtert, innerlich unsicher, nur in Einem fest: der Sorge um Geld und Gut. Seine Frau, die Pariserin, wiederholte kopfschüttelnd:

»Madame la Princesse de Schjelting ...«

Der Alte lachte.

»Vielleicht ist es nur ein Bonmot, meine Tochter! Ich weiß es nicht. Vielleicht bin ich nicht mehr dabei, wenn die Welt verteilt wird. Aber ein guter Brocken fällt für Jeden ab, der den Mut hatte, sie aus den Angeln zu heben. Das ist sicher. Nun: Ihr wischt Euch den Mund! Ihr verzichtet. Ich bemitleide Euch! Oder vielmehr dies verblendete Kind! Ja, Dich meine ich, meine Enkelin Ghislaine!«

Zwischen den auseinandergeschlagenen Falten des Vorhangs zum Nebenraum stand Ghislaine de Schjelting.

»Ist er in Brüssel?«

»Ich traf ihn vorhin beim Rechtsanwalt!« sagte ihr Vater. Und ihr Großvater:

»Und ich eben im Hotel!«

»Ich möchte ihn sprechen!«

»Du weißt schon ...«

»Mein Gott ... Ich war hier im Nebenzimmer. Sie reden laut genug, Großpapa, wenn Sie erhitzt sind!«

»Umso besser! Es spart mir nur Worte, die ich sonst an Dich gerichtet hätte, mein Kind! Ermahnungen wegen Deines Mannes!«

»Er soll zu mir kommen!«

»Von selbst kommt er nicht!«

»So holen Sie ihn!«

»Und dann?«

Ghislaine von Schjelting hob nachdenklich die schmalen Schultern. Ihre weißen Zähne nagten an der Unterlippe. Sie sah aus wie ein ratloses Kind.

»Sie haben mich verwirrt, Großpapa, mit dem, was Sie vorhin durch das Haus schrieen!«

»Aha!«

»Vielleicht ist es nicht die Zeit zu überstürzten Entschlüssen!«

»Das meine ich auch!«

»Er wird mich besuchen! Man wird sich unterhalten!«

»Gut so!«

»Ich möchte keinen falschen Schritt tun! Die Neue kommt zu spät! Helfen Sie mir, Großpapa!«

»Ich werde sehen, was sich tun läßt!« sagte der Greis. Er fuhr nach dem Hotelpalast am Nordbahnhof zurück. Es schien ihm unterwegs, als fiebere dies ewig heiß brodelnde Brüsseler Gassengewühl in den letzten Stunden noch mehr wie sonst. Die nach vorne offenen Kaffeehäuser waren überfüllt. Zwischen erregten Geberden und lebhaftem Mienenspiel unter Zylinderhüten blinkte an den Straßenecken das Weiß der neuesten Zeitungsblätter. Und doch war dieser alte französische General, der da durch die Straßen der belgischen Hauptstadt fuhr, vielleicht der einzige Mensch, der tiefernst darein schaute. Die Brüsseler selber – ah bah – das Leben floß leicht dahin ... man würde ja sehen ... morgen war auch noch ein Tag ... Es gab an den Kursstürzen der Börse zu verdienen ... Herr von Rigolet sah ärgerliche, unruhige, neugierige, selbst belustigte Gesichter – aber keines unter den Tausenden, auf dem das Gefühl der Verantwortung für das große Ganze lag. Kein Belgier hätte ihn auch, wenn er ihn gefragt hätte, begriffen. Jeder für sich und Gott für Alle! Wer dachte an die Folgen der Dinge? Man war doch frei! Und England schützte diese Freiheit ...

General de Rigolet kam gerade noch zurecht. Die Beiden, der Russe und der Brite, waren eben im Begriff, das Hotel zu verlassen, ein Paar, in dessen Eintracht sich der Wille von Dreiviertel der Erdoberfläche verkörperte. Wer von den Staatsmännern, den Deputierten, den Notabeln, den Redakteuren des kleinen Landes Belgien wagte noch zu atmen, wenn das Zarenreich und das britische Imperium Arm in Arm leutselig lächelnd bei ihm eintrat? Zum Erstaunen des alten Franzosen war Nicolai Schjelting sofort bereit, seine Frau zu besuchen. Es war nur die Frage, ob Sir William geneigt sein würde, hier noch eine Viertelstunde zu verziehen?

Oh – mit wahrem Vergnügen! Der sehr ehrenwerte Higgins war jetzt gegen Ausländer die aufrichtige und schlichte Liebenswürdigkeit selbst. England brauchte in dieser Stunde alle Völker des Erdballs. Und nun gar den Arm der dritten Republik. Nichts konnte ihm angenehmer sein, als von Herrn von Rigolet, diesem hervorragenden Militär-Theoretiker Frankreichs, Aufschlüsse über den Aufmarsch gegen den Rhein zu gewinnen. Sie ließen sich Beide in der Wandelhalle des Hotels an einem Tischchen nieder. Der General war Feuer und Flamme. Seine zitterige Greisenhand malte mit einem Bleistift rasch und geübt die Ostgrenze auf die Marmorplatte. Er dämpfte seine Stimme, damit die ringsherum sich räkelnden Yankees und nägelkauenden Misses aus Arizona nichts hörten. Pah … keine Sorge! Hierher kamen die Deutschen nicht. Hierher nach Belgien nicht! …

»Täten sie denn von Ihrem Standpunkt nicht weise, nach Belgien zu gehen?«

»Sie müssen! Sie müssen! Ihre Generale begingen ein Verbrechen, wenn sie die Blüte ihrer Mannschaft vor unseren Sperrforts niedermähen ließen, während der Weg nebenan in seiner ganzen Breite von Trier bis Aachen frei ist!«

»Nun also …«

»Haha – – wenn sie nicht, zum Glück, Doktrinäre wären – diese Teutonen! Ihre Professoren werden sich den Kopf zerbrechen, ob es auch erlaubt ist, durch Belgien zu gehen! Sie werden es sich so lange überlegen …«

›Bis wir von der anderen Seite kommen!‹ dachte sich der Brite. Er brauchte es nicht erst zu sagen. Er und der Franzose verstanden sich schon. Der Alte kritzelte eifrig auf dem Marmortischchen den Süden seiner Schlachtlinie.

»Oh – wir werden nicht müßig gehen unterdessen … wir Franzosen! Hier die Trouée von Belfort! … Der Rhein … Der Idsteiner Klotz … die Hüninger Linien … man wird sie überwinden! …«

»Und dies hier?«

Der General war entsetzt über diese bodenlose, britisch-insulare Unwissenheit in militärischen Dingen. Eine Sekunde stutzte er in dem Gedanken: Und dabei fangen sie einen Weltkrieg an! …

»Dies hier, Mylord, ist die Grenze der Rheinpfalz! Die große Lücke zwischen Hardt und Vogesen! Von hier geht der Stoß bis Stuttgart. Dort werden unsere Braven sich verschnaufen und auf den russischen Kanonendonner von Wien her warten!«

»In der Tat … sehr interessant!« sagte der Londoner Zeitungsmann kalt. Beide beugten sich wieder über die zukunftsschweren Bleistiftlinien. Nicolai Schjelting stieg inzwischen die Treppe im Hause seiner Schwiegereltern empor. Den Weg zu dem kleinen Boudoir seiner Frau. Er kannte diese seelenlosen, weißgoldenen Empiremöbel. Er haßte sie, während er auf Ghislaine wartete. Er dachte sich: Werden sie in dieser Familie einmal nicht eine Pendule unter einem Glassturz auf den Kamin stellen? Eher stürzt die Welt ein. Sie sind tötend für einen Mann von Geist, diese Krämer! Langweilig. Einer dem anderen gleich wie die Heuschrecken! Ihre Frauen auch. Drahtpuppen ohne Seele. Kein Wille. Kein Widerstand. Ah … genug davon …

Er schnupperte in der Luft … dies wohlbekannte Parfum … das hatte sie immer noch … Es war, als atmete man Paris … süßlich … ein wenig welk … da lag der ›Gaulois‹ … Alles Paris … auch sie selbst, wie sie in einem flüsternden Froufrou von weißer Seide, beinahe lautlos, eintrat – dieser weiße Puderhauch auf dem schönen Kindergesicht mit den leise bewegten Nasenflügeln, diese schwermütigen Augen, deren dunkle Tiefe so viel versprach und so wenig hielt. Diese müden und weichen Bewegungen einer Schauspielerin vom Gymnase oder Vaudeville. Sie hatte das Seelenvolle eines leidenden und schmerzlichen Lächelns an sich. Sie blieb mitten im Zimmer stehen, da, wo sie das Licht der Fenster am besten auf sich ruhend wußte, und sagte sanft:

»Ich danke Ihnen, mein Freund, daß Sie gekommen sind!«

Schjelting schwieg, mit einem boshaft-geschmeidigen Gesichtsausdruck. Asien war in seinem Blick.

»Nun, Nicolai: warum sehen Sie mich an?«

»Ich bin erstaunt und betrübt: Sie sind doch sonst eine Frau von Geschmack. Dies Schwarzweiß steht Ihnen nicht ... Erstens sind es die Farben Preußens! Nun, wir werden Wilhelms Schilderhäuser verbrennen ...«

»Aber: dies Kleid ist doch rein weiß!«

»Nicht von ihm spricht man. Sondern von dem Automantel ...«

»Welchem Automantel?«

»Den Sie vorhin in dieser lackierten Eierschale trugen. Es ist schlechter Geschmack ... Man merkt, daß ich nicht mehr da bin! Es ist Alles schlechter Geschmack ... Auch dieser Windhund selber ... Nun, meinetwegen, Madame! Wie's beliebt!«

»Sie erschrecken mich ...«

»Warum denn? Ich tue Ihnen nichts. Sie wissen, ich bin ein Mensch wie ein Kind ...« »Sie sind mir unheimlich!«

»Wieso, meine Liebe? Sie sehen, ich lächele. Ich bin Philosoph!«

»Sie spielen mit mir! Das dulde ich nicht!«

»Ich spiele noch mit ganz anderen Leuten!« sagte Nicolai Schjelting schroff, setzte sich und drehte sich gleichmütig eine Zigarette. »Mit Ihnen ist es kein Kunststück. Denn Sie waren unvorsichtig, viel zu unvorsichtig ...«

»Sind Sie nur erschienen, um mir das zu sagen?«

»Da Sie es offenbar hören wollten – ja!«

»Und Sie wagen es, den Sittenrichter zu spielen – Sie?«

»Nicht wahr – es ist gegen meine Art? Ich war immer gegen Sie zu nachsichtig!«

»Gegen sich! Oh ja – ich gestehe es! Wann waren Sie denn zuletzt in Wiesbaden?«

»Wiesbaden?« sagte Nicolai Schjelting mit einem kühlen und überlegenen Lächeln. »Wie kommen Sie gerade auf Wiesbaden, meine Teure?«

»Wir unterhielten uns schon einmal über diesen Gegenstand! Glauben Sie, daß ein solcher Badeort nicht tausend Augen und Ohren hat? Inzwischen habe ich Näheres erfahren. Die Beauforts erzählten es mir. Sie hörten es von Holländern, den de Vries van Aaken, die dort ständig wohnen!«

»Die Welt ist klein!«

»Sie lächeln? Nun: Sie haben ja allen Grund! Ich beglückwünsche Sie zu Ihren Erfolgen ...«

»Wollen Sie mir nicht erst diese Erfolge selbst nennen?«

»Spielen Sie den Unschuldigen? Man sagt, daß diese Dame bereits verlobt war, als Sie auftauchten! Daß sie Ihretwegen diesen preußischen Offizier verabschiedete. Er soll sich nach der Türkei gewandt haben. Aha ... nun röten sich Ihre Wangen ...«

Nicolai Schjelting fuhr sich mit der Hand über die Augen. Er fühlte das Blut heiß zu Kopf steigen. Diese Worte, die wie Nadelstiche von den geschminkten Lippen dort kamen, diese Worte schenkten ihm ein Atemholen befriedigter Eitelkeit, wie sie selbst er, der Selbstbewußte, der Petersburger, noch kaum empfunden. Es war vielleicht nicht wahr. Er hatte sich in seinen eigenen Träumen nicht so weit verstiegen. Aber wenn es Anderen schon so schien ... Zum ersten Mal in seinem Leben dachte er sich: Gut ... – ich war vielleicht zu bescheiden ...

»Sie schweigen ...?« sagte seine Frau spöttisch nach einer Weile.

Er machte eine Kopfbewegung, als wehrte er eine Fliege ab. Alles zitterte in ihm. Er sagte sich: Noch hat der Kampf nicht begonnen, und ich habe für mein Teil schon gesiegt! Den Deutschen aus dem Feld geschlagen! Ein Glück, wenn man abergläubisch ist! Da geben Einem solche Schicksalszeichen Mut!

»Also: Wann reisen Sie denn wieder nach Wiesbaden?«

»Sie bringen mich auf eine gute Idee: Morgen!«

»Ah – das ist stark!«

»Was wollen Sie? ... Man muß die Zeit nutzen!«

»Und das sagen Sie mir leichten Herzens ins Gesicht?«

»Ich weiß Sie ja hier in guter Obhut. Sie haben Ihre Freunde. Oder, seien wir korrekt: Ihren Freund!«

»Und Sie dort! In dieser tragischen Zeit? Hat diese Deutsche Sie verhext? Sie, der Sie sonst noch nicht eine Birne ohne Berechnung schälen.«

Nicolai Schjelting stand mit einem grausamen und triumphierenden Gesichtsausdruck auf.

»Vielleicht habe ich mir auch einmal den Luxus gestattet, mich zu verlieben!« sagte er.

»Ah...«

»Warum soll das nur Ihr Vorrecht oder das Anderer sein? Belieben Sie: Auch ich bin ein Mensch!«

»Unerhört...«

»Mit Dank gegen Gott kann ich mir das jetzt erlauben!«

»Sie wagen auch noch, zu spotten...«

»...weil ich Euch Alle nicht mehr brauche! Ich brauche Euer Geld nicht mehr! Es stinkt mir in der Tasche...«

»Man wird Sie davon befreien...«

»Ihr habt mir Euren Dienst getan! Genug davon! Grüßen Sie mir diesen beschränkten Papa Léon! Auch Maman! Die Beiden haben Ihnen einen schlechten Gefallen erwiesen, meine arme Ghislaine! Klagen Sie Ihre Eltern an und Ihre ganze Umgebung!«

»Ich weiß selbst, was ich tue!«

»Wozu denn die Tränen in Ihren schönen Augen? Dämmert es Ihnen jetzt, daß Sie Einsatz und Gewinn Ihres Lebens zugleich verlieren? Seien wir offen: Es war nicht klug! Man erhebt sich nicht vom Spieltisch eine Minute, bevor Zéro schlägt!«

»Gehen Sie...«

»Ich bestimme den Zeitpunkt selbst, an dem ich mich von Ihnen verabschiede und vor meinem Nachfolger verneige! Vielleicht gewinnt er doch einmal einen dritten Preis in einer Automobil-Wettfahrt irgendwo da unten, unter diesen guten Leuten der Provinz! Ich werde das leider nicht verfolgen können. Meine Zeit werden nach dem Krieg die mir anvertrauten Geschäfte des Ministeriums oder der Botschaft allzusehr in Anspruch nehmen!«

»Pah...«

»Und mein einziger Schmerz wird sein, daß ich diese Ehren nicht mehr mit Ihnen teilen kann! Aber Sie haben es so gewollt. Sie sind eine schlichte Natur. Allem Äußerlichen abhold! Der Glanz des Hofes von St. James würde Sie als Botschafterin verwirren!«

»Hören Sie auf...«

»Hören Sie auf, zu weinen! Es schadet dem Schmelz Ihrer Augen und hilft nichts! Ihre Reue kommt zu spät, meine arme Freundin! Senf nach der Mahlzeit! Ah – man hat nicht mehr darauf gewartet. Man ist inzwischen fortgeschritten!«

»Sind Sie zu Ende? Sie sehen, daß Sie mich ermüden!«

»Nur noch zwei Worte! Sie erwähnen mit einer bewundernswerten Beharrlichkeit das Wort Wiesbaden. Nun – Frauenwille ist Gotteswille! Plaudern wir darüber!«

»Genug! Ah ...diese Deutsche ...«

»Diese Deutsche wird ernten, was Sie, meine Teure, kurzsichtig verschmähten! Sie wird auf die Stelle emporsteigen, die ich in jahrelanger, unermüdlicher Arbeit für meine erste Frau vorbereitet hatte. Von da wird sie auf Sie hinabsehen!«

»Unerhört...«

»Sie wird an meiner Seite den Schmerz ihres Vaterlandes vergessen. Sie wird späterhin mit meiner Erlaubnis und mit zarten Händen jene Beziehungen zu ihrer Heimat wieder anknüpfen, wie sie den inzwischen geregelten Machtverhältnissen Europas entsprechen. Sie wird zwischen Siegern und Besiegten vermitteln...«

»Kein Wort mehr von ihr!«

»Ich fürchte, Sie werden meinen und ihren Namen noch häufig genug im Cirkel der großen Ereignisse hören und lesen! Das ist ja der Unterschied zwischen uns: Sie hören auf! Ich fange an!«

»Und nur deshalb haben Sie mich noch einmal aufgesucht...?«

»Ich bin untröstlich! Aber ich muß gestehen: Ja!«

»Sie sind ein Elender!«

»Jahrelang haben Sie Ihr Spiel mit mir getrieben, Ghislaine! Ich war schwach. Leider. Ich bin immer schwach gegenüber den Frauen. Oft wehrlos!«

»Man sah es in Wiesbaden!«

»Es ist ein Fehler. Ich weiß es. Aber keine Frau hat meine Schwäche so bar gemünzt, wie Sie! Sie haben die zartesten Regungen meiner Eifersucht mißbraucht…«

»…in der Sie Vasen und Spiegelscheiben mit Ihrem silbernen Tula-Stock zertrümmerten…«

»Sie hatten kein Mitleid mit mir …Ich mußte oft abwesend sein! Wichtige Dinge, die sich jetzt erfüllen, riefen mich. Sie amüsierten sich, was ich unterwegs bei dem Gedanken an die Möglichkeiten litt, die unterdessen hier in Brüssel…«

»Sie wußten Manches ganz genau! Sie wollten es nur nicht wissen!«

»Gut! Decken wir alle Karten auf! Wenn dem so ist, so habe ich eben mit der Vergeltung gewartet! Erlauben Sie, daß ich mich jetzt revanchiere! Ich erhebe Ihre Nebenbuhlerin zur Königin. Ich entlasse Sie wieder in die Niederungen der Kaffeeröster und Weizenwucherer zurück, aus denen Sie stammen! Glückliche Reise!«

Ein zuckender Vorstoß des hochfrisierten Kopfes drüben wie von einer Schlange:

»Und das befürchten Sie nicht, daß Jene Ihnen ebenso den Laufpaß giebt wie ich?«

»Mir?!…« sagte Nicolai Schjelting mit unergründlichem Lächeln.

»Nun – ich tat es!«

»Pardon! Ich habe die Brücken abgebrochen. Sie waren zur Versöhnung bereit! Und nun Schluß! Das Übrige zwischen uns ordnet Maître Nicolas. Auch wegen der Erziehung der Knaben. Sie weinen noch immer? Sie erweisen mir zu viel Ehre! Nun, mit Gott!«

Nicolai Schjelting stand vor der in sich zusammengesunkenen und krampfhaft schluchzenden Pariserin mit der Beruhigung der genommenen Rache: mit den Instinkten des Ostens, wie ein Mann des Morgenlands, der seinem Weib den Scheidebrief schrieb, um eine Andere zu ehelichen. Eine brutale Verachtung: Ich verstoße Dich! Nimm Deine Mitgift und geh'!

Vor dem Haustor drehte er sich grausam lächelnd eine Zigarette. Und doch klopfte sein Herz. Leuchteten seine Augen. Er dachte an Wiesbaden. Er dachte an die Welt. Beides verschwamm ihm im Rausch dieser Tage zu Einem. Er sagte sich: Ja. Ich stehe in vollem Brand. Während er dann das Streichholz entzündete, dachte er weiter: Und so setzt man die Welt in Brand! Eines trägt das Andere…

Und heute ist die Antwort Serbiens auf das Wiener Ultimatum fällig…

Er kannte sie schon. Ihn beunruhigte sie nicht. Er ging zu Fuß die glänzenden Straßenzüge hinunter. Die geputzten Menschen umher erschienen ihm ahnungslos wie Schafe auf grüner Wiese. Er verachtete sie. Selbst die hübschen Frauen langweilten ihn durch ihren Anblick. Er war der Kultur und ihrer Schranken überdrüssig. Er sah Kosackenfackeln vor sich. Hörte von den Steppen des Ostens das ferne, wilde, zehntausendfache ›Urrahâ!‹ Eine nervöse Blutgier belebte ihn bis in die Fingerspitzen. Eine zurückflutende Welle aus grauer Vorzeit, da man den Häuptling des Feindesstammes mit der Steinaxt erschlug und seine Tochter als Siegesbeute auf starken Armen heimtrug. Er dachte sich: So hole ich mir meine zweite Frau aus den Flammen Deutschlands heraus…

Unten, am Platz Charles Rogier, saßen der General de Rigolet und der sehr ehrenwerte Higgins noch an den Geheimzeichen des Marmortischchens. Sie hatten inzwischen auch Budapest erobert und sich im Norden siegreich mit den durch Westfalen vorrückenden Engländern vereinigt. Hannover war bereits wieder ein Teil des Vereinigten Königreichs. Das Schicksal Bayerns noch nicht entschieden.

Die Beiden, der Franzose und der Engländer, reichten dem herantretenden Russen herzlich die Hand. Sir William Higgins tauchte eine Serviette in das Wasserglas neben der Kaffeetasse und rieb sorgfältig alle Bleistiftspuren ab. Sein bartloses Antlitz, dessen steinerne und doch gesunde Falten ebensogut auf einen Mann von fünfunddreißig wie von fünfzig Jahren schließen lassen konnten, zeigte einen trockenen Ernst. Er saß, das linke Bein über das rechte Knie gezogen, die Stummelpfeife im Mund, gedankenvoll wie ein Geschäftsmann in Erwartung wichtiger Kabelkurse. Dann runzelte er die Stirne, sah auf die Uhr und versetzte plötzlich und halblaut:

»Well! In Kurzem bringen alle Abendblätter Europas die serbische Antwort. Ihr Wortlaut ist mir seit gestern bekannt. Ich kann ihn Ihnen jetzt mitteilen.«

Der Weißkopf des Generals senkte jäh ein Ohr gegen die dünnen Lippen des Anderen.

»Und was sagt die Note?«

»In allen wesentlichen Punkten: Nein!«

»Oh – dies unerschrockene kleine Serbien! Sein heldenmütiges Beispiel wird die Zögernden in dem großen Frankreich mit sich reißen!«

»Das tut allerdings not!« sagte Higgins kalt.

»Sapristi: den letzten Mann werden wir aufbieten zur Rettung der Kultur. Wir holen unsere bewunderungswürdige, schwarze Armee über das Meer. Unsere Turkos und Senegalneger werden im Hafen von Marseille Eure Sikhs und Gurkhas bejubeln...«

»Wir rufen von London aus alle Männer der Erde bis zu den Basutos und Maoris zu den Waffen!«

»Unsere tapferen Kosacken des Zaren werden Euch nach Potsdam entgegenreiten! Das heilige Rußland verbrüdert sich mit Euch zum Kampf für die Zivilisation!«

»Ja. Alles hängt jetzt von Rußland ab!« versetzte William Higgins und sah Schjelting forschend an.

»An dem Willen des Zaren hängt das Schicksal der Welt!« sagte atemlos der alte Rigolet. »An diesem einen Namenszug: ›Nicolai‹!«

»Sie schweigen immer noch, Herr von Schjelting! Sie entsetzen mich. Sollte wirklich Ihr erhabener Herrscher noch zögern?«

Über den Platz kam rasch sich näherndes, wildes Geschrei. Die Zeitungsverkäufer rannten, ließen hinter sich einen Wirbel von Blättern in den Händen, auf dem Boden wie von Schneeflocken. In der Wandelhalle waren die Gäste aufgesprungen und rissen den Kellnern die Nummern aus der Hand. Ein Stimmengewirr: »Voilà! ...Belgrade! ...La réponse ...ah ...voyons...« Nur die Yankees blieben begriffstutzig sitzen. Was wußten sie von Serbien und dem Balkan? Von Europa überhaupt, außer ihren beiden Jahrmärkten der Eitelkeit: Paris und London?

Die Antwort Serbiens auf das Ultimatum ... Serbien leistete Widerstand. Serbien lud seine Geschütze. Woher kam ihm dieser Mut zum Spiel um Sein und Nichtsein? Nicolai von Schjelting zog ein Notizblatt aus der Tasche.

»Auch ich kannte die Antwort!« sagte er zu dem Zeitungskönig aus Oxfordstreet. »Aber auch ihren Ursprung...«

»Man frug von Belgrad aus in Petersburg an, was tun? Ich weiß...«

»Nun: hier die urkundliche Erwiderung Rußlands!«

William Higgins las:

»Bitte zu mobilisieren!«

Ein Schweigen. Dann versetzte er, das Blättchen hinlegend: »Das ist der Weltkrieg!«

»Der Weltkrieg nach Rußlands Wille!« sagte Nicolai von Schjelting. Ein unheimliches Leuchten glomm in seinen Pupillen. Im Geist sah er, fern da unten, den Strand der Donau, da, wo an der großen und kleinen Kriegsinsel die Save sich in sie ergießt. Es dämmerte nun wohl schon dort im Südosten über Belgrad. Mit ausgelöschten Lichtern graute die Teufelsstadt durch die Nacht, hinüber nach Semlin und über die breite Wasserfläche nach dem ungarischen Nordufer. Und in dem Dunkel dieser Nacht regte es sich vielleicht jetzt schon geheimnisvoll zu beiden Seiten der beiden Ströme, ratterten Automobile, knarrten Räder, klirrten Waffen, raunten Stimmen. Plötzlich ein kurzer, lauter Befehl: ›Erstes Geschütz Feuer!‹ Ein Purpurzucken durch das Schwarz. Der Doppelklang von Abschuß und Einschlag. In der finsteren Weite von Wasser, Luft und Land verrollte der Widerhall des ersten Schusses...

X.

Nie segnete die Sonne liebevoller das deutsche Land als in diesen drei letzten Julitagen des Jahres 1914. Nie war unter dem blauen Himmel mehr Fruchtbarkeit, Fröhlichkeit und Frieden zwischen Maas und Memel. Es brauste im Gewühl der großen Städte: Unser täglich Brot gieb uns heute! Das Dorfkirchlein läutete hinaus ins Ackerland: Im Schweiß des Angesichts sollst Du Dein Brot essen! Tausend Wimpel wehten in den Häfen: Mein Feld ist die Welt! Hunderttausend Treibriemen und Maschinen sangen: Rast' ich, so rost' ich! Und Alles, was an Gütern der Gesittung täglich aus deutscher Hand entstand und über die Erde ging, blickte zurück zu den Stätten deutschen Geistes, zu den Retorten und Reißbrettern, den Kontorpulten und Kathedern: Ich bin die Tat von Deinen Gedanken!

Nie war Deutschland so arbeitsfreudig, so festefroh gewesen. Feiern und Reden überall im neuen Reich. Aus den Fenstern Wiesbadens grüßten die Fahnen. Es tagte wieder ein Kongreß in der Bäderstadt. Aber die Flaggen hingen schwer und unbewegt zu Boden, wie erschöpft von der bleiernen Schwüle, der unheimlichen Stille des Mittags, die nur vom Kurpark her das Jauchzen spielender Kinder unterbrach.

Gegenüber, in der Sonnebergerstraße, saß der Geheimrat Tillesen nach Tisch mit seinem Schwiegersohn, dem Großindustriellen Martius, im Schatten der Veranda. Der Reichstagsabgeordnete hielt die glimmende Havannah schräg in dem mächtigen, rotbraunen Vollbart. Ein großer, schöner Mann zu Anfang der Vierzig, hatte er die starke Stimme und die ungestümen Bewegungen des Volksredners.

»Nee, Schwiegervater – ich bin doch auch nicht gerade ein Waisenknabe – nicht wahr? Ich stehe doch mitten im praktischen Leben. Ich bin, wie ich da geh' und steh', täglich fünfhundert Aktionären, zweitausend Arbeitern und fünfzigtausend Reichstagswählern Rechenschaft für mein Tun und Lassen schuldig! Auch 'n Vergnügen, besonders das Letztere! Na – was tut der Mensch schließlich nicht Alles freiwillig, wenn er muß?«

»Wer zwingt Dich denn?«

»Ich mich selber! Ich brauche Umtrieb um mich! Wo ich hinkomm', da kriegen die Leute Beine! Das ist komisch!«

Er lachte tief und stark, mit dem Selbstbewußtsein eines Mannes, dem das Leben durch Erfolge über Erfolge, im Hause wie auf dem Markt, Recht gab.

»Die Phila, die jammert auch immer, daß ich mich wieder hab' wählen lassen! Das sei so roh – unsere innere Politik! Ich sag' ihr: Zum Deubel auch! Teures Weib: Ich muß mich 'rumschlagen, das bin ich meiner Gesundheit schuldig!«

Exzellenz Tillesen lächelte einen Augenblick. Dann wurde sein stilles, graubärtiges Gelehrtengesicht wieder tiefernst. Er hatte die Brille abgenommen. Goldene Sonnenlichter spielten durch das Buchenlaub auf seiner mächtigen, hochgewölbten Stirne. Er unterbrach den Schwiegersohn nicht. Er wußte: der hörte lieber sich selber reden als Andere.

»Kampf war, ist, wird immer sein! Die Menschen sind nu 'mal eine verwünschte Rasse! Das hat der alte Fritz schon richtig erkannt! Aber die Mittel, wie sie sich verkeilen, wechseln. Heutzutage führt man den Krieg im Frieden. Es braucht doch nicht ewig der olle Schießprügel zu sein, um zu ermitteln, wer der Stärkere ist. Der synthetische Indigo tut's unter Kulturmenschen schließlich auch.«

»Also glaubst Du wirklich nicht an die Möglichkeit eines Weltkriegs, Hugo?«

»Weißt Du, was die Geschichte unter Brüdern kosten würde – Einhundertfünfzig Millionen täglich! Fünf Milliarden Mark in jedem Monat! So viel Geld giebt's ja gar nicht. Das weiß jeder Fachmann. In einem Vierteljahr ist der Erdball pleite!«

»Ja – davon verstehe ich nichts!«

»Weiter: die Menschenkräfte! Zwanzig Millionen Männer in Europa unter Waffen! Ja, zum Kuckuck! Wer pflügt denn für sie? Wer steht denn für sie am Heizkessel? Hinterm Ladentisch? In der Werkstatt? Frag' die 'mal Alle! Die wollen bei ihrer Arbeit bleiben und ihre Familien ernähren und nicht über Andere herfallen!«

»Wir Deutsche gewiß nicht!«

»Und ebensowenig die Übrigen! Glaubst Du, daß ein Bergmann in Wales oder ein Winzer in Frankreich oder ein Bauer in Rußland Krieg will? ...Die denken nicht daran!«

»Die nicht, aber Andere!«

»Ja – zum Donnerwetter – verzeih', Schwiegervater, wenn ich 'mal auf den Tisch haue – wo stecken sie denn, diese verfluchten Kerle, diese Massenmörder, diese...«

»Bei uns sicher nicht!«

»...'Raus mit der Bande! ...An's Tageslicht, daß man diese gottverlassenen Visagen 'mal sieht! Für die Gesellschaft würde sich ja die Verbrechergallerie in Kastans Panoptikum bedanken!«

»Höre, Hugo...«

»Und endlich die Herrscher selbst! Sonst überlegen sie es sich, ob sie ein Todesurteil gegen einen Verbrecher unterzeichnen sollen! Bei der Unterzeichnung des Mobilmachungsbefehls handelt es sich um das Todesurteil gegen Hunderttausend, die nichts verbrochen haben! Das kann doch Keiner von ihnen! Da sträubt sich ihm ja die Hand...«

»Und doch hat der Zar die Mobilmachung der russischen Armee befohlen!«

»Wer sagt das?«

»Ein Balte, einer meiner Patienten, der sich heute morgen in aller Eile von mir verabschiedet hat. Der Mann hatte Tränen in den Augen!«

»Die Mobilmachung gegen Österreich?«

»Nein! das ganze russische Heer!«

»Auch gegen uns?«

»Auch gegen uns!«

Die Männer schwiegen. Aus dem Parkgrün gegenüber jauchzten die Kinder. Von fern klang der dumpfe Paukenschlag der Kurmusik. Endlich sagte Hugo Martius entschlossen:

»Dein Balte in Ehren! Aber das glaub' ich einfach nicht! Er hat irgendwas läuten hören und nicht schlagen...

»Es ist ein Graf, mit vielen Beziehungen scheint's, in Petersburg!«

»Na eben! ...Was mag dort jetzt Alles gemunkelt und gestänkert werden, was nachher ... nein ...ich glaub' es nicht! In acht Tagen lachen wir darüber!«

»Geb' es Gott!«

»Geht Deine Uhr richtig, Schwiegerpapa? In fünf Minuten halb Vier? ...Na, dann wird's Zeit!«

»Du willst doch nicht wirklich heute Nacht nach Paris!«

»Da unsere internationale Gruppe von Friedensfreunden sich zu Ende Juli zu einer Sitzung dorthin verabredet hat...«

»...aber doch unter anderen Voraussetzungen...«

»...so würde das Fernbleiben eines Deutschen eben jetzt doppelt mißdeutet werden! Gerade, in dieser kritischen Zeit ist es meine Pflicht, nach Paris zu gehen! Ich sehe Jaurès morgen früh, gleich nach meiner Ankunft. Sein Wort ist in Frankreich eine Macht! Man muß ihn und alle vernünftigen Menschen draußen in ihrer Überzeugung bestärken, daß Niemand in Deutschland den Krieg will!«

»Nun ...das weiß der Himmel!« sagte der Geheimrat. Wieder verstummten die Beiden. Durch das Gebüsch blinkte von der Nachbarvilla des Generals z. D. Isebrink her ein scharlachroter Schein. Ein Diener hängte einen funkelnagelneuen Waffenrock über die Stange und begann ihn auszubürsten. Er hatte bei der Kavallerie gedient. Man merkte es daran, daß er, in seiner blauweiß gestreiften Jacke, abwechselnd den Finnischen Reitermarsch und »Wohlauf, Kameraden, aufs Pferd, aufs Pferd!« vor sich hinpfiff.

»Und Phila läßt Du vorläufig auch ruhig in Italien?«

»Na, Du kennst doch Deine Tochter, Schwiegerpapa! Die kriegen doch zehn Pferde nicht aus ihrem geliebten bel paese, wenn sie 'mal wieder glücklich da unten sitzt!«

»Vielleicht kommt sie von selbst auf den Gedanken...«

»Phila und in Italien denken! Da wandelt sie Mond mit offenen Augen. Ißt und trinkt nicht, sondern wird vom Süden satt und kriecht friedlich unter ihr Moskitonetz. Flöhe? Oh bitte: das ist kein Floh! Das ist una pulce! Hut ab vor dem Vieh. Es ist klassisch!«

»Nun ja ... Schließlich ist das auch ein Stück unseres Wesens!«

»In Deutschland sollten ’mal in so ’nem finsteren Stinkgäßchen mit darüber gespannten Lumpen solche schmutzigen Bälge sie am Rock zupfen. Die hätten gleich eins hinter’m Ohr. Aber dort ... Oh – questa ragazzaglia! ... prenda! prenda! ... Da habt Ihr, Kinder! Rein närrisch!«

Hugo Martius hatte gelacht. Jetzt wurde er doch wieder sehr ernst. Er sagte, unwillkürlich und halb in Gedanken: »Der Zar, der den Friedenstempel im Haag gebaut hat ... ach wo ... Es ist einfach ein Petersburger Bluff ... Darin sind die Herren Russen Meister...« und dann, sich ablenkend: »Wo steckt denn eigentlich Inge?«

»Drüben, im Hotel, bei ihrer amerikanischen Freundin!«

»Der berühmten Ethel, mit der sie uns früher nach ihrer Rückkehr aus den States zur Verzweiflung brachte?«

»Ja, eben der ... Sie ist zum Besuch hier ...«

»Na – dann wird Deine Tochter wohl wieder ganz verdreht ...«

»Ich weiß nicht ... sie ist anders ... Es wird Niemand mehr aus ihr klug ...«

»... Sie sieht blaß aus! Du solltest ihr Eisen verschreiben, Schwiegervater!«

»Wenn die Zeit uns nicht Allen Eisen verschreibt ... Die Inge ist doch eigentlich so ganz ein Kind unserer Zeit. Aber sie findet sich in ihr nicht mehr zurecht ...«

»Ach ... heiraten soll sie ...«

»Sie hat ja eben ihr Schicksal aus der Hand gegeben. Manchmal kommt es mir vor, als bereute sie’s und wollte es zurückrufen ... Es kämpft Etwas in ihr ... so wie da draußen Krieg und Frieden miteinander kämpften. Ich merke es wohl, wenn sie auch nie mit mir darüber spricht!«

»Kannst Du denn da nicht vermitteln?«

»Nein, Hugo! Sie muß selber sehen, wo sie bleibt. Im Krieg oder im Frieden!«

Hugo Martius stand auf.

»Also nochmals: ich glaube an den Frieden!« versetzte er. »Wir können mit mehr Recht als der kleine Napoleon sagen: ›Das Kaiserreich ist der Frieden!‹ Seit Versailles hat Europa Ruhe! Das verdankt es uns!«

»... wenn es uns das dankt!«

»Na bitte: Wen reizen wir denn? Wen verletzen wir denn? Wen schädigen wir denn? Wir sind doch mit aller Welt Freund! Wir haben ein offenes Herz für Hinz und Kunz. Wir sind doch nun ’mal Idealisten. Ich glaub’ an die Menschheit. Das ist nun ’mal deutsche Art!«

»Und soll es bleiben ...«

»... soll es bleiben ... in ehrlicher Friedensarbeit ... die sollen sie uns nicht stören, die verfluchten Kerle ... Es brennt mir auf den Nägeln, so hab’ ich zu tun! Du hast zu tun! Jeder hat bei uns zu tun! Keiner hat Zeit! So ... nun kurbeln Sie ’mal an, Mann Gottes! In sieben Minuten muß ich am Bahnhof sein! ... Adieu ... Adieu!«

Geheimrat Tillesen kehrte von dem Parkgitter, bis zu dem er seinen Schwiegersohn geleitet hatte, in das Haus zurück. Das war still und leer. Auch in dem Laboratorium, in das er hinüberschritt, empfing ihn nicht die halblaute Unterhaltung in fünf, sechs Sprachen wie sonst. Feiner Staub lag schon auf dem Platz, wo früher der Montenegriner Dr. Woinowitsch seine betäubten Frösche präpariert hatte. Nur eine Karte an einen Kollegen war von ihm aus den Schwarzen Bergen gekommen. Er hoffe, in Kurzem im Kampf gegen die Schwaben seine Pflicht zu tun ...

Der Gelehrte schüttelte still den Kopf. Er trat an den Nebentisch und frug dort den bartlosen jungen Amerikaner Washington J. Parker, der mehr wie ein Baseball-Athlet als wie ein Physiologe aussah:

»Nun – nicht bei der Arbeit?«

»Oh – I beg your pardon, Excellency – but ...«

»Wollen Sie nicht Deutsch in meinen Räumen mit mir reden? Was heißt denn das?«

» Well. …daß ich abreisen möchte! Ich schätze: Es giebt Krieg und man braucht mich drüben!«

»Doch nicht in Amerika?«

» Oh no! In England! Ich bekam heute Kabel-Neuigkeiten aus New-York. Manche meiner Freunde wollen einen freiwilligen Sanitätsdienst mit Automobilen einrichten. An der englischen Front. Da tun modern geschulte, junge Ärzte not…«

»Mit dem, was Sie hier gelernt haben…?«

»Oh – ich kämpfe doch nicht! Ich helfe doch nur – wenn es welche geben sollte! …den Verwundeten!«

»…auf der Seite unserer Feinde?«

»Yes, Sir!«

Der Amerikaner hatte vor Erstaunen ganz runde Augen. Natürlich half man den Engländern. Das war doch selbstverständlich. Ehrenpflicht des Erdenrunds. Es gehörte zu den Sonderbarkeiten der Deutschen, das nicht einzusehen. Immerhin: die zwei Jahre hier waren nicht verloren. Er drückte seinem bisherigen Lehrer kraftvoll zum Dank die Hand, zeigte freundlich lächelnd die goldplombierten Zähne und ging. Exzellenz Tillesen zuckte gelassen die Achseln und trat in den Nebenraum. Da hörte er die laute Stimme der Besobrasowa zu den beiden deutschen Assistentinnen:

»Läbben Sie wohl! Ich gähe!«

»Tun Sie's oder ich melde es Exzellenz, was Sie hier für Ungezogenheiten vorbringen!«

»Umso bässer! Ich habe genug bei ihm gelärnt. Oh – Ihr seid dumme Mänschen!«

»Sie ist so frech, Exzellenz!« sagte Dr. Käthe Cornelius. Und Dr. Irma Enderlin, mit rotem Kopf über dem weißen Kittel:

»Ich möchte sie am liebsten 'rausschmeißen!«

Die kleine, dicke Russin zog höhnend den Mund von einem Ohr bis zum andern.

»Oh – Vor Ihnen habe ich Aehrfurcht, Exzellenz! Ihnen wird man auch nichts tun!«

»Sehr gütig!« sagte der Geheimrat. »Und uns Andern!«

» Pumiluite! …Die Wurstfrässer wollen uns Gesätze vorschreiben! Nun: man wird sähen! Wir wärden kommen!«

»Den ganzen Nachmittag nennt sie uns Wurstfresser, Exzellenz!«

»'raus!« schrie Irma Enderlin wütend und schwenkte ein Reagenzglas.

»Ich glaub' wahrhaftig, sie hat draußen noch die Zunge 'rausgestreckt!«

»Bleiben wir bei der Sache, Fräulein Cornelius. Wie steht es mit den Tabellen?«

»Wir kommen nicht vorwärts, Exzellenz! Die Ausländer sind ja über Nacht alle ausgerückt. Es ist zu viel!«

Die beiden Damen saßen vor einem kleinen Berg toter weißer Mäuse. Andere huschten oder wankten, je nach ihrem Impfungsstadium, in kleinen Käfigen um sie herum.

»Ja, da sollte aber Katsura doch selber so vernünftig sein und Ihnen ein bischen zur Hand gehen? Wo steckt er denn?«

Niemand wußte, wo der Japaner geblieben war, der seit sieben Jahren in diesem Hause ganze Assistentengeschlechter überdauert hatte und in alle Forschungsgeheimnisse des Laboratoriums eingeweiht war.

»Da kommt eben der Mathes zurück!« sagte Fräulein Cornelius. »Der hat, glaub' ich, nach dem Kerlchen geschaut!«

Der Laboratoriumsdiener trat ein. Er war in der Großen Kirchstraße gewesen. Die Wohnung des Dr. Katsura stand leer. Er war ganz heimlich und plötzlich mitten in der Nacht abgereist. Weder Miete noch Rechnungen hatte er in der Eile bezahlt. Auch keine Zeile zurückgelassen.

»Seltsam …sehr seltsam …Nun, mein lieber Dr. Pfeiffer …dann werden Sie jetzt für die Hauptarbeit einspringen müssen…«

»Für die nächsten Tage gern, Exzellenz!«

»Und dann?«

»Ich bin dienstpflichtig, Exzellenz!«

»Ach so – ja –«

Exzellenz Tillesen erschienen seine eigenen, durch die Gewohnheit langer Jahre vertrauten Forschungsräume plötzlich verändert. So still. So leer. Eine unsichtbare, unbekannte Macht griff herein, holte sich die Menschen nach anderen Orten, zu anderen Zwecken…

»Wir müssen mit der Arbeit fertig werden!« sagte er. »Ich brauche die Grundlagen für meinen Vortrag im August, auf dem Internationalen Kongreß in Kopenhagen.«

Dabei fiel ihm wieder ein: Was sprichst Du da? Vielleicht werden die internationalen Begegnungen bis dahin anders und furchtbarer. Es war so schwer, sich aus dem Geleis der Gewohnheiten loszulösen. Fast fünfzig Jahre Frieden. Frieden und Lebensluft war fast dasselbe.

Er machte seinen gewohnten Nachmittags-Spaziergang die Höhen hinter Wiesbaden hinauf und sein Herz war schwer. Er dachte sich: habe ich richtig mit meinem Pfund gewuchert oder tat ich zu viel, indem ich Jedem, der da kam, den deutschen Überfluß bot, dem Weißen wie dem Gelben, dem Amerikaner wie dem Asiaten?

Von oben konnte er sein Laboratorium sehen. Das war nun verlassen wie ein sinkendes Schiff. Alles fort in der Stunde der Not. War das der Dank? Er war sechzig Jahre alt und kannte die Welt. Darum ging es ihm durch den Kopf: Zuviel Dankesschuld verkehrt sich in Haß. Bei dem Einzelnen wie bei den Völkern. Wir waren zu arglos. Wir waren zu reich. Wir gaben zu viel … Und zu Vielen …

Die Straßen der Bäderstadt unten waren jetzt, gegen Abend, wieder wimmelnd belebt. Aber anders als sonst. An allen Ecken und Plätzen weiße Punkte und schwarze Flecken. Die Extrablätter und die Menschengruppen vor ihnen. Darüber, müde hängend, wie welk, die Festfahnen.

Und wieder dachte er sich: Nein. Es kann ja nicht sein! Die Welt wider Deutschland! … Die Welt ohne Deutschland! Ein Körper ohne Herz und ohne Hirn! …

Mit dem geistigen Auge sah er von seiner Waldwarte oben weit über das gesegnete deutsche Land und seine Ströme und seine Städte. Er sagte sich: Dort in Mainz haben Deutsche die erste Bibel gedruckt, dort in Freiburg haben sie das Pulver erfunden, dort am Bodensee erfüllten sie den tausendjährigen Traum der Menschheit und lenkten ihr Schiff durch die Lüfte, dort in Heidelberg entdeckten sie die Spektral-Analyse, dort in Heilbronn das Gesetz von der Erhaltung der Kraft. Dort in Jena lüfteten sie die Welträtsel. Dort in Frankfurt, dort in Marburg, dort in Berlin ersannen sie die Gegengifte gegen die Geißeln der Menschheit. Dort in Würzburg die Röntgenstrahlen. Dort in Mannheim und Stuttgart den Explosionsmotor? Und er dachte sich: Ja – was wollt Ihr denn noch von uns. Ihr Anderen? Von uns, den ewig Gebenden?

Und dies Alles war nur sein eigenes Feld, die exakte Wissenschaft. Und er übersann es im Weiterwandeln: Ein Deutscher schlug dort in Wittenberg seine Thesen ans Domtor. Ein Deutscher lehrte dort in Königsberg der Menschheit den kategorischen Imperativ. Deutsche prägten den Arbeitern aller Länder die Gesetze des vierten Standes und seiner Zukunft …

In der Stadt unten ging etwas Seltsames vor: die schwarzen Flecken schienen sich aus sich selbst heraus zu vergrößern, schwammen auseinander, bedeckten Kopf an Kopf die Straßen und Plätze, lösten sich in Gruppen, in laufende Punkte … überall dazwischen, immer neu, die weißen Extrablätter …

Exzellenz Tillesen oben sah es mit einem eigenen stillen Gram um die Menschheit. Er glaubte immer noch nicht daran. Es kam zu rasch. Es widersprach Allem, was sein Leben geleitet hatte. Er ging weiter und dachte sich: Wissenschaft ist Stückwerk! Taten wir Deutsche denn nicht noch viel mehr? Schenkten wir der Welt nicht das Wunder von Weimar? Den Zauber von Bayreuth? Gaben wir ihr nicht die Bibel wieder, begnadeten wir sie nicht mit dem Faust, der Neunten Symphonie? …

Und das der Dank? … Und das der Dank?

Es wollte dem Geheimrat Tillesen nicht in den Kopf, der sonst Alles in der Natur, vom Regenbogen bis zum Regenwurm, mit gleicher Liebe begriff und umfaßte. Man mußte dazu umdenken – ganz von vorn anfangen, bei den primitiven Instinkten der Steinzeit und ihres noch halbtierischen Hasses … Er frug sich wieder: Woher der Haß? Wir schenkten doch nur! Spendeten mit vollen Händen! Gaben mehr, als ich übersehen kann, in Technik, Handel und

Verkehr. Unser Schutz der Alten und Kranken war vorbildlich für die anderen Staaten, unsere Offiziere waren die Waffenmeister fremder Völker, unsere Tore der Erkenntnis standen Jedem offen, vom Balkan bis nach Japan. Unser Herz auch. Die Hälfte aller ausländischen Menschen, die bei ihrem Volk berühmt sind, sind es, weil wir sie dazu machten, sie besser verstanden, als ihre eigenen Landsleute. Und wir waren so froh, daß wir neidlos geben konnten. Da unten im Tal hingen die Fahnen und sprachen: Wir feierten Feste. Bunte Wimpel überall. Kein Flecken ohne ein Jahrhundertgedächtnis, keine Stadt ohne Ausstellung. Noch ist auch heute der Himmel über uns blau, scheint golden die sinkende Sonne, singen die Vögel im Grün ihr Abendlied. Aber es geht ein Ahnen durch die Welt ... Etwas Ungeheuerliches...

»Der Kaiser ist schon unterwegs aus Norwegen!« sagte in eiligem Vorbeischreiten ein Herr zu einem Anderen. »Zwanzig Panzerschiffe fahren ihm durch die Nordsee entgegen!«

Und der Zweite, etwas atemlos, nebenher:

»Kaiser Franz Josef ist schon in Wien!«

Der Geheimrat Tillesen setzte seinen Weg fort, in einem wunderlichen, ungläubigen Schmerz. Jahrzehnte der Kopfarbeit hatten ihn gelehrt, die Menschheit als eine große geistige Gemeinschaft aufzufassen. Es gab einmal Zank, wie in jeder Familie, man sprach verschiedene Sprachen, wie ja auch von zwei Brüdern der Eine blaue, der Andere braune Augen hatte, aber in Sinn und Ziel des Seins war man doch einig von Melbourne bis Hammerfest, von Shanghai bis Lissabon. Er konnte sich nicht vorstellen, daß der Dieselmotor nur den Deutschen, der Kehlkopfspiegel nur den Portugiesen, die Marconistrahlen nur den Italienern, der Fernsprecher nur den Amerikanern, die Schutzimpfung nur den Engländern, das Radium nur den Polen gehören sollte. Jeder gab und Jeder nahm. Jeder brachte seinen Baustein und fügte ihn zu dem des Nachbarn. Mein Gott – was hatte der Weltlauf denn sonst für einen Wert?

Er blieb stehen. Da war eine Erinnerung, durch den Schleier ferner, ferner Zeiten. Er wußte nicht, woher sie ihm plötzlich kam und das Herz rascher schlagen machte. Es war nichts Besonderes umher. Nur eine kleine, schwarz-weiß-rote Fahne bewegte sich den Hang hinauf. Sie war ziemlich schmutzig und an einem einfachen Stecken befestigt. Ein Junge aus dem Volk trug sie. Ein ganzer Haufen hinterher. Die hellen Bubenstimmen schrieen aus Leibeskräften:

»Lieb Vaterland, magst ruhig sein!
Fest steht und treu die Wacht am Rhein!«

Sie zogen vorbei. Exzellenz Tillesen sah ihnen nach. Er dachte sich: Ich war ungefähr so alt, wie Ihr jetzt, da sang ich auch, an einem ebenso heißen Julitag im Jahr siebzig, die Wacht am Rhein. Jetzt, wo ich sechzig bin, steigt die neue Weltenwende auf. Dazwischen liegt ein Leben. Ich glaubte das Leben ganz zu kennen und zu nutzen. Aber man lernt nie aus. Mein Leben war nur die eine Hälfte der Dinge. Nun kommt die andere...

Auf seinen schlichten, graubärtigen Zügen lag die tiefe und ernste Ruhe des Forschers, für den Alles, was sinnfällig in die Erscheinung trat, nur ein Gleichnis ewiger Gesetze war. Noch zögerte er, von dieser hohen geistigen Warte leidenschaftsloser Erkenntnis hinabzusteigen in den Lärm des Tages, diesen Lärm, der bald zum Brüllen der Geschütze anzuschwellen drohte. Noch schwindelte ihm bei dem Gedanken. Noch stand er einsam auf ragender Wacht. Noch war es nicht so weit. Vielleicht war es nur ein Fieberschauer der Erde, von dem sie in einigen Tagen genas. Während er in die Stadt zurückkehrte, stand er im Geist vor der zitternden Menschheit dieser letzten Julitage wie der Arzt am Krankenbett...

»Na ... na ... na ... Exzellenz! Nu aber 'mal 'runter vom Mond! Nu wird's hier nächstens höchst prosaisch! ... Das geht nun nicht mehr so, daß Sie in Gedanken an Ihren alten Freunden vorbeilaufen!«

Sein Nachbar, der Generalmajor z. D. Isebrink, stand vor seiner Villa. Er war in voller Uniform. Sein weißer Schnurrbart sträubte sich kampflustig über dem breiten Scharlach der Aufschläge. Auf seinem Helm blinkten Preußenaar und Gardestern. Die Eisernen Kreuze Erster und Zweiter Klasse im Knopfloch und auf dem Herzen stammten ihm von St. Privat und der Lisaine. Seine Augen blitzten wie die eines Leutnants. Er lachte und schlug dem Gelehrten freundschaftlich auf die Schulter.

»Warum denn so sorgenvoll, mein Guter? Nu hilft das nichts! Nu heißt's durch! Donnerwetter ja ... Nu ziehen wir endlich der Gesellschaft die Hammelbeine lang!«

»Und das sagen Sie so strahlend, Herr General?«

»Jawoll, Exzellenz! Tu' ich! ... Ganz gehorsamst! ... Ich bin ja wie erlöst ... Endlich ... endlich ... Lieber, verehrter Nachbar: Sie und Ihr Alle ahnen ja gar nicht, was wir alten Soldaten gelitten haben, in diesen letzten zehn Jahren!«

»Man kann doch nicht wegen Euch Weltkrieg führen!« sagte der Gelehrte beinahe unwillig.

»Wir! Wir! ... Die Anderen sind die Karnickel! ... Seit Jahren rüsten sie wie besessen, im Osten, im Westen ... überall ... Wir ollen Kriegsknechte merken doch so 'was! Im Generalstab in Berlin wissen sie's natürlich längst! ... Aber wir Anderen in Deutschland taten, als wäre nichts! Priesen nur immer rastlos den Frieden! So, als ob es blos auf uns ankäme ...«

»Meinen Sie wirklich ...?«

»Meinen? ... Mein bester Geheimrat. Ich bin ein ganz fideler alter Knabe – nicht wahr? Verzehre hier meine Pension mit Anstand, laufe täglich dreimal die Wilhelmstraße 'rauf und 'runter, spiele meinen Whist im Klub – gut! Aber wieviel Nächte ich wach gelegen hab' und an Deutschland gedacht – das weiß Keiner außer mir, Exzellenz!«

»Das taten Sie wirklich?«

»Nicht ich allein. So mancher von uns Ausgedienten hier! Wir haben uns oft des Morgens sorgenvoll angesehen ... Wozu reden? ... Der Soldat hält den Rand, – besonders wenn er schon abgehalftert ist. Aber denken kann man sich sein Teil! In den Fingerspitzen tut's Einen kribbeln. Auf den Tisch hab' ich gehauen ... Immer bei uns Alles in Liebe und Güte, Herr Nachbar ... Immer waren wir die sanften Heinriche, während ringsum die ganze Schwefelbande schon dabei war, ihre Donnerbüchsen zu laden ...«

»Wenn das wirklich ...«

»Soll ich da erst warten, wenn mich im Wald so ein Lausekerl überfällt, bis er mit seiner Knarre schußfertig ist!« schrie der alte Herr grimmig, unbekümmert, daß ein Haufe vorbeikommender Ausländer ihn mißbilligend anstarrte. »Nee – danke ...! Da hole ich meinen Browning aus dem Hosensack und knalle ihm bei Zeiten in den Bauch ...«

»Ja. Ein Räuber ...«

»Die Russen sind Räuber! Sie überfallen uns! Alle Bahnen bei ihnen sind seit vorgestern voll mit Militärzügen!«

»Wissen Sie das auch?«

»Jawoll! Exzellenz! Wissen wir! Sie wollen Hiebe! Alle zusammen! Können sie haben! Hiebe wie noch nie! Donnerwetter ja ...«

»Daß Sie dabei lachen können ...«

»Aber wie! ... Liebster, Bester ...« Er faßte ungestüm die Hände des Geheimrats und preßte sie zwischen die seinen. »Ich hab' gleich nach Berlin telegrafiert. Eben hab' ich Antwort! Stellen Sie sich vor: Ich krieg' ein Kommando! Sie können mich alten Kerl noch brauchen! Und ich bin doch vor fünf Jahren schon 'raus! Ach, ich bin ja so glücklich wie ein Kind ... Und erst meine Frau!«

»Hat sie denn nicht Sorge, daß Ihnen Etwas ...«

»Na – dann holt mich eben der Deubel! Dann hab' ich diese Carcasse da lang genug in dem guten Wiesbaden spazieren geführt! Aber erst wollen wir sie verbimsen! Wichse ... Wichse ... Wichse ...«

Der alte General hieb zornwütig mit dem Arm durch die Luft.

»Drei von meinen Jungens gehen gleich am dritten Tag mit 'raus! Mein Schwiegersohn auch! Blos der Älteste, der Paul, sitzt noch bei den Türken ...«

»Ja. Ich weiß ...«

»Zum Glück hat er sich dort noch nicht gebunden. Es stand gerade vor dem Abschluß mit seiner Anstellung. Ich hoffe immer, er ist schon auf dem Weg hierher. Dann ist Alles mobil, was von uns Isebrinks Beine hat! Famos!«

»Ich beneide Sie!«

»Ich freue mich vorläufig blos auf die ersten roten Hosen! Die haben sie nämlich immer noch, die dummen Kerle, genau wie vor 'nem halben Jahrhundert, wie wir den Napoleon fingen. Halten Sie nur blos den Daumen, lieber Freund, daß ich eine Verwendung vor dem Feind kriege und nicht das Herumgepeter hinter der Front! Das kann ich nicht leiden! Ich bin doch rüstig – was?«

»Heute sind Sie ein Jüngling in weißem Haar!« sagte der Gelehrte. »Und dabei, glaub' ich, rund vier Jahre älter wie ich! Ich danke Ihnen …«

»Bitte gehorsamst! Gerne geschehen! Wofür denn eigentlich?«

»Nun: Man lernt nie zu Ende!«

Die beiden Männer, die des Kriegs und die des Friedens, trennten sich. Geheimrat Tillesen legte die paar Schritte bis zu seinem Haus zurück. Er sagte sich, in einer neuen Offenbarung: Ich hab' die Nächte schlaflos im Laboratorium zugebracht und für die ganze Welt gearbeitet und der dort hat wach gelegen und an Deutschland gedacht. Ich habe die Bacillen vor mir gesehen und er die Kosacken. Ich habe den Frieden für selbstverständlich gehalten und er den Krieg. Wir hatten Beide Recht. Das wußte ich nicht. Jeder hatte seine Zeit. Die meine ist jetzt um. Die seine kommt.

Durch einen plötzlichen Riß der Erkenntnis sah er in diesem Augenblick die zweite, im Wirken der Wissenschaft ihm bisher verborgen gebliebene, nie beachtete Hälfte deutschen Wesens. Die Denker, die Dichter, die Erfinder verschwanden, mit denen vorhin sein Sinnen von der Waldwarte hinab die deutschen Lande vergeistigt hatte. An ihre Stelle traten eisengepanzert, in zweitausendjähriger Reihe, die Helden, die Krieger. Und obwohl er von ihnen viel weniger wußte als von jenen Anderen, schien ihm ihre Zahl noch größer. Ein Gewimmel von Recken, Rittern, Fürsten, Generalen vom Teutoburger Wald bis Sedan. Ein Zusammenbruch der Weltreiche vor ihrem Ansturm, von den Cäsaren bis zu den Napoleoniden.

Er dachte sich, während er das Tor öffnete: Der Alte hat vier Söhne für das Waffenhandwerk bestimmt und zieht mit ihnen ins Feld. Meine eine Tochter ist in Italien. Ihr Mann reist eben nach Paris. Meine zweite Tochter habe ich an einen Engländer verheiratet. Meine dritte, die Inge, ließ ich nach Amerika gehen. Ich selbst bin überall zu Hause. In Tokio und Columbia lehren meine Schüler, in Capstadt und Buenos Aires leben meine Patienten, in Irkutsk und Coimbra liest man meine Handbücher …

Er ging durch die verödeten Räume, in denen er so oft das ganze Ausland bei sich zu Gast gesehen. Seit ein paar Tagen war auch seine Sprechstunde von Fremden leer. Die vornehmen Russen waren, ohne ihn zu zahlen, abgereist. Es hatte eine Flucht vor Deutschland begonnen. Er begriff es immer noch nicht recht. Er stand am Fenster und dachte sich: Ja, wir haben uns tausendfach, mit den feinsten Saugwurzeln, über die ganze Erde hin verästelt. Da war kein Boden, aus dem wir nicht geduldig Nahrung zogen. Aber der alte Soldat da nebenan hat Recht, ohne es zu wissen: die Pfahlwurzel, die den ganzen Stamm trägt und hält, die geht steif und strack wie ein Preußenrückgrat, senkrecht hinunter in die tiefsten deutschen Tiefen …

Unten, auf der Sonnebergerstraße, gingen zwei Damen vorbei. Er war so in Gedanken an die Beiden, mit denen er zuletzt gesprochen: seinen Schwiegersohn, der sich des Friedens, seinen Nachbar, der sich des Kriegs freute, daß er Inge und ihre amerikanische Freundin erst erkannte, als sie ihm auf dem Weg zur Stadt von unten zuwinkten. Ethel Lawrence war lang und laut. Sie wirkte durch ihre Pariser Toilette und ihre sorgfältige Haut- und Haarpflege viel jünger als ihre vierunddreißig Jahre. Eigentlich war sie hübsch, trotz des zu großen Mundes, den ein oberflächliches und liebenswürdiges Lächeln kaum verließ. Sie schwatzte unaufhörlich. Man hörte ihr durchdringendes, näselndes Englisch noch auf fünfzig Schritte. Es fiel dem Geheimrat auf, daß Inge sehr still daneben ging, den Blick mit einem hartnäckigen und zurückhaltenden Ausdruck am Boden.

»Oh – Dein Vater sieht sorgenvoll aus, Inge!«

»Ist das ein Wunder, jetzt – zwischen Krieg und Frieden?«

»Er befürchtet wohl große Geldverluste im Krieg?«

»Geldverluste?«

»Nun ja! Wann ich den alten Gentleman sehe, ist er doch so ernstlich tätig!«

»Aber doch nicht blos wegen des Gelds!«

»Ja, wofür denn sonst? Warum antwortest Du denn nicht?«

»Weil Du es doch nicht verstehen würdest! ...Früher schon! Für gewöhnlich schon! Aber jetzt ...die Zeit ist so furchtbar ernst...«

»Oh ja! Nichts kann ernster sein! ...Ach, ...sieh' 'mal da den hübschen Hut ...So ähnlich habe ich in Paris...«

»Laß jetzt die Schaufenster! Sieh lieber, wie die Leute da zu Tausenden auf der Wilhelmstraße stehen ...Wie sie die Extrablätter lesen ...da pappen sie eben das Neueste an ...Belgrad wird bombardiert!«

Ein dumpfes, ungeheures Summen und Brausen von Menschenstimmen ging über die weiten Straßenflächen und hinüber zum Kurhaus. Die Gesichter der Deutschen waren einander plötzlich alle ähnlich geworden. Auf Jedem lag der gleiche feierliche Ernst.

»Lache doch nicht so laut, Ethel!«

»Oh – warum denn?«

»Die Deutschen drehen sich nach Dir um!«

»Ach – laß sie...«

»Aber wir sind jetzt nicht in der Stimmung, Ethel! Wir verbitten uns das ...so nahe vor dem Krieg...«

»Oh ja: Krieg!« sagte Ethel Lawrence gefällig. »Wir hatten vor siebzehn Jahren auch Krieg. Auf den Philippinen. Es war zu drollig!«

»Drollig...«

»Ja. Mr. Sandford. Ein Leutnant von der Flotte. Er hatte sich bei San Jago ausgezeichnet. Jede Miß mußte ihm einen Kuß geben. Ich auch. Dafür schnitt ihm Jede einen Uniformknopf ab. Er hatte nie Knöpfe. Ach, was mußten wir lachen ...Warum siehst Du mich denn so an?«

»Ihr seid wirklich große Kinder! Ich drücke es höflich aus, Ethel!«

Miß Lawrence verstand das nicht.

»Damals machte Vater viel Geld mit Kriegslieferungen!« sagte sie. »Vielleicht diesmal auch. Ach, ich möchte es ihm so wünschen!«

»Lieferungen? ...Für wen?«

»Nun – wer es zahlt...«

»Weiter denkt Ihr an nichts?«

»Oh, Kriege sind sehr teuer! Ihr werdet das auch merken. Die Soldaten sind wahrhaft anspruchsvoll. Sie verlangen sehr hohen Lohn und gute Verpflegung. Sonst entschließen sie sich nicht, sich anwerben zu lassen. Wir rechneten damals den Tag an Dollars etwa...«

»Höre endlich auf mit Deinen Dollars! Siehst Du denn nicht, daß das etwas Anderes ist? Siehst Du denn nicht all die Gesichter ...Ich habe noch nie auf Menschengesichtern so eine Spannung gesehen!«

»Da solltest Du 'mal Wallstreet zur Börsenzeit sehen, wenn die Londoner Kabeldepeschen kommen!«

»Ich war ja mit Dir in Wallstreet, Ethel! Aber mir ist es, als sei es ein Jahrhundert her und nicht drei Jahre!«

»Sage das nicht! Die Prosperität hält an! Es hat sich dort nichts geändert!«

»Aber ich habe mich geändert...«

Miß Lawrence hatte wieder englische Bekannte getroffen. Sie sprach ein paar Worte mit den Damen. Eine von diesen, eine ältliche Jungfer, drückte im Weitergehen Inge, die sie gar nicht kannte, mit einem bedauernden Lächeln die Hand.

»Ethel: Was soll denn das bedeuten?«

»Sie sagte mir, Du tätest ihr so leid!«

»Ich?«

»Ganz Deutschland tut ihr so leid! Sie fürchtet, daß England Euch den Krieg erklären wird. Sie wollte Dir ihr Mitgefühl am Unglück Deines Vaterlands ausdrücken!«

»Ja, hör' 'mal ...seid Ihr denn Alle verrückt? Oder war ich es bisher?«

»Oh – was sprichst Du da? ... So aufgeregt sollte eine Lady nie sein!«

»Ich pfeife auf Eure Ladies ... Ethel: Mache Dir doch klar, was für uns auf dem Spiel steht! Unsere Feinde sind Zehn gegen Einen ... Wir werden kämpfen müssen wie noch nie ein Volk! ... Was soll denn dieser freundschaftliche Ellbogenstoß in die Seite?«

»Gestehe nur ...«

»Was denn?«

»Dein Vater ist alt. Du hast keine Brüder, die sich einreihen lassen könnten! Also hast Du einen Herzensfreund, und er will durchaus mit hinaus ...«

»Großer Gott ... kannst Du Dir nichts Anderes vorstellen?«

»Ich an Deiner Stelle würde es ihm nicht erlauben! Ich sicherlich nicht! Rede es ihm aus! Wozu denn?«

»Ethel ... fehlt Dir denn jedes Verständnis dafür, daß es jetzt gar nicht auf mich ankommt oder auf einen Herzensfreund, sogar wenn ich Einen hätte, oder sonst auf irgend einen Menschen in Deutschland, sondern nur auf Deutschland selbst! Betrachte nur die Männer und Frauen um uns! Das sonderbare Leuchten auf allen Gesichtern. Man ist sich auf einmal so nah. Man braucht gar keine Worte mehr! Es kommt etwas Unerhörtes über uns! ... Aber wir fürchten uns nicht! ... Glaubt nur das nicht! Auch wir Frauen nicht! Kein Mensch in Deutschland fürchtet sich vor dem Krieg. Das lesen wir Einer dem Anderen aus den Augen.«

»Oh – der Krieg wird sehr interessant! Noch nie sah ich einen aus der Nähe!«

»Euch zum Spaß führen wir ihn nicht!«

»Du bist ja ganz atemlos, Inge!«

»Gottseidank bin ich eine Deutsche!«

»Oh ja, der Krieg! ... Ich weiß nur noch nicht, wo ich hingehen soll, wenn die Heere den Rhein überschwemmen!«

»Unseren Rhein?«

»Oh ja! Was machst Du denn für Augen?«

»Die Feinde sollen zu uns ins Land herein?«

»Oh sicher! Wer hier englisch spricht, wird es Dir sagen!«

»Ja, was denkt Ihr denn von uns? Was habt Ihr denn die ganze Zeit über von uns gedacht? Ich bin ganz entsetzt! Und da ging man unter Euch drüben herum ... bei Euch ging ich in die Schule ... Es fällt Einem wie Schuppen von den Augen!«

»Vielleicht reise ich nach Wien! Sage: gehört Wien zu Deutschland?«

»Nein. Zu China!«

»Oder nach Luzern! Oh ja: Luzern! Da sind First rate Hotels! Da werden viele prominente Amerikaner sein!«

»Ja, macht nur, daß Ihr Alle dahinkommt!«

»Weißt Du was: Komm mit!«

»Ich? Jetzt?«

»Nun ja! ... Da bist Du aus der Unruhe hier heraus! In guter Luft! Wir machen Ausflüge ...«

»Man möchte sich wirklich an den Kopf greifen!« sagte Inge.

»Berede doch Deinen Vater, so zu tun! Der alte Herr hat da auch seinen Frieden. Es wird ihm gut sein!«

»Jetzt Deutschland verlassen ...?«

»Was willst Du denn hier, wo überall so viele Soldaten sein werden oder womöglich gar Verwundete und Kranke? Du bist eine unabhängige junge Lady. Du kannst doch Deine Rente verzehren, wo Du willst!«

»Jetzt geht mir allmählich ein Licht auf, wer Ihr seid und wer wir sind ...«

»Ich bin so betrübt, daß Du wieder in Rätseln redest! Wir waren immer freundlich zu Dir, drüben, so als wärst Du Eine von uns!«

»Ich bin mehr und hab's nicht gewußt!«

»Oh ...«

»Der New-York-Herald!« Ein Händler bot die neueste Nummer der Pariser Ausgabe an. Die Miß kaufte sie und studierte mit brennendem Interesse die Liste der in den dortigen Luxushotels eingetroffenen Amerikaner. »Heißes Wetter in Paris!« verkündete sie dann. »Oh – wieviel Volk ist nach Trouville abgereist! Sieh nur hier die Namen...«

Inge hörte nicht mehr darauf. Rings um sie knitterten andere deutsche Zeitungen, verfolgten gespannte Augen den Fettdruck der Riesenlettern der letzten Nachrichten. Ganz Europa fieberte in diesen kurzen, schwarzen Zeilen. Noch einmal drahteten sich in letzter Stunde die Großen dieser Erde vom Hohenzollernschloß zum Winterpalais, vom Buckinghampalast zur Hofburg, schossen die Automobile der Diplomaten nach Downingstreet und dem Ballplatz, nach der Wilhelmstraße und dem Quai d'Orsay, zitterten die Telefondrähte und Telegrafenkabel von den letzten Zuckungen des Friedens. Und doch war dies das Letzte, worin, auf lange Zeit hinaus, die Menschen dieses Weltenrunds einig waren: Es war zu spät! Das Schicksal schon im Gang.

Ringsum lachten und spaßten unbekümmert die Yankees. Für sie war Europa eine große »Schau«. Auch der Krieg war eine ganz neue Schau. Sie schoben der Miß Lawrence strahlend einen blatternarbigen, breitschulterigen jungen Mann entgegen. »Fighting Bob« – der Millionärsohn und Amateurboxer! Fighting Bob hatte Lust, den Krieg auf ein paar Wochen mitzumachen! Die Deutschen mochten sich hüten! Hinter seinem Knockabout wuchs kein Gras...

Das letzte Extrablatt! Eine Depesche des Deutschen Kaisers. Er beschwor den Zaren im Namen der Menschheit, seine Völkerwanderung abzurüsten, die von den Wolgaufern und den Steppen Asiens heranzog. Um Inge Tillesen schwirrten fremdartige Stimmen in einem halben Dutzend Sprachen. Schrilles Welsch. Lautes Russisch. Gekäutes Englisch. Ratterndes Französisch. Sonderbar, sie lebte seit acht Jahren mit ihrem Vater in Wiesbaden. Sie war in dieser Zeit fast täglich durch das Gedränge vor dem Kurhaus gegangen, ohne sich beim Anblick der vielen Ausländer Etwas zu denken. Heute auf einmal traten die Trennungslinien der Menschheit hervor, die ewigen Grenzen der Völker. Ein Ahnen. Beinahe ein Grauen ... Dann ein Jubel: Drüben wurden Hunderte von Hüten geschwungen, Hunderte von Stimmen sangen. Das waren nicht mehr die Unmündigen wie in den Tagen bisher. Das war ein langer Zug junger, waffenfähiger Männer, Primaner, Handwerker, Bürgersöhne. Sie marschierten zu Viert und Fünft, Arm in Arm, nebeneinander. Ihre Gesichter waren begeistert.

»Heil Dir im Siegerkranz!«...

Hurrah! Es winkte aus den Fenstern. Tücher wehten. Inge Tillesen überlief ein Schauer. Ihre Augen wurden feucht. Sie wandte sich um. Sie sah wieder die vergnüglichen Zahnreihen der Yankees. Die spöttische Neugier der Italiener, das stechende Auge der Franzosen, das freche und belustigte Lächeln einiger junger Lawn-Tennis-Engländer. Auf einmal durchzuckte es sie: Das sind ja Alles unsere Feinde! Alle ... Alle! Die ganze Welt! Und war es schon lange...

»Lachen Sie nicht!«

Sie sagte es mit so wildsprühenden Augen, daß der Boxer-Millionär sie fassungslos anstarrte. Man war doch in Deutschland, dem geduldigsten und gutmütigsten aller Völker! Man hätte in Rußland, bei der Zarenhymne das Haupt entblößt, man wäre in England ehrfurchtvoll bei »God save the King« aufgestanden. Aber hier...

»Lachen Sie nicht über Dinge, die für Euch viel zu hoch sind! Ihr werdet das Lachen noch verlieren! Ihr Alle zusammen!«

»Oh ... Inge ...«

»Was hat denn die Lady?«

»Sie war früher nicht so!« erklärte Miß Lawrence. »Sie war eine aufrichtige Kosmopolitin!«

»So? War ich das?«

»... aber jetzt ... Inge ... ich bin so bang ... Jetzt spricht sogar aus Dir der Militarismus!«

»... wenn Ihr das Militarismus nennt, daß alle Welt über uns herfällt – – na gut – aber da könnt Ihr 'was erleben!«

»Oh, Inge ... Wie kannst Du das sagen?«

»Das fühlt jetzt Jeder bei uns! Einer wie der Andere. Der Droschkenkutscher da … oder die Frau da … oder der Briefträger da … siehst Du: Ich brauche ihm blos zuzunicken! Da verstehen wir uns schon!«

»Oh – laß doch den Mann aus dem Volke, Inge! Rege Dich nicht auf! Sieh hier! Ich habe eben von Miß Cooper zwei Karten für Bayreuth bekommen! Für übermorgen! Willst Du den Trip nicht mitmachen? Es wird Deiner Konstitution gut tun!«

»Du wirst bald andere Zeichen und Wunder erleben als in Bayreuth! … Leb' wohl, Ethel!«

Der Händedruck mit der erstaunten Freundin aus Amerika schien Inge wie ein Sinnbild des Abschieds von Vielem in ihr und außer ihr. Sie lachte dabei und hielt den Kopf hoch im Nacken. Es war eine Bewegung von Stolz und Kampflust. Der Ausdruck eines allgemeinen und unermeßlichen Kraftgefühls, das sie jählings auch in sich spürte. Sie ging langsam und straff aufgerichtet durch die Ausländer, die ihr nachstarrten. Daheim setzte sie sich zu ihrem Vater in dessen Arbeitszimmer. Exzellenz Tillesen hatte sonst nie Zeit. Aber jetzt war die große, lähmende Stille vor dem Gewitter. Jedes Wort schien zu viel. Endlich sagte Inge:

»Was ist das nur, Vater?«

»Was denn, Kind?«

»Es ist alles so anders! Die Menschen draußen … Du … ich …«

»Ja, Inge!«

»Aber wie geschieht denn das? … Es ist sonderbar … Man fühlt sich so leicht … so befreit … Und dabei schlägt Einem doch das Herz und die Zeit ist doch so furchtbar ernst!«

»Man ist von sich befreit, Inge! Das ist's!«

»Was meinst Du damit, Vater?«

»Vielleicht haben wir Alle zu sehr an uns und unser bischen Eigenes gedacht …«

»Ach so …«

»… und das war uns eine Last und wir wußten es nicht, daß wir an uns selber litten!«

»So ist es mir, glaub' ich, gegangen.«

»… das merke auch ich jetzt, Kind, und vielleicht ein Jeder! Wir kannten uns nicht mehr und waren darum ungerecht gegen einander. Es ist nun einmal deutsche Art, seinen eigenen Weg zu gehen!«

»Das hab' ich auch viel zu sehr getan!«

»Laß es gut sein, Inge! Es rinnen viele Wasser in Deutschland. Aber schließlich wird es doch der eine große Strom!«

»Ich mache mir doch Vorwürfe, daß ich das nicht früher verstand. Ich hätte mir und einem Anderen Manches erspart! Er hat das gewußt. Er hat mir immer gesagt: ›Nicht das Ich, sondern die Pflicht, die das ›ich‹ in sich schließt!‹ Ich hab's in den Wind geschlagen. Und was ist das jetzt? Was ist man denn selbst? Es ist ja so gleichgiltig, ob man da ist oder nicht und wie es Einem geht und was man will!«

»Ja. Nun geht Alles weit darüber hinaus!«

»Aber warum erkennen wir das erst jetzt?«

»Liebes Kind!« sagte der Gelehrte und stand auf. »In Jedem von uns steckt ein Stück Deutschland mit seinen Rätseln und seinen Tiefen. Wer kennt sich ganz und wer kennt Deutschland aus? Nun kommt uns vielleicht die Lösung des Rätsels von außen. Das Wunder geschieht nicht zum ersten Mal … Nun Inge … Ich geh' jetzt wieder an die Arbeit!«

Ganz Deutschland ging an diesem Tag mit Exzellenz Tillesen noch einmal an die Arbeit, das schaffenfreudigste, das gewissenhafteste, das gründlichste aller Völker. Es war jetzt noch, in der Gewohnheit vieler Jahrzehnte des Friedens, mit frohem Eifer am Werk des Tages, während unter ihm die Erde schon bebte. Es riß sich schwer, zögernd, ungläubig von der liebgewordenen Beschäftigung am Schreibpult und Schraubstock, an Pflugschar und Ambos, an Hauptbuch und Heizkessel los, es schaltete langsam seine Gedanken um, bis zu der letzten Erkenntnis: Auch der Krieg ist deutsche Arbeit! Durch Jahrtausende bewährte deutsche Arbeit, so stark und gründlich wie die des Friedens.

Inge Tillesen stand am Fenster. Draußen warfen die Bäume schon ihre abendlichen Schatten über das heiße Pflaster. Karl, der Diener, lief eben in bloßem Kopf und weißer Schürze aus dem Haus. Er war alter 80er Füsilier. Er rannte alle Augenblicke bis zur nächsten Straßenecke, um nach Extrablättern zu schauen. Inge achtete nicht auf ihn. Sie fuhr zusammen und sagte halblaut zu sich:

»Herrgott … da ist er ja wieder!«

Nicolai Schjelting stand auf der anderen Seite der Straße, gerade der Villa gegenüber. Stand nachlässig wie gewöhnlich, blendend angezogen, den Strohhut auf Pariser Art nach hinten geschoben, die Hände auf dem Rücken. Er schaute unausgesetzt, mit einem gespannten Gesichtsausdruck, nach dem Hause hin …

»Ach … mag er schon …«

Inge Tillesen hob unwillig die Schultern hoch, trat in das Innere des Zimmers zurück und klingelte, um dem Diener den Herrn da draußen zu zeigen und ihm einzuschärfen, daß man für ihn unbedingt nicht zu Hause sei. Niemand kam. Sie wartete eine Weile. Dann öffnete sie die Tür und rief ungeduldig in die dämmerige Eingangshalle:

»Karl, wo stecken Sie denn, wenn man Sie braucht?«

»Guten Abend, Fräulein Tillesen!«

»Um Gotteswillen … wer steht denn da? … Wer sind Sie denn?«

»Erlauben Sie mir, in den Salon zu treten! Ich bin kein Mann der Antichambre.«

»Ja, wie kommen Sie denn hier herein?«

»Ich kam zufällig an Ihrem Hause vorbei. Ich sah Sie am Fenster. Ich fand das Haustor offen. – Ihr Diener hatte die Güte, es nicht zu schließen, während er um die Ecke lief – – Et me voilà!«

Nicolai von Schjelting sagte es lächelnd, als sei heute ein Tag wie jeder andere. Er stand mitten im Zimmer, so hell im Abendlicht, daß sie deutlich die Schatten der Schlaflosigkeit unter seinen großen, grauen Augen, die tiefgefurchten Linien nervöser Unruhe auf seinen lebhaften länglichen Zügen erkannte. In der Art, wie er den Kopf etwas zur Seite legte und sie verbindlich ansah, war ein Gemisch von Dünkel und Schmiegsamkeit, fast Unterwürfigkeit. Der wohlbekannte leise Petersburger Hauch von feinstem Beßarabischen Tabak und Kölnisch Wasser ging wieder von ihm aus.

»Sagen Sie um Gotteswillen: Was suchen Sie eigentlich hier?«

»Sie.«

»Was …?«

»Wie denn nicht? Deswegen bin ich in Wiesbaden. Ich muß mich eilen, wenn ich mich Ihnen noch erklären soll! Denn in Kurzem …«

»Bitte! Ich wünsche nicht das Geringste von Ihnen zu hören!«

»Denn in Kurzem …« sagte Schjelting lächelnd. »Nun – unser Kriegsminister Suchomlinoff hat ja gestern Eurem Militärattaché sein Ehrenwort gegeben, daß er nichts von einer Mobilmachung weiß! Aber, unter uns, dies Ehrenwort taugt nicht viel!«

»Das glaub' ich!«

» C'est la guerre! Ou – pas encore la guerre, mais … Gestatten Sie mir, daß ich mich setze! Ich stehe schon seit einer halben Stunde vor Ihrem Haus!«

»Ich kann Sie nicht daran hindern!«

»Setzen Sie sich doch auch! Erbarmen Sie sich: Sie können doch nicht hier vor mir stehen! Erweisen Sie mir die Gnade! Plaudern wir ein wenig …«

»Was tun Sie denn noch in Deutschland, angesichts des Kriegs?«

»Noch ist nicht Krieg. Auch bin ich nicht wehrpflichtig. Ein ganz friedlicher Mensch. Un vrai philanthrope …«

»Ich würde Ihnen doch raten, sich aus dem Staub zu machen!«

»Ich habe Zeit! Ich reise, wenn es so weit ist, entweder nach Westen, den einrückenden Franzosen entgegen – oder – da mich meine Familie in Belgien nicht mehr weiter interessiert – ich gehe, en attendant, nach Bayern.«

»Dort nimmt man Sie gerade so gut fest!«

»Pardon! Ich weiß das besser! Mich täuscht man nicht: Süddeutschland wird auf alle Fälle eine abwartende Haltung einnehmen! Man ist dort so sicher comme au sein de sa famille!«

»Das ist verrückt, so was zu glauben…«

»Wir haben unsere Thesen!« sagte Nicolai Schjelting und sah sie aufmerksam an. »Diese Formeln gründen sich auf eine Analyse der geschichtlichen Vorgänge in Deutschland, die sich nach gewissen Gesetzen wiederholen…«

»Wenn die Zeit nicht so ernst wäre, müßte man wirklich lachen!«

»…und außerdem hat man bei uns Deutschland im letzten Jahrzehnt genauer studiert! Früher schien es uns und den Engländern nicht so der Mühe wert! …Aber jetzt weiß man überall im Ausland mit Euch Bescheid. Deswegen bin ich ja hier, Fräulein Tillesen, weil die Gefahr für Sie so unmittelbar und dringend ist!«

»Ich fürcht' mich nicht!«

»Ich schrieb es Ihnen ja schon! Wo wollen Sie denn eigentlich hin? Hier am Rhein donnern ja bald die Geschütze…«

»Am Rhein…?«

»Weiter ins Innere? Die großen Städte und die Industriebezirke werden bald ein Spielball Eurer Arbeitersyndikate sein…«

»Wessen Spielball?«

»Ach, stellen Sie sich nicht unwissend! Die Methoden des Europäischen Individualismus werden in Euren Vorstädten triumphieren: Eure Blusenmänner lehnen mit entschlossener Geste die Pickelhaube ab! Es wird ein Schrei aus der Tiefe der Bergwerke tönen: Kämpft Eure Kriege selbst!«

»Reden Sie eigentlich von China oder von uns?«

»Flüchten Sie weiter nach Osten – enfin – ich gebe zu, daß Ihre Muschiks da unter der Faust der Junker sich schlagen werden. Aber dort, an der Elbe, sind ja inzwischen schon wir, die Russen…«

»Es steht Einem wirklich der Verstand still!«

»Und bis zu unserem Einzug in Berlin wird auch Ihre Hauptstadt kein Aufenthaltsort für Damen mehr sein. Alles bricht dort in sich zusammen. Ich kenne dies hektische Nachtleben – diese engbrüstige Décadence der zu schnell Reichgewordenen!…«

Er zuckte mit einer beinahe müden Bewegung der Überlegenheit seine schmalen und hängenden Schultern und zog die Augenbrauen hoch.

»Aus diesem Euch feindlichen Europa flüchten? Erwägen Sie, Fräulein Tillesen: Die Engländer verbieten Euch die Meere! Sie sperren Euch auch die Nahrungszufuhr! Sie haben den General Hunger wie wir den General Winter. Beide sind unwiderstehlich. Selbst der große Napoleon wurde von uns besiegt!«

»Ich wollte blos, ich wär' ein Mann!« sagte Inge.

»Und endlich: Gott will es, daß zu allen Dingen dieser Welt Geld gehört! Nun …sehen wir zu: Ihr Vater ist wohlhabend! Ich weiß es! Aber was hilft ihm das jetzt? Er wird sich umsonst in die Reihen der Verzweifelten stellen, die vor den verschlossenen Banken Spalier bilden. Diese Tore werden sich seinem angstvollen Pochen nicht öffnen …Warum lachen Sie denn?«

»Mein guter Vater und nach Geld hämmern …Da drüben hat er gerade wieder 'mal sein Portemonnaie auf dem Diwan liegen lassen!«

» Enfin: Euer wirtschaftlicher Zusammenbruch ist unvermeidlich. Als ein Teil der allgemeinen Katastrophe! – une débâcle – Ich bemitleide Sie!«

»Sind Sie nun fertig? Ich bewundere meine eigene Geduld, Herr von Schjelting, mit der ich die ganze Zeit diese bösartige Phantastik mit angehört hab'! Wir sind immer viel zu höflich mit Ausländern!«

»Wie denn? Ich rede zu Ihnen, nicht wie zu einer Moskauer Kaufmannsfrau, sondern zu einer europäischen Intellektuellen, die den Zusammenhang der Dinge übersieht! Bitte, nehmen Sie meine Worte ernst!«

»Ich hab' davon Eines begriffen: Wenn der Krieg wirklich kommt, dann kommt er, weil Ihr keine blasse Ahnung habt, wer wir sind und was wir können!«

»Armes Mädchen ...,« sagte Nicolai Schjelting mit einem sonderbaren, beinahe leidenden Mitgefühl.

»Wahrscheinlich haben wir es dumm angefangen und Euch eine falsche Meinung von uns beigebracht, aus reiner Gutmütigkeit ... aus viel zu viel Anstand ... Dadurch habt Ihr den Größenwahn gekriegt! ... Und nun bitte: Schluß!«

Nicolai von Schjelting war sitzen geblieben, obwohl sie zornig aufstand. Er griff nach seiner silbernen Tulaer Tabakdose, rollte sich mechanisch eine Papyros, hielt inne.

»Vergeben Sie! Ich war in Gedanken ... Der Rauch beruhigt meine Nerven ...«

»Meinetwegen ...«

Es klang wie: ›Benimm Dich nun schon ganz als Asiate!‹ Nicolai Schjelting saß träumerisch da, stieß eine blaue Wolke durch die geblähten Nasenflügel und versetzte unvermittelt:

»Ich lasse mich jetzt von meiner Frau scheiden!«

»Was? Eine Frau haben Sie auch?«

»Nun wie? Man muß doch verheiratet sein!« sagte er beinahe melancholisch. »Ich sprach vorhin schon von meiner Familie. Gott mit ihr!«

Der schwere Sessel rollte mit einem Ruck beinahe bis an die Wand zurück, so ungestüm sprang er plötzlich von ihm in die Höhe.

»Das sind Dinge ... über die wird man später sprechen ... Man wird das Alles ordnen ... Der heilige Synod tut, was ich will ... Sabler ist für mich jeder Zeit ...«

»Was geht das mich an?«

»Ich habe Ihnen geschrieben ... Noch nie gab mir Gott die Gelegenheit, mit Ihnen unter vier Augen zu sprechen, so wie jetzt ...«

»Kommen Sie mir nicht so nahe ...«

»Bleiben Sie stehen! Wie werde ich Ihnen Etwas tun? ... Ich will ja nur Ihr Bestes! Ich will Sie befreien!«

»Ja bitte, gehen Sie!«

»Sie wissen genau, wie das mit mir ist ... Sie merkten es schon bei der ersten Begegnung in Moskau ...«

»Ich hab' Sie kaum angesehen ...«

»Und doch sagt unser Sprüchwort: ›Mit einem Dreierlicht setzte man Moskau in Brand!‹ Nun, so geschah es mit mir, in diesem Vorzimmer da oben im Petrowski Dwor ...«

»Das war, weiß Gott, nicht mein Wunsch ...«

»Moskau brannte. Morgen brennt die Welt. Warum soll ein armer, einzelner Mensch nicht auch in Flammen stehen? Es ist jetzt nicht die Zeit für kalte Charaktere!«

»Bleiben Sie mir vom Leibe oder ...«

»Ich bin keine sibirische Natur. Mein Herz ist weich. Viele Frauen haben schon Eindruck auf mich gemacht ...«

»Das glaub' ich ...«

»Aber Keine wie Sie! ... Es ist ganz anders wie sonst ... Ich bin wehrlos. Es ist Gottes Wille. Denn zu verstehen ist es nicht.«

»Wenn Sie mich jetzt nicht auf der Stelle verlassen, rufe ich meinen Vater ...«

»Niemand hat Etwas gegen Ihren Vater! Nicht gegen die deutsche Gelehrsamkeit führen wir Krieg. Auch nicht gegen Frauen. In dem Frieden zu Potsdam wird seinerzeit das befreite Europa auch ihm die Ruhe seiner Studien wiedergeben ...«

»Sehr gütig ...«

»... Doch während des Krieges ... während dieser Zerschmetterung des preußischen Militarismus ... die russische Seele ist sanft ... aber immerhin ... ich kenne unsere Kosacken ... Ich flehe Sie an: Flüchten Sie aus dieser allgemeinen Verwirrung in Deutschland ...«

»Wer ist denn hier verwirrt? Wir sind Alle ruhig und klar! Einer wie der Andere!«

»Fliehen Sie lieber nicht in die Schweiz – das ist für mich zu weit – sondern nach Schweden! Ich schaffe Ihnen und Ihrem Vater Unterkunft im Hotel Royal in Stockholm. Das wird jetzt eine unserer Haupt-Etappen auf dem Wege von Rußland nach dem verbündeten Westen. Ich komme da oft durch. Ich kann Sie sehen! Mit Ihnen über die Zukunft sprechen!«

»Zum letzten Mal: Gehen Sie! Reisen Sie lieber selber schleunigst nach Schweden, ehe man Sie bei Kriegsausbruch hier verhaftet!«

»Der Krieg bricht aus, wann wir es bestimmen!« sagte Nicolai von Schjelting hochmütig. »Noch sind wir nicht so weit! bei Euch wird man verhandeln und telegrafieren! Das wissen wir!«

»Gottseidank, da höre ich endlich draußen den Karl im Garten! Soll ich Ihnen wirklich von dem Diener Hut und Stock bringen lassen, Herr von Schjelting?«

Nicolai Schjelting legte mit einem grausamen Augenblinzeln den Kopf zurück. Ein heißes und wildes Lächeln entblößte seine Zähne. Inge Tillesen trat wieder ein paar Schritte zurück: Nun stand der wahre Moskowiter vor ihr, der begehrliche Barbar. Siegestrunken, im Taumel der Zukunft.

»Mich entläßt man nicht wie einen Dwornik! Die Zeit ist vorbei, da man einen Russen hinausschickte! Wir werden Euch Deutschen kommen! Wir führen uns selber ein, sans être invités! Wir sind zehn Millionen ungebetene Gäste! ... Pah ... was ist denn dies kleine Deutschland ...«

»Karl ...«

»Es liegt in der Freiheit unseres allrussischen Herzens, was wir zertreten und was wir verschonen! Jeder nimmt sich, was er will!«

»Unterstehen Sie sich, mich anzufassen!«

»Ah ... man wird Euch jetzt noch lange fragen ...«

»Sind Sie denn von Sinnen ...?«

»Und wenn ich es bin ...«

»Karl! ... Karl!«

Er warf sich gegen sie und packte mit einem jähen Griff ihre Hände. Sie konnte nicht weiter zurück. Hinter ihr war der Tisch an der Wand. Sie bog sich, soweit sie konnte, nach hinten und kämpfte mit ihm, der blind ihre Lippen suchte. Sie mühte sich, sich seiner Gewalt zu entwinden. Wieder keuchte er, sie an sich zu ziehen. Dicht vor sich sah sie seine grauen Augen, die jetzt wie die eines Raubtiers glühten. Eines asiatischen Raubtiers. Das war schon wie das Vorspiel des großen Kampfes gegen die Horden des Ostens, dies kurze, atemlose Ringen mit einem von Sinnen geratenen Menschen. Dabei lachte er ihr noch ins Gesicht, heiß, herrisch, mit einem blendend weißen Wolfsgebiß. Der Grimm darüber verdoppelte ihre Kräfte. Sie riß sich los und versetzte ihm einen Stoß gegen die Brust und traf blindlings gut. Nicolai von Schjelting taumelte ein paar Schritte zurück, preßte die Hand auf die Herzgrube, rang nach Luft. Sie standen sich gegenüber.

»So! Das war nur die Antwort einer Frau! Unsere Männer haben andere Fäuste! ... Karl ... hier!« ...

Der Diener stürzte in das Zimmer. Er hörte sie nicht, in seiner atemlosen Meldung:

»Sie trommeln, gnädiges Fräulein! In zwölf Stunden müssen die Russen nachgeben oder ...«

»Du lügst, Kerl ...«

»Und in achtzehn Stunden die Franzosen!«

»Das wagt Ihr?« sagte Nicolai von Schjelting langsam und fuhr sich mit der Hand über die Augen, als träumte er. » *Ihr* fangt an?«

»Hurrah! Hurrah!«

»Hören gnädiges Fräulein? Da kommen sie die Straße herunter. Alles schwarz von Menschen!«

Draußen brausten Hunderte von Stimmen. Die Fenster dröhnten vom Trommelwirbel. In scharfem Kommandoton wurde durch die jähe Stille etwas verlesen. Etwas von drohender Kriegsgefahr. Als Inge Tillesen sich wieder umdrehte, war das Zimmer leer. Nicolai Schjelting war fort. Verschwunden draußen in der wieder strudelnden und jubelnden Menge, dem Hurrahrufen, dem Massengesang. Dann hörte sie hinter sich die heisere, aber glückliche

Stimme des zu ihrem Vater in das Haus geeilten Generals Isebrink. Er mußte schreien, um
das Jauchzen draußen zu übertönen.

»Uff! ... Endlich! ... Endlich! ... Endlich hat's ein Ende mit der verfluchten Zucht! Jeder Mist-
fink von außerhalb durfte frech gegen uns werden ... Verzeihen Sie, Fräulein Inge ...«

»Ach ... nur immer zu, Herr General!«

»Aber nu wird Deutsch geredet! Hol's der Deubel! Nu hat's sich ausgeglückwünscht! Nu hat
sich's ausgebiedert und Hände geschüttelt! Liebster ... Bester ... Ich möchte ja die Wände hoch-
gehen vor Freude: Ich hab' eben telegrafisch meine Ordre! An die Front – wo's am vordersten
ist! Übermorgen früh meld' ich mich schon hinterm Gießhaus in Berlin!«

»Herzlichen Glückwunsch!«...

»Ja, das wäre ja nun Alles schön und gut. Aber nun sehen Sie 'mal! Depesche Nummer
zwei von meinem Filius Paul aus Konstantinopel! Das heißt nicht mehr aus Konstantinopel!
Inzwischen ist er schon auf dem Weg nach Deutschland! Der Bengel ist verrückt!«

»Was?«

»Bildet sich ein: Ich hockte jetzt hinter dem Ofen! Drahtet mir in aller Unschuld seines
Herzens: ›Eintreffe ersten August‹ – das ist übermorgen – also, ›ersten August München zu so-
fortiger Weiterfahrt und Verwendung im Osten!‹...«

»Nun – das ist ja schön!«

»Ja, und gefälligst weiter: ›Bitte erwarte mich dort Hauptbahnhof mit Geldern für Pferdean-
kauf und Equipierung und Kartenmaterial!‹ Ja, was glaubt denn das Paulchen? ... Ich bin übermorgen in Berlin! Aber kriegen muß er seine Moneten! Meine Frau liegt an ihrem Asthma...«

»Schicken Sie mich!«

»Sie, Fräulein Inge?«

»Na warum denn nicht?«

»Sie wollten wirklich diesen Liebesdienst ...«

»Ach, reden wir doch nicht lange! Geben Sie mir schon die Siebensachen! Ich reis' noch
heute Abend!«

Die beiden Andern schauten sich an. Sie waren Beide alt. Aber sie waren auch einmal jung
gewesen. Darum dämmerte es in ihnen.

»Wie soll ich Ihnen denn das danken, Fräulein Inge?«

»Gar nicht! Das geschieht fürs Vaterland! Ja, was lachen Sie denn?...«

»Sie lachen ja selber...«

Inge Tillesen wurde über und über rot. Aber sie lachte wirklich und herzhaft. Der alte Isebrink breitete die Arme aus.

»Kommen Sie, Kind!« sagte er. »Geben Sie mir 'nen Kuß! Er geht ja nicht an die richtige
Adresse! Aber doch so nahebei! Nicht?«

»Ja.«

»Na, Gottes Segen! ... Kalt!... Wohin denn auf einmal?«

Aber Inge Tillesen war schon die Treppenstufen der Halle hinauf und weg. Unten sagte der
alte Isebrink zu dem Geheimrat:

»Na – da geben wir uns die Hand, Exzellenz! So geht's! Nu erfüllen sich die Zeiten! Es hat
ein Ende mit Vielem und viel Besseres fängt an!«

XI

»Sagen Sie mir doch um Gotteswillen: Wann kommt der Zug aus Wien?«

Keine Antwort. Jeder hatte mit sich zu tun. Es war nur ein tausendfaches, wirres, abgerissenes Stimmengeschwirr unter der glühenden Glaswölbung des Münchner Hauptbahnhofs. Die Luft trüb von Staub. Unten das Gewühl eines durcheinanderwimmelnden Ameisenhaufens gleich dem Bild des aufgestörten Erdballs im Kleinen.

Inge Tillesen wurde hin- und hergestoßen. Sie wehrte sich mit dem rechten Arm gegen einen langen Bergstock und ein daran befestigtes Alpenrosenbüschel, überall waren auf einmal Bergstöcke, saß Gamsbart und Lodenhut schief auf erregten Gesichtern. Die kamen vom Brenner. Aufgescheuchte Tiroler Sommerfrischler. Immer neue Tausende. Tag und Nacht. Sie erwischte glücklich einen atemlosen Beamten am Arm.

»Wann kommt denn wieder ein Zug aus Wien?«

»Ja, i woaß net!«

»Aber ich steh' nun schon seit gestern hier! Ich muß doch...«

Der Mann war irgendwo und sie zehn Schritt weiter, eingekeilt in eine neue Menschenmasse. Nun waren plötzlich ringsum weiße Hauben, stille Gesichter, niedergeschlagene Augen. Ein ganzes Nonnenkloster, paarweise, die Köfferchen in der Hand, auf dem Weg von Oberbayern nach den Vogesen. Inge Tillesen dachte sich: die gehen schon an die Front! Er auch. Ich verfehle ihn noch hier!

»Bitte, wissen Sie nicht, wann der nächste Zug aus Wien...«

Aber nun war sie mitten unter Angelsachsen. Flüchtende Bayreuther und Münchner Festspielgäste. Engländer und Amerikaner. Sie saßen ratlos, wie die Schiffbrüchigen, auf ihren Koffern. Soldaten rollten Handwägen mit Kaffeesäcken, Gepäckträger schoben eine kranke Dame im Fahrstuhl. Neue Menschenstrudel hinterher, auseinandergerissene Familien, die sich zuschrien und winkten, Offiziere, Papiere in der Hand. Aber alle bayrisch hellblau. Von Paul Isebrink keine Spur. Sie dachte: Wahrscheinlich ist er auch noch in Zivil! Sie wurde von der Menschenmauer mitgepreßt. Dort in der Ecke stürmte man die Züge nach Berlin. Vielleicht saß er darin. Aber wie ihn finden? Es hatte keinen Zweck. Sie drehte sich um und arbeitete sich gegen die beiden Bajonettspitzen der Bahnhofwachen durch, die den Ausgang anzeigten. Draußen in der Vorhalle, die immer noch ein brausendes Menschengewoge erfüllte, machte sie mutlos Halt. Sie war erschöpft. Sie sagte sich, was sie sich schon den ganzen Tag bis in diese späten Nachmittagsstunden hinein gesagt hatte: Den Orient-Expreß hab' ich glücklich verpaßt! Bis Mitternacht hab' ich mir die Beine in den Leib gestanden. Bei Tagesanbruch soll er mit Gott weiß wieviel Stunden Verspätung angekommen sein. Behaupten sie wenigstens! Andre meinen, er wäre überhaupt noch nicht da...

Dann hatte sie noch eine Hoffnung: Wenn er vernünftig ist, geht er da draußen auf und ab, damit ihn sein Vater sieht! Sie trat ins Freie, schritt suchend bis zu dem Karlsplatz. Die Sonne brannte, die Luft flimmerte, die Menschen fieberten. Das Bild des Kriegs, wie es im Frieden nur der Süden bot. Tausende und aber Tausende, die scheinbar untätig auf Straßen und Plätzen beisammen standen, halblaut sprachen, sich um die Extrablätter drängten. Ein unterirdisches Brodeln und Kochen. Ab und zu ein jäher Ausbruch. Spione im Land ... Spione ... »Fangt's die Schlawiner!«

Inge Tillesen konnte gerade noch zur Seite springen. An ihr vorbei stürmte es von überall nach dem vom Schutzmannspfiff aufgehaltenen Auto. Ein Handgemenge drinnen mit der wild um sich hauenden Mannsgestalt in Frauenkleidern ... fort ins Polizeipräsidium ... wieder ein Serbe weniger...

Das erste Aufzucken der seit Menschenaltern schlafenden Ur-Instinkte der Schöpfung. Der Kampf ums Dasein. Wie in der Urzeit. Auge um Auge. Leben um Leben. Vergiftetes Wasser ... Französische Flieger über Nürnberg ... Goldtransporte im Auto auf der Landstraße ... Und wieder Sturmgesang um eine schwarz-weiß-rote Fahne: »Fest steht und treu die Wacht am Rhein!« Es brandete und brauste um Inge Tillesens Ohren. Sie ging weiter. Sie suchte. Und dachte sich:

Wie oft konnte ich das eine ›Ja‹ sagen, das ich jetzt nicht anbringe! Damals war mir das Schicksal nah. Ich brauchte es nur zu rufen. Jetzt ist es zu groß geworden und ich zu klein. Es kümmert sich nicht mehr um Einzelne. Ich mag noch so sehr laufen – ich hol' es nicht mehr ein … Es geht mit Siebenmeilenstiefeln …

Vor dem großen gelben Eckgebäude des General-Kommandos hielten Reihen von Kraftwagen. Es war ein Hasten hin und her durch das Tor. Auf dem Bürgersteig davor standen Offiziere in Gruppen. Alle noch in bayrischen Friedensuniformen. Inge sah das Himmelblau des Fußvolks, das Grün der Chevauxlegers, die breiten, roten Beinkleidstreifen der Artillerie. Aber dann tauchte da aus dem Dunkel des Torwegs ein bisher in Deutschland nicht geschautes Waffenkleid auf. Alle Offiziere musterten es, während sie grüßten, und hatten dabei ein leuchtendes und kampflustiges Lächeln, alle Vorüberkommenden blieben stehen und wandten die Köpfe mit einem überraschten und oft ehrerbietigen Ausdruck: Es war etwas Feierliches um dies erste Feldgrau, diese gelbledernen Gamaschen, diesen staubfarben überzogenen Helm. Es war, im Fortfall alles Friedensprunks und aller Farbenfreude, die erste Verkörperung der ungeheuren Schicksalsstunde, das erste wandelnde Sinnbild des größten Krieges aller Völker und Zeiten.

Links davon ging, auch als ein Vorbote des kommenden Gewimmels feldgrauer Millionen, ein langer, hagerer Leutnant. Er trug in der Herzgegend ein Abzeichen auf dem Waffenrock, das Inge nicht kannte. Dahinter kam, noch in preußischer Friedensuniform des Großen Generalstabs der Armee, ein kleiner, eleganter Hauptmann. Zwei Damen begleiteten ihn, Mutter und Tochter. Man sah es an der Ähnlichkeit.

Paul Isebrink war in ein Gespräch mit dem anderen Generalstäbler vertieft. Aber seine scharfen Augen waren gewohnheitsmäßig überall. Ihn überraschte man nicht. Schon auf hundert Schritte Entfernung erkannte er Inge, die da unschlüssig mit umgehängtem Geldtäschchen, das Kartenpaket in der Hand, stand, sagte hastig dem Kameraden ein paar Worte und eilte allein auf sie zu. Ihr schien, als hätte er nie so gut ausgesehen wie in diesem Augenblick. Noch straffer, abgemagert und gebräunt von der Sonne des Südens, schon in Kriegstracht, und Kriegslust in den verwegenen Augen und um den lachenden Mund. Und eine ungläubige Freude, die ihr galt, die sie plötzlich stolz machte vor den Blicken all der Leute, die ringsum stehen geblieben waren und wohlgefällig auf ihn und sie schauten. Die dachten sich schon ihr Teil, während er auf sie zustürmte und ihre freie Hand zu fassen bekam und schüttelte, daß er ihr beinahe weh tat.

»Herrgott, Inge! … Das ist ja ein tolles Zus…«

Er wollte noch Etwas vom Zufall eines Zusammentreffens reden. Aber er kannte doch die Mappe, die sie in der Linken hatte.

»Das sind doch meine Karten…«

»Ja. Da!«

»Und ein Brief von Mutter!«

»Auch! Da!«

»Danke…«

In dieser Sekunde war er, der mit allen Hunden Gehetzte, in allen Sätteln Gerechte, fassungslos. Es wogte in ihm durcheinander, von Zweifel und Jubel. Sie schlug mit der freigewordenen Hand an das Täschchen.

»Und da ist auch's Geld…«

»Von meinem Vater?«

»Ja. Er ist jetzt schon in Berlin. Sie brauchen ihn! An der Front!«

Sie stockte, schöpfte tief Atem und redete entschlossen, während sie sehr blaß wurde:

»Na – und da hab' ich mich nützlich gemacht und es Dir gebracht!«

Sie wußte, daß sie mit dem Wörtchen ›Dir‹ ihr Lebensschicksal aussprach, und er verstand es auf der Stelle so wie sie. Sie sah es an seinem Gesicht, auf dem schon, in strengen Linien, der Ernst des Krieges lag, und darüber hin jetzt eine jähe Welle von Glück.

Küssen konnten sie sich, vor den Leuten, nicht. Er nahm nur ihre beiden Hände in die seinen und sagte:

»Endlich…«

Und sie, noch halb im Trotz und doch schon ganz ergeben:

»Na ja ...«

»Ich dank' Dir, Inge ...«

Nun war sie sehr rot geworden. Jeder mußte es sehen. Auch der lange, feldgraue Leutnant und der Generalstabshauptmann mit den beiden Damen, die inzwischen herankamen. Paul Isebrink stellte hastig und verwirrt vor:

»Flieger Graf Bläming! Herr von Hellfried ... Gestatten die Damen ...«

Inge Tillesen verstand die Namen von Mutter und Tochter nicht. Sie war zu erregt. Sie hörte nur, daß Isebrink sie seine Braut nannte, daß man sie beglückwünschte und ihr die Hand reichte und ihm. Dann sagte er, schon mit einem Anflug von dem alten Übermut im Ton, auf den kleinen Generalstäbler und die junge Dame weisend:

»Die haben's gut! Die werden morgen kriegsgetraut. Eben kommen sie vom Pfarrer!«

Dort hatten sie Alles für morgen beredet. Auch den Spruch der Trauung: ›So gehen wir hin, nicht zu sterben, sondern zu leben!‹ ... Sie hatte feuchte Augen. Aber sie hielt sich tapfer. Sie war die Waise eines vor zwei Jahren verstorbenen Regimentskommandeurs. Sie frug Inge, eine Braut die andere:

»Lassen Sie sich denn nicht auch kriegstrauen?«

Ehe Inge Tillesen antworten konnte, fuhr Paul Isebrink in einem plötzlichen Zorn auf.

»Ja, das kommt davon! Wer konnte denn das ahnen, wenn man da unten bei den Türken sitzt!«

Er wies mit einer entrüsteten Bewegung auf das preußische Dunkelblau mit Carmoisin des kleinen, patenten Hauptmanns.

»Wenn man noch halb in Zivil herumläuft wie der Hellfried ... so'n Friedenssoldat, der erst am dritten Tag mit seinem A. O. K. hinausgeht, der kann sich das leisten! Aber ich muß doch in'ner Stunde auf der Walze sein ... ich muß!«

Er wandte sich verzweifelt an Inge.

»Ich hatte ja keine Ahnung ... Schon unterwegs bekam ich die Drahtbefehle. Bläming und ich und noch zwei Preußen und ein Haufen bayrische Herren – wir sausen Tag und Nacht durch, mit hundert Kilometern, bis an die Ostgrenze! Es geht jetzt um Spitze und Knopf.«

»Tu Du nur Deine Pflicht!« sagte Inge.

»Aber sowie ich ein bischen Luft kriege – spätestens in ein paar Wochen – ich mache es schon irgendwie ... ich telegrafiere Dir ... Gottseidank hab' ich ja die Strippe ständig zur Verfügung ... Richte nur inzwischen Alles und halte Dich zur sofortigen Abreise bereit!«

»Ja.«

Der Pilot Graf Bläming befestigte das Einglas in der Augenhöhle seines hageren Rassekopfs und sagte zu dem Hauptmann von Hellfried und dessen Damen:

»Nu schlag' ich aber vor: Wir gehen! Erstens sind wir hier total überflüssig! Zweitens hab ich einen kolossalen Hunger und drittens nur noch fünfzig Minuten Zeit. Isebrink ... Isebrink ... Mensch ... Wachen Sie doch auf!«

»Ja – was ist denn?«

»Wir ziehen uns jetzt verständnisvoll zurück. Aber vorher vergleichen wir unsere Uhren! So! ... Schlag acht Uhr fährt die Benzindroschke vom Freiwilligen Automobilkorps vor – Sie wissen ja: dort drüben ... Anderthalb Minuten vorher müssen Sie da sein! Da wird nicht gefackelt!«

»Eine halbe Minute ist auch genug!«

»Also schön! Ich bin großmütig! Sagen wir fünfundzwanzig Sekunden! Kommen Sie, Hellfried! Mit Euch Bräutigamen muß man aufpassen! Ihr seid nicht ganz zurechnungsfähig!«

Der späte Augustabend webte im Dämmergrün des Maximilianplatzes. In ihm das Gewirr von Tausenden von Stimmen, das Glühen der Luft, das Zittern der Seelen. Ein plötzliches Anschwellen des Menschenbrausens da zu den feierlichen Klängen der »Wacht am Rhein«, dort zu wildem Getümmel, geschwungenen Stöcken, Schutzmannshelmen im Gewühl um einen neu ertappten Spion. Hurrah, erhobene Hüte und wehende Tücher beim Anblick von Generalen und von Offizieren in polizeiwidrig sausenden Autos. Isebrink und Inge gingen im Strom dieser

Massen. In ihnen und dem Zwielicht verschwand sein Feldgrau, wurde nicht mehr so beachtet. Sie waren ungestört und schwiegen eine Weile, wie Menschen, die sich zu viel zu sagen haben. Oder nichts mehr. Es lag ja alles hinter Einem. Die Flammen dieses August löschten überall, was an Irrtümern und Mißverständnissen in der Vergangenheit aufgestapelt lag, im Großen wie im Kleinen. Es war nicht der Mühe wert, davon noch zu reden, und Inge Tillesen sagte schließlich nur:

»Ja. Du brauchst nicht umzulernen. Du hast Recht behalten. In Allem!«

Dann fiel ihr wieder ein, was ihr die junge Hauptmannsbraut kameradschaftlich zum Abschied gesagt: »Gottseidank! Unsere künftigen Männer sind im Generalstab lange nicht so exponiert wie die ganz da vorn in der Front!« Da dachte sie doch wieder mitten im Donnergang der Zeit an ihr eigenes bischen Schicksal. Sie merkte jetzt, an der Angst um ihn, wie lieb sie ihn hatte. Und wie sie ihn schon früher hätte haben können. Und sie sagte, sich fest an seinen Arm schmiegend:

»Ja! Ich war dumm!«

Er lachte.

»Du Schlaukopf – Du?«

»Aber wir waren's Alle! Es ging uns zu gut! Wir haben nicht mehr gewußt, was uns nottat!«

Sie schritten Arm in Arm weiter, umbrandet und umbraust von dem Rauschen eines uferlosen Meeres. Tausend Töne lebten darin, Gesang und Geschrei, Lachen und Grollen, und es war doch nur ein einziger unermeßlicher Gleichklang, das Atmen einer einzigen Brust. Alle Gesichter umher schienen einander ähnlich, leuchtende Blicke in unerschütterlich ernsten Mienen, ein großes Geheimnis über Jedem und Allem, eine trunkene und doch feierlich erhobene Stimmung, wie das letzte Abendrot dort über den Dächern oder wie das Morgenrot des kommenden, ungeheuren Tags.

Inge blieb stehen.

»Du ...Was war das nur mit uns bisher? ...Warum waren wir nur so verblendet...?«

»...weil wir Deutsche sind, Kind! Wir vertragen uns immer erst, wenn wir müssen! Aber dann auch gründlich!«

»Ach Gott ja – was hat Jeder aus sich für ein Wesen gemacht!« sagte Inge, während sie weitergingen. »Da dachte man, es käme auf Einen an und kam sich wichtig vor – und nun sieh' mal hier die Menge...«

»Ja, heut' gefallen mir die Leute, durch die Bank!«

»Wer wußte denn auch, daß wir seit Jahren am Rand des Verderbens hingegangen sind...«

»Wir haben's Euch ewig gepredigt!«

Die Leute umher machten unwillkürlich dem Hauptmann in Feldgrau Platz. Junge Männer schauten ihn ernst an, mit dem Gedanken: Also so Einer wird uns führen! Mütter betrachteten ihn, und es lag in ihrem Blick: Euch vertrauen wir unsere Söhne an! Ein vornehm gekleideter Herr sagte zu seiner Frau: »Siehst Du die roten Streifen? Das ist der Kopf! Wir von der Landwehr sind bloß die Faust...«

»Deutschland, Deutschland über Alles!« Wieder klang das Lied. Ein Trupp Studenten in bunten Mützen zog vorbei. Auf dem Weg zum Generalkommando. Zur Meldung als Kriegsfreiwillige. Geschlossen, das ganze Corps. Sie riefen es lachend dem Hauptmann Isebrink zu. Er lachte und winkte ihnen mit der Hand zurück, schon wie jungen Kameraden! Eine Sekunde stackerte das Kriegswetter in seinen Augen. Es war Inge, als leuchteten all diese Menschen von innen heraus, als wären sie gar nicht mehr sie selbst. Sie dachte wieder an das Trauungswort der jungen Kauptmannsbraut von vorhin. Es war wie dessen Widerschein auf den tausend Gesichtern, in den tausend Augenpaaren umher: Unser Keiner lebt sich selber und Keiner stirbt sich selber! Sie hing sich fester an Isebrinks Arm und sagte:

»Weißt Du ...eigentlich ist das Alles ja ein einziges Wunder...«

Er lachte unbekümmert.

»Ein Wunder ist jedenfalls schon geschehen: Ich halt' Dich! Und nun kommst Du mir nicht mehr aus!«

Und während sie umdrehten und den Weg zurückgingen, war ihr zu Mut, als hätten nicht nur sie Zwei sich gefunden, sondern so wie sie und in ihnen Beiden ganz Deutschland, als wäre das Alles miteinander eins, als gäbe es keine Grenze mehr zwischen Mensch und Menge, jeder Einzelne klein und doch groß und, was deutsch hieß, eine einzige Kraft, zu wagen, zu schlagen, zu tragen.

Zögernd legte sie mit Paul Isebrink die letzten Schritte zu der hellerleuchteten, offenen Veranda des Restaurants am Lenbachplatz zurück. Innen war es gedrängt voll. Uniformen, farbige Damenkleider, Helles Sommerzivil der Herren. Die Musikkapelle spielte die Nationalhymne. An einem langen Tisch, zwischen Blumen und Sektflaschen, saßen abfahrtbereit die preußischen und die bayerischen Offiziere mit ihren Kameraden und ihren Damen. Der Flieger Graf Bläming war lang und ernst auf einen Stuhl gestiegen und spähte durch das Monocle auf den Platz.

»Na endlich! Immer unpünktlich, Isebrink! Nur noch zwanzig Sekunden. Los!«

Draußen auf der Straße war neuer Jubel. Ein mächtiges, kanariengelbes, offenes Reise-Automobil war vorgefahren. In Friedenszeiten beförderte es wohl zähnestochernde amerikanische Krösusse von den Münchner Hotelpalästen zwischen Breakfast und Dinner nach Hohenschwangau und zurück. Jetzt war es mit Feldkoffern und Ersatzreifen vollgepackt, Aushilfs-Benzinkanister für ununterbrochene Eilfahrt füllten den Boden, auf dem Wagenschlag stand mit schwarzer Farbe: »Nach Petersburg!« Der Herrenfahrer in der Uniform des Freiwilligen-Automobilcorps, den Hirschfänger an der Seite, kurbelte eigenhändig die schwere Maschine an. Graf Bläming stand neben dem bayrischen Fürsten und schrie durch das Donnergerassel:

»… ’rin in die Hochzeitskutsche, wenn ich gehorsamst bitten darf!«

»Hurrah!« »Gute Reise!« »Kriegsheil!« Die Musik spielte:

»Wohlauf, Kameraden, aufs Pferd, aufs Pferd…«

Und wenn es auch kein Pferd, sondern ein Auto war, so sang doch der Pilot Graf Vläming begeistert mit. Er lehnte, über die Menschheit erhaben, breitbeinig hoch auf dem Führersitz des Autos an der Windscheibe und sang:

> *»Da tritt kein Anderer für ihn ein!*
> *Auf sich selber steht er da ganz allein!«*

Und dann:

»Los, Isebrink!«

Paul Isebrink zog Inge an sich. Jetzt durften sich, auch vor den Leuten, Jeder und Jede küssen, zum Abschied, fast schon vor dem Feind. Endlich klatschte der lange Junggeselle mit dem Einglas oben ungeduldig in die Hände. Da drückte er ihr noch einmal die Hand und sprang mit einem Turnersatz in den schon vollbesetzten Wagen.

»Also halt’ Dich bereit! Sowie eine Depesche kommt, los! In vierzehn Tagen ist Trauung!«

Sie nickte und lachte tapfer. Und ebenso die anderen Damen um sie. Vorn hallte die Doppelfanfare des Oberkommando-Rufs. Der Kraftwagen setzte sich in Bewegung und schoß durch die menschenwimmelnden Straßen, durch Hüteschwenken und Zurufe hinaus in die Nacht, dem Osten zu…

Die Damen waren eine Weile ganz still, wie betäubt. Sie hatten noch das Abschiedlachen auf den Lippen und feuchte Augen. Es war so plötzlich gegangen. Nun war auf einmal die große Leere da. Das Frösteln der Verlassenheit. Die Männer fort, die Verlobten, hinaus ins Unbekannte. Die Angst und Liebe und Stille in Einem, ilnd ringsherum wie bisher, die vaterländischen Weisen der Musik, Kellnergelaufe, Stimmengeschwirr an dicht besetzten Tischen.

Von einem dieser Tische, an dem nur zwei Herren saßen, flog ein Blick zu Inge Tillesen hinüber. Ihre noch nassen Augen trafen sich mit den großen, grauen dort drüben, weiteten sich in ungläubigem Zorn. Sie war auf einmal völlig bei sich. Eine rasche Röte lief über ihre Wangen.

»Das ist also doch zu toll!« sagte sie zu der Hauptmannsbraut neben ihr. »Können Sie sich vorstellen, daß sich ein Russe, ein richtiger Russe, ganz ruhig hier mitten ins Lokal setzt?«

»Ein Russe?«

»Ein Herr von Schjelting. Dort hinten an dem Tisch. Den Andern kenn’ ich nicht!«

»Ist er denn verrückt?«

»Ich glaube, er hat die wahnsinnige Idee, daß die Bayern neutral bleiben! Wenigstens sagte er vorgestern so Etwas in Wiesbaden!«

»Sind Sie auch ganz sicher, Fräulein Tillesen?«

»Gott...ich kenn' doch den Menschen! Sehen Sie doch nur das dünkelhafte Gesicht!«

»Aber er trägt doch das amerikanische Abzeichen im Knopfloch!«

An den Tischen um Schjelting herum betrachtete man wohlwollend die Sterne und Streifchen des kleinen eingenähten Fähnchens auf seiner Brust. All die Tausende von Yankees in München und ihre Frauen und Töchter hatten es. Der Münchener Bürgersmann freute sich, wenn er sie sah und ihnen irgendwie gefällig sein konnte.

»Damit kann er freilich noch lange hier ungestört herumlaufen!« sagte Inge Tillesen entschlossen. »Wo ist denn Ihr Bräutigam?«

»Im Saal drinnen! Er hat sich zu den Schweren Reitern gesetzt!«

»Bitte holen Sie ihn! Ich verliere inzwischen den Russen nicht aus dem Auge!«

»Und dann...?«

»Dann lassen wir ihn verhaften! Ganz einfach!«

Das junge Mädchen drängte sich nach dem Saal. Sie kam nur langsam vorwärts. Inge blieb am Eingang auf Posten. Auf Nicolai Schjeltings länglichen, nervösen Zügen bemerkte sie, während er wieder einen blitzschnellen Seitenblick herüber warf, eine plötzliche Unruhe, dann sah er wieder schweigend und brütend in den deutschen Jubel um sich, die wild erwachte Lust der Lieder und der Waffen, mit einem ungläubigen Staunen im Blick, wie es Inge nie an ihm beobachtet hatte. Sie zitterte vor Ungeduld. Vor ihr schwatzten zwei biedere Münchner beim Bier von den Buren.

»Drüben, auf dem Balkon vom Bayerischen Hof, hat er dazumal gestanden, der Botha. Geweint hat er, der dicke, große Mann! Zweiunddreißigtausend Mark! haben's ihm an dem einen Nachmittag ins Hotel gebracht, die Münchner ...Sie, Herr Nachbar, dös haut! Dös war damals um Gottes Lohn. Aber keine Guttat is umsonst: Wenn's jetzt wirklich mit den Engländern auch losgeht, nachher reden der Botha und die Buren auch ein Wörtel mit!«

»Ich hab' mehr Fiduz auf die Japaner!« sprach der Andere. »Die haben's eh schon im Schwung, wie man d' Russen drescht! Die haben 'was bei uns gelernt! Klein san's, aber a Schneid haben's schon. Na, zur Gesundheit!«

Er hob sein Glas und trank freundlich lächelnd zweien der vielen japanesischen Studenten Münchens am Nebentisch zu. Die gelben Geschöpfe wußten, was sich gehörte. Sie kamen grinsend nach deutscher Art nach. Draußen war wieder Lärm und Jubel. Ein Zug begeisterter junger Leute marschierte vorbei. Sie kamen vom italienischen Generalkonsulat, wo sie Hochrufe auf den Verbündeten jenseits der Alpen ausgebracht hatten. Nicolai Schjelting wandte nachlässig den Kopf nach ihnen. Sein spöttisches, sonderbares Lächeln machte Inge wütend. Wieder spähte sie nach dem Hauptmann. Da...endlich...!

»Wo ist denn der Verbrecher, Gnädigste!«

Der kleine, elegante Herr von Hellfried hatte sich zu ihr durchgearbeitet. Ein paar andere Offiziere und ein Herr in Zivil hinter ihm.

»Dort am Tisch!«

Sie wies es unauffällig mit dem Kopf. Zugleich schoben sich neue Menschenwellen dazwischen und sperrten den Ausblick. Studenten von dem Demonstrationszug zu Ehren Italiens draußen. Die Musik empfing sie mit der Marcia reale, der italienischen Königshymne. Der Hauptmann wurde ungeduldig.

»Man kann ja nichts sehen! So: jetzt. Welches ist der Tisch?«

»Ganz in der Ecke!«

»Ja aber...«

»Herrgott ...der Tisch ist leer!«

Nicolai Schjelting und sein Begleiter waren in dem Gedräng verschwunden. Unauffällig hinaus in die wimmelnde, fiebernde, brausende, von Zehntausenden belebte Sommernacht, in der sich ihre Spuren verloren...

XII

Nicolai von Schjelting's Genosse an diesem Abend war ein Moskauer Däne, einer jener Finanzmänner, die sich den mächtigen Schutz der Kaiserin Mutter und der Kopenhager Clique für ihre Geschäfte im Zarenreich, im Land der unbegrenzten Möglichkeiten zu Nutze machten. Er war klein, brünett und hager. Er hatte seine Freunde in dem Petersburger Minister-Komité, im Reichsrat und in der Gossudarstwennaja Duma. Mit Schjelting einte ihn der Deutschenhaß. Sie hätten sich trotzdem am leichtesten deutsch miteinander verständigt. Aber, um nicht durch dessen fremdartigen Klang aufzufallen, sprachen sie englisch.

»Nun – Sie brachen so plötzlich auf, Herr von Schjelting?«

Sie gingen in der lauen Sommernacht durch die Ottostraße dahin. Nicolai Schjelting hatte seine Sicherheit wieder. Etwas gönnerhaften Hochmut gegen den homme d'affaires neben ihm.

»Ja wie? Man kann doch nicht ewig sitzen bleiben! Diese Deutschen...«

Herr Niels Poulsen war noch dänischer Staatsangehöriger und also neutral. Es war ihm, seit dem fluchtartigen Rückzug, in Gegenwart des Russen mit der Yankee-Schleife nicht mehr ganz behaglich zu Mut. Schjelting achtete nicht auf das betretene Schweigen des Andern. Er sagte wieder nachdenklich vor sich hin:

»Diese Deutschen...«

Und dann, in jähem slawischen Stimmungswechsel, seinen Begleiter am Arm packend.

»Wie ist das? Verstehen Sie das?«

»Was denn?«

»Haben Sie gesehen, wie dies gelbe Automobil vorhin abging? Diese Offiziere lachten und scherzten. Sie hatten sich mit Blumensträußchen bestecken lassen. Sie hatten Eichenlaub am Helm und am Wagen. Sie fuhren in den Krieg mit uns, mit Frankreich, mit England, mit der halben Welt, so wie man Sonntags auf die Tatsche fährt! Belieben Sie! Was heißt das?«

»Es sind Soldaten!«

»Nun – und ihre Frauen? Haben Sie bemerkt, daß keine von ihnen beim Abschied weinte? Auch die jungen Mädchen nicht? Die Bräute? Wie machen sie das? Sind diese Deutschen von Stein?«

»Vielleicht waren es nur entfernte Verwandte...«

»Es war schon eine Braut unter ihnen!« sagte Nicolai Schjelting mit einem sonderbaren Lächeln. »Ich weiß es. Und auch, wem dieses Gretchen-Herz gehört!«

Er warf den Kopf höhnisch in den Nacken.

»Aber die letzte Stunde des preußischen Militarismus hat geschlagen. Der Krieg wird diese Kriegskaste verschlingen. Es ist ja nur eine Handvoll Menschen. Das deutsche Volk hat nichts mit ihr gemein!«

Am die Ecke der Briennerstraße wälzte es sich uferlos, tosend, im Sturm flutend, wie ein von Blitz und Tonner der Berge angeschwollener Alpenstrom, in der Nacht verschwimmend, von Fackeln erhellt, von Fahnen überflattert, von geschwungenen Hüten und Tüchern, von Hurrah und Massengesang überbraust. Der Däne riß Schjelting zur Seite. »Passen Sie auf! Das Volk reißt Sie mit!«

»Das Volk? Wie denn das Volk?«

»Nun, was ist denn das da?« Der Andere mußte schreien, um sich in der tausendfach erschütterten Luft verständlich zu machen, und deutete auf die endlos in Schritt und Tritt über das zitternde Pflaster ziehenden Reihen. »Da marschieren junge Fabrikarbeiter und Studenten Arm in Arm, Handwerker, Ladenverkäufer, Lehrlinge, Mädchen, Frauen aus dem Volk...Alle aus dem Volk! Wo kämen denn sonst die Tausende her?«

Schjelting nickte.

»Ganz richtig!« sagte er lächelnd. »Meine These! Sie demonstrieren! Gegen den Krieg! Gegen den Militarismus!«

»Es braust ein Ruf wie Donnerhall!« Alle die vorüberzogen, sangen es aus voller Kehle. Schjelting zuckte zusammen. Er wollte es nicht hören.

»Sie demonstrieren!« wiederholte er. »Sie rufen die Rechte des Volks gegen die Machthaber aus!«

Der Däne hatte sich höflich auf Deutsch an einen Herrn im Zylinderhut gewandt.

»Bitte! Wohin wollen diese Mengen von Menschen?«

»Dort, zum Wittelsbacher Palais, – den König begrüßen!«

Nicolai von Schjelting drehte mit einer hochfahrenden Bewegung den Kopf zur Seite.

»Gehen wir!« sagte er. »Gott mag wissen, was das für Leute sind! Der Polizeiminister hat diesen Aufzug bestellt. Man hat die Fahnen geliefert. Die Schreier. Die wahre Stimmung ist anders. Wir haben sie studiert. Wir wissen die Ergebnisse der Wahlen in Deutschland. Wir kennen die Unzufriedenheit des Handarbeiters, die Mutlosigkeit der Intelligenz. Beide gingen bisher nebeneinander her. Nun werden sie sich gegen den Militarismus vermählen! Ah da ... sehen Sie: da stürmen sie die Kasernen der Garde.«

Vor den langen blumengeschmückten Fensterreihen des Leibregiments in der Türkenstraße drängten sich lärmende Haufen. Fast nur junge Männer. Viele in bloßem Kopf. Im Schurzfell. So, wie sie von der Arbeit kamen. Sie hoben die Hände. Pochten an die Tore. Riefen. Schutzmannshelme dazwischen. Nicolai Schjelting trat triumphierend näher. Er hörte, wie ein dicker Polizist beruhigend sagte:

»San S' doch stad! Es kommt a Jeds dran! Morgen früh um Acht!«

»Ja – dös kennt ma! Nachher is wieder alles kumplett!«

»I steh' seit heut Mittag und wart', daß S' mi nehme, bal Einer drin' schlapp macht!«

»Da kannst nix machen! Es müssen ja net grad die Leiber sein! I fahr' noch heut' Nacht nach Nürnberg!«

»Hat's dort Platz?«

»Dös glaabst!«

»Wart, i kumm mit!«

Ein paar junge Gesellen liefen in langen Sprüngen über die Straße, dem Bahnhof zu. Ein junger Kaufmann schüttelte den Kopf.

»Nürnberg nimmt seit heute Mittag nichts mehr. Alle Regimenter besetzt. Ich hab's telefonisch. Ich reis' morgen früh nach Metz, zur bayrischen Brigade!«

»Warum nöt gleich, Herr Nachbar?«

»Ich hab' net Geld genug! Ich muß erst meine Uhr versetzen!«

»Jetzt i tät' mi doch schämen, so zu drängen!« sagte der Schutzmann. Und dann, auf die Frage des Dänen:

»Bald man sie hier los wird, ziehe sie vor's Generalkommando oder zu den Schwollescheh's!«

»Was wollen sie denn?«

»Aufbegehren tun's, weil sie nöt glei' alle als Kriegsfreiwillige eingestellt werden! Ja, lieber Gott, wann's immer glei' zu Zehntausend ang'ruckt kommen...«

Nicolai Schjeltings Züge zwinkerten unruhig. Er wandte sich jäh ab.

»Kommen Sie, Mr. Poulsen!«

Er schritt hastig die nächste Straße hinab. Zu seiner Rechten, in der Richtung gegen Nymphenburg, lagen die industriellen Vorstädte Münchens. Arbeiterviertel. Fabriken. Mietskasernen. Er horchte in die Nacht hinaus. Sein Gesicht verklärte sich.

»Hören Sie diese fernen, wilden Schreie?«

»Ja. Seltsam.«

»Sie kommen näher. Schreie der Verzweiflung! Nein, der Wut! ...Der Schlachtruf des Volks ... Endlich! Ah ...Da naht der Aufruhr...«

»Juhu!«

Es klang wie der Schrei des Steinadlers über Karwendel und Werdenfelser Land, wie der Ruf des Wanderfalken über Wildem Kaiser und Steinernem Meer. Weißer Adlerflaum wehte trotzig von den Berghüten. Braungebrannte Gesichter voll lachenden Schneids darunter, Holzhacker, Jäger, Senner, Bauernburschen, in grüner Jacke und kurzen Gamslederhosen an gestickten Trägern, mit nackten Knieen und Wadenstutzen und Nagelschuhen.

Die ersten Kriegsfreiwilligen aus dem Bayerischen Hochland. Die Vorboten von vielen Tausenden. Schielting hörte, wie ein Bürger es dem andern ins Ohr schrie, und dann der, mit einem strahlenden Blick auf die wilden, stutzengeübten Burschen:

»Wo die Bub'n hinschiassen, da möcht' i nöt an Franzosen machen!«

Sie sprangen und schuhplattelten im Marsch, klatschten mit der flachen Hand auf die Schenkel.

»Juhu! Juhu!« Die ganze Menge jubelte mit, sang, schrie, riß Nicolai Schjelting in ihrem Brausen fort. Es klang wie eine Stimme. Es war, als schritte da ein unsichtbarer Riese neben ihm und brüllte ihm in die Ohren: ›Ihr habt mich gerufen! Ich bin gekommen. Da bin ich!‹

»Nun – was sagen Sie dazu, Herr von Schjelting?«

Sie hatten sich aus dem Gedräng herausgearbeitet. Schjelting war etwas bleich geworden.

»In der Tat: es ist anders, als ich … Ich war oft in München. Man traf sich hier. Man hatte seine Formeln und Schlüsse für die Stimmung … In Preußen sieht es jedenfalls ganz anders aus. Berlin ist in dieser Stunde unzweifelhaft schon in der Hand der Blusenmänner!«

»Oh …?«

»Ich kenne die wahre Seele Deutschlands. Man wird in dieser Nacht in Württemberg weinen, man wird in Sachsen die Faust gegen die Militaristen ballen!«

»Meinen Sie?«

»Man wird am Rhein zittern und an der Oder verzweifelt die Kirchen füllen.«

»Nun – ich weiß nicht … ich würde an Ihrer Stelle machen, daß ich hier nicht festgenommen werde!«

»Wie kann man das? Ich bin nicht wehrpflichtig – meiner Gesundheit wegen. Man kann mich höchstens ausweisen!«

»Glauben Sie wirklich, daß man so viel Rücksicht nimmt?«

»Wir nicht! Aber Karl Karlowitsch wohl!«

»Der Deutsche?«

»Ja, er ist doch so pedantisch.«

Sie standen unter der Wölbung des Neuhausertors. Unheimlich ragten neben ihm die Trümmer des am Abend vorher der Volkswut gegen die Ausländer zum Opfer gefallenen Kaffeehauses. Drei Stockwerke hoch war alles, bis auf die Mauern, zerschmettert. Selbst die armdicken, gußeisernen Kandelaber davor von einer Riesenfaust krummgebogen. Es war wie der erste rasende, noch blind gegangene und irre geleitete Ausbruch fürchterlicher deutscher Kraft, die noch kein rechtes Ziel gefunden. Der Däne betrachtete es unbehaglich. Dann sagte er:

»Gestatten Sie, daß ich es Ihnen als Freund gestehe: es wird mir etwas unheimlich in Ihrer Nähe … Dies Volk hier … Kann ich Ihnen noch mit Etwas dienen?«

» Da swidanje!«

Zwei Fingerspitzen, die Hutkrempe einen Zoll hoch vom Scheitel. Dann ließ Nicolai Schjelting den Andern stehen. Ihn verabschiedete man nicht. Das tat er selbst. Er sagte sich, während er allein weiterging, verächtlich: Wie soll er nicht Angst haben? Eine Krämerseele … Ein Rubelraffer … Päh! Ein halber Ausländer außerdem …

Aber dann gab er sich mit einem Frösteln zu: Dieser Mensch aus der Antichambre des Finanzministers hat mich angesteckt! Wie ist das? … Man kennt doch die Deutschen! … Man belächelt sie! … Sind sie denn das noch, diese Menschen hier um Einen …? Sonst waren sie ruhig. Friedlich. Übertrieben Höflich gegen Ausländer. Man machte unter ihnen, was man wollte. Deutschland war so recht der Ort, um sich gehen zu lassen. Eben hier in Bayern. Nicht umsonst hatte Iswolsky seinen ständigen Sommersitz in Tegernsee, Sonnino in Marquardtstein. Aber jetzt?

Er warf nervös seine Papyros weg. Lieber die Koffer gepackt und davon! Nein: am besten gleich, so, wie man ging und stand! Er hatte auf einmal Angst vor München, vor diesem tosenden, brausenden, erbitterten Bienenschwarm um ihn her. Arbeitsbienen – ja. Aber sie stachen. Besser nach Berlin. Dort war man sicher. Wo man ohnedies bald dort einrückte, wo inzwischen schon der Mann der Straße, dieser aufgeklärte, mit den Zielen der europäischen Demokratie vertraute Mann des Vierten Standes sein Veto gesprochen und den örtlichen Machthabern die Gewalt entwunden hatte ...

Er fand sich plötzlich in einem der vollgepfropften Nachtzüge nach Berlin. Auch draußen auf dem Gang stauten sich noch die Menschen. Um ihn herum waren lauter junge Männer. Er antwortete englisch auf ihre Frage, ob er sich bei der zweistündigen Ablösung von Sitzen und Stehen beteiligen wolle. Ein eleganter, junger, mit Schmissen bedeckter Student neben ihm sagte:

»Kinder ... quält nie einen Amerikaner zum Scherz! Der hat ja keinen Schimmer von deutsch! Der Fremdling bleibt sitzen!«

Nicolai Schjelting drückte sich in die Ecke. Er blinzelte nur zwischen den halbgeschlossenen Lidern. Er dachte sich: Ich habe jetzt keine Zunge. Nur Augen und Ohren. Aber die werde ich brauchen. Jetzt werdet Ihr ahnungslosen Deutschen mir Eure geheimsten Gedanken offenbaren ... Eure dumpfe Hoffnungslosigkeit und Verzweiflung ...

Unter denen, die hereinkamen und mit den Anderen die Plätze tauschten, war ein blondbärtiger Dreißiger. Er ließ sich hinfallen:

»Donnerwetter ja ... Das tut gut!«

»Kommen Sie weither?«

»Es geht! Aus Marokko.«

»Bei der Hitze!«

»Ich hatte als Ingenieur für meine Firma zu tun. Urlaub schon angetreten. Nun komm' ich grade zurecht. Kolossales Glück!«

»Infanterie?«

»Regiment Elisabeth!«

»Ich bin Ulan!« sagte der junge Graf. »Aber erst Unteroffizier der Reserve. Mein Bruder da, mit dem ich eben vom Tiroler Ferienbummel komm', hat's besser. Der ist schon Rittmeister!«

»Aktiv?«

»Nein. Im Hauptamt: Privatdozent der Assyriologie,« sagte der ernste, bärtige Herr lächelnd. »Aber ich freue mich recht! Meine Familie hat durch vier Generationen das Eiserne Kreuz. Nun holen wir's uns in der fünften!«

»Was der Amerikaner da 'rüberglupscht! Dabei versteht er doch nicht 'ne Bohne!«

Nicolai von Schjelting schloß die Augen. Er frug sich: Wie denn? Dieser deutsche Adel erkennt doch nichts neben sich an. Und doch trinkt da der Graf mit dem Ingenieur aus einer Flasche! Die deutsche Wissenschaft ist doch international. Und doch träumt dieser Assyriologe vom Eisernen Kreuz! Die teutonische Verschwörung geht weiter, als man in der europäischen Intelligenz dachte ...

»Wohin denn, Herr Landgerichtsrat ... Verzeihung, Herr Hauptmann?«

Ein großer, breitschultriger Herr war aufgestanden.

»Ich will mir 'mal den Mann da draußen hereinholen, der sieht ja elend aus! So kommen Sie doch schon!«

»Ich hab' dritte Klass'!«

»Ach was! Hier giebt's keine Deutschen erster, zweiter und dritter Klasse! Hingesetzt. So!«

»Danke, Ihr Herre! ...'s isch so saumäßig heiß ...«

»Na, Sie Wüschteberger! Wollen Sie denn nach Berlin?«

»Ja. Ich meld' mich bei den Preißen!«

Der Neuangekommene war ein einfacher Mann. Schon über die Mitte der Vierzig. Er wischte sich den Schweiß von der Stirne.

»Mei alter Hauptmann, unter dem ich in Weingarte Unteroffizier war, hat jetzt ein Regiment in Spandau. Ich hab's meiner Frau g'sagt: 's isch so und bleibt dabei! Ich geh zu mei'm alten Hauptmann!«

»Wielange ist denn das in Weingarten her?«

»Fünfzehn Jahr! Ich bin schon lang Rentamtsbote im Sigmaring'schen!«

»Der Amerikaner ist gottvoll! Der macht 'n Gesicht, wie 'ne Katze, wenn's donnert!« sagte der kleine Graf halblaut. Nicolai Schjelting stellte sich schlafend. Er dachte sich: Immer hat man gehört, die Deutschen werden in den Kasernen geknechtet. Und da kommen sie, nach langen Jahren, von weit her zu ihren früheren Offizieren ... Wieder Stimmen um ihn:

»Sie sind gewiß ein Frankfurter, Herr Doktor, nach Ihrer Sprache?«

»Nicht weit davon! Ein Offenbächer! Aber hören Sie 'mal den da draußen: wenn das kein Pälzer ist...«

»M'r wird doch noch kreische derfe ... Wie? ... Ha, freilich bin ich schon im Landsturm!«

»Der ist ja noch gar nicht einberufen!«

Aber der Metzgermeister und Kriegervereins-Vorstand aus der Pfalz verstärkte seine Lungenkraft.

»Io – do könnt' ich lange warte! Ich will nix, als norr zu mein'm alten Regiment nach Nürreberg. Bei fellerer Artillerie hab' ich als junger Borsch g'stanne. Do gehör' ich nei!«

Und wieder frug sich Nicolai Schjelting: Das Volk ... ja aber da ist doch das Volk ... es drängt sich herein – – setzt sich zwischen seine Bedrücker, ist mit ihnen ein Herz und eine Seele ... Wenn ich wirklich Amerikaner wäre, wofür sie mich halten – ich müßte mich wie zu Hause fühlen, so gleich ist Einer dem Andern. Wo bleibt der Aufschrei der Massen! ... Ah – da endlich ein Weinen!

Der junge, kaum achtzehnjährige Mensch vor ihm kämpfte wirklich mit bitteren Tränen. Er war sauber gekleidet, guter Leute Kind, und hatte eine Pappschachtel mit seinen Habseligkeiten unter dem Arm. An dem schüttelte ihn Einer:

»Zum Donnerwetter – wer flennt denn da? Sind Sie denn schon einberufen?«

»Sie wollen mich ja nirgends haben! Bei sieben Regimentern hab' ich mich schon gemeldet. Immer sprechen sie, das war' noch nichts mit meinem Brustumfang...«

Er schaute kummervoll mit nassen Augen auf. Es zeigte sich, daß er ein Kaufmannslehrling aus Kassel war. Nun hatte er seine Stellung aufgegeben und reiste überall herum mit seinem Pappbündelchen unter dem Arm, und sie mochten ihn nicht. Seine Hoffnung war jetzt die Marine. Er war auf dem Weg nach Wilhelmshaven. Man tröstete ihn. Der Student gab ihm eine Karte:

»Mein alter Herr ist Staatsminister! Schlimmstenfalls kann er 'was für Sie tun! Aber eilen Sie sich. Er rückt zugleich mit mir und meinen Brüdern aus!«

Und vom Gang her rief es aufmunternd wie ein Hauch von Salz und See:

»Jong ... Jong ... Kopf hoch ... Dich können wir bruken!«

Ein blonder Siegfried von einem deutschen Seemann war es, auf dem Weg von seinem Handelsschiff in Genua zu seinem Gestellungsort in Kiel. Er stand mit ein paar deutschen Köchen und Kellnern, die aus der Schweiz zu ihren Regimentern eilten. Er trug Bürgerkleid wie sie und all die Andern. Aber es war Nicolai Schjelting in seiner Ecke, als hätten sie alle zusammen schon denselben Waffenrock, denselben Willen, den die Pickelhaube krönte. Er begriff das nicht. Er versuchte, es sich zu analysieren. Er frug sich: Wie können die Deutschen denn jetzt auf einmal einig sein? Fröhlich? Herzlich wie Brüder. Der Alkohol? Er ist ja auf allen Bahnhöfen gesperrt. Nein: dieser Rausch kommt ihnen von Innen...

Dieses neue Fiebern und Brausen. Dieses tausendstimmige ›Deutschland, Deutschland über Alles!‹ über strudelndem Menschengewoge. Es war wieder wie das grimme Lachen eines unsichtbaren Riesen unter der Bahnhofswölbung von Nürnberg. Dann fuhr der Zug wieder in die Nacht hinaus. Man schlief. Aber die draußen auf dem Gang Stehenden hatten kleine elektrische Taschenlampen, sahen nach der Uhr, lösten auf die Minute alle zwei Stunden die Innensitzenden ab wie die Schildwachen. Das war im Handumdrehen organisiert. Nicolai Schjelting saß wach. Er sann: Was haben diese Leute für Nerven? Sie haben ihre Heimat verlassen, Abschied von ihren Eltern und Familien genommen, ziehen in einen furchtbaren, aussichtslosen Krieg gegen die halbe Erde, und dabei schlafen sie! Und wenn sie aufwachen, machen sie womöglich im Dunkeln miteinander Witze... Wahrlich – wenn sie nicht so verblendet wären, könnte man sich vor ihnen fürchten...

Ein Frösteln der Seele überlief ihn in der glühend heißen Augustnacht. Er prüfte sich mit gerunzelter Stirne. Er liebte es, immer mit sich und über sich im Klaren zu sein. Das war sein Vorsprung vor der Verschwommenheit allrussischen Denkens. Und er gestand sich: Das war etwas, was er noch gestern für unmöglich und lächerlich gehalten hatte. Das war Angst vor Deutschland! Unbegreifliche Angst...

Er wollte sich beruhigen: Das sind die Nerven. Die schlechte Luft. Die Enge zwischen diesen schnarchenden Teutonen. Man ist im Gefängnis. Wehrlos. Wenn sie mich entdecken, schlagen sie mich tot, oder werfen mich aus dem Zug. Diese lachenden Leute sind zu Allem fähig...

Nicolai von Schjelting schluckte ein paar mal heftig. Er hätte gewünscht, im Freien zu sein. In der schützenden Finsternis draußen. Seine Angst stieg und stieg. Er hielt es kaum mehr aus. Er wollte sich mechanisch eine Papyros drehen und zuckte im letzten Augenblick zurück. Um Gotteswillen – dadurch verriet er sich wieder als Russen! Bei jeder Gelegenheit! Nur fort von hier ... fort... Das da um Einen – das war nicht mehr der Deutsche Michel...

Der Zug hielt. Noch vor einer Station, die keine Einfahrt gab. Es schien ein Vorort von Leipzig zu sein. Man hörte es aus den Gesprächen von Menschen draußen, die aus den Wagen kletterten. Offenbar wohnten sie in der Nähe und legten die kurze Strecke lieber zu Fuß zurück. Nicolai Schjelting sprang auf, drängte sich zwischen den vielen verschränkten Beinpaaren durch, atmete auf dem Bahnsteig die kühle Morgenluft ... ah ... man war gerettet ... Er fand sich allein auf einer der äußersten Randstraßen des rings um Leipzig gelagerten Fabrikgürtels, im Dämmergrauen, halb auf freiem Feld, halb zwischen den letzten Häusern. Und doch war ihm plötzlich jubelnd ums Herz. Er sagte sich: Hierhin hat mich das Schicksal geführt. Dies ist die Stelle, wo Deutschland sterblich ist. Ich habe dieses Problem studiert. Ich habe in meinem » Essai contre le Teutonisme« geschrieben: Industrialismus und Militarismus heben sich in Wilhelms Landen gegenseitig auf. So wird uns in der Stunde der Entscheidung dort kein Bismarck, sondern ein Hamlet gegenüberstehen. Die Pangermanisten kennen sie wohl, diese Hymne: ›Alle Räder stehen still, wenn Dein starker Arm es will!‹ Sie wissen, daß dann allüberall eine schwielige Faust den ehernen Riegel des Volkswillens vor die Fabriktore legt!

Es glühte noch kaum das erste Morgenrot im Osten, und doch war ringsum im Zwielicht eine geheimnisvolle Helle, ein rotflackerndes Atemholen der Schlote, purpurnes Funkensprühen, ein summendes Stampfen von Nah und Fern. Im Zwielicht lebten die Wege. Waren erfüllt von langen Zügen dunkler, rüstigschreitender Männer. Reihen von Radfahrern schossen an ihnen vorbei. Die ersten Straßenbahnen klingelten. Nicolai Schjelting fuhr sich über die Stirne und sah im dumpfen Staunen: Deutschland ging, als wäre nichts geschehen, auch heute morgen mitten im aufziehenden Weltkrieg an die Arbeit...

Es fiel ihm schwer, das zu glauben. Wo blieben die roten Fahnen? Es wurde hell. Nichts war zu erblicken als Ordnung und Ruhe. Schjelting schritt nach der Stadt ... Er sagte sich zum Trost: Man hat diese Enterbten unter die Waffen gerufen. Sie werden da innen irgendwo zusammenströmen, um zu protestieren! Ah – da biegt es um die Ecke – es nimmt kein Ende – ein vielhundertköpfiger Zug – Sie marschieren in Schritt und Tritt, diese jungen Männer – sie singen – aber sie singen ein Schlachtlied des Trotzes! Das Pflaster zittert unter dem Tritt der Arbeiter-Bataillone ... Die Kriegspartei zittert vor ihnen...

Er drängte sich heran. Er beugte atemlos, mit aufgerissenen Augen, den Kopf vor, um die Worte des brausenden Massenchors aufzufangen. Hunderte, die Bündel unter dem Arm, auf dem Marsch zur Kaserne sangen es in Schritt und Tritt:

»Mit Herz und Hand
für's Vaterland...«

Nicolai Schjelting eilte davon, blindlings die Straßen hinab, durch das immer wildere Gewimmel der Innenstadt, die Fahnen, das Hurrah, die Umzüge, alles, was er nun schon kannte. Er erreichte den Hauptbahnhof. Auch da, trotz des frühen Morgens, ein unabsehbares Gewühl. Aber sonderbar: ein unsichtbares Uhrwerk regelte das Chaos. Für jeden war gesorgt. Auch er fand seinen Stehplatz im Gang eines Wagens nach Berlin. Eben als man abfuhr, sprang noch ein kleiner, behender Sachse auf und drängte sich neben ihn.

»Gottvertimmich! Ich mächte doch ooch mitgommen!« Dann winkte er, noch atemlos, seinen Freunden draußen:

»Adche Leipz'g! Mir wärsch lieber, ich wär schon in Johannisthal! Nu – ich schreib' Eich von dort ne Garte!«

Er erzählte unaufgefordert denen um ihn, daß er Optiker von Profession sei und sich als Flieger ausbilden lassen wolle. Ein stämmiger Maurer, in der zweiten Hälfte der Zwanzig, neben ihm, meinte trocken:

»Aujust – fall nich' von's Jerüste!«

Und der Zweite, mit Vollbart, sein Arbeitskollege, sagte in tiefem Baß:

»Mensch: woher nimmste denn den Zimmt?«

»Hären Se – ich hab doch mei' Erspartes! Machen Sie ooch nach Berlin?«

»Ja, wat jloobste denn, daß die Jardepioniere ohne mir anfangen?« sagte der Maurer geringschätzig. Und der Zweite mit dem heiseren Baß:

»Wat der Nicolajewitsch is, da wär's doch jut, wenn der seine Knochen beizeiten numerieren tät'! Nachher will es wieder Keiner jewesen sind!«

»Pst! Wat schaut denn der da neben uns so 'rüber?«

»Der? Det is nur ein janz entfernter Fremder von außerhalb! Der kann nur Amerikanisch! Da kannste schreien wie Du willst – der versteht Dir nich!«

Die beiden Berliner trugen rote Federchen am Schlapphut, der Leipziger eine blutrote Kravatte. Sie erkannten sich als Genossen. Der im Bart frug:

»Sind Sie ooch orjanisiert?«

»Nu freilich! Was danken Sie denn?«

Und es ging Nicolai Schjelting durch den Kopf: Wie ist denn das mit Euch? Ihr seid doch die Unzufriedenen. Der eigene Hemmschuh der Teutobarbarei. Der Kummer Potsdams. Auf Euch steht unsere Hoffnung. Und nun? …Der Maurer neben ihm brannte sich eine Zigarre an.

»Ich war lange jenug im Osten uff Arbet, nah bei die Russen. Ich kenne die Brieder. Senge muß der Blutzar besehen, daß er denkt, Ostern und Pfingsten fällt uff eenen Tach!«

»Rieder mit dem russischen Despotismus!« sprach der Andere. Er lachte nicht mehr. Jetzt war ein heißer und starker Haß in seiner tiefen Stimme. Nicolai Schjelting fuhr sich unwillkürlich mit der Rechten über die Augen, als lüftete sich da eine Binde. Also so war das?…Er frug sich: Ja, aber wo bleiben denn da die Methoden unseres experimentellen Denkens? Deutschland war doch für uns ein Präparat unter dem Mikroskop. Die pathologischen Resultate waren festgestellt, an der Seine und Themse, wie an der Newa. Und nun auf einmal…Ah, wir täuschen uns nicht. Diese Deutschen täuschen sich. Sie sind in einem Fieber!

»Morjen, Morjen, Herr Karfunkelstein! Immer flott auf der Tour bei die Zeiten?«

»Wie heißt auf der Tour, Herr Krause?«

»Na – reisen Sie in Bettfedern oder nicht?«

»Zu meinen Eltern reise ich, nach Berlin. Am adieu zu sagen. Morgen werd' ich in Zittau eingekleidet!«

»Nanu! Ich denk'. Sie hat man nicht brauchen können, voriges Jahr bei der Musterung!«

»Jetzt hab' ich mich aber doch als Kriegsfreiwilliger durchgeschmuggelt!« sagte der blasse junge Handelsbeflissene triumphierend. »Mein Vetter Sally auch! Und der kleine Lesser von Boas und Kompagnie, wenn Sie den kennen!«

Das wurde hinter Nicolai Schjelting gesprochen. Vor ihm sagte im Gedränge ein Achtzehnjähriger aus gutem Hause zu einem weißhaarigen Herrn:

»Es wird sein! Ansere halbe Prima geht 'raus mit dem Ordinarius zusammen!«

»Nun, Gott mit Euch Allen!«

»Ach, auf uns junge Leute kommt's ja nicht so an! Besser wir fallen, als die Verheirateten!«

Wieder dachte sich Nicolai Schjelting: Die Deutschen fiebern! Sie lachen, aber sie sehen sich dabei an, als hätte Jeder über Nacht Ehrfurcht vor dem Andern bekommen. Einer wächst durch den Nächsten! Irgend etwas trägt sie empor. Sie verlieren den Boden unter den Füßen. Sie schweben über den Dingen. Das sind Symptome, die sich nicht so rasch analysieren lassen... Nun: wir nähern uns Berlin! Voilà le revers de la médaille!

Er hatte sich angewöhnt gehabt, in seinen Petersburger Damenzirkeln im Salon Ignatjeff an der Newa, von Berlin nachlässig im Ton eines höheren Nachtasyls zu sprechen. Schlecht angezogene Leute und Dollar-Jagd bei Tag, Vergnügungstaumel, die Friedrichstraße bei Nacht, halb Chikago, halb Babel. Jetzt schätzte er es in seinen Gedanken höher ein. Es war die ragende Hochburg der Verneinung für ganz Deutschland. In der Spree floß nicht Wasser, sondern Lauge. Die geschmacklosen Zinspaläste an ihren Ufern waren die steingewordene Unzufriedenheit der preußischen Bürgerseele. Ah, nun würden die Steine reden! Die Steine von Berlin...

Sein Herz jubelte, als er, in Eile durch Koffer und Wäsche-Ankauf neu ausgerüstet, am Fenster seines Hotels am Brandenburger Tor auf die Linden hinausschaute. Da unten war endlich das Volk! Das wirkliche deutsche Volk. Ein Meer von Köpfen und Hüten. Eine unabsehbare schwarze Masse. Nicht mehr nach Tausenden, nur noch nach Zehntausenden zu zählen, vom Brandenburger Tor bis zur Spreebrücke. Es grollte und rauschte unheimlich aus diesen Tiefen wie der Donner zürnender Brandung. Auf Nicolai Schjeltings abgespannte Züge kehrte die lächelnde Ironie zurück. Er eilte hinunter, das Sternenbannerchen im Knopfloch. Hier im Hotel war alles voll Yankees und reisefertiger Briten. Der Krieg von England noch nicht erklärt. Er fühlte sich wieder ganz sicher inmitten der guten Deutschen. Er trat Unter den Linden auf einen Schutzmann zu, dem dienstfertige deutsche Gastfreundschaft das englische Dolmetscher-Zeichen verliehen, und frug:

»Wohin wollen diese Bürger Alle?«

»Zum Kaiser!«

Der Schutzmann wies nach dem fernen Grau des Hohenzollernschlosses. Ein kaum sichtbares Blinken von Uniformpünktchen war da auf einem Balkon. Helle Damenkleider. Eine Stille. Dann ein Brausen, wie wenn der Sturm über die Meeresfläche fegte. Das Aufstiegen von Tausenden von Hüten und weißen Tüchern gleich den Schaumspritzern über den Wellen. Hoch oben von den Dächern wie Flaggenflattern am Schiffsmast die Reichsbanner mit dem Eisernen Kriegskreuz, der schmetternde Pariser Einzugsmarsch vor der verlassen daliegenden französischen Botschaft. Und dann weiterhin, die Linden hinauf, das Sturmlied von Blut und Eisen: »Ich bin ein Preuße! Kennt Ihr meine Farben?« Tausende sangen es mit. Schjelting wandte sich wieder zu einem Schutzmann:

»Wo sind denn nun die Unzufriedenen?«

»Was für Unzufriedene?«

»Giebt es denn keine?«

»Höchstens als wie ich!« sagte der Schutzmann Nr. 20103. »Daß ich nicht mit 'raus darf! Unabkömmlich! Aber ich werd' denen was husten! Ich komm' schon noch mit!«

Nicolai Schjelting stand wieder im Hotel. Er befahl geistesabwesend:

»Eine Fahrkarte. Zum nächsten Zug nach Kopenhagen!«

»Bedaure! Es geht keiner mehr! Um Mitternacht schließt in ganz Deutschland der Eisenbahnverkehr!«

»Auf wie lange?«

»Mindestens für Wochen. Vielleicht für Monate!«

Er suchte sein Zimmer auf, setzte sich hin, starrte verstört vor sich nieder. Gefangen! Was war denn das? Das hatte er nicht erwartet. In Teutschland wurde Einem doch sonst alles so bequem gemacht. Namentlich einem Amerikaner, für den er galt. Mit etwas Dünkel kam ein Ausländer da immer durch. Er frug unten am nächsten Morgen noch einmal:

»Die Fremden müssen doch abreisen! Früher nahm man doch auf sie jede Rücksicht.«

»Gewiß!«

»Warum nun auf einmal nicht mehr?«

»Ja, jetzt befehlen unsere Offiziere!«

Draußen wimmelte es von Offizieren. Viele nun schon in Feldgrau. Die Menge machte ihnen überall Platz. Die Massen schienen Schjelting noch gewachsen, die Stimmung noch gehoben. Ein feierliches Leuchten auf allen Gesichtern. Deutschland rüstete sich zum vierten August. Er, der Russe, verstand den deutschen Auferstehungstag nicht. Er hatte in der Verklärung draußen plötzlich noch eine letzte Hoffnung. Er sagte sich im Lauf der nächsten Tage: Wie war denn das mit Deutschland? Es trug in letzter Zeit nicht mehr die Pickelhaube, sondern kam mit dem Musterkoffer über die russische Grenze. Nicht mehr aus Potsdam, sondern aus Essen. Es nutzte nicht die heilige Allianz, sondern den neuen Handelsvertrag. Es war überall. Auf der ganzen Welt hatte es sich sein windiges Gerüst industrieller Unternehmungen gebaut. Nun kommt der Orkan. Wirft seine Kartenhäuser über den Kaufen. Das Ende ist da...

Er lief hinüber in die Behrenstraße. Die dehnte sich still und friedlich. Nicht mehr Menschen als sonst gingen durch die Portale der Banken aus und ein. Er bog um die Ecke der Französischen Straße. Dasselbe Bild. Er stand auf dem Opernplatz vor der Dresdener Bank. Wieder das Gleiche. Diese deutschen Finanzpaläste ragten stumm und unerschütterlich, Schulter an Schulter, wie von Kopf bis zu Fuß gepanzerte Ritter.

Er bemäntelte sein hartes Russisch-deutsch, indem er am Bankeingang sagte:

»Ich komme aus Ostpreußen! Kann man da bei Ihnen herein?«

»Nu jewiß!«

»Ich meine, weil man so wenig Leute sieht...«

»Na, die Börse is doch jeschlossen!«

»Aber die vielen Tausende, die um jeden Preis jetzt ihr Erspartes wiederhaben wollen!«

Der Pförtner sah kopfschüttelnd den Herrn aus Ostpreußen an.

»Davon ist hier nischt bekannt!«

Und ein herauskommender Kassenbote ergänzte:

»Immer kalt Blut und warm anjezogen!«

Nicolai Schjelting schritt durch die Säle. Menschen genug. Geschäftiges Hin und Her. Gedränge und Wortwechsel an einzelnen Schaltern. Aber wenn man näher trat, hörte man meist Englisch, Spanisch, slawische Laute vom Balkan. Ausländer, die in Eile ihre Beglaubigungsbriefe zu Geld machen wollten. Die Deutschen, die verzweifelten, geängstigten Deutschen, die er mit grausamer Neugier suchte, fand sein Auge nicht. Die Deutschen waren draußen. Ein ungeheures Brausen klang vor den Fenstern, aus dem schwarzen Menschengewimmel der Linden. Sturmstoße von Hurrah über dem Meer von Köpfen, zu den grauen Zinnen jenseits der Spree empor, auf denen das Kaiserbanner purpur-golden vor dem tiefblauen Sommerhimmel wallte.

Auch dies ist anders als ich dachte, sagte Schjelting zu sich. Er stand immer noch, in Gedanken versunken, vor der Bank. Ein kleiner, dicker, brünetter Herr, mit pechschwarzen Rattenaugen in dem pfiffigen Gesicht kam heraus, stutzte und grüßte ihn. Er erkannte Achille Macrî, den Petersburg-Pariser Finanzagenten, den er zuletzt in Konstantinopel gesehen. Er frug den Levantiner halblaut auf Französisch von obenher:

»Nun... Sie noch hier?«

»Ich bin doch griechischer Staatsangehöriger. Ein Neutraler! Aber Sie, Herr von Schjelting?«

»Ich kann doch nicht mehr fort. Sie müssen mir helfen!«

»Unmöglich!«

»Nun: Im September werden hier in Berlin unsere Ussuri-Kosacken die Stirnringe der Gurkhas küssen! Man wird sich dann in Petersburg erinnern, wer am Vorabend des Siegs einen Sohn des großen Rußland im Stich ließ!«

Seltsam, in dem Augenblick, wo er das sagte, glaubte er nicht mehr so fest an den Sieg, wie sonst. Das schien ihm selbst unbegreiflich und unmöglich. Aber es war so. Auf Achille Macrî indessen machte die Drohung Eindruck. Er rollte unruhig die schwarzen Augen:

»Es fährt ein Amerikaner in dieser Woche im Auto nach Holland. Man hat es ihm erlaubt. Ich kenne ihn ... Haben Sie gefälschte Pässe?«

»Wie denn nicht? Eben einen amerikanischen! Von einem unserer ersten Moskauer Spezialisten!«

»Dann halten Sie sich bereit!«

Als er einige Zeit später früh Morgens von Achille Macrî abgeholt wurde, lächelte er geringschätzig und warf die glimmende Zigarette im Hinabsteigen auf die Teppichecke.

»Haben Sie vor ein paar Tagen diesen Lärm Unter den Linden gehört? Diesen Jubel? ...Diese Teutonen sind doch wie die Kinder! Sie lassen sich allen Ernstes aufbinden, Lüttich sei gefallen!«

Die beiden Ausländer sahen sich an und platzten gleichzeitig heraus. Schjelting war plötzlich guter Laune. Er lachte ebenso herzlich wie der Andere.

»Da sieht man, was man den bebrillten germanischen Augen bieten kann! Lüttich – diese uneinnehmbare Panzerfestung, von Brialmont selbst erbaut, auf einem Nachmittagsspaziergang mit dem Bajonett genommen! Und sie glauben's. Sie glauben's!«

»Es sind Spaßmacher, diese Deutschen! ...Da ist das Auto. Gestatten die Gentlemen: Mr. Ley...«

»Mr. Frank!«

Es war ein schweigsamer, älterer Amerikaner, mit einem faltigen, steinernen und sorgenvollen Gesicht. Er schwieg und sah nur zuweilen ungeduldig auf die Uhr. Schon nach einer halben Stunde Fahrt frug er:

»Was ist das für ein Platz?«

»Potsdam.«

Das preußische Sparta lebte von Soldaten. Trotzige Kreideinschriften an den Kasernentoren verkündeten: ›Hier werden noch Kriegserklärungen entgegengenommen!‹

Schjelting zuckte die Achseln. Nun ja – die Garde! Nun ja – Potsdam! Nun ja – Berlin! Das war nicht Deutschland! Deutschland, in seiner Not und seinem Bangen jedes Einzelnen und Kleinen, seiner Verzweiflung in Haus und Hütte, das würde man jetzt erst sehen! Man fuhr ja mitten durch Deutschland, bis an den Rhein.

Da schon ein Stück: Ein märkischer Edelhof, einstöckig, langgestreckt, im grünen Park. Der alte Junker auf der Freitreppe, mit Frau und blonder Töchterschar, Mamsellen und Mägden. Vor ihnen im Sattel ein junger Ulanen-Leutnant.

»Gott befohlen!«

»Kriegsheil!«

Galopp! Weg. Und der alte Herr grimmig zu dem Frauenvolk:

»Nu mal Kopp hoch! Alle Viere werden sie wohl nicht wiederkommen, Mutter! Na ...dann ist's eben Zeit, daß wieder 'mal 'n Kalck für den König stirbt!«

»Können wir nicht rascher fahren?« frug Schjelting nach einer Weile des Schweigens. Der Chauffeur zuckte die Achseln. Man wurde ja alle Augenblicke, so wie eben an dem Schloß, von den Schutzwachen angehalten, die Papiere durchbuchstabiert. Nie fehlte einer der bärtigen Männer auf seinem Posten.

»Es sind Pedanten der Pünktlichkeit, diese Deutschen,« sagte Schjelting. Sie hielten wieder in einem Dorf. Die bekränzte Kirchentüre war weit offen. Ein weißhaariger, greiser Emeritus auf der Kanzel. Der Gesang der Gemeinde:

»Wir treten zum Beten

Vor Gott den Gerechten...«

Er segnete eine Anzahl junger Männer, die vor ihm knieten. An ihrer Spitze ein vollbärtiger Reserveleutnant in Uniform.

»Es ist sein Sohn, der jetzige Ortsgeistliche. Er zieht als Offizier mit seinen Pfarrkindern ins Feld.«

»Der Pfarrer selbst?«

»Ja.«

Schjelting hörte es. Der Amerikaner frug ihn im Weiterfahren:

»Friert Sie's?«

»Der Morgen ist kühl!« sagte er und wickelte sich fröstelnd in seinen Mantel. Der Andere seufzte und rechnete:

»Morgen Nacht am Hook van Holland! Ich erreiche in Liverpool noch die Mauretania.«

»Haben Sie es so eilig?«

»Ich sollte längst drüben sein. Ich hatte hier eine Operation. Die deutschen Ärzte haben mir das Leben gerettet.«

Deutschland ringsum in Sommerfrieden und Erntesegen! Ährengold unter dem Himmelsblau. Die weißen Kopftücher der Frauen und Mädchen, die mit der Sichel die Garben schnitten, die grauen Schlapphüte der Wehrkraftjungen, die sie zu den kuhbespannten Leiterwägen schleppten. Wo die Pferde? Sie füllten in langen Zügen die Landstraßen. Sie quollen in Massen aus allen Dörfern, von Knechten geführt. Schjelting dachte: Man sollte gar nicht glauben, daß es so viel Pferde auf der Welt gäbe...

Wo die Männer? Sie kamen aus jeder Hütte und aus jedem Haus. Sie wanderten auf allen Ackerpfaden, einzeln und in Gruppen. Sie nahten sich aus entlegenen Forsthäusern und Windmühlen. Es gab keine Schwelle, wo nicht Einer stand und Abschied nahm. Jeder hatte die gleiche Haltung. Jeder schritt rüstig, in wortkarger norddeutscher Art, der Station, der Kreisstadt in der Ferne zu. Nicolai Schjelting warf den Kopf zu dem Amerikaner herum.

»Können Sie begreifen? Diese Leute kommen von selbst! Niemand holt sie. Kein Kosack treibt sie. Wie ist das möglich? Dabei sind es nicht mehr die ganz Jungen. Sie lassen Weib und Kind zu Haus.«

»Bei uns verdient ein Arbeiter Dollars fünf den Tag!« sagte der Yankee. »In den Zeiten der Prosperität läßt er sich nicht leicht anwerben!« Dann plötzlich, unvermittelt, mit einem Seufzer: »Meine Mutter war noch eine Deutsche! Sie kam mit sieben Jahren hinüber!«

Sonderbarer Mensch! dachte Schjelting. Sie hielten auf dem Marktplatz einer kleinen altmärkischen Stadt. Wieder die Ausweise. Nebenan war das Bezirkskommando. Das Klappern der Schreibmaschinen durch das offene Fenster. Junge Mädchen zur Aushilfe. Und ihre geschäftsmäßigen Stimmen: »Zweihundert Doppelachsen Preßheu um 2 Uhr 20 an Rampe II des Güterbahnhofs.« ...»Fräulein Runge – geben Sie mir doch mal die Benzin-Beschlagnahme-Liste herüber!« ...»Heute Abend noch diese Verfügung ins Amtsblatt, betreffend Erdarbeiter für Pommern.« Und im Nebenraum saßen die Unteroffiziere in ihren blauen Litewken wie sonst, fertigten die Wehrpflichtigen ab, die sich draußen auf dem Hof vor dem Bezirksoffizier aufreihten. Und in dem nächsten Zimmer telefonierte eben der Bezirkskommandeur selbst nachdrücklich und langsam an die Bahnhofswache: »Also Punkt 12 Uhr 35 fassen 1018 Mann hier Mittagessen ... Von Nachmittags 4 Uhr ab abgestandenes Wasser in Eimern zum Tränken der durchkommenden Kavallerietransporte. Nicht frisch vom Brunnen. Sonst holt den Betreffenden der Deubel. Für Kaffee sorgt das Rote Kreuz!« Und dann, das Hörrohr abhängend, zu der Dame hinter ihm: »Aber ununterbrochen, wenn ich gehorsamst bitten darf, gnädige Frau. Die Züge folgen sich nach wie vor mit fünf Minuten Abstand!« Und die frische Landrätin hinter ihm lachte. »Na – auf meine Helferinnen-Organisation können Sie sich verlassen. Die Mädels sollen nur springen!«

Die Telegrafen-Apparate tackten rastlos. Radfahrer in Uniform flitzten davon. Bestaubte Ledergestalten sprangen vom Motor ab. Stadträte, Ärzte, Lieferanten gingen aus und ein. Aber Alles erfüllte sich in Ruhe wie das Walten eines Naturgesetzes. Im Weiterfahren schleuderte Schjelting jäh die Zigarette aus dem Wagen:

»Das ist kein Land – das ist ein Mechanismus! Es hat keine Seele! Wo bleibt die allgemeine Unordnung? Sie ist doch unvermeidlich, wenn man Millionen aufruft! Aber hier ist alles zur Stelle. Jeder Mensch ist numeriert. Jedes Ding hat seinen Stempel. Das begreife, wer mag!...«

»Ich habe von Deutschland nur Gutes erfahren!« sagte der Amerikaner langsam. »Es rettet mir jetzt mein Vermögen, indem es mir die Ausreise erlaubt!«

Es klang bedrückt. Er hörte kaum, wie Schjelting fortfuhr, mit einer Hoffnung in der Stimme:

»Aber vielleicht endet diese Maschine mit dem eigentlichen Preußen. Wir haben die Elbe hinter uns!«

Niederdeutschland begann, mit seinen fruchtbaren Ebenen und dem Dämmern der Harzberge im Süden, den mächtigen Dächern seiner Bauernhöfe, den mittelalterlichen Fachwerkbauten der Welfenstädte. Aber das Bild blieb das gleiche. Nur die Pferde, in ihren zusammengetriebenen, endlosen Zügen auf der Landstraße, scheuten jäher als bisher, vor dem der sinkenden Sonne nachrasenden Kraftwagen. Denn sie waren hier von edlerem Schlag. Dann grüßte plötzlich zwischen wilden Heckenrosen ein Muttergottesbild am Wege. Nicolai Schjelting war orthodox. In seinem Byzantiner-Glauben trat die Jungfrau Maria hinter die Taube des Heiligen Geistes zurück. Trotzdem lächelte er mit neuer Zuversicht beim Anblick der sieben Schwerter im Herzen der Dolorosa. Nun verblich der harte Luthersche Norden. Der weichere deutsche Süden und Westen hub an. Klöster auf den Hügeln. Heiligenbilder und Blumensträußchen hinter Glas im Steinschrein am Weg. Nun würden auch die Menschen anders werden ... Gedankenvolle, träumerische Deutsche, wie er sie liebte...

»Halten Sie s–till, nich?« Da standen jetzt blonde, blauäugige Riesen der roten Erde statt des weißen märkischen Sands und hemmten das Auto. Es war unter den Mauern eines großen Klosters. Aber dieses Kloster lag leer mit gähnend offenen Zellenfenstern. Der eine Niedersachse erklärte es dem Chauffeur, die Papiere zurückgebend.

»Die hochwürdigen Herren haben sich zur Verfügung der Militär-Behörden ges-tellt! Der Prior, der Subprior, die Patres, die Fratres, die Novizen, alles ist im Feld!«

Am Dorfeingang stand noch ein bärtiger, kräftiger Mönch. Er war gestiefelt und gespornt, trug Schlapphut und Reitgamaschen und über dem violetten Feldbesatz der Kutte ein großes Kruzifix. Er nahm Abschied und schüttelte rechts und links die Hände seiner Beichtkinder. Der Kraftwagen schoß dahin. Nach einer Weile sagte Schjelting erbittert:

»Erklären Sie mir! Wir fahren seit vierzehn Stunden durch halb Deutschland. Warum findet man denn nirgends ein erschrockenes Gesicht? Warum verzagt denn Niemand? Wo sind denn die Kleinmütigen? Hat die Polizei sie eingesperrt? Man sieht sie nicht.«

»Ich schätze: es giebt keine!« versetzte der Yankee trocken.

Nicolai Schjelting zog wieder, mit einem leichten Schauer, den dicken Mantel fester um die Schultern. Sie hatten einen Bogen um das Ruhr-Kohlengebiet gemacht, durch dessen zusammenhängende Industriedörfer man nach der Versicherung des Chauffeurs nicht vorwärts kam. Nun stand da ein mächtiger Dom mit himmelsuchendem, gothischem Steingerank vor der Abendglut des Westens. In silbernen Lichtern blinkte feierlich der Rhein. Das alte heilige Köln nahm sie auf. Ein schwarzes, stürmisches Menschengewimmel zwischen Bahnhof und Fettenhennen. Heißes rheinisches Leben. In schweren Klängen von oben das Geläute der Domglocken. Nicolai von Schjelting rieb sich die Augen, kam wie aus einem Traum zu sich und sagte tonlos:

»Das versteh' ich nun schon gar nicht...«

»Was denn?«

»Die Engländer...«

»Welche Engländer?«

»Die englischen Garden. Ihre Schotten. Ihre Rifles. Ihre Lancers. Sie müßten doch längst hier sein ... Oder in der Nähe...«

»Es scheint nicht.«

»Niemand erwartet sie hier am Rhein. Niemand fürchtet sich. Was soll nur dies bedeuten?«

»Da kommen Offiziere auf uns zu. Aber es sind Deutsche!«

»Was sind Sie? Amerikaner? Ja, hier in der Festung können wir keine Ausländer brauchen! Fahren Sie schleunigst über Grevenbroich-Gladbach nach Holland weiter! Wie, Chauffeur? Sie müssen Benzin fassen? Na denn 'mal fix!«

In der Zwischenzeit betrat Nicolai Schjelting den Dom. In geheimnisvollem Licht dämmerte ganz dort hinten der Hochaltar, feierlich hallten in den Steinwölbungen die Responsorien. Kopf an Kopf die Schiffe füllend, stand und kniete die Menge. Viele Soldaten darunter. Offiziere mit ihren Frauen. Da vorn ein hoher General mit schlohweißem Haupt und Schnurrbart. Feldbereite Nonnen in weißen Flügelhauben. Maltheserritter. Ärzte. Nicolai Schjelting sah diese andächtigen Gesichter, diese Hände, die sich aus dem Weihwasserkessel heiligten, die ernsten Reihen harrender, barhäuptiger, feldgrauer Männer vor den Beichtstühlen. Er frug sich: Wie? Dies ist doch nicht mehr Potsdam, von dem man die Welt erlösen will? ... Dies ist ... Ja, was ist das Alles? Er gab sich keine Antwort. Er lief hinaus.

»Können wir noch nicht fort?«

Und auch der Yankee drängte.

»Vorwärts! Ich bin es unsern Shareholders schuldig!«

Als sie nach kurzer Zeit die Grenze der Niederlande hinter sich hatten, brach er in hoffnungsvollem Ton das Schweigen.

»Voriges Jahr zahlte die Kanaan-Steel-Company Dollars fünfundvierzig auf den Share. Aber dies Jahr will ich eine Rekord-Dividende erzielen!«

»Womit machen Sie Ihr Geld?«

»Granaten, Sir! Von jetzt ab Granaten!«

Nun begriff Schjelting, woher Achille Macrî den Mann aus den Vereinigten Staaten kannte.

»Granaten für die Engländer?«

»Von allen Sorten. Auch mit Dynamit und mit giftigen Gasen. Manche Engländer hielten das im Burenkrieg für weise!«

Er schaute nach dem letzten deutschen Haus zurück, das friedlich in der nächtigen Ferne im Schein des schwindenden Mondes lag. Seine Läden waren geschlossen wie im Schlaf. Ein sauber gepflegtes Blumengärtchen umduftete das stille Stückchen deutscher Welt.

»Ein Treffer und dies ganze Ding dort und was darin ist, wird zu Staub,« sagte er und preßte die dünnen Lippen zusammen. Dann, nach einer Weile: »Und dabei ist heute Sonntag...«

»Stört Sie das?«

»Ich habe die Kirche versäumt. Ich tue das sonst nie!« Der Mond war gesunken. Die Nacht dunkel. Der Wagen suchte sich langsam und vorsichtig mit seinem weißglühenden Augenpaar den Weg. In den Limburgschen Dörfern standen noch viele aufgeregte Leute auf den Straßen. Aber man verstand ihre holländischen Wegweisungen nur schwer. Dann verloren sich auch sie. Man fuhr in Finsternis und Leere. Schließlich schon ins Ungewisse. Stunde auf Stunde verrann. Endlich hielt der Chauffeur ratlos an. Rings tiefes Schweigen.

»Wieviel Uhr?«

»Halb drei Uhr Morgens. Ich kann nicht weiter!«

»Wir müssen weiter! Wir müssen doch schließlich an die Maas kommen!«

»Dort ist sie ja! Dort drüben!... Nun immer nur am Ufer entlang!«

Der Wagen rannte wieder in die Nacht hinein, folgte dem Fluß, dann über eine Brücke, durch eine ausgestorbene Stadt. Immer weiter mit dem Lauf der Wellen. Der Yankee saß mit der Taschenuhr in der Hand und entzündete zuweilen ein Streichholz. Dann tat es nicht mehr not. Der neue Morgen graute. Ein Mensch stand am nebeligen Rain.

»Geht es bald ab nach Nymwegen?«

» Que voulez-vous, mongieur?«

»Er spricht Französisch!«

»Wir sind doch in Holland?«

»In Belgien, mein Herr!«

Der Mann sah sie tückisch wie Feinde an und war plötzlich verschwunden.

»Unmöglich! Wir hatten doch die Maas zur Linken. Also fuhren wir nach Norden!«

»Aber vorher über eine Brücke! Also maasaufwärts nach Süden!«

»Umso besser!« sagte Schjelting. Aus einer Hecke hinter ihnen krachte es kurz und scharf. Auf der Chaussee wirbelten Staubwölkchen im Hagel des kleingehackten Bleis.

»Der Kerl schießt auf uns!«

»Er hält uns für verirrte Deutsche!«

»Schnell los, eh' er wieder ladet!«

Sie sausten dahin, sahen sich um, waren in Sicherheit...Bis zu irgend einem neuen Schuß ... Weiter ... nur immer weiter ...unter Menschen ...Schjelting, der von dem Knall etwas bleich geworden war, sprang jäh im Wagen auf und schwenkte verbindlich mit slawischem Lächeln seine Kappe.

»Die Engländer! Die Engländer! Ich sehe dort hinter der Mauer ihre Bärenmützen! ... Ah – diese tapferen Söhne Marlboroughs und Wellingtons! Good morning, Sir – ...good morning!«

Aber der Husarenleutnant zu Pferde vor ihnen sagte auf Deutsch, durch sein Monocle die Yankee-Abzeichen der Beiden betrachtend:

»Ja – wo kommen Sie denn her?« Und dann zum Chauffeur: »Merken Sie denn nicht, daß Sie hier zwischen den Forts spazieren fahren. Sie Transuse!?«

Die Forts ... Was für Forts? Es war nichts davon auf dieser sanft gewellten, gegen Westen ansteigenden Saat- und Ackerfläche zu sehen. Nur ein sonderbarer, endloser Erdeinschnitt, so schmal und tief, daß ein Mann gerade in ihm stehen, aber sich kaum umwenden konnte. Der junge Leutnant warf einen Blick auf die ersten, in fliegender Hast, in der Not der Stunde ausgescharrten Feldbefestigungen und sagte:

»Diese Schützengräben sind gar nichts für Neutrale! Bitte los ...Richtung Herstall! Ulekamp, fahren Sie mit und melden Sie unten, die Herren kämen aus dem Abschnitt Pontisse-Liersl«

Der Wagen rollte davon. Der Husar auf dem Bock drehte sich um und deutete nach rechts in die Ferne. Dort flatterte, scheinbar über dem gewellten Erdboden, eine kleine, schwarz-weiß-rote Fahne.

»Fort Loncin!« sagte er befriedigt. Der Amerikaner frug mit trockener Kehle:

»Wo sind wir denn?«

Und Schjelting, ebenso heiser:

»Wir sind offenbar auf einen kleinen deutschen Streiftrupp gestoßen!«

»Einen Streiftrupp...?«

Eben waren es noch ein Dutzend Lanzenreiter vor ihnen auf der Chaussee gewesen. Jetzt waren es hundert, wurden zu einem nickenden Wald von weiß-schwarzen Wimpeln. Pickelhauben tauchten dahinter auf. Erst einzeln, auf Rädern, zu Pferd, dann Klumpen, Bäche, Massen, eine graue Flut von Trommelwirbel und Piccoligeschrill, Paukenschlag und Musik, dumpfem Kollern der Geschütze. »Ein' feste Burg ist unser Gott!« Die Häuser der Stadt, durch die das Auto fuhr, hallten von dem Gesang von tausend Kehlen. Tausend Gesichter lachten unter laubbestecktem Helmgrau, machten Witze: »Jongs, da kommen die Unparteiischen!«

Nicolai von Schjelting saß wie im Traum. Er frug sich: Was ist das für eine Stadt? Was ist das da vor uns für ein Platz, wie ein kochendes, graues Meer? Was sind das für Geräte, diese plumpen, aufglotzenden, ungeheuerlichen Geschöpfe der Urzeit, scheußlich seitlich und unten von kleinen Nebenschlünden umquollen, auf einem grotesken Räder-Rund abgestufter breiter Bretter? Was sind diese halbmannslangen, drehbaren Bulldogg-Revolver auf fauchendem Motor, diese fahrenden Trommeln mit Schornstein und Erbsensuppen-Geruch ...Platz ...Platz ... Da donnern Ungetüme, lächerlich zwitschernd wie die Spatzen um die Ecke – – – ein Lastauto nach dem andern... Warenhaus Tietz ...Nordseebäderdienst...Aktienbrauerei zum Storchen ... Rheinische Zeitung ...was wollen diese Leute denn hier? Dort schleppen sie Reihen sonderbarer, riesiger, eiserner Waschtröge auf Wagen...dort fahren sie den Vogel Rock spazieren, ein Ding, wie eine zwanzig Fuß lange, leinenverhüllte Taube, dort wachsen geheimnisvolle Masten und Drahtgewirr und Räderkasten empor...Immer neue graue Massen entstehen aus dem Morgengrauen. Es ist Alles ein Traum! Ein grauer Traum. Es ist Alles nicht wahr...

»Also bitte, über die Maas! Und das Vesdrethal entlang. Der fußkranke Unteroffizier fährt bis Herbesthal mit! Los!«

Der Generalstabsoffizier war trotz der frühen Stunde im Feld so tadellos angezogen, rasiert und manikürt, als ginge er zum Ball. Er setzte hinzu:

»Hier können wir Sie nicht brauchen! Hier ist nämlich Krieg!«

Er lachte dabei, Und Schjelting hätte am liebsten mitgelacht. Alles herum lachte ja. Viele Tausende von Männern, diese ganze unwahrscheinliche Luftspiegelung einer grauen Springflut lachte.

»Verzeihen Sie eine Frage: Wo sind wir eigentlich?«

»Na, in Lüttich!«

»In Lüttich?«

»Ja, was dachten Sie denn?«

»Lüttich ist doch uneinnehmbar.«

»Gewiß!« sagte der Generalstäbler trocken. Und die um ihn lachten wieder, als er's übersetzte. Und die Heiterkeit rollte weithin. Und hinter dem davonfahrenden Auto her. Und Schjelting dachte sich, fahl geworden vor Schrecken: Was hat man mir denn in Paris gesagt? In London? Alle Sachverständigen? Auch der Großpapa Rigolet: Hinter der Maas sollte doch das englische Flankenheer aufmarschieren! Nun steht da mitten auf dem Platz ein Deutscher. Hält seine Morgenzigarre in der Hand. Empfängt Einen, als müsse das so sein!

»Der Fall der Festung hat Sie erschüttert?...« sagte der steinerne Yankee. Schjelting wollte antworten: »Meine Frau ist eine Belgierin!« und machte doch nur eine stumme Handbewegung. Ghislaine...das lag so fern. War ohne Bedeutung. Alles. Man wurde mitgerissen. Die Dinge um Einen verloren Farbe und Wert. Feldgrau und blutrot wurde die Welt. Er sagte sich, beinahe mechanisch: » ah, c'est ma guerre!« Der Amerikaner neben ihm fuhr plötzlich auf und wies nach vorn. Ein Zucken ging über seine Züge. Da vorn kam erst endlos aus dem flimmernden Staubschleier auftauchend die eigentliche Völkerwanderung in Waffen. Ein Heerwurm von Pickelhauben wälzte sich ihnen in den Krümmungen des steilen Flußbetts entgegen. Soweit man blickte, solange man fuhr, er nahm kein Ende. Staubwolken standen über dem Brausen seines Gesangs. Staubwolken zogen sich seitlings über das Land. Staubwolken brauten noch am fernen Horizont. Ohne Anfang und Ende rollte dazwischen und hinterher das Fuhrwerk. Die Doppelgestelle der Munitionskolonnen, die Leinwandplane der Proviantwagen, die Feldschmieden und die Feldbäckereien, die schweren Parke auf dem Marsch. Schjelting sah das Stund' um Stunde und fragte sich: Wo bleibt die Verwirrung? Es muß doch ein Chaos von Rädern, Pferdebeinen, Menschen geben. Aber nein: dies deutsche Uhrwerk läuft und schlägt... Von der ersten Stunde ab pünktlich auf die Minute...

Und nun begriff er und sagte sich: Was man gestern auf der Fahrt durch Deutschland sah, vom Klappern des Schreibmaschinenfräuleins im Bezirkskommando bis zur bärtigen Wache an irgend einer einsamen Brücke – das da hinten war die Wolke. Hier zuckt der Blitz!

Und schlug ein. Ihn beschlich jenes seltsame erste Gefühl der Sinnlosigkeit beim Anblick der langsam auftauchenden Kriegszerstörung. Jenes weiße Schloß, mit seinen weißen Brücken im Wasserpark – warum lagen da innen in den Zimmern so unordentlich verkohlte Balken auf den seidenen Möbeln? Eine alte Dame, ein Ölbild im Rahmen, lächelte liebenswürdig durch das zerschossene Fenster. Warum baute man eigentlich den Vordergiebel eines Hauses mit Gardinen und Blumentöpfen und dahinter weiter nichts als schwarzes Steingerümpel? Warum dies Bauernhaus da hinten nur zur Hälfte? Warum errichtete man eine Gruppe Schornsteine auf freiem Feld und grade auf so einer häßlichen, versengten Stelle? Hatte es einen Zweck, eine verbogene eiserne Veranda verkehrt an eine freistehende Brandmauer zu hängen, ein Dreieck von einem verbogenen Blitzableiter davor, und dann darunter zu schreiben: ›Hotel des Familles‹? Was sollte der halbe Hühnerhund auf der Straße? Die vordere Hälfte. Wo war die andere? Wer hatte jetzt die Zeit gefunden, aus dem mannshohen Pappelstumpf eine schöne Fächerpalme von weißem Splitterholz zu schnitzen? Jagte denn Niemand das sonderbar dicke Pferd aus dem Rosenbeet, in dem es so behaglich und still in der Sonne lag. Ein Hinterbein vergnügt nach oben? Der Kies zur Seite dunkelbraun. Da und dort breite, rostrote, fliegenumsummte Flecken...

Nicolai Schjelting schluckte heftig: Was hat sich dieser bärtige Kerl dort drüben mitten in der Prallsonne auf freiem Feld schlafen gelegt, um sieben Uhr Morgens – liegt verkrümmt, mit geballter Faust, rührt sich nicht? ...Päh – wieder dieser bittere Rauchgeruch in der Nase...Geruch von etwas Angebranntem? Wer brät denn da die Ochsen ganz, wie bei der Kaiserkrönung des Mittelalters, und noch dazu im eigenen Stall und mit dem eigenen Stroh des Dachs? Rasch eine Papyros an die Lippen...Was war das im Vorbeiwehen für ein furchtbarer Verwesungsdunst am Weg aus verschütteten Kellerluken? Was bedeutete dies Kanapee mitten im Kartoffelacker? ... Die drei leeren Stühle am Kreuzweg?...Waschbecken und blutbeflecktes Handtuch auf einem?... Weshalb räumte man das nicht auf? Die Deutschen waren doch sonst so ordentlich...

›Vorsicht! Marie ist krank!‹ Warum hebt der Unteroffizier vor der Kreideinschrift an der Weg-
biegung warnend die Hand zum Chauffeur? Warum reißt der den Wagen zur Seite? Da ist
die kranke Marie. Eine abgestürzte Lokomotive mit zerschelltem eisernen Eingeweide. Warum
räkeln sich denn überall diese Lokomotiven neben der Bahn, statt daß sie auf ihr stehen, und
strecken wie die Maikäfer auf dem Rücken ihre drei Räderpaare in die Luft? Welcher kirchturm-
lange Riese hat denn alle tausend Schritt so dumm gespaßt und Reihen von Eisenbahnwagen
von den Schienen in die Tiefe gefegt und zu einem Brei von Stahl und Holz zertreten, auf dem
noch steht: › Défense de fumer‹? Warum hat das unsichtbare Ungetüm, weil es grade dabei
war, im Weiterbummeln die Telegrafenstangen bündelweise wie Streichhölzer geknickt und die
stählernen Brücken in der Mitte mit einem Handgriff auseinandergebogen, daß die Schnörkel
zierlich in die Luft starren? Warum hat es im Wasser unten die vielen Autos ertränkt? Die
Kette von Lowrys drüben am andern Ufer mit einem herausgerissenen Eichbaum erschlagen
und liegen lassen?

Wer hat das Zweirad an den Baum gelehnt und ist weggegangen, Gott weiß wohin? Was
sind das für viele, kleine frische weiße Holzkreuze mit Pickelhauben und verwelktem Laubkranz
mitten in zertretener Saat? Warum haben sich diese deutschen Eisenbahnbeamten in dem ent-
gleisten Schlafwagen vor dem Tunnel eingerichtet wie die Biber im Bau, kochen da, schlafen
auf Stroh, telefonieren in die dunkle Nacht der Wölbung hinein, aus der Pioniere kommen, der
kalte Luftzug Stimmen und Hammerschläge mit sich trägt? In seinem Hauch tanzen dicht davor
am aufgehängten Faßreif die drei lebensgroßen, ausgestopften Puppen: Albert von Antwerpen,
der Zar, Poincaré! Der dicke Landwehrmann schreibt bedächtig, wie daheim als Gastwirt seine
Speisekarte, unter die drei wirbelnden Schacher: ›Mit unserer Macht ist nichts getan! Wir sind
gar bald verloren!‹...

Wer ist nur der unsichtbare Riese, der hier Alles so durcheinanderwirrt?, Der dem Kirchturm
da vorsichtig seine Stützmauern wegzieht, daß die Uhr oben wie ein Vogel beinahe in freier Luft
schlägt? Warum liegt die ganze Dorfstraße vor dem Schulhaus voll von Uniformstücken, leh-
migen Stiefeln, weißen und dunkelroten Lappen? Die Genfer Kreuz-Fahne über dem Eingang.
Eine bleiche Krankenschwester tritt auf einen Augenblick heraus, schöpft hastig frische Luft,
geht wieder hinein. Schjelting und sein Begleiter folgten ihr mit den Augen, fuhren zusammen, wurden stumm und gelb, wünschten, daß das Auto Flügel hätte, um dem Anblick zu
entfliehen...

Und Nicolai Schjelting dachte sich: Das ist der Krieg. Nein. Sein erstes Aufdämmern nur.
Sein schwacher Anfang. Der Krieg, an dem ich in meinem » Essai contre le Teutonisme« den
Geist in tausend Fazetten schliff, den unsere politischen Petersburgerinnen auf den lächelnden
Lippen führten, wenn sie nicht grade verzuckerte Kronsbeeren dazwischen schoben. Der Krieg,
den dicke Männer in Frack und blau-weiß-roter Schärpe beim Ehrenpunsch der Patrioten-Liga
in Paris mit einer großen Geste begrüßten. Der Krieg, über den die belgische goldene Jugend in
den Kaffeehäusern Witze riß, weil sie nichts von ihm wußte. Der Krieg, der in der City nur die
eine Seite des großen Hauptbuchs der Gewinn- und Verlustrechnung war. Nicolai Schjelting
fuhr empor, in einem Zorn, in einer Angst, in einer Handbewegung der Abwehr: Nicht um
Euch geht es mehr! Nicht um Jobber und Mondänen, um Stutzer und Festschwätzer dreht sich
mehr die Welt. Sie wurde anders über Nacht. Wurde finster. Wurde furchtbar. Die Wirklichkeit
ist da. Unsere Gedanken wurden zur Tat. Wir ließen den unbekannten Riesen von der Kette...

Um ihn herum donnerte, lachte, lärmte, befahl, pfiff, sang, wirtschaftete mit tausend Zungen,
Kehlen, Händen, Beinen, qualmenden Lokomotivschloten, fauchenden Motoren, rollenden Rädern, wiehernden Pferden, brüllenden Ochsen, schrillen Signaltrillern, schmetternden Trom-
petenfanfaren, lief, sprang, drängte sich in grauem Gewimmel der unsichtbare Riese. Nicolai
Schjelting stand vor dem Bahnhof in Herbesthal. Er sah den stürmenden, mit rastlosem Schlagen hämmernden Pulsschlag der Etappe hinter der Front. Er sah, wie die endlosen bekränzten
Züge einliefen, wie auf den Kornstoß: ›Geht langsam vor!‹ feldgraue Sturzbäche aus den Abteilen
sich ergossen, Bahnsteige und Schienen weit überschwemmten. Er sah, wie ein Güterwagen sich
in endloser Reihe an den andern schob. Vorsichtig – ohne Stoß. In jedem schlief tausendfach,

in Granaten- und Schrapnell-Wölbung gebannt, der Feindestod. Er sah das langsame, feierliche Zurückrollen langer Reihen weißer Wagen mit dem roten Kreuz. Sah um sich immer wieder diese furchtbaren, lachenden, jungen Mienen, die wild blitzenden Augen, hörte wieder den ehernen, tausendstimmigen Vollklang: ›Deutschland, Deutschland über Alles!‹ Drüben winkten die Verwundeten, Einzelne richteten sich auf und sangen mit. Ein ungeheurer Höhenrausch hob all die Menschen umher empor über Tod und Leben und Ich und Vergangenheit. Und Nicolai Schjelting stand vor einem fliegersicher eingedeckten Benzintank und las mechanisch das Verbot, die oberste, noch gefährliche Wassertröpfchen enthaltende Benzinschicht an die Luftfahrer statt an die Kraftfahrer abzugeben, und dachte sich dumpf: die Deutschen denken an das Kleinste! Aber was ist klein und was ist groß?

»Ihre Papiere sind in Ordnung!« sagte neben ihm eine Stimme. »Nun fahren Sie unverzüglich wieder über Moresnet nach Holland!«

Es waren nur wenige Kilometer. Dann war man zum zweitenmal über der Grenze. Dahinten lag Deutschland. Nicolai von Schjelting blickte bleich, mit eingesunkenen Augen, zurück. Und nun sah er da plötzlich den unsichtbaren Riesen. Seine Füße ruhten auf dem Horizont, sein Haupt ragte in den Himmel, seine Stimme war wie der ferne Donner der Geschütze und seine Augen wie deren Blitz: »Ihr habt mich gewollt! Ihr habt mich gerufen! Da bin ich. Die Menschen kennen mich. Ich bin zweitausend Jahre alt. Wenn ich erwache, bebt die Erde und bersten die Reiche. Ich bin der furor Teutonicus.«

XIII

Eine Ohrfeige klatschte. Eine zweite. Der kleine, dicke russische General von ausgesprochenem Mongolentypus kniff schmerzlich die Schlitzaugen zusammen. Seine Hamsterwangen brannten unter dem krausen, aschblonden Backenbart.

»Kaiserliche Hoheit …«

»Das nächste Mal wird man Dich davonjagen! … Genug! Hinaus mit Dir!«

Der Großfürst Nicolai Nicolajewitsch überragte ihn hager und baumlang, mit seinem grimmig funkelnden Geierkopf.

»Kaiserliche Hoheit … Diese Deutschen haben vier Füße! Sonst hätten sie nicht plötzlich meinen Rücken …«

»… Weil Du beim Stehlen warst … Man kennt Dich!«

»… Unsere Soldaten wurden verwirrt. Wer konnte die Preußen von hinten vermuten?«

»Geplündert habt Ihr! Man sah den Brandschein in Deinem Sektor bis hierher!«

»Kaiserliche Hoheit … Majestät …«

Der Generalissimus stampfte mit dem Fuß.

»Pascholl! An die Front!«

»Ich höre!«

Die geohrfeigte Exzellenz zog sich rückwärts gehend in das Vorzimmer zurück. Jetzt erst kam die Wut. Er schritt finster an den anderen Generalen und ihren älteren Gehilfen, an den Flügeladjutanten und Generalstabsoffizieren des Kaiserlich Russischen Hauptquartiers hindurch. Er hörte nur, wie der Eine der Machthaber durch den Zigarettenqualm, über sein Teeglas weg, einen andern frug:

»Sind die ostpreußischen Förster erschossen?«

»Erschossen, Euer Hohe Exzellenz!«

»Die Gestüte angezündet?«

»Angezündet, Euer Hohe Exzellenz!«

»Die Domänen niedergebrannt?«

»Niedergebrannt, Euer Hohe Exzellenz!«

Der kleine, mongolische General stieg grimmig an dem Garde à Cheval-Posten an der Türe vorbei, die winklige Holztreppe des Rheinischen Hofs in Insterburg hinab. Draußen brütete die Septembersonne auf dem durch feldbraune Posten weithin abgesperrten Marktplatz. In der offenen Glasveranda saßen viele russische Offiziere. Er wollte jetzt, in seiner Bekümmernis, nicht mit ihnen sprechen. Er warnte nur den Zivilisten mit der weißen Schirmmütze und dem eleganten Sommer-Raglan von Pariser Schnitt, der da eben aus der Droschke stieg.

»Gehen Sie jetzt nicht hinauf! Ich rate es Ihnen als Freund! Das ›liebe Biest‹ ist böse!«

Sie umarmten sich und küßten sich nach Moskowiterart rechts und links auf die Wangen. Nicolai von Schjelting dachte dabei: ›Was er für heiße Backen hat!‹ Dann erriet er den Zusammenhang und sagte sich beim Anblick des brutalen, dicken Kerls: ›Nun – der Generalissimus sieht sich seine Leute an! Er weiß, wen er prügelt und wen nicht!‹

»›Er‹ sitzt hier in Insterburg und ist damit beschäftigt, Ostpreußen unserem Mütterchen Rußland einzuverleiben!« sprach die Exzellenz in der schmutzigen weißen Sommeruniform bitter. »Weiter sieht und hört er nichts. Und man hört es doch deutlich genug!«

Jetzt, wo es einen Augenblick still war, grollte dumpf aus weiter, weiter Ferne ein Rollen.

»Ein Gewitter!« sagte Schjelting zerstreut und fuhr sich nervös mit der Hand über die Augen. »Gut. So bekommt Ihr Wasser. Man erzählte mir, die Wasserleitung hier sei in die Luft geflogen …«

»Ja. Ein Gewitter … Es scheint, es gibt viele Gewitter in diesen Tagen … In Gilgenburg … in Ortelsburg … bis Johannisburg hin … Du hörst es von Nikolaiken bis Tapiau, Bruder! … Freilich! Wie sollten es nicht Gewitter sein? Der September ist heiß!«

Ein Flügeladjutant kam sporenklirrend den Gang neben dem Wirtschaftsvorraum entlang. Er war wie aus dem Ei gepellt und legte den Kopf nach Petersburger Art etwas zur Seite, während er lächelnd und, aus Ehrfurcht vor der höchsten Person lispelnd, zu Schjelting sagte:

»Sie haben das Glück, von Seiner Kaiserlichen Hoheit empfangen zu werden!«

»Ich danke, Knjäs!«

»Nun ja … Sie zählen zu den hohen Günstlingen!« Der General winkte einer Droschke. »He … Fuhrmann … fahre hier vor! … Mich behandelt man wie einen Dwornik! Aber kommt solch Petersburger Herrchen … Nun – mit Gott!«

Er schnaubte sich kummervoll mit der Hand, murmelte: »Gott hat mich gestraft!« und fuhr in dem rasselnden Wagen nach dem Artillerie-Kasino. Dort speiste jetzt der Stab der Rennen-kampf'schen Armee. Der Tisch-Älteste war ein General mit Bartkoteletten und einem fröhlichen, rohen und gesunden Gesicht. Er ließ sich eben von der Kasino-Wirtin, die vor ihm stand, die Speisen vorkosten. Der Generaladjutant seiner kaiserlichen Majestät von Rennen-kampf hatte stets Angst, vergiftet zu werden.

Der kleine Front-General nahm Platz, langte unwillkürlich nach dem Schnapsglas, als Begleitung des Vorschmacks, und seufzte. Es gab kein Wässerchen. Der Alkohol war verboten. Wenigstens hier. Anderswo verschaffte man sich wohl Likör und trank ihn gewandter Weise »auf deutsche Art« aus Kaffeetassen, um kein Aufsehen zu erregen.

»Nun – es ist ja Einer von unsern Bismarcks eingetroffen!« sagte der General mit heiserer Stimme. »Schjelting. Er wurde eben gewürdigt, sich bei ›ihm‹ vorstellen zu dürfen!«

»Schjelting!«

Viele dieser weltläufigen, den Petersburger und Moskauer Fürstengeschlechtern und dem baltischen Adel entstammenden Offiziere kannten ihn.

»Ah … Schjelting … von woher kommt er?«

»Wie ist es mit ihm? Was sagt er?«

»Er ist wie ein Träumer … sieht an Euch vorbei … hört kaum, was man spricht …«

Ein bebrillter Adjutant war dienstlich oben an den Tisch getreten, Papiere in der Hand. Der Oberbefehlshaber überlas die Todesurteile gegen den Unteroffizier Babikoff und die Gemeinen Tupik und Mokrij wegen Plünderns und unterzeichnete.

»Heute Nachmittag zu vollstrecken! Das schuldige Regiment wird an den Leichen vorbei-defilieren.«

»Die nach uns kommen, werden nicht so streng sein!« sagte ein Rittmeister von den vornehmen Grodnoer Husaren, der den Arm in der Schlinge trug, halblaut zu seinem Nachbar. Sie kannten ihre slawischen Brüder, diese dumpfen, ungezählten Massen, die jetzt erst fern im Inneren des Zarenreichs von Omsk und von Turkestan und vom Amur, wie ein lehmfarbig trüber, angeschwollener Strom von auf Erden noch nicht erlebter Größe sich gen Westen wälzten.

»Da kommt ja Schjelting!«

Man schaute durch die Fenster. Nicolai von Schjelting überschritt eben die Straße. Zu Fuß. Seltsam. Das tat ein russischer Edelmann nur, wenn er nicht richtig im Kopf war. Den hielt er vornübergesenkt, blickte in Gedanken vor sich auf das holperige Pflaster.

»Du sprachst wahr, Andrej Konstantinowitsch … Er sieht wunderlich aus!«

»Wie ein Träumer!«

»Er sollte doch froh sein! Seine Ziele sind es doch, die sich jetzt erfüllen! Zehn Jahre sah man ihn tätig. Er war unser Windhund auf dem Balkan …«

»… und verdarb sich den Magen bei den Engländern …«

»… war mit diesen Eintagsfliegen von Pariser Ministern ami et cochon …«

»… und küßte den kleinen Bürgersfrauen, ihren Gattinnen, die Hand!« sagte ein Anderer lachend, der das blauweiße Band des Andreas-Ordens trug.

»… und nahm sich selber diese schöne Belgierin als amie et alliée …«

»Ein Glückspilz! Ein Hauptkerl! … Nun: willkommen! … Nun hört man doch Etwas aus der großen Welt … Was bringen Sie Gutes …?«

Nicolai Schjelting hatte sich gesetzt und sagte unvermittelt:

»Was habt Ihr Euch hier für eine gewitterreiche Gegend ausgesucht…«

»Wie denn Gewitter…?«

»Es ist schwül draußen. Es donnert überall im Südwesten und Süden!«

Die im weißen Waffenrock lachten. Hier, im Stimmengewirr hinter geschlossenen Fenstern hörte man nichts. Und auch, wenn man draußen fuhr, übertönte das Rasseln der Räder jeden anderen Lärm. Schjelting hob unruhig die großen und klugen grauen Augen.

»Belieben Sie mir zu sagen: Wo siehe« eigentlich die Deutschen?«

Sein Nachbar zur Linken, ein General mit einem Bart, der so lang war, wie der eines Moskauer Mönchs, wies unbestimmt in die Ferne und meinte mit tiefem Kirchensängerbaß:

»Gott allein weiß, bis wohin sie zurückweichen! Sie liefern nur noch Nachhutgefechte!«

»Wilhelm hat ihnen einen neuen General geschickt!« rief lachend Einer oben am Tisch.

»Wie heißt er?«

»Chindenburg…«

Chindenburg..? Chindenburg..? Nun gut! Man beruhigte sich über Chindenburg, lächelte, frug Schjelting:

»Und wo waren Sie in diesen Tagen der allrussischen Sammlung?«

»In Deutschland.«

Allgemeines Erstaunen.

»In Deutschland? …Wie ist es möglich? …erklären Sie…«

»Ich habe dort die Mobilmachung erlebt…,« sagte Nicolai von Schjelting mit einem dumpfen und sonderbaren Ernst.

»Man hat Dich nicht aufgehängt, Freundchen?«

»Lacht nicht…laßt ihn doch…«

»Man ließ mich über die Grenze nach Holland. Ich wollte von da nach Belgien. Unmöglich. Überall die Deutschen.«

»An allen Straßenecken Insterburgs klebt eine Krons-Depesche!« sagte der General mit dem weichen singenden Baß. »Die Deutschen gehen zurück. Sie ließen allein vor Namur zehntausend Tote liegen.«

»Namur ist in ihrer Hand!«

»Wie das?«

»Ein Leutnant nahm es mit vier Mann!«

Ein Leutnant mit vier Mann eine Panzerfestung …Schjelting sah besorgte Blicke auf sich gerichtet. Man zweifelte an seinem Geisteszustand.

»Ob ich den Umsturz in Berlin miterlebt habe?…« sagte er, immer halb geistesabwesend, »…oder wo sonst den allgemeinen Zusammenbruch Deutschlands? …Nichts davon …Es ist Alles anders, als man …Wozu davon reden…«

»Sie sehen so bleich aus wie die Heiligen in der Lawra. Waren Sie krank?«

»Ich war. In Kopenhagen warf mich auf der Reise hierher die Aufregung nieder. Vierzehn Tage lag ich. Dann fuhr ich über Schweden nach Finnland weiter.«

Sonst gab es in einer Gesellschaft, in der Schjelting war, sofort Leben. Widerspruch, erregte Gesichter, Stimmengeschwirr, wenn er die bunten Leuchtkugeln seiner Doktrinen steigen ließ. Jetzt schwieg er wieder und starrte vor sich hin.

»Gott gab uns die Zunge zum Reden!« sagte der Stabsrittmeister Kudriascheff. »Wie ist's? Meine Frau schickte mir englische Zeitungen aus Petrograd. Fanden Sie das überall in Deutschland, daß sich die Reservisten weigerten, einzurücken? Warum lachen Sie denn?«

»Nun – erlauben Sie mir doch zu lachen!« sagte Nicolai von Schjelting.

»…daß die Krupp'schen Werke von den Arbeitern angezündet sind?« forschte Fürst Donskoi.

»Schjelting lacht immer nur, dieser Spitzbube!«

»Er weiß mehr, als er verrät!«

»…daß Bayern seine Neutralität erklärt hat…?« erkundigte sich der Generalarzt Professor Dr. Moskwin, der selbst seine wissenschaftlichen Kenntnisse München und Heidelberg verdankte.

Schjelting fuhr aus seinem Brüten auf und machte eine unruhige, abwehrende Handbewegung.

»Beliebt, mir das Erzählen zu erlassen! ...Ich kann nichts sagen ...Ich weiß es selbst nicht, was da war...«

Ein Schweigen. Dann rief der Generalstabs-Major Prokofjeff:

»Die Deutschen haben ihm Etwas eingegeben! Er ist wie vertauscht!«

»Macht nichts! Wir werden bald selbst sehen ...Am ersten Oktober alten Stils sind wir in Berlin...«

»Ich habe mit Winogradoff von den Chevaliergarden gewettet. Er meint, erst am fünfzehnten!«

»Er ist mattherzig, weil die Gardekavallerie so viel Verluste hatte!«

»Wer hieß sie auch, die preußische Artillerie von vorn zu attakieren?«

»Höre doch: Man dachte...«

»Man dachte nichts! Jetzt ist von der ersten Kürassierbrigade nichts mehr übrig ...Der Großfürst Oleg tot. Da hast Du's!«

Man war eine Sekunde nachdenklich, in Erinnerung an diese Verheerung unter der Blüte des russischen Adels. Dann meinte der Major Prokofjeff:

»Wenn uns nur die Engländer nicht schon an der Elbe empfangen!«

»Zuzutrauen ist es ihnen, diesen Teufelskerlen!«

»Ein Engländer gilt für zehn Deutsche! Kein Deutscher hält vor den fixen Jungen, den Tommys, Stand!«

»Woher wißt Ihr das?« frug Schjelting.

»Die Engländer sagen es selbst!« rief der Stabsrittmeisier Kudriascheff frohlockend. »Es steht in den ›Times‹! Hier ...Bitte...«

Nicolai von Schjelting seufzte und stand mit umdüsterter Miene auf.

»Es tut nicht not! Ich werde bald die ›Times‹ auf der Straße kaufen. Ich gehe in den nächsten Tagen wieder in besonderem Auftrag nach London und Paris...«

Man kannte seine hohen Gönner. Er war der kommende Mann, wenn er auch jetzt sehr leidend schien. Man sah ihn schon, nach dem nahen Triumph, aus dem Salonwagen auf die hölzerne Plattform des Bahnhofes von Gatschina steigen, ehrerbietig auf dem Weg zum Zaren von allen Beamten und Gensdarmen begrüßt, man sah ihn im Auto, von Sebastopol her, in sausender Fahrt die Windungen hinter Baidar Thor hinab zum blauen Glyciniengerank des Kaiserschlosses Livadia am Krim'schen Meer. Man verabschiedete sich achtungsvoll von ihm und schüttelte erst hinterher den Kopf, als er in die Stadt hineinging. Wieder zu Fuß. Da hörte man dies unaufhörliche ferne Brüllen der Sommergewitter besser. Sie schienen sich immer weiter nach Süden zu ziehen. Hier störte das Niemanden. Die russischen Soldaten von dem baltischen dritten Armeecorps in Wilna, von denen viele Letten Deutsch konnten, standen in den Läden und feilschten so hartnäckig, wie sie es bei ihrem Generalissimus Nicolai selbst gesehen, um Tabak und Ansichtskarten. Nach der Bahnhofstraße zog eine Schwadron der Grodnoer Husaren auf ihren weißen Pferden. Schjelting rief einen der Schimmelreiter an:

»Seid Ihr auf dem Marsch zum Regiment?«

»Dies ist das Regiment!«

»Und die Anderen?«

»Alle tot!«

»Und Ihr?«

»Man ruft uns nach Petrograd zurück!«

Nicolai von Schjelting ging weiter. Er dachte sich: dieser Bauer zu Pferd hat etwas Gottergebenes. Sein ...Nichtsein ...Sieg ...Niederlage ...Wie Gott will.. Alles gleich ...Was ist das Leben? Es ward befohlen, zu kämpfen, zu bluten, zu sterben! ...Gewiß ...dafür bist Du ein Muschik. Ein Stück geduldige, russische Erde ...Aber vor seinen Augen stand ein wildtosendes, grimmsprühendes feldgraues Gewimmel statt dieser feldbraunen Ergebung in das Schicksal, in seinen Ohren hallte ein eherner Trutzgesang von Zehntausenden statt dieses slawischen Schweigens, in dem die endlose Winterstille verschneiter Dörfer in weltfernen Steppen wohnte. Er fröstelte, als sei es Winter, trotz der Septemberhitze und der Glut der schwälenden Brandstätte gegenüber. Gensdarmen wachten und verhinderten das Löschen. Die Brasche'sche Fabrik war auf Befehl des Gouvernements angezündet worden. Weiter zum Bahnhof hin, an der langen Seitenmauer, klebte ein Aufruf des Generalissimus an die Polen. Nicolai Schjelting stellte sich davor und übersetzte es sich aus dem Polnischen: »...Mit offenem Herzen, mit brüderlich ausgestreckter Hand kommt Großrußland Euch entgegen. Der Morgenstern eines neuen Lebens geht für Euch auf...«

»So? Das ist mir ein seiner Vogel...lacht vor den allerhöchsten Erlassen...«

Line Hand zupfte ihn scherzhaft am Ohr. Der Staatsrat und Hofmeister Morskoi stand neben ihm. Der wohlbeleibte Herr trug die kleine Uniform eines hohen Zivil-Tschinowniks. Er wischte sich den Schweiß aus dem roten, vom schwarzgefärbten Kinnbart umrahmten Gesicht.

»Trifft man Sie endlich! ...Man sagt mir, Sie sind da ...kommen aus Deutschland ...ich gestern aus Dwinsk. Man fährt ja nun schon mit der Bahn bis hierher nach Insterburg ...Lange sahen wir uns nicht, Nicolai Wassiljewitsch!«

»Zuletzt in diesem April in Moskau.«

»In Kiew.«

»Im Petrowski-Dwor in Moskau!« sagte Schielting hartnäckig. »Dieser alte Teufel, dieser Deutsche, sah noch hinter uns ...Mit seiner Tochter...«

Es ging ihm durch den Kopf: Wie lang ist das her und doch nicht ein halbes Jahr ...da fing es an...warf mich aus der Bahn...man wird willenlos ...wird mitgerissen ...ich habe keine Frau mehr ...habe noch nicht sie, die Andere ...Mein Reichtum ist mit den Belgiern hin ...mein Boden ist die große Zukunft ...Aber was soll dies Zittern unter den Füßen? ...dieser plötzliche Schwindel? ...so als ob Alles um Einen schwankte?...

Der Hofmeister rieb sich befriedigt die großen weißen Hände.

»Alles steht gut, durch Gottes Gnade! ...Sie sollten unser Petrograd sehen! ...Diese Macht des slawischen Gedankens, für den Sie und ich und wir Allrussen seit Jahren stritten ...Wehe, wer auf dem Newski noch ein Wort Deutsch spricht! Man reißt die deutschen Firmentafeln ab ...Man schließt die deutschen Läden ...man verhaftet alle Deutschen ...schickt sie nach Sibirien, Männer, Frauen, Kinder ...Zehntausende sind schon unterwegs...«

»Auch die deutsche Botschaft wurde gestürmt?«

»Sie wurde von Grund aus zerstört und der örtliche Beamte erschlagen ...Beklagenswert ... Aber wer zügelt die russische Kraft? ...Nun erst erkennen wir sie ...sehen, wieviel Freunde wir haben ...Man küßt in Petrograd die Franzosen, man schüttelt den Engländern die Hand, man grüßt die Amerikanski, man ist in einem Rausch ...Ohne ein Tröpfchen Wodka ...wie durch ein Wunder der Heiligen Dreifaltigkeit...«

»Man merkt es Ihnen an, Wassili Andréitsch!«

»Jedem im Mütterchen Rußland, vom Gossudar bis zum letzten Barfüßler! Nur Ihnen nicht! Was ist Ihnen?«

»Etwas fehlt!«

»Nennen Sie es! Ich werde Sorge tragen! Man wird es anschaffen!«

»Es hat keinen Namen...«

»Wie das?«

»Es ist Alles da! Sehen Sie den Soldaten da ...dieses Lederzeug ...diese Schuhe ...Nichts wurde diesmal vernachlässigt ...Niemals wurden solche Anstrengungen gemacht. Wir haben beinahe mehr Offiziere als Napoleon vor Moskau Soldaten...«

»Drum vorwärts mit Gott!«

»Aber Etwas fehlt...«

»Sie sind sehr klug, Nicolai Wassiljewitsch. Das brauche ich Ihnen nicht zu sagen. Man bewundert Sie. Aber vielleicht sind Sie jetzt zu klug. Sie denken zu viel!«

Nicolai Schjelting scheuchte mit dem Fuß eine Taube, die vor ihm auf dem Pflaster Körner pickte.

»Da fliegt das Sinnbild unseres Glaubens!« sagte er. »Der Heilige Geist. Ihn suche ich!«

»Nun...«

»Es geht nicht ohne ihn. Nicht ohne den Heiligen Geist. Das ward mir klar.«

»Nun – diese Stadt hier ist voll von Balten, Fürsten, Garde. Das ist nicht echte russische Luft. Das echte, das heilige Rußland, unser Rußland, liegt dort draußen vor dem Feind...«

»Das hoffe ich...«

»Ich bin im Begriff, an die Front zu fahren und unseren Freund aus Moskau, den General Schiraj, zu begrüßen. Kommen Sie mit? Da wird sich Ihnen die weite russische Seele offenbaren!«

Die heilige russische Erde, aus der diese Soldaten selbst geformt zu sein schienen, die da drüben in ihrer seltsamen, halbblauen, fatalistischen Ruhe den Bahnhof erfüllten, diese Muschiks in Waffen und die vielen Millionen ihrer Brüder, in ihrer erdfahlen Uniform, ihren erdfarbenen Bärten, ihren erdbraun gebrannten Gesichtern. Schjelting atmete etwas hoffnungsvoller auf und stieg ein. Der russische Infanteriehauptmann, der ihm und Morskoi im Auto gegenübersaß, zeigte auch eine jener fünf, sechs Massentypen, mit denen die russische Natur ihre sonst nicht zu bewältigenden Menschenmengen roh und oberflächlich abstempelte und schied. Er hatte eine kleine, knollige Nase, kleine tiefliegende Augen, war klein von Wuchs. Er lächelte fortwährend. Warum? Schjelting reizte das. Er frug schließlich:

»Wir fahren schon durch das dritte verbrannte Dorf. Nichts blieb, außer dem Kriegerdenkmal. Ist es überall so?«

»Es wird wohl so sein ... Ich weiß nicht...«

Sie überholten einen Trupp Infanterie. Köpfe tief, tief aus dem Inneren, zwischen Wolga und Ural. Im Marschieren brachen sie mit einem mechanischen Handgriff jedes Obstbäumchen am Weg entzwei. Die Chaussee hinter ihnen war gesäumt von geknickten Stämmchen mit rotbäckigen Äpfeln. Schjelting schüttelte finster den Kopf. Der Hauptmann lächelte.

Schwerer schwarzer Qualm wälzte sich drüben am Walde. Millionen roter Funken tanzten in ihm. Darüber das angstvolle Todesflattern weißer Tauben. Ein großer Herrschaftshof stand da in vollen Flammen. Dragoner trugen noch armvoll Betten, Leinenzeug, Puppen, Matratzen, Damenkleider, Schaukelstühle, Wasserstiefel aus dem Hause und verstauten sie auf den Leiterwagen. Ein paar galoppierten den Weg heran, zwischen ihnen in langen, flüchtigen Sprüngen ein Dutzend edler ostpreußischer Remonten. Der vierschrötige kleine Hauptmann lachte aus vollem Hals...

»Krieg!« sagte er, wie ein Naturkind, das sich an Etwas ergötzt.

»Gehen Sie gern in den Krieg?«

Der halbasiatische Hauptmann zündete sich eine Zigarre an und schnitt eine Grimasse. Er war nur an Papyrossen gewohnt. Dann spuckte er aus.

»Man dachte nur an Österreich und Serbien. Wir sollten inzwischen Deutschland in Angst halten. Unseren dicken Stabsoffizieren wäre es recht gewesen. Die schönen Mobilmachungs-Rubelchen ohne Strapazen ... Sie verstehen?...«

»Und jetzt?...«

»Jetzt? ... Es ist befohlen. Es ist auch so recht...«

Und wieder sagte Schjelting unvermittelt, nach langem Schweigen, zu Morskoi:

»Es fehlt Etwas...«

»Petró ... paß auf, Du! ... He!«

Der Hauptmann hatte es zu dem Wagenführer hinaufgerufen. Die schnurgerade Chaussee nach Nordenburg lag vor ihnen plötzlich voll von Baumstämmen. Hunderte und Tausende von russischen Soldaten arbeiteten in fiebernder Hast am Fällen der prachtvollen Ulmen. Da waren sie in ihrem Element. So waren sie oft genug im roten Hemd, die Axt im Gürtel, als Bauern in den Wald gegangen. Sie hieben die Zweige ab, bauten kunstvolle Astverhaue längs des Straßengrabens.

»Das sieht ja nach Verteidigung aus!« sagte der Moskauer Staatsrat stirnerunzelnd. »Wie das? Man erwartet doch nicht den Feind?«

»Ich weiß es nicht...« sagte der Hauptmann.

Und Schjelting dachte sich: Ja...ich weiß es nicht...Wo hört man es nicht bei uns...dies: ich weiß es nicht! Niemand weiß Etwas...Alles ist unbestimmt...Alles verschwimmt...Von irgendwo wird befohlen...

Sie machten einen scharfen Bogen und fuhren gegen Gerdauen weiter, nunmehr genau in die Richtung nach Deutschland hinein. Das dumpfe, schwere Grollen umher wurde jetzt mit jedem Kilometer stärker. Wenn das Auto hielt, hörte man es vor sich, rechts, noch heftiger links, scheinbar von allen Seiten. Schjelting und Morskoi hatten nie gedient. Aber sie sahen sich trotzdem fragend und besorgt an. Der Hauptmann vor ihnen lächelte und rauchte. Träumerisches Asien war in seinem Blick.

Der Bahnhof von Gerdauen lag vor der Stadt. Ihm gegenüber flammte das große Kreishaus, das Landratsamt, die Reichspost...Die Güterschuppen längs der Schienenstränge standen in Brand. Glühende Getreidewirbel hoben sich knatternd gleich Raketen in die Luft, verkohlten noch im Fallen das verhungerte Vieh, das draußen in den Sumpfwiesen lag. Es war eine Hitze wie in einem Backofen. Mitten darin stand ein nagelneuer Petersburger Sanitätszug, weißlackiert, mit rotem Kreuz. Die Soldaten liefen und schleppten und stopften ihn im Schweiß ihres Angesichts voll mit Pflügen, Eggen, Heuwendern, Weinkisten, Zuckerhüten, Kleiderbündeln. Der Offizier, der dabei stand, strahlte. Er kannte den Hauptmann im Auto und reichte ihm die Hand.

»Wie wird sich meine Fenitschka freuen! Ich schicke ihr eine ganze Ausstattung für unsere Datsche bei Jekaterinoslaw. Sogar ein Klavier fand sich! Da steht es in der Ecke unter den Kopfkissen. Sie kann doch spielen. Sie lernte es in dem Pensionat in Odessa. Tafelgeschirr. Ein amerikanischer Lederstuhl. Selbst eine Spieluhr für meinen kleinen Fedka. In Öl gemalte Bilder. Hübsche Hörnerchen von Waldziegen. Ein Photographie-Album...Ich nahm nur die Bilder dieser deutschen Windhunde heraus. Nichts ist vergessen.«

»Und das nehmt Ihr Alles mit?« frug Schjelting.

»Wie denn? Es ist doch Krieg!«

Naive Genugthuung lag in seinen Worten. Da waren tausend Dinge. Die hatte man bisher nicht. Nun durfte man sie nehmen. Sie gehörten ja den Deutschen. Endlich erlaubte es der Zar. Schjelting dachte sich: Für Euch da ist das Alles nur ein Europäischer Pogrom. Mehr begreift Ihr nicht. Jeder sackt ein, was ihm Gott beschert! Und der Offizier auf dem Bahnsteig bestätigte das auch, nicht ohne Neid, indem er sich zu dem Hauptmann wandte.

»Prjanikoff...Du weißt: Der Lange...der mit dem Ziegenbart...der kann lachen! Er kommt in ein verlassenes Adelshaus...Man zündet es an...Was findet er, schon im Weggehen?...Ein ganzes silbernes Tafelgeschirr, der Glückspilz...«

»...Und das Alles stopft Ihr in die Wagen mit dem roten Kreuz?« forschte Schjelting finster.

»...auf sie allein schießen die Deutschen nicht. Sie sind ja so dumm!...Bald fahren wir ab!...«

»Warum denn? Kommt denn der Feind...?«

»Man weiß es nicht...«

Sie sausten weiter. Umgestürzte Flüchtlingswagen lagen am Weg. Zerwühlter, ärmlicher Hausrat. Große Blutlachen. Schjelting dachte sich: Kaum eine Stunde Fahrt liegt zwischen Insterburg und Asien – da, wo Ihr nicht seid, Nicolai und Rennenkampf...liegt zwischen Euren Garden und der breiten russischen Seele hier. Von ihr und ihrer Art des Kampfs seht Ihr nur, was Ihr wollt...

Immer wieder rauchende Scheunen, die Brandmauern von Domänen, eine in die Luft gesprengte Kirche...Ein betäubender Gestank von faulenden Karpfenmassen im Schlamm des nutzlos abgelassenen Teichs. In einem leergeplünderten Entenweiher schwimmend ein halbaufgelöstes Ding wie eine Mumie, das die Kosacken aus der Ahnengruft gerissen und hineingeworfen hatten. Schjelting schlug sich zornig auf das Knie:

»Was soll das Alles?«

Der Hauptmann lächelte ein Lächeln, nun schon mehr vom Amur als von der Wolga.

»Krieg heißt nicht, daß wir uns wie die Schweine benehmen!« ... sagte Nicolai von Schjelting. Der Andere warf ihm einen tückischen Blick zu. Darin hob sich Etwas empor, von Asien, aus Tatarensteppen – gegen diese feinen Petrograder Herrchen – – gegen diese Westlichen ... oh – wartet nur! Auch Eure Zeit wird kommen! Auch Euch wird man verjagen ... später ... Alles, was nicht Rothemd und Bastschuhe trägt ...

Die Straße entlang galoppierten Dragoner, krumm wie die Fiedelbogen, mit hohen Knieen, die struppigen Klepper ihre Sternguckerköpfe steil in der Luft. Die Kerle sahen aufgeregt und unruhig aus. Man konnte nichts Rechtes von ihnen erfahren. Auf der Bahn da vorne, die von Gerdauen gegen Allenstein hinführte, rollte langsam, dichthintereinander, Zug auf Zug, gegen Norden, rückwärts. Es lag Etwas in der Luft, eine Unbestimmtheit ... eine Ungewißheit ... ferner Donner durch die Schwüle ... Schjelting sagte sich wieder: Kaum eine Stunde zwischen Insterburg und hier ... Wißt Ihr denn wirklich, Ihr dort hinten, Nicolai und Rennenkampf, was hier vorne vorgeht ...? Und nicht nur in der russischen Seele?

Seltsam, daß die Tauben sich nicht von ihren Schlägen in den brennenden Giebeln trennen konnten. Da kreiste wieder eine über dem flackernden Gelb und Purpur, stürzte flügellahm hinein. Das rief eine Gedankenverbindung in Schjelting wach.

»Ja – wo ist der Heilige Geist?«

»An der Front!« sagte der Staatsrat mit seiner starken, russischen Stimme. »Bald sind wir dort!«

Der General Schiraj lag noch vorwärts von Barten in einem Gutshof im Quartier. Er war nicht da. Er war mit seinem ganzen Stab nach vorn gefahren. Ostrussische Infanterie und Kosacken, die nicht zu seinen Truppen gehörten, waren nachgerückt und richteten sich eben ein. Ein riesengroßer, weißblonder Major stand mit offener Hemdbrust auf der Schwelle. Sein Gesicht war fröhlich und gerötet. Er war stark angetrunken. Er streckte stürmisch den beiden Ankömmlingen, obwohl er sie gar nicht kannte, die Arme entgegen.

»Gott brachte Euch, Brüderchen! Beliebt einzutreten! ... Was ist das für ein Land! Warum nehmen wir es erst jetzt? ... Alles in Fülle! Was das Herz begehrt .. Traubenwein! ... Man trinkt Sekt, Bordeaux, Kognak ... Unten ist der ganze Keller voll ...«

»Man merkt es ...«

»Man raucht Zigarren! Schläft unter Seidendecken! ... Schweine, Hühner, Gänse ... man ißt, soviel man kann ... Man bekreuzigt sich und ißt wieder ... Ihr bleibt zum Nachtessen da, Brüder! Meine Kosacken sind eben Hühner kaufen gegangen! Sie sind darin gewandter als unsere Burschen ...«

Draußen sah man die roten Hosenstreifen der Kosacken. Sie umstellten die flatternden Hennen wie der Jäger das Wild, klatschten in die Hände, fingen die Tiere aus der Luft. Der Major schluckte ein paarmal und zeigte selig auf die Kiesfläche der Auffahrt vor dem Herrenhaus. Da war aus Hühnerköpfen im Sand riesengroß ein Schnörkel gebildet, der wie der Buchstabe I aussah. In Wirklichkeit war es ein russisches ›N‹, der Namenszug des Zaren Nikolaus.

»Die Kaiserkrone kommt aus Gänseköpfen darüber! Es sind Spaßvögel! ... Schleppt es dort hinüber, Kinder! Setzt es vorsichtig auf freiem Felde nieder, damit kein Unglück geschieht ...«

»Was tragen die vier Leute? Einen Sarg?« frug der kurzsichtige Staatsrat.

»Nein. Ein deutsches Ding. Ich kenne es nicht. Besser fort damit, ehe es explodiert!«

»Es ist der Schokoladen-Automat aus der Ausspannung gegenüber!« sagte Schjelting zu Morskoi, während sie eintraten. »Welch ein Gestank! ... Sind denn die Schweineställe hier im Hause?«

Die altpreußischen Ahnenbilder der Halle schauten durchstochen und durchlöchert auf eine halbmannshoch das Parkett bedeckende Schicht von Stroh, Roßdünger, Bettfedern aus aufgeschnittenen Matratzen, zerfetzten Kleidungsstücken, Kohlstrunken, Knochen, Suppenresten, Stuhlbeinen, Hirschgeweihen, zerrissenen Briefen und Aktenbündeln, zertretenen Damenfederhüten, Sofakissen, Lappen, Straßenschmutz. Zersäbelte Sofas und Plüschsessel ragten nur noch mit den Lehnen aus der weichen, wie ein Misthaufen dünstenden Masse, durch die der mächtige und feierliche Saal des alten Grafenhauses weit niedriger als sonst erschien. Viele Soldaten hatten sich in das warme Nest eingewühlt und schnarchten. Man unterschied sie kaum von dem Schmutze selber. Dazwischen standen die Pferde. Die Luftmischung schwankte zwischen dem scharfen, säuerlichen Brodem des Schweinekobens und dem Aasgestank vor einem Fuchsbau. In der Ecke lehnte schief, mit aufgeklapptem Deckel und zerschmetterten Beinen, das Klavier. Der Bechsteinflügel diente als Abort wie auch sonst jeder Perserteppich, jede Bronzevase, jeder Zylinderhut, jeder Winkel im Haus. Der Major musterte, mühsam in dem federnden Trümmerhaufen sich auf den Beinen haltend, befriedigt die eine leere Wand.

»Seit vielen Stunden bestreichen sie sie mit Honig!« sagte er. »Von oben bis unten! ... Seht die hundert leeren Gläser! ... Gut! ... Munter sind sie, die Seelchen!«

»Und warum tut Ihr das?« frug Schjelting einen der Kerle, dem ebenso wie seinem Kameraden der Schweiß der ungewohnten Arbeit von der Stirne rann. Der überlegte und sagte dann, mit einer plötzlichen slawischen Entmutigung in den wasserblauen Augen:

»Man weiß es nicht, Herr!«

»Woher kommst Du?«

»Aus Samara, Euer Wohlgeboren!«

»Bist Du gern im Krieg!«

»Gern, Euer Wohlgeboren!«

»Warum?«

»Ich weiß es nicht, Euer Wohlgeboren!«

»Haßt Ihr die Deutschen?«

»Man haßt sie, Euer Wohlgeboren!«

»Und warum?«

»Ich weiß es nicht, Euer Wohlgeboren.«

»Weißt Du, wo Du jetzt bist?«

»Nein, Euer Wohlgeboren!«

»Weißt Du, wohin Ihr geht?«

»Nein, Euer Wohlgeboren!«

»Kannst Du lesen und schreiben?«

»Nein, Euer Wohlgeboren!«

»Was denkst Du Dir also bei dem Krieg?«

»Es ist befohlen, Euer Wohlgeboren!«

»Nun genug der Fragerei!« schrie der Major. Er war plötzlich zornig geworden. »Euch Monumente vom Newski-Prospekt braucht man hier nicht! Dort ist Gott und die Türe.«

Er stapfte schwerfällig in den Raum gegenüber, setzte sich vor die halbleere Kognakflasche und brütete vor sich hin. Während die Beiden vor das Haus traten, schrie er ihnen noch nach:

»Nicht ausleben soll man sich! Ihr seid mir schöne Vögel! So ist's hier überall! Wenn's Euch nicht gefällt, geht zu den Deutschen!«

»Ja – so ist's hier überall!« sagte Schjelting. Er hatte mit dem Hofmeister in einer Laube im Garten Platz genommen. Bis hierher waren noch nicht einmal die Kosacken gedrungen. Angefangene Handarbeiten lagen da, Bücher, ein Band Tauchnitz-Edition, ein französischer Roman, eine Übersetzung von Tolstois ›Auferstehung‹, die indischen Gedichte des Rabindranath ... Er setzte sich. Er wollte nicht sprechen. Er zog finster die Nummer der ›Times‹ heraus, die ihm vorher der Stabsrittmeister Kudriascheff gegeben, begann zu lesen. Die engen Buchstaben tanzten vor seinen Augen. Er warf das Blatt zornig zur Seite.

»Eine nette Sprache gegen Verbündete!«

»Wie das?«

»Nun – da ist von den modernen Hunnen die Rede – von den Barbaren ...«

Der Staatsrat nahm das Blatt und lachte:

»Das sollen doch nicht wir sein, sondern die Deutschen!«

»Ach so ... ich war zerstreut ...«

»Kinder, laßt Euch nicht durch diese Weißhändigen verwirren!« schrie im Hause der Major. »Wo stehen wir? Dicht vor Berlin!«

»Urraha! Vor Berlin, Euer Hochwohlgeboren!«

Es grollte dumpf in der Ferne. Dazwischen in Abständen ein schweres, dröhnendes Aufpoltern. Fast nur ein einziger Schlag.

»Die Deutschen schießen schon mit Batterielagen, ...« sagte ein staubbedeckter Dragoner-Unteroffizier vor der Laube zu einem Burschen. »Wo ist Dein General?«

»Eben kommt er, Herr Wachtmeester!«

Der General Schiraj fuhr im Landauer des geflüchteten Gutsherrn heran. Die Gäule keuchten. Das Handpferd blutete von einem Granatsplitter. Das Wappen am Kutschenschlag war von einem Sprengstück geborsten. Der General stieg aus, finster wie seine Begleiter, drückte stumm den beiden Gästen die Hand, fertigte den Dragoner ab, schritt dann unruhig auf und nieder, schaute nach allen Seiten, witterte förmlich in der Abendluft, die voll war von fernen, unbestimmten, murmelnden, schütternden, sausenden, heulenden, hämmernden Tönen, wandte sich nach dem Herrenhaus. Dort war ein zorniger Wortwechsel. Er jagte den Major mit seinen Leuten nach hinten in die Scheunen, setzte sich an das Feldtelefon, sprach immer wieder hinein, mit ernstem Gesicht, kam plötzlich wieder angeritten, vollbärtig und stattlich, den Feldstecher in der Hand.

»Ich muß noch einmal nach vorn ... Es ist soeben ... Wie? ... Ihr wollt fort? Bleibt lieber hier! Da sind ja Fremdenzimmer genug im ersten Stock ... Wie es steht? Gut ... gut ... Aber es finden Truppenverschiebungen in der Nacht statt ... man gruppiert um ... Ihr kämt da in der Dunkelheit mitten hinein ... Auf Wiedersehen!«

Schjelting konnte nicht schlafen. Er lag mit offenen Augen in der Giebelstube des Herrenhauses. Sonderbar ... Er war mit seinen Gedanken immer in Deutschland ... in einem Brausen von Massen, einem feldgrauen Gewimmel, einem Stürmen der Glocken, einem ehernen Gesang ... Er sagte sich: Ich bin ja in Deutschland. Als Eroberer. In einem deutschen Bett. Alles hier fängt gut an ... Freue Dich ...

Dabei stand er voll Unruhe, mit überwachten Augen auf, kleidete sich an – mochte Einer schlummern bei diesem ewigen Scheibenklirren und Bodenzittern von dem schon viel näher gekommenen Erdbeben draußen in der Runde – trat in das Freie, machte jäh Halt ...

Die Nacht war dunkel und doch hell. Wohin er sah, brannte Ostpreußen. Rechts, links, nah, fern, überall flackerte es wie von Scheiterhaufen im Schwarz, rötete den Himmel fleckenweise mit einem unheimlichen Widerschein. Die Feuersbrünste all dieser Dörfer und Domänen, dieser Mühlen und Weiler, dieser Schlösser und Höfe schienen zu leben, in Flammen zu atmen, zu schwinden, in neuen Funkengarben aufzusprühen. Darüber zogen sich am Horizont sonderbare feurige Bogen wie von zu niedrig gehenden Raketen ...

Schjelting sah stumm auf das Schauspiel. Er dachte an die Brandfackeln der Kosacken, die er am Tag vorher gesehen, so wie sie sie fertig aus Rußland mitgebracht – Dinger, die man auf die Erde werfen, mit dem Fuße treten, ins Wasser halten konnte, ohne daß sie verlöschten. Dann sagte er sich: Aber wenn wir Alles einäschern, dann bedeutet das doch den Rückzug ...?

Neben sich hörte er ein Seufzen. Da saßen im Halbdunkel der General Schiraj und der Hofmeister, Beide wach wie er, schwiegen und rauchten. Er nahm neben ihnen Platz. Eine Weile hörten alle Drei stumm auf den Kanonendonner. Dann sagte Schjelting:

»Es fehlt Etwas ...«

Morskoi wandte sich an den General.

»Das ist seine stehende Rede!«

»Was denn?«

»Wer kann es nennen? Sie wollten es mir an der Front zeigen. Aber es ist nicht da ...«

»Wahrlich – wir haben uns bemüht, Alles zu schaffen!« sagte der General Schiraj mit seiner ruhigen Stimme.

»Alles haben wir geschaffen! Nur ... sehen Sie ... da treiben Feuerfunken durch die Nacht vorbei! Vielleicht mangelt uns dieser eine Funke ...«

»Anderswo aber ist das anders?«

»Anderswo – ja...«

»In Deutschland?«

»Was heißt das für uns ... Deutschland?...«

»Sie kommen doch von dort, Nicolai Wassiljewitsch?«

»Nein.«

»Wie denn nicht? Sie erzählten doch selbst...«

»Ich war in einem Land, das wir nicht kennen!« sagte Nicolai von Schjelting. »Sie werden es auch auf keiner Karte finden!«

»Er spricht in Rätseln...«

»Kurz ... es existiert nur für den, der es erlebte.«

Dann, nach einem Schweigen:

»Viel haben wir vor dem Krieg erwogen! Aber vielleicht das Letzte nicht!«

Um sie die fremdartig rotgefleckte, unheimlich wie ein Raubtier murrende Nacht. Morskois Stimme:

»Wie sieht's in Wahrheit? Ist unsere Lage gefährlich?«

»Ja – wenn wir Japaner vor uns hätten!« sagte der General langsam. »Aber die Deutschen...«

Er stand auf.

»Damals vor zehn Jahren ... in Mukden ... Einerlei ... Gehen wir schlafen! Wir haben noch ein paar Stunden bis Sonnenaufgang!«

Und nun war Nicolai von Schjelting doch so ermüdet, daß er den Schlummer fand. Träumte. Er stand in der großen Dorfschmiede seines Guts im Twer'schen Gouvernement. Inge Tillesen neben ihm. Es schien, daß sie jetzt seine Frau war. Sie trug nun auch russische Züge. Sie sagte ihm Etwas oder schrie es ihm vielmehr in die Ohren. Er verstand es nicht. Der Schmied machte einen so furchtbaren Lärm beim Beschlag der kleinen Bauernpferde. Es waren mehrere Schmiede. Sie hämmerten durcheinander. Die Ambosse dröhnten, schmetterten, knallten...

Schjelting fuhr empor, angekleidet wie er war, stürzte an das Fenster, riß es auf. Es war ein klarer, blauer Septembermorgen. Und in dieser milden Spätsommerluft zwischen Himmel und Erde ein unsichtbares, stürmisches Leben wie von tausend Geistern. Ein langgezogenes Heulen, zorniges Hämmern, wie von einer Riesenfaust an eine Haustüre, heiseres, metallenes Gelächter, das Gepolter von Fässern, peitschenknallähnliche Töne. Dabei erblickten seine Augen nichts. Die weite Landschaft lag völlig menschenleer, wie ausgestorben, im hellen Sonnenschein. Auch die Züge auf der Eisenbahn verkehrten nicht mehr. Nichts regte sich. Nur da jagte ein reiterloser Gaul die Straße entlang. Er schleifte seine Eingeweide zehn Fuß lang hinter sich her, verschwand taumelnd um die Ecke. Schjelting überwand einen Anfall von Übelkeit...Er nahm seine Mütze, rannte die Treppe hinab. Durch das gespenstig leere Haus. Traf vor ihm Morskoi.

»Wo ist der General?«

»Längst nach vorne geritten!«

»Und dieses Viehstück von gestern Abend ...«

»Weg, mit seinem Bataillon...«

»Und unser kleiner Hauptmann...«

»Auch verschwunden...«

»Ja – was ist denn?...«

»Sie sind doch klug! Begreifen Sie's noch nicht...? Gott hat uns verlassen...Schon seit Tagen... Nur wußte man es nicht...Er strafte uns schon dort vorn, im Süden von Ostpreußen...«

»Dort steht doch unsere Narew-Armee...«

»Nichts steht dort! Nichts ist da! Nichts mehr!« Morskoi schien beinahe zornig, daß man seinen Nachrichten widersprach. Er badete sich förmlich in diesem Worte *Nichts*.

Fern in der Luft entstand ein weißes Wattebäuschchen und stand wie mit der Scheere ausgeschnitten vor dem blauen Himmel. Plötzlich waren dort überall am Horizont diese zarten Federwölkchen.

»Eile Dich, Wanja!«

»Bemühe Du Dich auch!«

Zwei Kosacken kauerten da am Bach, die Zottelgäule frei neben sich. Der Eine war im Hemd. Er hielt seine Hose auf den Knieen und riß in Eile den breiten, roten Besatz, der ihn als Kosacken verriet, herunter. Der Andere steckte die Füße in das Wasser und rieb das gleiche verräterische Rot von ihnen herunter.

»Seid Ihr verrückt, Euch jetzt die Füße zu waschen!«

Der Eine der beiden Kerle blinzelte stumpfsinnig aus seinem bartlosen, rohen Gesicht zu Schjelting hinauf.

»Es ist besser, Herr...«

»Wie das: besser?«

»...falls man uns gefangen nimmt! Sie sind ja schon überall...«

»Die Deutschen?...Lüge nicht!«

»Man sieht ja weit und breit keinen Deutschen!« sagte Morskoi und zündete sich mit zitternden Fingern eine Papyros an.

...Er lag vor Schrecken auf der Erde. Er wußte nicht wie. Die Andern kugelten sich über ihn, um ihn. Um sie wirbelte die Luft von einem jäh herangeflogenen, nervenzerreißenden Heulen, der Boden tat sich, vierzig, fünfzig Schritte von ihnen entfernt, donnernd auf, spie einen schwarzen Pinienbaum von Rauch, Erde, Steinen und sausenden Splittern über sich in die Höhe. Über Schjeltings Kopf war das helle Klirren der getroffenen Dachziegel. Sie fielen langsam, stückweise herunter. Die jäh bloßgelegten weißen Sparren lugten neugierig in das Freie und fingen dann rasch an zu kohlen. Das war das Erste, was er sah, als er, betäubt aufstehend, sich mechanisch den Staub von den Kleidern klopfte. Ein Gardeoffizier ritt in Karriere vorbei. Ein Petersburger Beau. Sein keuchendes Tier wies die deutschen Farben. Auf sammetschwarzem Fell weiße Schaumflecken und in den Flanken das rote Blut der Sporenstiche. Morskoi rief ihn an: »Was geschieht?« – Der Andere wies mit der Hand atemlos hinter sich...

»...Chindenburg...«

Es verhallte im Hufschlag und dem letzten Nachgrollen der Granate. Da stand das Auto. Der Chauffeur, ein Pole, geängstigt daneben. Sie sprangen hinein. Sausten blind hinter dem Petersburger Adjutanten her. Immer näher schob sich der Donner. Rauch- und Brandwolken in der Ferne.

»Wir fahren ja nach Süden!« schrie Morskoi, sich im Wagen aufrichtend. »Das ist ja Torheit. Dort eben ist ja Chindenburg...hört doch nur!«

Zurück. Hinauf nordwärts in der Richtung nach Gerdauen, woher sie tagszuvor gekommen. Schjelting biß die Lippen zusammen.

»Wir fahren ja abermals in den Kanonendonner hinein!«

Eine Gruppe Offiziere, abgesessen hinter einem Haus und um ein Fernrohrgestell herum. Ein abwehrendes Winken.

»Hier kann man nicht weiter. Die Straße liegt unter Feuer!«

»Wohin?«

»Nach Osten! Über Drengfurth! Sputet Euch!«

Sie fuhren dahin, kreuzten am Seeufer wieder eine Eisenbahn. Eine Lokomotive schoß mit Volldampf vorbei, der Tender dicht gedrängt voll von Rotekreuzdamen und Popen mit flatternden Haaren und Bärten. Der Pole steuerte das Auto wieder angesichts der Wasserfläche gen Norden, verirrte sich in den Wäldern, arbeitete sich stundenlang durch Sandwege, blieb stecken... weiter...da endlich die Türme von Insterburg. Vor der Stadt trafen sie den Generalstabsmajor Prokofjeff, bemüht, Ordnung in ein staubbedecktes Gewirr von Fuhrwerken zu bringen.

»Fahrt nicht erst in die Stadt. Es steckt alles voll von Truppen und Kolonnen!« schrie er. »Fahrt außen herum, nach Gumbinnen. Der Großfürst ist schon dorthin voraus!«

Der Großfürst auf der Flucht! ...Schjelting und Morskoi schauten sich bleich und stumm an, während sie zwischen den Teichen durch und an der mächtigen Brandstätte des Gestüts Georgenhof vorbeiflogen. Nun lag schon die Flußniederung der Angerapp in ihrem Rücken. Der Staatsrat atmete auf.

»Wir sind in Sicherheit!« sagte er.

»Was kommt uns denn da auf der Chaussee entgegen? ...Ein ganzer Zug Automobile...«

»Sie rasen nur so...«

»Es sitzen Zivilisten darin! ...Was heißt denn das?...«

»Sehen Sie den Langen, Hageren ...Mutter Gottes von Kasan: der Generalissimus in Zivil ... bin ich denn wahnsinnig geworden?...«

»Dreh' um, Chauffeur ...dreh' um...«

Dadurch zwangen sie den nächsten, heranflüchtenden Wagen, langsam zu fahren. Zornige Rufe:

»Macht Platz, Ihr da! Wir haben keine Lust, gefangen zu werden!«

»Wie denn – – in Gumbinnen?...«

»Sie sind schon hinter Gumbinnen...«

»Die Unsern?«

»Die Deutschen!«

»In unserm Rücken?...«

»Chindenburg in Gumbinnen...«

»Chauffeur ...zurück, was der Wagen kann...«

Eine Sturmfahrt durch Staubwirbel. Wildes Gedränge vor dem Bahnhof in Insterburg. Trotz des strengen Verbotes standen schon die Einwohner auf den Dächern, riefen, winkten zum Himmel hinauf. Dort zog ein Eindecker als Vorbote des deutschen Heeres seine Bahn. Das Eiserne Kreuz schimmerte von seinen Tragflächen. Aus dem ›Dessauer Hof‹, der mit seinem hohen graugetünchten Aufbau und Turm die Stationsgebäude gegenüber überragte, rannte ein Herr in Zivil mit ausrasiertem Backenbart und hochmütig-brutalem Gesicht und kletterte in ein Auto. Ein Kellner hinterher.

»Exzellenz ...die Wochenrechnung...«

»Ich komme in vierzehn Tagen wieder!«

Rennenkampf fuhr davon. Nur seine hohen Stiefel aus feinstem Juchten standen noch oben vor seiner Tür. Die beiden Russen sahen dumpf den Generaladjutanten des Zaren und Führer der Njemen-Armee im Bürgergewand fliehen. Um sie herum waren Rufe. Deutsche jubelnde Stimmen. Sie pflanzten sich fort. Man wußte nicht, woher sie kamen. Es flog durch die Luft, von Haus zu Haus...

»Ulanen...«

»Preußische Ulanen...«

»Man sieht schon einzelne Garde-Ulanen vor der Stadt...«

Morskoi faßte einen russischen Heeresintendanten an der Schulter und frug heiser:

»Wohin floh Seine Hohe Exzellenz!«

»In der Richtung nach Tilsit! Dort ist der Weg noch frei...«

»Dort allein ist Chindenburg noch nicht!«

»Mit Gott! Über Skaisgirren! Fahre wie der Teufel ...Du dort oben!«

Sie rasten dahin, durch Tilsit hindurch, über die Königin-Luisenbrücke auf das Nordufer der Memel. Nun trennte sie der breite Strom von den Verfolgern. Fern vergrollte das Ungewitter. Wie weit es nach Süden hin noch seine Verheerungen erstreckte, wußte Keiner.

»Auch bei Lyck wird gefochten!« sagte neben dem haltenden Auto ein sibirischer Schützenoberst aus tiefer Brust, und ein Anderer neben ihm, mit einem fatalistischen Zug um die bärtigen Lippen:

»Diese Tage kosten uns viel ...Die Deutschen sind anders als man dachte...«

»Uns Beide hat Gott bewahrt!« versetzte der Hofmeister Morskoi zu Schjelting. »Doch was nun?«

»Zurück nach Kowno!«

»Und dann?...«

»Dann gehe ich gleich mit meinen Aufträgen nach dem Westen!« sagte Nicolai von Schjelting. »Dort ist unsere Hoffnung. Denn das Eine habe ich nun schon erkannt, Wassili Andréitsch: Wir hier allein, mit der Kraft der russischen Erde, erreichen es nicht...«

XIV.

Der schlampige französische Polizeikommissar stand auf und schloß trotz der Oktoberglut des Mittelmeers die Fensterscheiben. Nun brauchte man wenigstens nicht mehr den tausendfältigen Lärm des Hafens von Marseille, sein Sirengeheul und Peitschengeknall, sein Wagengerassel und Kranengeklirr zu überschreien, um das Verhör fortzusetzen.

»Schreiben Sie, Panard! ›Es erscheint der Zivilgefangene aus dem bisherigen Konzentrationslager bei Château Borély, Hugo Martius, Groß-Industrieller aus Deutschland‹...«

»...und Mitglied des Reichstags...«

»Ah – – das wird Ihnen wenig helfen, mein Herr Deputierter, im Gegenteil ...schreiben Sie, Panard: ...›zu nochmaliger Vernehmung auf Antrag des amerikanischen General-Konsulats!‹ ... Wie kommt der dazu?«

»Meine Frau hat, soviel ich vom Vertreter des Konsulats bei seinem Besuch hörte, alle Hebel in Bewegung gesetzt. Sie hält sich seit Kriegsbeginn an der französisch-italienischen Grenze auf...«

»Es wird Madame nichts nützen! Hein? Sie haben nie gedient? Sie sind vierzig Jahre alt. Ein großer, kräftiger Mann ...Deutschland würde auch Ihnen die Muskete in die Hand drücken – – Jedem, um seinen unvermeidlichen Untergang um einige Tage zu verschieben! Wir stehen bereits am Rhein, mein Herr, unter dem Beifallsklatschen der gesitteten Welt. Diese tapferen Kosacken haben Breslau erstürmt – Breslau, eine der glänzendsten Residenzen Ihres verbündeten Österreichs! – – Helgoland verneigte sich vor dem Donner der britischen Geschütze ...Ihre Flotte ist da unten, bei den Fischen...«

»Es ist nicht wahr...«

»Hier die letzten französischen und englischen Zeitungen! Lesen Sie!«

»Ich danke!«

»Kurzum: Ihr Schicksal ist entschieden! Warum kamen Sie kurz vor Kriegsausbruch nach Frankreich? Niemand lud Sie ein!«

»Doch! ...Jaurès selbst!«

»Monsieur Jaurès ist tot!«

»Ein Pro-Boche!« sprach verächtlich der kleine, dicke, schwarzhaarige Hauptmann. Er hatte bisher als Beisitzer nur Zigaretten geraucht und teilnahmlos auf den Hafen hinausgeblickt.

Hugo Martius richtete seine stattliche, vollbärtige Erscheinung auf. Die französische Sprache gehorchte nicht so dem Wohllaut seiner Beredsamkeit, wie ihm sonst das Deutsch von den Lippen floß, aber es klang doch stark und überzeugend, als er sagte:

»Die Sache des Völkerfriedens führte mich mit Gleichgesinnten aller Nationen in Paris zusammen...«

»Deutschland und der Frieden...«

Der Schreiber lachte. Der Kommissar. Selbst der Hauptmann.

»Beinahe ein halbes Jahrhundert, meine Herren, hielt Deutschland den Frieden. Rußland bekriegte die Türkei und Japan. Italien bekriegte die Türkei und Abessinien. Die Balkanstaaten bekriegten die Türkei und einander selbst. Amerika bekriegte Spanien. England bekriegte die Buren, nahm Ägypten und den Sudan. Frankreich ging nach Tonking und Tunis, nach Madagaskar und Marokko. Deutschland allein zog in zwei Menschenaltern nicht das Schwert gegen seine Nachbarn!«

»Deutschland und der Friede! Ich beglückwünsche Sie, mein Herr Deputierter, daß Ihnen der Humor noch nicht ausging!«

»Es hätte das Schwert oft genug furchtbar ziehen können. Es konnte sich am Tage von Faschoda im Bund mit England vernichtend auf Frankreich stürzen. Es tat es nicht. Es konnte sich vor zehn Jahren auf das durch Niederlagen und Aufruhr wehrlose Rußland werfen. Es tat es nicht. Es konnte im Burenkrieg Englands Macht für immer brechen. Es tat es nicht!«

»Genug, mein Herr!« Der Kommissar gähnte und stand auf. »Man wird die Erde jetzt für immer von der Kampflust der Pickelhaube befreien! Ihr Fall ist erledigt. Sie schließen sich morgen mit den drei Anderen, zur Nachprüfung Zurückgehaltenen, dem Transport nach Korsika an ...«

»Nun gut!« sagte Hugo Martius. »Ich bitte nicht für mich! Aber Sie haben unter den Zivilgefangenen, die Sie dorthin senden wollen, Männer von sechzig Jahren ...«

»Oh, noch ältere, mein Herr!«

»Das Fieberklima dieser Insel wird sie hinraffen!«

»Es ist nicht so ungesund wie das der Sümpfe von Dahomey!« sagte der Kommissar lächelnd. »Und auch dort sitzen schon Ihre Landsleute!«

»Und das können Sie verantworten?«

»Ah ... wenn der Zar Euch zu Zehntausenden nach Sibirien schickt! ... Bei uns herrschen nicht Seuchen und Hungersnot in den Konzentrationslagern wie in England ... man erschlägt Euch nicht wie in diesem heldenmütigen Belgien ...«

»Nun gut ... die Männer! ... Aber ich sah unterwegs die Gefangenenlager mit Tausenden von deutschen Frauen und kranken Kindern! ... Was haben sie verbrochen? Seit der Steinzeit steht die Frau außerhalb des Krieges ...«

»... weil man Euch ausrotten wird ...,« sagte der Hauptmann plötzlich leise und ruhig. Nur in seinen pechschwarzen Augen funkelte die kalte Wut. »Ich bin ein Corse. Ein Landsmann Bonapartes. Jetzt ist die Zeit, sich seiner zu erinnern. Jahrzehntelang haben wir Euch ertragen. Eure Liebenswürdigkeiten waren uns noch verhaßter als Eure Drohungen. Nun jauchzen wir, indem wir Euch den Todesstoß versetzen. Panard, man führe diesen Herrn ab! Zu den drei Anderen, die morgen nachträglich auf das Schiff gebracht werden!«

Die Fenster einer kahlen Zelle im Fort St. Nicolas am Eingang des Hafens von Marseille gingen auf das Meer hinaus. Durch die Eisengitter sah man fernhin seinen strahlend blauen Glanz, mehr nach rechts das Mastengewirr und Schlotqualmen der Häfen, und weiter über Hügel und Täler die Dächermassen der großen Mittelmeerstadt. An den Luken lehnten drei deutsche Zivilgefangene. Sie hörten in dem Lärm von draußen den Eintritt des neuen Ankömmlings nicht und drehten ihm den Rücken zu. Der Eine, ein älterer Mann, sagte müde im österreichischen Tonfall:

»Aber ich bitte: Nehmen diese Wilden denn kein Ende?«

Und der neben ihm, der den Arm in der Schlinge trug und sich auf einen Stock stützte, mit Zwicker und Studentenschmissen auf seinem Gesicht:

»Das ist seit heute früh der vierte Dampfer allein mit dem roten Kroppzeug!«

Das Deck des schmalen, langen, von Algier kommenden Passagierdampfers »General Chanzy« schien auf den ersten Blick vollbesetzt mit vielen Hunderten von mittelalterlichen Henkern. So unheimlich wirkten die Gestalten der Wüsten-Spahis in ihren bis zu den Füßen reichenden blutroten Mänteln. Erst in der Nähe unterschied man die wilden, kaffeebraunen Gesichter im Schatten der Scharlach-Turbane. Der Dritte der Deutschen, ein verwegener junger Geselle, bartlos und sonnverbrannt, in verschossenem Matrosenwams, lachte:

»Jongs, Jongs – wenn Ihr wüßtet, wat die Klock' geslagen hat!«

»Und da dieselbe Couleur in Blau!« sagte neben ihm der Arzt mit dem Zwicker und wies auf die im Kielwasser des »General Chanzy« steuernde »Ville d'Oran«. Bei diesem Dampfer schien es, als hätte er aus dem Azurblau des Mittelmeers einen Haufen auf Deck geschöpft. So dicht war das Gewimmel der langen blauen Mäntel der Oasen-Spahis, die mit ihren Tausenden von Schimmeln auf der Überfahrt nach Europa waren. Das Schiff glitt langsam dahin. Dicht vor ihm lag, gegenüber dem Joliette-Leuchtturm stoppend, schon von dem geschäftigen Gewimmel der kleinen Schlepper umgeben, ein mächtiger Ostindienfahrer. Hunderte von roten Kopftüchern, weißen Hemden, farbigen Flecken leuchteten auf. Zimmtbraune Männer mit seidenschwarzen Vollbärten kletterten wie die Katzen auf und nieder oder schauten gleichgiltig hinüber auf die Schiffsbecken von Marseille. Das war eine Hafenstadt der Engländer mehr, so gut wie Bombay oder Calcutta, von wo sie kamen. Den Engländern gehörte See und Welt.

Der Dampfer zog weiter. Seitwärts, gegen die Medizinschule hin, lag ein anderer verankert. Es sah aus, als hätte man seine Bordwand mit den schwarzlackierten, holzgeschnitzten Mohrenköpfen aus dem Aushang von Hunderten von Tabackläden und Gewürzkrämereien besteckt, so fletschten sie reihenweise die weißen Gebisse in pechschwarzen Zügen.

»Turkos!«

»Ich glaube eher Senegal-Neger! Ich habe mich als Arzt da draußen ein wenig mit Völkerkunde beschäftigt ...«

»Ich bitte: Weshalb lassen sie denn die nicht an Land ...?«

»Wahrscheinlich fürchten sie sich selber vor den swarten Düwels ...«

»Es war schon gegen Sonnenuntergang. Die Abendblätter waren erschienen. Die Stimmen der kleinen Zeitungsverkäufer gellten durch den Hafen- und Straßenlärm: »Le petit Marseillais! ... Le sémaphore ...«

»Le soleil du midi! ... Sir Grey im Unterhaus: die Basutos bitten, Steine auf die Deutschen werfen zu dürfen!«

» Le petit Provençal ... Die Maoris auf Neuseeland schiffen sich ein. Der König von Nepal bewilligt dreißigtausend Gurkhas mehr!«

» Le Radical! – Clemenceau gegen die deutsche Barbarei!«

» Le Niçois ... Die Deutschen fliehen, wo sie den Feind sehen! Die Generale Wilhelms stürzen sich weinend in die Maas. Ihre Frauen plündern die belgischen Schlösser!«

»So geht das von Tokio bis hierher!« sagte der junge Arzt zu Hugo Martius, mit dem er sich bekannt gemacht hatte. »In jedem Hafen, den wir anliefen, derselbe irrsinnige Dreck von Druckerschwärze!«

»Aber man glaubt es doch nicht?«

»... wenn die Engländer Etwas kabeln? Ganz Asien schwört darauf, vom Mikado bis zum Kuli!«

»Der Mikado? Die Japaner sind doch unsere Freunde!«

»So? Na – ich kam gerade noch weg, ehe sie uns den Krieg erklärten!«

Hugo Martius schwieg.

»Und kurz vor dem Hafen hier haben mich dann die Mynheers auf dem Maatschappij-Schiff an die Engländer ausgeliefert.«

»Ja warum denn?«

»... weil die sie sonst nicht an Gibraltar vorbeigelassen hätten.«

»Da sollten Sie ’mal erst Südafrika sehen!« versetzte der österreichische Diamantenhändler. »Kein Haus in Johannisburg mehr ganz, wo ein Deutscher wohnt!«

»Ja – was sagen denn unsere Freunde, die Buren, dazu?«

»Die ziehen ja schon zu vielen Tausenden unter Botha gegen uns zu Feld.«

»Gegen uns?«

»Na ja ... – die hassen uns doch!«

Hugo Martius verstummte wieder.

»Ich hab’ gemacht, daß ich wegkam. Aber bei Cap Spartel kriegte ein französischer Kreuzer unseren Norwegischen Dampfer zu fassen!«

»Und die Norweger lieferten Sie aus?«

»Ja – was sollen die wohl gegen die Engländer machen!«

Hugo Martius schüttelte den Kopf.

»Ich war die ganze Zeit in Einzelhaft!« sagte er. »Ich erfuhr von nichts. Ich kann es kaum glauben!«

»Na – dann belernen Sie sich ’mal da – nich?« Der junge Seemann gab ihm ein paar illustrierte Zeitungen. »Die hab’ ich noch von Buenos Aires her bei mir. – So sieht es in ganz Südamerika aus!«

Hugo Martius sah die Bilder: die deutschen Fürsten, einander aus Totenschädeln Blut zutrinkend, Reihen gespießter belgischer Kinder auf Ulanenlanzen, preußische Generale in Photographenpose auf Leichenhaufen von Frauen, nackte Wilde mit Pfeil und Bogen und der portugiesischen Unterschrift: Verhungernde Bayern auf der Eidechsenjagd!

»Auf der ganzen Erde holen sie die Deutschen von den Schiffen herunter und lassen dafür solche Ansichtspostkarten da!« sagte der von der Wasserkante, während er sich fortwährend dabei an dem einen Zellengitter zu schaffen machte. »Wie? Ob man das glaubt? ... Na – wenn es die Engländer sagen! ... Und so, wie man uns in ganz Süd-Amerika haßt ...«

»Ja, ist denn die ganze Erde wahnsinnig geworden?«

»Aber nich zu knapp! Bis New-York hinauf, da kam ich ja nun noch als Mexikaner durch ...« Er sah, mit seinem braungebrannten, verwegenen Gesicht in der Tat einem Gaucho ähnlich. »Aber nu? Jeden Tag marschierten die französischen Reservisten hinunter auf ihre Schiffe und sangen die Marseillaise? ... Und die Engländer zogen Arm in Arm an und gröhlten den Tipperary. Aber, wenn die Deutschen kamen, da hieß es: Zurück! Erst versucht' ich es bei einer dänischen Linie. Ja woll! German? Back! ... nich?«

»Warum denn?«

»Die Dänen dürfen doch nicht anders – nich? Da schmuggelte ich mich als Trimmer bei 'nem Griechen ein. Aber da haben sie mich an der Tätowierung auf dem Arm erkannt und gesagt: ›Anker und Schlüssel – das ist doch der Bremer Lloyd‹ ... nich? ... und mich den Engländern ausgeliefert!«

»Die Griechen auch ...?«

»Na – die Engländer wollen es doch so – nich? ...«

»Aber die Amerikaner sind doch deutschfreundlich ... Konnten die Ihnen nicht helfen?«

»Die Deutsch-Amerikaner beim besten Willen nicht. Und die richtigen Yankees – na, die hassen uns doch – nich?«

»Auch die ...?«

»Jetzt ändern sie ja wohl nun erst ihre Fabriken um. Aber von Weihnachten ab, da schicken sie den Engländern die Granaten in Schiffsladungen hinüber. Wo hat man Sie denn eigentlich abgeklappt?«

»Ich war auf einem internationalen Friedenskongreß in Paris!«

Die drei Anderen lachten. Sie glaubten, er hätte einen Witz gemacht, und Hugo Martius lachte selber mit. Der junge Bremer Seemann bastelte wieder an dem einen eisernen Fensterkreuz. Es drehte sich sonderbar leicht in seiner Hand.

»Nun wart' ich nur noch auf die Gorillas!« sagte er.

Ein Transportdampfer hatte nahebei auf dem Exerzierplatz hinter dem Pasteur-Institut seine Ladung von marokkanischen Hilfsvölkern an Land gesetzt. Sechs Fuß lange, blauschwarze Menschenaffen kauerten nackt am Strand. Wildblickende, nußbraune Scheichs und Scherifs in breitkrämpigen Sonnenhüten und grünbesetzten, weißen Mänteln standen dazwischen. Von einem vorbeifahrenden Dampfer winkten Hunderte von roten Käppis, blinkten krepprote Hosen unter den blauen Tuniken. Er brachte die Eiterbeule der Erde, den Abschaum der Menschheit in Soldatengestalt, das erste Regiment der Fremdenlegion aus Sidibel-Abbés zum Kampf gegen Deutschland.

» ›Le soleil!‹ Glückwünsche des Zaren an Monsieur Poincaré zur Verteidigung der Zivilisation gegen den Teutonismus!«

Und eine zweite schrille Jungenstimme von der Gasse:

» ›Le petit Marseillais‹ .. Aufruf des Poeten Kipling! Deutschland der tolle Hund Europas! Ehrenpflicht, ihn zu erschlagen!«

»Mr. Roosevelt gegen die Wilden in der Pickelhaube ...«

»Alt werd' ich hier nich!« sagte der Seemann. »Wenn man das Kroppzeug sieht, das sie gegen Deutschland loslassen, da muß man sich in die Hände spucken, um noch zurechtzukommen!«

Er schraubte plötzlich mit einem Griff die von ihm längst durchfeilten Eisenstangen aus ihrer Höhlung und steckte sie lose wieder hinein. Hugo Martius faßte ihn hart am Arm.

»Nehmen Sie mich mit!«

»Na – Sie mit Ihrem Frieden ...«

»Nur handeln ... nur dreinschlagen ... sich von diesem erstickenden Ekel vor der Menschheit befreien ...«

»Ja …zu Zweit wär's schon besser – nich? …Der Doktor hat 'nen kaputten Arm. Den haben sie auf dem Bahnhof hier lynchen wollen, weil er verwundeten deutschen Gefangenen half. Mit Mühe haben ihn die französischen Offiziere gerettet. Und der Andere ist alt und krank. Die schlafen auch schon Beide auf ihren Strohsäcken. Aber Sie …Können Sie denn zur Not 'nen Menschen umbringen?«

»Ja. Ja. Ja.«

»…auf die Gefahr hin, daß die uns so an die Wand stellen – nich?«

»Ja. Ja. Ja.«

»Die Wache muß ja wohl eins von hinten auf den Kopf kriegen! Dann gehen wir ruhig ins Freie. Wir sind nicht im Fort selbst, sondern in einem Verwaltungsgebäude daneben für die eine Nacht eingelocht.«

»Und dann?«

»Dann weiß ich schon Bescheid. Dunkel genug ist es auch. Wir müssen nur warten, bis der Posten abgelöst wird. Dann kommt die Schlafmütze von vor vier Stunden. Den kenn' ich schon. Da …nehmen Sie 'mal die Friedensflöte!«

Er drückte Hugo Martius den einen Eisenstab in die Hand und frug etwas besorgt:

»Na – wie fühlen Sie sich denn mit dem Ding in der Faust?«

»Ich fühl' nichts …ich denk' nichts …mag meine Frau zur Witwe werden und meine Kinder zu Waisen …Es ist mir Alles gleich! Ich will nur zuschlagen …Der Grimm erstickt mich…«

»Dann ists gut …pst …da draußen sind sie …Sie wechseln den Posten…«

»Rangez-vous!«

»En avant…«

Die Schritte der Ablösung verhallten.

»Nu durchs Fenster. Herz in die Hand! Um die Ecke! .. Die Stangen hoch …so …man fixing damit an die Mauer! Igitt …igitt! …Der Hof ist ja leer…«

»Wo ist er denn?«

»Drin im Pförtnerhäuschen, bei so 'ner lütten Deern! …Lacht nur, Kinnings …Immer ruhig daran vorbei. Sprechen Sie mal' recht laut Französisch – – nich? …So – das machen Sie ja wunderschön …Sie hätten Volksredner werden sollen …Uff…«

Sie waren im Freien. Es schien Hugo Martius wie ein Traum, daß sie durch das schwüle Abendgrauen der Gassen hingingen, auf einmal auf einer Schwebebrücke hoch durch die Luft über dem Eingang zum alten Hafen hinschwammen, sich drüben im Ameisengewimmel und Mastengewirr der Joliette verloren.

»Ich kenn' mich doch in so 'nem Hafen aus!« sagte der Seemann. »Sie haben Geld bei sich? Geben Sie mir 'mal!«

Er handelte in einem abenteuerlichen Spanisch Wurst, Brot und ein paar Flaschen Wein ein und steckte sie sich in die Taschen. Hier fiel keine Sprache außer der deutschen auf. Der Turmbau von Babel wogte durcheinander. Die indischen Söldner Asiens schritten hochmütig an den bewaffneten Negern Afrikas vorüber. Kanadische Offiziere Amerikas erwiderten kaum den lallenden Gruß betrunkener Quartiermacher der australischen Miliz. Die Mittelmeermenschen Europas schrieen dazwischen, und hoch oben von ihrem Hügel schaute als riesenhafter goldener Schatten die Heilige Jungfrau, Notre Dame de la Garde, auf diese Anglikaner und Buddhisten, diese Moslim und Hindus und Fetischdiener, diese weißen, gelben, braunen und schwarzen Menschen in Tropenhelm und Turban, in Käppi und Panama, die einander nie gesehen hatten, nicht kannten, nicht ansprechen konnten, einander haßten und fürchteten, sich vor einander ekelten und nur in dem Einen einig waren, Deutschland aus der Reihe der Christenheit auszurotten.

»Hier muß es doch irgendwo sein!« sagte der von der Wasserkante. »Ich hab' doch gute Augen. Ich hab' es bei Tag deutlich von drüben gesehen …Aha …da!«

Im bläulichen elektrischen Licht der Bogenlampen, dem Pfeifen der Hafenbahn, dem Rasseln der Kranenketten lag am Lazaret-Kai ein großes Handelsfahrzeug schon unter Dampfgekräusel aus den gelben Schloten. Der lange blaue Heimatwimpel spielte in der lauen Nacht. Die grün-weiß-roten Querstreifen der italienischen Handelsflagge, die tagsüber daneben geweht, waren eingezogen. Aber der Name des Dampfers an der Bordwand: »Città di Ravenna« zeigte den neutralen Boden dieser Schiffsplanken, die der Bremer Seemann über eine Laufbrücke bestieg, als ob sich das von selbst verstünde.

»Nehmen Sie einige Papiere in die Hand … So!« Und er begann plötzlich sprudelnd, mit den Handbewegungen des Südländers, spanisch zu reden: »Le dije que se fuera sennor! Yo qensaba: Cuanto màs se da, màs piden! No puede ser … Eso no va asì come tú piensas!«…

Die herumhantierenden Schiffsleute schauten kaum auf. Der Dampfer war voll von Maklern mit ihren Konnossementen. Daß Jemand auf kastilianisch die Mehrforderungen irgend eines Kommissionärs ablehnte, geschah alle Tage.

»Hier herunter … schnell!«

Sie waren schon im Schiffsraum. Noch standen die Deck-Luken offen. Ein Frachtstück nach dem anderen sank klirrend am Hebelarm in den eisernen Bauch. Dessen vorderer Teil schien schon ganz gefüllt.

»Noch ein Stockwerk tiefer! Fix, eh' man uns sieht … So … In die Ecke kommt nichts mehr hin … Das ist ein ganz hübsches Plätzchen – nich?«

Der Hanseate knipste vorsichtig in der hohlen Hand eine elektrische Taschenlaterne auf und las die Aufschriften auf den Kistenstapeln umher: Fratelli Ghirardini, Genova … Wieder die Fratelli … nagelneues, würzig duftendes Holz … Überall auf französisch und italienisch darauf die Theerpinselzüge. ›Vorsicht! … Leicht entzündlich! Nicht werfen!‹

»Das wird Alles in Genua ausgeladen – nich? Wir mit! Lütte Küstenfahrt! Nur schade, daß man nich ein bischen smoken kann. Aber dann fliegen wir mit in die Luft…«

»Was ist denn in den Kisten?«

Ein Blitz der Taschenlaterne: »Poudre. Polvere. Attenzione!«

»Wie denn? Die Italiener holen sich da aus Frankreich Munition?«

»Aber nich zu knapp! Der ganze Steamer ist voll!«

»Aber gegen wen denn?«

»Ich werd 'nen Priem kauen – das geht! … Na … gegen uns und die Österreicher!«

»Ihre Verbündeten!«

»Na – die Italiener hassen uns doch – nich?«

Das Wort, das immer wiederkam, wie draußen, als der Dampfer längst die hohe See gewonnen hatte, der Wellenschlag an die Schiffswand. Das schwache, eintönige Gefühl des Hin- und Herschwankens im tiefen Dunkel. Haß. Haß. Haß. Haß überall. Haß der Menschen aller Farben und Erdteile, jedes Glaubens und jeder Sprache. Haß, bisher huschend im Dunkeln wie die leise pfeifenden Ratten zu Füßen. Haß, sorgfältig vorbereitet und zur Entscheidung aufbewahrt wie die stummen, totbringenden Kistengebirge um Einen. Giftiger, verpestender, brütender Haß, wie der ekle Gestank des faulenden Grundwassers im Schiffsbauch.

Und in dieser achtundvierzigstündigen Nacht, bis zum ersten Schimmer des Tageslichts von Genua durch die wieder geöffneten Luken, dachte sich Hugo Martius immer wieder und grub es in seine Seele und in seinen Willen ein: Nie ward Menschen ihre Liebe zur Menschheit so gedankt wie uns Deutschen. Nie empfing ein Volk eine so furchtbare Lehre. Ist *das* wirklich die Menschheit und ihr Sinn, die mit Senegalnegern das Land Luthers und Goethes überfällt, nun, dann sind wir Deutsche zu gut für diese Erde. Dann wollen wir auf ihr nicht weiterleben, aus Ekel an ihr. Aber die Menschheit ist nur krank durch unsere Güte und Schwäche. Die Menschheit muß durch Blut und Feuer an Deutschland genesen. An uns und unserer Faust.

Er dachte es, und sein Herz wurde heiß von heiligem Zorn, und draußen sangen es die wandernden Wellen: ›Wir haben lang genug geliebt – wir wollen endlich hassen!‹ Und Hugo Martius sah in der Finsternis einen der ehrwürdigen deutschen Dome vor sich, aus deren Giebeln von allen Seiten der böse Feind, in Affen- und Bocksgestalt, als Basilisk und Fledermaus hinausschießt, und sagte sich: So verjagen wir jetzt die unsauberen Geister der Fremde aus unseren Herzen und Häusern, wie einen Spuk dieser Nacht um mich: Deutschland, Deutschland – werde hart!

Der Seemann neben ihm pfiff sich ganz leise eins.

»Ich bin erst wieder froh, wenn ich in der Nordsee bin,« sagte er, »und wir den lieben Kusängs auf den Kopf s–pucken! Aber nu still! Wir müssen noch warten. Das passiert den Maccaronis auch nich so bald wieder, daß sie Jemanden um Gottes Lohn s–pazieren fahren!«

Es war im Hafen von Genua ein noch wilderes Geschrei und Durcheinander wie in dem von Marseille. Mit dem Löschen der Ladung schien man, unberufener Augen wegen, erst in der Nacht beginnen zu wollen. So war es ein Leichtes, in der Dämmerung das fast menschenleer daliegende Schiff zu verlassen. Tiefaufatmend standen die Beiden auf der Ponte Adolfo Parrodi. Gingen hinüber nach dem Bahnhof. Der Seemann setzte sich unter die Palmen des Columbus-Denkmals.

»Ich warte bei dem ollen Vadding hier, bis Sie vom deutschen Konsulat zurückkommen!« sagte er und dann, nach kaum einer halben Stunde: »Nun? Sie strahlen ja!«

»Ich habe die Adresse meiner Frau! Sie ist in Mailand. Wir erreichen noch den Zug! Und mit Deutschland steht es gut!«

Während sie durch den Apennin dahinfuhren, erzählte er das Nähere dem Seemann. Der wunderte sich nicht. In ihm war die Überzeugung von Deutschlands Sieg so klar, wie sich das Meer in seinen blauen Augen spiegelte.

»Die englischen Geschichten – die sind immer lügenhaft zu vertellen…!« sagte er gelassen. »Jongs – warum schreit Ihr denn so?«

»Das ist schon Mailand!«

»Da ist eine Dame und winkt Ihnen!«

»Ja. Ich hab' meiner Frau vom Konsulat telefonieren lassen!«

»Oh – da will ich nich weiter stören – nich?« Der Matrose und der Millionär drückten sich fest die Hand, und Hugo Martius drängte sich durch das Gebrüll der Facchini auf die kleine, zierliche Gestalt mit dem schwarzen Gemmenköpfchen zu, die die Arme ausstreckte und ihm entgegenstürzte.

Als sie sich nach einer Viertelstunde das Nötigste gesagt hatten und den Bahnhof verließen, fuhren ihnen die Droschken quer über den Weg.

»Signore! … Signorina!«

Aber Phila Martius hatte nicht wie sonst das nachsichtige südländische Lächeln auf dem zarten, klassisch geschnittenen Gesicht. Sie sagte so scharf und ungeduldig wie nur irgend sonst eine Norddeutsche:

»Belästigen Sie Einen doch nicht ewig! Das ist ja gräßlich!…«

Das alte Geschöpf auf dem Bock begriff, daß das Deutsch war.

»Abbasso la Germania!« brüllte es hinter ihnen her. Und noch aus der Ferne: »Evviva la Francia! Evviva l'Inghilterra!«

Zu Martius' Erstaunen machte das ›Nieder mit Deutschland!‹ auf seine Frau gar keinen Eindruck.

»Wenn ich mich darüber noch ärgern wollte!« sagte sie. »Das ist das tägliche Brot in den sechs Wochen, daß ich hier und in der Westschweiz an der Grenze nach Dir bangte!« Sie gab einem Bettelbuben einen Stoß: »Willst Du mich gleich loslassen, infamer Bengel?«

»Aber das sind ja Deine geliebten Ragazzi!«

»Dreckspatzen sind's! … Nein – lieber nicht durch die enge Gasse! … Der Gestank ist ja ekelhaft! Alles voll Orangenschalen und Schmutz…«

»Nun ja: die Unschuld des Südens…«

»Und wie diese Frauen kreischen! Ich kann diese schrillen, heiseren Stimmen gar nicht mehr hören! Ob Eine von den Trinen sich jemals ordentlich kämmt und ihre schwarzen Haarwuscheln nicht so liederlich aufsteckt…«

»Aber Phila…«

»Liederlich sind sie … Betrügerisch … niederträchtig … Es ist ein widerwärtiges Volk!«

»Il Secolo!« Ein Zeitungsverkäufer stürmte vorbei. »Neue Niederlagen der Deutschen! Die Preise für Hundefleisch in Berlin schon unerschwinglich! ... Die Russen rücken mit sicherem Schritt nach Berlin!«

»Ah – der Ekel schüttelt Einen!« sagte die kleine Frau. Sie war ganz bleich geworden.

»Dich auch?«

»Kennst Du das Märchen von Einem, der die Sprache der Vögel verstand? So ungefähr ging es die Zeit über jetzt mir! Fast alle Fremden sind doch weg! Ich sehe aus wie eine Italienerin, spreche es wie eine Toskanerin. Da glauben sie überall, ich gehörte zu ihnen, legen sich in meiner Gegenwart keinen Zwang auf ... ich höre Alles ... schaue in ihre Seelen ... wie in einen Abgrund von Gemeinheit ...«

Sie gingen über den Mercanti-Platz. Viele Hunderte von dunklen Gestalten standen in der Nacht wie die Verschwörer beisammen. Ihr dumpfes Gemurmel glich dem Summen eines Bienenschwarms. Es war das alte italienische Bild. Aber Theophile Martius zog fröstelnd die Schultern hoch.

»Nur fort von hier! Nur nach Deutschland zurück! Wenn Du mir eine Liebe tun willst, reisen wir gleich! Wenigstens die paar Stunden bis Lugano! Daß wir nur aus Italien heraus sind!«

Als sie bald darauf reisefertig und auf den Omnibus wartend vor dem Eingang des Gasthofs standen, kam noch einmal, zum Abschied, die alte deutsche Sehnsucht über sie. Da waren noch die silbergrauen Paläste, da hallte träumerisch der Glockenklang vom Campanile. Im Mondschein glitzerten fern die Wellen der Marina. Die Gondeln Venedigs, die Wolke des Vesuv, die Palmen und Veilchenhaine der Riviera – Rom ... Du ewiges Rom ...

»Il Corriere della Sera!« Die heisere Stimme durchschnitt wie mit einem rostigen Messer die Luft. »Neue deutsche Geldpreise für die Tötung belgischer Kinder unter drei Jahren! Die Bewohner der Erde zerfallen in Menschen und in Deutsche! Ein erhabener englischer Dichter sagt es!«

»A l'eau les boches!« heulte es um die Ecke auf Französisch. Der Schutzmann in der Mitte der Straße hörte es und lachte.

Theophile Martius warf noch einen Blick umher.

»Leb wohl, Du entzaubertes Land!« sagte sie. »Leb wohl für immer! Wir haben Dich verloren. Aber ich glaube, Du wirst auch selbst bald verloren sein!«

Dann wiederholte sie, langsam und deutlich:

»Ihr spielt palle o santi! Aber Ihr werdet keines von Beiden gewinnen – nicht die Heiligen und nicht die Kugeln – nur Schimpf und Schande!«

»Warum so laut, Phila?«

»Der Ausländer soll es nur hören, der da den Kopf nach mir dreht ... Der mit den großen, grauen Augen und dem unruhigen Gesicht, der da mit den beiden Italienern steht ... Er kann Deutsch! Man merkt es ihm an!«

Innen, im Restaurant des vornehmen Mailänder Hotels, setzten sich inzwischen zwei der Herren an den gedeckten Tisch.

»Nochmals: Ihr sollt Euch rascher entscheiden! Warum warten? Ihr macht sie nur mißtrauisch ...«

Der Deputierte di Barocelli wies, als er das hörte, heiter die Zähne über dem schwarzen Spitzbart und bewegte den Zeigefinger verneinend hin und her ...

»Die Tedeschi? ... Niemals! Für sie ist Italien eine Theaterkulisse mit Hochzeitspärchen davor! Unser Lächeln ist das der Sphinx, Signore di Schjelting!«

»Aber man befestigt die Alpen!« sagte Nicolai von Schjelting brüsker als es sonst seine Art war. »Im nächsten Frühjahr habt Ihr es schwerer!«

»Dafür zahlt man uns vielleicht auch mehr ...«

Ein verständnisinniger Blick des Deputierten über die Oliven- und Sardinenschüsselchen. Schjelting fuhr sich mit der Hand über die Stirne. Er sah bleich aus. Er sagte verbindlich und konnte dabei doch kaum einen Anklang von Verachtung unterdrücken:

»Man zahlt schon jetzt! Ich habe Vollmacht aus Petrograd! Wieviel ...?«

»Zitto!« Der Onorevole legte ihm warnend die Hand auf den Arm, während sein Landsmann, der Herausgeber des »Avvenire Italiano«, herantrat. »Vorsicht! Unter vier Augen! ...Corsi darf davon nichts hören!«

»Warum nicht?«

»Er ist längst von Barrère in Rom für die Politik der Westmächte gewonnen. Er arbeitet heimlich auf dem Balkan gegen Serben und Griechen! Schade um das Geld! ...Nun, setze Dich, Agostino, mein Bruder! Was macht Donna Giacinta?«

Der Cavaliere dankte mit einer anmutigen Handbewegung. Ein Ordenskettchen schimmerte in seiner Frackklappe. Seine Lackschuhe glänzten ebenso wie seine spitzen Nägel. Ein geschmeidiges Lächeln übersonnte sein faltiges und hageres Gesicht.

»Wir sprachen von unseren Feinden!« sagte Schjelting. »Ich komme von der russischen Front. Überall ist der Weltkrieg im Gang. Nur Ihr fehlt. Wie lange noch? Eine ›Hülfe von Pisa‹ nutzt uns nichts!«

»Geduld, Signor – Geduld!«

»Ich war jetzt in Lemberg beim Generalissimus! Ehrlich gestanden: Man hat Euch im Verdacht, daß Ihr es heimlich mit Euren Verbündeten haltet!«

Der Cavaliere legte mit einer Miene der gekränkten Unschuld seine lange, knochige Rechte auf die Herzgegend. Der Onorevole spreizte beide Hände in schmeichlerischer Abwehr.

»Beweist, daß es nicht der Fall ist! ...Werft die Masken ab!«

Die Beiden lächelten einander, wie Geheimbündler, in die Augen und dann zu ihm. Sie erinnerten ihn plötzlich an die leblosen, weltmännischen Wachsköpfe in den Schaufenstern der Friseure. Er dachte sich ungeduldig: Was sphinxt Ihr Euch hier überall an, Jeder den Nächsten? Wozu jetzt noch diese ölige Glätte? Die Welt ward rauh. Braucht Taten. Ich will für Rußland nicht Aale kaufen, sondern Vipern! Laut sagte er:

»Diese kleine brünette deutsche Schönheit, die da vorhin in den Omnibus stieg...«

»Eine Deutsche und schön...« Der Abgeordnete lächelte. Ein Lächeln vom Capitol herab. Ein Lächeln des Größenwahns. Dann fuhr er zusammen. So grimmig herrschte ihn plötzlich Schjelting an.

»Waren Sie je in Deutschland?«

Eine hoffnungslose Schulterbewegung als Antwort. Es hieß etwa: Frage mich doch lieber gleich, ob ich schon in Eurem Sibirien war! Ich, ein Sprosse latinischer Kultur im Schnee bei Bier und Sauerkraut in Bettlerhütten...

»...sonst würden Sie wissen, Signore, daß Gottes Wille selbst den Deutschen schöne Frauen gab ...groß ...blond und schlank ...wie die Königinnen...«

Eine Sekunde stieg Inge Tillesens Bild vor ihm auf. Er preßte unter dem Tisch die Faust wie in einem körperlichen Schmerz, einem Krampf von Wut und Grimm. Seine nervösen, länglichen Züge glätteten sich gleich wieder zu einer beinahe höhnischen und brutalen slawischen Gelassenheit. Er blies den Rauch der Papyros, die er zwischen den einzelnen Gängen des Diners rauchte, durch die geblähten Nasenflügel.

»Ich verstehe deutsch!« sagte er. »Diese deutsche Dame vorhin, die ich nicht kenne, nannte Euch offen Verräter!«

Es machte gar keine Wirkung. Die Italiener lachten nur gutmütig. Er merkte: sie glaubten ihm kein Wort von der Geschichte. So wenig wie sie sich untereinander etwas glaubten. Ein tiefes, unbesiegbares Mißtrauen wohnte bei ihnen ganz hinten in jedem Blick, klang im Unterton jedes Wortes. Dann meinte der Onorevole di Barocelli, zärtlich in der Schüssel voll gebratener deutscher Singvögel auf Risotto wählend:

»Unser Gewissen ist so rein wie nach dem Stabstreich des Beichtvaters in St. Peter. Kann man dem Blinden die Madonna zeigen? Seit zwanzig Jahren bekämpfen wir Deutschland und Österreich bei jeder Gelegenheit. Wenn sie es nicht sehen wollen, so trifft sie allein die Schuld!«

Ein Kellner rief ihn an den Fernsprecher. Turin. In dringendster Angelegenheit. Kaum war er weg, so raunte der Cavaliere, an seinem Nachtigallenflügel nagend:

»Vorsicht!...«

»Wie denn?«

»Bieten Sie ihm nicht zu viel! Es ist umsonst! Er bezieht bereits dreitausend Lire monatlich vom englischen Botschafter in Rom. Er intriguiert in der Dardanellen-Frage gegen Rußland!«

»Danke.«

»Unterstützen Sie lieber unsere Gruppe. Ich werde Ihnen eine Liste meiner Freunde geben. Ich habe auch Verbindungen mit Bukarest! Nun ... Paolo ... was war?«

»Ah – es ist schamlos ... Es geht eigentlich Dich an ... Es heißt, die ›Stampa‹ wolle eine Liste aller von der französischen Regierung unterstützten Zeitungen in Rom und Mailand veröffentlichen.«

»Aha ... Giolitti ... warte nur ...«

Draußen eine helle Knabenstimme:

»Der ›Avanti‹! Verzeichnis aller bestochenen Deputierten! ... Das Volk will den Frieden!«

»Es wird noch ein Handgemenge in der Kammer geben!« sagte zornrot der Onorevole.

»Man wird sie hindern, zu erscheinen. Man wird die Straße organisieren. Tausende ...«

»Aber jeder fünf Lire den Tag ...«

»Wir brauchen Geld ...«

»Geld, Signore di Schjelting ... Ihr Zar ist ja so reich ...«

»Und was tut Ihr für das Geld?« Nicolai Schjelting war aufgestanden. Er verhandelte jetzt mit ihnen wie mit Neapolitaner Droschkenkutschern.

»Wir bereiten uns auf den großen Augenblick des Vaterlands vor!«

Das heißt: Ihr wollt bis auf weiteres von allen Seiten erpressen! dachte sich Schjelting und sagte:

»Das sind Phrasen!«

»Das ist heiliger Egoismus, Signore!«

»Jetzt solltet Ihr Farbe bekennen! Weshalb dies Versteckspiel bis zum Frühjahr? ... Man wird aus Euch nicht klug ...«

Ein pfiffiges, blitzschnelles Lächeln auf den Gesichtern drüben.

»Sie sind im Lande Macchiavells, Signore! ... Wie ... Sie wollen uns schon verlassen? ...«

Nicolai von Schjelting gab dem Zeitungs-Politiker und dem Deputierten nachlässig die Hand.

»Eine Villa und einen Sack Lire kann ein Vater seinen Söhnen hinterlassen. Seine Klugheit nicht immer!«

»Was heißt das, Signore?«

»Das heißt: nichts schlimmer als ein *dummer* Macchiavell! ... Nun ... schlafen Sie wohl!«

Draußen war die laue Sommernacht noch voll von Menschen. Es war kein Murmeln der Menge mehr. Zornige Schreie, heiseres Stimmengewirr, Getümmel. Zwei nächtliche Demonstrationszüge waren aufeinander gestoßen. Der Führer des einen in phantastischem Garibaldi-Aufputz und der aus der Eisenbahnwerkstatt kommende Schlosser an der Spitze des anderen knufften und ohrfeigten sich. Um das rote Hemd und die blaue Bluse herum wogten geschwungene Stöcke, Realschüler schleuderten Steine gegen messerbewehrte junge Arbeiter, Frauen kreischten, eine Gruppe von Priestern stand mißbilligend und kopfschüttelnd als Friedensfreunde auf den roten Granit-Treppen des Domportals. Schjelting hielt es für besser, in sein Hotelzimmer zurückzukehren. Von da sah er durch das offene Fenster auf den wirren Kampf Aller gegen Alle. Aber er hörte nicht den wildzerrissenen Lärm da unten. In seinem Ohr klang wieder die eine ungeheure Stimme jenseits der Alpen, der Ruf des Riesen von Millionen Lippen, die eine Glut in vielen Millionen von Augen, diese furchtbare, selbstvergessene, erdentrückte Ähnlichkeit aller deutschen Menschen miteinander, diese Gleichheit in Allem, was sie dachten, wollten, sagten, taten. Und von ferne scholl es noch immer heiser: Aiuto! ... Zu Hilfe! ... Gelle Schreie ... Schrille Pfiffe ...

Und wieder dachte sich Nicolai von Schjelting mit schwerem Herzen: Es fehlt Etwas! ... Noch viel mehr als im heiligen Rußland. Wenn irgendwo, fehlt hier in diesem Land des heiligen Egoismus der heilige Geist ...

Dann eine neue Hoffnung: Bald bin ich in Paris. Im Herzen Frankreichs. Dies Herz schlägt stark und kühn. An seinem Mut werden wir Alle uns beleben… Im April war er zuletzt in Paris gewesen. Es war noch nicht ein halbes Jahr her und schien doch eine Ewigkeit. In weiter Ferne lag das Bild des Einzugs des Britenkönigs an der Seine und, im Sechsspänner hinter ihm, des eitel lächelnden Präsidenten der Republik. Ein Menschenalter war vergangen, seit damals die Frühlingssonne ihre goldenen Lichter durch das Grün der Elysäischen Felder auf jubelnde Menschenmassen geworfen. Nicolai von Schjelting hatte Zeit genug, daran zu denken. Die Züge in Frankreich fuhren noch langsam und unregelmäßig, mit langem Aufenthalt auf den Knotenpunkten, dann wieder, auf anderen Strecken, in wilder Hast, daß die Stationen wie Farbenflecken vorüberflogen, mit ihrem bunten soldatischen Gewimmel, den roßschweifbesetzten Stahlhelmen, den verschnürten schwarzen Attilas, den schiefen graublauen Tellermützen der Alpenjäger, dem schreienden Krepprot der Käppis und Hosen, ein Stück malerisches Theater für den, der draußen schon das eintönige feldgraue und feldbraune Gewimmel der deutschen und russischen Millionen gesehen.

Dann dämmerte es wieder. Die Lichter im Zug wurden gelöscht. »Warum?« – – – »Ah – le ›Taube‹, monsieur!« Die kleine französische Offiziersfrau neben Nicolai Schjelting steckte seufzend den Liebes-Socken ein, an dem sie bisher, ohne aufzusehen, gestrickt, und saß stumm, die Hände im Schoß. Der dicke belgische Major gegenüber klappte sein »Dressage de l'infanterie française« zu, in dem er bisher stirnerunzelnd gelesen, der junge südfranzösische Rekrut ihm gegenüber zündete sich, ohne sich viel um ihn zu kümmern, eine neue Zigarette an. Paris … Endlich Paris … Eine zögernde Einfahrt in tiefer Dunkelheit … immer nur neben den Scheiben das rote Kreuz in weißem Feld. Der Verwundetenzug, der da auf den Schienen hielt, nahm kein Ende. Innen rührte sich nichts. Rote-Kreuz-Damen und ein Arzt schritten die Wagenreihe entlang. Ihre Tritte und Stimmen waren das Einzige, was in dem Todesschweigen unter der mächtig gähnenden, menschenleeren Riesenwölbung des Bahnhofs wiederhallte.

Paris … War das noch Paris – diese Stadt ohne Licht, mit gelöschten Bogenlampen, schwachem Schimmer durch festverschlossene Läden, flüchtigen, zuckenden Mondscheinbahnen der zeppelinsuchenden Scheinwerfer am düsteren Herbsthimmel? Nicolai Schjelting fuhr sich mit der Hand über die Augen, während er durch die sonderbar fremdartigen Straßen zum Hotel am Vendômeplatz fuhr. Es war beinahe das einzige, das nach der Flucht der Regierung noch offen war. Ein Manager begrüßte den Stammgast. »Ah, c'est triste, monsieur!« Das Wort klang überall. Es lag auf allen Lippen. Es raunte aus der Brettervernagelung der Juwelierläden in der Rue de la Paix. Es raschelte aus den Zeitungsblättern, die, statt der Menschenfluten, jetzt, um neun Uhr Abends, im Wind über den verödeten Boulevard des Italiens dahinflogen, es war, als murmelte selbst der kleine Korporal da oben auf seiner Säule ein: ›c'est triste!‹

Eine Hoffnung nur … Der Manager plauderte sie aus und schwatzte … Jetzt waren ja nur wenig Gäste im Haus, Engländer im Dienst und in Geschäften, ein paar vorwitzige Amerikaner mit ihren Ladies, die ihren Generalkonsul so lange plagten, bis sie einen Passierschein für ihre Autos vor die Bannmeile hinaus bekamen, so weit, daß man den Kanonendonner vom Oisethal her hören konnte. Aber das waren ja nur die ersten Schwalben. Im Frühjahr, wenn die Deutschen endgiltig vertrieben waren, würde halb Amerika herüberkommen, um die Spuren der Barbaren und ihrer Schlachtfelder zu sehen. Oh – die Saison 1915 – die würde die glanzvollste seit lange werden. Die Welt ohne Boches! Ein Jubel auf der ganzen Erde! »Also, Ihr werdet die Deutschen verjagen?«

»Wir halten hier aus, mein Herr, bis diese unwiderstehlichen russischen Millionen Berlin besetzt haben…«

Nicolai von Schjelting schloß nervös die Augen, erwiderte nichts und suchte sein Zimmer und die Ruhe. Aber am nächsten Morgen sagte ihm der greise General de Rigolet de Mezeyrac das Gleiche. Er stand mit ihm, nahe seiner Wohnung in einer der Querstraßen des Sterns, am Eingang des Bois de Boulogne. Wenn das noch das Boulogner Gehölz war – diese Weidefläche für Tausende von Rindern und Hammeln da, wo sonst, auf der Fahrt zu den Rennen von Auteuil, der letzte Luxus der Erde seine höchsten Blüten getrieben. Gefällte Bäume vor den schimmernden Seefiächen, ein breiter Schützengraben quer über das aufgerissene Pflaster der Avenue du Bois de Boulogne, ihre Häuser zu beiden Seiten, so weit man sah, tot, mit geschlossenen Läden, auf der Promenade keine phantastischen Hüte und Trotteurkleider mehr, keine zweibeinigen Modejournale von Stutzern, keine Schoßhündchen, keine Halbwelt, keine Arche Noah von Fremden aller Völker … nur ab und zu Frauen … Viele in Schwarz … immer nur Frauen oder ganz alte Männer wie der General de Rigolet.

Der kleine dicke Achtzigjährige mit dem schneeweißen Knebelbart und den feurigen Augen trug wieder die französische Generaluniform. Er hatte darauf bestanden, sich irgendwie im Kriegsministerium nützlich zu machen. Von seiner Tochter in Brüssel und von seiner Enkelin Ghislaine hatte er seit dem Kriegsausbruch nur Weniges und Unbestimmtes auf dem Umwege über England erfahren. Er wußte noch nichts von dem endgiltigen Bruch der Schjelting'schen Ehe.

»Hoho – dieser Papa Lambert!« sagte er kampflustig und voll Verachtung seines Schwiegersohns. »Er ist feige, nach Art der Krämer. Erst blieb er bei seinem Geldschrank in Brüssel, weil er nicht glaubte, daß die Preußen kämen. Dann, als sie da waren, floh er nur bis Antwerpen, um gleich mit den Engländern nach Brüssel zurückzukehren …«

»Nun gut …«

»Mein Freund! Antwerpen ist vorgestern gefallen. Die Öffentlichkeit darf es nicht wissen. Es ist streng verboten. Aber die Lage ist ernst … Sapristi …«

Nicolai von Schjelting biß sich finster auf die Lippen und schwieg.

»Zum Glück sind die Lamberts mit Ghislaine und Deinen Kindern schon in der Woche vorher über die Scheide hinüber nach Holland. Da sind sie nun in Sicherheit. Weiter hab' ich nichts mehr von ihnen vernommen!«

Schjelting machte eine Handbewegung. Genug davon … Es handelte sich um die großen Dinge.

»Wie steht's draußen?«

»Man kämpft!«

»Schwer?«

»Napoleon selber würde in Verwirrung geraten. Leipzig war dagegen eine kleine Affäre. Siebzig ein Aderlaß unter Freunden.«

»Aber es geht gut? …«

»Wie siebzig …,« sagte der alte Kämpe des zweiten Kaiserreichs statt einer unmittelbaren Antwort. »Alles wiederholt sich. Sie sind wieder unversehens da! Sie stehen wieder nahe vor Paris. Wir laufen wieder gegen sie an, mit denselben roten Hosen, wie vor einem halben Jahrhundert. Ah – dies Rot ist ein Verbrechen … Ich war draußen … Meilenweit, am Abend, diese Mohnfelder …«

»Trotzdem werdet Ihr siegen?«

Ein Achselzucken des alten Kommandeurs der Ehrenlegion.

»Sie haben nichts vergessen … Parbleu … die drüben. Aber wir werden uns schon gegen Euch behaupten, meine Herren Pickelhauben …«

»Nicht mehr?«

»… bis der Einzug des Zaren in Berlin uns Luft macht! Ihr seid jetzt in Breslau – nicht wahr?«

»Ja!« sagte Nicolai Schjelting kurz.

»Bemüht Euch, daß Ihr von jetzt ab schneller vorwärts kommt. Habt Ihr schon Küstrin? Wir warten mit Ungeduld! Wir bluten! Ich habe seit dem Krimkrieg alle Feldzüge Europas mitgemacht. Aber es waren Spaziergänge gegen das da draußen …«

Sie drehten um und schritten zurück. Schjelting horchte.

»Kanonendonner!« sagte er dumpf. Aber der Alte lachte. Der Pulvergeruch vor den Toren belebte ihn, trotz aller Sorgen.

»Die Untergrundbahn, mein Freund! Seit Jahrzehnten lebe ich hier und höre sie jetzt zum erstenmal. So totenstill ist Paris geworden! … Hoho … halt da! Man passiert nicht an seinem alten General vorbei!«

Sie standen am Triumphbogen. Von Westen her jagte über die Avenue der Großen Armee ein offenes Auto heran. Es war über und über mit Kot bespritzt. Ebenso die französischen Offiziere in ihm. Ihre Käppis waren zerknittert, ihre Goldstickerei von Wind und Wetter gebleicht. Auf ihren hageren Gesichtern wohnte noch die Front: der allen Soldaten aller Heere eigentümliche Ausdruck des wochenlangen Schützengrabenkriegs – die stete, forschende Spannung um die hart entschlossenen Lippen, die angestrengte Erwartung in dem starren, fast leidenden Blick. Herr de Rigolet begrüßte sie.

»Was Neues?«

»Man kämpft, mein General!«

»Dumenil ist gefallen. Ihr alter Freund Ayéma!…«

»Bernard.«

»Kergoleys zweiter Sohn. Armer Junge!«

Der alte General lüftete stumm sein Käppi. Aus dem Auto heraus sagte der Oberstleutnant Grégoire zu Schjelting:

»He …wann seid Ihr endlich in Berlin, Ihr Russen?«

»Bald!…«

Es klang fast mechanisch.

»Schont Euch nicht … hört Ihr! Frankreich streitet mit der letzten Energie der Nation. Ein Glück, daß Krakau sich Euch gestern ergeben hat…«

»Und wo kämpft dieser sympathische Leutnant Schouman?« frug Schjelting, um abzulenken.

»Bei Mülhausen gefallen!«

»Und unser Freund, Major Michelin?«

»Er liegt bei Mörchingen begraben…«

Schjelting forschte nicht weiter. Der Oberstleutnant Grégoire beugte den gebräunten Kopf über den von Kugelspuren durchstanzten Blechrand des Wagens und sagte halblaut, damit es die Chauffeure vorne nicht hörten:

»Ihr habt es gut im Osten! Hinter Euch steht Euer allmächtiger Zar. Hinter diesen Deutschen ihr nationales Symbol, Wilhelm der Zweite im Lohengrin-Helm. Selbst die Belgier begrüßen ihren König im Schützengraben. Aber wir: Wo sind die hinter uns? …Wo sind sie – diese Advokaten – diese Minister – diese Kammerschwätzer – dieser vierkantige Lothringer selbst? Ausgekniffen nach Bordeaux…«

»Joffre befahl es!«

»Sehen wir zu: Er ist der Feldherr! Wir hier sind Frankreichs Arm. Aber hinter der Faust muß das Herz Frankreichs schlagen, so stark wie sie! Schauen Sie sich um: Ist dies noch Paris oder ist es Pompeji? Eine tote Stadt! Woher soll da uns die Wärme kommen? Vor zwei Stunden war ich noch im Feuer. Zu frösteln beginne ich erst hier!«

Der General de Rigolet de Mezeyrac blickte hinüber nach der fernen Kuppel des Invalidendoms.

»Vive l'empereur!« sprach er. »Meinetwegen jetzt selbst: Vive le roi!«

»Ein Banner, um das sich Frankreich sammelt …seien es die Lilien oder die Bienen!«

»Nur nicht diese tauben Nüsse von Bordeaux!«

»Diese Geschäftsmänner!« murmelte Einer der Generalstäbler, fiebernd in seinen Mantel gewickelt.

»Diese Hasenfüße…«

Und wieder ging es durch Nicolai von Schjeltings Kopf: Es fehlt Etwas …Es fehlt Etwas, auch hier …trotz Mut und Zähigkeit …Etwas, was drüben, überm Rhein, mir jetzt noch wie ferner Donner nachhallt. Dort ist das Volk die Wetterwolke. Sein Heer der Blitz. Der Oberstleutnant Grégoire frug ihn:

»Kommen Sie mit? Wir fahren gleich wieder an die Front!«

Und seltsam: im selben Augenblick hatte Schjelting weniger eine Anwandlung von Kanonenfieber als einen Anhauch von Grauen …von Entsetzen …Nur nicht wieder den Krieg sehen …nicht wieder dies unvernünftige Gewirtschafte des tollgewordenen, trampelnden Riesen mit Menschen und Wäldern, Städten und Kirchen, dieser Brei von Eisenbahnen und Brücken, dies Versteckspiel in donnernder und grollender Leere, dies Geheul unsichtbarer Geister in der Luft, dieses Aufwirbeln knallender schwarzer Dreckfontänen in verräterisch friedlicher, niederträchtig im Sonnenschein lächelnder Sonntagvormittaglandschaft. Er sagte sich: Es ist doch *Dein* Krieg! Wie hast Du ihn ersehnt. Dein Lebenlang an ihm gearbeitet. Nun ist er da. Über Erwarten erfüllt sich Dein Wunsch: Man schlägt sich am Ganges und am Sinai, in der Kalahariwüste und am chinesischen Strand, im indischen Ozean und im afrikanischen Urwald. Man schlägt sich in ganz Europa. Tausend Millionen Menschen sind miteinander im Krieg, mehr als die Hälfte dessen, was auf Erden atmet. Das Blut fließt in Meeren. Und das ist nur der Anfang...

Nicolai Schjelting schluckte unwillkürlich ein paarmal.

»Ich bin untröstlich...«

»Ah bah ... Sie werden es nicht bereuen. Ich zeige Ihnen auch durch das Scheren-Fernrohr die Preußen!«

»Wie gerne folgte ich! Aber ich muß heute noch nach Bordeaux!«

»Das ist etwas Anderes! Viel Glück! Adieu!«

Paris ... Du totes Paris ... Nein. Es war nicht tot. Es war nur wo anders. Ausgewandert. Nicolai Schjelting fand es wieder, als er, nach endloser Fahrt vom Bahnhof die Garonne entlang die krummen, altertümlichen Straßen des inneren Bordeaux erreichte. Das war nicht mehr das verstaubte und verknöcherte Schattenleben französischer Provinzstädte. Zwischen dem Komödienplatz und den Alleen von Tourny waren auf einmal die Boulevards mit ihren skeptischen, trockenen Pariser Gesichtern unter Zylinderhüten, auf dem Richelieu- und Börsenplatz standen jene pfiffigen, rundlichen, die Renten Frankreichs in ihren weiten Taschen verwaltenden Gestalten, die man sonst an der Seine zwischen dem Boulevard Sebastopol und der Rue du Louvre sah, vor den altersgrauen, in engen Straßen gelegenen Palästen, in denen sich die hohen Würdenträger der Republik bleich und abgespannt vor der Außenwelt abschlossen, hielten wie in der Lichtstadt selbst die Reihen von Autos, liefen geschäftige Politiker aus und ein, verhandelten Deputierte achselzuckend und händefuchtelnd in der Vorhalle, umdrängten Journalisten am Eingang die herauskommenden Diplomaten. Selbst die weite, einsame Sandwüste der Quinconces war belebt. Paris überall. Der Komet hatte seinen Schweif nach sich gezogen. Die Kleinen waren nahrungsuchend den Großen in die Verbannung gefolgt. Der fette Kellner von Henry an der Madeleine lächelte einem an der Ecke entgegen, die Galgengesichter der Camelots schrieen hier den »Mann in Ketten« aus wie sonst die zweite Ausgabe des »Soir«, die Spieler der nächtlichen Privatcirkel, die Schlepper, die sonst vor dem »Grand Hotel« auf die Fremden warteten, die Glücksritter, die Buchmacher, Alles war da. Die kleinen Frauen zu Tausenden. Es amüsierte sie auch jetzt noch, die ehrsame Bürgerschaft von Bordeaux durch ihre Hüte und Toiletten zu verblüffen. Die großen Mimen promenierten majestätisch zur »grünen Stunde«, wenn die Cinémas aufzuleuchten begannen, die Bohémiens zeigten die übernächtigen Züge ihrer bis zum Morgengrauen geöffneten Cabarets – selbst die Uniform schien hier nur ein blau-rotes Wappenschild des allgemeinen Leben und Lebenlassens. Nicolai Schjelting hörte, auf seiner Rundfahrt bei den Ministerien und Missionen, wie im Nebensaal ein Abgeordneter erschöpft sagte:

»Sie sind heute allein der Vierzehnte, dessen Sohn ich vor der Einstellung in die Front bewahren soll! Mein Gott: Man kann doch nicht alle jungen Leute als Schreiber in den Bureaux verwenden!«

Und der Dicke vor ihm, halblaut und bestimmt:

»Aber ich habe dreißigtausend Francs für Ihre Wahl gegeben, mein Herr Deputierter!«

»Nun – ich werde sehen, mein Freund, was sich tun läßt!«

Und im Warteraum eines anderen Würdenträgers ein zorniger vornehmer alter Herr:

»Bei Kriegsausbruch wurde mir mein Automobil genommen. Ich gab es dem Vaterland umsonst. Ich gehe seitdem mit meiner Frau zu Fuß!«

»Vortrefflich, Herr Marquis! Und weiter?...«

»Weiter? Ich komme nach Bordeaux! Täglich sehe ich hier meinen Wagen! Ein junger Mensch in Zivil fährt eine dieser Damen darin spazieren! Ah, das ist zu viel!«

»Ein junger Mensch?...«

»Klein und blond. Seine Begleiterin nennt ihn Gaston!«

»Pst! – das ist der Neffe des Herrn Ministers! Nichts zu machen!«

Und in einer der Botschaften ein steinerner Yankee, um ihn ein Kreis aufgeregter Finanzmänner.

»Sie müssen den Russen den Kredit eröffnen. Wir garantieren ihnen doch den Betrag der
Gegenbestellung in Gold!«

»Well! Fünfundzwanzig Prozent Anzahlung!«

»Und zehn Prozent Provision für uns!«

»Keinen Dollar!«

»Sapristi! Man lebt nicht von der Luft, mein Herr!«

»Aber von den Russen! Ihr nehmt von ihnen zwanzig Prozent!«

»Kein Streit unter Freunden! Siebeneinhalb!«

»Fünf Prozent! Sie verdienen noch genug!«

Ein Lachen. Schjelting ging. Unten hörte er die zornmütige Stimme eines Abgeordneten
in einer Gruppe:

»Diese Generale!...Diese Censur!...Da, statt eines Artikels in der Zeitung eine weiße Wü-
ste!...Man tötet den gallischen Geist...«

»Du bist zu scharf gegen Deine eigene Partei!«

»...weil man mich zurücksetzt! Man intriguiert. Man verläumdet. Was soll ich meinen Wäh-
lern sagen? Das nächste Mal lassen sie mich fallen! Dann bin ich ruiniert, mein Freund! Denn
der Advokatenrobe bin ich schon zu lange entwöhnt!«

Nicolai Schjelting kehrte in das Südbahnhotel an der Station zurück. Er saß schon stundenlang in dumpfem Sinnen, als es klopfte, und de Massa, der große Pressemann und Minister-
vertraute zwischen Paris und Rom, eintrat, lang, hager, grauköpfig, mit lauter Stimme.

»Nun – findet man Sie hier draußen! Ich habe die Reise nicht gescheut! ...Man sehnt sich,
von Ihnen Näheres von dem Marsch dieser unbesiegbaren Russen nach Berlin zu hören!«

»Wer?«

»Nun – ganz Paris ist ja hier versammelt! Sie werden zufrieden sein! Wir sind en petit comité –
unter Leuten von Welt! In der ›Fetten Poularde‹. Drollig – was? Es ist die Vorschrift des Tags,
dort zu dinieren – nicht weit vom Gambetta-Denkmal!«

»Schade, daß Gambetta selber Euch fehlt!«

»Wohl verstanden: Madame de Marly wird da sein! Ferner diese reizende, kleine...«

»Pascholl!«

»Was?«

Schjelting stand, die Hände in den Taschen, vor dem Besucher und blies ihm brutal den
Zigarettenrauch mitten ins Gesicht. Aber er war dabei bleich vor Zorn.

»Pascholl! ...Ich hab' genug gehört!«

»Ah – Sie sind nicht in Rußland! Spricht man so zu Verbündeten?«

»Mit Euch sich zu verbünden wäre nicht der Mühe wert! Euer Heer ist tapfer, Euer Bürger
patriotisch – Aber Ihr da oben taugt nicht mehr als unsre Tschinowniks. Ihr seid faul bis in die
Knochen. Da ist drüben, jenseits der Vogesen, ein anderer Geist!«

»Mein Glückwunsch! Sie sind Pro-Boche, Monsieur?«

»Im Gegenteil!« sagte Nicolai Schjelting. »Ich suche den Geist, der allein im Stande ist, den
Deutschen zu überwinden. Auf dem Festland ist er nicht. Aber in England werde ich ihn finden!«

XV.

Der Herbststurm brüllte über dem nächtlichen, schwer donnernden Wellensturz des Kanals. Man hörte nur dies Heulen und Schwappen. Man fühlte fliegenden Gischt wie von Eiswedeln im Gesicht, schmeckte Salz auf den Lippen. Aber man sah nichts. Himmel, Erde, Meer waren Schwarz in Schwarz. Alle Leuchttürme gelöscht. Alle Schiffsluken abgeblendet. Man ahnte das Tappen von anderen dunklen mitreisenden Gestalten auf dem schwankenden und glitschrigen Deck, vernahm Stimmen, die flüchtigen Belgiern zu gehören schienen, Yankee-Genäsel, schnelles Pariser Französisch, englisch gekaute Worte. Alles Verbündete. Aber das Mißtrauen der Nacht machte dies Unsichtbare zum Feind, und wenn vor der Abfahrt in Boulogne die Pässe auch zehnmal von den Briten, den neuen Herren der gallischen Kalkküste, geprüft worden waren. Nicolai Schjelting vermied es, mit Jemandem zu sprechen. Er stand, mit der Linken sich an dem Stahlgestrick einer Wante festhaltend und schaute unverwandt vor sich in das undurchdringliche Dunkel, als wäre es die Zukunft selbst.

Er dachte sich: Sonderbar – man sehnt sich nach den Ufern Englands wie der Schiffbrüchige nach der rettenden Insel – dieses England, das doch nur ein Stein im Petersburger Schachspiel sein sollte! Wie oft habe ich an der Newa meine These entwickelt: das umgedrehte Problem Napoleon. Vor hundert Jahren verband man sich mit England, um Frankreich zu schlagen. Jetzt, um es zu retten. Das Rätsel von Waterloo hieß drei zu eins. Das Geheimnis von 1914 würde fünf zu eins heißen. Eine sichere Methode bot nur die Zahl. Auf Zahlen verstand man sich in der City…

Ein greller, prüfender Scheinwerferstrahl von hohem Mast im Finstern. Undeutlich drüben Etwas wie ein schwer in den Wogen rollender Saurier der Urzeit. Grimmige Fühlerpaare von Kanonenrohren. Wieder Dunkel. Zum zwanzigsten Mal. Diese ganze Nacht lebte von fliegenden Holländern. Man fühlte die Geisterschiffe der Briten rings um sich. Dutzende. Groß und Klein. Keine Maus kam ungesichtet durch dies Schwarz, das man mit dem Messer schneiden konnte.

Da endlich ferne, ängstliche Glühwürmchen in dem rauschenden und pfeifenden Nichts, zwei, drei, in weiter Ferne. Die Lichter von Folkestone. Ein Gedränge einer nassen, nächtigen Hammelherde von Menschen auf dem Landungssteg, der Schein elektrischer Lämpchen auf entfalteten Pässen, ein Waten im Sand durch Sturm zum nahen Strandhotel der Burlington-Gesellschaft. Wahrlich …unbehaglich und unwirtlich empfangen mich diese Inseln der Freiheit, dachte sich Schjelting. Er hatte sonst immer die Abwehr des Nervenmenschen, des Intellektuellen, des nachtlebigen Slawen gegen diese gesunden Siebenschläfer mit ihren Straußenmägen, ihren strahlenden Wolfszähnen, ihrer Freude an Fußbällen und Pferdehufen, an Pfund-Shares und Portweinflaschen, an eisigem Morgen-Tub und Kirchengesang gehabt. Er fröstelte auch jetzt in den Luftwirbeln zwischen flackernder Kaminglut und kalt durch das Fenster sprühender Salzbrise. Diese Zugluft war überall in England. Man konnte ihr nicht entgehen. Alle Türen zwischen den Orkney- und Scilly- Inseln standen jahraus, jahrein offen. Man ging mit bloßem Kopf im Regen. Man fand es scherzhaft, wenn es in die Badewanne schneite. Es war ein furchtbares Land.

Dann aber sagte er sich: Gerade recht! So muß ein Land sein, um die da drüben zu überwinden. Diese Angelsachsen, die keine Pelze und Gummischuhe kennen, keine Hamletstimmungen und kein Zahnweh, das sind die wahren Widersacher der Teutonen. Sie werden diesen Riesen da drüben zwischen Maas und Njemen besiegen. Denn sie sind seines Stammes und Bluts. Wir werden sie zum Schluß am Bosporus und Amur nicht so übers Ohr hauen können, wie es sich die breite russische Seele vorgesetzt hat. Dafür nehmen sie uns die schwerste Arbeit ab. Sie haben den langen Atem, die zähen Nerven, den stierstarken Willen. Sie werden ihr Bestes und ihr Alles tun, um the Kaisers Macht zu zerschmettern.

Und nun freute er sich auf das gewaltige Schauspiel, das ihm die nächsten Tage bieten würden, dies Gegenstück zu dem deutschen Vulkan, dies sich Aufbäumen des ganzen, see- und weltbeherrschenden Inselvolks, ein einziger Schrei, ein Wille, ein Schlag, daß es auf dem Erdenrund durch die Jahrhunderte wiederhallte…

Da unten, im Frühstücksraum des Burlington-Hotels, saß schon trotz der frühen Morgen-
stunde ein junger Gentleman. Offenbar ein Offizier. Das Antlitz gebräunt von der Front und
bleich von Strapazen, aber freimütig und fröhlich. Er erzählte den Ladies um ihn seine Abenteuer:

»Ein kolossales Trompeten ... ein betäubendes Krachen – da stand er auf zehn Schritte vor
mir ... weiß Gott, ein stattlicher Bursche ... stürzte sich wie ein Dämon auf mich ...«

»Oh ... oh ...«

»Aber ich kam noch zum Schuß. Mitten in die Stirne. Er lag da ...«

»... oh ... in der Tat ...«

»Seine Zähne stehen in meinem Rauchzimmer!«

»Sind sie lang?«

»Sechs Fuß. Es war einer der größten Elefanten, der je in Nairobi erlegt wurde.«

»Und was machen Sie jetzt, Mr. Jackson?«

»Ich denke, ich gehe für den Winter nach Ägypten.«

Am Nebentisch rieb sich Schjelting die Augen. Der Saal füllte sich allmählich mit Früh-
stücksgästen. Ausgeschlafenen, zufriedenen und hungerigen Menschen. Man brachte Haferbrei
und Hummern, gebackene Weißfische und Schinken mit Eiern. Man aß und trank. Ein alter
Herr in Reithosen meinte heiter:

»Schlechtes Wetter heute!«

»In Torquay waren gestern anderthalb Stunden Sonnenschein!«

»In Ventnor zwei!«

»Ich glaube, daß es Mittags eine Stunde hell wird!«

»Oh – sagen Sie das nicht, Mr. Thompson!«

»Wir haben seit acht Tagen rauhes Wetter hier an der Südseite ... etwas Jam bitte ... danke ...«

Wenige warfen einen Blick in die Zeitung. Nur ein junger Mann sagte zwischen zwei gerösteten Brotschnitten zum andern: ›Goldgeränderte Werte flau!‹ und legte das Blatt wieder weg.
Nicolai Schjelting stand auf, zahlte und fuhr nach London. Vor den Wagenscheiben war das
friedliche Bild des endlosen englischen Parks. Grüne Wiesenflächen unter entblätterten Eichen-
gruppen, werdende Herden, Schlösser und Städtchen, und, trotz der Vormittagsstunden schon
überall Alt und Jung, Groß und Klein, Hoch und Niedrig auf den Hunderten von Spielplätzen
bei Golf und Cricket und Fußball. Überall zufriedene, sorglose Gesichter. Tiefste Ruhe. Schjelting erschien es wie ein böser Traum. Da endlich riefen auf einer Junction die Zeitungsjungen:
»Großer englischer Sieg!« Er griff hastig nach der Nummer.

»Wo?«

»In Australien, Sir! Zwei Pen«, Sir! Danke, Sir!«

In Australien? Er entfaltete und las: »Die Birmingham Mannschaft schlug im Fußball-Match
den Melbourne-Team mit 6:2.« Er zündete sich nervös eine Zigarette an und frug den einzigen
Mitreisenden:

»Vergebung, Sir: Kümmert man sich denn eigentlich hier gar nicht um den Krieg?«

Sein Gefährte war ein Londoner Geschäftsmann mit einem glattrasierten, roten Bulldogg-
Gesicht, dem man es förmlich ansah, daß er noch nie aus England herausgekommen war. Ein
richtiger Cockney von der Surrey-Seite. Er sagte:

»Wohl: der Krieg wird nicht lange dauern!«

»Meinen Sie das?«

»Man wird sie aus ihren Löchern herausgraben ... haha ... lassen Sie nur Mr. Churchill ge-
währen!«

»Gewiß ... aber ...«

»Man wird Wilhelmshaven besetzen, die Anlagen der Mrs. Krupp in die Luft sprengen. Der
Frieden wird in Berlin diktiert. Der gute, alte Lord Beresford wünscht das ausdrücklich!«

»So? ...«

»Unsere Sikhs und Gurkhas werden sich auf den Bänken von Potsdam sonnen ...«

»Wer sagt das?«

»Lord Curzon, Sir, der frühere Vizekönig von Indien!«

»Und Sie sind davon überzeugt, Sir?«

»Ich möchte nicht klüger sein als die Lords, Sir!«

Der Geschäftsmann nahm sich ein Notizbuch vor. Es schien keine Handelseintragungen zu enthalten, sondern die Monats-Abrechnung seiner Rennwetten mit einem Buchmacher, die er stirnrunzelnd prüfte. Zwei athletische junge Männer stiegen ein. Offenbar aus einem der nahen Schlösser. Sie lachten. Sie hatten miteinander gewettet, ob Nevermore II väterlicherseite eine Enkelin von ›Black Prince‹ oder des Derbysiegers ›Primrose‹ sei. Sie reisten jetzt nach London, um das festzustellen, und sprachen davon die ganze, zwei Stunden lange Fahrt.

Auf der Waterloo-Station in London änderte sich jäh das Bild. Es erinnerte plötzlich an das fiebernde Festland. Schjelting atmete auf. Da waren endlich wieder die tausendköpfigen Menschenmassen auf dem Bahnhof, das wilde Stimmengeschwirr und Geschrei der Extrablatt-Verkäufer unter der rußigen Glaswölbung, da tauchten endlich Khaki-Uniformen auf – eine Gruppe Offiziere, ärgerlich und aufgeregt im Wortwechsel mit dem Betriebsleiter:

»Sie müssen uns Durchgang zu unserm Zug verschaffen!«

»Unmöglich ...«

»Er fährt sonst ohne uns ab! Wir müssen hinüber nach Frankreich! Wir müssen an die Front!«

»Wie soll ich es machen? Ich bin dafür verantwortlich, fünfzigtausend Menschen innerhalb einer Stunde hinaus zu dem Fußball-Match zu befördern! Urteilen Sie selbst, ob ich mich da noch um Einzelne kümmern kann!«

Nicolai von Schjelting hatte genug gehört. Er fuhr über die Themse in den Westen. Es war da und in der City das alte London. Geschäftsgewimmel bis zum Temple, Vergnügungsbummel am Strand, vornehme Ruhe vom Trafalgar-Platz bis zum Hyde-Park. Jeder ging seiner Arbeit, seinem Nichtstun, seinem Sport nach wie sonst. Nur zuweilen erinnerten große bunte Werbetafeln und Aufrufe an den Krieg. Irgend einen Krieg da draußen. England führte ja immer an einer Ecke der Welt Krieg – den Krieg, den es seit achthundert Jahren im eigenen Lande nicht mehr gesehen.

Aber Lord Kitcheners brutaler Landsknechtkopf konnte lange lebensgroß von den Straßenecken herniederblicken und sein Zeigefinger auf den Beschauer weisen: »Kitchener braucht *Sie*!« Niemand ließ sich dadurch in seiner Ruhe stören ... Schjelting merkte das wieder Nachmittags in dem Klub in Piccadilly, dessen Mitglied er war. Ein alter, ausgedienter Oberst der indischen Armee schnitt da barsch jede Erörterung ab.

»England gewinnt! Fertig!«

»Sind Sie dessen sicher?«

»Ich denke britisch, Sir! ... Haben Sie von dem köstlichen Gymkhana des Malva Bhil-Corps gelesen, Macdonald? ... Hier ... Unter den indischen Neuigkeiten ...«

Und Nicolai Schjelting dachte sich: dieser vertrocknete, alte Junggeselle gehört nicht zu Europa, hat nie dazu gehört. Er ist mit achtzehn Jahren nach Indien gegangen, hat seine Zeit dort abgedient, gegen Afghanen, Aschanti, Boxer, Mahdisten gefochten. Er ist mit seinem engen Kopf auf der ganzen Erdkugel zu Hause. Ihn beschäftigen die Fragen des Stillen Oceans, Süd-Afrikas, des Panama-Kanals. Europa kennt er nur von einem gelegentlichen Aufenthalt in der Schweiz. Europa ist ihm ein staubiger, altmodischer Winkel. Ein unbeträchtliches Ding. Man betritt die Rumpelkammer nur gelegentlich, um die Ratten zu scheuchen, damit sie Einen draußen nicht stören ... Ein kurzer Lärm. Nicht der Rede wert ...

Dieser Anglo-Inder schien vor Schjeltings Augen plötzlich hundertfach in den Klubsesseln zu sitzen, durch Mayfair zu promenieren, er verwandelte sich in jeden zweiten Menschen in London und im Vereinigten Königreich, er war der Geist dieser Inseln selbst. Nicolai von Schjelting verließ schweigend den Klub. Er zitterte, während ihm der Diener in den Mantel half, er sagte sich in einer grauenerfüllten Ungeduld: Es muß Etwas geschehen! Man muß sie aufschrecken! Sie dämmern in ihrem Dünkel. Der Weltbrand vor ihren Toren ist für sie ein Kolonial-Krieg – einmal ein wenig näher, einmal ferner ... Sie kommen zu spät zur Erkenntnis ... sie kommen für uns zu spät ...

Zu spät ... Es war Freitag Abend. Wo er vorfuhr, waren Würdenträger und Machthaber schon zum langen Wochenende hinaus aufs Land. Bis Dienstag früh stockten jetzt alle Geschäfte. Stand die Welt still ... Auch Sir Higgins, der Pressekönig, war nicht mehr in seinem Zeitungs-Palast in Oxford Street zu treffen. Er hatte, als leidenschaftlicher Yacht-Mann, seinen Ruheplatz auf der Seeseite des Ostens, zwischen Felixstowe und Harwich, dicht am Meer.

Es war das alte, englische Bild. Ganz England setzte sich aus fünfzehn oder zwanzig solcher Bilder zusammen. Eine ehemalige, zum Herrensitz umgewandelte Abtei, vor der man im Park, wenn der Mond aus den zerrissenen, über die nahe See jagenden Wolken heraustrat, das zahme Damwild auf breiten Wiesenflächen äsen sah, grüne Efeuteppiche über die verwitterten grau-en Mönchsmauern und drinnen, im grellen Gegensatz des britischen Lebens von Zopfigkeit und up to date, die glänzendhelle Dinnertafel, die weißen Frackwesten und Hemdeinsätze der Gentlemen, die weißen Schultern der Ladies, lächelnde Gesichter, heitere Stimmen, Orchide-ensträuße, altes Silber. Man sprach lachend, im frischen Frohsinn des Sports vom Segelwetter morgen. Es war das Erste, was Nicolai von Schjelting hörte, als er am Tische Platz nahm. Er war zu spät angekommen und hatte sich erst umkleiden müssen.

»Rauhes Wetter in Sicht ...«

»Umso besser!«

»Lord Pierrepont ging heute Abend in See!«

»Oh ... ist er?«

Allgemeine Teilnahme. Wieder dieses Frösteln des Grauens bei Schjelting, als wäre er unter Verrückten. Und seltsam: Im selben Augenblick wandte sich die Lady links vor ihm, die bisher mit ihrem anderen Nachbar gesprochen, von dem ab, und sagte halblaut auf englisch vor sich hin: »Ein wahnsinniges Volk ...«

Sie war mittelgroß, hellblond, von zarten Farben und sah doch nicht ganz englisch aus. Schjel-ting zuckte zusammen. Dann lächelte er.

»Oh ... Mrs. Higgins ... Entsinnen Sie sich unseres letzten Zusammentreffens? Vor Victoria Station? ...«

Hannah Higgins, die Schwägerin des Hausherrn, schaute ihn unsicher an. Sie war etwas kurz-sichtig. Ihre Züge zeigten nichts mehr von ihrem früheren Humor, sondern einen sonderbar starren Ausdruck. Er dachte sich: Nun ja. Eine Deutsche – oder eine gewesene Deutsche – jetzt hier als Frau eines Engländers und im Kreise der Engländer. Diese Menschen wissen ja nicht, was sie in dieser Zeit tun und sind. Plötzlich schien es ihm, als ob er und diese Fremde aus dem feindlichen Volk allein in dieser Tafelrunde das Skelett im britischen Weltschrank erblickten.

»Sie fuhren damals zur Kieler Woche!« sagte er. »Auch ich ging später nach Deutschland. Ich traf Ihren Vater. Auch Ihre Schwester! ...«

»So ...«

»Wie geht es Fräulein Tillesen?«

»Ganz gut ... Aber sie ist nicht mehr Fräulein Tillesen. Sie ist vor zwei Wochen in Königsberg getraut. Wir korrespondieren über Schweden.«

Er schwieg. Dann frug er:

»Wo ist sie jetzt?«

»Wieder in Wiesbaden. Aber mein Vater wird voraussichtlich bald als beratender Hygieniker einer Armee tätig sein. Natürlich hinter der Front, bei seinem Alter. Da wird sie ihn wohl wieder begleiten!«

Um sie ein heiterer Streit. Eine Miß hob beschwörend die Hand.

»Oh – dear Mrs. Clarke ... welch häßlicher Gedanke: Sie wollen nicht mit nach Spanien?«

»Wir reisen morgen Abend von Liverpool, um den Indianersommer bei unseren amerikani-schen Freunden zu haben. Wir wollen dann bis zur Baumblüte in Japan Halt machen!«

»Wenn Sie Mrs. Isebrink schreiben!« sagte Schjelting mit einem sonderbaren Lächeln, »dann grüßen Sie sie von mir! Es ist ihr nicht gelungen, mich in München verhaften zu lassen. Sie tat ihr Bestes.«

Es sollte nur blasiert und ironisch klingen, aber er fühlte, daß auch auf seinem angegriffenen und abgezehrten Gesicht Etwas von dem leidenden Ausdruck seiner Nachbarin lag. Man litt unter diesem ewig heiteren Volk dieser fröhlichen alten Insel. Er dachte sich: Wenn ich der Mann dieser Deutschen a.D. wäre, so würde mich die Starrheit ihrer Mienen besorgt machen. Aber er, dieser Oxforder Professor, sitzt da unten mit seinem glattrasierten, schwammigen Chinesengesicht und der goldenen Brille und glänzt von Wohlwollen und guter Laune.

Ein Aufschrei:

»Oh – das wäre schimpflich!«

»Was denn, Miß Lilian?«

»Keine Regatta in Cowes im nächsten Jahr!«

»Großer Gott! Warum nicht!«

»Hier – der russische Gentleman aus Petrograd sagt es: wegen des Kriegs!«

Eine allgemeine stürmische Heiterkeit. Sir William Higgins, der Hausherr, strahlte wie ein Schuljunge über das zerknitterte, faltige Gesicht. Er, der trockene, wortkarge Zeitungskönig der City, war hier draußen am Abend der liebenswürdigste und schalkhafteste Wirt. Er drohte aufgeräumt mit dem Zeigefinger:

»Die Regatta wird sein. Glorreicher denn je. Man wird da kaum mehr an den Krieg zurückdenken. Vor Weihnachten ist er zu Ende!«

»Oh ... Oh ...«

»Wir werden Alle hinkommen. Auch die Deutschen werden kommen, als sei nichts geschehen!«

»Hört! Hört!«

»Sie haben bis dahin ihre Lehre empfangen. Wir haben ihre Kolonieen zwischen uns und Frankreich geteilt, und ihre Flotte samt Helgoland in Verwahrung genommen. Es wird ihnen so gut sein ... Sie werden uns noch dankbar sein, daß wir ihnen ihren Platz in der Welt anwiesen...«

»...ohne dies unchristliche Schwarz-weiß-rot auf allen Meeren!« sagte empört ein alter Herr. Der Professor Higgins neben ihm rückte an seiner Brille.

»Sie meinen, es sei ein rauhes Werk, Mr. de Schjelting? Oh – wahrlich nicht! Nichts wäre kurzsichtiger als das Säbelrasseln der preußischen Militärkaste zu überschätzen. Der Deutsche selbst ist weich und sanft...«

»Ihr werdet ihn kennen lernen!« sagte seine Frau wieder halblaut vor sich hin, und es war Schjelting neben ihr plötzlich unheimlich zu Mut. In diesen halblauten, eisern ruhigen Worten aus Frauenmund klang seinem Ohr Etwas nach wie der letzte, äußerste Widerhall jener furchtbaren millionenfachen Stimme jenseits der Nordsee, die hier Keiner vernommen.

»Der Deutsche liebt seine Ruhe, sein Bier, seine Musik. Wir werden sie ihm wiedergeben. Er wird gern Potsdam missen, wenn man ihm Bayreuth läßt. Wilhelmshaven für Weimar. Essen für Göttingen. Er wird, wie vor dem Fehler von 1870, glücklich bei den wahren Methoden seines Lebens sein, dem Ackerbau für das Volk, der Philosophie für die höheren Stände.«

»Dabei hast Du in Deutschland gelebt und eine Deutsche zur Frau!« sagte Hannah Higgins zu ihrem Mann laut auf Deutsch über den Tisch. Es war ein peinliches Schweigen. Frostige Gleichgültigkeit der Gentlemen, mißbilligende Augenbrauen der Ladies bei diesen fremden Lauten, die wie aus feindlicher Weite, aus fernen, fernen Schlachtfeldern herüberklangen. Und noch mehr:

»Ihr habt ja keine Ahnung, was Deutschland ist. Es wird sich rächen. Ihr werdet es furchtbar erkennen!«

»Was sagt die Lady?«

Man übersetzte es der alten Dame. Sie tat sofort, als sei sie taub, und bat um etwas mehr Haddock. Jerôme R. Higgins fühlte das Bedürfnis, seine Frau zu entschuldigen.

»Mrs. Higgins ist seit Beginn des Kriegs ernstlich leidend!« sagte er. »Sie legt mir Schweres auf. Sie sehen es. Täglich mehr!«

»Oh – oh ... Mrs. Higgins ...«

»Ihre Nerven versagen, weil meine Vernunftgründe versagen! Nichts ist schwieriger, als Mrs. Higgins begreiflich zu machen, daß dieser Krieg gar kein Ding von ernstlicher Bedeutung ist! Eine kleine Lektion für ihr Land. Weiter nichts!«

»Oh bitte – hören Sie es doch, Mrs. Higgins!«

»Tun Sie es uns zu Liebe! Bald ist ja Alles vorbei!«

»Sie brauchen doch keine Schiffe und nicht so viel Soldaten!«

»Ihre Landsleute werden viel ruhiger leben ohne die Sorgen der Seefahrt und die Plage mit den Kolonieen!«

»Wie gut von Ihnen, wenn Sie das einsähen!«

Hannah Higgins schaute mit einem sonderbaren Ausdruck auf die lächelnden Gesichter.

»Schauderhaft ... diese Heuchelei...,« sagte sie wieder auf Deutsch. »Alles Andere könnte ich eher ertragen!«

»Was? ... Was?«

Aber die paar, die es verstanden, hatten keine Lust, es zu übersetzen, und nun wurde auch der Hausherr nachdrücklich.

»Ich hege ernstliche Zweifel, ob man sich zur Zeit in Deutschland in englischer Sprache unterhält! Ich wünsche in meinem Hause kein Deutsch mehr zu hören! Wenigstens nicht bis zum Einmarsch dieser unwiderstehlichen russischen Riesen in Berlin! Wollen Sie mir das Vergnügen machen, ein Glas Wein mit mir zu trinken, Mr. Schjelting?«

Er hob lächelnd sein Glas. Nicolai Schjelting tat ihm Bescheid. Er wurde dabei den Gedanken nicht los: Ich und diese blonde junge Frau neben mir – wir bilden hier einen Geheimbund. Sie, die Deutsche, ahnt mit der Seele, wie es in Deutschland steht. Ich, sein Todfeind, sah es mit Augen. Und um uns das frohe Alt-England. Er konnte sich nicht halten. Er frug – und bei den ersten Worten des vornehmen Verbündeten aus Rußland trat Stille am Tisch ein.

»Immerhin: die Heere Wilhelms II. sind zahlreich!«

»Die Euren noch mehr!«

»Wir brauchen große Anstrengungen!«

»Wir machen sie! Wir sind bereit, bis zu fünfhundert Millionen Pfund auf diesen Krieg zu verwenden!«

»Silberne Kugeln...,« sprach der alte Gentleman von vorhin beifällig, und ein Anderer: »Wir und Deutschland im Kampf um die letzte Million! Das ist ein Rennen zwischen einem Derby-Crack und einem Youngster!«

»Der prominente Australier, den ich gestern traf, hatte Recht!« sagte Sir William. »Der Match wird im Wesentlichen durch die Kontrolle über Kupfer und Baumwolle entschieden!«

»Sie hätten das glorreiche Bankett in der Guildhall mitmachen sollen, Mr. de Schjelting! Da war ein wahrer Jubel: ›Geschäft wie immer!‹...«

»Die Versicherungen bei Lloyds sind um 7-3/8...«

Schjelting unterbrach, mit einer ungeduldigen Handbewegung, den achtungswerten Stock-Broker. Man sah nur ihm, dem Russen, den Verstoß gegen Britensitte nach.

»Niemand kann zweifeln, daß man auf mechanischem Weg zu unumstößlichen Formeln des Erfolgs gelangt!« sagte er. »Aber ich bin bekümmert, ob dieser Weg nicht doch weiter ist,als man denkt! In der Tat: wir brauchen mehr!«

»Wir haben es!«

»Wieso?«

Sir William Higgins sah strahlend umher.

»Wohl: Soll ich das große Geheimnis verraten?«

Ein Händeklatschen.

»Ja! Ja!«

»Es ist ja gar keines mehr, Sir William! Man spricht ja davon schon in allen Klubs!«

»Oh ...bitte! ...bitte!«

Die Damen bogen sich neugierig vor. Der Hausherr zerlegte das mächtige Roastbeef und bat um die Wünsche der einzelnen Gäste.

»Der Gedanke ist nicht neu und wahrhaft einfach!« sagte er. »Wir hungern Deutschland aus!«
»Hört! ... Hört!«

»Eine magere Scheibe, Mr. Ash? ... Deutschland hat wenig Korn im Land. Wir sperren ihm jede Zufuhr. Binnen Kurzem wird der letzte teutonische Laib Brot ein Schaustück für Barnum sein!«

Er strahlte und legte der alten tauben Dame auf ihre Bitte ein besonders braungebratenes Stück vor.

»Sie werden morgen in meinen Blättern bereits einen Artikel finden: › The Hungerkur in Germany!‹ Er ist spaßhaft zu lesen ...«

Die Herren lachten herzlich. Die Misses kicherten. Ein mit ihnen flirtender, athletenhafter junger Gentleman meinte hoffnungsvoll:

»So ist bis zur Season Alles im Rechten?«

»Längst! Wenn die letzte Krume verzehrt ist, – was sollen dann Wilhelms Grenadiere machen?«

»Die Daheimgebliebenen werden mit ihnen ihr Brot teilen!« sagte plötzlich Hannah Higgins auf Englisch. »Die Greise. Die Frauen. Die Kinder ...«

»Die haben doch selbst nichts!« Ihr Schwager lächelte freundlich. Er stand vor dem Braten, das blutige Messer in der Hand. »Noch ein Stückchen, Mr. Lumley? Bitte?«

»Die sollen mithungern?«

»Anders geht es leider nicht!«

»Mitverhungern?«

»Deutschland braucht sich nur zu unterwerfen!«

»Und wenn es das nicht tut? Wenn es lieber stirbt?«

»... das mögen die Teutonen unter sich entscheiden!«

»... dann sterben doch zuerst die kleinen Kinder ... die zarten Frauen ... die alten Leute ...«

»Ja. Der Gedanke ist wahrhaft betrübend ...«

»Und Ihr könnt das vor Gott verantworten? Ihr habt die Bibel neben Eurem Bett und sprecht hier mit vollen Backen vom Hungertod von siebzig Millionen Christen! Könnt Ihr den Aschanti-Negern noch in die Augen schauen? Denkt an den bethlehemitischen Kindermord ...«

Jerôme Higgins erhob sich halb.

»Ich verbiete Ihnen, weiter zu reden, Hannah!« sagte er scharf zu seiner Frau. »Diese Sprache ist nicht britisch. Sie gehört sich hier nicht!«

»Also auch Du billigst das?« »Vollkommen! Genug!«

Sobald es ging, gab die Dame des Hauses den anderen Ladies einen Wink. Alle erhoben sich. Die Herren überließen sie oben im Drawing-Room sich selbst und rückten an der Tafel beim Portwein zusammen. Sir William sagte halblaut zu seinem Bruder:

»Ich bin ängstlich, zu sehen, ob Hannah in dieser Stimmung bleibt! ... Es wäre eine ernste Sorge für uns Alle, Jerôme!«

»Sie hat einen Briten zum Mann! Sie soll britisch sein!«

»Aber ihr Bestes, es zu werden, tut sie nicht!«

»Sie wird es schon, je mehr das ›Vaterland‹ zusammenbricht! Sie wird den Herrn preisen, hier in Sicherheit und Freiheit zu sitzen, wenn drüben die Kosacken und Turkos in Deutschland hausen! Es wird ein trauriges Schauspiel. Auch unsere Gurkhas und Australier möchte ich lieber nicht am Werk sehen! Es ist höchst schmerzlich, daran zu denken!«

Jerôme K. Higgins sprach das, die Zigarre in der Hand, mit zürnender Strenge. Sein früheres, gönnerhaftes Wohlwollen für das Land Goethes und Beethovens war geschwunden. Erst mußte da Ordnung geschaffen werden. Er hatte den Ausdruck eines respektablen Hausvaters, der mit der Rute in der Hand den Erdball mustert. Er seufzte und trank einen Schluck Port. Es war ein unter Kennern seit einem halben Jahrhundert berühmtes Faß, das schon oft die Reise um die Erde gemacht hatte, häufiger noch als die, die es austranken. Sie waren schon wieder beim Yachting. Der Wind war stärker geworden. Man hörte sein stöhnendes Heulen über der noch dunklen See. Schjelting schwieg. Sein Blut war erstarrt. Er dachte sich: da draußen jagen die apokalyptischen Reiter über Länder und Meere. Wir haben sie entfesselt. Wir haben einen Weltensturm beschworen, von dem die Menschheit noch nach tausend Jahren sich mit Schrecken erzählen wird ... Und diese Geister sind stärker als ihre Meister. Sie wachsen uns kirchturmsgleich über den Kopf ... Ihr aber sitzt da im brennenden Hause ... schwatzt ... lacht ...

»Sie waren auf der ›Sunbeam‹, Mr. Lumley?«

»Sicherlich! Wir hatten den Tee bei Seiner Herrlichkeit!«

»Wie glorreich!«

»Gentlemen! ... Die Ladies ...«

Sir William Higgins, M. P., mahnte zum Aufbruch. Man stieg hinauf zu den Damen. Setzte sich mit ihnen um das knisternde Kaminfeuer, genoß das warme Behagen des großen hellen Raums in dunkler Nacht, der die Unangreifbarkeit der alten englischen Insel selber inmitten der Stürme draußen in seiner Flackerglut widerzuspiegeln schien. Hannah Higgins war nicht da. Die anderen Damen hatten nicht auf sie geachtet. Sie vermuteten, daß sie schon vor einer halben Stunde, gleich nach Tisch, gegangen sei, um nach Bob und Bill, ihren beiden Boys, zu sehen.

Sie kam nicht wieder. Vielleicht hatte sie es als Pro-Deutsche für besser befunden, sich an diesem Abend überhaupt zurückzuziehen. Man begriff das. Auch der Professor. Er unterhielt sich lebhaft mit einem weißhaarigen Reverend über die wahren Methoden der Lachsfischerei in den norwegischen Flüssen. Es gab da verschiedene, sich ernstlich befehdende Schulen. Nach einer Stunde ließ er das Angeln sein und stutzte:

»Ich muß doch einmal nach Mrs. Higgins schauen!«

Zehn Minuten verstrichen. Man hörte seine Stimme im Hause. Treppauf, treppab. Erst leise, dann immer lauter, angstvoller, fragender. Antworten der Dienerschaft. Rufe durcheinander. Aus dem Garten. Sir William hob stirnerunzelnd die dürre befrackte Gestalt aus den Abgründen des Klubsessels. Da stürzte sein Bruder herein, außer Atem, die Brille über die Stirn geschoben, mit schreckensstarren, kurzsichtigen Augen.

»Sie ist weg ...«

»Wer?«

»Bill und Bob sind weg! Alle Drei!«

»Wann?«

»Vor zwei Stunden schon. Zu Fuß durch den Park!«

»Wohin?«

»Auf die Straße nach Harwich! Die Gärtner sahen sie!«

Sir William riß die Taschenuhr aus der Westentasche.

»Zehn Minuten nach zehn!« sagte er und dann halblaut, vor sich hin: »Um zehn Uhr fährt der Dampfer nach Holland!«

Der würdevolle Haushofmeister in Kniehosen und Halskette wand sich durch die Gruppen. Er trug einen Brief auf silberner Schale.

»Soeben abgegeben, Sir! Ein Mann brachte ihn zu Rad. Von Harwich!«

Jerôme R. Higgins griff darnach, riß den Umschlag auf, las:

»An Bord der City of Vienna, 9.55 p. m.«

»Bis heute habe ich es ausgehalten. Ich kann es nicht mehr, seit ich Euch heute Abend bei Wein und Braten über die Hungersnot deutscher Frauen und Kinder lachen sah. Ich glaubte, Euch zu kennen, aber ich erkannte Euch erst in dieser Stunde. Ich gehe jetzt mit Bob und Bill, um in Deutschland mitzuhungern. Und mitzuverhungern, wenn es so sein sollte! Aber Ihr werdet uns nicht besiegen!

Hannah.«

Professor Higgins zerknitterte das Blatt. Er sprang auf. Er schrie in Todesangst:

»Um Jesu Willen! Meine Frau ... meine Kinder ...«

»Komm’ zu Dir!«

»Helft mir! Rettet!«

»Jerôme ... sei ein Mann!«

»Haltet sie zurück! ... Sie fahren ja nach Deutschland ... Es giebt ja dort nichts zu essen ... Sie kommen ja um...«

»Oh armer Mr. Higgins!«

»Erbarmt Euch! ... Telefoniert nach Harwich!«

»Zu spät!«

Ein bläulicher Mondstrahl zuckte suchend über das Meer. Er kam von den Scheinwerfern des Hafens, an dem sonst alle Küstenlichter gelöscht waren. In seiner Helle sah man draußen auf der See gleich einem Geisterschiff einen mächtigen Dampfer. Er stampfte schwer in den grauen Wellen. Schwarze Zerstörer umhuschten ihn wie Ratten der Nacht. Ein grüner Stern stieg auf...

»Die ›City of Vienna‹...« sagte Jemand halblaut. Es wurde draußen wieder dunkel. Jerôme K. Higgins umklammerte das Fensterkreuz. Er lallte vor Schrecken:

»Meine Frau ... meine Kinder ... Sie fahren nach Deutschland ... dort sind ja die Kosacken. Sie morden und brennen!«

»Oh ... sagen Sie das nicht vor Mr. Schjelting!«

»Dorthin kommen ja die Senegalneger ... die Marokkaner ... Die Turkos...«

»Beruhigt ihn doch!«

»Ich werde ja wahnsinnig! Das sind ja Bestien! Die läßt man doch nicht gegen Weiße los! Man läßt doch Frauen und Kinder nicht verhungern!«

»Oh – the Hungerkur in Germany!« Im Nebenraum lachte die aus der Nachbarschaft zum Besuch herübergekommene Miß herzlich. Ein junger Herr hatte ihr den Spaß erzählt.

»Sie kommen ja erst in acht Stunden nach dem Hook! Ein Funkenspruch nach Holland ... rasch ... rasch ... Sir Francis Oppenheimer aus Frankfurt tut dort für uns Alles, um die Deutschen zu schädigen!«

»Er wird nichts machen können!« sagte Sir William kalt. »Eine freie Britin in einem neutralen Staat kann gehen, wohin sie will!«

Jerôme K. Higgins brach auf einem Sessel zusammen. Er warf das Gesicht auf die Kniee und schluchzte laut und hell. Die Miß von nebenan stand mit großen Augen auf der Schwelle. Sie frug verdutzt:

»Oh – was ist das?«

»Ein Echowort aus Deutschland!« sagte Nicolai von Schjelting. Die Engländer schauten ihn an. Sie verstanden ihn nicht. Er setzte hinzu:

»Ihr wißt hier nicht, gegen wen wir kämpfen! Und wenn Ihr es wißt, wird es zu spät sein für uns Alle!«

Wieder ein Kopfschütteln. Was wollte nur dieser bleiche Geisterseher aus Petrograd? Ein neuer Mondstrahl glitt draußen über die Wasserwüste. Die ›City of Vienna‹ war schon weit hinaus. Das Licht um sie schwand, und sie arbeitete sich weiter durch Wind und Finsternis dem Festland zu...

Zwei Tage später sagte Hannah Higgins im Abenddämmern des deutschen Eisenbahn-Abteils zu Bill und Bob:

»Da schaut!«

»What's the matter?«

»Wer Englisch spricht, kriegt einen Klaps! ... Da fließt der Rhein!«

»Buh – der ist zu schmal zum Segeln!«

»Er ist nicht zum Segeln. Er ist ein heiliger Strom.«

»...Kann man in ihm Fische fangen?«

»...und die große Stadt dort drüben – die heißt das goldene Mainz...«

»Ist sie englisch oder schottisch, Mutter?«

»Sie ist nicht britisch, sondern deutsch!«

»Es ist doch Alles britisch, Mutter! Ist es nicht?«

»Da irrt Ihr Euch gründlich, Ihr Bengels!« sagte Hannah Higgins schon mit einem Anflug ihrer alten Tatkraft. »Das werdet Ihr schon merken! Ihr heißt von jetzt ab überhaupt nicht mehr Bob und Bill, sondern Max und Moritz. Verstanden?«

»Oh – wird das Vater recht sein?«

»...wenn es nur mir recht ist ... Ihr werdet deutsche Jungen! Verstanden? ... Und nun macht Euch zurecht. Wir sind gleich in Wiesbaden!«

In der Halle des Hauses Tillesen in der Sonneberger Straße standen gepackte Koffer und Kisten mit wissenschaftlichen Instrumenten. Das Mädchen meldete, Exzellenz reise als beratender Hygieniker morgen zum Heer. Ein bärtiger Landwehrmann kam hinter ihr lachend auf Hannah Higgins zu. Es war die letzte Abbröckelung englischer Gewohnheit an ihr, daß sie unwillkürlich bei der Annäherung eines gemeinen Soldaten erschrak, bis sie in ihm ihren Schwager, den Reichstagsabgeordneten und Kriegsfreiwilligen Hugo Martius erkannte.

»Alt werde ich hier beim Ersatztruppenteil nicht!« sagte er. »Man ist ja eigentlich gar nicht mehr Mensch, eh’ man nicht im Schützengraben war! ... Dein Vater ist im Laboratorium!«

In einem sonst zu Versuchszwecken dienenden Ofen brannte ein Feuer. Geheimrat Tillesen saß davor und legte, ehe er morgen sein Haus verließ, langsam die Dokumente in die Flammen, die ihm seine Töchter Inge und Phila reichten. Es waren die Ehrenmitgliedsdiplome all der wissenschaftlichen Vereinigungen der Welt, die jetzt die Deutschen aus ihren Reihen ausgestoßen hatten. Sein stilles, graubärtiges Gelehrtenantlitz, über das der Flackerschein spielte, war sachlich und ruhig wie immer, während er von der Grundlage seines Lebens und Forschens, der Gleichheit aller Menschen vor der Wissenschaft, Abschied nahm. Nur einmal sagte er durch die Stille dieser Räume, in denen sonst die Vertreter aller Völker als Jünger und Gäste geweilt hatten, alle Sprachen des Erdballs erklungen waren: »...Röntgen, Ehrlich und Behring von der Pariser Akademie ausgeschlossen...« und lächelte. Es war ein deutsches Lächeln.

Dann steckte seine eine Assistentin, Dr. Käthe Cornelius, den Kopf durch die Nebentüre.

»Wir sind so weit, Exzellenz!«

Er erhob sich und ging in den anstoßenden Raum. Da standen zwei Offiziere und ein Chemiker im Bürgerkleid. In einem Glaskäfig saß leise winselnd ein dreibeiniger Spitz. Die eine Hinterpfote war ihm von einem Lastwagen abgefahren. Dr. Irma Enderlin kniete davor. Sie trug einen Respirator vor dem Mund und leitete den Inhalt eines Gasschlauchs in den Kasten. Die Luft innen färbte sich grünlich. Das Tierchen begann zu taumeln, fiel um...

»Tot!« sagte der Geheimrat ruhig. Von den Wandregalen blinkten Reihen von Gläsern mit Reinkulturen. Auf den Tischen lagen die Glasplättchen unter den Mikroskopen, die Tabellen der geimpften Versuchstiere. Die unsichtbaren Schädlinge des Seins wurden hier erkannt, Gift fand sein Gegengift. Eine Zwergschlacht zwischen Angreifern und Schutztruppen der Menschenzelle hatte da im Stillen getobt, wie jetzt draußen in Europa die Riesenschlachten der Menschen selbst. Viele Gelehrte aller Völker der Erde, Slawen, Angelsachsen, Romanen, gelbe Asiaten, braune Inder hatten hier gesessen und gelernt. Was sie hier als Gäste aus goldenem deutschen Überfluß geschöpft, bannte jetzt draußen in ihrer Hand die tausendjährigen Furien der Menschheit, Seuchen und Pestilenz.

Auf einem Stuhl lag eine englische Zeitung. Sie war anonym aus der Westschweiz gekommen. Ein Bild im Text blau angestrichen: Alle Völker des Erdballs, bis zum winzigen Japanesen und vierschrötigen Buren hin schlugen blindwütend auf eine zähnefletschende Dogge ein, die eine Pickelhaube trug. Darunter stand: »Halloah: Alle Mann ans Werk! Man muß den deutschen Wehrwolf niederknütteln!«

Und es war, als spräche aus diesen Retorten und Reagenzgläsern und Mikroskopen eine Geisterstimme zur Antwort: ›Der Erde geschehe, wie sie gewollt! Deutschland war das Licht der Welt. Es kann auch seine Nacht sein. Deutschland gab den fremden Völkern blühendes Leben. Nun sendet es ihnen ebenso den Tod. Es ist stark in Einem wie im Andern. Schöpfung, Sein und Vernichtung, die geheimnisvoll dreifache Gottheit vom Ganges, wohnt auch hier am deutschen Rhein, in der angewandten Wissenschaft, die hinter dem furor Teutonicus steht...‹

»Menschen werden durch diese chemischen Mischungen selbstverständlich nur betäubt, nicht erstickt!« sagte Geheimrat Tillesen ruhig, auf den toten Spitz weisend. »Genügt Ihnen diese Gasentwicklung so?«

»Ich denke, ja, Exzellenz!«

»Wir werden weiter daran arbeiten. Man muß praktische Versuche in leeren Schützengräben machen. Ich schreibe Ihnen noch. Oder vielmehr: ich diktiere es meiner Tochter. Sie begleitet mich nach Posen.«

»Sehr wohl, Exzellenz!«

Nun erst, nachdem die Versuchskommission sich verabschiedet, kam Geheimrat Tillesen aus der Wissenschaft zur Gegenwart zurück und sah, daß da auch seine dritte Tochter mit ausgebreiteten Armen stand. Und die sagte nach der ersten Begrüßung nur:

»England liegt hinter mir!«

Ihr Vater nickte. Es war wie ein:

»Und hinter mir die internationale Gelehrtenrepublik!«

Und ebenso lag es auf dem Antlitz seines Schwiegersohns:

»Und hinter mir das Traumland des ewigen Friedens!«

Und auf dem seiner Frau:

»Und hinter mir die alte deutsche Sehnsucht, die Insel der Seligen im Süden!«

Und auf dem ihrer Schwester Inge:

»Und hinter mir die Luftspiegelung angelsächsischer Freiheit überm Meer!«

»Du kannst Dich nützlich machen, Phila, und während des Kriegs auch auf meine beiden Bengel aufpassen!« sagte Hannah Higgins. »Ich melde mich morgen als Pflegerin!«

»Morgen ist das Haus hier leer...«

Und doch fühlten Alle: Wir sind in unser Haus zurück. Was Deutsch war, giebt die Fremde wieder. Alles kehrt heim. Von allen Seiten rauschen die Wasser. Tausend Bäche sprudeln und eilen. Fluß an Fluß flutet dahin und ergießt sich in den einen heiligen Strom. Feierlich, in mächtigem Schwall, wälzt dort drüben der deutsche Rhein seine Wogen zum fernen Ziel.

XVI.

Die Schneeflocken, die strömend dicht in diesen letzten Januartagen des Jahres 1915 von dem eisgrauen Himmel des östlichen Ostpreußen herunter wirbelten, erreichten kaum die breiig fließende, mit verschlammten Laufbrettern belegte Sohle der russischen Schützengräben. Sie schmolzen schon beinahe in der Luft zu Wasser, so heiß war der stinkende Brodem, der aus den holzüberdachten und warm überschneiten Unterstand-Tunnels in die offenen Laufgräben quoll. Es war in diesen geschützten Unterkünften dämmerig wie in einem Bärenlager zur Winterzeit. Pelzig behaarte Gestalten tappten aufrecht im Zwielicht, brummten tief, schnarchten in den sargähnlichen Seitenverschlägen. Ein scharfer, süßlicher tierischer Geruch lastete zäh unter dem Balkengewölb, das die Axt feldbrauner russischer Muschiks gezimmert. Der Staatsrat Morskoi blies, um sich davor zu schützen, ein Papyros-Gewirbel durch die Nasenlöcher, blieb kurzatmig und wohlbeleibt, wie er war, stehen und sagte:

»Feldwebel! ... Fragen Sie wieder, wo der General eigentlich ist!«

Er war in der Uniform eines hohen Zivil-Tschinowniks mit übergehängtem Mantel. Sein Begleiter, der Panslawist Korsakoff, trug die Genfer Binde auf dem Ärmel seines Waschbär-Pelzes. Eine Ottermütze bis über die Ohren. Filzstiefel bis über die Knie. Man sah von dem hageren, blonden Mann wenig mehr als die fanatisch starren, hellblauen Augen unter der angelaufenen Brille.

»Der General Schiraj? Weiter vorn! ... In der ersten Schützengrabenstellung! ...«

Ein kalmückisch ausschauender Hauptmann murmelte es. Er saß auf einem Empire-Sofa, das schon halb eingesunken war, und hatte die Füße auf den Seidendamast hinaufgezogen, um sie vor dem Urbrei von Wasser, Schlamm, Kohlstrunken, Hühnerfedern, Knochen und menschlichen Auswurfstoffen am Boden zu schützen.

» Ah – voilà un courant d'air!« Der Hofmeister Morskoi atmete draußen zwischen den engen Wänden des nach vorn führenden Sappengangs auf, und wehte sich mit der Hand Luft in das rote, von schwarzen Bartkoteletten umrahmte Gesicht. »Daß sie nicht krank werden, in diesen verpesteten Höhlen ...«

»Sie sind's gewohnt, die Seelchen! ... Diese Falken. Sie haben es im Winter in ihren Dörfern auch nicht anders!«

Der Professor Korsakoff hatte, während er das sagte, keinen weiteren Ausblick als dicht vor sich die steten Winkel des Wegs und über sich, zwischen den verschneiten Grabenkämmen, einen Streifen flockenwimmelnden Himmels. Der Feldwebel, der den beiden Moskauern Politikern als Führer diente, drehte sich mit breitem Lachen um:

»Belieben Sie, Herren! ... Dies ist doch kein Winter ... Für uns Sibirier! ...«

Auf dem Auftritt des Schützengrabens, in den sie eintraten, hielten die langen, sehnigen Kerle dieses sibirischen Corps Wacht. Ihre Pelzmützen – daheim in den Urwäldern erbeutet oder Liebesgaben aus den Muffen der vornehmen Petersburger Damenwelt, – waren so hoch, daß sie bei einer unvorsichtigen Bewegung des Trägers bis über die Brüstung ragten. Aber es hatte keine Not. Es war überflüssig, daß man die eingebauten Maschinengewehre durch Decken gegen Sicht schützte. Der Schnee besorgte das selbst. Er fiel immer noch in dichten Strähnen. Man konnte kaum hundert Schritte weit sehen. Kein Schuß fiel in diesem zähen Grau und Weiß der Luft. Der Krieg schlief. Weithin längs der endlosen Front hörte man nichts als ab und zu das Gekrächze der Krähen. Der General Schiraj war, wie er selbst von sich sagte, keiner von diesen Petersburger Herrchen. Er war ein Feldsoldat. Er hatte im Frieden im Kaukasus und in Transkaspien gestanden. Er paßte auch jetzt zu seiner Brigade von Sibiriaken. Die beiden Besucher trafen ihn am Fernsprecher in einem vorn in den äußersten Schützengraben hineingebauten Bretter-Unterstand. Er redete selbst mit seinem ruhigen, tief durch seinen verschneiten Vollbart grollenden Baß nach hinten, mit der Division seines Abschnitts. Neben ihm stand sein Adjutant. Auf einem Bänkchen hockte ein blasser, jüdisch-russischer Einjähriger, mit um die Ohren festgeschnallten Hörrohren, die ihn mit der Beobachtungsstelle verbanden. Ein Unteroffizier saß neben ihm, bereit, durch das zweite Telefon Anfragen nach dorthin zu übermitteln.

»Nein, Exzellenz! Gar nichts Neues! Drüben Alles ruhig wie immer!« sprach der General in den Apparat. »Aber ich bin in Unruhe ... Unsere Gräben füllen sich mit Schnee ... Wie? ... Beim Feinde auch ...? ... Ach so ... Ja ... wenn wir etwa anzugreifen gedenken ...«

Er lachte tief und befriedigt, hängte ab und begrüßte mit Wangenküssen die beiden Gesinnungsgenossen.

»Nun, Ihr hier? ... das deutet auf wichtige Dinge ... solch seltener Besuch ...«

»Sie werden heute noch einen anderen Besuch erhalten, Pawel Antonowitsch!«

»Und wen das?«

»Schjelting!«

»Vortrefflich! Warum habt Ihr ihn nicht gleich mitgebracht?«

»Wir kommen lieber allein!«

»Und er auch!«

Korsakoff hatte, während er das sagte, die Brille abgenommen. Nun war der Glanz seiner blauen Augen noch unheimlicher. Unerbittlicher. Schiraj dachte sich, wie schon oft bei seinem Anblick: Gut, daß du Panslawist bist, Bruder! Sonst wärst Du Nihilist geworden, mit Deinem Fanatismus! Er schaute von dem Einen zum Andern.

»Ihr seid so seltsam ... Was ist? ...«

»Man kann es nicht hier sagen! Gehen wir hinaus!«

»Einen Augenblick!«

Der sibirische General erledigte noch einige Dienstbefehle. Als sie dann aus dem Dämmern in das Freie traten, hatte das Schneetreiben aufgehört. Die Luft war für einen Augenblick dieses Spätnachmittags hell. Sofort zwitscherte es oben in ihr von den huschenden, unsichtbaren Vögelchen. Schiraj hielt das schwere Schweigen seiner Freunde für Kanonenfieber.

»Es kann Euch nichts geschehen!« sagte er. »Sie sind mehr als eine halbe Werst von hier! Steckt nur nicht den Kopf über den Graben!«

Der Hofmeister lehnte mit einer Schulterbewegung ab.

»Nicht das! ... Du glaubst, der Feind sei eine halbe Werst von Dir. Nein: Er ist hinter uns ...«

Schiraj wandte unwillkürlich seine breitschulterige Pelzgestalt in jähem Schrecken nach rückwärts. Er dachte an die masurischen Seen.

»Schon wieder? ... Chindenburg? ...«

»Nicht Chindenburg! ... Der Feind, von dem ich spreche, ist ein russischer, Bruder ...«

»Erbarme Dich ...«

»... und heißt Nicolai Wassiljewitsch Schjelting!«

Über ihnen, hoch im Grau, zog ein durchdringendes Heulen, verlor sich. Dumpf trug die Winterluft den Knall des Abschusses hinterher, dann, wie ein Echo von irgendwo hinten, den Einschlag.

»Gleich fangen sie doch an ...,« sagte der General vor sich hin. An der Front begann es zu plackern. Es tönte in unregelmäßigen Raumabständen und Zwischenzeiten von hüben und drüben: ›Peng‹, und wieder kurz und scharf: ›Peng‹, wie bei einer Treibjagd im Winter. Dann wandelte sich Schiraj wieder vom Militär zum Allrussen.

»Schjelting ... sagt Ihr ...?«

»Ja. Er.«

»Er ist doch Einer der Unseren ...«

»Nicht mehr.«

»Jeder schenkte ihm doch sein Vertrauen ... öffnete ihm sein Herz ...«

»Das eben ist ja die Gefahr ...«

»Wie denn Gefahr? ...«

»Er weiß zu viel!« sprach Korsakoff zwischen den Zähnen.

»Viel zu viel ...«

»Er hat unser Aller Freundschaft mißbraucht!«

Der General Schiraj schüttelte den Kopf.

»Traurig ist es! ... Um mir das zu melden, seid Ihr gekommen? ...«

»Um Schjeltings Ankunft zu melden...«

»Was machen Sie für ein Gesicht, Wladimir Timoféitsch?«

Korsakoffs hageres, von der Kälte bleiches und echt russisches Antlitz mit den vorstehenden Backenknochen, den weiten Nasenflügeln, dem wirren und dünnen, blonden Bart war leidend vor Entschlossenheit. Kränklich, unruhig, aber fanatisch starr. Er versetzte:

»Sie sagten eben selbst, daß es hier gefährlich ist. Mancher geht an die Front, aber er kehrt nicht zurück!«

»So ist es! Gott allein weiß das.«

»Zuweilen auch der sündige Mensch...«

»Ich verstehe nicht, Wassili Andreitsch!«

»Er meint,« sagte Korsakoff halblaut an Stelle des Hofmeisters, »Mancher bestimmt sich selbst sein Schicksal! Wer heißt Schjelting, sich hier heraus zu begeben? Er ist nicht dumm. Er weiß recht wohl, daß hier überall der Tod ist...«

»Aber nicht für ihn!... Ich werde ihn schon schützen...«

Morskoi sah sich um, ob Niemand in nächster Nähe sei, trat dicht an den General heran und murmelte ihm etwas ins Ohr. Der prallte zurück und bekreuzigte sich rasch zwei-«, dreimal über der Brust, wo er, unter der Uniform, das Heiligenbild trug, das ihm seine Frau mitgegeben.

»Wie denn? ...Wassili Andréitsch...«

Wieder ein paar geflüsterte Worte. Schiraj's gesundes und derbes Antlitz wurde bleich. Er streckte abwehrend die Hände aus.

»Laßt mich ...Mit Gott: Geht!«

»Höre doch!«

»Ich hab's vergessen! Es ist genug gesprochen!«

Das schwärzliche Gewimmel der Krähen hob sich hundertfach von dem Schnee des Bodens und flatterte krächzend zu dem schützenden Geäst des Kiefernwaldes. Schiraj kannte die Flucht der Tiere vor dem, was sie für einen fürchterlichen, riesengroßen Vogel Greif hielten. Er schaute rasch zum Himmel. An dessen Nebelwölbung entstanden kurz hintereinander zarte, weiße Federwölkchen, bildeten ein unregelmäßiges, rasch heraufsteigendes Zickzack.

»Kaum ist die Luft rein, da ist er schon da...,« sagte er und musterte finster die surrende Libelle. Man mußte geübte Augen haben, um sie und das Kreuz auf ihren Tragflächen zu erkennen. Dann lächelte er grimmig. Er spürte die ersten neuen Schneeflocken im Gesicht. Immer mehr ... ›Kehr' Du nur um, Du Verwegener da oben – sonst findest Du trotz roter und grüner Lichter nicht mehr Heimweg und Landungsplatz ...aha ...Er dreht ab ...steigt ...verschwindet ...Aber gesehen hat er doch wieder genug...‹

»Nochmals ...: Mit Gott...«

»Pawel Antonowitsch: Das Mütterchen Rußland will es!«

»Aber nicht von mir...«

»Gerade Sie wählte Gott...«

»Ich bin Soldat. Ich stehe im Feld...«

»...gegen alle Feinde russischer Erde! Auch hinter uns steht das apokalyptische Tier...«

»Der Antichrist des Kleinmuts...«

»Des Verrats!«

»Schjelting weiß zu viel!«

»Viel zu viel!«

»...weil er Gönner hat ...bis hoch ...hoch da oben ...Hütet Euch ...Schjelting ist gefährlich...«

»Gerade den Höchsten wurde er lästig...«

»Denen, die zu belohnen wissen, Pawel Antonowitsch...«

In der Ferne hämmerte es noch einmal kurz und wütend: Tak ...tak ...tak ...tak ...tak ... Der deutsche Flieger mußte noch für einen Augenblick in die Sicht von Maschinengewehren gekommen sein. Dann wurde es wieder überall still. Der Schnee fiel eintönig herunter. Die Dämmerung kam. Der General Schiraj wandte sich ab.

»Gehen wir heim!« sagte er. »Hier ist nicht der Ort...«

Sie schritten wieder durch das endlose Grabengewirr des unterirdischen russischen Misthaufens, stiegen ins Abendlicht hinauf, wanderten im Gänsemarsch und, der Vorsicht halber, mit zwanzig Schritt Abstand, eine halbe Stunde lang finster und stumm durch den Schnee bis zu einem einsamen Bauernhaus. Da wohnte der General. Die Stube eines geflüchteten ostpreußischen Besitzers mit einem Bett, einem Gottesbild in der Ecke und einem Kartentisch genügte ihm. Er wusch sich zuweilen an der Pumpe draußen im Hof. Er setzte sich schwer und müde und sagte:

»Erzählt!«

»Da ist nicht viel zu erzählen, Pawel Antonowitsch! Die Deutschen haben Schjelting verhext!«

»Eine Deutsche!« sprach Korsakoff höhnisch. »In Wiesbaden. Man weiß es jetzt!«

»Nicht sie! Was gehen uns jetzt die Weiber an? Nein: die Deutschen – begreifen Sie wohl: alle Deutschen zusammen haben Schjelting verhext. Er war während ihrer Mobilmachung in Deutschland, entkam...«

»Ich weiß es...,« sagte der General. »Nun entsinn' ich mich: Schon damals, im September, erschien er mir verändert...«

»Er wurde tiefsinnig, zog sich auf seine Güter im Twer'schen zurück. Wir dachten: Bleibe Du da! Es geht auch ohne Dich! ...Aber als nun um Weihnachten die gefährliche Schwenkung in unserem heiligen Rußland kam...«

»Ah ...die Friedensfreunde ...diese Westlichen...,« sprach Schiraj grollend.

»...da taucht er plötzlich wieder auf ...gesellt sich eben zu ihnen ...entwickelt neue Thesen ... verwirrt die Köpfe der Unwissenden ...macht die Gutgesinnten irre ...nun ...Ihr kennt ja seine glänzende Art...«

»...und was predigt er nun?«

»Deutschland ist anders, als wir dachten! ...Verstehst Du wohl, Bruder! Nie werden wir es schlagen, ehe wir nicht selber anders werden! ...Es sind dort Mächte, die uns fehlen...«

»Das begreife, wer mag...«

»Diese Mächte sollen wir in uns gewinnen. Ohne sie stürzen wir in den Abgrund. Bis wir sie besitzen, sollen Eure siegreichen Heere aus dem eroberten Feindesland zurück...«

»Ah...«

»Man wird sich vertragen ...man wird Euch verabschieden...«

»Das erlaubt Gott nicht...«

»Erwägen Sie, wie gefährlich solch ein Mensch ist ...Er hat viele Anhänger ...er kennt alle Wege ...bis hoch hinauf...«

»Wahrlich...«

»Er verrät Euren Eifer. Alle russischen Mühen. Ein deutscher Teufel wohnt in ihm...«

»Und doch kann man nicht wissen...,« sagte der General Schiraj langsam mit seiner tiefen Stimme.

»...Was denn?...«

»...wie es oben aussieht...ganz oben...«

»Unbesorgt!«

»Vielleicht ist er klüger als wir! Vielleicht weiß er besser, was man neuerdings hoch da oben beliebt!«

»Ich werde Ihnen zeigen, was man oben will!«

Morskoi zog ein Blatt Papier hervor und hielt es dem General im Halbdunkel vor die Augen. Der las die Unterschrift. Diesen Namen kannte er. Den kannte Jeder im Heere des Zaren. Unwillkürlich wurde seine Haltung straff und dienstlich, und er sagte dumpf, als wäre Jener selber anwesend:

»Ich höre...«

Es war schon gegen Mitternacht, als der Staatsrat Morskoi weit hinter der Front auf dem verschneiten Marktplatz des ostpreußischen Städtchens stand, in dem die hohen Stäbe der vorne kämpfenden russischen Armee lagen. Im Schein der elektrischen Straßenlaternen ragten rechts und links die Giebel und Brandmauern rauchgeschwärzter Ruinen. Das eingeäscherte Landratsgebäude. Das zerstörte Postamt. Ein zuckerhutartiger Kirchturmstumpf in dunkler Nacht. Granatenlöcher in den oberen Stockwerken von Häusern, in deren Erdgeschoß noch Menschen wohnten und Kaufmannswaren hinter den Schaufenstern feilhielten. Dazwischen unversehrte Straßenzeilen mit lichthellen Scheiben. Geschrei und Gelächter, Klaviergeklimper und Geigenspiel. Gesang von russischen Zigeunerinnen aus einem Hinterzimmer des Gasthauses.

An den Fenstern daneben waren die Läden geschlossen. Aber man sah durch die Spalten russische Offiziere um einen Tisch. Alte und junge. Alle ernst und gespannt. Auf dem Tisch die Spielkarten. Der Hofmeister runzelte die Stirne. Er stieg die Treppe hinauf und dachte sich: ›Nun – man hat den Schnaps verboten! Man kann nicht alle Laster unterdrücken‹. Oben öffnete er die Türe zu einem Vorraum und schlug dem Soldaten, der ihn im Halbdunkel daran hindern wollte, mit der Faust ins Gesicht.

»Pascholl, Du Hundesohn!... Siehst Du versoffenes Viehstück nicht, daß Du einen vornehmen Herrn vor Dir hast?«

»Ich bin schuldig, Euer Hochwohlgeboren!«

Der Staatsrat Morskoi trat ein. Innen in dem Zimmer brauten dicke Papyrossenwolken über den Teegläsern und Sektkelchen. Russische Stimmen lärmten erregt durcheinander. Erhitzte slawische Gesichter. Ein Gedräng von Gestalten in Uniform und Zivil um einen Einzigen in der Ecke herum.

»Du kommst gerade zurecht!« sagte mit der trockenen Skepsis eines alten Parisers der kleine, hagere, selbst hier im Felde stutzerhaft gekleidete Fürst Bulagin und zog die rechte Schulter noch höher, als sie von Natur schon war.

»Sie haben diesen Schjelting, diesen Fuchs, in die Enge getrieben! ... Il ne faut jurer de rien ... ich glaube doch sonst an nichts, aber an ihn hätte ich geglaubt!«

Nicolai von Schjelting stand, die Hände in den Taschen, vor dem schreienden Halbkreis, an die Tischkante gelehnt. Er war sehr bleich, mit tiefliegenden Augen. Aber er sprach gelassen wie sonst und hielt dabei die Zigarette schief zwischen den Zähnen.

»Wer wir sind, braucht man mir nicht zu sagen. Wie sollte ich es nicht wissen? Aber wer Jene sind, das wißt Ihr nicht!«

»Wilhelms Windhunde sind es!« brüllte ein riesiger Gardeoberst. »Man wird sie schon verjagen!«

»Ich aber weiß es! Denn ich war unter ihnen, als dies Volk aufstand! Man trieb es nicht – begreift es nur – wie wir die Muschiks in die Viehwagen treiben. Es kam von selbst...«

»Das verstehe ich nun schon gar nicht...,« brummte ein dicker, brutaler Petersburger Flügeladjutant neben ihm in den Bart.

»Es war da ein Geist ... überall war er ... comme le Saint-Esprit...«

»Lästere nicht!« grollte es dumpf hinter ihm.

»Wir hatten ihn nicht erkannt! Ihn können wir nicht schlagen...«

»Er ist übergeschnappt!« sagte Bulagin seelenruhig zu Morskoi.

»Ich fürchte es schon seit Wochen, Knjäs!«

»...und darum sollten wir es zügeln, unser feuriges, russisches Dreigespann, ehe wir am Abgrund sind!«

»Er hält es mit Witte!«

»Mit Witte! Mit Witte!«

Viele Stimmen riefen den verhaßten Namen. Schjelting zuckte die Achseln.

»Beliebt zu antworten: Ist Graf Witte Einer der Übelwollenden oder ist er durch die Gnade des Gossudar Senator und...«

»Pah ... Senator...« Die Anderen lachten. Man wußte: der einst Allmächtige war in Ungnade.

»Wann ward es verboten, mit ihm zu sprechen?«

»Das tatst Du also?«

»Ich trat in Konversationen mit ihm ein,« sagte Schjelting kaltblütig. Ein neuer Aufschrei folgte seinen Worten.

»Witte will den Frieden mit Deutschland!«

»Ich auch!«

»Aha …da hat man Dich!«

»Wie ist es denn mit Eurer Zusammenkunft in Wilna, nächsten Monat ..? Ja, leugnen Sie nur, Nicolai Wassiljewitsch …Wir wissen Alles!«

»Wie sollte ich es leugnen! Wir werden uns in Wilna versammeln! Wir wollen Rußland retten…«

»…indem Ihr es verratet…«

»Witte verwirrt die breite russische Seele…«

»Aber nicht mehr lange…,« sagte eine tiefe Stimme. Man wußte nicht, woher sie kam. Man drehte sich um. Keiner gab sich den Anschein, als habe er gesprochen. Nur ein Nachhall blieb – eine Erinnerung …das Bild einer Petersburger Liste, die den Eingeweihten hier von Augenschein vertraut war. Eine lange Reihe von Namen. Und hinter vielen Verdächtigen ein Kreuz: das Todesurteil, von unbekannter Hand…

»…In der Tat …Nichts wird Rußland auf seinem Siegeszug hemmen!« sagte nach langer Pause der Hofmeister Morskoi. Ein schweres Schweigen antwortete ihm. Es war die Stille der Zustimmung. Schjelting war jetzt ganz fahl geworden. Er nahm die Papyros aus den Lippen, um lauter zu reden.

»Tun wir es aus Liebe zu Deutschland? Wahrlich nicht! Wir hassen es!«

Morskoi sah ihn rasch und zweifelnd an und dachte sich: Solltest Du doch noch am Leben bleiben, Bruder?

»Ich bin klüger, als die Meisten unter Euch!« sagte Schjelting hochmütig. »Ich sehe sechs Monate weiter! Schreit nur! Ich weiß es. Teutschland ist unser Feind. Aber wir haben einen Schlimmeren!«

»Wo?… Wo?«

»Soll ich ihn Euch nennen? Aber erschreckt nicht…«

Die Türe ging auf. Baumlang, in Khaki, mit frischem Lächeln um die blendend weißen Zähne, glattrasiert, guter Dinge stand da der britische Major der Coldstream-Garde, den Schjelting vom April her aus Paris kannte. Hinter ihm her schlüpfte wie der Mephisto hinter seinem Herrn ein gelbliches, steinern grinsendes Männlein in Feldgelb, der Japaner.

Der Lord drückte den Russen die Hand, daß ihnen die Finger krachten. Er strahlte von aufmunterndem Freimut.

»Gute Nachrichten!« sagte er herzlich. »Die Hungersnot in Deutschland wächst! Ernstliche Unruhen in Berlin!«

»Ah… ah…«

»Die deutsche Flotte entscheidend geschlagen. Helgoland vor dem Fall!«

»Gott hilft!«

»Ernstliche Anzeichen deuten auf die Räumung Belgiens…«

»Es ist nicht wahr…« sagte Schjelting. »Ich müßte es doch wissen, als Mann einer Belgierin…«

»Still…«

»Es ist Alles nicht wahr! Ihr meint, die Deutschen hätten mich verhext. Nein – die da verzaubern die ganze Welt…«

Er wies auf den Briten, der ihn freundlich anlächelte, weil er sein Russisch nicht verstand.

»Nicolai Wassiljewitsch …dort ist Gott und die Türe …Fort mit Ihnen!«

»Es sind Lügner. Sie Alle. Sie belügen Gott im Himmel und die Menschen auf Erden. Sie belügen auch Euch und unser heiliges Rußland…«

»Geh…«

»Hört mich, Brüder…«

»Man will Dich nicht hören …fort…«

»Was will der Gentleman?« frug der Brite und rieb sich lächelnd die vor Kälte starren Hände. Der Hofmeister Morskoi suchte sein Englisch zusammen. Er folgte mit starrem Blick der Gestalt Schjeltings.

»Nichts von Bedeutung, Eure Lordschaft. Unser Landsmann erkennt selber, daß er hier zu viel ist. Draußen reichen ihm schon die Soldaten den Pelz.«

Nicolai von Schjelting trat vor den Gasthof. In der Nacht hielt da ein Schlitten. Ein Unteroffizier mit hoher sibirischer Kegelmütze stand daneben und grüßte.

»Schickt Dich der General Schiraj?«

»Der General Schiraj, Euer Hochwohlgeboren!«

»Dann setze Dich neben den Fuhrmann und sage ihm Bescheid!«

Der Schlitten fuhr in das sternenlose Dunkel der Winternacht hinaus. Die letzten Haustrümmer blieben zurück. Baumstümpfe und aufrechte Ulmen säumten die zerfahrene Straße. In schwarzer Ferne flackerten ein paar purpurne Irrlichter, blähten sich auf, duckten sich, spielten und blieben doch auf einer Stelle ...

»Unteroffizier ... brennen dort Dörfer?«

»Dörfer, Euer Hochwohlgeboren!«

»So geht Ihr zurück, weil Ihr sie anzündet?«

»Man sagt, es sei eine List, Euer Hochwohlgeboren! Wir würden nächstens angreifen!«

Um sie herum lebte die Chaussee. Ein brauner Heerwurm kroch auf ihr hin, stumm, stumpf und dumpf. Kein lautes Wort fiel zwischen den starrenden Gewehren. Es war, als hätte sich die russische Erde selbst auf die Wanderschaft begeben und riesele da in Gestalt von tausenden und tausenden von lehmfarbenen Menschenbrocken durch die Nacht. Es nahm kein Ende. Schjelting dachte sich, in seine Decken gewickelt: Seit Stunden fahre ich an der Infanterie vorbei. Wie viele mögen es sein? Zehntausend? Fünfzigtausend? Wer kann es wissen? Wer kennt Rußlands Größe? Und doch ... und doch ...

Er fröstelte. Der Schein der Schlittenlichter fiel auf Reihen von rollenden Kesseln und Schornsteinen. Struppige Ponys vor den Feldküchen. Dann Wagen ... zwölf ... hundert... fünfhundert hintereinander ... man konnte sie nicht mehr zählen ... Es knarrte und ächzte durch das Dunkel. Es schien, als würden sie von angespannten Rauchwolken gezogen, so dampften die Pferde in der eisigen Nacht. Man hörte ihr Keuchen. Niemand sprach...

»Was ist das, Unteroffizier?«

»Munitions-Kolonnen, Euer Hochwohlgeboren!«

Und immer weiter dies sonderbare Wandern der Schatten, dies geheimnisvolle Stampfen und Waten und Murmeln der Nacht, dies Vorübergleiten von Umrissen, die der Tag nicht kannte, diese Kälte, die immer schneidender durch die Hüllen drang und die die da draußen nicht zu spüren schienen. Es war etwas Seelenloses und Körperloses in ihrem unbestimmten Geisterzug nach vorn, etwas von einer blinden Naturgewalt, als flögen Wolken am Himmel dahin, lösten sich beim Morgengrauen, schwänden. Und jener einsame Offizier da am Grabenrand würde im Tageslicht zum Weidenstumpf und jene Massen von Menschen dort auf dem Feld zum Binsenröhricht und diese Reitergruppe mit dem Blinken der elektrischen Laterne auf der Generalstabskarte zu einem Granitblock am Weg.

Unheimlich war das ... Besser der Tag als die Nacht. Aber der Unteroffizier auf dem Bock drehte sich um und sagte:

»Die Nacht ist gut! Niemand schießt. Man kommt leicht nach vorn...«

Und Schjelting dachte sich: ›Wer bist Du eigentlich da oben, der meine Gedanken errät? ... Du hast so eine sonderbare Stimme...‹

Der Schlitten hielt an. Denn nun kam ihm auch von links ein Zug von Planwagen entgegen. Sie fuhren ganz langsam. Ihre Laternen schaukelten.

»Was ist in den Karren, Unteroffizier?«

»Verwundete, Euer Hochwohlgeboren!«

Hundert Karren ... zweihundert ... dreihundert... Schjelting sagte sich: Still seid Ihr da drinnen ... seltsam still...

Weiter... weiter ... Im Lichtstreifen der Laterne Grabkreuze auf den Feldern. Immer mehr und mehr. Rehwild huschte zwischen den verwitterten Pickelhauben, den vergilbten Tannenkränzen auf den Russengräbern. Jetzt ganze Reihen da, wo man die Gefallenen früherer Kämpfe in zugeschütteten Schützengräben beerdigt hatte. Die ganze Leere umher schien auf einmal ein weiter Kirchhof. Die Straße war öde geworden. Nur ein Licht. Ein Leiterwagen wankte heran. Vorn, auf dem Stroh, ein Pope und eine Frauengestalt. Dahinter ein Sarg. Auf ihm ein Säbel und eine russische Generalsmütze. Vorbei. Der Schlitten schwenkte plötzlich wie erschrocken von der Hauptstraße ab und glitt seitwärts auf einen schmalen Weg in den Tannenwald hinein. Nun war es stockdunkel. Kein Laut umher. Dann ein Ruck. Ein Halt.

»Belieben Sie, die Leiter hinunterzusteigen!«

Eine Luke in dem beschneiten Boden öffnete sich. Ein vorsündflutliches Ungetüm wohnte in dem unterirdischen, elektrisch beleuchteten Raum. Ein Riesenmörser mit seiner dreifachen Auswölbung und seinen Schaufelrädern, das glotzende Maul steil aus seinem Versteck nach der Decke von verschneiten Fichtenzweigen gerichtet, die den Lindwurm vor Feindesaugen schützte und zurückgeschoben wurde, wenn er den Inhalt der halbmannslangen Geschoßkörbe neben ihm brüllend über die Wipfel des Tannenwalds in den Himmel hinaufspie. Ein Offizier saß auf einem Schemel, an die Lafette angelehnt. Schjelting hielt ihn für den General Schiraj und trat auf ihn zu.

Aber das Gesicht, das sich langsam nach ihm wandte, kannte er nicht. Es hatte den länglichen Schnitt der Ukräne, war abgezehrt bis auf die Knochen, mit in den Höhlen eingesunkenen Augen. Schjelting dachte sich: ›Der sieht ja aus wie der Tod!‹ Er reichte dem bleichen, unbekannten Offizier die Hand. Die des Anderen war kalt und bleiern.

»Der General Schiraj erwartet Sie vorne in der Stellung...«

Der Offizier sagte es dumpf und teilnahmlos.

»Ist es weit bis dahin?«

»Sie sind hier dicht hinter der Front. Eine halbe Stunde zu Fuß.«

»Kann ich nicht fahren?«

»Man wird sie umwerfen! Es sind überall frische Granatlöcher im Schnee. Man muß den Fußstapfen dazwischen folgen.«

»Und wie kommt man bei Tag zurück? Bald graut der Morgen...«

»Zurück? Nun ... irgendwie ... macht nichts...«

Der Artillerie-Offizier sagte es mit tiefer Gleichgiltigkeit und schaute, den Rücken an die eine Auswulstung des Mörserschlunds gelehnt, geistesabwesend vor sich hin. Schjelting fröstelte.

»Man kann dabei fallen...«

»Man fällt... man lebt... einerlei...«

»... wie denn einerlei? ... Nun ja ... wenn man nur siegt...«

»Man siegt ... man siegt nicht ... Gott allein weiß es...«

Schjelting dachte sich: ›Nun, Du Bruder mit dem Totenkopf ... hast Du Furcht...?‹ Da sah er auf dessen Brust das Georgskreuz, die Auszeichnung für Tapferkeit.

»Wie lange sind Sie im Felde?...«

»Seit Mitte Juli alten Stils!« sagte der fahle Artillerist und blickte stumpf nach dem stählernen Götzen neben ihm, der, einem kleinen Elefanten an Größe nah, fast bis an die Decke aus beschneitem Tannenreisig reichte. »Wir haben viel zusammen durchgemacht ... der Spitzbube da und ich...« Er horchte jäh mit seinem gespannten Geistergesicht in die Nacht und machte dann eine matte Handbewegung. »Noch ist es ja dunkel ... ich höre immer die Flieger brummen ... Macht nichts...«

Und Schjelting sagte sich: ...‹ ›Der Krieg..! In Petersburg ... in den Salons meiner Freundinnen... hatten wir ihn seit Jahren auf den Lippen ... c'est ma guerre ... der Krieg: .. Das war der Einzug in Berlin ... Mütterchen Moskau in Fahnenpracht ... Glockenklang von der Isaak-Kathedrale ... Das waren Orden ... Gelder ... Exzellenzentitel ... Nun ist dies hier der Krieg ... dieses unbestimmte Schwarz ... diese Grabkreuze ... diese weite Leere ... diese furchtbare, erwartungsvolle Stille wie vor etwas Ungeheurem ... dieser Mann da mit den niedergebrochenen Nerven...‹ ‹ Er mußte sich zusammennehmen, um einen Schauer zu unterdrücken.

»Nun denn... ich gehe...«

»Mit Gott!«

Der Unteroffizier schritt im Finstern voraus, schwer, bärtig, im Pelz, aufrecht wie ein Bär durch den Schnee. Schjelting folgte ihm. Er sagte sich: Wir führen Rußland nicht mehr! Ich folge diesem Stück russischer Erde da vor mir, die wir aufstehen und wandeln hießen, – folge ihr in das dunkle Land vor mir hinein ...

Ein Aufstöhnen des Winterwinds. Er hielt die Pelzärmel schützend vor Mund und Nase. Ihm wurde beinahe übel. Das war wieder der belgische Geruch ...

»Unteroffizier ... liegen hier irgendwo Leichen?«

»Überall, Euer Hochwohlgeboren!«

»Warum bergt Ihr sie nicht?«

»Man findet sie nicht im Wald und Schnee, Euer Hochwohlgeboren ...«

In der Ferne, über den deutschen Stellungen, stieg eine Rakete auf. Eine märchenhafte, zauberweiße Lichtkugel stand am Himmel, erhellte mild die ganze Gegend ...

»Unteroffizier ... halt ... halt ...«

»Was denn, Euer Hochwohlgeboren?«

»Der Hochwald da neben uns ist ja voll Menschen ... da ... sie sitzen um das Loch im Schnee ... ein Hauptmann vorne ...«

»Die Unsern, Euer Hochwohlgeboren!«

»Erfrieren die denn nicht?«

»Wie sollten sie frieren? Sie sind doch alle tot. Die Granate ... Man wird sie morgen holen ...«

Ah ... c'est ma guerre ... Schjelting dachte sich: Dein Leben war dieser Nachtwanderung durch den Schnee geweiht. Durch ganz Europa bist Du gefahren, in allen Zungen hast du gesprochen, an Menschen aller Art hast Du Rubel verteilt. Du kauftest die Seelen, die Druckerschwärze und die Telegrafendrähte ... prägtest, was da kommen sollte, in Formeln und Methoden. Gut ... Aber wer findet sie jetzt wieder, die große Rechenmaschine – wer bedient sie in dieser furchtbaren, bleiernen Nacht über Europa?

Er blieb stehen. Durch das Dunkel kam ein Laut, der ihm die Haare sträuben machte. Nicht von Menschenstimmen ...

»Unteroffizier ... Was ist das? ... Nie vernahm ich es ...«

»Der Schrei eines sterbenden Pferds, Euer Hochwohlgeboren!«

Der Riese im Pelz vor ihm ging weiter, bückte sich plötzlich an einer dunkleren Stelle des Bodens, bekreuzigte sich, las etwas auf und legte es vorsichtig zur Seite. Es war ein abgerissener Menschenarm ...

»Unteroffizier ...«

»Vorwärts, Euer Hochwohlgeboren! Es wird schon hell!«

»Unteroffizier ... ich will lieber umkehren ...«

»Nein, Euer Hochwohlgeboren ...«

»Wie denn ...«

»Man befahl mir, Euer Hochwohlgeboren nach vorn zu bringen ...«

»Doch nicht mit Gewalt ...«

»Man befahl mir, Euer Hochwohlgeboren!«

Im ersten Morgengrauen stand der bärtige, finstere Riese vor ihm wie das heilige Rußland selber. An Stelle der Axt, die er sonst als Waldarbeiter im weißen, heimischen Birkensumpf über dem roten Hemd getragen, hatte er jetzt das vollgeladene Magazingewehr über den Pelz gehängt. Er sah düster und drohend aus. Schjelting dachte sich: Wenn ich umdrehe, ist er im Stande und schickt mir, dem Zivilisten, den er vor den General führen soll, aus mißverstandenem Diensteifer eine Kugel nach. Auf einmal begriff er, daß er in Lebensgefahr war – nach hinten sowohl, wo der Tag aufstieg, wie nach vorne, wo der Deutsche war. Er spürte kalten Schweiß unter dem Rand seiner Pelzmütze. Er merkte, daß seine Nerven ihn verließen. Er hatte keinen Willen mehr. Er tat, was dieser Bauer in Feldbraun von ihm wollte. Er ging weiter und sagte sich: Die Welt verkehrt sich. Ich dachte, den Muschik gegen den Feind zu schicken. Statt dessen führt der Muschik jetzt mich an die Front ...

Man sah nun schon weithin die verschneite, leichtgewellte Ebene. Sie lag völlig tot und leer. Eine ausgestorbene Öde wie die Tundren Sibiriens. Ein paar Krähen das Einzige, was sich regte. Ihr Krächzen der einzige Laut. Schjelting dachte sich: dabei hausen da, soweit das Auge reicht, tausende und zehntausende menschliche Maulwürfe in ihren unterirdischen Gängen, huschen geschäftig hin und her, graben, wühlen, scharren sich immer tiefer gegeneinander ein ... leben in Löchern ... das leise Rauchgekräusel aus den gemauerten Kaminen ihrer Unterstände allein verrät das Dasein der Höhlenbewohner ...

»Heute sind sie ganz still ... die Deutschen ...,« sagte der Unteroffizier in seinem rauhen Brummbaß durch das Todesschweigen.

»Werden sie nicht noch schießen?«

»Warum schießen? Es ist Winter. Sie schlafen. Wie wir ...«

Sie gingen durch den Schlammpfuhl des russischen Labyrinths von Schützengräben, immer weiter im Zickzack, ganz nach vorn. Der Tag wollte nicht recht kommen. Nebelschwaden strichen wieder über die unterirdische Stadt hin und hüllten sie in zähes Grau.

»Wo ist der General?«

»Bald, Euer Hochwohlgeboren!«

Schjelting biß die Zähne zusammen. Er dachte sich: Was ist das Alles? Wohin geh' ich? ... Hier hat nun doch die Welt ein Ende ... Da, wo der Sanitätssoldat mit dem Genfer Kreuz am Pelzärmel im Schutz des äußersten Grabens steht ... Was hast Du mich an der Schulter zu fassen? ... Packe Dich, Kerl ...

Er sah zwei fanatische blaue Augen auf sich gerichtet und erkannte im Nebel den Professor Korsakoff. Der zog ihn zwei Schritte zur Seite.

»Sie suchen Schiraj, Nicolai Wassiljewitsch?«

»Ja. Ihn.«

»Sie wollen auch ihn für Eure Wilnaer Pläne gewinnen?«

»Jeden, der noch in letzter Stunde auf mich hört!«

»Kehren Sie um, Nicolai Wassiljewitsch ...«

»Wie?«

»Man wird Sie geleiten! ... Gehen Sie auf Ihre Güter! Warten Sie dort innen in Rußland den Gang der Dinge ab!«

Über Schjelting kam der Zorn. Er richtete sich in seinem früheren Hochmut auf.

»Habt Ihr ein Recht, mich zu verschicken – he?«

»Man warnt Sie! ... Sie sind uns hier im Wege ...«

»Euch frage ich nicht! Wo ist der General?«

»Sie wollen trotzdem zu ihm?«

»Ja!«

»Nun denn, mit Gott! Ich begleite Sie!« sagte Korsakoff ruhig. »Kommen Sie! Wir steigen hier herauf ...!«

»Wie das? Vor den Schützengraben ...?«

»Man sieht ja nicht zehn Fuß weit im Nebel! Wie sollte der Feind uns bemerken! Vorwärts ...«

»Belieben Euer Hochwohlgeboren gut Acht zu geben. Der Weg durch den Drahtverhau ist eng ...«

Der riesenhafte Unteroffizier stapfte voraus. Es ging quer wie durch einen schmalen, tief verschneiten Weinberg, dessen Pfähle kahl aus dem Schnee ragten. Schnee hing auch an den Drähten, die sie kreuz und quer verbanden. Dies seltsame, verstrickte Band verlor sich zu beiden Seiten ins Wesenlose des Nebels. Unwillkürlich dachte sich Schjelting: Es reicht vom Njemen bis zu den Karpathen. Es spannt sich von der Schweiz bis zur Nordsee. Nie sah die Welt etwas Ähnliches ... Und dann ein Schrecken in ihm: Was tue ich außerhalb von ihm ... da draußen ... im unbetretenen Land ... im schweigenden Reich des Todes zwischen Freund und Feind ..?

Und ist da der Platz für einen General ...?

Sie waren einen Abhang hinabgestiegen. Hinter ihnen, auf der Höhe des Kammes, zeichnete sich noch unbestimmt der Rand des Schützengrabens ab. Ein paar Pelzzipfel von hohen Mützen bewegten sich unruhig dahinter, als lauerten da Wölfe. Vor ihnen endete die Böschung jäh, in einem senkrecht an der Rückwand einer verlassenen Kiesgrube zehn Fuß tief abstürzenden toten Winkel. Schjelting stand allein mit dem Panslawisten und dem bewaffneten, finsteren Muschik hart an dem Abgrund in dem dicken, totenstillen Nebel. Es schien ihm, als seien die drei die letzten Menschen auf der vom Krieg in Nichts verwandelten Welt. Seine Stimme war plötzlich heiser vor Schrecken.

»Wo ist Schiraj?«

»Geduld! Blicken Sie nach vorn, Euer Hochwohlgeboren!...«

»Er kann doch nicht vom Feind her kommen...«

»Er ist überall...«

Schjelting hob das verzerrte Gesicht.

»Ich höre seine Stimme ganz deutlich da hinten ...im Schützengraben...«

»Sie täuschen sich, Nicolai Wassiljewitsch...«

»Und Morskois Baß! ...Wie kommt er hierher?«

»Er ist es nicht...«

»Er muß im Automobil an mir vorbeigefahren sein ...laßt mich zurück...«

»Still ...Erbarmen Sie sich ...der Feind hört uns ja...«

»Zurück...«

»Beruhigen sich Euer Hochwohlgeboren...«

»Warum machst Du Dich schußfertig ...um Gotteswillen...?«

»Um den General zu schützen! ...Da kommt er ja auf uns zu...«

»Wo denn ...wo?«

»Da vor uns ...vom Feinde her...Er ist ein Falke ...Ihm tun die Kugeln nichts...«

»Ich kann ihn nicht sehen...«

»Der Nebel ist zu dicht ...Beugen sich Euer Hochwohlgeboren nur noch etwas mehr vor...«

»Da ist kein General ...Ihr lügt...«

Nicolai von Schjelting wollte sich umwenden. Vor sich sah er Korsakoffs entschlossenes und beinahe leidendes Fanatikergesicht. Ein jäher, schlenkernder Handwink des Panslawisten zu dem Unteroffizier hin, so, als scheuche er eine Fliege:

»Nun, Bruder: Mit Gott!«

In den Schützengräben hinten drehten sich einen Augenblick horchend bärtige Köpfe. Das kurze, scharfe ›Peng‹ vor dem Drahtverhau war der erste Schuß dieses Morgens. Die Posten auf dem Auftritt spähten durch den Spalt der Schutzschilder:

»Wer schießt denn da vorn?«

»Kommen die Deutschen?«

»Nein. Es ist nichts!«

»Es ist ja alles dick voll Nebel, Brüder...«

»Noch ist Nebel. Aber er löst sich. Bald haben wir hellen Tag.«

Das Licht kam. Ein grauer Winterhimmel wölbte sich über der Welt. Nicolai von Schjelting schaute noch einmal zu ihm auf, allein lang hingestreckt am Fuß des Kieshangs, wo ihn Niemand sah, einsam im leeren Todesland zwischen den beiden Linien, und das war seine letzte Erkenntnis: Der Krieg ...mein Krieg ...ich habe ihn gerufen ...da ist er ...geht über mich hinweg ...und all das hinter mir...

Im russischen Schützengraben, vierzig, fünfzig Schritte entfernt, raunte es: Er glaubte, den Baß Schirajs zu unterscheiden, die Stimmen der Anderen, während seine Augen sich in dem fahlen Nichts über ihm erlöschend verloren. Durch diese Leere senkte sich ein pfeilschnelles Heulen wie ein Raubvogel auf die Russenschanze dahinter, krallte sich ein, schleuderte mit einem Donnerschlag Schnee, Erde, Gasqualm, Bretter, Draht und Menschen kirchturmhoch in die Luft, spielte da oben mit dem Kopf des Generals Schiraj, mit dem Rumpf des Hofmeisters, den Gliedern des Unteroffiziers, den Fetzen des Panslawisten und hüllte vergrollend den Greuel in schmutzigen Rauch. Aber schon raste der nächste der stählernen Stoßvögel heran. Schwärme von ihnen schwirrten unsichtbar aus unbekannter deutscher Ferne. Es waren die Donner des jüngsten Gerichts, unter denen an diesem Februarmorgen Nicolai von Schjelting beim Beginn der Winterschlacht von Masuren in das Nichts hinüberging, ungeheure Leiterwagen rasselten am Himmel, Walfische durchzischten das Luftmeer, Riesen gurgelten sich und wieherten in den Wolken, Schiffssirenen heulten, Gassenjungen pfiffen schrill durch die Finger, Teufel johlten, Zyklopen hämmerten in wildem Takt auf dröhnendem Ambos und drüben, in den Russenlinien, verwandelte sich jäh das Toben des unsichtbaren wütenden Heers in aufspritzenden weißen Schnee und auffliegenden schwarzen Qualm und aufschießende rote Feuerzungen und stille feldbraune Hügel von Menschen, in einstürzende Erdhöhlen, klaffende Krater, betrunken umkippende Mammuth-Kanonen, sich langsam verneigende Kirchtürme, in der Luft tanzende Bäume, rasch, wie beim Untergang von Pompeji, zu Steinbrüchen sich wandelnde Städtchen.

Tagelang und tageweit, von Lasdehnen bis hinter Lyck, donnerte die Winterschlacht. Schjelting hörte es nicht mehr. Er hörte nicht mehr das Hurrah, mit dem sie Alle durch den Schnee herankamen, die er in Nord und Süd in Deutschland geschaut, grau, unermeßlich, unaufhaltsam anschwellend wie das graue Meer zur Stunde der Flut, und über ihn und den Schanzenbrei dahinter wegwogten, gen Osten, den Russen nach.

Dann, viel später, sagte eine Stimme:

»Die Kiesgrube da kommt uns gerade zu paß! Da liegt ohnedies schon Einer drin!«

Es waren deutsche Landsturm-Männer. Sie hatten ihre Gewehre in Pyramiden gestellt und die Pfeifen im Bart. Sie trugen die steifgefrorenen toten Russen aus den Schützengräben und senkten sie auf den Grund des Abhangs, auf dem Schjelting lag. Die Muschiks kamen zu ihm herab und leisteten ihm, der sie in den Krieg geführt, im Tode Gesellschaft. Einer nach dem andern legte sich auf ihn. Sie bedeckten ihn, türmten sich über ihn mit ihren feierlichen und starren, groben Gesichtern. Die menschgewordene und wieder erstorbene breite russische Erde wurde sein Grab. Die Unzähligen machten auch ihn zur Zahl. Die Namenlosen löschten seinen Namen, schieden ihn aus der Erinnerung aus, als einen Verschollenen, von dem Niemand wußte, wo und wie er sein Ende gefunden.

»...'Morgen, Leute!«

»Guten Morgen, Exzellenz!«

Der weißhaarige, blitzäugige Preußengeneral, der, die Zigarre im Mund, die Autobrille über dem Mützenrand, die Hände in den Manteltaschen, von der Chaussee her mit seinem Stab über das Feld kam, war sehr guter Dinge. In seinem Abschnitt hatte die Geschichte geklappt. Überall. Fern, gegen Süden hin, tönten noch in langen Abständen die letzten Donnerschläge des verhallenden Wintergewitters.

»Ach, hören Sie 'mal, lieber Isebrink...«

»Exzellenz...«

Der Generalstabs-Major Isebrink trat, die Rechte an dem Helm, an den Kommandierenden heran.

»Haben Sie die Tagebücher bei sich, die man da oben in dem Mörsertrichter bei dem russischen General ohne Kopf gefunden hat?«

»Jawohl, Exzellenz!«

»Das Zeug scheint mir doch sehr wichtig. Namentlich auch in politischer Hinsicht. Am besten ist es, Sie fahren 'mal selbst rasch zurück und bringen es dem A.O.K. In ein paar Stunden sind Sie ja wieder da!«

»Zu Befehl, Exzellenz!«

Der Major Isebrink jagte in offenem, feldgrauen Rennwagen gegen Westen. Leichtverwundete Offiziere fuhren, soviel Platz war, dichtgedrängt mit verbundenen Köpfen und Armen mit. Der Chauffeur vorn in seinem langen Mantel von chinesischem Ziegenhaar blies auf dem Horn unaufhörlich das Oberkommando-Signal: Straße frei. Nur so kam man, rechts den nicht endenden Kolonnen entgegen, links an dem ebenso endlosen Strom der Gefangenen vorbei. Stund' um Stunde, über Hügel und Täler floß die fahlbraune, pelzmützige Flut. Sie wanderte auf allen Wegen, soweit nur rechts und links das Auge reichte. Fern am Horizont noch spann sich, in unwahrscheinlicher Länge, der entwaffnete, russische Heerwurm. Die Wälder lebten und

entsandten aus ihrem Dickicht tausendköpfige, hohläugige, von fern schon die Hände hoch-
haltende Herden brauner Hungerleider. Armeestäbe stiegen unvermutet aus den Sümpfen und
kamen, die Säbel in der Hand, heran, die Einen düster den Blick am Boden, die Andern froh
lachend und schwatzend. Batterienweise standen mit zerschmetterten Schutzschilden und ver-
beulten Lafetten die genommenen Geschütze am Weg. Nahe der Stadt wurde das Gewimmel
der Gefangenen zu einem braunen Meer. Die Offiziere fuhren fast als die einzigen Deutschen
durch diese Tausende von struppigen Köpfen und Kerlen, von denen Keiner an Widerstand
dachte. Nur ein stilles Gewinsel:

»Bissele Brot ... bissele Brot...«

»Maul halten! Pratzen weg...«

Am Weg stand eine von den Russen in die Luft gesprengte Kirche. Aufgebrochene Särge
davor, deren sterblichen Inhalt sie in den Teich des sinnlos eingeäscherten Dorfs geworfen hatten. Ostpreußischer Landsturm zog vorbei, sah die Greuel der Kosacken. Frisch und grimmig
klang sein Gesang:

»Oh Hindenburg, oh Hindenburg,
wie schön sind Deine Hiebe ...«

und ferne noch, in der Eile des Marsches hinter dem Sieg her:

»Dein Lorbeer grünt zu jeder Zeit,
im Winter auch, wenn's friert und schneit...«

In der Stadt hingen zwischen zerschossenen Häusern und verkohltem Gebälk die schwarz-
weiß-roten und die schwarzweißen Siegesfahnen. Von allen Türmen läuteten die Glocken die
letzte Befreiung Ostpreußens ein. Der Quartiermeister mußte lauter als gewöhnlich sprechen,
während er die russischen Schriftstücke in Empfang nahm.

»Danke sehr! Sonst noch Etwas?«

»Nein, Herr General!«

»Fahren Sie gleich zurück?«

»Zu Befehl!«

Der Major Isebrink sprang wieder in das Auto, sah nach der Uhr:

»Na los, Mann Gottes! Warum nicht über den Marktplatz?«

Aber da sah er selbst: da war kein Durchkommen. Den füllte an den Häusern rechts und links
ein brauner, stumpfer, stiller Sumpf von gefangenen Russen, in der Mitte ein grauer, brausender,
jubelnder Wildbach von deutschen Kriegern. Sie umstrudelten Etwas, sie hoben die Hände, sie
sangen, sie jauchzten ... Isebrink sprang im Wagen auf und auch über sein feldgebräuntes Gesicht
glitt plötzlich eine wilde, strahlende Freude. Die Autoreihe da vorn wies am Kühler nicht die
vier schwarz-weißen rotgerahmten Würfel des Oberkommando-Fähnchens, nicht einmal die
Anfangsbuchstaben des Oberbefehlshaber Ost, sonst hier, bei der Wacht an der Weichsel, das
Sinnbild höchster Kommandogewalt. Eine Purpurstandarte flatterte über den grauen Helmen,
dem tausendstimmigen Hurrah. Kaiser Wilhelm stand inmitten der Seinen, der Kriegsherr inmitten des herrlichsten Heers aller Völker und Zeiten.

Lange schaute der Major Isebrink hinüber. Dann besann er sich, daß es für ihn höchste Zeit
war, weiterzukommen. Er fuhr durch eine Nebengasse. Aber auch da standen die Menschen
und schwenkten die Hüte und drängten sich, um von ferne den Kaiser zu sehen. Er beugte
sich stehend in dem Wagen vor. Und da die Ostpreußen in ihrem Jubel der Befreiung nicht
auf ihn achteten, sprach er, ohne es zu wissen, das Geheimnis seiner Zeit und seines Volks und
seiner Siege aus:

»Bitte, lassen Sie mich durch: Ich muß in den Dienst!«

Ende

www.ingramcontent.com/pod-product-compliance
Lightning Source LLC
LaVergne TN
LVHW020739200726
843506LV00009B/816